DE DANS VAN DE TIJGER

SARITA MANDANNA

De dans van de tijger

 DE KERN

Oorspronkelijke titel: *Tiger Hills*
First published in Great Britain in 2010 by Weidenfeld & Nicolson,
an imprint of the Orion Publishing Group Ltd
Copyright © 2010 by Sarita Mandanna
The right of Sarita Mandanna to be identified as the author of this work has been asserted
in accordance with the Copyright, Designs and Patents Act 1988
Copyright © 2010 voor deze uitgave:
Uitgeverij De Kern, een imprint van De Fontein|Tirion bv,
Postbus 1, 3740 AA Baarn
Vertaling: Mechteld Jansen
Omslagontwerp: Wil Immink Design
Omslagbeeld: *Kinderen* © Justin Pumfrey/Getty Images; *Eiland* © Dinodia Images/
Alamy/ImageSelect; *Bergen* © Gary Cook/Alamy/ImageSelect
Auteursfoto omslag © Taylor Hooper
Opmaak binnenwerk: V3-Services, Baarn
ISBN 978 90 325 1178 4
NUR 302

www.defonteintirion.nl

Voor mijn grootouders
Kambeyanda Dechi & Muddayya
en
Charimanda Seetha & Biddappa

In alle tijden, zoet of zwart,
Ziet niets zo scherp als het blinde hart

Spreekwoord uit Kodagu

Devanna

I

1878

Al op de dag van de geboorte, de dag van de reigers, wist Muthavva dat haar zevende kind bijzonder was. Het was een
heldere dag in juli. Met nog bijna twee maanden te gaan voor de
bevalling en de zaaitijd voor de deur had Muthavva haar vertrek
naar haar moeders huis uitgesteld. In plaats daarvan zette ze ijverig koers naar de rijstvelden, waar ze tot haar enkels in het ondergelopen veld stond toen ze een geruis hoorde. Ze keek omhoog,
schermde haar ogen af tegen de zon en wreef over haar onderrug.
Boven haar cirkelde een vlucht reigers. Dat was niets bijzonders. Er
waren op elk veld in Kodagu wel reigers te zien, hun vleugels verrassend opflitsend tegen de heldergroene rijst. Maar in haar hele
leven had Muthavva er nog nooit zo veel bij elkaar gezien als er nu
langzaam neerdaalden. Honderd vogels, misschien nog meer, over-
schaduwden vleugel aan vleugel het zonovergoten veld. Hun wiek-
geklapper overstemde alle andere geluiden: de kwakende kikkers,
de krassende kraaien en zelfs de onafgebroken sjirpende krekels.

Muthavva kon zelfs haar zwagers stem niet meer horen, zijn
door de wind meegevoerde instructies aan de arbeiders die waren
ingehuurd om bij het zaaien te helpen; de woorden werden gesmoord in het regelmatige klapperen van de vleugels. Langzaam
cirkelden de vogels lager en lager om na een laatste scherpe draai
ten slotte aan haar voeten te landen. Muthavva stond te midden

van hen, nog steeds afwezig over haar rug wrijvend in een zee van zwijgend wit. En toen, zonder enig voorteken, gingen de vogels er weer vandoor. Als op een geheim teken vlogen ze op, overal om haar heen, en ze besproeiden haar met glinsterende waterdruppels die aan hun vleugels en poten hingen. En precies op dat moment, geen tel eerder of later, voelde Muthavva iets warms en vochtigs over haar dijen stromen. Haar dochter was er.

De bergen. Dat is wat de doden het eerst zullen zien, had Muthavva altijd gedacht. Het eerst van alles als ze opstijgen van de brandstapel, meegevoerd met de uit de as ontsnappende rook, hoog de wolken in gedragen op de wind. En van daaruit dat eerste duizelingwekkend prachtige uitzicht op Kodagu.

Het was een piepklein vorstendom met ruwweg de vorm van een gebreid babysokje, weggestopt in de hoogste uithoek van het Sahyadrigebergte dat de zuidelijke kustlijn van het land omgordde. Aan de andere kant grensden de bergen aan de oceaan en liepen abrupt af naar het glinsterend blauw van de Arabische Zee. Het pad over de rotsen naar beneden was zo glibberig, zo vol losliggend gesteente en scherpgerand grind, dat alleen de hebberigste handelaren roekeloos genoeg waren om zich erop te wagen. Twee keer per jaar kwamen ze bij elkaar aan de rand van de klippen, op tijd om de binnengelopen Arabische schepen te treffen. Ze hadden manden bij zich waarin eerder gevangen apen zaten waarvan ze de poten met limoen en betelsap rood hadden geverfd. Ze lieten de apen los op de rotsen en joegen ze onder luid tromgeroffel naar beneden, richting zee. Als de apen in doodsangst van rots tot rots sprongen, lieten ze een spoor van rode pootafdrukken achter die de handelaren konden volgen. Toch deden zich elk jaar valpartijen voor; mannen die schreeuwend door de lucht tolden en uiteindelijk te pletter vielen op de rotsen.

Landinwaarts glinsterde de zilveren streep van een rivier, de Kaveri, een lint tussen de olijfkleurige bergen dat Kodagu netjes in tweeën splitste, als de helften van een kokosnoot. In het noorden lagen de glooiende heuvels van het bamboeland, mooi rond van vorm, met hier en daar hoog oprijzend bamboe afgewisseld met dunne boomgroepjes: satijn- en ijzerhout, *dindul* en sandelhout, eucalyptus, *benteak* en rozenhout, afgewisseld met winderige open plekken waar het zonlicht samenvloeide en schitterde op het gras. Het Schotland van India. Zo noemden de vele blanken in Kodagu dit deel van het land, dat hen zo sterk aan Europa deed denken. Ze wilden de centraal gelegen stad Madikeri ontwikkelen en doopten de straatnamen om tot Tenth Mile, Queens Way en Mincing Lane. Ze groepeerden hun landgoederen rondom de stad – koffieplantages van Ceylonese bonen die snel wortel schoten in deze ongerepte grond. Hun bungalows lagen ruwweg in kringen rond de stad: lage gebouwen met rode daken en paneelruiten, compleet met veranda, croquetveld en tennisbaan.

In scherp contrast daarmee: de Sholawouden in het zuiden. Wilde, ondoordringbare stukken grond met pipalbomen, kaneelbomen, ebbenbomen en Aziatische ceders, dicht op elkaar, getooid met mos en weelderige, geurloze orchideeën. Warrig en stekelig kreupelhout stak uitbundig tussen de stammen door en complexe, nijver gefabriceerde spinnenwebben hingen tussen de blootliggende wirwar van wortels.

Zo hier en daar, bijna gelijkmatig verdeeld over het noorden en het zuiden, lagen de dorpen. Waar het bos gekapt was, was een fluwelen lappendeken van oerwoudgrond ontstaan, vochtig, vruchtbaar, donker als de nachthemel. Geelgroene stroken rijstveld lagen langs het drasland aan het water en verspreid over het gebied zag je de met goudkleurig riet gedekte huizen van de Kodava's, elk met zijn eigen drasland en weidegrond, en de rookpluimen uit de haard die omhoogkringelden naar de bomen.

Ten slotte: het woud aan de voet van de bergen. De strakgebreide tenen van het sokje, die zich als een beschermende uitstekende punt vanuit Kodagu uitstrekten naar Mysore. Dit was dicht oerwoud, zinderend van een gevaarlijke, dwingende schoonheid, slechts doorsneden door haast onvindbare paden. Alleen de Kodava's kenden de bospaden goed, zij en de gitzwarte leden van de Poleyastam, die hen dienden.

De paden waren altijd nauwlettend bewaakt, vooral in vroeger dagen toen Kodagu belegerd werd. De sultans van Mysore hadden generaties lang geprobeerd dit hardnekkig onafhankelijke koninkrijkje onder hun heerschappij te krijgen, maar de bloederige oorlogen, de ontvoeringen, de gedwongen besnijdenissen en de massa-executies hadden alleen geresulteerd in een nog sterkere band tussen de Nayaks, de patriarchen van de acht voornaamste families in Kodagu. Ze hadden zich verenigd en de stammen onder hen aangemoedigd om zich schouder aan schouder te verzetten tegen Mysore. De Kodava's hielden stand tegen de sultans en beten zich vast in hun land als de koperkleurige krabben die in hun velden nestelden.

Toen de Britten en hun John Company ten slotte Mysore ten val hadden gebracht, hadden de Kodava's dat als één man gevierd. In het vredesverdrag dat volgde werd Kodagu toegekend aan de Britten. Die hadden de kleine provincie opgemeten en met welgevallen gekeken naar de mistige heuvels en het vochtige klimaat, dat zo geschikt was voor het verbouwen van koffie. Ze namen de Kodava's in ogenschouw, de lange, felle heethoofden die het heel gewoon vonden om hen recht aan te kijken en van man tot man aan te spreken. Ze hadden wijselijk geduld uitgeoefend en hun plannen met keurig beleefde vasthoudendheid erdoor gedrukt. Vijftig jaar nadat ze Mysore hadden ingenomen, werden de Britten ten slotte formeel welkom geheten in Kodagu.

Maar ondanks de vrede en de door de Britten uitgehouwen rotswegen langs de rand van het woud die Kodagu verbonden met de aangrenzende provincies, vergaten de Kodava's het verleden niet. Er was altijd een groep bewapende en in goede lichamelijke conditie verkerende Kodava's gestationeerd bij de bocht die uitzicht bood op de toegang tot het bos, waar de weg uit Mysore samenkwam met het begin van het pad. De Nayaks waren samen verantwoordelijk voor het bemannen van de post en stuurden elk mannen uit hun stam om er vijf weken achter elkaar te blijven, behalve tijdens de drie regenmaanden, wanneer de paden onbegaanbaar waren door de modder en door de bliksem gevelde bomen.

Vandaag was het rustig op de uitkijkpost. De mannen lagen te snurken in de ruwe bamboe en jute *machan* terwijl Nachimanda Thimmaya de wacht hield. De middagwind stak op, waaide door de takken boven zijn hoofd en blies droge bladeren door de uitkijkpost. Thimmaya rilde en trok zijn tuniek strakker om zich heen. Had hij dit jaar maar die witte kaurischelp gepakt, verdorie. Toen Pallada Nayak, de dorpshoofdman, de dag van de schelpverkiezing aankondigde was Thimmaya speciaal naar de Iguthappatempel gegaan om de machtige god, Iguthappa Swami, twee hele roepies te offeren, wat hij zich nauwelijks kon permitteren. Hij had een kip geofferd aan zijn voorouders en nog een aan de *veera*, de geesten van de helden. Om niets aan het toeval over te laten had Thimmaya zelfs de bosgeesten gunstig gestemd met een flinke portie varkensvlees en rijst. Toen de priester op de dag van de verkiezing zijn gesloten vuisten naar hem uitstak, had Thimmaya nogmaals een dringend gebed aan Iguthappa Swami gericht. Maar nee, na het aanwijzen van een hand had de priester zijn handpalm naar boven gekeerd en helaas een zwarte schelp laten zien; Thimmaya was voor het derde jaar achtereen opnieuw gekozen om de post te bemannen.

Vooral dit jaar was het moeilijk. Het was zaaitijd en alle beschikbare handen zouden nodig zijn op de velden. Muthavva zou met haar zwellende buik, zwanger van weer een kind, bij haar moeder thuis moeten zijn, niet aan het werk op de rijstvelden. Het was een moeilijke zwangerschap geweest, met bloedverlies in de eerste weken en rugpijn toen haar buik dikker werd. Zijn broer Bopu had aangeboden in zijn plaats naar de uitkijkpost te gaan, maar Thimmaya had geweigerd. Bopu had zelf een gezin dat hij moest voeden en bovendien zou Pallada Nayak het niet hebben goedgekeurd. Hij zuchtte. Als de prijzen voor kardemom in Malabar dit jaar weer daalden zou het hele gezin de broekriem moeten aantrekken.

Hij zat in gedachten verzonken toen hij opschrok. Iemand rende door het oerwoud en riep zijn naam. 'Ayy. Wie is daar?' schreeuwde hij, naar zijn geweer reikend terwijl hij tussen de takken door tuurde.

De rennende man kwam in zicht en Thimmaya herkende hem met een scheut van paniek. Het was een van de veeknechten van Pallada Nayak. 'Wat is er gebeurd?' vroeg hij gespannen, terwijl hij van de *machan* af sprong.

'Het kind...' hijgde de Poleya, terwijl hij het zweet van zijn gezicht veegde. 'Het kind komt.'

Thimmaya's gezicht verstrakte. De baby werd pas over een aantal weken verwacht, had Muthavva dat niet gezegd? Waarom waren de weeën zo vroeg begonnen?

De mannen drongen om hem heen toen hij zijn sandalen vastbond en zijn dolk in zijn sjerp stak. Ze sloegen hem op zijn schouders en zeiden dat hij zich geen zorgen moest maken. Hij hoorde hen nauwelijks, concentreerde zich met al zijn krachten op het zo snel mogelijk bereiken van zijn vrouw. Hij liep met lange, soepele passen het pad op naar het dorp van de Pallada's, terwijl de Poleya de grootste moeite had om hem bij te benen. 'Ik smeek u, Iguthappa Swami,' bad hij steeds weer. 'Alstublieft.'

Hij bereikte het dorp net voor het vallen van de avond en ging eerst naar het huis van Pallada om zijn respect te betuigen. De opgestoken avondlantarens tekenden het silhouet van de Nayak af, die op de veranda heen en weer liep. 'Ah, Thimmaya, ben je er?' zei hij verheugd, terwijl Thimmaya zich boog om zijn voeten aan te raken. 'Al goed, al goed,' zei hij, 'ga maar naar je vrouw.' Thimmaya knikte, niet in staat om te spreken. 'Er is geen reden tot zorg, Thimmaya,' verzekerde de Nayak hem. 'Alles is goed.'

Thimmaya knikte weer, met een beklemmend voorgevoel in zijn borst. Hij raakte nogmaals de voeten van de Nayak aan en haastte zich naar zijn eigen huis, nog ruim een kilometer verder. Het was donker toen hij daar aankwam; de lampen brandden, de honden waren gevoerd en losgelaten voor de nacht. Blaffend stormden ze op hem af toen hij stilhield bij de *aimada*, de vooroudertempel op de binnenplaats. 'Voorouders van de Nachimandaclan,' bad hij terwijl hij zijn handen over de flakkerende lichtjes heen en weer bewoog. 'Ik zal u een kip offeren, laat alles goed zijn met mijn vrouw, alstublieft.'

En op dat moment kwamen zijn neven en zijn zoon naar buiten rennen om hem te begroeten, en zijn moeder, lachend en met uitgestrekte armen. 'Uyyi! Je bent er, *monae*.'

'Muthavva...?'

'Het gaat goed met haar, met hen allebei, *monae*. Kom gauw kijken naar je parel van een dochter.'

Ze brachten hem warm water van het vuur om zijn handen en voeten te wassen en hij ging naar de slaapkamer, waar Muthavva blozend en afgemat op hun bed lag. Zijn moeder legde de baby in zijn armen. Hij keek neer op zijn wriemelende dochter. De knoop in zijn borst ontspande zich eindelijk en loste op in zo'n heftige emotie dat hij met zijn ogen moest knipperen om de tranen tegen te houden.

Muthavva vertelde hem nooit over de reigers die de geboorte van de baby hadden aangekondigd. De bevalling was zo snel begonnen en de weeën waren zo heftig dat haar zwager haar op zijn rug had gehesen en de hele weg van het veld naar huis had geshold. De baby had zo'n haast om geboren te worden dat de vroedvrouw nog maar net ontboden was toen ze al ter wereld kwam. Terwijl de vrouwen druk bezig waren met de koperen gong om de geboorte van een meisje aan te kondigen en de bedienden eropuit werden gestuurd om gepofte rijst en bananen uit te delen in het dorp, had Muthavva een besluit genomen. Ze had zes kinderen gekregen vóór dit meisje. Zes gezonde, luidkeels schreeuwende jongetjes, van wie alleen de oudste, Chengappa, zijn zuigelingentijd had overleefd. Ze tipte met haar vinger het sierlijke, perfect gevormde babyneusje aan. Deze dochter, wist ze in haar hart, was bijzonder. Waarom haar geboorte vertroebelen met gepraat over voortekens? Nee, besloot ze. Ze zou niemand over de vogels vertellen.

Toch deed ze dat, één keer. Na de rituele veertig dagen van reiniging, toen Muthavva de strak om haar buik gebonden doeken loswikkelde, opstond van het kraambed en geacht werd haar huishoudelijke taken weer op te pakken, bracht de familie de baby naar de dorpstempel om haar horoscoop te laten trekken. De oude priester pakte zijn boek van beduimelde pipalbladeren, gewikkeld in oranje zijde en generaties lang doorgegeven van vader op zoon. Het kind zou trouwen, voorspelde hij, en nageslacht voortbrengen. Er was ook geld in haar toekomst. Maar... en hier viel hij stil. Muthavva en Thimmaya keken elkaar bezorgd aan. 'Wat is er, *ayya?* Wat ziet u?' vroeg Thimmaya's moeder, haar greep op het kindje verstevigend tot het kermde uit protest.

'Niets... er is niets... en toch...' De priester zweeg weer en raadpleegde zijn bladeren. Hij keek op naar de bezorgde gezichten om hem heen, overwegend wat hij moest zeggen. 'Er is niets,' zei hij ten slotte, terwijl hij intussen in een gammel kistje rommelde. 'Hier.' Hij diepte een amulet op. 'Dit zal haar beschermen.' Er was een krachtige mantra in gegraveerd, legde hij uit, die haar zou beschermen tegen het boze oog. Ze kon het maar beter altijd dragen. Om hun bezorgdheid te verlichten bracht hij vermiljoen aan op hun voorhoofd en bond hij de amulet met zwart draad om de arm van de baby.

Ze raakten de voeten van de priester aan en knielden voor het godenbeeld. Toen ze al buiten stonden, met knipperende ogen in het plotselinge zonlicht, riep Muthavva uit dat ze haar oorring kwijt was en dat die in de tempel afgevallen moest zijn. Ze haastte zich weer naar binnen.

'Ayya?' riep ze zachtjes. Het duurde even voor haar ogen gewend waren aan de koele duisternis van het heiligdom. De priester was bezig de overblijfselen van hun *pooja* op te ruimen en keek lichtelijk verstoord op.

'Ja, mijn kind, wat nu weer?'

Ze vertelde hem over de vogels die ze die dag gezien had en de verontrustende precisie van hun bewegingen, alsof ze waren gekomen om de geboorte van de baby aan te kondigen. Wat betekende dat? Was er iets wat hij hun niet verteld had, een of ander vreselijk lot dat hun dochter wachtte?

De oude man zuchtte. Wie zou kunnen zeggen wat de vogels betekenden? Men zei dat als een koningscobra een slapende man vond en zijn kap uitwaaierde om hem te beschutten tegen de zon in plaats van zijn tanden in het vlees te zetten, die man later koning zou worden. De reigers... misschien voorspelden die ook iets. En misschien ook niet. Wie kon Gods gedachten lezen?

Toen Thimmaya de volgende dag op de terugweg naar de uitkijkpost even bij Pallada Nayak langsging, ontsloeg deze hem gul van zijn resterende wachtperiode. Dat was niet meer dan redelijk tegenover Muthavva, zei hij, en bovendien was het zaaitijd en had Thimmaya er weer een mond bij om te voeden. De Nayak zou zijn jongste zoon sturen in Thimmaya's plaats.

De rijstoogst was dat jaar zo overvloedig dat Thimmaya twee melkkoeien kon kopen van het goud dat de oogst hem opbracht; de kardemomprijzen waren hoger dan ze in zes jaar waren geweest. Het gezin offerde een haan aan de voorouders, omdat zij hen gezegend hadden met een dochter die zo veel geluk bracht. Ze gaven haar de naam Devamma, naar Thimmaya's overgrootmoeder, maar noemden haar Devi, hun eigen godin.

Muthavva kon de reigers nooit helemaal vergeten. Ze hield de amulet stevig aan haar dochters arm gebonden en speurde elke keer als ze de baby mee naar buiten nam heimelijk de lucht af. Maar toen de maanden verstreken en er niets verontrustends gebeurde, liet ze haar waakzaamheid wat verslappen. De vogels waren een hersenspinsel geweest, bedacht ze, het droombeeld van een zwangere vrouw. En op de avond van Gauramma's huwelijk werd ze te zeer in beslag genomen door andere dingen om ze op te merken.

In het dorp gonsde het al weken. Het was een uitstekende verbintenis: Pallada Nayaks kleindochter trouwde met de derde zoon van Kambeymada Nayak, uit een dorp zo'n honderd kilometer zuidwaarts. Hij was een van de rijkste mannen in Kodagu, met zeshonderd hectare rijst, nog een paar honderd hectare kardemom en verschillende koffieplantages. Het gerucht ging dat zelfs zijn kwispedoor van massief goud was. Let wel: niemand had die kwispedoor ooit gezien, maar welke verstandige Kodava zou zoiets duurs ook aan de hebzucht van de Poleyabedienden blootstellen? En had de oude man vorige maand niet nog een fantastische wandelstok besteld in Madikeri, gesneden uit het fijnste rozenhout en ingelegd met ivoor? O ja, het dorp was het erover eens, hij was een rijk man. Het meisje dat haar intrede zou doen in de familie Kambeymada bofte maar, en wie verdiende dat meer dan hun eigen lieve Gauru?

Pallada Nayak spaarde kosten noch moeite voor de bruiloft. Terwijl de maan hoog oprees boven het dorpsplein vloeide de drank overvloedig en werden schotels wild zwijn, kip, schaap, groente en eiercurry's aangevoerd uit de buitenkeukens. Twee ploegen muzikanten speelden non-stop; Thimmaya en de andere mannen wiegden heen en weer op de klanken van hun trompetten. De bruidegom was gearriveerd en werd met zijn familie gastvrij onthaald en van voedsel voorzien. In glinsterend zijde geklede vrouwen liepen bedrijvig rond, hun gezichten des te verleidelijker in het maanlicht. Juwelen glommen tegen hun satijnkleurige huid. Brede *adigé*-halskettingen van ongeslepen robijnen hingen om hun nek, en snoeren van in goud gevatte *jomalé* en koralen *pathaks* met hangers van cobra's, hun kap opgezet en met vuurspuwende robijnen ogen. Halvemaanvormige *kokkéthathi's* van zaadparels en goud zwaaiden voor hun boezems. Rond hun polsen droegen zij armbanden, versierd met olifantenkoppen of edelstenen, glad of van filigrein, en aan hun oren fonkelden diamanten in trossen van zeven sterren.

Muthavva zat bij de andere zogende en zwangere vrouwen, vrijgesteld van de taken als gastvrouw. Kinderen renden rond, waaronder ongetwijfeld haar eigen jongen, kattenkwaad uithalend in het gewoel. Thimmaya's moeder zou een oogje op hem houden en zorgen dat hij te eten kreeg. Ze vond het prettig hier te zitten luisteren naar het gebabbel, met het ontspannen lijfje van haar slapende dochter in haar armen.

Wat was Gauru een mooie bruid, verzuchtten de vrouwen: een beetje groot weliswaar, maar wie zou durven ontkennen dat ze een lief gezicht had? Haar echtgenoot bofte maar, en... '*Uyyi!*' riepen ze uit toen een stel lachende jongens door de menigte kwam aanstormen en tegen Muthavva aanbotste.

'Wat is dit voor gedrag?' voeren de vrouwen uit toen de jongens zich schaapachtig van elkaar losmaakten. 'Hebben jullie soms modder in jullie ogen, dat jullie niet zien waar jullie lopen? Kijk, jullie hebben de baby wakker gemaakt en nu huilt ze.'

'Sorry, neem ons niet kwalijk...' verontschuldigden ze zich en ze maakten zich haastig uit de voeten.

Maar een van hen, nauwelijks tien of elf jaar oud, bleef naar de huilende Devi staan staren. 'Bij alle goden, wat kan ze hard schreeuwen!' zei hij met goudbruine pretoogjes. 'Het is een wonder dat ik nog iets kan horen.' Voor Muthavva het kon tegenhouden raakte hij met een smerige vinger Devi's wangetje aan, grijnsde innemend en verdween weer in de mensenmassa.

Muthavva wiegde Devi weer in slaap, geïrriteerd omdat ze de jongen niet steviger had aangepakt, en het ontging haar volledig dat er een troep reigers stilletjes opsteeg uit de bomen, hun silhouet afgetekend tegen de maan in hun vlucht over het dorpsplein.

2

Als het eerste meisje dat in meer dan zestig jaar in de familie Nachimanda geboren werd, was Devi voor het gehele huishouden een dankbaar voorwerp van adoratie. Chengappa en haar neven en nichtjes vervulden al haar grillen, hesen haar op hun schouders om door het dorp te flaneren en klommen in de mangobomen op de binnenplaats om de rijpste, mooiste vruchten voor haar te plukken. Ze propten hun zakken vol met kleine presentjes voor haar: de fluweelzachte veren van oerwoudvogels, in pipalbladeren verpakte wilde honingraat en de purperen stenen die soms half begraven in de bosgrond te vinden zijn.

Devi hoefde maar te fronsen of haar grootmoeder Tayi kwam al aanrennen om haar met gezouten kruisbessen en suikerklontjes weer een lach te ontlokken. Tayi rolde tientallen plakken vlokkige, gelaagde *chiroti* uit, bakte ze goudbruin en bedolf ze onder poedersuiker als traktatie voor haar oogappel. Toen de familie merkte dat Devi dol was op vis, ging Tayi elke week, weer of geen weer, naar de vismarkt, en wel op zo'n vroeg tijdstip dat de handelaren nog bezig waren hun waren uit te stallen. Ze ruilde volle manden weegbree uit het bos achter hun huis tegen nog spartelende sardines en bakte die, gevuld met koriander en tamarinde, in heet varkensvet voor haar engeltje.

Tayi zat vaak op een rieten mat met haar benen voor zich uitgestrekt. Dan nam ze Devi op schoot en masseerde haar haar met in kokosolie geweekte hibiscus. Haar knokige vingers bewerkten ritmisch Devi's hoofdhuid terwijl ze eindeloze verhalen vertelde over Devi's grootvader, de oorlog tegen de sultans, en de *veera* in het laantje die de honden aan het blaffen maakten en de bomen zonder enig aanwijsbare oorzaak lieten ritselen. 'Jij bent mijn lieve bloemknopje,' zei ze dan tegen Devi, 'mijn zon, mijn maan en alle sterren aan de hemel.'

Maar niemand was zo weg van haar als Thimmaya. Hij was dol op zijn dochter en wilde altijd per se haar gezicht nog even zien voor hij naar de akker vertrok, anders zou er die dag niets goed gaan. Toen de Kandahari's over de Frontierbergen naar Kodagu kwamen om hun paarden en shawls te verkopen en hoorden dat er een nieuw meisje was, slenterden zij naar het huis van de Nachimanda's. Het was gebruikelijk dat alle meisjes en vrouwen uit Kodagu een kleine tatoeage op hun voorhoofd droegen, een mooi, blauwgroen stipje, en de zigeuners boden aan Devi's voorhoofd te tatoeëren. 'Aha, ik zat al op jullie te wachten,' begon Muthavva, maar Thimmaya kromp in elkaar. Zelfs de gedachte aan het kleine ongemak dat zijn dochter te verduren zou krijgen was ondraaglijk voor hem, en in weerwil van de traditie stuurde hij de zigeuners weg, ondanks het opgewonden protest van de vrouwen in het huis.

'Waarom kwel je mijn prinsesje zo?' zei hij afkeurend tegen Muthavva als ze een bemodderde Devi vermaande dat ze zo vuil was als een Poleya. 'Laat haar toch, ze gaat snel genoeg bij ons weg om bij haar man te wonen,' bezwoer hij als zij tijdens het haarvlechten riep dat Devi stil moest zitten.

'Jij verwent dat meisje,' waarschuwde Mutthavva dan, maar zelfs zij moest lachen als Devi haar hoofd met een brede grijns in haar moeders schoot verstopte. 'Domoortje,' mopperde ze dan, terwijl ze zich over haar dochter heenboog om haar een kusje te geven op haar kruin, die geurde naar de zon en de wind in het rijstveld.

Toen Devi vijf was, kwam het dorp in de ban van een schandaal dat de tongen wekenlang in beweging bracht. Pallada Nayaks dochter Gauramma keerde terug naar het huis van haar grootvader. Met haar zoontje op haar heup kwam ze op een middag zomaar opdagen, zonder enige aankondiging of begeleiding. Ze gaf geen uitleg en zei alleen dat ze wel ergens anders heen zou gaan als er hier geen plaats voor haar was. Ze wist niet waarheen, maar ze zou nóóit meer teruggaan naar het huis van haar man.

Haar moeder huilde; haar tantes probeerden haar om te praten. Pallada Nayak ging zo snel mogelijk met Gauru's vader naar het huis van de Kambeymada's met vijf zakken geurige rode *kesari*-rijst, een karrenvracht weegbree, twee bouten gezouten hertenvlees en een goudgeborduurde sjerp die een van Gauru's tantes had willen bewaren voor de bruiloft van haar eigen zoon. Kambeymada Nayak was beleefd, maar onvermurwbaar. Het meisje was uit eigen beweging vertrokken, betoogde hij terwijl hij over zijn snor streek. Ze moest ook maar uit zichzelf terugkomen.

'Wat moeten we nu?' jammerden de tantes tegen Tayi, Muthavva en de andere dorpsvrouwen die hun medeleven kwamen betuigen. 'Ze vertikt het gewoon om te luisteren. En kijk naar het kind, het heeft ook invloed op hem. Vier jaar al en hij praat nauwelijks. Hij hangt de hele dag aan zijn moeders rokken met zijn duim in zijn mond.'

Gauru liet niet merken dat ze het had gehoord en bleef bij de keukendeur zitten, haar zoon heen en weer wiegend op haar schoot. Devi, verveeld en onrustig, trok een gek gezicht naar het jongetje. Hij keerde zich af en verborg zijn gezicht in de hals van zijn moeder. Devi trok haar gezicht weer in de plooi voor Muthavva haar zag en haar een draai om de oren gaf, maar bleef uit haar ooghoeken naar de jongen kijken. Toen hij opnieuw heel even naar haar keek, trok ze het lelijkste gezicht dat ze kende en dat Chengappa haar had laten oefenen: neusgaten opengesperd, tong uitgestoken en oogleden binnenstebuiten gekeerd. De jongen keek haar somber aan en draaide zich toen weer af. Geboeid door zijn hardnekkige weigering om contact te maken richtte Devi zich schuchter tot Gauru.

'Is hij uw kind?' vroeg ze ten slotte.

Gauru knikte.

'Hoe heet je?' vroeg Devi, maar de jongen deed alsof hij het niet gehoord had en zoog hoorbaar op zijn duim.

'Devanna,' antwoordde zijn moeder voor hem terwijl ze zachtjes zijn duim uit zijn mond trok.

'Waarom praat hij niet?'

'Dat gaat hij vanzelf doen als hij iets te zeggen heeft.'

'De mensen zeggen dat u niet terug had moeten komen.'

'Dit is mijn thuis,' zei Gauru alleen.

Dat kon Devi begrijpen. Ze hield ook veel van haar eigen huis, van Tayi die warme *otti's* voor haar maakte met de vage afdruk van haar vingertoppen nog op de randen, de bruin-grijs gespikkelde koe, het bastaardteefje met de puppy's in haar buik, haar broer en haar neefjes en nichtjes, Appaiah en Avvaiah, Tukra de Poleyabediende en de kikkers die kwaakten op het veld en de mangoboom op de binnenplaats en...

'Ik ga nooit van huis weg,' zei ze vastberaden. Gauru glimlachte en kriebelde Devi door haar haar.

De weken gingen voorbij en de familie gaf langzaam de hoop op dat Gauru terug zou gaan. Pallada Nayak besliste dat ze met haar zoon een kamer in zijn huis mocht hebben zolang ze wilde, maar verder negeerde hij zijn kleindochter volledig. Haar ooms spuwden vol afkeer op de grond als zij langsliep en haar neven tikten op hun voorhoofd. Ze waren verloren, klaagden ze, want wie zou er nog een bruid willen uit een familie waarin de vrouwen zo schaamteloos hun echtgenoot verlieten?

Tayi bezocht het huis van de Pallada's zo vaak ze kon; ze was tenslotte met hen verwant via een achterachterneef en ze voelde intens mee met hun pijn. 'Wat voor ouders,' peinsde ze hardop, 'zouden nu graag een volwassen dochter de familienaam zo te grabbel zien gooien door haar echtgenoot te verlaten en weigeren terug te gaan?'

'Maar Tayi,' mengde Devi zich in het gesprek, '*akka* Gauru miste haar eigen huis.'

'Hou je mond, domoor,' zei Muthavva automatisch. Devi rolde achter Muthavva's rug nadrukkelijk met haar ogen. Waarom moest er zo'n drukte over gemaakt worden? Ze vond het fijn om bij *akka* Gauru op bezoek te gaan en met haar sari's te mogen spelen. En Devanna was toch zeker haar vriendje? Devi, niet van het soort dat zich door één afwijzing uit het veld laat slaan, had een nieuw offensief op hem losgelaten en de jongen had weinig kans gehad. Het duurde niet lang voordat hij, evenals ieder ander, was bezweken voor haar charmes.

Tayi probeerde met Gauru te praten. 'Het lijkt goed te gaan met de jongen,' zei ze op een dag terwijl ze naar de spelende Devi en Devanna keken. Gauru glimlachte.

'Heb je er al over gedacht om het bij te leggen met zijn vader?' vroeg Tayi door. 'Hij is je mán, Gauru. En Devanna zijn enige zoon...'

'Laat maar Tayi, het heeft geen zin.'

'Maar *kunyi*,' drong Tayi aan, 'als echtgenote heb je verplichtingen aan je man. En denk aan je kind. Je mag nooit tussen vader en zoon komen. Hoeveel onenigheid er ook tussen man en vrouw bestaat, een kind moet daar toch niet onder lijden?'

Gauru antwoordde niet, maar de tranen sprongen in haar ogen. De zachtmoedige Tayi zocht haastig naar een ander onderwerp. '*Uyyi!*' riep ze. 'Kijk die kleindochter van mij eens, ze zit aan je sari's!'

Gauru wierp een snelle blik op Devi, die in zijde gehuld voor Devanna heen en weer liep te paraderen. Ze lachte beverig. 'Ze vindt het leuk om mijn sari's en sieraden te dragen. Het enige wat ze niet leuk vindt zijn mijn armbanden.' Op dat moment pakte Devi een dubbele *kokkéthathi* en deed hem om; de ketting kwam tot haar middel. Devanna applaudisseerde opgetogen. Ze keken toe hoe Devi een sluier over haar hoofd drapeerde en daarbij over de kanten punten struikelde . 'Ik vind het fijn als ze komt, het doet Devanna goed.'

Tayi gaf Gauru een hartelijk klopje op de arm. Er was tijd genoeg, bedacht ze. Ze zou later nog wel eens proberen de vrouw gezond verstand bij te brengen.

Twee dagen later sprong Gauru in de waterput. Toen de bedienden 's ochtends water gingen halen, vonden ze haar met het gezicht naar beneden in de put drijvend, haar taillelange haar uitwaaierend als de ranken van een waterlelie.

De Nachimanda's gingen samen met de rest van het dorp naar het huis van de Pallada's om hun deelneming te betuigen. 'Niet dat ze het verdient, die slet,' werd er gegromd in het dorp, 'maar we zijn het Pallada Nayak verschuldigd.' Het lichaam werd op een rieten mat op de binnenplaats gelegd en de mensen bewezen plichtmatig de laatste eer. Toen het tijd werd voor de verbranding ontstond er enige opwinding. Waar was Devanna? Het was de taak van de zoon om zijn moeders brandstapel aan te steken. Waar had dat kind zich nu weer verstopt? Ze doorzochten het hele huis en de tuin, en stuurden de bedienden helemaal naar de velden om hem te zoeken. Pallada Nayak riep woedend om zijn achterkleinzoon, maar er was geen spoor van Devanna te vinden.

Devi liet haar hand uit Muthavva's greep glijden en ging haar vriendje zoeken. Ze kende de verstopplekjes waaraan volwassenen niet zouden denken. Ze zocht in Gauru's kast, al ontdaan van sari's, achter het koperen watervat in de keuken, tussen de lantana-struiken en vond hem ten slotte onder de kippenren, liggend op zijn rug.

Ze kroop naast hem. Devanna negeerde haar, maar Devi wist intuïtief dat er niets gezegd hoefde te worden. Ze graaide in de modder tot ze zijn vingers vond, klemde zijn hand in de hare en zo hielden ze zich schuil, samenzweerderig hielden ze hun mond terwijl de volwassenen hun kelen schor schreeuwden. Ze moesten Gauru zonder Devanna verbranden; in zijn plaats stak een neef de brandstapel aan. En toen de middag ten einde liep en de rouwtrommels eindelijk stilvielen, lagen de twee kinderen daar nog steeds in elkaars armen, tussen modder en kippenstront.

Pallada Nayak liet de bedienden de put dichtgooien en er een bananenboompje bovenop planten. Zijn toon was niet mis te verstaan toen hij zijn schoondochters aansprak. 'Wat gebeurd is, is gebeurd. Gebruik voor het huishouden vanaf nu het water uit de beek; ik heb de waterzoeker opgedragen een andere bron voor ons te zoeken totdat de put is gezuiverd. En er wordt geen kwaad meer gesproken over Gauramma of haar zoon.'

De Kambeymada's kwamen Devanna halen, maar geplaagd door een vaag maar hardnekkig schuldgevoel opperde Pallada Nayak dat het misschien beter was voor alle betrokkenen als de jongen werd opgevoed waar hij nu was, onder de hoede van zijn grootmoeder van moederszijde. Hij zou dan kunnen terugkeren naar de familie Kambeymada als hij wat ouder was. Die regeling kwam iedereen goed uit. Devanna's vader stemde al snel in en bedong dat hij maandelijks vijftien roepies zou sturen voor het onderhoud van zijn zoon. Kort daarna trouwde hij opnieuw, met een mollig aantrekkelijk meisje uit zijn eigen dorp dat hem al snel kinderen schonk. Hij bezocht Devanna steeds minder vaak, maar maakte wel duidelijk dat de familie Kambeymada zijn zoon met open armen zou ontvangen; Devanna kon terugkomen wanneer hij maar wenste.

Devanna reageerde op zijn moeders dood zoals te verwachten was. Hij begon weer in bed te plassen en werd midden in de nacht wakker, huilend om zijn moeder. Dan streelden de vrouwen in het huis zijn arm en vertelden ze hem bedroefd dat Gauru het beste had gedaan wat ze kon doen; haar dood verzachtte de schande die ze over de familie had gebracht. 'Onze *raja kunyi*, ons koningskind,' zongen ze zachtjes in een poging hem weer in slaap te krijgen, maar Devanna werd pas kalm als ze hem beloofden de volgende ochtend Devi te gaan bezoeken. Het gebeurde zo vaak, en hij werd zo vaak naar het huis van de Nachimanda's gebracht, dat Tayi al snel opperde dat het makkelijker zou zijn als hij gewoon zou blijven. Er werd een matras voor hem neergelegd bij de andere jongens in het huis en daar sliep hij rustig, de hele nacht door. Geleidelijk aan hield hij op met vragen naar zijn moeder.

Ze werden een vertrouwde aanblik in het dorp, de kleine bleke onruststookster en haar broodmagere aanbidder; was hij eerder door Devi gefascineerd, nu hing Devanna aan haar als een behoeftige pup. Devi op haar beurt was zijn oppasser en beschermer. Geen kind waagde het Devanna scheef aan te kijken of te plagen als Devi in de buurt was. 'Stelletje waardeloze pummels!' krijste ze dan, en ze wierp zich schoppend, krabbend en stompend op de boosdoeners tot die om genade smeekten. Ook de Nachimanda's accepteerden dit nieuwe speelkameraadje van Devi en namen hem op in de familie.

Te jong nog voor de dorpsschool konden beide kinderen de hele dag ronddartelen in de velden en aangrenzende bossen, met Tukra en de andere jonge bedienden die het vee lieten grazen. Van de Poleya's leerden ze katapults maken uit de draderige bast van de bairiboom en pijlen van de stekels van egels; ze brachten hen naar geheime plekjes waar de sappigste moerbeien en de dikste paddenstoelen groeiden. Ook lieten de Poleya's hun de druipende honingraten zien in de holtes van de kabbabomen en de zonovergoten stenen waar grillige koningscobra's met glinsterende kappen 's nachts paarden – dat zei men, althans. Ze leerden hun de holen van de wilde konijnen te vinden in het gras en krabben te vangen met lussen van kippendarm.

De krabbenkreek had water dat afhankelijk van het licht soms blauw en soms bleekgroen was en lag aan de voet van de velden. Devi en Devanna waadden vaak naar het ondiepe stuk, waar rode, gele en groene kikkertjes, niet groter dan een roepiemuntje, geschrokken bij hen vandaan sprongen. Met hun benen in het kabbelende, warme water lieten ze een stuk darm in het water zakken, het roze uiteinde stevig in hun handen. Dan bleven ze wachten, glunderend van voorpret. De kreek schitterde om hen heen, de glanzende oppervlakte nu en dan onderbroken door een rimpeling. De krabben kwamen op de darm afscharrelen en sloegen hun scharen erin. Dan konden Devi en Devanna ze in één vloeiende beweging uit het water tillen, met de vastgeklemde overrompelde krabben als edelstenen aan een vreemd soort ketting.

De regentijd brak aan. Tayi liet urenlang schapenbotten met uien en peperkorrels op het vuur sudderen om kommen verwarmende bouillon te maken. Paddenstoelen schoten rond boomstammen uit de grond en het pad naar het huis van de Nachimanda's veranderde in een modderpoel. Devanna zat tevreden binnen bij het vuur met slakkenhuisjes en knikkers te spelen, maar Devi kon geen ogenblik stilzitten en liep om de haverklap naar het raam om naar de neerkletterende regen te kijken, of glipte de veranda op om haar hand in de regen te houden, ondanks Muthavva's vermaningen om niet nat te worden.

Uiteindelijk dreven de wolken uiteen. De planttijd met zijn lange dagen en slopende werk liep ten einde en het jachtseizoen begon. Devanna zat, gebogen over een stapel kanniboomschors, op de veranda van de woning van de Nachimanda's. Thimmaya zou Devi en hem de volgende dag mee uit jagen nemen, maar eerst had hij hun de taak toebedeeld lontjes te maken voor de stokoude geweren. Devi was er al snel mee gestopt, maar Devanna was rustig blijven doorwerken. Hij wreef de repen tussen zijn handen en draaide er lonten van. Hij genoot van het gevoel van de knobbelige, houterige lonten in zijn handen en van de vage rookgeur uit de keuken, waar ze boven het vuur hingen te drogen.

Hij ging op zijn hurken zitten en bestudeerde de groeiende stapel. In dit deel van de jacht had hij plezier. Hij kon urenlang geconcentreerd zo blijven zitten en alle lonten precies even lang en dik maken. De kat, in het zonnetje op de veranda, streek langs zijn benen en hij boog voorover om haar zachtjes op de kop te krabben. Maar aan de jacht zelf had hij een ontzettende hekel. De geluiden van de stervende dieren, de wanhopige uitdrukking in hun ogen, de geur van bloed en het knarsen van kraakbeen wanneer de mannen hun prooi stroopten en slachtten. Ineens onrustig keek hij uit over de velden en hij vroeg zich af waar Devi was.

Ze vertrokken de volgende ochtend vroeg. Thimmaya bond Devi op zijn rug met een oude sari van Muthavva en een van de oudere jongens hees Devanna op zijn schouders. Ze trokken stilletjes door het woud om het dorp, op hun hoede voor slangen en voor de duimlange, roestkleurige schorpioenen die je zulke gekmakende pijnen konden toebrengen dat zelfs volwassen mannen er soms bewusteloos van raakten. Devi's broer Chengappa hief plotseling zijn hand op en het gezelschap hield halt. 'Daar,' wees hij fluisterend.

Devanna's hart begon te bonzen. Hij draaide zijn hoofd snel om en keek Devi strak aan. Ze stond doodstil met opengesperde neusgaten en uitgestrekte hals voor zich uit te kijken. Hij bleef naar haar kijken en probeerde nergens anders aan te denken; niet aan het musket dat geheven werd en evenmin aan het vizier dat het doelwit volgde. Plotseling was er een vreselijke knal en een oranje flits van buskruit. Het bos kwam tot leven; apen krijsten in de takken boven hen, vogels vlogen verschrikt roepend en krassend op. Devanna ademde langzaam uit.

Meestal gunden de mannen de kinderen de eer om het eerst bij het geschoten dier te zijn. Dat was deze dag ook zo en Devi won. 'Ik ben de *bal battékara*,' hijgde ze en ze streek opgetogen over het warme lijf van een gevlekte ree. 'Ik ben net zo moedig als de jager, ik was het eerst bij de prooi!'

Toen het jachtgezelschap zelfvoldaan en onder de bloedvlekken in het dorp terugkeerde, schreeuwde Muthavva het zoals altijd uit van schrik. '*Uyyi*, kijk dit kind nou toch. Iguthappa Swami, waarom kan ze zich niet als een meisje gedragen in plaats van als een kleine wilde?'

Tayi pakte een tang en haalde een paar gloeiende sintels uit het vuur. Ze legde ze op een metalen bord, voegde een handvol rijst uit de kookpot toe en een scheutje water. Het sissende aswater sprenkelde ze snel uit over de hoofden van de kinderen om alle kwade geesten die ze uit het woud meegebracht zouden kunnen hebben onschadelijk te maken, en toen schoof ze het bord naar Muthavva. 'Hier, snel,' zei ze tegen haar schoondochter, 'zuiver alle anderen en het wild, voordat het kwaad wortel kan schieten.' Nu Muthavva was afgeleid, bracht Tayi Devi en Devanna snel naar het betegelde badhuis, weg van Muthavva's woede. Ze goot potten dampend water over hen uit terwijl ze giechelend op de vloer hurkten, en ze zong met onwelluidende stem een liedje voor hen.

Het mooie meisje is niet meer zoek
Zij is bij haar dierbaren op bezoek,
Robijnen glinsteren om haar hals
Haar enkelbanden schitteren als de zon,
Hier is onze schone
Nat van de regen is ze gekomen.

Devi kneep haar ogen stijf dicht terwijl het water over haar heen stroomde. Voor Devanna leek zij precies de kletsnatte schone uit het liedje.

3

Een jaar verstreek, en nog een. De bananenboom in de gedempte put kreeg een krans van uitwaaierende bladeren en een dikke paarse knol, die openbarstte en rijen geurige witte bloemen bleek te bevatten. De bloemen verdroogden en vielen op de grond, en volle trossen kleine vruchten bleven in de boom achter. Toen de bananen geel en rijp waren, werd de boom omgehakt en de put weer geopend. Het water werd als gezuiverd en weer geschikt voor menselijke consumptie beschouwd.

Diezelfde week zocht Pallada Nayak Thimmaya op. 'Zoals je weet, Thimmaya,' zei hij, terwijl hij de sinaasappels schilde die Muthavva hun gebracht had, 'heb ik Devanna ingeschreven voor de missieschool in Madikeri. Ik moet die jongen toch minstens een goede opleiding geven? Maar wat een stompzinnigheid bij de jeugd van tegenwoordig: die sukkel zit nog steeds te grienen als een meisje!'

Hij stampte met zijn wandelstok op de veranda om zijn ongenoegen kracht bij te zetten. Die jongen stelde zijn geduld danig op de proef. Devanna bleef maar vragen of hij met Devi mee mocht naar de dorpsschool, maar de Nayak was vastbesloten zijn plan door te zetten. Het was nu al vier maanden geleden dat Devanna's vader op bezoek was geweest. Was de jongen niet goed genoeg voor hem? Wat deed het ertoe dat de Kambeymada's stinkend rijk waren? De Pallada's waren toch ook in goeden doen? De beledigde Nayak was vastbesloten van Devanna een van de hoogst opgeleide jongemannen van heel Kodagu te maken; hij zou zorgen dat de Kambeymadaclan trots op hem kon zijn. Als Devanna nu maar eens wat meer gezond verstand toonde. De Nayak had op hem ingepraat en zelfs zo nu en dan zijn toevlucht genomen tot een pak slaag, maar de jongen bleef maar zeuren.

'Tsja...' mompelde hij afwezig terwijl hij zijn sinaasappelpitten in de schil spuugde. Thimmaya knikte begrijpend, maar vroeg zich af wat dit alles met hem te maken had. 'Ehhh.' De Nayak ging rechtop zitten, schraapte zijn keel en besloot tot de kern te komen. 'Thimmaya,' zei hij kordaat, 'waarom schrijf je Devi *kunyi* niet ook in op die school? Het schoolgeld is uiteraard geen probleem, daar zorg ik voor. Laat de kinderen samen gaan, misschien zal Devanna dan kalmeren.'

Dat beviel Thimmaya wel. Zijn oogappel zou naar een moderne school gaan en Engels leren spreken zoals de blanken. Hij stemde snel toe, maar Muthavva vond het afschuwelijk. Het kind was al zo lastig en nu wilde hij haar nog meer bederven door haar naar die nieuwerwetse school te laten gaan? Wie weet welke duivelse ideeën ze haar zouden leren? Wilde hij soms dat zijn enige dochter hun eigen gewoontes zou vergeten? 'Allemachtig,' fluisterde ze in pijnlijke verwarring, 'ze zeggen dat de missionarissen hun achterste niet eens wassen!'

Thimmaya barstte in lachen uit. 'Waar haal je die onzin vandaan, vrouw? Als je daar zo bezorgd over bent, geef haar dan een koperen kruik mee om mee te nemen naar het toilet.'

Het was Tayi die de vrede herstelde. Was er ooit iemand slechter geworden van onderwijs, vroeg ze. Devi bofte dat ze de gelegenheid kreeg naar zo'n dure school te gaan. 'Het is een zegen van de Heer,' zei ze, 'dat ons kind de kans op een moderne opleiding krijgt. We moeten met de tijd meegaan.' En waar had je eigenlijk ouderen voor in een familie? Moesten die er niet voor zorgen dat Devi opgroeide in de tradities van Kodagu? 'Maak je geen zorgen,' stelde Tayi Muthavva gerust, 'jij en ik zullen erop toezien dat ze al onze gebruiken leert, en de zeven *Shastra's*.'

De twee kinderen werden ingeschreven voor de eerste klas van de missieschool. De novices stuurden Thimmaya naar de manufacturenwinkel in Madikeri, waar hij twee lappen geruite katoen kocht, afkomstig uit Cannanore.

'Tssk,' zei Tayi vol afkeer toen Thimmaya haar die bracht met een gedetailleerde beschrijving voor een bloes met korte mouwen en een schort. Ze verknipte een oude sari en verlengde de mouwen van de bloes daarmee tot ze over Devi's polsen vielen. Vervolgens naaide ze een brede strook stof aan het schort, zodat de zoom zedig tot om haar enkels viel. De missionarissen waren zo blij met het knappe meisje, één van de vijf op de hele school, dat ze de vrijheden die Tayi zich had veroorloofd met het uniform maar door de vingers zagen.

Nu Devi bij hem bleef hield Devanna op met jammeren en ontdekte hij zijn grote talent om te leren. Hij zoog de leerstof op zoals gedroogde bonen een stortregen en dook met veel plezier in zijn boeken. Moeiteloos leerde hij lezen, tot ergernis van Devi, die worstelde met elke lettergreep. Hij begreep de ingewikkelde principes van de wiskunde al terwijl de andere kinderen nog moeite hadden met vermenigvuldigen en delen. Vaak loste hij de sommen vlugger op dan de onderwijzers ze konden uitschrijven op het bord.

Zijn leraren prezen hem uitbundig en wezen steeds weer op de kwaliteit van zijn huiswerk en zijn onberispelijk schuinschrift, dat de rest van de leerlingen ten voorbeeld werd gesteld. In het begin draaiden de pestkoppen uit de klas zich dreigend naar hem om als de onderwijzers het niet zagen en beloofden ze hem fluisterend een pak slaag als de school uitging. Maar Devi maakte daar snel een eind aan. Met vlammende ogen schold ze geluidloos terug totdat ze, vol ontzag voor haar venijn, weer braaf in hun boeken keken. Het duurde niet lang voor het pesten helemaal gestopt was.

Devanna was het lievelingetje van alle leraren, maar niemand was zo dol op hem als priester Gundert, het hoofd van de missiepost.

Hermann Gundert was ruim drie jaar geleden naar Kodagu gekomen. Drie jaar, vijf maanden en zestien dagen geleden, om precies te zijn. Toen de autoriteiten hem voorgesteld hadden een missiepost op te richten in Kodagu, had Gundert al geweten dat het tijdverspilling zou zijn. De Kodava's waren koppige, aan palmwijn verslaafde wellustelingen die te veel gehecht waren aan hun heidense gebruiken om zich te bekeren. Ze noemden zichzelf hindoes, maar hadden zich behendig onttrokken aan de greep van de brahmanen, net zoals ze de mohammedaanse sultans van Mysore en hun bekeringspogingen hadden weerstaan. Ze kozen wat hun aanstond uit de tradities van het hindoeïsme, maar bleven vasthouden aan hun eigen primitieve geloof in voorouders en de geesten van het land. Als ze kans zagen om alle belangrijke mijlpalen in hun leven – geboorte, naamgeving, huwelijk en het laatste sacrament – te voltrekken zonder dat er een brahmaan in de buurt was, waar kon de christelijke Kerk dan nog op hopen? Niettemin had Gundert ingestemd. Na meer dan een kwart eeuw in India met om de drie of vier jaar overplaatsing op eigen verzoek waren er nog maar weinig plaatsen waar hij nog niet geweest was.

Hij had het opzetten van de post aangepakt met zijn gebruikelijke efficiëntie en kon na een succesvolle aanvraag beschikken over een stuk grond naast de kerk van Madikeri. Vervolgens verdiepte hij zich in de Kodava's en hun land. Hij besteedde uren aan het uithoren van plaatselijke Europeanen en het napluizen van hun indrukken: innemend, maar een beetje boers; strijdvaardig, een zekere afstand bewaren kan geen kwaad; opvliegend, maar goudeerlijk; een knap ras met aantrekkelijke vrouwen. Hij bezocht de plaatselijke bibliotheek, waar hij de verslagen las van rechters, soldaten, bestuurders en andere gezagsdragers van het Britse Rijk die in Kodagu terechtgekomen waren. Hij nam een privéleraar in dienst om de streektaal te leren en voerde lange gesprekken met de staf van de missie en de stadsbewoners. Gundert maakte uitgebreide verslagen van deze besprekingen en vatte alles wat hij gehoord en gezien had samen in een reeks aantekeningen.

'Notitie 1: Het betreft een mooi ras van onbekende oorsprong. De mensen vormen een stam in de hooglanden, vrij van het keurslijf van het kastesysteem, en ze tonen het manhaftige gedrag en de onafhankelijke geest van mensen die al sinds onheuglijke tijden ware heersers over hun grond zijn. Zij bewegen zich met een zelfvertrouwen dat plezierig aandoet. Ik word vaak door ze benaderd met een gezonde nieuwsgierigheid naar wie ik ben. En in verrassende tegenstelling tot de elders zo vaak aangetroffen onderdanigheid aarzelden zij niet mij stevig de hand te drukken.

'De mannen zijn veel langer dan de gemiddelde Indiër en zijn opmerkelijk breed van schouders en borst. Zij zijn meestal lenig en gespierd en bewegen zich soepel, ongetwijfeld dankzij de lichamelijke arbeid op hun landerijen en de jacht. Ze hebben dik, krullend haar, vaak een kromme neus, en verleidelijk mooi gevormde, heldere ogen met vaak grijze of groene irissen. Hun huidskleur loopt uiteen. De elders in het land zo veel voorkomende bruine tint wordt hier sporadisch aangetroffen; de meesten hebben een olijfkleurige huid en sommigen zijn zo blank dat ze bijna voor een Europeaan kunnen doorgaan. Hun kleding is bijzonder smaakvol; de zwarte tuniek, of *kupya*, accentueert de goedgevormde rug en gespierde armen en het uitbundig krullend borsthaar in de V-hals aan het voorpand legt sterk de nadruk op hun mannelijkheid. De brede sjerp en de versierde dolk trekken de blik onverbiddelijk naar de slanke taille en heupen.

'Ja, men kan het Sir Perry met overtuiging nazeggen: "Het is veruit het verleidelijkste en aantrekkelijkste volk dat mijn oog in vele jaren heeft getroffen."

(Zie Sir Eskine Perry: *Een panoramisch gezicht op India, dagboekfragmenten van het platteland, Nepal en Ceylon; circa 1855.*)'

Zijn aantekeningen over de vrouwen waren opmerkelijk beknopter.

'Notitie 2: De vrouwen zouden aantrekkelijk te noemen zijn, afgezien van dat betreurenswaardige betelkauwen; dat is vooral onder oudere dames heel gewoon en het laat op hun tanden en lippen een felrood waas achter. Zij lijken tamelijk gezond en stevig van postuur, maar de meesten voelen zich helaas aangetrokken tot dezelfde smakeloos felle kleuren die hun zusters elders in India het liefst in hun kledingkast zien.'

'Notitie 12: Er is een duidelijke sociale hiërarchie, met groot respect voor degenen die ouder zijn dan zijzelf. Het aanraken van de voeten van een ouder persoon is een teken van eerbied en een kans om zegen te ontvangen van iemand die al langer leeft. Elke oudere van het mannelijk geslacht moet worden aangesproken met *anna*, oftewel oudere broeder, en elke oudere vrouw als *akka*. De arbeiders en bedienden moeten hun meesters en meesteressen, ongeacht leeftijd, aanspreken met *anna* of *akka*. Alle schoonmoeders worden *maavi* genoemd en schoonvaders *maava*. De zeer ouden worden beschouwd als universele grootouders. Zij worden door iedereen aangesproken als *tayi* of grootmoeder, en *thatha* of grootvader.'

'Notitie 36: Net als andere stammen in het hoogland hebben de Kodava's een onwankelbaar gevoel van verwantschap. Iedereen is loyaliteit verplicht aan zijn of haar familie, en alle families zijn verbonden met elkaar en met de grond. Men wordt in de eerste plaats geboren als Kodava, en pas dan als Indiër of hindoe. Toch is er een groot aantal afgoden dat zij aanbidden; de twee machtigsten zijn Heer Iguthappa of Iguthappa Swami, de god van de heuvels, en Ayappa Swami, de god van het woud.'

De Kodava's waren buitengewoon gastvrij geweest; Gunderts bezoeken brachten onveranderlijk een nerveuze opwinding in de huizen teweeg. De vrouwen haastten zich om het keukenvuur op te stoken, te zijner ere schone sari's aan te trekken en zich te behangen met sieraden. Hij werd meestal warm onthaald door de mannen op de veranda, waar een groep kinderen met opmerkelijk schone gezichten en nat, pasgekamd haar de conversatie probeerden te volgen. Ze voorzagen hem ruim van eten en drinken, maar op het moment dat hij het onderwerp bekering aansneed reageerden de Kodava's hooghartig en afstandelijk. Ze lieten hem in niet mis te verstane bewoordingen weten dat hij zich niet moest bemoeien met hun privézaken. Als hij bleef aanhouden keken ze hem ongelovig aan en reageerden vervolgens geamuseerd; mogelijk herkenden ze iets in zijn vasthoudendheid. Ze zetten de crucifixen en rozenkransen die hij hun gaf tussen de andere snuisterijen in hun huis – uiteraard ver van de plekjes waar ze hun eigen goden geïnstalleerd hadden. Vervolgens deden ze hem uitgeleide met hun tegenge- schenken – beeldjes van sandelhout, een mooi hertengewei, potten pruimenjam – en nodigden hem uit vooral nog eens te komen.

Na een jaar hard werken waren zijn enige bekeerlingen een paar handelslieden uit de aangrenzende deelstaten die zich in Kodagu gevestigd hadden. Van de echte Kodava's had alleen een dronken nietsnut zich laten verleiden door de toezegging van land en het aanbod zijn schulden te betalen. De priester doopte hem Madappa John, maar elke hoop op meer bekeringen ging snel in rook op. John was onmiddellijk door zijn familie onterfd en ook zijn vrouw wilde niets meer met hem te maken hebben. Hij verviel weer in zijn oude gewoonte 's avonds naar de palmwijnbar te gaan en al snel daarna verdween hij om nooit meer gezien te worden.

De priester besloot tot een andere strategie, in het besef dat de jongere generatie de sleutel tot succes was. Hij staakte zijn open- lijke pogingen tot bekeren en herformuleerde zijn belangrijkste doel als de oprichting van een school in Madikeri. De Kodava's reageerden snel, maar behoedzaam; er kwamen kleine aantallen kinderen van de meer vermogende families binnendruppelen. De kwaliteit van onderwijs was ontegenzeggelijk beter dan elders in de streek, en toen de mensen na een paar maanden ontdekten dat hun kinderen niet direct gevaar leken te lopen besmet te raken met het christelijk geloof, kreeg men langzamerhand vertrouwen in de school. De priester wist dat het slechts een kwestie van tijd was tot de schoolbanken vol zouden zitten. En als het zover was, zou hij Bijbellessen in gaan roosteren, misschien zelfs een wekelijkse mis.

De priester lette scherp op zijn leerlingen. Zij vertegenwoordig- den de hoop en de toekomst van dit land, en zijn taak om hen op te leiden en te ontwikkelen volgens de beste westerse tradities nam hij zeer serieus. Hij stelde hoge eisen, even hoog als hij aan zichzelf stelde. Wee degene die onvoorbereid naar Hermann Gunderts les kwam. 'Nee,' zei hij dan botweg. 'Nein, dat is niet correct.' De onge- lukkige moest dan naar voren komen, waar de priester hem in een hoek van het klaslokaal liet staan.

Het verbaasde de leerlingen dat de straffen van de priester het hardst aankwamen, hoewel hij hen nooit met een rietje sloeg of hun oren omdraaide tot ze met een kreet door hun knieën zakten, zoals de andere leraren. 'Het komt door hoe hij kijkt,' zeiden ze huiverend, 'met die strakblauwe ogen, de kleur van de middaglucht.' Het kwam door de manier waarop hij hen toesprak; de beheerste, haast te zachte stem waarmee hij fijntjes zijn teleurstelling uitte bewoog zelfs de grootste lastpak tot tranen.

Gundert wist niet precies wat hem het eerst zo aangetrokken had in Devanna. Had hij van de andere leraren iets opgevangen over de zelfmoord van Devanna's moeder, God hebbe haar ziel? Nee, dat kon het niet geweest zijn. Zelfmoord plegen was hier bijna een levensstijl, met excuses voor de woordspeling. Al snel na aankomst had Gundert tot zijn ontzetting ontdekt dat de Kodava's zelfdoding schenen te beschouwen als een eerzame oplossing voor de meest uiteenlopende problemen. Er ging geen maand voorbij zonder het bericht dat iemand zijn geweer tegen zijn hoofd had gezet, zijn diamanten ringen had ingeslikt of een fatale duik in een snelstromende rivier had genomen.

Het was iets anders geweest. Er waren wel aantrekkelijker kinderen dan Devanna, maar iets in zijn bleke gezicht en rusteloze ogen bleef Gundert bij na het afroepen van de namen die dag. Hij zag kans om een paar lessen bij te wonen en was aangenaam verrast door de overduidelijke intelligentie van de jongen. Toen de rekenleraar de klas een paar ingewikkelde sommen opgaf en Devanna die zonder zijn lei te gebruiken uit het hoofd oploste, was zijn lot voorgoed bezegeld. Gundert nam het kind onder zijn hoede.

Toen Pallada Nayak hem bij zich riep, moest Devanna zijn zenuwen bedwingen en vroeg hij zich af wat hij verkeerd had gedaan. Tot zijn verbazing klopte de Nayak hem op de rug en zei hij lachend dat het duidelijk erg goed ging op school, want de priester had de Nayak toestemming gevraagd Devanna twee keer per week extra les te geven. Devanna was overduidelijk gezegend met het denkvermogen van de Nayak, in tegenstelling tot de rest van zijn suffe kroost.

Devanna kon zijn oren nauwelijks geloven. De priester had om hem gevraagd. Om hem! In de met rozenhout gelambriseerde studeerkamer zaten ze tegenover elkaar, de grijzende priester en zijn beschermeling, en bogen ze zich over teksten uit Gunderts persoonlijke collectie. Devanna vond het heerlijk die boeken vast te houden, met hun roomwitte papier en hun korrelige, vergulde randen, en de geur van naftaleen die uit de bladzijden opsteeg en zijn neus prikkelde. Hij genoot van de schorre keelklanken waarmee de priester hardop voorlas. Devanna begreep niet alle woorden, maar de gedichten riepen beelden op in zijn hoofd; prachtige taferelen van groene weiden, stenen paden en bloemen die hij nog nooit gezien had. Bloemen met namen als kro-kus-sen en i-ris-sen en nar-cis-sen, die hem even mooi in de oren klonken als Tayi's liedjes.

Op een middag was de priester aan het voorlezen toen er iets tussen de bladzijden van het boek uit viel. Devanna bukte zich direct om het op te rapen en keek nieuwsgierig naar de gekartelde indigo stempel op de achterkant. *William Henderson & Sons, Fotografische Studio. Madras, circa 1861.* Hij draaide de foto om. Een veel jongere priester lachte hem toe. Hij stond naast een andere, steviger gebouwde jongeman met een eveneens geamuseerde blik en een geposeerde houding: hij hield één hand op zijn heup en de andere aan de revers van zijn jasje. 'Wie is dat, Eerwaarde?' vroeg Devanna timide, terwijl hij de foto op tafel teruglegde. Gundert ging door met lezen alsof hij niets had gehoord, maar hield toen plotseling op, midden in het gedicht.

'Olaf,' zei hij kortaf en hij pakte de foto op en legde hem weer in het boek. 'De man naar wie jij vroeg heette Olaf.' Hij keek uit het raam naar het afnemende licht, sloot het boek met een klap en beëindigde de les abrupt. Zijn norsheid kwetste Devanna; hij pakte stilletjes zijn lei op en vertrok.

Gundert zat alleen in het klaslokaal met het boek nog in zijn handen. Hij streek met zijn duim langzaam over het leren omslag. Olaf. Hoeveel jaar was het geleden dat hij die naam hardop uitgesproken had? Olaf, dierbare Olaf. Olaf en hij, hartsvrienden en zielsverwanten voor altijd, zorgeloos in de bossen. Wat was Olaf mooi geweest, met de wind in zijn haar, lachend terwijl zijn vlieger opsteeg in de lucht.

Broeders in alles, behalve in bloed.

Later, toen het eerste dons op hun wangen verscheen, begon hun wereld te veranderen. Plotseling had Olaf geen belangstelling meer voor hun vistochtjes, zelfs niet toen de bejaarde Uwe thuiskwam met de grootste forel die ooit in hun contreien was gezien. Hij had geen zin meer om op konijnen te jagen of met de honden rond te dollen in het bos, maar hing liever op het dorpsplein om naar de langskomende vrouwen te kijken. 'Kijk haar eens', fluisterde hij dan tegen Gundert en hij gaf hem een fikse por in zijn ribben als er een bijzonder aantrekkelijke jongedame langskwam. Tot zijn genoegen ontdekte Olaf dat het andere geslacht hem ook aantrekkelijk vond. Hij glimlachte naar hen, lichtte zijn hoed en knipoogde brutaal en werd beloond met een blosje van opwinding, steelse blikken en een enkele keer zelfs een hartverwarmende knipoog terug.

Hermann vond het walgelijk. Het maakte hem razend als de meisjes koket naar Olaf teruglachten en hun taxerende blikken op Olafs lichaamsbouw vervulden hem met afkeer. Als ze de vergissing maakten zich tot hem te wenden, bleef hij hen koud aanstaren tot ze hun ogen neersloegen en al snel zochten ze geen toenadering meer tot hem. Hij had geprobeerd Olaf van zijn nieuwe hobby af te brengen. Hij kleineerde de meisjes die Olaf leuk vond, wees op dikke enkels of behaarde armen. Olaf liet zich er niet door ontmoedigen. 'Zeg, hou eens op met mopperen', zei hij goedgeluimd, 'waarom ga je zelf niet iemand zoeken om plezier mee te maken?'

'Ik ben niet van plan', reageerde Hermann stug, 'om zoiets stoms te doen.'

Hermann was te trots om te bedelen om de aandacht van zijn vriend en elke keer dat Olaf hem afwimpelde verborg hij zijn teleurstelling. Hij trok onverschillig zijn wenkbrauwen of schouders op als Olaf zei dat hij geen tijd had om iets met hem te doen. 'Het zal wel overgaan', stelde hij zichzelf gerust, 'het is maar een fase.

Olaf zal gauw genoeg hebben van die... die *sloeries*.' Binnenkort zouden ze weer gewoon met zijn tweeën zijn; Olaf zou slaperig van de middagzon luisteren naar wat Hermann voorlas, Heines Rhampsinitus misschien, of zelfs *Goden van Griekenland*. Maar diep vanbinnen wist hij dat hij zijn vriend kwijtraakte. Hij keek wanhopig toe hoe Olaf zich vermaakte in het dorp en luisterde met geveinsd enthousiasme als Olaf uitgebreid over zijn afspraakjes vertelde. Zijn hart kromp ineen van jaloezie en een triest, ondoorgrondelijk verlangen.

Hij had troost gevonden in de kerk. Hermann ging altijd al graag naar de mis; hij genoot van het koele, albasten beeldhouwwerk, de rechte banken en de ingetogen koorzang. Hij had altijd een beetje opgekeken tegen de broeders met hun onberispelijk witte gewaden en de onlosmakelijke zuiverheid van het celibaat. Nu voelde hij zich nog meer aangetrokken tot het serene interieur van de plaatselijke parochie. Als de innerlijke pijn ondraaglijk werd en de vernedering als een dikke, verstikkende laag in zijn mond lag bracht hij er uren door. Ongezien zat hij in de donkere nissen van de kerk en keek zwijgend toe terwijl de parochianen binnendruppelden voor hun stille gebeden. In de stoïcijnse aanvaarding van de één, de overvloedige tranen van een ander en de geprevelde schuldbelijdenis van een derde leek Hermann tijdelijk troost te vinden voor zichzelf.

> *Christus, du Lamm Gottes, der du trägst die Sünde der Welt, erbarm dich unser.*
> *Christus, Lam van God, die de zonde van de wereld wegneemt, wees ons genadig.*

Toen de missieautoriteiten naar het dorp kwamen om nieuwe medewerkers te zoeken, besefte Hermann in een flits dat ze speciaal voor hem kwamen. De Heer had hem in Zijn oneindige goedheid de weg gewezen. Hij vertrok zo snel mogelijk naar Basle om gevormd te worden, tot groot verdriet van zijn ouders.'Waarom?' had zijn moeder gehuild. 'Waarom de Kerk terwijl je hier zo veel hebt?

De grond en het huis, het is allemaal van jou, waarom moet je weg?'
Hermann had er het zwijgen toe gedaan en zijn verwarde gevoelens
genegeerd. Hij vertrok zelfs zonder afscheid te nemen van Olaf.
Bijna twee jaar later was hij teruggekomen, kalm en gereserveerd. Hij was tot geestelijke gewijd, geschoold in de Engelse taal,
in plantkunde, geschiedenis en de beginselen van de geneeskunde
en daarmee volledig toegerust om het woord van de missie te verspreiden in het buitenland. Hij zou maar kort thuis zijn om afscheid te nemen van zijn ouders voor hij met de missie naar India
ging. Het nieuws van zijn bezoek had zich snel door het dorp verspreid, zoals dat meestal gaat, en Olaf was bij hem langsgekomen.
De oude *verboten* gevoelens kwamen weer naar boven en Hermann
probeerde ze uit alle macht van zich af te schudden.

Het was een sombere, verdrietige Olaf die tegenover hem zat.
Hij was alweer afgewezen en had liefdesverdriet. Hermann luisterde afwezig naar zijn ellende. Hij kende zijn vriend goed en wist dat
hij al snel weer zou opkrabbelen. Als toonbeeld van beheersing zat
Hermann daar, terwijl de regels van Dante door zijn hoofd speelden op de maat van de tikkende koekoeksklok:

> *Wat u het diepst bemint verlaat u in grootste ijl:*
> *De boog van ballingschap schiet dit als eerste pijl.*

Hermann liet zijn blik hongerig over Olafs gezicht dwalen om het
zich goed in te prenten; het bijna onzichtbare litteken bij de slaap
dat hij opgelopen had bij een tocht in het bos, de amberkleurige
wimpers die goud kleurden in de zon.

En ineens had hij een idee gekregen.

Impulsief had hij zich naar voren gebogen en Olaf dringend gevraagd met hem mee te gaan naar India. 'Denk erover na,' drong hij
aan, 'de missie heeft vrijwilligers nodig. Blijf een jaar bij ons, dan
zul je als een held terugkeren.' Hij onderdrukte een korte vlaag van
gewetenswroeging door zichzelf wijs te maken dat hij dit alleen
voor Olafs bestwil deed. Ze hadden werkelijk vrijwilligers nodig
in India. De reis zou Olaf de kans geven zijn horizon te verruimen

en zijn ervaringen, *excusez le mot*, te verbreden, zodat hij over zijn liefdesverdriet heen zou komen.

Het plan, hoe dol ook, sprak de wispelturige Olaf aan. India! Wat zouden zij een avonturen beleven, Hermann en hij! Wat zou Margarethe huilen als ze hoorde dat Olaf vertrokken was en wat zou ze de dag betreuren dat ze hem afgewezen had!

Kort daarna zaten ze op een stoomschip met bestemming Madras. Olaf klom op de reling toen de wazige kustlijn eindelijk in zicht kwam. 'India!' schreeuwde hij. 'Magisch, oeroud India!' Hermann had er lachend bij gestaan, met de smaak van zout water op zijn lippen en genietend van het enthousiasme van zijn vriend. 'Hermann, jij en ik zullen dit land voorgoed veranderen,' riep hij stralend. 'Wat zullen we veel te vertellen hebben als we terug zijn. Hoe kan Margarethe me dan ooit nog weerstaan?'

Nog geen twee uur nadat ze de haven waren binnengelopen hadden ze in jeugdige opwinding een talbotypie laten maken; bedwelmd door een mengelmoes van geuren en geluiden had vooral Olaf zich laten verleiden door het uithangbord van de fotograaf, dat vermeldde alle Europese valuta aan te nemen.

Tuberculose, had de arts in het Onze-Lieve-Vrouweziekenhuis nog geen maand later emotieloos gezegd. Het kwam veel voor. Hermann had de handen van de arts wel van Olafs lichaam af willen slaan, maar hij herstelde zich en bedankte de man beleefd voor zijn tijd. Wekenlang was hij nauwelijks van Olafs zijde geweken. Hij wiegde zijn vriend in zijn armen en fluisterde woorden van troost of misschien ook spijt in zijn bezwete haar. Hij zag machteloos toe terwijl Olafs toestand verslechterde: de klonten bloed en slijm, de etter die zijn gouden wimpers veranderde in zompig modderbruin, de verwarde stem waarmee hij om zijn moeder of om Margarethe riep.

Toen Olaf stierf leed het voor Hermann geen enkele twijfel dat hij hem had gedood. Hij wist het zo zeker alsof hij eigenhandig een pistool tegen zijn hoofd had gezet. Olaf was alleen op zijn aandringen naar India gekomen en was deze vreselijke dood gestorven omwille van het onuitgesproken verlangen in Gunderts zwakke, verachtelijke hart.

45

'*Hermann, jij en ik zullen dit land voorgoed veranderen.*'

Gundert had zich op zijn werk gestort alsof hij besloten had dat voornemen in zijn eentje waar te maken. De jonge missionaris was onvermoeibaar. Hij predikte het evangelie, richtte scholen op, bewerkte de lokale autoriteiten en wierf bekeerlingen. Hij werkte tot diep in de nacht door en stond vroeger op dan wie ook. Maar hoe hij zich ook inspande, hoeveel slaap hij zich ook ontzegde, uiteindelijk kwamen de dromen toch terug.

Een kerktoren, afgetekend tegen een heldere lentehemel; en kijk, hun vliegers, die dansten in de lucht. 'Schiet op, Hermann!' riep Olaf, terwijl hij door het bos rende; de dennennaalden knerpten onder zijn voeten. 'Wacht, Olaf, wacht op mij!' Maar Olaf holde door. Hoe hard Hermann ook liep, hoe hij ook smeekte, Olaf bleef hem altijd net iets voor. Hij bleef net buiten bereik en lachte als hij om de bocht verdween. Gundert werd dan trillend wakker, met zijn handen nog uitgestrekt naar de geestverschijning, die hem allang door de vingers was geglipt. Vervolgens strompelde hij naar de kapel, waar hij, met de naam van de Heer op zijn lippen, neerknielde om vergeving te vragen, steeds opnieuw, tot het daglicht door de glas-in-loodramen binnen sijpelde.

Diezelfde ochtend vroeg hij dan weer om overplaatsing.

Donderslagen schrikten Gundert op uit zijn dromen. Hoe lang zat hij hier al? Langzaam deed hij het raam open en hij stak zijn hand naar buiten in het donker. Eerder was het gaan regenen en nu kletterden de druppels op zijn open hand. Een koele windvlaag wervelde door de ramen met de vage reuk van hout, jasmijn en mest. In de verte huilde een jakhals; het geluid vervloog in de wind.

Gundert dacht aan zijn moeder, aan haar vingers die nerveus over zijn gezicht gedwaald hadden bij hun afscheid. Hij dacht aan Olaf, voorgoed begraven in een land dat hij nauwelijks had gekend, en aan de zekerheid dat hijzelf hier ook eens begraven zou worden. *Broeders voor altijd.* Hij dacht aan Devanna, aan de onschuldige klaarheid van zijn gezicht en de diepe, onverklaarbaar gevoelige snaar die hij in hem had geraakt.

Voor het eerst sinds Olafs overlijden voelde Gundert zich rustig worden. De Heer had hem een tweede kans gegeven met deze jongen, een substituut voor een eigen zoon. 'Rust in vrede, Olaf,' fluisterde hij; de wind nam zijn woorden mee. '*Mein Schatz, mein Liebling*, vaarwel.' Hij bleef daar lange tijd staan, tot de novices hem kwamen zoeken. De regen sloeg in zijn gezicht en hij staarde naar de wolkbreuk met de knetterende bliksemflitsen. De hemel huilde alle tranen die hij niet had kunnen vergieten.

Gundert intensiveerde zijn begeleiding en stelde elke zaterdag een lijst onderwerpen op die hij de week daarop met Devanna wilde behandelen. Geschiedenis en aardrijkskunde, taal en literatuur – elke maand legde hij de lat een beetje hoger, en altijd volgde Devanna hem enthousiast; hij bloeide op onder de aandacht van de priester. De andere kinderen van de familie Nachimanda kwamen er nieuwsgierig bij staan als Devanna 's avonds Devi met haar huiswerk hielp, en al snel begon hij hun ook het alfabet te leren. Hij liet hun de atlas zien die de priester hem had geleend en wees Duitsland en Engeland aan en de talloze eilandengroepen in het oosten. Hij leerde hun de gedichten, die hij die week had geleerd; '*Amassa goudun narcissun*' praatten ze hem na. Devanna's zelfvertrouwen groeide.

Het deed er ineens niet meer toe dat hij nooit een jaarlijkse wedstrijd won op de pasgeploegde, ondergelopen rijstvelden, nooit als eerste boven in de mangoboom zou zijn, en nooit de *bal battékara* geweest was bij de jacht. Zelfs de grootste pestkop van het dorp vroeg hem op een dag schuchter of hij hem een beetje 'Engils' kon leren. Devanna kromp instinctief in elkaar, tot hij besefte dat hij vandaag geen draai om de oren zou krijgen.

Niemand was zo trots op hem als Devi. Er veranderde iets tussen die twee; nu Devanna niet voortdurend haar bescherming nodig had, begon ze naar hem op te zien. Toen er drie koekoeksjongen uit het nest vielen en erbarmelijk piepend onder de mangoboom lagen, ging ze Devanna zoeken in het vertrouwen dat hij wel wist wat ze ermee aan moesten. Als Muthavva fel tegen haar uitvoer, ging ze zich bij hem beklagen; hij luisterde dan geduldig en trok zo'n komisch gezicht dat Devi halverwege haar verhaal begon te giechelen. Als ze blootsvoets over de vlakte renden was het Devanna die voorzichtig de doornen uit haar voetzolen trok; en hij was de enige die haar niet uitlachte als ze hem toevertrouwde dat ze zo'n hekel had aan armbanden.

Toen Devanna later terugkeek op zijn leven leken dit zijn beste jaren; onbesmet, met de gloed van warme herinneringen.

Die keer dat een jakhals de kippen te pakken had genomen. Twee hennen hadden net hun eieren uitgebroed en de binnenplaats was vol botergele, donzige kuikentjes. Maar op een ochtend werden Devi en Devanna niet wakker met gepiep, maar met een aanhoudend gekakel uit het kippenhok. Ze gingen kijken wat die opwinding te betekenen had en gluurden nieuwsgierig vanachter de rug van Thimmaya, die vloekend naar de slachting stond te kijken. De jakhals had in het wilde weg gedood en een puinhoop achtergelaten van half opgegeten vogels, ingewanden en bebloede veren. Toen Devi zag wat er van de kuikens was overgebleven, begon ze te huilen. Thimmaya trok haar in zijn armen, gaf een kus op haar hoofd en zei dat ze een dappere Kodava moest zijn; ze slikte haar tranen in, maar bleef er bleek en bedrukt uitzien.

Tayi stopte als extraatje punten gezouten mango bij hun lunch en Devi mocht van Muthavva de hele dag haar zilveren enkelbanden dragen, maar de tranen bleven komen. Devanna probeerde haar op te vrolijken toen ze naar school liepen; 'Kijk eens, Devi, zie je die bloemen?' vroeg hij en hij wees op groepjes orchideeën aan de takken van een athiboom. 'Kijk daar eens, Devi.' Hij wees naar een spinnenweb in het vochtige gras met schitterende dauwdruppels tussen de draden. Het glinsterend opflitsen van een ijsvogeltje of het geborrel in de rijstslootjes dat duidde op een verscholen vette vis kon haar ook niet opvrolijken. Tukra, de jonge bediende die met hen meeliep, begon zelfs een grappig dansje; hij stampte op de grond met zijn armen in zijn zij en zijn knieën tegen elkaar, sprong in de lucht en klapte met zijn hielen. Maar hij wist Devi nog geen glimlach te ontlokken.

Toen kreeg Devanna een ingeving. 'Laten we de kuikens een uitvaart geven.'

Ze keek hem aan. 'Een uitvaart? Hoe bedoel je?'

'Laat dat maar aan mij over,' improviseerde hij. 'Het wordt een heel bijzondere plechtigheid, dat is het enige wat ik je kan vertellen.' Eindelijk klaarde Devi op.

Later op die middag verzamelden ze de kinderen van de Poleya-bedienden op de oever van de krabbenkreek. Devanna bouwde een eenvoudig vlot van twijgen en bananenbladeren terwijl Tukra met grote ogen toekeek. Ze groeven de gehavende resten van de kuikens op uit de mestvaalt en omhulden de stijve lijfjes met vezels van de kapokpeulen die overal op de grond lagen. Ze lieten ze voorzichtig op het vlot zakken, strooiden goudsbloemblaadjes uit over de lijk-wades en Devi liet het vlot te water onder het prevelen van een stil, vurig gebed.

Even bleef het vlot langzaam ronddraaien in de kolken bij de oe-ver. Devi beet nerveus op haar lip en keek toe. Toen begon het vlot, alsof het de door de wolken priemende zonnestralen volgde, vrolijk dansend aan zijn reis stroomafwaarts.

Als betoverd keek Devi het na, tot het allerlaatste stukje lijk-wade achter de horizon was verdwenen. Toen keek ze Devanna aan.

Hij zou nooit meer vergeten hoe ze naar hem glimlachte; haar gezicht leek verlicht door één, twintig, duizend gouden zonnetjes.

4

Het miniatuurvlot dat de kinderen te water hadden gelaten, dreef ondanks zijn fragiele constructie ongeschonden mee op de stroom. Het voerde zijn kwetsbare lading mee over de dorpsgrenzen, de omringende glooiende heuvels in; door bamboebosjes en open plekken vol roze springzaad; het volgende dorp in en weer uit, terwijl het netjes de varkens ontweek die aan de oevers aan het wroeten waren. En terwijl de zon onderging en de sterren verschenen dreef het verder, langs sierlijke boomgroepjes van zilvereik en rozenhout. Het reisde de hele nacht door, langs grazende kuddes bizons en reeën en passeerde zoetgeurende rozen- en jasmijnstruiken. Een waterval stortte het vlot in een snelstromende rivier. Steeds sneller wervelde het door het groene water, tot het met een scherpe bocht terechtkwam in het woud dat grenst aan het dorp van de Kambeymada's. Daar kwam het in een draaikolk terecht, werd het een zijrivier in geslingerd en kwam het uiteindelijk tot stilstand aan de rand van een waterpoel.

De tijger die op de oever hurkte, gromde vervaarlijk. Hij keek even naar het dobberende vlot, snoof achterdochtig en kwam toen langzaam dichterbij. Met zijn enorme klauw trok hij het vlot naar zich toe en snuffelde aan de stijve kuikens. Hij verloor zijn belangstelling, nieste en zette door het opspattende water koers naar het stille, dampende woud. Met zijn maag nog vol van de prooi van de vorige avond sloop de tijger naar een bosje varens in de schaduw van een pipalboom. Hij schuurde met zijn kop langs de stam en hief een gespierde poot op om zijn territorium nog beter af te bakenen met urine. Tevreden ging hij tussen de varens liggen waar hij in slaap viel.

Iets verderop in het naburige dorp maakten jagers zich klaar om te vertrekken. De verkenners waren eerder die ochtend al terug-gekeerd met goed nieuws. De bodem was bezaaid met hoefsporen: er was veel wild in het bos. Ze zaten nu op hun hurken bij elkaar op het dorpsplein om hun route op de grond uit te tekenen, samen met de schutters, de hondengeleiders en de Poleyatrommelaars. De groep zou het jachtterrein in een grove cirkel benaderen. De schut-ters zouden zich aan de ene kant verspreiden, de besten op de beste plekjes. De trommelaars en hondengeleiders zouden vanaf de an-dere kant het wild opjagen.

Alle mannen controleerden nog een keer de messen in hun sjerp; de korte, scherpe *peechekathi* in de taille en de zwaardere *odikathi* met het brede lemmet op de rug. Toen de dorpspriester met opge-heven handen aangaf dat het gunstigste tijdstip om te vertrekken was aangebroken, pakten de schutters hun geweren en vertrokken de jagers onder groot gejuich en tromgeroffel.

Kambeymada Machaiah liep bijna vooraan in de nu zwijgen-de colonne. Hij stapte stevig door en hakte onder het lopen met soepele slagen van zijn *odikathi* het kreupelhout weg. Het jacht-terrein lag nog bijna een kilometer verderop, maar ze vorderden goed. Hij had erg verlangd naar het begin van het jachtseizoen. Tijdens de hele zaaitijd en de regens had hij zijn ongeduld moe-ten bedwingen, zo benieuwd was hij naar het percussiegeweer dat hij eerder dat jaar in Madikeri had gekocht. De verkoper had niet veel tijd nodig gehad om hem over te halen. Hij beweerde dat het geweer van een Engelse soldaat was geweest, die na zijn dienst-tijd naar Engeland was teruggegaan. Machu had het wapen opge-pakt om het gewicht te voelen en tegen zijn schouder gehouden om het vizier in te stellen. Het was ongetwijfeld een goed wapen, maar veel te duur. Kom nou, zei de verkoper, dat beetje? En bo-vendien, wat betekende geld nu eigenlijk voor de Kambeymada's? Dit was een machtig wapen, bedoeld voor een machtig schutter. Wie was het meer waard dan Kambeymada Machaiah, die niet minder dan vijf schietwedstrijden in zijn dorp gewonnen had terwijl hij toch niet ouder was dan... twintig? Eenentwintig? Dit wapen was voor hem bestemd, alsof het speciaal voor hem gemaakt was. Als je het tegen je oor hield kon je de loop bijna zijn naam horen brommen.

Machu was in de lach geschoten om het onbeschaamde geslijm, maar hij voelde zich gevleid en had het geweer met de aanlokkelijk glimmende loop gekocht, zelfs zonder af te dingen. Het had zijn belofte waargemaakt bij het kokosnootschieten eerder die week, zoals hij had verwacht; met één enkel schot was de kokosnoot uit elkaar geklapt. Machu had zijn positie als een van de meest geduchte schutters in het dorp weten te handhaven.

Hij voelde in zijn botten dat het vandaag een goede jachtpartij zou worden.

Op een heuveltje splitste de groep zich; de trommelaars en hondengeleiders trokken verder om de voet van de heuvel en het bos erachter te omsingelen. Intussen verspreidden de schutters zich over de heuveltop, elk in het zicht van zijn buurman om niet in een kruisvuur terecht te komen. Ze hurkten zwijgend in het vochtige gras in afwachting van de trommels en kauwden op de harde *otti's*, die de dorpsvrouwen speciaal voor de jacht gemaakt hadden. Machu had zich opgesteld onder een nandiboom midden in een bosje wilde kardemom.

De verkenners hadden een goede keuze gemaakt, vond hij. Hij plukte aan een kardemompeul en kneep het zaad fijn tussen zijn vingers, waarbij een aangename geur vrijkwam. Een open plek in het bladerdak boven zijn schuilplaats verleende hem uitstekend zicht op het wild dat zijn kant op zou komen. Hij keek even naar de lucht. Het zou nog ongeveer een kwartier duren voor de trommelaars hun positie hadden ingenomen, schatte hij. De motregen van die ochtend had plaatsgemaakt voor een strakke, heldere lucht. Hij ging onrustig verzitten in het gras; de warmte van de zon streelde zijn schouders.

Hij controleerde de takken boven zijn hoofd op de aanwezigheid van pythons. 'Niets te zien, Ayappa zij dank.' Niet dat hij dat verwacht had, maar... en toen verstijfde hij. Hij sloot zijn ogen en deed ze langzaam weer open, maar nee, hij vergiste zich niet. Hij stond op en wees de verkenner achter hem zonder iets te zeggen op de boom; op de stam, ongeveer een meter boven hen, waren tien inkepingen te zien.

Precies op deze plek had dus niet lang geleden een tijger gestaan, overeind op zijn achterpoten om zijn klauwen aan de bast te scherpen. De verkenner schudde verbaasd zijn hoofd vanwege de hoogte van de sporen en de reikwijdte van de klauwen. Het dier moest enorm zijn. Hij liet zich op zijn knieën zakken en inspecteerde het kreupelhout. 'Hij moet hier later op de ochtend geweest zijn,' fluisterde hij tegen Machu, 'we hebben dit spoor tijdens onze verkenning niet gezien.' Machu's hart ging sneller kloppen. Een tijger. Het was jaren geleden dat er op tijgers gejaagd was in Kodagu. Ayappa Swami, laat hem alstublieft deze kant uit komen. Als hij een tijger kon omleggen, zou hij voorgoed een held zijn.

Tromgeroffel doorbrak de stilte en even later vielen de honden in met opgewonden geblaf. De jungle kwam in beweging. Er was geritsel in het kreupelhout en de schutters legden aan. Een angstig jankende wilde hond schoot tevoorschijn en daarna nog één. De jagers lieten hun wapens zakken en wachtten. Steeds dichterbij klonk het geluid van hoeven; het werd zo luid dat het de trommels bijna overstemde. De mannen pakten alvast hun wapens weer op, maar op hetzelfde moment verdween het geluid in de verte. De kudde was wijselijk een andere richting op gegaan. De mannen vloekten en spuugden in het gras, maar Machu hield zich stil. In plaats van de open plek in de gaten te houden bleef hij naar de bomen kijken. Er kwam een wild zwijn binnen zijn blikveld. Machu zag zijn neef aanleggen. Uit zijn ooghoeken zag hij de lichtflits en hij hoorde het dier krijsen toen het viel. Met een vreemde afstandelijkheid zag hij de mannen naar het zwijn toerennen om het eerste recht op te eisen. Het tromgeroffel werd steeds luider, maar hij verroerde zich niet. En toen zag hij hem.

Het gebrul ging de schutters door merg en been en legde zelfs de trommels één angstwekkend ogenblik lang het zwijgen op.

De jungle barstte los. Allerlei dieren schoten het kreupelhout in; apen stuiterden geschrokken tetterend heen en weer. Aarzelend begon het tromgeroffel weer, terwijl papegaaien en beo's zich onder luid geschreeuw massaal uit de bomen losmaakten. Machu's hartslag versnelde. Hier had hij op gewacht. *De tijger kwam.* Uitzinnig vlogen de vogels van de heuvel weg, wat maar één ding kon betekenen: de tijger kwam recht op de jagers af. Laat het dier in mijn vizier terechtkomen. 'Zegen me, Ayappa Swami, laat het alleen míjn kogel zijn die hem omlegt.'

Hij legde het wapen aan zijn schouder en keek gespannen de jungle in. Het tromgeroffel werd steeds luider. Er klonk opnieuw een oorverdovende brul, waarvan Machu's nekharen overeind gingen staan en hij kippenvel op zijn armen kreeg. En daar was hij dan, een soepele, snelbewegende oranje-zwarte vlek, die met grote sprongen snel naar de open plek stormde.

'Ayappa zij geloofd,' was Machu's eerste gedachte. 'Wat een schitterend dier.' Hij liet zich op één knie zakken en hield de tijger nauwlettend in het oog. 'Sta stil, staan blijven, nú!' Het geweer weigerde sputterend en sloeg terug tegen zijn schouder. 'Kreng! Niet nu, laat me nu niet in de steek.' Hij sloeg het staartstuk terug en vuurde opnieuw. Deze keer vloog de kogel wel uit het geweer, maar het vastzittende staartstuk had het brandpunt van het geweer verschoven. De kogel ging een fractie van een millimeter uit het lood en vloog langs het oor van de tijger in zijn schouder. Het dier struikelde, maar richtte zich weer op en rende door. Verstijfd van afgrijzen ging Machu zitten. *Hij had hem gemist.* Kambeymada Machaiah, de prijsschieter van het dorp, had gemist. Ze zouden hem afranselen met doornige takken als straf voor het gemiste doel en hem betitelen als mislukte amateur.

Het tromgeroffel drong zijn oren binnen, of was het zijn hartslag? Overal om zich heen hoorde hij wapens herladen worden en rechts van hem zag hij een loop oprichten. Binnen een tel zou de tijger langsstormen en zou hij hem voorgoed kwijt zijn. 'Ayy...!' schreeuwde hij en hij sprong overeind. Hij had zijn *odikathi* al in zijn hand, zonder gemerkt te hebben dat hij die uit zijn sjerp had getrokken. Hij sprong de heuvel af; het zand stoof onder zijn voeten weg. 'Ellendeling, waar ga je naartoe? *Ayy!*' De tijger draaide zich met vurige ogen vliegensvlug naar hem toe. Hij is volmaakt, dacht Machu weer. De tijd stond stil. De jungle was een groen waas en hij realiseerde zich vaag dat de andere jagers wilden aanleggen, maar hij nu in hun schootsveld stond. Het ging nu tussen hem en de grote kat alleen.

De gewonde tijger hurkte neer, zijn spieren opbollend onder zijn machtige schouders. Even staarden zij elkaar aan, de man en het dier. Machu voelde een wilde oerdrift. De hemel boven hem en de aarde onder zijn voeten leken samen te smelten in het bloed dat naar zijn kloppende hoofd stroomde. Verleden, toekomst, naam en identiteit speelden geen rol meer; zijn hele wezen lag besloten in deze fundamentele krachtmeting tussen jager en prooi.

De tijger brulde weer oorverdovend en nam, bijna voor Machu hem zag bewegen, een grote sprong. Machu bewoog vanuit een oeroud instinct; het bloed van zijn voorouders stroomde door zijn aderen en de *veera* zongen in zijn oren. 'Swami Ayappa!' Hij sprong ook, recht *naar de kat toe*, en hij kwam precies onder de borst terecht.

Het had enorme klauwen, zo groot als Machu's hoofd. Lange, scherpe tanden. Swami Ayappa, hij had nooit geweten dat die zo lang konden zijn. En een smerig stinkende adem. Zijn kleur was helder oranje en deed denken aan de kleur van de zon die boven de velden opkwam, met strepen van het nachtelijk donker. Hij greep zijn geweer bij de loop en beukte met het uiteinde tegen de kaak van de tijger. Het dier wendde zich iets in de lucht. Machu viel op zijn knieën, zonder te merken dat hij op een steen terechtkwam. De tijger zou boven op hem terechtkomen. *Die klauwen!* Hij hief zijn andere hand op met dezelfde sierlijke beweging waarmee hij de colocasiaplanten die soms op de velden samenklonterden, van zaad ontdeed. De zon glinsterde op het lemmet van de *odikathi*, het helderoranje vel van de tijger. Het mes sneed diep door de huid heen, in het vlees. 'Van mij!' hijgde Machu, 'je bent van mij!' De warme stroom bloed, het gewicht van het dier dat zwaar op het mes drukte. De spetters smerig maagsap op zijn gezicht, de klauwen die naar hem bleven graaien. Hij stak de *odikathi* nog dieper in de buik van de tijger. *Je bent van mij.* Ze vielen samen op de grond, de tijger dwars op zijn borst.

Even kwam de jungle duidelijk in beeld en toen werd alles zwart.

Tot grote schrik van Devanna kwam op de dag na de tijgerjacht Pallada Nayak bij de missie op bezoek. Zich niet bewust van de afkeurend samengeknepen lippen van de priester stevende hij het leslokaal binnen. '*Ayy*, Devanna *monae*,' riep de Nayak vrolijk. 'Waarom zit je als een bibberend muisje op de punt van je stoel, op maar één bil?'

De Nayak wendde zich tot de priester. Hij kwam hem namens Devanna's vader uitnodigen voor een zeer bijzonder feest in het dorp van de Kambeymada's. Voor het eerst in bijna dertig jaar zou er een *nari mangala* plaatsvinden. En omdat Devanna's aanwezigheid daarbij vereist was, zou hij de rest van de week de lessen niet meer bijwonen. Zonder verder iets uit te leggen wenkte de Nayak Devanna om mee te komen.

Devi kwam die avond pruilend thuis omdat Devanna midden op de dag van school weg had gemogen en zij niet. Thimmaya streek geamuseerd over haar haar. 'Hoe zou je het vinden om bij een tijgerbruiloft te zijn?' vroeg hij.

'Tijgers die trouwen? Waar? Hoe?' vroeg Devi geschrokken, nu zonder een spoor van humeurigheid. Thimmaya vertelde haar lachend dat ze het zelf zou kunnen zien. Ze zouden de volgende dag naar een tijgerbruiloft in Devanna's dorp gaan.

'Tayi, heb je het gehoord, ik ga naar een tijgerbruiloft!' Devi rende de keuken in. 'Er gaat een tijger trouwen en die heeft mij op zijn bruiloft uitgenodigd.' Ze liep de hele avond te zingen tot een geïrriteerde Muthavva haar toeriep ermee op te houden. 'Een tijgerbruiloft...' zong Devi zachtjes verder. 'Wat snapt zij ervan, ik ga naar een tijgerbruiloft...'

Voor zonsopgang was ze al uit bed, zonder dat ze zoals anders aangespoord hoefde te worden. Ze zat geen moment stil terwijl

Muthavva haar haar vlocht en met lampzwart een lijntje om haar ogen trok. Vanuit het raam riep ze naar de slaperige Poleya's, die op de nog mistige binnenplaats de ossen voor de kar aan het spannen waren. 'Ayy, hebben jullie gehoord dat ik naar een tijgerbruiloft ga?' En toen ze de kindbediende zag: 'Tukra! Ga jij ook mee?' Tukra schudde verdrietig zijn hoofd. 'O... Nou, maak je geen zorgen,' riep Devi weer, 'als ik terug ben, zal ik je van minuut tot minuut vertellen wat er gebeurd is.'

'Stop met de bedienden afleiden en laat hen hun werk doen!' mopperde Muthavva. 'En sta eens een beetje rechtop, anders krijg je een scheve vlecht.' Toen de kar eindelijk volgeladen was en Tayi haar ochtendgebed had beëindigd, vertrokken Thimmaya, de kinderen en Tayi naar het dorp van de Kambeymada's. De hele weg lang bestookte Devi hen met vragen. Waarom had niemand haar ooit iets verteld over tijgerbruiloften? Konden vissen en vogels ook trouwen? Moest de tijgerin een sari dragen?

'Wacht maar af,' zei haar broer Chengappa grinnikend, 'en wees vooral aardig tegen de bruid, anders verslindt ze je levend.'

Thimmaya hoorde het gescherts glimlachend aan. Gelukkig waren ze vroeg vertrokken; ze zouden tegen de schemering in het dorp zijn. Een paar stukken van het traject waren berucht om hun wilde olifanten en hij wilde zo'n ontmoeting niet riskeren. Hij liet zijn vingers over zijn geweer dwalen. Het zou wel gaan... en olifanten of niet, hij zou de tijgerbruiloft voor geen goud willen missen. Wanneer was er voor het laatst een tijger neergeschoten in Kodagu? Twintig jaar geleden? Dertig? Nog langer?

Kort na zonsondergang kwamen ze aan in het dorp van de Kambeymada's. De lucht had een rijke, paarse kleur, als een overrijpe bosvrucht, en de eerste sterren verschenen al. De jongemannen van het dorp stonden bij de toegang tot het dorpsplein om de gasten te verwelkomen en vrouwen schoten als vuurvliegjes heen en weer om de koperen watervaten met geurige rozenknopjes en tulasi bij te vullen. Devi sprenkelde plichtmatig wat van dat geparfumeerde water over haar gezicht en handen en zocht intussen opgewonden naar Devanna, maar het was te druk om veel te kunnen zien.

Mensen verdrongen zich op het plein; hun kabaal overstemde het loeien van de vastgebonden ossen en de slaande trommels. Aan de andere kant van het plein was een grote tent opgezet, met de opening gunstig naar het oosten gericht. Ervoor waren rijen stoelen en houten banken geplaatst, voor allen die te oud of te dronken waren om te kunnen staan. Midden op het plein brandde een groot vreugdevuur om de kou en de mistflarden op afstand te houden. De commissaris van politie, dokter Jameson, de priester en enkele prominente plantagebezitters met hun echtgenotes worstelden zich door de menigte heen; hun aanwezigheid bewees eens te meer de machtige positie van de Kambeymada's.

Het witte tentdoek bolde op in de wind en Devi trok ongeduldig aan Thimmaya's hand. Glimlachend zette hij haar op zijn schouders.

'Kijk,' zei hij, 'daar is de tijger.'

Een stuk hout verschoof in het vuur en vonken schoten hoog de lucht in. Devi knipperde met haar ogen. Een kolossale tijger keek haar door de rook heen dreigend aan; het leek alsof hij halverwege een sprong verstijfd was. Hij hing aan touwen aan het dak van de tent, met zijn kop omhoog, zijn poten gespreid en zijn lippen uit elkaar getrokken tot een wijdopen grauw. De strepen op zijn rug blonken in het licht van het vuur. De rest van de huid was fel, glanzend oranje, de kleur van de sampigébloemen die Muthavva graag in haar haar droeg.

De muziek rees naar een crescendo toen de muzikanten donderslagen aan hun keteltrommels ontlokten. Intuïtief week de menigte uiteen. 'Kijk,' wees Thimmaya. 'Daar komt de bruidegom.'

De muzikanten begaven zich door de mensenmassa heen naar de tent. Toen zij begonnen te zingen gingen de keteltrommels over op een regelmatig ritme:

Wees gezegend en luister mijn vriend, luister naar dit lied
In het hart van deze bossen, in dit woeste land
Zwierf een wilde tijger hongerig rond, 's nachts sliep hij niet

Rusteloos lag het hongerige dier onder de kromme bomen
De maan was gekomen en gegaan; geen prooi te zien in dit gebied
Onrustig sliep de geweldenaar door, tot het daglicht weer zou komen

Er steeg gejuich op uit de menigte. De bruidegom was lang, langer dan de meeste aanwezige mannen. Hij schreed met soepele, elegante bewegingen achter de muzikanten aan. Zijn getuige moest op zijn tenen lopen om hem met een paraplu te beschermen tegen de nattigheid.

Kwetsbare mensen waren op jacht, zag de tijger in zijn dromen
Behendig en verscholen; met wapens en met pijlen
Hun felle honden waren op zijn spoor gekomen

Hij hoorde blaffen en schrok wakker. Keek om zich heen goed uit
De tijger, met vurige ogen en gespitste oren
En maakte tandenknarsend een donderend geluid

De *kupya* van de bruidegom was ceremonieel wit, puur als melk, en het rood van zijn sjerp was doorstikt met gouddraad. Over zijn goudgestippelde tulband hing een vierkante rode sjaal, waarvan de uiteinden op zijn schouders vielen. In zijn ene hand hield hij losjes een geweer en in de andere een ceremoniële wandelstok, versierd met zilveren kwastjes en kleine zilveren en gouden belletjes. In vervoering staarde Devi hem aan. Ze had nooit, nee nóóít, iemand gezien die zo mooi was.

Hij wendde zich lachend naar iemand in de menigte en zijn gouden oorknopjes glinsterden tegen zijn teakkleurige huid.

Vandaag, bedacht hij grimmig, is mij geen goed voorteken gezonden
Maar als de jager mijn pad durft te kruisen
Dan scheur ik hem in stukken. Ik richt hem ten gronde

Vandaag, dacht de tijger, met ogen als vuur
Wordt hij onderscheiden, of zijn bruid moet lijden
Vandaag, besloot hij moedig, vandaag is het beslissend uur

'Maar... maar... ik begrijp het niet,' zei Devi verbijsterd. 'Waarom trouwt hij met een tijger?'

Thimmaya gaf een liefkozend rukje aan haar vlecht. 'Het is maar een schijnbruiloft, *kunyi*, een traditie om iemand te eren die een tijger heeft gedood.' Hij vertelde haar dat deze man, Kambeymada Machaiah, een groot krijger was. Vanavond waren ze bijeengekomen om zijn overwinning te vieren en zijn prooi te bewonderen.

De tijger stond op en brulde met wijdopen bek
Grauwend en brullend stormde hij voorwaarts
Naar de wachtende jagers op hun uitgekozen plek

De held vuurde; de kogel boorde zich in het beest
De tijger wankelde en sprong met vlammende blik omhoog
En viel; beroofd van vuur en adem gaf hij zijn nobele geest

Devi knikte langzaam; haar ogen dronken het beeld van de zogenaamde bruidegom in.

Toen ze naar de tent gingen om Machu te feliciteren stond Devi voor het eerst in haar tienjarige leven met haar mond vol tanden. Van dichtbij was hij nog aantrekkelijker. Hij zat schrijlings op een driepoot met zijn geweer op zijn knieën. In één wang verscheen even een kuiltje en toen hij kort naar Devi keek, waren zijn bruine ogen vrolijk en sprankelend. Thimmaya strooide rijst over Machu's hoofd en drukte hem een roepie in de hand. 'Je strekt ons tot eer, *monae*,' zei hij eenvoudig. 'Een ware zoon van Kodagu.'

Machu bukte zich om Thimmaya's voeten aan te raken. 'Uw zegen, *anna*,' zei hij met een stem die voor Devi als een streling aanvoelde. Ze kroop weg achter Thimmaya's rug en vergat zelfs naar de tijger te kijken.

'Ben je moe, *kunyi*?' vroeg Thimmaya bezorgd toen ze zich later in de drukte aan zijn hand vastklampte. 'Waarom ben je zo stil? Zullen we Tayi gaan zoeken om bij de vrouwen iets te eten te halen?'

Devanna kwam op hen afrennen bij de eettent.'Devi! Hoi, ik heb je overal gezocht. Heb je de priester gezien? Hij is hier ook. En de tijger, heb je de tijger gezien? Mijn neef Machu heeft hem neergeschoten. Mijn neef! Heb je hem ontmoet? Kom mee, je moet hem zien!' 'Nee, nee...' protesteerde Devi, maar Devanna had haar al meegetrokken. Ze had ineens een droge keel en wierp een verlegen blik op de bruidegom. De dorpsvrouwen waren even daarvoor door de menigte heen gegaan met gongen en koperen kannetjes water; nu het avondeten aangekondigd was begon de mensenmassa om de tent zich te verspreiden. Machu was van zijn kruk opgestaan en werd omringd door bewonderaars, een groep mooie jongedames die aan zijn lippen hingen. 'O Machu,' riepen zij ademloos, met hun handen tegen hun welgevormde boezems, 'vertel nog eens hoe je dat dier hebt neergeschoten?'

'Machu *anna*,' riep Devanna vanachter het brokaten geruis van hun sari's, 'dit is mijn vriendin Devi.' Machu glimlachte welwillend en zwaaide. Devi voelde haar maag draaien. Ze glimlachte geforceerd, met verstijfde lippen.'Mijn vader zegt dat u...' begon ze opgewekt en bleef toen midden in de zin steken. Machu had zich alweer naar de vrouwen toegekeerd.

'Machu *anna*,' riep Devanna nog eens hoopvol, maar Machu was te zeer in beslag genomen door zijn eigen verhaal om nog aandacht voor hen te kunnen hebben. 'Ach, het doet er ook niet toe,' zei Devanna berustend tegen Devi, 'je hebt hem tenminste ontmoet.' Hij pakte Devi bij de arm en wilde weggaan. Maar Devi voelde een onverwachte boosheid opkomen en ze maakte zich los uit zijn greep.

'Dus jij hebt die tijger neergeschoten?' vroeg ze bot. 'Waarom maakt iedereen daar zo'n drukte over? Dat lijkt mij helemaal niet zo gevaarlijk.'

De vrouwen piepten van verontwaardiging. 'Hoor die snotaap eens,' riep een van hen.'Niet zo gevaarlijk?' zei een ander.'Nee, dood opgehangen aan het dak niet, maar wat zou jij doen als hij op je afkwam in de jungle? Het in je broek doen, stel ik me zo voor.'

'Nee hoor,' riep Devi beledigd. 'Ik... ik ben de *bal battékara*, ik ben net zo goed als alle jagers.'

Op het moment dat ze de woorden uitsprak wist ze al hoe dom het klonk; vanuit haar ooghoeken zag ze Devanna ontzet naar haar kijken. 'Trouwens,' vervolgde ze plotseling geïnspireerd terwijl ze haar armen triomfantelijk over elkaar sloeg, 'deze tijger heeft niet eens klauwen.'

De vrouwen keken elkaar even aan en barstten toen in lachen uit. Een opvallend lang meisje boog zich naar Devi toe. 'Hij heeft geen klauwen, *kunyi*,' zei ze met de nadruk op het laatste woord, 'omdat die er afgehakt zijn nadat Machaiah hem gedood had. Ze zijn er afgehaald om broches en oorringen voor de Kambeymada's van te maken. Zoals deze.' Ze wees naar de broche die op de welving van haar borsten gekromd lag en haar sari vastspeldde aan de fluwelen bloes daaronder. Een halvemaanvormig stukje klauw, in een kleurschakering van lichtgroen tot ivoor, door de gouden zetting ontdaan van alle dreiging.

Devi's wangen werden heet van schaamte. Ze wilde reageren, maar Machu greep in voor ze iets kon zeggen. 'Laat maar,' zei hij met een glimlach tegen de vrouwen. 'Mijn vriendinnetje hier schijnt niet erg onder de indruk te zijn, maar we kunnen het niet iedereen naar de zin maken, nietwaar?' Hij knipoogde naar Devi en ze grijnsde onhandig terug. '*Ayy* Devanna,' vervolgde Machu, 'gedraagt jouw vriendin zich altijd als een tijgerin?' Het lange meisje wilde iets zeggen, maar hij schudde zijn hoofd. 'Kom, het is genoeg. Ze is nog maar een kind.'

Devi verstijfde van afschuw en de lach verdween van haar gezicht. Noemde hij haar nu een kínd? Nog nagrinnikend liep Machu weg, aan het hoofd van zijn gevolg.

Het was nu stil in de tent, op het gekwelde kraken van de bamboe tentstokken na. De dode tijger zwaaide zachtjes heen en weer boven hun hoofd. Devi beet op haar lip; de tranen stonden in haar ogen. Naast haar haalde Devanna diep en nadrukkelijk adem. 'Ben je gek geworden?' vroeg hij. 'Waarom was je zo brutaal?'

Hij had haar een kínd genoemd. Ze bukte zich om een jasmijn-knopje op te rapen dat uit de krans om Machu's hals gevallen was. 'Devi, ik praat tegen je. Wat is er in je gevaren dat je je zo onbeleefd gedroeg?'

Devi sloot haar vuist om de bloemknop en draaide zich zo wild om naar Devanna, dat hij ervan schrok. 'Laat me met rust! Ga hem maar lastigvallen, je nieuwe neef met zijn troep kakelende kippen.' Zonder aandacht te schenken aan de pijn in Devanna's ogen rende ze weg. 'Waar is mijn vader, ik wil naar huis.'

Die nacht, met het gefluister van Tayi's adem in haar oren, sliep ze onrustig. Tijdens de terugreis de volgende dag was ze teruggetrokken en merkte ze de bezorgde blikken van Tayi en de anderen niet op. Toen de ossenkar eindelijk de binnenplaats van de Nachimanda's opdraaide wierp Devi zich, tot Muthavva's grote verrassing, zonder iets te zeggen in haar armen.

'Wat is dat?' zei Muthavva zachtjes en ze kuste haar dochters hoofd. 'Heb je me zo gemist?' Devi zei niets en begroef haar hoofd dieper in Muthavva's hals.

Toen Muthavva haar 's avonds instopte vroeg Devi: 'Avvaiah... wanneer ga ik trouwen?'

Muthavva gaf haar een liefkozend tikje op de wang. 'Hoezo? Heb je zo'n haast om bij je moeder weg te gaan?'

'Geen grapjes maken, Avvaiah. Hoe lang duurt het nog voordat ik zelf ga trouwen?'

'Nou, laat eens kijken. Eerst moet je een brave meid zijn en goed naar je moeder luisteren. En als je dan volwassen bent, een elegante jonge vrouw met goede manieren, zullen we een jongen voor je zoeken uit een goede familie en een geweldige bruiloft voor je organiseren. Hoe vind je dat?'

Devi schudde ongeduldig haar hoofd. 'Avvaiah, ik ben geen klein meisje. En ik wil alleen trouwen met Machu *anna*.'

'Met wie?' vroeg Muthavva onthutst.

'De tijgerdoder... Machu *anna*, de neef van Devanna. Met hem ga ik trouwen.'

Muthavva lachte. '*Tsk*. Wat is dit voor gekheid? Kleine meisjes moeten niet zo praten, dat hoort niet. En bovendien, als jij hem *anna* noemt, wordt hij je broer, niet je echtgenoot.'

'Let op mijn woorden, Avvaiah. Ik ga trouwen met Machu.'

Muthavva keek aandachtig naar haar dochters gezicht in het lamplicht. Een koude rilling liep over haar rug. Ze reageerde kortaf. 'Domoor. Genoeg nu met die onzin. Ga slapen.' Ze trok de amulet rond Devi's arm strakker aan. In een poging haar onrust de baas te worden controleerde ze de knopen grondig. Toen ze er ten slotte van overtuigd was dat de amulet stevig vast zat, draaide ze de lamp lager en verliet ze de slaapkamer na een kus op Devi's voorhoofd.

Devi lag met haar ogen wijd open door het raam naar de heldere sterrennacht te kijken. Onder de deken had ze haar handen tot kleine vuisten gebald, haar nagels in haar huid gedrukt. Ze dacht weer aan de tijgerbruiloft en aan de bruidegom.

'Alleen met hem,' herhaalde ze bij zichzelf. 'Ik trouw alleen met Machu.'

5

1891

Zonlicht viel door de open deuren naar binnen en lag in plassen op de kastanjebruine houten vloeren van de missiepost. Ergens die nacht had de hemel eindelijk wapenstilstand gesloten en waren de felle regenbuien geëindigd. Madikeri was die ochtend wakker geworden met het bijna vergeten geluid van fluitende vogels. Waterige zonnestralen piepten achter donkergrijze wolken vandaan en overgoten de stad met een glanslaag. Later op de ochtend nam de zon in kracht toe, dreef de wolken uiteen en begon in volle pracht te stralen. Overal in de stad werden ramen opengegooid en bedden geklopt en gelucht. Natte kleren werden bij de kolenkachel weggehaald om in de zon te drogen gehangen te worden. Ruziënde buren begroetten elkaar als langverloren geliefden terwijl hun kinderen steentjes over de plassen op straat keilden. Het licht danste overal; in de regendruppels die aan de bladeren hingen, op de blinkende ramen en in de wazige nevel op de heuvels.

Gundert stond op de veranda van zijn appartement uit te kijken over de natte tuin. Hij wuifde naar voorbijgangers die vrolijk naar hem riepen. Hij genoot van de alledaagse geluiden die zolang in de regen gesmoord waren. De pottenbakker die zijn waren aanprees, het gerinkel van fietsbellen, het geluid van schreeuwende kinderen, het opgewonden geblaf van honden die zich uitschudden in de zon.

Hij keek naar de lucht en glimlachte. 'Devanna!' riep hij. 'Kom eens even hier.'

'Devanna,' riep hij nogmaals, deze keer wat harder. Zijn wenkbrauwen licht fronsend ging hij terug naar binnen. Devanna zat verdiept in zijn schilderwerk bij het eetkamerraam. De kleuren moesten precies goed zijn: lichtpaars gemengd met paarsrood. *Cederela toona.* Wat klonken die namen mooi in het Latijn. En hoe majestueus leken de bomen als ze zo genoemd werden; alsof ze rechter en groter waren en fier hun borst opzetten. Ook de doodgewone athiboom, die Pallada Nayak vervloekte en bespuugde omdat het wortelstelsel zich onder de rijstvelden vertakte, zelfs die hinderlijke boom droeg poëzie in zich: *Cab-ar-ium Stric-tum.*

Toen de priester hem liet kennismaken met de plantkunde opende hij een geheel nieuwe wereld voor hem. Devanna zei de namen van de boeken graag op in zijn hoofd:

Flora Sylvatica, Flora Indica, Spicilegium Nilghirense, Leones Plantarum, Hortus Bengalensis, Hortus Calcuttensis, Prodromis Florae Peninsulae Indicae.

De priester had hem op ingekleurde illustraties en steendrukken laten zien hoe je aan minieme verschillen in de tanding van de bladeren een plant kon herkennen als een tot dan toe onbekende soort. Toen hij in Madikeri was, had Gundert als enthousiast amateur-botanicus laten weten dat hij op zoek was naar exotische planten en dat hij een redelijk bedrag zou betalen voor alles wat zijn belangstelling had. In het begin hadden mensen op de gekste uren van de dag aangeklopt met planten waarvan ze dachten dat die hem zouden interesseren: felgekleurde orchideeën, zoetgeurende sampigé en dunne takjes wilde jasmijn. Gundert had ze beleefd in de tuin van de missiepost geplant, maar uitgelegd dat dit soort plantjes al genoegzaam bekend was in de wetenschappelijke wereld; hij zocht iets nieuws, misschien een of andere inheemse medicinale plant?

Ze hadden hem heilige *tulasi* gebracht, geliefd bij voorouders en goden, en de delicate *narvisha* die op elke binnenplaats gekweekt werd. De bladeren van de *narvisha* hadden een doordringende geur die door slangen werd verafschuwd en die zelfs de sterkste tijger konden vergiftigen, zo zei men althans. Ook die had Gundert spijtig geweigerd omdat ze te gewoon waren. Toen hadden ze hem de machtigste van hun planten gebracht; *madh toppu*, ofwel geneeskrachtig groen, dat aan het begin van de regentijd gekookt werd met palmsuiker en kokosmelk en dat hun urine helderrood kleurde. Het kon wel zevenenveertig ziektes voorkomen. Gundert zuchtte. De plant heette *Justicia Wynaadensis*, zei hij, en er stonden al twee exemplaren van in de botanische tuinen in Bangalore. Toen hadden zijn plaatsgenoten hun armen in wanhoop opgeheven en hun hoofd geschud over de onverzettelijkheid van de priester. Het was onmogelijk het hem naar de zin te maken, riepen ze, het was hopeloos. Gundert was er uiteindelijk toe overgegaan zelf botaniseertochtjes te ondernemen in de velden en hij vond in Devanna een getalenteerde leerling.

Hij leerde Devanna hoe belangrijk ordelijkheid is; het nauwkeurig in kaart brengen van een gebied, het grondig analyseren en vastleggen van het kleinste detail. Ze kamden de heuvels in en rond Madikeri uit en sorteerden armenvol planten, waarvan ze de interessantste nauwgezet beschreven. Devanna had een scherpe blik en een vaste hand, maar wat nog belangrijker was, ook een aangeboren intuïtie voor het werk. Zijn talent had Gundert verrast en ontzag ingeboezemd. Devanna doopte zijn penselen in de verf en zette ze op papier; in zijn trefzekere kleurgebruik was van zijn gebruikelijke onzekerheid geen spoor te bekennen.

Terwijl Gundert toekeek hoe hij de voorbeelden naschilderde, met hier en daar een streek groen, een stipje oker of een vleugje roze, maakte zich iets in hem los. Het leek of de lente zachtjes zijn onbuigzame hart was binnengeslopen.

Hier zat dan eindelijk de leerling naar wie hij gezocht had.

Hier zat zijn zoon.

Lachend stond hij in de schaduw van de deuropening met koffie in zijn hand naar Devanna te kijken. *Kinderen zijn een geschenk van de Heer; de vrucht van de schoot is een beloning van God.*

In gedachten verloren en zich niet bewust van de aanwezigheid van de priester tekende Devanna met vaste hand de omtrek van een bloemknopje. *Cede-rela-toona.* Devi zat niet te wachten op zijn dure praatjes, zoals ze het noemde. Ze haalde ongeduldig haar schouders op als hij haar de sporen liet zien die zwanger van leven aan de onderkant van een varen kleefden of haar vertelde dat de vijg eigenlijk geen vrucht was maar een bloem. 'Wat maakt het uit!' had ze geroepen. Wat deed een naam ertoe, of je vijgen nu een vrucht of een bloem noemde, de smaak was toch hetzelfde? Ze beweerde dat het veel interessanter was om de geschiedenis van de bomen te kennen uit de tijd dat ze nog niet in de grond waren geworteld maar wandelden en praatten met de goden.

De boterboom waar Krishna Swami zo veel van hield, met de lepelvormige bladeren die hij gebruikte om boter uit de karnton van zijn moeder te stelen.

De pipal en de wilde klapbes; al eeuwenlang geliefden. Als je twee jonge boompjes naast elkaar plantte en een bruiloft voor ze hield als ze volwassen waren, bracht dat immense voorspoed.

De mooie Ashoka, de boom van geen-verdriet die al je droefheid verjoeg als je onder zijn takken ging zitten, en die alleen bloeide als een mooie vrouw haar met henna bestreken voet tegen de stam zette.

De agnichatraboom, met de glanzende bladeren en lonkende bloemen die iemand al koorts bezorgde als hij alleen maar in zijn schaduw stond.

De vuurwapenstruiken die floreerden in de wouden van Kodagu, maar wegkwijnden in gevangenschap. Elk jaar bloeiden ze in de week van Kailpodh, het wapenfestival. Precies die ene week in het hele jaar leverden ze hun oranje-gele bloemen om de lopen van alle schone, opgepoetst geweren in Kodagu te versieren. Daarna verwelkten ze net zo onopvallend als ze verschenen waren.

Toen Devanna haar had verteld over het enorme herbarium in Kew dat plaats bood aan de grootste collectie plantensoorten in de hele wereld had ze haar vlecht over haar schouder gegooid en gezegd dat hij haar niet zo moest vervelen. 'Ga weg, Devanna,' had ze geeuwend gezegd. 'Laat me met rust en zit me niet zo door te zagen.'

Devanna's gezicht betrok. Ze was zich steeds vreemder tegen hem gaan gedragen, snauwde hem zonder duidelijke oorzaak af en barstte om het minste of geringste in tranen uit. 'Loop me niet zo achterna,' had ze boos tegen hem gezegd. 'Waarom ga je niet jagen of in bomen klimmen of wat jongens van jouw leeftijd dan ook doen?'

Ze bracht liever haar tijd door met meisjes uit het dorp, dezelfde meisjes die ze een paar jaar geleden doetjes had gevonden. En nu leek het alsof ze alleen maar wilde zitten fluisteren en giechelen.

'Je wordt groot, *monae*, jullie worden allebei groot,' hadden Muthavva en Tayi uitgelegd. Ze deden hun best om niet te lachen als hij ongelukkig de keuken binnen liep. 'En Devi is ouder dan jij, ze is al bijna veertien. Meisjes worden eerder volwassen dan jongens en ze heeft nu gewoon andere interesses.'

Hij had gedaan alsof het hem niet kon schelen; toen de school sloot vanwege het regenseizoen had Gundert aan Pallada Nayak voorgesteld om Devanna voor extra onderwijs op de missiepost te laten blijven. Tot ieders verrassing had Devanna ermee ingestemd. Devi zou wel beseffen hoe erg ze hem miste als hij er niet was.

Hij keek even naar buiten. Hij was al twintig dagen weg uit het dorp en al die twintig dagen was het water met bakken uit de hemel gekomen. Hij had de dag afgeteld en geduldig gewacht tot de lucht zou breken. Toen hij vanochtend in de slaapzaal wakker werd, had hij slaperig geprobeerd de vinger te leggen op wat er vandaag zo anders was. En ineens realiseerde hij zich dat het de stilte was. Inmiddels klaarwakker lag hij aandachtig te luisteren. Het gekletter van de regen op het dak was eindelijk gestopt. Hij gooide de dekens van zich af en ging vlug het raam opendoen. De koude luchtstroom langs zijn enkels voelde hij niet. Vandaag zou hij eindelijk naar huis kunnen.

Cederela toona, zei hij nu in zichzelf en hij zette zich weer aan zijn schilderwerk. Nog twee laagjes kleur, besloot hij, dan zou hij de priester vragen of hij mocht gaan.

Hij schrok toen de priester vol genegenheid zijn hand op zijn schouder legde. 'Hoorde je me niet roepen? Dit is goed, erg goed,' zei Gundert, die het werk aandachtig bekeek. 'Hoewel, dit nog iets scherper, misschien?' Hij wees naar de punt van een blad. 'Laat ook maar,' vervolgde hij, 'er staat genoeg op papier voor vandaag. Leg je penselen maar neer en kom mee naar buiten. Er staat een regenboog, misschien wel de grootste die deze stad ooit heeft gezien. En we kunnen even langsgaan bij de winkel om te kijken welke nieuwe verrassingen Hans voor ons heeft.'

De missiewinkel! Devanna ruimde vlug de verfpotjes op en trok zijn schoenen aan. Als een uil kneep hij zijn ogen dicht tegen het zonlicht toen hij buitenkwam. De priester had gelijk. Aan de heldere hemel stond een geweldige regenboog, die hoog boven de stad uittorende en inderdaad de grootste was die Devanna ooit had gezien. Hij keerde zich impulsief naar de priester toe en wees op de regenboog. 'Tayi zegt dat het Indra Swami is die zijn boog pakt.'

Gundert barstte in lachen uit. 'Kom, Dev!' riep hij, 'dat geloof je toch niet? Het is gewoon een optische illusie, de zon die het vocht in de lucht reflecteert. Mooier dan welke menselijke creatie ook en dáár ligt de goddelijkheid in, het wonder van die creatie. Maar het is geen handboog en zeker geen strijdvaardige regengod.'

Devanna bloosde verlegen. Waarom had hij ook zijn mond opengedaan? Hij had vaak het gevoel dat hij uit twee delen bestond: Missie-Devanna en Kodagu-Devanna. Missie-Devanna kon schilderen, Wordsworth reciteren, een volmaakt kruisteken maken en wist alles over reflectie en refractie. Hij droeg altijd schoenen, zelfs binnen de missiepost, en de lussen van de strik in zijn veters waren precies even lang.

Kodagu-Devanna daarentegen had kennis van andere, minder zichtbare zaken. Hij kende de *veera*, geesten van de helden uit de oertijd die, geschokt door hun eigen gewelddadige dood, nu de levenden beschermden. Hij kende de zoete smaak van de honingdruppels in de lantanabloemen; hij had de warmte van ontkiemende rijst onder zijn blote voeten gevoeld in de modder die zich tussen zijn tenen doorperste. En hij wist heel goed dat Indra Swami vanuit zijn hemelpaleis bliksemschichten afschoot, wanneer hij ontstemd was.

Devanna slaagde er meestal in om deze helften gescheiden te houden, elk op zijn eigen plek. Maar heel af en toe zette de één een voet in het domein van de ander. Zoals nu. Hij vond zichzelf dom en knikte schaapachtig naar de priester.

In de winkel klaarde zijn stemming snel op. 'Eerwaarde,' riep Hans, de gezette eigenaar, toen ze binnenkwamen. De twee Engelse dames in de winkel keken verschrikt op. '*Wie gehts?*' Hij beende op hen af en even leek het of hij de priester stevig wilde omarmen.

Gundert deed onwillekeurig een stap achteruit en keek even naar de dames. 'Dag, Hans,' antwoordde hij in zijn afgemeten accent. 'Het gaat goed met me, dank je, en met jou?'

Hij nam zijn hoed af voor de dames en zij glimlachten naar hem. 'Eerwaarde. We hebben u al een tijdje niet gezien op de club. Is het zo druk op de missie?'

'Te druk!' kwam Hans tussenbeide. 'Het enige waar de priester zijn best voor doet is zijn boeken. Voor hem geen wijntje of Trijntje. Hij heeft dat niet nodig, zoals de rest van ons in dit land waar het altijd regent.' Hij barstte in lachen uit, zonder acht te slaan op de gechoqueerde uitdrukking op het gezicht van de dames.

'Kijk,' vervolgde hij amicaal en hij trok zijn broek op om zijn rode, korstige benen te laten zien. 'Ik krijg zo'n jeuk van die verdomde regens.'

'Daar moet je dokter Jameson naar laten kijken, Hans,' zei Gundert. Hij boog zich over de pijnlijke plekken heen. 'Of kom naar de missiepost, dan zal ik iemand uit de apotheek een zalfje laten maken. Kom, loop even mee naar achteren, dan zal ik even kijken.'

'Dames...' Gundert boog hoffelijk en leidde Hans bij de vrouwen weg. 'O, doe geen moeite, Eerwaarde,' zei Hans opgewekt terwijl ze in het binnenste van de winkel verdwenen. 'Dokter Jameson zal me wel behandelen, geen probleem. Ik heb een kist Pimms voor hem besteld.'

De dames betaalden hun aankopen en vertrokken beledigd. Devanna grinnikte toen hij hun verontwaardigde stemmen op straat hoorde. Niet te geloven wat ze allemaal moesten slikken. Wat een pummel was die man. Maar zijn prijzen waren tenminste redelijk, dat was het voordeel, namen ze aan, van zijn vergunning van de missie. Maar hoe eerder Spencer's een winkel zou openen in Madikeri hoe liever het hen was...

Hij ademde diep in; de geur van lavendel en boenwas die altijd in de winkel leek te hangen drong zijn neus binnen. Hij kwam hier graag. De stapels gloeilampen, de uit hout gesneden arken van Noach, het visgerei dat aan de dakbalken hing, de stapels in leer gebonden boeken met hun gouden belettering. Devanna dwaalde door de winkel. Hij streek met zijn vingers over de schommelstoelen en de kloeke schrijfbureaus en stond toen plotseling stil voor een kast. Hans had een nieuwe stopfles snoep.

Het was de priester geweest die Devanna kennis had laten maken met die suikerzoete lekkernijen. Elke keer als hij bijzonder tevreden was over de vorderingen van zijn leerling trakteerde hij hem op een snoepje. Het water liep Devanna in de mond en hij keek verlangend naar de fles. Devi lustte ze ook graag. Toen de priester hem een keer een snoepje in zijn zak zag stoppen had hij Devanna gevraagd waarom hij het niet direct opat. 'Heb je er geen zin in? Wil je liever een andere?' Hij had zijn wenkbrauwen opgetrokken toen Devanna uitlegde dat hij het voor Devi bewaarde. 'Alsjeblieft, ik geef je er nog een voor je vriendinnetje. Maar deze is voor jou, goed?'

Vanaf toen had Devanna zijn snoepjes direct in zijn mond gestopt om de priester een plezier te doen. Maar hij bewaarde de wikkels en als de priester even niet keek, spuugde hij de snoepjes in zijn hand en deed de papiertjes er weer omheen, voor Devi. Hij drukte zijn neus verlangend tegen de glazen kastdeur en bestudeerde de metaalkleurige wikkels. Zoete citroensmaak. Perendrups. Rabarber en custard. En helemaal achterin glimmende snoepjes met anijszaad... misschien zou de priester er vandaag eentje voor hem kopen?

Toen de priester en Hans terugkwamen begon Hans hard te lachen. 'Dev. De snoepjes gevonden?' bulderde hij. 'Je hebt toch niet op mijn netjes gelapte glas gesproeid?' Devanna trok zijn hoofd snel terug en veegde de kast af.

'Gekwijld, Hans, niet gesproeid,' verbeterde de priester hem lachend. 'Laat Dev met rust en geef ons voor een roepie snoep.'

Devanna's ogen werden groot. Een hele roepie? Samen met de snoepjes die hij de afgelopen dagen op de missiepost had bewaard waren dat er zestien, nee, áchttien zelfs. Hij stond met open mond toe te kijken hoe Hans de kast opende en snoepjes in alle kleuren van de regenboog in een zakje liet glijden. 'Toe maar, pak maar aan,' zei Gundert. Hij schoof de zak lachend naar hem toe. 'Je hebt zo hard gestudeerd.'

'D... dank u, Eerwaarde,' zei Devanna totaal verrast. 'Eerwaarde,' vervolgde hij haastig, 'mag ik vandaag naar huis?'

Gundert knikte. 'Ja, je bent al aardig wat weken niet thuis geweest. En ik heb iets te overleggen met Pallada Nayak. Ga vanmiddag maar en neem dan een brief van mij mee.'

Devanna glipte uit zijn schoenen zodra hij uit het zicht van de missiepost was. Hij bond de veters aan elkaar en slingerde ze over zijn schouder. Met de zak snoep dicht tegen hem aangedrukt rende hij blootsvoets over het pad. Wat zou Devi opkijken als hij haar het snoep liet zien! Wat zou ze blij zijn! Ze zouden samen op de veranda gaan zitten en de zak leegeten. Hij zou naar haar gebabbel luisteren als ze hem met drukke gebaren alles over de afgelopen weken vertelde... Devanna liep vlug door, vol blije dromen, en kwam laat in de middag aan bij het huis van de Nachimanda's.

'Devi!' riep hij. Zijn maag rammelde bij de gedachte aan de kruidige rijst waarmee Tayi zijn bord zou volscheppen en het gebakken schapenvlees dat hij op haar aandringen helemaal zou moeten opeten. 'Devi, Tayi!' riep hij weer. Hij aaide de honden die aan de ketting lagen en tegen hem piepten, maar in het huis bleef het ongewoon stil.

'Devi!' schreeuwde hij terwijl hij zijn schoenen onder de bank op de veranda zette. 'In hemelsnaam, waar... O,' zei Devanna toen Chengappa op de veranda verscheen.

'Ayy, Devanna, jij bent het,' zei hij ernstig. 'Kom binnen, maar wees stil, de *vaidya* is er.'

De *vaidya*! Tayi praatte vaak over de medicijnman en zijn krachtige magische tantra's. Hij behoorde tot een stam ergens achter de heuvels. Al eeuwenlang zwierven hij en zijn aanverwanten door Kodagu rond en verleenden hun magische geneeskunsten aan de mensen die dat nodig hadden. Je liet de *vaidya* niet voor een kleinigheid komen, herinnerde Devanna zich met een bang voorgevoel; dus waarom was hij hier?

Devanna waste vlug zijn voeten en ging naar binnen. De familie zat zwijgend bij elkaar voor de centrale slaapkamer, waar Thimmaya en Muthavva sliepen. Hij baande zich een weg naar de deur en zag Devi. Ze stond aan het voeteneind van het bed, zo wit als een geest. De *vaidya* stond met warrig haar en ontblote borst, overdekt met grijze en witte as, over iemand in het bed heen gebogen. Hij veranderde even van houding, en Devanna kon een glimp van de patiënt opvangen. Het was Muthavva, besefte hij geschrokken. De *vaidya* was voor haar gekomen.

Muthavva lag schokkend onder de dekens en prevelde onbegrijpelijke woorden. De familie keek ongerust toe terwijl de *vaidya* haar pols pakte om de hartslag te voelen. Hij fronste zijn wenkbrauwen licht en schudde zijn hoofd. Thimmaya's gezicht betrok.

'Het ziet er niet goed uit,' zei de *vaidya*. Hij lichtte Muthavva's oogleden op om in haar ogen te kijken. 'Niet goed. De *pisachi* die haar in zijn macht heeft, is sterk en waarschijnlijk niet bereid te vertrekken. Maar ik zal het proberen.' Hij trok een witte draad uit de kluwen om zijn arm en beet er met zijn tanden een stuk af. Onder het reciteren van mantra's begon hij knopen in de draad te leggen; bij elke gebedsregel een knoop. Hij sprak maar door. Zijn woorden overstemden Muthavva's geprevel en de familie bleef muisstil terwijl ze toekeken hoe er steeds meer knopen in de draad kwamen. Toen ten slotte de laatste knoop gelegd was, bond hij zijn gebedsdraad om Muthavva's arm. Onder het prevelen van nog een gebed bestreek hij haar voorhoofd dik met as.

De mensen voor de deur weken uiteen toen hij met Thimmaya de kamer uit kwam. 'Offer een zwarte kip,' droeg hij Thimmaya op,

'dat zal de geest misschien gunstig stemmen. Maar ik heb alles gedaan wat ik kan. Nee, geen betaling,' zei hij bits toen Thimmaya
hem een paar roepies in de hand wilde drukken, 'de mantra's verliezen hun kracht als er geld mee gemoeid is.'

Ten slotte aanvaardde hij met tegenzin een pak gepofte rijst. Devanna liep naar Tayi toe die het pak aan het dichtbinden was. 'Tayi,
wat is er gebeurd?'

Tayi zag er grijs en versleten uit. 'O Devanna, ben je er? Weet
Devi dat al? Gaat het goed, *monae?*'

'Ja Tayi, maar wat is er gebeurd met Muthavva *akka?*'

'De *pisachi*...' zei Tayi vermoeid. 'Die hebben afgelopen week bezit van haar genomen en weigeren weg te gaan. Gisteren steeg de
koorts. Hier, breng dit naar Thimmaya *anna.*'

Devanna nam het pak rijst mee naar Thimmaya die bij de *vaidya*
zat. 'Moeten we...' zei hij aarzelend tegen Thimmaya, met een nerveuze blik op de *vaidya*, '... moeten we de dokter uit Madikeri niet
laten komen?' De *vaidya* draaide zich met een ruk om en richtte zijn
roodomrande ogen op Devanna.

'Dokter? Bestaat er ergens een dokter die net zoveel kan als ik?'
zei hij hees. 'Kunnen die dokters de geesten laten dansen en hen
hulpeloos in knopen binden? Kunnen zij halfgoden uit de hemel en
duivels uit de onderwereld oproepen om hun ten dienste te staan?
Wordt hun dat geleerd in de overzeese gebieden? Geloof me maar,'
snauwde hij nijdig tegen Thimmaya, 'je kunt een dokter laten komen als je wilt, maar hij kan niets doen wat ik niet kan en nog niet
de helft van wat ik wel kan.'

'Natuurlijk doen we dat niet, geen zorgen, o geleerde,' zei Thimmaya vlug. 'We laten niemand anders komen. Alstublieft,' vleide hij,
'neem de bescherming van uw gebeden alstublieft niet weg.'

'We hebben het geprobeerd *monae*,' zei hij vermoeid tegen Devanna toen de *vaidya* weg was. 'We hebben een verzoek gestuurd
aan dokter Jameson, maar hij weigert te komen. Het is te ver, zegt
hij, en door de regen is het pad te glad voor zijn paarden. Dus
zou hij moeten lopen. Waarom kan die ellendeling niet komen
lopen?'

Devanna's gezicht betrok even, maar toen trok hij dringend aan Thimmaya's hand. 'En de priester? Hij weet veel van geneeskunde. Ik weet zeker dat hij zal komen. Hij weet vast wat er moet gebeuren.' Thimmaya hief trots zijn hoofd. 'Nee,' zei hij, 'ik zal niet nog een keer een van hen vragen en afgewezen worden. We hebben gedaan wat we kunnen. Mogen Iguthappa Swami en onze voorouders ons nu beschermen.'

'Zwijg,' zei hij toen Devanna zijn mond weer opendeed. 'Ik wil er niets meer over horen.'

De avond verstreek en toen de nacht, en het kreunen uit de slaapkamer werd erger. Ze draaiden een zwarte kip de nek om en gooiden het levenloze dier op de mestvaalt. Tayi roosterde rode pepers en mosterdzaadjes op heet kolenvuur en liet de bittere rook uitwaaieren naar de verste hoeken van het huis om het boze oog uit te bannen, maar Muthavva bleef woelen en wenen.

Ook Devi viel uit tegen Devanna toen hij probeerde haar te overtuigen. 'Priester, priester, en nog eens priester. Is dat alles wat je kan zeggen? Heb je de *vaidya* niet gehoord?' schreeuwde ze tegen hem. Wil je dat hij zijn bescherming weghaalt? Omdat jouw moeder dood is, hoef je mijn Avvaiah toch niet ook dood te willen!' Tayi suste haar, klakte met haar tong. Foei, moest ze zo praten? Devi barstte in tranen uit. 'Avvaiah,' snikte ze, 'Avvaiah.' Ze jammerde zo hard dat ook Tayi begon te huilen. Devanna gaf het op.

'Het is Gods wil,' herhaalde hij in zichzelf. 'Wij kunnen niets meer doen, het is zijn wil.'

Maar de priester zou kunnen helpen, hij wist het zeker.

De volgende ochtend was Muthavva nog verder achteruitgegaan. De draad die de *vaidya* geknoopt had, gleed steeds van haar zwetende armen af. Ze kreunde nu niet meer en leek bijna bewusteloos. Met wezenloze ogen mompelde ze zachtjes in zichzelf. Devanna kon het niet meer verdragen. Hij ging naar Tayi in de keuken. Ze droogde vlug haar ogen met de punt van haar sari en deed haar best te glimlachen. 'Wat is er, *monae*? Heb je honger?'

'Tayi, wilt u alstublieft naar me luisteren? Stuur iemand naar de priester, hij weet wat er gebeuren moet. Alstublieft, Tayi, ik weet zeker dat hij zal komen.'

Tayi zei niets. Ze stond op en ging Thimmaya zoeken. 'Stuur iemand naar de missiepost,' zei ze tegen haar zoon. 'Zwijg,' zei ze om zijn protest in de kiem te smoren. 'Dit is niet het moment om trots te zijn. Als het hoofd vandaag wordt gered, kan het morgen een tulband dragen. Laat de priester halen. En wat de *vaidya* aangaat, welk ongeluk zijn vloek ook over dit huis mag brengen, Iguthappa Swami, laat het mij maar treffen. Maar laat de priester halen, doe het voor mij.'

Toen het verzoek de priester bereikt had, vertrok hij direct. Doorweekt van de motregen die die middag weer begonnen was, kwam hij aan. Terwijl hij op de veranda zijn schoenen uittrok vuurde hij vragen op Thimmaya af. Hoe lang was ze al ziek? Wat waren de symptomen? Waarom hadden ze dokter Jameson niet geroepen? Hij perste zijn lippen hard op elkaar toen hij hoorde dat Jameson geweigerd had te komen. 'Jullie hadden me eerder moeten roepen,' zei hij met een korte blik op Devanna die blozend zijn hoofd boog.

'Dit is niet het werk van geesten,' zei hij en hij negeerde Thimmaya's verdere uitleg terwijl hij Muthavva onderzocht. 'We moeten heel snel zijn, breng me wat suikerwater.'

Tayi liet vlug een klontje palmsuiker oplossen en bracht de zoete siroop naar Gundert. Hij goot er een flesje poeder in leeg en liet de substantie langzaam in Muthavva's keel glijden, terwijl hij haar hoofd ondersteunde. Toen ze kokhalsde hield hij haar mond dicht. Hij sprak pas weer tegen Thimmaya toen ze alle siroop gedronken had. 'Ik heb haar een sterk medicijn gegeven,' zei hij. 'Het zou de koorts in ieder geval tijdelijk moeten verlagen. Ze zal waarschijnlijk een suizend gevoel in haar hoofd krijgen en over duizeligheid klagen, maar daarna zal ze in slaap vallen.' Met een zucht hield hij nog een flesje met poeder omhoog. 'Geef haar dit morgenochtend. Ik kan nu nog niet zeggen of ze beter zal worden; de koorts is in een vergevorderd stadium.'

Thimmaya liet de priester terug naar Madikeri begeleiden door zijn zoon met een geweer en een bediende met bamboefakkels. De Nachimanda's gingen in huis zitten en wachtten af. Devi zat tegen Thimmaya aan en hield zich stevig vast aan zijn *kupya*. Devanna keek toe terwijl Thimmaya haar haar streelde en haar steeds weer verzekerde dat alles goed zou komen. Ze hief haar betraande gezicht op naar haar vader. Ze fluisterde iets en hij knuffelde haar stevig, maar schudde zijn hoofd. 'Nee, *kunyi*, dat moet je niet zeggen. Alles zal goed komen...'

Devanna deed zijn best om niet te huilen. Hij wreef verwoed met zijn handen over zijn gezicht. Kon hij maar iets doen. Ineens dacht hij aan de snoepjes die hij nog van de vorige middag in zijn zak had. Het viel niemand op dat Devanna stilletjes de veranda opsloop. De regen kletterde weer neer en er hing een onwelriekende geur over de honden, die om hem heen sprongen en begerig kwispelend aan het zakje snuffelden. Devanna vouwde zijn handen en boog zijn hoofd. 'Heer in de hemel,' bad hij, 'laat het goed komen met Muthavva *akka*. Wees Devi genadig, laat... laat... haar moeder alstublieft leven. Als U dit ene voor me doet... dan beloof ik U dat ik nooit meer een snoepje zal eten. Erewoord. Voor zolang als ik leef.' Devanna maakte de zak open en zijn kostbare verzameling snoep rolde over de veranda, schitterend in alle kleuren van de regenboog terwijl de honden erop aanvielen.

Binnen lag Muthavva te woelen en te kreunen. Het suisde akelig in haar oren en ze smeekte Thimmaya het te laten ophouden. Ze rilde en schokte. Haar zweet doorweekte de lakens tot ze ineens, zonder dat ze erop bedacht waren, in een diepe, vredige slaap viel. 'Het werkt,' fluisterde Tayi tegen haar zoon toen zij naar de patiënt kwam kijken. 'Iguthappa zij geprezen, het medicijn werkt.'

Muthavva werd wakker toen de hanen kraaiden. Ze keek naar Thimmaya; haar voorhoofd voelde koel aan. 'Ik ben bang,' zei ze volkomen helder.

En toen stierf Muthavva.

Devanna voelde zich ellendig tijdens de doodsrituelen. Hij durfde niet naar Devi te kijken. Waarom had hij hen niet gedwongen naar hem te luisteren? Was de priester er maar eerder bij geroepen! Had hij maar geweten wat hij moest doen. 'Nooit meer,' beloofde hij zichzelf, 'nooit zal ik me meer zo hulpeloos gedragen.'

Toen hij na de crematie naar het huis van de Pallada's ging, gaf hij de brief van Gundert aan de Nayak. De priester beschreef daarin zijn plannen om meer leerlingen naar zijn school te trekken door een kostschool te beginnen. Het was misschien handig als Devanna het komende jaar naar de kostschool ging, schreef hij. Devanna was een voorbeeldige leerling en als hij op de missiepost woonde, zou hij minder tijd kwijt zijn met heen en weer lopen naar het dorp.

De Nayak dacht er een paar dagen over na en zei toen dat hij het een uitstekend idee vond. Tot ieders verbazing stemde Devanna er zonder protest mee in, zelfs toen hij hoorde dat Devi niet naar school zou teruggaan, omdat Tayi en Chengappa's nieuwe vrouw het huishoudelijk werk niet zonder haar aankonden. De rest van de regentijd ging hij niet meer naar het huis van de Nachimanda's. Hij ging pas op de dag voor hij terug moest naar school. Tayi kwam stilletjes naar buiten en knuffelde hem. 'Waar was je, *monae*?' vroeg ze. 'Was je ons vergeten? Devi, kom eens kijken wie er is.'

Ze gingen naar de kreek bij de velden.

'Heb je gehoord dat ik niet naar school terugga?' vroeg ze.

Devanna knikte. Devi stak haar hand in het water. 'Weet je nog hoeveel krabben we die ene dag gevangen hebben?'

'Hoe zou ik dat kunnen vergeten? Ze bleven maar komen, het leek of we niets verkeerd konden doen. We hebben ze allemaal geteld. We vingen er drieëndertig op die ene middag... en Tayi maakte zo veel krabchutney...'

'Ja, en jij at er zo veel van dat je moest overgeven in de struiken,' zei Devi lusteloos. Met hun benen in de kreek bungelend bleven ze een tijdje zwijgend zitten.

'Devi, het spijt me zo,' zei hij vlug. Ik wou... ik... had eerder mijn mond open moeten doen. Misschien... had de priester, als hij eerder gekomen was...'

Devi trok bleek weg en haar ogen vulden zich met tranen. Ze veegde ze weg met de rug van haar hand. 'Nee...' zei ze met een trillende stem, 'het was jouw schuld niet.'

Devanna keek naar haar verdrietige gezicht. Zijn schuldgevoel en alle ellende van de afgelopen weken kwamen weer naar boven. Hij begon te huilen. 'Het spijt me,' zei hij, 'Devi, het spijt me zo.'

'Malle jongen!' zei Devi. Ze wreef verwoed in haar ogen. 'Al die onzinpraatjes. Avvaiah, ze... ze...' Devi slikte, niet in staat haar zin af te maken. Ze pakte Devanna's hand en hield die stevig in de hare. 'Luister,' zei ze ten slotte. Haar gezicht stond nog somber, maar ze probeerde dapper te glimlachen. 'Ik heb een idee. Maak dit eens los.'

Ze rolde haar mouw op en wees op de amulet die Muthavva haar al die jaren steeds weer omgebonden had. De verbleekte zwarte draad was steeds verder uitgerekt naarmate Devi groeide. Het metalen plaatje was gedeukt en afgesleten en de inscriptie in Sanskriet bijna onleesbaar. Devanna worstelde met de knopen, maar kreeg het los.

'Avvaiah heeft het me omgebonden toen ik een baby was. Omdat het geluk brengt, vertelde ze me. Alsjeblieft.' Ze legde de amulet in Devanna's hand en vouwde zijn vingers eromheen.

'Ik kan dit niet aannemen. Het is voor jou bedoeld.'

'En ik geef het aan jou,' zei Devi met een beverig lachje. 'Ik heb het niet meer nodig.' Ze wreef over de plek op haar arm, waar de amulet na al die jaren zijn afdruk had achtergelaten, het vers in spiegelschrift. 'Avvaiah beschermt me, daar hoog in de wolken met mijn andere voorouders.'

Met hun hoofd achterover keken ze naar de wolken die elkaar op onzichtbare windstoten najoegen in de strakke lucht. Hier zagen ze een kromme neus, daar de vorm van een mensenoor. En als je heel goed keek, kon je daar, precies daar, bijna de achterkant van een vrouwenhoofd zien, overdekt met tuiltjes sampigébloemen.

Hoog boven hen uit zweefde een eenzame reiger op een thermiekbel; loom rees en daalde hij op de wind.

6

'Kinine,' antwoordde Gundert op Devanna's vraag. 'Het was kininepoeder. Een alkaloïde-extract van de kinaboom. *Cinchona Succirubra.*' Hij pakte een tijdschrift uit de kast naast zijn bureau en sloeg het open bij een pagina die in de kantlijn vol aantekeningen stond in zijn kleine, keurige handschrift. 'Hier staat het,' zei Gundert met een zacht tikje op het vergeelde papier. 'Effectief kinine onttrekken aan de kinabast. Voor het eerst gepubliceerd, dankzij de edelmoedigheid van de overheidskinoloog in Bengalen. Hier, lees maar hardop.'

'De *Calcutta Gazette.*' Gundert had hier en daar stukjes neembladeren tegen de zilvervisjes in het tijdschrift gelegd; naftaleen zou door het dunne papier heen gebrand zijn. 'Een smeltprocédé voor de vervaardiging van... sul... sulfaat van ki... kinine, sulfaat van kinine, door C.H. Woods, Kin... Kino... Kinoloog van de Bengaalse overheid.' Devanna begon het artikel moeizaam hardop te lezen. Hij struikelde over de onbekende woorden en de aaneenschakeling van ingewikkelde vergelijkingen. Het was een voorrecht, schreef Woods, om – voor zover bekend voor het eerst in de geschiedenis – een praktische methode te kunnen beschrijven om kinine te winnen met gebruik van een oplosmiddel op basis van foezelolie en aardolie. *De alkaloïden worden in veel zuiverder staat aan de stukken schors onttrokken, zodat de laatste handelingen om zuivere en gebruiksklare producten te krijgen sterk vereenvoudigd zijn. Het gehele extractieproces kan worden uitgevoerd bij normale temperaturen en de apparatuur en benodigde hulpmiddelen zijn gemakkelijk verkrijgbaar...*

Devanna stopte midden in de zin, onverklaarbaar woedend. 'Ik begrijp dit niet,' riep hij. 'Ik kan er geen touw aan vastknopen. Ik... ik...' Hij zweeg gefrustreerd en tikte met zijn vinger op de pagina's. Gundert zei niets. Hij sloeg zijn armen over elkaar en keek hem aan. Devanna keek uitdagend terug, maar wendde toen met rode wangen zijn blik af.

'Het was jouw schuld niet,' zei Gundert rustig. Devanna's gezicht vertrok, maar hij zei niets. 'Luister naar me Dev,' vervolgde Gundert. 'Er is niets wat je had kunnen doen. Misschien als dokter Jameson haar had kunnen zien of als ik er eerder geweest was... maar zelfs dan, wie weet of de kinine zou hebben gewerkt? Ze was al ver heen.'

Devanna slikte en keek de priester nog steeds niet aan. 'De mensen zeggen dat de *vaidya* haar vervloekt heeft nadat u geweest was,' zei hij met een dun stemmetje.

De priester schudde zuchtend zijn hoofd. 'Dit was niet het werk van duivels of van vervloekingen. Het was een mug, een minuscule mug met dodelijk vergif in zich. Malaria, Dev, het was een ziekte die malaria genoemd wordt.'

Hij liep om het bureau heen en pakte het tijdschrift uit Devanna's handen. 'Kinine... kijk eens hier. Op deze bladzijde, een geneesmiddel voor *miljoenen*. We hoeven er alleen maar voor te zorgen dat mensen hiervan op de hoogte zijn en ze leren hoe ze het medicijn moeten gebruiken. Ze moeten alles weten over moderne geneeskunde.'

De stilte strekte zich tussen hen uit. Gundert leunde tegen de schrijftafel en keek naar zijn jongen. 'Alles wat nodig is,' herhaalde hij, 'is dat iemand het leert.'

'Ik wil het leren,' zei Devanna. Hij struikelde over zijn woorden. 'Leer mij kinine te maken, leer mij alles over geneesmiddelen, wat u weet. Alstublieft, Eerwaarde, ik zal alles doen wat u vraagt en zo hard studeren als ik maar kan, maar ik móét het leren.'

'De oude orde zal plaatsmaken voor de nieuwe; God maakt zich waar op vele manieren,' citeerde Gundert zacht voor zich uit. 'De Heer heeft me jou gezonden met een doel, Devanna. Hij heeft jou uitgekozen om de missie en onze doelen de volgende eeuw binnen te leiden. Ik beloof dat ik je alles zal leren wat ik weet. En als jij meer weet dan ik, en dat zal gebeuren, zal ik jouw kennis aanwenden ten dienste van jouw volk.'

Een paar dagen later riep Gundert Devanna bij zich in zijn werkkamer. 'Ik wil je graag iets laten zien,' zei hij. 'Het is erg waardevol voor mij en ik denk dat jij het ook zult waarderen.' Nieuwsgierig keek Devanna toe hoe de priester een sleutel pakte die om zijn hals hing en daarmee een la van zijn bureau openmaakte.

'Weet je nog dat we spraken over de moeilijkheden bij het classificeren van de verschillende soorten bamboe?'

Devanna knikte. Het probleem was dat alle bamboevariëteiten er in wezen hetzelfde uitzagen, tot ze bloeiden. En ze bloeiden gekmakend zelden: gemiddeld hadden ze maar eens in de dertig jaar een vruchtbare periode, en sommige weerbarstiger soorten zelfs maar eens in de vijftig of zestig jaar. Waarschijnlijk stonden er nog tientallen variëteiten in de bossen van India, Java en Sumatra op ontdekking te wachten.

Gundert haalde een in witte zijde gebonden bundeltje uit de la en legde het voorzichtig op het bureau. Toen hij net in Kodagu was aangekomen, legde hij uit, had hij hoge verwachtingen gekoesterd één van die nog ongeclassificeerde soorten te ontdekken, bloeiend in het wild. De Kodava's hadden hun hoofd geschud toen hij hen ernaar vroeg. Ze zeiden dat de bamboebossen twee jaar daarvoor zaad hadden gevormd en kort na een massale bloei waren doodgegaan, zoals dat altijd ging. Het zou minstens vijftig jaar duren voor de zaailingen die ze hadden achtergelaten volgroeid zouden zijn. Toch had Gundert de hoop niet opgegeven. Er moesten toch planten zijn die de gebruikelijke cyclus niet volgden. Ergens in de bossen of misschien in de heuvels moest toch een klein kluitje bamboe te vinden zijn dat binnenkort in bloei zou staan. Maar de maanden waren verstreken zonder dat hij iets had gehoord of gezien dat op het bestaan daarvan wees. Met tegenzin had Gundert zich erbij neergelegd dat het waarschijnlijk toch vijftig of zestig jaar

83

zou duren voordat met zekerheid een nieuwe soort kon worden geïdentificeerd en vastgesteld.

Toen werd op een vroege ochtend een man voor de poorten van de missiepost aangetroffen. Hij was in elkaar gezakt en gloeide van de koorts. Toen Gundert hem snel onderzocht, zag hij aan de dierenhuid om de taille en de halsketting van vogelbotjes dat de vreemdeling tot de Koramastam behoorde. Hij had wel eens gehoord van de teruggetrokken stam, die diep in het oerwoud leefde en een afkeer van de beschaving had, heel anders dan de onderdanige Poleya's.

Devanna knikte aandachtig. Hij had de Korama's ook wel eens gezien. Ze doken af en toe op in de dorpen om uitgeholde kalebassen te verkopen, die gevuld waren met tijgerbloed of pauwenvet. De kinderen werden gewaarschuwd bij hen uit de buurt te blijven: al hadden de Korama's geen indrukwekkende gestalte, ze waren opvliegend en hadden pijlenkokers vol giftige pijlen. Als de maan hoog stond, hoorde je soms de vage weerklank van hun trommels, diep in de bossen.

Gundert had de zwartgepunte pijlen voorzichtig uit de pijlenkoker van de Korama verwijderd en het missiepersoneel geroepen om hem naar de ziekenzaal te laten brengen. Hij had de Korama behandeld voor zijn koorts. Het lichaam van de man reageerde opmerkelijk snel op de eenvoudigste medische interventie. Gundert pauzeerde even en keek naar Devanna. 'Ik heb hem de koorts uit laten zweten,' legde hij uit. 'Ik liet het personeel zout op zijn voetzolen wrijven en hem toedekken met alle dekens die we konden missen. Als dat niet had gewerkt, had ik hem laten aderlaten, maar we bleken geen bloedzuigers nodig te hebben.'

Toen Gundert de volgende ochtend te horen kreeg dat de Korama wakker was, had hij hem zijn gebruikelijke vraag gesteld: Kende de Korama bijzondere planten die interessant voor hem konden zijn?

De man had Gundert met doffe ogen aangestaard. Ja, had hij tenslotte geantwoord, zo'n plant was er. Het was veruit de meest bijzondere plant in de bossen en hij bloeide maar één keer in een mensenleven. De plant bloeide nu bij bosjes, en hij zou een van de planten voor Gundert halen. Diezelfde middag was hij bij de missiepost vertrokken, volledig genezen.

Gundert had niet veel hoop gevestigd op zijn terugkeer. Hij wist niet zeker of de Korama begrepen had waarnaar hij had gevraagd. Sterker nog, hij was hem al bijna vergeten toen een van de novices hem op een ochtend aarzelend een pakje kwam brengen. Het was apenhuid, zei ze, met haar neus opgetrokken van afkeer. Het was die ochtend voor de deur van de missiepost achtergelaten.

De Korama! Gundert vouwde het vel open en vond een koker van ruw gevlochten bladeren. En daarin... Gundert keek naar Devanna's opgetogen gezicht. 'Het was groot, de omtrek van mijn twee handen samen, en de bladeren waren een beetje wasachtig. Het was een volmaakt specimen; de dauwdruppels glinsterden nog op de stamper en dan die geur! Zoeter dan een roos, voller dan jasmijn, met het muskusachtige van een orchidee. In de gangen van de missiepost heeft dagenlang een heerlijke geur gehangen.'

'De bamboebloem,' riep Devanna triomfantelijk uit.

'Ja, de bamboebloem, zoals de Korama had beloofd.' Gundert zuchtte en begon de witte zijde los te maken. 'Jammer genoeg was de Korama zelf nergens meer te zien. Uiteindelijk verwelkte de bloem. Zonder de moederplant was er geen exemplaar om te prepareren, geen specimen om naar de botanische tuinen in Bangalore of zelfs Engeland te sturen.'

Devanna staarde gefascineerd naar de gedroogde bloem die de priester had uitgepakt. Hij was zo groot als een boek. Hij verbeeldde zich dat hij nog steeds een vleugje kon ruiken van de geur die Gundert beschreven had, een bedwelmende geur die zijn neus prikkelde.

Hij had nog steeds hoop, zei Gundert. Ergens daarbuiten stond een bloeiende bamboe te wachten tot hij ontdekt werd. 'Misschien ben jij, Devanna, wel degene die me zal helpen hem te vinden,' zei hij. Devanna knikte langzaam. 'Hoe gaat u hem noemen, Eerwaarde?' vroeg hij.

Gundert lachte terwijl hij de bloem voorzichtig weer inpakte. '*Bambusea Indica Olafsen*,' zei hij eenvoudig.

Naar zijn vriend op de talbotypie. Devanna bleef even stil en vroeg toen: 'Maar als ik hem het eerst vind?'

De priester gaf hem lachend een schouderklopje. 'Nou, als goede leerling breng je hem dan naar mij, toch?' Hij vouwde het zijden pakketje dicht en legde het, nog grinnikend, in de la.

Ik zal hem vinden, beloofde Devanna zichzelf in stilte, met zijn kin vastberaden vooruitgestoken. En als ik hem vind, noem ik hem naar haar, en naar haar alleen. *Bambusea Indica Devi.*

7

1896

Devi bette haar gezicht met de zoom van haar sari. Ze pakte de ijzeren blaasbalg en wakkerde de vlammen aan. De hitte sloeg van de pan olie af die stond te borrelen op het vuur; blauwe rookwalmen kringelden eruit op. Devi wapperde met haar handen boven de pan en de hitte sloeg tegen haar open handpalmen. Met een katoenen lap om haar ene hand en de zoom van haar sari om de andere tilde ze de pan van het vuur, waarna ze hem door de open keukendeuren naar de binnenplaats droeg.

Buiten stond een vat bittere limoenen op haar te wachten. Ze had de limoenen zelf geplukt van de twee bomen die Muthavva jaren geleden bij de moestuin had geplant. Ze waren in vieren gesneden en omgeschud met zout, chilipoeder, suiker en groene peperkorrels. Een week geleden waren ze in de zon gezet om te drogen. Daar hadden ze zich langzaam liggen opkrullen terwijl de kruiden het vocht aan hun schil onttrokken. Devi maakte de kaasdoek los die het houten vat afdekte en schonk de olie in het vat. De gedroogde limoenen strekten zich genoeglijk uit in de hete olie. Ze werden zacht en zwollen op. Een rijke wolk van citrusgeurige rook steeg op uit het vat en vulde de binnenplaats.

Terwijl het zoetzuur afkoelde, doopte ze haar vinger erin en bracht die naar haar mond. Haar lippen trokken samen van de volmaakte smaak van zout en zoet tegelijk. Tayi zou moeten toegeven dat Devi dit keer zelfs haar overtroffen had.

'Hé, *kunyi*! Heb je dat van mij geleerd, met je *inji* vingers in de pan zitten? Moeten wij allemaal meegenieten van jouw speeksel?'

Tayi kwam uit het huis op haar toelopen. Devi ging op haar hurken zitten en grijnsde haar ondeugend toe. 'Mijn lieve Tayi, ik proefde alleen maar, dat is alles. Eén keer, echt waar. Ik zou je woede toch niet riskeren door er voor een tweede keer in te zitten met mijn *inji* vingers vol spuug?'

'O jawel,' zei Tayi kort. 'Probeer me maar niet in te pakken; ik ben je vader niet, die je in alles je zin geeft. Breng het zoetzuur naar binnen; het moet helemaal afkoelen voordat het opgeslagen wordt.'

'Tayi, waarom ben je zo boos? Hier, proef eens en vertel me of dit niet het beste zoetzuur is dat je ooit hebt gehad.' Devi liet de lepel in het zoetzuur zakken en trok Tayi's hand naar zich toe. Ze liet een stukje limoen in haar handpalm vallen. Tayi proefde, nog steeds geïrriteerd.

'Het smaakt... niet slecht,' gaf ze met tegenzin toe.

'Niet slecht!' Devi stond in een vloeiende elegante beweging op en sloeg haar armen om de oude dame heen. 'Kom nou, Tayi, je weet dat je bloemknopje zichzelf dit keer heeft overtroffen. Kom op, zeg het! Zeg het of ik ga je kietelen! Je bloemknop heeft het beste zoetzuur van de hele wereld gemaakt, zeg het... jouw zon en maan is de beste, jóúw zon en maan...'

Tayi deed haar best een glimlach te verbergen. '*Tsk*. Wat is dit voor raar gedrag? Achttien jaar al, een volwassen vrouw en je gedraagt je nog steeds als een dwaas klein meisje.' Ze trok aan Devi's armen. 'Kom op nu, ik heb een hoop werk te doen. Hou op met dat geknuffel en breng het zoetzuur naar binnen. En ga bij Tukra kijken; zorg dat hij de kippen goed vastbindt.'

Devi schudde liefdevol haar hoofd toen Tayi bedrijvig terugliep naar de keuken. Arme Tayi. Ze zou zich niet zo veel moeten aantrekken van de dorpsroddels. Vorige week was er weer een huwelijksaanzoek voor Devi gekomen. Thimmaya had, zoals altijd, gevraagd wat zijn dochter ervan vond. 'Nee,' had ze onmiddellijk gezegd, en hij had het beleefd afgewezen.

Het nieuws was het dorp rondgegaan en de vrouwen hadden afkeurend gemompeld. Arm meisje, zeiden ze hypocriet, weer een huwelijkskandidaat afgewezen. Waarom wilde haar vader haar niet laten trouwen? Zat hij zo verlegen om hulp dat hij zijn dochter in zijn huis opsloot? Hoewel, wat kon je eigenlijk verwachten? Een kind zonder moeder was overgelaten aan de goedheid van de vader, zuchtten ze. Een meisje zonder moeder was als een plant zonder regen.

Devi was gewend geraakt aan hun praatjes. Ze grepen haar minder aan dan vroeger, maar ze had in de ruim vier jaar na haar moeders overlijden dan ook een dikkere huid gekregen. Ze roerde zo boos in het zoetzuur dat er een beetje van op de grond spatte. Praatjes voor de vaak. Ze had hen eerst terechtgewezen en gezegd dat ze zich met hun eigen zaken moesten bemoeien, dat ze niets van haar persoonlijke zaken afwisten. De vrouwen hadden afkeurend met de tong geklakt: 'Tsk, hoor eens hoe dit grietje ons van repliek dient. Maar ja, wat kunnen we ook verwachten als ze geen moeder heeft om haar beter te leren.'

In de loop der tijd had ze ontdekt dat ze hen maar beter kon negeren, of in ieder geval te doen alsof door haar hoofd rechtop te houden en haar schouders op te halen, waarmee ze te kennen gaf dat hun praatjes haar niet deerden. Hun hatelijke opmerkingen gleden nu langs haar af als regenwater langs de bladeren van de colocasiaplant. Maar hun opmerkingen kwetsten Tayi diep. Thimmaya en zijzelf beschermden Tayi tegen het ergste commentaar, maar de arme Tayi bleef kwaad worden en huilen. Waren zij dan soms ook dood, klaagde ze tegen Thimmaya, hadden zij soms niet Devi's belang voor ogen?

'Trek het je niet aan, Avvaiah,' zei Thimmaya dan vermoeid, 'laat de honden maar blaffen, waarom laat je je zo door hen raken?'

Ze hadden Thimmaya aangeraden weer te trouwen, deze zelfbenoemde sympathisanten. Er was een weduwe in het naburige dorp die goed bij hem zou passen, opperden ze. Thimmaya had geweigerd. Hij zei dat hij te oud was en dat het enige wat hij wilde was om zijn kinderen tevreden te zien. Ah, hadden ze uitgeroepen, daar had Iguthappa hem tenminste een gunst bewezen. Devi groeide uit tot een onmiskenbare schoonheid; elke man zou zich gelukkig prijzen als hij haar zijn vrouw kon noemen. Behulpzaam hadden ze het huis van de Nachimanda's overspoeld met huwelijksaanzoeken. Ze boden hun zonen en broers aan, hun neven en achterneven. Elke keer had Thimmaya eerst Devi om haar mening over de voorgestelde verbintenis gevraagd. En elke keer had Devi haar hoofd geschud en de aanzoeken afgewezen.

De afgelopen week had Tayi op aansporing van de vrouwen een nieuw plan van aanpak bedacht. 'Neem haar mee naar Tala Kaveri,' drong ze bij Thimmaya aan. 'Neem haar mee naar het festival.'

Het werd weer tijd voor de godin Kaveri om Kodagu te bezoeken. Zoals elk jaar wanneer de regens afgelopen waren en de velden goudgespikkeld leken, wanneer de vuurvliegjes opflakkerden op de schemerige binnenplaatsen en de lucht wel fluweel leek, wanneer de sterren zo laag stonden dat de constellatie van de zeven wijzen helder zichtbaar stond te schitteren aan de nachtelijke hemel, elk jaar om die tijd bracht Kaveri, moeder-godin, levenbrengster en ook de heiligste rivier van de Kodava's, een bezoek aan het tempelbassin op de top van de berg Bhagamandala. Stipt in de tweede week van oktober, op een tijdstip dat door de priesters exact berekend was op grond van de beweging van de planeten en de stand van de zon, verscheen ze precies op tijd in het tempelbassin.

Het was bij de Kodava's gebruikelijk ten minste twee leden van elk huishouden af te vaardigden om de godin te verwelkomen. Ze kwamen in dichte drommen uit alle hoeken van het land naar Tala Kaveri, samen met grote groepen aanbidders helemaal uit Mysore, Kanara en Kerala. Jong en oud, gezonden en zieken, weldoorvoede rijken die zich lieten voorttrekken door ossen en paarden, bedelaars gebogen over hun nappen, kale priesters en brahmaanse weduwen met geschoren hoofd waren voor een korte tijd een in hun verlangen het wonder van Kaveri's wedergeboorte mee te maken en haar zegen te ontvangen.

Pragmatisch als ze waren hadden de Kodava's allang de andere mogelijkheid van het festival begrepen: het was een ruime, aangename ontmoetingsplek voor huwbaren om te zien en gezien te worden. Het wemelde op het festival van de moeders die gretig hun jonge huwbare dochters begeleidden. Groepen meisjes met bloemen in hun haar flirtten met de tientallen jongemannen die als pauwen op het tempelterrein rondparadeerden. Menig huwelijk werd prompt gearrangeerd na een ontmoeting op het festival en Devi had zich terdege gerealiseerd waarom Tayi wilde dat ze erheen zou gaan. Als haar moeilijke reumatische benen het haar vergund zouden hebben, zou Tayi Devi er zelf heen gesleept hebben.

'Ga je mee, *kunyi*?' had Thimmaya een week geleden gevraagd.

'Nee,' had Devi kortweg geantwoord.

Tayi keek haar zoon vernietigend aan. 'Misschien moet je toch maar gaan,' drong hij aan bij Devi. 'Ik zal toch binnenkort een goede man voor je moeten vinden en er komen zo veel jongens naar het festival...'

Devi trok een pruillip. 'Heb je dan zo'n haast om me te zien vertrekken, Appaiah?'

'Nee, natuurlijk niet. Oké, het is oké,' zei Thimmaya met een hulpeloze blik naar zijn geïrriteerde moeder.

Somberheid overviel Devi toen ze het zoetzuur op de rand van de veranda hees. Zelfs haar vader verloor zijn geduld met haar, ze voelde het. Hoe lang zou ze de huwelijksaanzoeken nog mogen afwijzen? Terwijl ze Tukra's naam riep, liep ze om het huis heen naar de kippenren.

Met een zucht boog ze zich over de angstig kakelende kippen heen. 'Foei, Tukra. Deze draad zit lang niet strak genoeg, wil je dat de kippen het halve woud door fladderen? Heb je zo'n haast om op de markt te komen vandaag?'

De Poleya bloosde onder zijn donkere huid en wreef schaapachtig met zijn ene voet over de andere. 'Waarom?' Met half dichtgeknepen ogen bond Devi de draden opnieuw vast. '*Ayy*, Tukra. Ik had dus gelijk, je voert iets in je schild! Waarom moet je zo snel naar de markt? Zit daar iemand vol ongeduld op je te wachten?'

De ongelukkige Tukra bloosde nog heviger. 'Dat... ik... zij... niemand, Devi *akka*,' stotterde hij.

'Ja dus!' riep Devi triomfantelijk. 'Wie is het? Kom op, je kunt het me maar beter vertellen. Anders vertel ik het aan iedereen door.' 'Aiyo! Alstublieft, Devi *akka*! Dat... zij... ik... wij... de sardineverkoopster,' biechtte hij op. 'We... we hebben daar vandaag afgesproken.'

'Een romance, en recht onder mijn broers neus! Zal ik hem laten weten wat je achter zijn rug op de markt gaat doen?'

'Aiyo!' piepte Tukra geschrokken en Devi nam gas terug.

'Niet zo bang zijn, ik zal niets zeggen,' zei ze lachend. 'Hier, de kippen zijn goed vastgebonden, hou ze nu kalm.' Lachend plukte ze van elke kip één veer. 'Klaar. En daar... ik hoor hem roepen.' Chengappa stond inderdaad op de veranda te schreeuwen. Tukra. *Ayy*, vervloekte Tukra! Waar zat hij? Was hij van plan pas bij de markt aan te komen als de winkels dicht waren? Moesten de kippen zichzelf maar verkopen? En wie zou de mand met bananen dragen? Tukra liep op een drafje naar de voorkant van het huis. Aan zijn beide armen hingen kippen, die angstig met hun vleugels flapperden zodat het leek of Tukra veren had gekregen en zelf zou opvliegen om de weg naar de markt fladderend en kakelend af te leggen.

Devi barstte in lachen uit toen ze hem zag vliegen. En viel ook abrupt weer stil. Zo te zien had zelfs de Poleya de liefde gevonden, op zo'n afgezaagde plaats als de lokale markt. Intussen had ze gewacht en gewacht, maar Machaiah kwam maar niet opdagen.

Ze had hem een keer uit de verte gezien op een bruiloft. 'Kijk, is dat niet Kambeymada Machaiah, de tijgerdoder?' had ze haar vriendin opgewonden toegefluisterd.

'Wie? Waar? Hmm... misschien heb je gelijk.'

'Natuurlijk heb ik gelijk. Kijk, zie je zijn *galla meesa*? Alleen een tijgerdoder mag pronken met zo'n krulsnor en van die bakkebaarden.'

'Ja...' zei haar vriendin twijfelend, 'maar...'

'Geen gemaar. Waarom blijven we hier zitten? Kom mee, laten we wat rondlopen en kijken wie er allemaal zijn,' had Devi vrolijk voorgesteld. Ze negeerde de achterdochtige uitdrukking op het gezicht van haar vriendin. Ze had haar meegetrokken door de menigte, maar toen ze aan de andere kant kwamen was Machaiah verdwenen.

'Devi... laat hem met rust,' had haar vriendin gezegd. 'Nee, kijk me nou niet met zulke grote ogen aan. Ik weet waar je op uit bent. Machaiah kun je niet krijgen. Je hebt toch wel gehoord dat hij een aanbidder is van Ayappa Swami, de god van de jacht?'

Devi knikte, terwijl haar ogen nog steeds verlangend over de menigte gingen. 'Wat zou dat? Ze zeggen dat Ayappa Swami op de dag van de tijgerjacht in eigen persoon uit de hemel is gekomen om zijn aanbidder te belonen. Ze zeggen dat hij naast Machaiah moet hebben gestaan en dat hij Machaiahs *odikathi* geleid heeft. Dat er geen andere manier is waarop een man een tijger kan doden met alleen maar een zwaard. Ik heb er alles over gehoord. Dus?'

'Dus,' wees haar vriendin haar terecht terwijl ze in Devi's arm kneep, 'je weet dat er nog meer wordt gezegd. Weet je hoeveel huwelijksaanzoeken hij heeft afgewezen? De mensen zeggen dat Machaiah net als zijn celibataire god geen zin heeft om te trouwen.'

'Huh,' zei Devi spottend, 'misschien is dat alleen omdat hij nog nooit zo'n schoonheid als ik ontmoet heeft.' Ze keek scheel en bleef haar vriendin aangapen tot ze beiden krom lagen van het lachen.

Dat was al zo lang geleden, piekerde Devi nu. Ze had de pech gehad hem sindsdien niet meer te zien. Ze liet de veren die ze geplukt had langzaam uit haar handen vallen op de gammele houten vloer van de ren. '*Swami kapad,*' bad ze verstrooid terwijl ze neerdwarrelden. 'Heer, zegen ons.' Een veer van elke kip die de ren verliet als onderpand voor de goden, had Tayi haar geleerd. Hoeveel kippen er ook werden verkocht, zo zouden er altijd nog meer voor in de plaats komen...

Bijna twee jaar geleden was de vriendin van die bruiloft zelf getrouwd. Haar bruidegom had nota bene eerst om Devi's hand gevraagd. Haar afwijzing resulteerde in een huwelijksaanzoek aan haar vriendin, die dat meteen had geaccepteerd. Devi had zich opgelaten gevoeld toen ze ging helpen met het inpakken van de uitzet. 'Je hoeft je geen zorgen te maken,' had haar vriendin haar verzekerd. 'Natuurlijk heeft hij jou eerst gevraagd, wie zou dat niet doen?' Ze lachte. 'Ik vind dat ik jou moet bedanken voor je afwijzing.' Devi beet op haar lip en zei niets. Ze stapelden een aantal koperen potten op in de met katoen gevoerde hutkoffer. 'Je krijgt wel een bepaalde reputatie op deze manier,' vervolgde haar vriendin liefjes. 'Als je doorgaat met iedereen af te wijzen zullen straks nog maar weinig mannen zich aanbieden. Een man wordt niet graag afgewezen, Devi, en als jij zelfs tegen de besten nee blijft zeggen...' Ze schudde haar hoofd.

'O, maak je over mij geen zorgen,' had Devi even liefjes geantwoord. 'Ik ben niet van plan om ja te zeggen tegen de eerste de beste man die mijn hand vraagt.' Ze zweeg heel even. 'Dat hoef ik ook niet, voor mij zullen er altijd meer blijven komen.'

Ze had te hoge verwachtingen, zeiden haar vriendinnen. Wat wilde ze toch? Met haar armen wijd gespreid zei Devi dan lachend: 'Dat weet ik zodra ik hem zie.' Ze koesterde de herinnering die ze had aan Machu. Wat zou ze trouwens tegen hen kunnen zeggen? Dat ze in haar hart al met iemand verbonden was en dat dat liefde op het eerste gezicht was geweest? Dat ze wachtte op de tijgerdoder? Hoe kon ze Tayi en haar vriendinnen ooit uitleggen hoe dit voelde, deze diepgewortelde zekerheid, de overtuiging dat ze alleen voor Machu bestemd was?

De tijgerbruiloft was al zo veel jaren geleden. Ze kon zich zijn gezicht niet meer duidelijk voor de geest halen. Er waren alleen enkele indrukken achtergebleven. Het warme, heldere timbre van zijn stem, zijn lengte, zijn samengeknepen pretogen. Zó veel jaren. En toch was ze overtuigd gebleven van haar gevoel, onwankelbaar als een rots.

Het zou gebeuren, wist Devi, zo zeker als ze wist dat haar ademhaling doorging. Het zou gebeuren met Machu.

Hij was nog steeds niet getrouwd. Al die jaren was de tijgerdoder vrijgezel gebleven. Haar hart sprong heimelijk op als ze hoorde van de aanzoeken die hij had afgewezen. Ze besteedde geen aandacht aan de geruchten dat hij de gelofte van zuiverheid afgelegd zou hebben, dat hij gewoon niet getrouwd wilde zijn. Hoe kon zo'n mooi iemand celibatair zijn? Dat was niet mogelijk. Hij wachtte gewoon op haar, ze wist het. Hij zou toch wel iets gehoord hebben over haar, het mooiste meisje in het dorp van de Pallada's? Binnenkort, heel binnenkort zou hij komen, uit nieuwsgierigheid. Zo gauw hij haar zag, zou hij het weten. 'Wacht eens, was jij niet op de tijgerbruiloft?' zou hij vragen. 'Wat ben je groot geworden...' O, het was zinloos. Devi veegde onnodig wild met de bezem over de vloer van het kippenhok zodat de vogels angstig alle kanten opstoven. Hij met zijn vervloekte gejaag ook! Als hij door de rimboe bleef rondsjouwen als de een of andere... wilde zwerver... en geen enkele bruiloft of crematie bijwoonde, of een doopplechtigheid of een andere bijeenkomst, hoe zouden ze elkaar dan ooit ontmoeten? 'En die Devanna,' bedacht ze om haar boosheid op iemand anders te richten. 'Die doet ook niets om te helpen.' Eerst had ze hem bestookt met vragen over zijn oudere bloedverwant. 'Vertel eens over je neef Machu,' had ze na de tijgerbruiloft met haar innemendste lachje gezegd. Wat wist Devanna van hem? Wanneer ging Devanna er weer op bezoek? Zou Machu naar het dorp van de Pallada's komen?

Gevleid door deze onverwachte belangstelling voor zijn familie had Devanna haar alles verteld wat hij wist. Toen de bediende van de Kambeymada's de maandelijkse toelage van Devanna's vader kwam brengen had hij op Devi's aandringen zelfs een uitgebreide brief voor Machu mee teruggegeven, waarin hij de loftrompet stak over de verdiensten van het dorp van de Pallada's en hij had hem uitgenodigd op bezoek te komen.

De beide kinderen hadden gretig op antwoord gewacht. Toen er maanden achtereen niets kwam en het pijnlijk duidelijk werd dat antwoord uit zou blijven, hadden ze zich getroost met de gedachte dat Machu het wel te druk zou hebben om te antwoorden. Hij was waarschijnlijk ver weg, diep in de rimboe om nog meer tijgers te vangen; als ze goed luisterden konden ze misschien de doodskreet van de ongelukkige tijger wel horen weerklinken in de heuvels.

Devi had geweigerd het op te geven en een andere strategie geprobeerd. 'Waarom ga je niet terug naar je vaders huis?' had ze op
een dag voorgesteld, midden in een kaurispel. Devanna's hand bleef
halverwege een worp in de lucht hangen en hij keek haar verbaasd
aan.

'Wat bedoel je? Wil je dat ik wegga uit het dorp?'

'O, nee, nee, gekkie,' had ze gelachen, 'waarom zou ik jou weg willen hebben? Ik bedoelde alleen dat het je goed zou doen een poosje
bij je vader te zijn. Je zou terug kunnen gaan en al je neven leren
kennen, en dan zou ik misschien op bezoek kunnen komen...'

Devanna had rebels zijn lip naar voren gestoken en zijn hoofd
geschud, en Devi had haar geduld verloren.

'O, het is zinloos,' had ze niet al te subtiel uitgeroepen. 'Waarom
moesten Gauru *akka* en jij zonodig weg uit het huis van de Kambeymada's? Je had daar nu gewoon kunnen zijn en... en...'

Op dat moment wist ze al dat ze te ver was gegaan. Devanna
was opgesprongen met een gezicht als een masker. 'Als mijn moeder
daar nog geweest was, Devi, zouden jij en ik waarschijnlijk geen
vrienden zijn geweest.' Hij had de kauri's op het gras gelegd en was
weggelopen.

'Devanna! Devanna! Ik bedoelde het niet zo. Devanna! Doe niet
zo raar, kom terug, laten we ten minste het spel afmaken...'

Ze had hem een hele tijd geroepen voor hij zich eindelijk omkeerde. Devi schudde haar hoofd bij de herinnering. De dingen die
ze soms tegen Devanna zei! En toch kwam hij steeds weer terug om
bij haar te zijn. Ze schoof de broedende kippen opzij om te voelen
of hun eieren al barstjes vertoonden. Ze vroeg zich in een vlaag
van vertedering af hoe het met hem zou gaan en telde intussen de
eieren in hun nestjes van stro. Ze had hem al maanden niet gezien.
Ze zou Tayi kunnen vragen om Tukra morgen naar de missiepost
te sturen met wat limoenzoetzuur. Devanna had dat altijd heerlijk
gevonden bij zijn rijst; je lijkt wel een brahmaan, grapte Chengappa
dan. Opgevrolijkt verzamelde ze de eieren in de plooien van haar
sari en liep ze terug naar het huis.

De volgende middag kwam Tukra terug met nieuws van de missiepost. Ja, Devanna *anna* zag er goed uit. En ja, Tukra had het zoetzuur overhandigd en hem verteld dat Devi *akka* het zelf gemaakt had. Nee, er was geen brief voor haar, maar Devanna *anna* had een boodschap voor haar meegegeven. Hij zou in de oktobervakantie niet naar het dorp komen, omdat hij dit jaar naar het Kaverifestival zou gaan. Zijn grootvader, Kambeymada Nayak, had besloten een koperen deur voor de tempel te schenken. Alle mannelijke Kambeymada's waren verplicht de patriarch te vergezellen naar Bhagamandala.

'Allemaal?' vroeg Devi met grote ogen aan Tukra. 'Weet je zeker dat hij zei: álle mannen?' Haar hart sprong op van vreugde. Lieve, lieve Devanna. Ze rende de keuken in. De koe had pas gekalfd en Tayi stond de vette biest te wellen tot romige, gezoete pap. Devi sloop achter haar, sloeg haar armen om haar grootmoeder heen en legde haar kin op haar schouder. 'Tayi, wil je echt dat ik naar het festival ga?'

Tayi snoof en bleef doorscheppen.

'Zeg het maar, Tayi, want als je het zo graag wilt, dan ga ik.'

Tayi legde de lepel neer en draaide zich om, om naar haar kleindochter te kijken. 'Meen je dat, *kunyi?*' vroeg ze hoopvol. 'Je gaat ernaartoe?'

Devi keek haar grootmoeder met een onschuldige blik aan. 'Ja, Tayi... als dat is wat je wilt, dan is dat wat ik moet doen.'

Tayi's ogen vulden zich met tranen en ze veegde ze weg met de zoom van haar sari. 'Mijn lieve *kunyi*. Je bent zo'n goedaardig kind, kan jij er iets aan doen dat er alleen schreeuwlelijken om je hand zijn komen vragen? Mijn bloemknopje, had je soms het eerste aanzoek dat op jouw weg kwam moeten accepteren? Het moest zo zijn, *kunyi*, het moest zo zijn. Ga maar naar Tala Kaveri. Ik weet zeker dat Iguthappa Swami je iemand zal geven die jou waard is. Hier, let op de pap. Ik ga je vader zoeken om het hem te vertellen.'

Tayi liep de keuken uit en riep Thimmaya. Devi beet op haar lip en keek haar grootmoeder schuldbewust na. Het maakt niet

97

uit, troostte ze zichzelf, Tayi's gebeden zouden spoedig verhoord worden, want er wachtte inderdaad iemand op haar op het Kaverifestival. Iemand wiens pad eindelijk het hare zou kruisen, iemand die nog geen enkel vermoeden had van de commotie die hem binnenkort ten deel zou vallen.

8

Devi staarde voor zich uit in de maanloze nacht. De Bha-gamandala lag vlak voor haar: een diepzwarte bult die als een onuitwisbaar stempel op het donker was gedrukt. Thimmaya en zij hadden twee dagen gereisd, logerend bij familieleden langs hun route die ze gerookt varkensvlees en ingemaakte wilde paddenstoelen aanboden in ruil voor hun gastvrijheid. Eindelijk waren ze aangekomen bij de uitlopers van de Bhagamandala. Ze sloot het raam van haar kamer en probeerde in slaap te komen, terwijl de minuten traag voortkropen. *Morgen.* Ze draaide zich onrustig op haar zij. Na al die jaren was hij hier, de tijgerdoder, ergens aan deze weg. Als ze haar oor stevig tegen de grond drukte, verbeeldde ze zich dat ze boven het wegstervende lawaai van de dag uit zelfs zijn hartslag kon horen, in het geritsel van de nacht zijn adem kon voelen.

Eindelijk viel ze in slaap, versuft en onrustig; het leek of er nog maar een paar minuten verstreken waren toen Thimmaya haar kwam wekken. Het was nog vroeg toen ze vertrokken – de zon was nog niet op – maar ondanks de weinige slaap die ze had gehad voelde Devi zich wakkerder dan ooit. Ze ging onrustig verzitten in de ossenkar en volgde de warrige schaduwpatronen die de aan het juk slingerde lantaren achter hen wierp. Ze drukte haar handen tegen haar wangen. *Nog een paar uur.* Met een blik op Thimmaya, die ondanks het geschommel van de kar zat te slapen, boog ze zich voorover naar Tukra. Hij mende de ossen en spoorde ze aan met een zacht 'huu... huu'.

'*Ayy* Tukra,' fluisterde ze, 'kun je die zwakke ossen van je niet wat harder laten gaan? Ik wed dat zelfs Tayi harder kan lopen dan zij.'
'Die Devi *akka*,' gniffelde Tukra. 'Zit altijd de draak met mij te steken. Ze gaan hard genoeg en dat weet u.'

Devi leunde achterover tegen de wand van de kar en zuchtte. Eindelijk stopten ze aan de voet van de berg, op een groot grasveld naast het tempelterrein. Het stond er al behoorlijk vol met ossenkarren; de lantarens knipperden en flikkerden door elkaar heen. Thimmaya klauterde van de kar af en strekte een hand uit naar Devi. 'Kom, *kunyi*,' drong hij aan. 'De rivier.'

Hier zou hij niet zijn, wist Devi. Machu en de rest van de familie Kambeymada zouden al veel vroeger bij de tempel aangekomen zijn om de deuren te installeren. Maar toch keek ze gespannen om zich heen. Terwijl ze met haar handen haar haar netjes maakte, probeerde ze in het donker de voorbijgangers te onderscheiden.

Thimmaya liet Devi op de rivieroever achter bij de andere vrouwelijke gelovigen en ging zelf verder stroomopwaarts naar de mannen, die in het water stonden. Hun lantarens stonden op de oever opgesteld om hen bij te lichten. '*Kaveri amma*,' fluisterde Devi. Ze pakte haar haar losjes bijeen, trok haar sari op tot boven haar knieën en stapte in het nog altijd nachtelijk zwarte water. Haar adem stokte van de ijzige kou. Bergwater. Heilig water, verbeterde ze zichzelf, het punt waar de rivier de Kaveri samenvloeide met haar twee minder aanbeden zusters: de sprankelende bruisende Kannika en de gereserveerde Sujothi, die liever schuchter ondergronds stroomde. Elke pelgrim was verplicht zich onder te dompelen om een groet te brengen aan de drie gezusters voor hij verder de berg op ging.

Voorzichtig waadde ze het water in, haar handen voor zich uitgestrekt terwijl ze met haar tenen naar de stevigste plekken tastte om te staan. Er hingen grote, dampende mistbanken boven de rivier, die zachtjes heen en weer schommelden in hun strijd tegen de ochtendbries. Ze waadde dieper het water in, haar adem nog hijgend en ingehouden van de kou. De mist drapeerde zich als een deken om haar heen en streek met natte vingers over haar wangen en armen om haar te verwelkomen in zijn omhullende, wazige cocon. Ze ging nog dieper de rivier in en begon te wennen aan de kou. Geleidelijk aan werd Devi rustiger; haar ledematen ontspanden langzaam. Ze draaide zich dromerig om, om naar de oever te kijken, maar die was, samen met de andere badende pelgrims, aan het zicht onttrokken door de wervelende mist. Ze was alleen in een stille, magische wereld. Watertrappelend tussen verleden en toekomst balanceerde ze moeizaam op het keerpunt tussen alles wat geweest was en alles wat nog komen zou. Ze strekte een arm uit en keek als gehypnotiseerd toe hoe die opging in het grijs. Ergens in de verte kraaide een haan.

Op dat moment begon de duisternis op te lossen. De nacht trad langzaam terug terwijl de hemel rood kleurde en vormen zich losmaakten uit de mist. Drie bomen, een onregelmatig gevormd bosje wilde rozen, en midden in de rivier een steen in de vorm van een gebocheld oud vrouwtje. Devi haalde diep adem en dook met dichtgeknepen neus onder water. Eén. Het rood van de zon kroop over de horizon uit. Ze kwam boven om adem te halen, deed even haar ogen open en dook weer onder. Twee. De mist werd dunner en de kleuren trilden in de lucht. Devi kwam nog een keer boven om lucht te scheppen en ging toen voor de laatste keer onder water. Drie. Ze dook op uit het water en bleef even geboeid staan kijken. De rivier leek licht te geven. Haar kabbelende water weerspiegelde de vloeiende beweging van de lucht erboven zodat ze baadde in vlammend, vloeibaar metaal. Ook de mist veranderde in goud, gekleurd door een glinsterende, nieuwe zon, die overal haar stralen heen zond. Verbluft door de schoonheid bleef Devi staan. Uit de kleurenpracht kwamen details tevoorschijn; takken, bladeren, een langzaam ontluikende rode roos en kijk, daar op de gebochelde steen, een stel reigers. Ze keken haar recht aan; het licht op hun borst en vleugels leek wel het fijnste goudfiligrein. Maar nog voor ze met haar ogen kon knipperen, stegen ze op en doorkliefden ze de kleurenpracht tot ze uit het zicht waren.

Het moment was net zo snel voorbij als het was begonnen. Het licht werd matter toen de zon verflauwde tot een dof schijnsel ver achter de wolken. Zwaar en grijs kwam de mist weer opzetten.

Ze plonsde snel, met kippenvel op haar armen, terug naar de oever. *Vandaag.* Haar handen trilden toen ze de sari om zich heen wikkelde; de plooien glipten uit haar vingers. 'Ophouden,' berispte ze zichzelf. 'Wil je hem zo ontmoeten, als een lelijke aap?' Ze brak een paar rozen af en stak ze in haar vlecht. Ze keek naar haar spiegelbeeld in de geëmailleerde handspiegel die Thimmaya voor haar had meegebracht van de veemarkt in Mysore. Donkere, met kohl omlijnde ogen schitterden haar tegemoet.

'De godin heeft zich dit jaar verstopt,' merkte Thimmaya laconiek op. De Bhagamandalatempel lag verscholen in de mist; alleen de punt van het dubbelgelaagde dak stak dapper boven het grijs uit. Hij keek hoofdschuddend naar de mensenmassa. 'Waarschijnlijk om al die mensen te vermijden.'

Ondanks het vroege tijdstip was de binnenplaats van de tempel overvol. Devi en Thimmaya hadden zich in het geduw en gedrang een weg gezocht naar het drukke heiligdom. Mensen stonden als kleffe deeglagen tegen elkaar aangeperst en ontnamen zo elk zicht op de nieuwe koperen deuren. Devi had slappe knieën gehad toen ze zich weer een weg naar buiten baanden. De op de tempeltrappen toegestroomde aanbidders verdrongen elkaar om de koperen klokken te kunnen luiden die aan de dakbalken hingen en baanden zich met hun ellebogen een weg naar de tempelwinkel om offergaven voor de godin te kopen – *de mijne is groter, verser, langer dan de jouwe!* – zoals met geelwortel en vermiljoen besmeerde kokosnoten, suikerbrokken en slingers van mangobladeren en goudsbloemen. De tempelolifant zat vastgeketend aan een boom op de binnenplaats, versierd met bloemen en een dekkleed van gele en rode zijde. Ook daar drongen aanbidders samen: 'Ganesha! O Ganapati Swami!' Met bananen in hun handen wierpen ze zich op hun knieën voor deze zogenaamde incarnatie van de olifantgod. Het dier kauwde nonchalant op een baal hooi en zwaaide met zijn slurf over hun hoofden. Een priester schreeuwde dat de mensen niet te dichtbij moesten komen. Ondanks de kilte liepen de zweetdruppels over zijn geschoren hoofd terwijl hij probeerde de mensenmassa onder controle te houden.

Devi legde een hand op Thimmaya's arm. 'Appaiah,' schreeuwde ze boven het geluid uit, 'Devanna is hier vast ergens; we moeten hem zoeken.' Thimmaya knikte, afgeleid omdat hij een vriend zag. De man kwam naar hen toe en ze begroetten elkaar hartelijk met een klap op de schouders. 'Ayy Thimmaya, zei de man opgetogen, 'kom je de godin alweer vergeving vragen voor je zonden?' Thimmaya lachte. 'Dat laat ik aan jou over,' zei hij. 'Ik ben hier alleen om zegen te vragen voor mijn dochter.' De man keek waarderend naar Devi die zich boog om zijn voeten aan te raken. 'Nou, gezegend is ze, dat is duidelijk... Heb je de deuren gezien?' vroeg hij weer aan Thimmaya. 'Prachtig. Zuiver koper, wist je dat? Moet de oude een fortuin gekost hebben.' 'Hebt u hen gezien, anna? De familie, bedoel ik?' vroeg Devi. 'Wie, de Kambeymada's? Nee, kunyi, nog niet; maar ze zullen al bij het bassin zijn, denk ik. De deuren zijn al een paar uur geleden geplaatst.'

Devi's ogen dwaalden onwillekeurig naar het pad dat vanuit de tempel omhoogliep. Haar hart begon sneller te kloppen. Machu was daar, een paar uurtjes gaans, bij het tempelbassin waar Kaveri haar opwachting zou maken.

Ze voelde zich vreemd licht in haar hoofd toen ze de berg op liepen. Er lag een dikke mist over het pad, die Devi's haar in krulletjes om haar gezicht liet vallen. Door de mist klonken stemmen van onzichtbare mensen die de godin aanriepen – 'Kaveri amma, Kaveri amma' – en hun gezelschap maanden: 'Bij elkaar blijven nu, bij elkaar blijven.' Op strategische punten langs het pad stonden verkopers met afgodsbeeldjes, dosa's en in bananenbladeren gestoomde broodvrucht-puttu's. De mensen kwamen erop af als motten op het licht.

Thimmaya bleef staan bij een bijzonder drukke kraam. 'Laten we hier iets eten, kunyi,' zei hij. 'Ik krijg een reuzehonger van al die geuren.' Devi ging glimlachend akkoord, maar haar maag draaide zich om bij de gedachte aan eten. Thimmaya wenkte naar de verkoper, die een lepel beslag op zijn sissende bakplaat uitgoot. De *dosa* was bros en knapperig, maar schuurde als zand in haar keel.

Een groep jongemannen met ontbloot bovenlijf kwam met grote passen over het pad aanlopen, een drietand in hun handen. '*Kaveri amma kapad!*' joelden ze. Meegesleept door hun jeugdig enthousiasme begonnen overal op het pad pelgrims in te vallen. 'Gegroet, *Kaveri amma*,' riepen ze ten antwoord; hun stemmen echoden door de heuvels. '*Kaveri amma*, onze moeder!' Een bedelaarster kwam op Devi aflopen en stak een benige hand uit. '*Amma...*' Het drong niet eens tot Devi door dat de *dosa*-verkoper de vrouw met een scheldkanonnade wegjoeg. '*Kaveri amma. Kaveri amma.*' De gescandeerde kreten leken door haar lichaam te trekken. Devi sloot haar ogen. '*Kaveri amma*, geef me uw zegen,' bad ze. 'Zorg dat we elkaar tegenkomen.'

Ze klommen verder, langs vaders met kinderen die zich slaperig op hun schouder genesteld hadden, langs sari's die vochtig waren van de mist en doorzichtige witte *mundu's* die nat om tailles en heupen hingen.

Een man kroop op handen en voeten over het pad en twee anderen waren al koprollend op weg naar boven. Ze wilden de godin zo graag behagen dat ze geen acht sloegen op de stenen die hun gezicht verwondden. Devi vroeg zich af wat ze wilden bereiken, maar vergat de kwestie onmiddellijk weer. Ze tuurde rond in de mist.

Waar was hij? Plotseling kwam een gedachte bij haar op. Stel dat ze hem niet zou herkennen? Er was al acht jaar verstreken sinds de tijgerbruiloft. Nee, dacht ze, dat was onzin, natúúrlijk zou ze hem meteen herkennen.

Elke keer als ze een mannenstem achter zich hoorde ging haar hart sneller kloppen. 'Doe niet zo gek,' sprak ze zichzelf toe, 'hij is niet alleen. De hele familie, alle mannelijke Kambeymada's, ze zijn er allemaal bij.' Niettemin versnelde haar ademhaling bij elke voetstap die ze hoorde en elke brede schouderpartij die in de mist opdoemde.

Ze klommen steeds hoger en na een bocht was het tempelbassin te zien waar Kaveri zou verschijnen. Het was er nog voller dan in de tempel; een dik waas van lichamen ontnam haar het zicht op de trappen die naar het bassin leidden. Devi's hart sloeg op hol. *Machaiah.*

'Appaiah, waar moeten we...' begon ze, en toen viel ze stil. Waar was haar vader? Ze beet op haar lip. Ergens aan het begin van het pad dat naar het bassin leidde waren Thimmaya en zij elkaar kwijtgeraakt.

Iemand gaf haar een duw in haar rug en Devi ging snel opzij. Ze keek naar de mensenmassa die het bassin in stroomde. Het was niet echt gepast dat een vrouw alleen in zo'n menigte was. Ze zou eigenlijk hier bij het begin van het pad moeten wachten tot Thimmaya haar terugvond. Ze keek weer in de richting van het bassin. Machu was daar, ze wist het zeker. Ze keek opnieuw om zich heen naar Thimmaya. Het roepen werd luider, het zou niet lang meer duren voor Kaveri verscheen. Weer keek Devi naar het bassin. En toen stortte ze zich vastbesloten in het gewoel. 'Kaveri amma,' brulden de pelgrims terwijl ze in het lege bassin bleven turen in afwachting van het verschijnen van de godin, 'Kaveri amma!'

Ze moest zich een weg banen naar de voorste rijen; daar zouden de Kambeymada's zijn, op de beste plaatsen. Ze haalde diep adem om zichzelf te kalmeren en worstelde zich over de gladde stenen treden naar beneden. De rozen gleden uit haar haar en werden fijngetrapt. De mensen achter haar werden tegen haar aan geperst zodat haar heupen en borsten keihard tegen de stevige mannenrug voor haar geduwd werden. De man keek haar aan en haalde verontschuldigend zijn schouders op, maar Devi zag het niet eens. Ze strekte en draaide haar hoofd zo ver als ze kon en speurde de voorste rijen van de menigte af. *Waar ben je?* De priesters hieven hun handen op en de mensenmassa viel stil. *Machu, waar ben je? Alstublieft, Kaveri amma...*

Het gunstige uur was aangebroken. En daar... een heel zwak gegorgel in het water. Kaveri brak los uit de aarde en stroomde golvend en schuimend het bassin in. De mensenmassa barstte uit in enthousiasme. Ze drongen nog dichter tegen haar aan, zo ver mogelijk naar voren komend om het wonder te aanschouwen.

Het waterpeil steeg snel. De priesters leegden de ene kan melk na de andere in het bassin en gooiden er slierten jasmijn en grote klodders vermiljoen bij tot het water rood kleurde. De menigte drong nog verder naar voren en even draaide de wereld om Devi heen. Ze sloot haar ogen. *Ik krijg geen lucht.* Haar voeten voelden zo licht aan, alsof ze zweefden, of hadden de pelgrims achter haar haar letterlijk van de grond getild? *Ik krijg geen lucht meer.* De gezichten om haar heen leken te wiebelen en door elkaar heen te lopen. Ze keek neer op het water om haar blik scherp te stellen, maar ook dat was een draaikolk die steeds sneller en sneller ronddraaide. De menigte achter haar verschoof. De man voor haar gleed uit en wankelde, en Devi hing gevaarlijk boven de rand. *Kaveri amma kapad.* Haar ogen vielen dicht en ze voelde zich naar het water kantelen dat rood was, zo rood als bloed. Devi viel flauw.

Een paar handen omsloten haar middel precies toen ze viel, tilden haar op en droegen haar weg uit de drukte.

Het eerste wat ze zag toen ze haar ogen opendeed was het bleke, bezorgde gezicht van Devanna. Devi registreerde vaag het donzige begin van een snor. Zo veel gezichten, die op haar neer keken... en een daarvan kwam wel erg langzaam in beeld. Twee bruine ogen, de kleur van amber. Dunne lijntjes vanuit de ooghoeken, lachrimpeltjes die ze niet eerder had gezien, maar ze had hem dan ook vele jaren niet van zo dichtbij kunnen bekijken. De *galla meesa*, het kenmerk van de tijgerdoder, volgden de lijn van zijn kaak. Ze lag tegen zijn arm geleund, haar hoofd op zijn schouder. Hoe had ze er ooit aan kunnen twijfelen of ze hem zou herkennen? Haar lippen gingen uit elkaar in een trage, liefdevolle glimlach. *Machu.*

'Devi. Devi!' Waarom schudde Devanna zo aan haar arm? 'Devi, gaat het?'

Blozend maakte Devi zich los uit Machu's greep en ging rechtop zitten. 'Wat... hoe... het gaat prima,' zei ze. 'Al die mensen, ik... ik ben duizelig geworden.' Ze keek verlegen naar Machu. 'Echt,' herhaalde ze, 'ik voel me prima.'

'Kun je staan?' vroeg Machu en ze beet op haar lip en knikte. In een vloeiende beweging stond hij op. 'Oké, allemaal, dank voor jullie zorg, maar er is niets aan de hand. Ga maar, ga nu maar,' maande hij, 'er is niets meer te zien; iedereen maakt het goed.' De mensen gingen met tegenzin uit elkaar, met een vagelijk bedrogen gevoel. 'Niets bijzonders,' zeiden ze teleurgesteld tegen elkaar, 'gewoon een jong meisje dat flauwviel. Waarschijnlijk de hele dag niet gegeten...'

Devi keek bezorgd om zich heen. 'Appaiah. Devanna, heb jij mijn vader gezien?'

Devanna schudde zijn hoofd. 'Je hebt ons wel laten schrikken. We vinden Thimmaya *anna* wel, maak je geen zorgen.' Hij stak zijn hand uit alsof hij haar haar wilde strelen, maar liet hem weer vallen toen ze een terugtrekkende beweging maakte. 'Je bent niet goed wijs,' zei hij. Zijn stem ging de hoogte in en sloeg over. 'Wat deed jij helemaal in je eentje bij het bassin? Zag je niet hoe druk het was? Als Machu *anna* niet toevallig achter je had gestaan...'

'Je bent zelf niet goed wijs,' reageerde Devi verontwaardigd. 'Ik kwam een beetje adem tekort, waarom moet je daar zo'n heisa van maken? Zo diep is dat bassin niet.'

Machu lachte; een laag, prettig geluid dat haar huid streelde als de warmte van de zon. 'Nou, ook aangenaam kennis te maken,' zei hij. 'En nu we weten dat je in orde bent, moeten jullie maar eens ophouden met kibbelen als een stel eigenwijze kippen, dan kunnen we je vader gaan zoeken.'

Devi kreeg een kleur. 'Ik wilde niet onbeleefd zijn,' zei ze terwijl ze haastig opstond. 'Ik... ik ben je natuurlijk heel dankbaar. Als jij niet zo'n tegenwoordigheid van geest had gehad...'

'Dan zou je nu in een meter water lopen,' maakte hij de zin af. 'Kom,' zei hij terwijl hij al wegliep, 'het is te druk hier. Bij het begin van het pad hebben we de meeste kans je vader te vinden.'

Ze haastten zich achter hem aan. In een poging haar houding terug te vinden stopte Devi snel de losse haren terug in haar vlecht en streek ze de kreukels in haar sari glad.

'Wacht,' riep ze Machu na. Ze herinnerde zich iets. 'De nectar. Die heb ik nog niet.' Ze liet de bamboefles zien die Tayi haar had toevertrouwd. Het was gebruikelijk dat elke pelgrim een beetje van Kaveri's water uit het tempelbassin mee terugbracht om de vooroudertempel, de rijstvelden en de veestal mee te besprenkelen, en de grond rond het kippenhok en de varkensstal. Met druppels gewijd water werden de verwachtingsvolle monden van elk familielid aangestipt, en ook die van de Poleyabedienden om hen te laten delen in de zegeningen van de godin. Wat overbleef werd bewaard bij de andere goden in de gebedshoek en dat jaar gebruikt bij festivals, geboortes, sterfgevallen en huwelijken, tot het volgende jaar, wanneer de godin Kodagu opnieuw bezocht.

Machu schudde zijn hoofd en liep stevig door. 'Nu niet,' zei hij. 'We moeten eerst je vader vinden.'

Waarom gaf hij haar het gevoel dat ze een dwars kind was? Ze stond koppig stil en legde haar hand op Devanna's arm. 'Alsjeblieft, Devanna,' vleide ze, 'wil jij het gaan halen? Tayi zal zo teleurgesteld zijn...'

'Goed dan,' zei Devanna geïrriteerd en hij nam de bamboefles van haar over. Zijn stem sloeg weer over. 'Maar blijf dit keer alsjeblieft hier wachten. Machu *anna*, laat haar niet weer zoekraken, ik ben terug voor je het weet.' Toen stortte hij zich weer in het gewoel.

'Dus jij krijgt altijd je zin?' vroeg Machu geïnteresseerd.

'En jij dan?' pareerde ze onmiddellijk.

Ze bleven zwijgend staan, terwijl de mensen in drommen over het pad heen en weer liepen. Devi's hersens werkten op volle toeren. Dit ging niet zoals de bedoeling was. Ze had verwacht dat hij gereageerd zou hebben als alle anderen die haar voor het eerst zagen; met slappe knieën en open mond. In plaats daarvan stond hij achteloos naast haar met een bijna verveelde uitdrukking op zijn gezicht. Ze kreeg een onweerstaanbare drang om hem op zijn gezicht te slaan, maar die maakte bijna direct plaats voor een absurde angst. *Hij zou weer verdwijnen en ze zou hem nooit meer zien.* Haar hart begon te bonzen. Ze had meer tijd met hem nodig, besloot ze. Hij had nog niet voldoende tijd gehad om haar goed te zien.

Denk na, Devi, denk na.

Ze keek naar de treden die naar de top leidden. Durfde ze dat? Ze durfde.

Zonder maar even achterom te kijken liep Devi naar de trap. 'Ayy! Jij daar. Meisje. Devi!' riep een geschrokken Machu achter haar. 'Waar denk jij naartoe te gaan?'

Over haar schouder wierp Devi hem een oogverblindende glimlach toe. 'Ze zeggen dat het uitzicht vanaf de top spectaculair is.'

'Dat kun je niet menen. Stel dat je vader in de tussentijd komt?' Devi zuchtte. 'Nou,' legde ze zorgvuldig uit, alsof ze het tegen een absolute onbenul had. 'Laten we eens kijken, Appaiah zal nooit zonder mij vertrekken. En je hebt gezien hoe druk het is bij het bassin, dus voor Devanna weer hier is, ben ik al terug. Maak je geen zorgen,' voegde ze er vrolijk aan toe, 'jij hoeft niet mee. En o ja, het was leuk je te ontmoeten.'

Machu schudde verbaasd zijn hoofd. 'Je bent echt een lastpost. Wat geeft je moeder je voor rijst dat je zo eigenzinnig bent?'

Devi wapperde met haar vlecht in zijn richting en begon de trap op te klimmen.

'Ook goed,' zei hij, 'zoals je wilt.'

Zou hij haar echt alleen laten gaan? Devi keerde zich angstig om, maar hij liep al met grote stappen de treden achter haar op. 'Tja, als jij het wilt, dan geloof ik dat we wel moeten.' Een grote hand greep haar bij haar onderarm. 'Maar,' beloofde hij bars, 'dit wordt de snelste tocht op en neer die iemand ooit heeft gemaakt.'

Hij liep in een moordend tempo. Devi's tenen hadden de ene trede nog maar net geraakt voor hij al naar de volgende sprong. Ze snakte al gauw naar adem en haar beenspieren klopten pijnlijk, maar ze zette haar tanden op elkaar en zei niets.

Toen ze de top bereikt hadden, liet hij haar los en ze draaide zich naar hem om. 'Jij, jij...' hijgde ze. Ze probeerde op adem te komen. 'Je hebt met opzet...' Hijgend wreef ze boos over haar arm. Machu keek neer op haar rood aangelopen, verontwaardigde gezicht en zijn mond begon te trillen. Er verscheen een kuiltje in zijn ene wang en hij barstte in lachen uit.

'Wat valt er te lachen?' hakkelde Devi. 'Jij, jij...' en toen begon ze zelf ook te lachen.

Thimmaya keek naar zijn slapende dochter. Wat had ze hem vanochtend laten schrikken. Hij had kunnen weten dat er niets met haar aan de hand was, bedacht hij nu. Uiteindelijk was ze geen kind meer. De ondergaande zon sijpelde door het bamboeweefsel van de ossenkar en legde een gulden gloed over een jukbeen en een donkere haarlok die op haar schouders viel. Hij zuchtte. Waar waren de jaren gebleven? Het leek alsof hij haar pas gisteren voor het eerst in zijn armen had gehouden. Ze was een tengere baby geweest, zo licht als een veertje.

Hij wist dat er over hem geroddeld werd in het dorp; men zei dat hij te veel van zijn dochter hield, zo veel dat hij haar niet naar het huis van haar echtgenoot wilde laten gaan. Zag men dan niet hoe graag hij zijn dochter gelukkig wilde zien voor hij Muthavva zou volgen? Hij zou iemand vinden die haar waard was, een echte prins. Bestond er een tweede dochter zo liefallig, plichtsgetrouw en talentvol als zijn gouden kind? Alleen de sterkste, moedigste knaap in heel Kodagu was goed genoeg voor haar. Uit een familie die al generaties lang stevig geworteld was in de geschiedenis van zijn land, zo vast als een boom in de rimboe.

Devi bewoog zich in haar slaap. 'Een beetje voorzichtig, Tukra,' berispte Thimmaya. 'Moet je echt door elk gat in de weg rijden?' Hij trok de deken wat dichter om Devi heen en wendde zich toen tot Devanna, die besloten had om met hen mee terug te reizen naar het dorp van de Pallada's.

'Vertel eens, *monae*,' vroeg hij zacht om Devi niet wakker te maken, 'die neef van jou, Machaiah, dat lijkt me een welopgevoede kerel. Hij heeft geen ouders meer, vertelde hij me. Weet jij of hij land in zijn bezit heeft?'

Hij bleef Devanna maar vragen stellen over Machaiahs achtergrond tot hij genoeg wist en leunde vervolgens weer tegen de wand van de kar. 'Je bent een goed kind, *monae*,' zei hij hartelijk, met een klopje op Devanna's schouder. 'Je bent als een zoon voor me. Mijn tweede zoon.'

Hij gaapte en keek slaperig naar buiten. Kambeymada Machaiah. 'Muthavva, het zou je goedkeuring hebben,' dacht hij met een glimlach. 'Een tijgerdoder voor ons kind. Ik denk dat hij ook geïnteresseerd is, en waarom ook niet? Hij heeft gezegd dat hij ons binnenkort komt bezoeken.' Thimmaya gaapte nog eens en sloot zijn ogen.

Het licht vervaagde en de eerste sterren verschenen. De stilte in de wagen werd alleen onderbroken door het doffe klepperen van de houten bellen om de nek van de ossen en het zachte 'Huu... Huuuuu...' waarmee Tukra de ossen aanspoorde.

Devanna staarde ongelukkig in de toenemende schemer. 'Mijn zoon,' had Thimmaya *anna* hem genoemd. Zijn tweede zoon. En hij bleef maar doorvragen over Machu *anna*. Dacht Devanna dat Machu een goede partij zou zijn voor Devi? Zou hij een goed echtgenoot zijn?

Devanna was zo verbluft geweest dat hij alleen had kunnen knikken. Hijzelf en niemand anders zou de man zijn die met Devi ging trouwen, had hij Thimmaya willen tegenspreken. Zei het hele dorp niet al sinds Devi en hij nog klein waren dat zij tweeën onafscheidelijk waren? Zo hecht als een sinaasappelschil en zijn witte vliesjes, zeiden ze altijd, als een graankorrel en het kaf. Waarom zou dat veranderd zijn nu ze ouder waren?

Ze hadden er natuurlijk niet over gesproken, Devi en hij... Sommige dingen hoefden niet hardop gezegd te worden. Dat had Devanna tenminste altijd gedacht. Als Tayi tegen hem klaagde dat Devi weer een aanzoek had afgewezen – 'Zeg eens dat ze verstandig moet zijn, Devanna' – moest Devanna stiekem lachen. Ze mocht dan soms nurks tegen hem doen – en onnadenkend en onverantwoordelijk, bedacht hij met gefronste wenkbrauwen bij de herinnering aan haar streken bij het tempelbassin – maar hij wist dat Devi op hem wachtte.

In ieder geval zou er niets terechtkomen van een verbintenis met Machu *anna*, bedacht hij, toch nog ongerust. Hij had met eigen ogen gezien hoe grof ze vandaag op de berg met de arme man was omgegaan. Net als jaren geleden op de tijgerbruiloft. Ze was toen zo onbegrijpelijk lomp geweest, en vandaag weer... Het zou er nooit van komen, Machu *anna* en zij. Ze kon zo'n scherpe tong hebben. Alles wat hij nodig had was tijd. Hij zou zijn studie afmaken en om op eigen benen te kunnen staan. 'Huu... Huu-uu...' lispelde Tukra om de ossen aan te sporen. De houten bellen om hun nek klepperden in de schemering. Gaandeweg ontspanden Devanna's schouders zich. Iets meer tijd, dat was alles... Afwezig begon hij op het ritme van de bellen uit zijn hoofd de titels van zijn geliefde boeken op te zeggen. *Flo-ra Sylvatica. Flo-ra Indica. Spi-cile-gium Nilghirense. Leo-nes Plantarum. Hor-tus Bengalensis. Hortus Calcut-tensis. Pro-dro-mis Flo-rae Pe-nin-sulae Indicae.*

De herinnering aan Thimmaya's woorden maakte abrupt een eind aan zijn mijmerij. 'Je bent als een zoon voor me, *monae*,' had hij gezegd. 'Mijn zoon.'

Alle rationele gedachten, elke redelijkheid was in één klap uit Devanna's hoofd weggevaagd. Hij kreeg een vreemd voorgevoel dat de haartjes op zijn armen recht overeind deed staan. Hij keek naar de slapende Devi. 'Je bent van mij,' mompelde hij met nadruk. 'Van mij. Ik ben níét je bróér.'

9

'Uw citroenlimonade, mijnheer,' herhaalde de bediende geduldig. Gundert keek met een ruk op. 'Ja, dank je Chimma,' zei hij, terwijl hij het glas van het blad pakte. De bediende lachte een rij helderwitte tanden bloot voordat hij zich terugtrok in het schemerduister van de club. Gundert drukte het koele glas tegen zijn voorhoofd en zuchtte inwendig. Hij keek nog eens om zich heen naar het gezelschap.

De dag was niet verlopen zoals hij verwacht had. 's Middags was het antwoord op zijn brief gekomen, samen met de gebruikelijke stapels missiecorrespondentie en de *Deutsche Morgenlandische Gesellschaft* van de afgelopen maand. Gundert had in een oogopslag het universiteitsembleem op de envelop gezien: de brullende leeuw op het schild met in zijn klauwen de scepter van de kennis. 'Lucet et Ardet,' fluisterde hij voor zich uit. Het verlicht en het brandt. Hij had de brief op zijn hand gewogen alsof hij aan het gewicht de aard van het geschrevene zou kunnen inschatten. En vervolgens had hij hem, ondanks zijn nieuwsgierigheid, terzijde gelegd. Systematisch had hij de rest van zijn correspondentie afgewerkt en pas nadat elk bericht geopend, gelezen en na zorgvuldige overweging beantwoord was, had hij hem eindelijk weer opgepakt. Hij sneed de envelop open en streek de vouwen van de brief glad op zijn knieën. Twee volgeschreven velletjes kleinfolio, zag hij, dat was vast een goed teken.

Een maand eerder had Gundert een brief geschreven aan de decaan van de Medische Universiteit in Bangalore. Hij had zich voorgesteld en namen van gemeenschappelijke bekenden binnen de Kerk genoemd. Hij schreef dat hun wegen zich meer dan eens gekruist hadden, maar dat hij nooit het genoegen had gehad pater Dunleavy persoonlijk te ontmoeten. Hij hoopte dat de pater het niet erg zou vinden dat de brief beslag legde op zijn tijd, maar vertrouwde erop dat hij na het lezen zou erkennen dat zijn doel de moeite waard was.

Hij legde uit dat hij schreef ten behoeve van zijn beste leerling, Kambeymada Devanna. De jongen was gezegend met een intelligentie en leergierigheid die twee keer zo oude mannen in de regel te boven gingen. Hij was van onberispelijke komaf, uit een geslacht van landeigenaars dat al vele illustere generaties terugging. Hoewel hij niet als christen geboren of gedoopt was kon Gundert persoonlijk instaan voor zijn karakter en morele ruggengraat. De jongen had met voorbeeldige cijfers de missieschool doorlopen. Het was overduidelijk dat hij voor iets groters bestemd was dan een leertijd bij het lokale bestuur. 'Devanna lijkt geknipt voor de medische professie,' schreef Gundert. 'In feite ben ik gedurende al die jaren in dit land nog nooit iemand tegengekomen die zo geschikt is om de poorten van uw gerespecteerde instelling binnen te gaan.' Hij had de brief beëindigd met een bescheiden naschrift. Bijgesloten, schreef hij, was een door hem geschreven verhandeling over de gemeenschappelijke kenmerken van het Sanskriet en het Latijn; hij had gehoord dat de pater een groot talenkenner was en hij hoopte dat de bijlage hem zou interesseren.

Voordat Gundert de brief postte had hij hem meegenomen naar de kapel toen hij naar de ochtendmis ging. Hij herhaalde de zorgvuldig geformuleerde alinea's eindeloos in zijn hoofd, ook toen de brief al weg was. Zijn brief was perfect; hij wist dat hij een sterk pleidooi had opgebouwd. Nu kon hij alleen nog maar afwachten.

Nadat hij het langverwachte antwoord van pater Dunleavy op zijn knieën had gladgestreken, begon hij te lezen. Natuurlijk had hij van de priester gehoord, had Dunleavy geantwoord. Het was hem een genoegen eindelijk kennis te kunnen maken, al was het dan schriftelijk, en hij had met veel belangstelling de verhandeling gelezen die Gundert zo attent had bijgesloten. Het was natuurlijk moeilijk om zonder diepere kennis een oordeel te vellen over de vraag of Latijn en Sanskriet werkelijk overeenkomsten vertoonden, maar Gundert had zeker een aantal verhelderende opmerkingen geplaatst. Als Devanna werd aanbevolen door iemand van die eruditie zou de Medische Universiteit van Bangalore hem graag inschrijven als student.

Maar, ging Dunleavy verder, hij dacht een nog beter idee te hebben. De academische kwaliteiten van de jongen leken opmerkelijk. Had Gundert al aan Engeland gedacht? Waarom diende hij geen aanvraag in Oxford in? Dunleavy wist zeker dat hij met wat begeleiding de toelatingsexamens wel zou halen. Bovendien, schreef Dunleavy, was hij persoonlijk bevriend met de rector magnificus en wilde hij met alle plezier een aanbevelingsbrief voor Devanna schrijven. 'Intellectuelen van het niveau dat u beschrijft komen maar zelden voor,' schreef hij, 'en zijn een inspiratiebron voor wat wij proberen te doen voor de Kerk hier in India. Ik zou het een voorrecht vinden als Devanna hier aan onze universiteit zou studeren, maar ik denk dat we hem meer recht doen door hem naar de gewijde grond van Oxford zelf te sturen.'

Gunderts gezicht bleef uitdrukkingsloos terwijl hij de brief doorlas, op een minieme zenuwtrek in zijn kaak na. Hij las de brief nog twee keer over en stopte hem toen, zorgvuldig opgevouwen, weer in de envelop. In gedachten verzonken aaide hij de kat van de missiepost, die op zijn schoot gesprongen was.

Engeland. Hij had nog nooit aan die mogelijkheid gedacht. In zijn gedachten was het altijd duidelijk geweest welke weg Devanna moest bewandelen. Na zijn diplomering aan de missieschool als beste van zijn klas zou hij gaan studeren aan de beste medische universiteit in het zuiden. Hij zou naar de missiepost terugkeren als arts en dan gedoopt worden. Hij zou hier blijven, bij Gundert, en zou zijn beroep en het daaruit voortvloeiende respect bij de Kodava's aanwenden om hen eveneens te bekeren tot het christendom.

Alles was goed gegaan, te goed bijna, leek het wel. Het antwoord van Dunleavy was positiever geweest dan hij had gehoopt.

Engeland. Gundert wist wat een geweldige kansen dat bood. En toch, zeurde een stemmetje in zijn hoofd, was dat echt nodig? Was het nodig dat Devanna zo veel jaar weg zou zijn, en zo ver, terwijl hij op een dagreis afstand in Bangalore zou kunnen zijn? Trouwens, ook al ging hij naar Engeland, bij zijn terugkeer zou hij toch niet naar een van de grote steden zoals Madras, Bombay of zelfs Calcutta gaan. Nee, Devanna zou naar deze missiepost terugkomen als hij zijn studie afgerond had, terug naar het kleine Kodagu. En hoeveel medische kennis was hier, realistisch gezien, eigenlijk echt nodig?

Je weet dat het voor de familie van de jongen een buitengewone eer zou betekenen, bracht een ander stemmetje naar voren. *Arts, opgeleid in Engeland.* Je moet ze zelf de uiteindelijke keuze laten maken.

Maar om hem zo ver weg te sturen... En wat als er iets zou gebeuren? Een verandering van gedachte, een vreselijke ziekte, iets wat hem Devanna zou afnemen? Olaf... Nee, dacht Gundert, terwijl de lang verdrongen stank van het ziekenhuis van Madras klam uit zijn poriën sijpelde, hij zou het niet, kón het niet nog een keer verdragen.

Hij had de hele dag met zijn gebruikelijke efficiëntie gewerkt, maar toen de avond viel klopte een doffe hoofdpijn aan zijn slapen. De brief in zijn zak woog als lood toen hij naar de Madikeri Planters Club liep voor de veertiendaagse biljartcompetitie.

Hij was er niet voor in de stemming, maar Gundert wist hoe belangrijk het was zich te laten zien in het sociaal verkeer. Hoe zouden anders de fondsen bijeengebracht moeten worden voor de drukpers voor de Kanarese krant die de missie in Mysore had opgezet, of voor de vergunningen voor grond in Zuid-Kodagu? Hij was zich terdege bewust van de rol die sociale connecties speelden bij het werk van de Kerk. Dus trok Gundert zijn witste soutane aan, zette zijn vriendelijkste gezicht op en bezocht de activiteiten op de Club. Hij accepteerde uitnodigingen voor partijen en tenniswedstrijden, en verplichtte zich op het jaarlijkse bal in het fort van Madikeri tot ten minste één dans met de dochter van de resident.

Aardige kerel, de priester, zeiden de plantagehouders tegen elkaar. Een beetje zwijgzaam misschien, maar wel beschaafd, heel anders dan zijn onbehouwen landgenoot in de winkel. Ze beschouwden het als hun plicht om hem uit te nodigen op hun feestjes, hun *parcheesi*-avondjes en het biljarten op de club; zo hoorde het gewoon.

Gundert moest toegeven dat hij het af en toe ook wel leuk vond. Er waren heel geschikte types te vinden in deze zuidelijke uithoek: John Gammie, de politiecommissaris bijvoorbeeld, of Marcus Updike, een plantagehouder met een grote koffieplantage ten zuiden van Kodagu. En Charles Anderson, de bosbeheerder, een rustige, steviggebouwde man met fijngevormde spitse vingers, evenals Gundert een enthousiast botanist. Toen de overheid exemplaren van *Bamboes van Brits-India* tegen de gereduceerde prijs van zeven roepies beschikbaar stelde aan het departement van bosbeheer, had Anderson, die op de hoogte was van Gunderts hobby, er ook een voor hem weten te bemachtigen. Gundert was diep geroerd geweest. Helaas waren zij er vanavond alle drie niet bij. In het zuiden van Kodagu waren wilde olifanten waargenomen die plantages vertrapt hadden, en Anderson was er direct heen gegaan om de schade op te nemen. Gammie was in Mysore en waar Updike was wist eigenlijk niemand.

Gundert had gehoopt Gammie persoonlijk te kunnen spreken over een stage voor twee van zijn leerlingen; nu Gammie in Mysore was, was dit bezoek aan de Club tijdverspilling. Hij wilde net beleefd afscheid nemen toen mevrouw Hutton, de vrouw van een van de plantagehouders, uit de damesafdeling verscheen. 'Eerwaarde,' jubelde ze. 'Joehoe, Eerwaarde! Kom even bij ons zitten.' Gundert had geen keus. 'Kom,' wenkte mevrouw Hutton hem met een bescheiden klopje op de fluwelen sofa waar ze zat, 'kom naast mij zitten.'

Ze begon hem gedetailleerd hun recente bezoek aan Bombay te beschrijven, terwijl Gundert het glas citroenlimonade weer tegen zijn slapen hield en een zucht onderdrukte. Toen ze begon te babbelen over de filmvoorstelling van de Lumières die ze hadden gezien, fleurde hij een beetje op. Hij had uiteraard de advertenties in de *Times* gezien – het was de eerste keer dat de cinemathograaf de Indiase kust had aangedaan. Zijn irritatie nam echter snel toe toen duidelijk werd dat de dame meer geboeid was door het sociale karakter van de gebeurtenis dan de verdiensten van de film zelf.

'Wat? Ja, vijf films,' antwoordde ze vaag op zijn vraag. 'Het waren er zes, mama,' corrigeerde haar slungelige dochter haar. Ze keek verlegen naar Gundert. '*Aankomende trein, Het zeebad, Dames* en *Rijdende soldaten...*' Onzeker viel ze stil toen ze Gunderts uitdrukkingsloze blik zag. Zijn staalblauwe ogen leken haar vast te pinnen als een vlinder op een prikbord.

Werkelijk, dacht hij, wat een zeldzaam onaantrekkelijk vrouwspersoon. Meestal probeerde hij wel een tijdje met juffrouw Hutton te praten, en gaf het hem ook wel voldoening dat de ongewone aandacht wat meer kleur op haar wangen bracht. Maar vanavond had hij te veel hoofdpijn om zich bezig te houden met dat soort hoffelijkheid.

Mevrouw Hutton merkte niets en ratelde door. 'En u had de mensen moeten zien, Eerwaarde, het was de crème de la crème van de gemeenschap.' Ze sprak 'crème' verkeerd uit. Haar dochter stond op het punt haar te corrigeren, maar liet haar mond hoorbaar dichtklappen na een venijnige blik van haar moeder. 'Iedereen was zo nieuwsgierig naar onze manier van leven in dit hoekje van het land,' ging mevrouw Hutton verder. 'O, zei ik, het leven op een plantage is hetzelfde als thuis, hetzelfde als in Engeland... afgezien van de bloedzuigers en de olifanten!'

Gundert zette zijn glas neer en glimlachte beleefd. 'Dus u bent naar de première in Watsons geweest?' stelde hij vriendelijk vast. 'Speciaal voor Europeanen, geen plaatselijk tuig?'

'Ik... nou nee, dat hebben we geprobeerd, maar daar waren moeilijk kaarten voor te krijgen. We zijn naar een van de latere voorstellingen geweest, in de Novelty, balkonplaatsen natuurlijk...' stamelde de dame. Met een hartelijk gemompel verontschuldigde Gundert zich en vertrok hij.

Op zijn gemak wandelde hij terug naar de missiepost. Gundert knikte naar de portier die haastig de poort opende. Afgezien van een paar laaggedraaide lampen in de gangen en in Gunderts vertrekken brandde er geen licht meer in de kostschool. Gundert liep stilletjes door het donkere gebouw naar zijn studeerkamer. Hij sloot de deur achter zich, ging aan zijn bureau zitten en draaide de lamp hoger. Hij haalde de brief uit zijn zak en woog hem opnieuw op zijn hand. *Devanna zou de kans moeten krijgen, hij zou moeten gaan.*

Gundert stond op en begon door zijn studeerkamer te ijsberen. Wat moest hij doen? Engeland... Maar was het echt nodig? Zou het niet beter voor Dev zijn om dichter bij huis te blijven? Hij liep nog even heen en weer, maakte toen de sleutel om zijn hals los en opende de bureaula. Hij pakte het zijden pakketje, dat in de afgelopen jaren verkleurd was van wit naar roomgeel, en zette de lamp zo neer dat het volle licht op de stof viel. Hij bekeek het gedroogde voorwerp dat erin zat nauwkeurig. 'Zo zuiver van vorm, zo strak van lijn.' Hij streek over de broze stamper en volgde met zijn duim de fijne groefjes van een bloemblaadje. '*Bambusea Indica Olafsen.*'

Hij bleef lang naar de bamboebloem kijken, tot zijn innerlijke paniek was opgelost. En toen, nadat hij zijn besluit had genomen, pakte Gundert de bloem weer in en legde hem terug in de la. Hij nam zijn inktpot en een velletje papier en begon te schrijven.

Zeereerwaarde pater Dunleavy, begon hij. *Dank voor uw vriendelijke reactie, die ik vanmiddag, 9 december 1896, mocht ontvangen.* Hij schreef de pater dat hoewel de familie van de jongen zonder twijfel in goeden doen was, ze helaas nogal traditioneel ingesteld waren. Ze hechtten er zeer aan dat Devanna een goede opleiding kreeg, maar zouden er op geen enkele manier mee akkoord gaan hem naar het buitenland te sturen. Alles in aanmerking genomen leek Bangalore de meest geschikte oplossing. Als de pater zo vriendelijk wilde zijn Gundert de benodigde formulieren te laten sturen voor het toelatingsexamen, zou hij Devanna die laten invullen.

Hij beëindigde de brief en las hem een paar keer over tot hij tevreden was. Zich niet bewust van de raderen die hij in beweging had gezet, van de dramatische gevolgen die zijn daden zouden hebben, doofde hij de lamp en ging hij naar bed.

10

'Devi! Waar ben je? Devi!' riep Devanna terwijl hij het pad naar het huis van de Nachimanda's op stormde. Tayi kwam naar buiten om hem te begroeten, friemelend aan haar bril. 'Devanna? Alles goed, *monae*?'

Hijgend raakte Devanna haar voeten aan. 'Ja, Tayi,' zei hij met een lachje, 'Devi, waar is Devi?'

'Ze is daar bij de stal, maar wacht even, *monae*, wat is er aan de hand?'

Maar Devanna was al weg. De kippen stoven verschrikt kakelend weg voor zijn voeten toen hij om het huis heen rende. Devi zat met haar rug naar hem toe op haar knieën de pompoenkuil te bemesten. Devanna grinnikte. Zonder geluid te maken kroop hij langs de tomatenbedden en de bonenstaken onopvallend haar kant uit. Devi bleef doorwerken zonder hem op te merken; ze mengde koeienmest en as door elkaar en boog zich diep in de kuil om handenvol mest langs de randen te slaan. Hij besloop haar van achteren en sprong toen met een wilde kreet in de lucht. '*Uyyi!!*' Devi gilde van schrik en liet de asemmer uit haar handen vallen.

Ze keek kwaad naar Devanna, die stond te lachen. 'Wat is er met jou? Ben je nog steeds een jongetje van vijf jaar dat kattenkwaad wil uithalen?'

'Tja, het is dat jouw gehoor van ouderdom achteruitgaat...'

'Devanna, ik heb geen geduld voor jouw maffe spelletjes. Kijk nou,' riep ze, 'alle as is in de kuil gevallen. Denk je soms dat ik niets beters te doen heb dan de hele dag naar de haard heen en weer te lopen?'

'De-vi! Het was maar een grapje. Wind je niet zo op. Geef maar,' bood Devanna aan, 'geef mij die emmer maar, dan haal ik nog een beetje as voor je.'

'Nee. Ik... het is al goed,' zei Devi knorrig. 'Gekkerd...' Ze keek chagrijnig in de kuil.

'Ayy, Devi...' zei hij vriendelijk terwijl hij naast haar neerhurkte. 'Met dat humeur van jou kan ik de donderbuien bijna om je hoofd zien hangen.' Haar ogen schoten vuur en hij deed alsof hij terugdeinsde. 'O, *dat* was nog eens een bliksemschicht!'

Ze deed haar best haar gezicht in de plooi te houden, maar moest onwillekeurig toch giechelen. 'Daar!' riep hij. 'Eindelijk, een straaltje zon!'

'Gekkie!' riep ze hoofdschuddend. 'Vertel eens, waaraan danken we de eer van een bezoek van jou op een schooldag?'

Hij haalde diep adem. 'Je gelooft het nooit. Ik ben toegelaten op de medische universiteit!'

Niet-begrijpend keek ze hem aan. 'Wat bedoel je?'

'Wat denk je dat ik bedoel? Ik word dokter!'

'Dokter? Zoals dokter Jameson?'

Devanna knikte. 'Jazeker,' zei hij grinnikend. 'Precies zoals dokter Jameson. Dokter Kambeymada Devanna.'

'Uyyi!' schreeuwde Devi weer, maar dit keer van opwinding. 'Dokter!' Ze gaf hem een stomp op zijn arm. 'Wat ga je nog meer doen? Heb jij goud in je hoofd, of zo? Dókter?! Weet Tayi het al? Kom mee!' Ze sprong overeind en zei: 'We moeten het aan iedereen vertellen!'

Tayi stak vlug de lamp in de gebedskamer aan en Devanna bracht hen op de hoogte van de details. De priester had hem een maand geleden naar de toelatingsexamens gebracht. Hij had niemand iets verteld omdat hij liever op de uitslag wilde wachten, die vanochtend was gekomen. Hij keek even naar Devi. Zodra hij het gehoord had, was hij hierheen gerend om iedereen het goede nieuws te vertellen.

'Monae,' onderbrak Thimmaya hem ongerust, 'heb je Pallada Nayak nog niet opgezocht? Hij had het als eerste moeten weten.'

'Ja, maar... ik wilde...' Devanna's ogen dwaalden naar Devi. 'Ik ga nu naar hem toe,' eindigde hij zwakjes.

'De opleiding begint in juni,' vertelde hij Devi toen hij later op de veranda zijn schoenveters strikte. 'Ik vertrek over een maand ongeveer naar Bangalore.'

'Bangalore?' vroeg Devi verbluft. 'Ik wist niet dat je zo ver weg ging, ik dacht dat je dichterbij zou blijven, in Mysore misschien. Zijn daar geen medische scholen?'

Devanna grinnikte. 'Medische *universiteit*,' verbeterde hij. 'De medische universiteit van Bangalore is de beste universiteit die er is. Waarom,' vroeg hij, 'zul je me missen?'

Devi gaf een klapje op haar voorhoofd. 'Moet je die jongen zien,' zei ze guitig. 'Hij staat op het punt om arts te worden en zegt nog steeds de gekste dingen. Natuurlijk zal ik je missen. Je bent toch een van mijn dierbaarste vrienden?'

Er viel een schaduw over Devanna's gezicht. 'Ja, een vriend.' Hij aarzelde. 'Hoor eens, er is iets wat ik je wilde...'

'Kijk!' riep Devi uit. 'Wat een geluk, een chembukavogel! Daar, bij de jasmijnstruiken, zie je die roestkleurige vleugels? Vlug, doe een wens voordat hij wegvliegt.' Ze leunde opgewonden over de rand van de veranda. Haar vlecht viel naar voren toen ze de vogel aanwees. Haar lippen bewogen geluidloos terwijl ze naar de vogel keek, en vervolgens richtte ze een stralende blik op Devanna.

'Ik heb een wens voor je gedaan,' zei ze. 'Dat je de beste, belangrijkste arts van heel Kodagu mag worden.'

In de keuken van de Nachimanda's werd die avond nog steeds over Devanna's nieuws gepraat. 'Wat zou zijn moeder trots zijn geweest,' zei Tayi weemoedig. 'Dwaas meisje, om haar man te verlaten en haar leven zo te verwoesten.'

'Laat het rusten, Avvaiah,' zei Thimmaya, 'waarom zou je nu nare herinneringen oprakelen? Het is vandaag een gelukkige dag voor onze Devanna.' Verwonderd schudde hij zijn hoofd. 'Dat rustige jongetje. Wie zou dat gedacht hebben? Dokter!'

Devi's broer Chengappa keek even op van zijn bord. 'Ja, en nu zul je zien hoe vlug zijn vader zijn zoon komt opeisen.'

Thimmaya lachte. 'Alleen zijn vader? Zijn grootvader, zijn neven, de voltallige familie Kambeymada zal Devanna aan de borst drukken na dit nieuws... Genoeg, Avvaiah, ik heb genoeg,' protesteerde hij toen Tayi hem een tweede portie rijst opdiende. Hij pakte de boter en vervolgde: 'Die familie moet wel verwekt zijn onder een zeer gunstig sterrenbeeld. Eerst de oude Kambeymada met zijn smak geld. Dan Machaiah met zijn tijger. En nu zullen ze de eerste arts in Kodagu hebben.' Hij zuchtte. 'Die jongen Machaiah. Ik had gehoopt...' Thimmaya keek naar Devi en veranderde van onderwerp.

Devi deed alsof ze niets gehoord had en ging door met het voeren van een van haar neefjes. 'Aaa, zeg eens aaa, doe je mond eens wijd open voor je tante?'

Zij had ook gehoopt, dacht ze verbitterd. In de weken na Tala Kaveri had het geleken alsof ze zweefde. Ze speelde elk detail van hun ontmoeting steeds weer af in haar hoofd. Het uitzicht vanaf de top van de Bhagamandala, waar ze naast elkaar hadden gestaan. Niet zo dichtbij dat het ongepast zou zijn in ogen van de paar andere pelgrims die zich op de top gewaagd hadden, maar wel dichtbij genoeg om de warmte van zijn huid te kunnen voelen.

'Kijk,' had hij gezegd.

Devi had haar haar uit haar ogen gestreken en langzaam, diep ingeademd. De zon, die eindelijk achter de wolken vandaan was gekomen, ruimde met haar stralen de laatste mistflarden op. De lucht was zo fris dat ademhalen bijna pijn deed; de wind was doortrokken van kardemom- en rozengeur. Overal om hen heen zag ze de golvende heuvels, een tapijt in alle tinten blauw en groen en alles daartussenin, doorsneden met de zilveren glinstering van watervallen. Daar, in de vorm van een paard, was de Kudremukh, het oude oriëntatiepunt van zeelieden op hun thuisreis. Ginds de Chamundiheuvel van Mysore, genoemd naar de godin wier tempel als een gouden neusknopje op de helling lag. En kijk, daar, kronkelend in de verte, het blauwe lint van de Arabische zee. Een stilte bekroop Devi's hart.

'Mijn wortels,' verklaarde Machu rustig naast haar. 'Ik kom hier elk jaar. Gewoon om heel Kodagu voor me uitgespreid te zien liggen.' Zacht begon hij een gebed uit te spreken. 'O Kaveri *amma*, o gezegende maagd, zou u behoefte hebben aan bloemkransen? Of aan goud en halskettingen vol edelstenen? Tooi uzelf met dit land, Moeder. Dit land met zijn gouden velden en parelende wateren. Ons dierbare land. Met zijn schitterende heuvels en maanverlichte dalen.

'Dit,' zei hij met een gebaar naar de golvende heuvels, 'dit is mijn thuis.'

Devi had zich nooit eerder zo vredig gevoeld, een gevoel dat het goed was, dat ze hier thuishoorde, even vanzelfsprekend als haar ademhaling. Zoals de houten planken van een schip verlangen naar de haven, zoals een vogel zijn vleugels strijkt om eindelijk thuis tot rust te komen.

Ze knikte langzaam. 'Dit is ook wie ik ben,' zei ze zacht, 'en die ik altijd zal zijn.' Ze haalde diep adem; de koele berglucht beet in haar keel. Ze keek Machu recht in zijn ogen. 'Hier,' zei ze, 'hier hoor ik thuis.'

Hij had met een ondoorgrondelijke gezichtsuitdrukking op haar neergekeken. Hij wilde iets zeggen, maar riep zichzelf tot de orde. 'Ik zal je vader niet langer laten wachten,' was het enige wat hij ten slotte zei toen hij de heuvel af liep.

Zwijgend liepen ze terug. Devi deed haar best hem bij te houden. Ze was in verwarring. Had ze te veel gezegd, was ze te vrijpostig geweest? Moest ze iets zeggen? Wat dan? Ze leken in nog minder tijd af te dalen dan waarin ze boven waren gekomen. Devanna was al terug van het bassin, zag ze, en Thimmaya was bij hem. Devi keek schuldbewust naar de bezorgde uitdrukking op haar vaders gezicht.

'Foei, Devi!' begon hij, maar Machu greep in.

'Ik ben Machaiah van de familie Kambeymada,' had hij gezegd terwijl hij zich bukte om Thimmaya's voeten aan te raken. 'Uw dochter wilde graag het uitzicht vanaf de top zien. Maakt u zich alstublieft geen zorgen, ik heb haar de hele tocht naar boven en terug begeleid.'

Ze waren met zijn vieren de berg af gelopen. Machaiah was hevig met Thimmaya in gesprek gewikkeld terwijl Devi en Devanna vlak achter hen liepen. Devanna schreef Devi's zwijgzaamheid toe aan een van haar buien en had gelukkig niet in de gaten dat ze de hele weg naar Machu's rug bleef staren.

Toen ze bij de weide waren waar de ossen vastgebonden stonden, had Machu afscheid genomen. 'Tot spoedig,' zei hij beleefd tegen Thimmaya, maar zijn ogen gingen naar Devi. Even maar, maar Devi had het direct begrepen. Ze besefte dat de boodschap voor haar was bedoeld en sloeg haar ogen verlegen neer terwijl haar hart tekeerging.

Al snel daarna was hij op bezoek gekomen, zogenaamd om Devanna nog te zien voor de schoolvakantie voorbij was. Devi was op het veld in de modder aan het ploeteren om de kleine rijstplantjes uit te planten toen Tukra het huis uit kwam rennen. 'Joehoe! Devi *akka*! Joehoe, Devi *akka*, waar ben je? Je moet binnenkomen, snel.'

Ze ging rechtop staan en kneep haar ogen dicht tegen de zon. '*Ayy*, Tukra! Hier. Wat is er, waarom al die drukte? Heeft je lieve sardineverkoopster je ingeruild voor de krabbenhandelaar?'

'*Aiyo!!* Zeg, Devi *akka*, waarom plaag je me altijd zo?' vroeg Tukra fluisterend. Hij keek ongerust om zich heen of iemand haar had kunnen horen. 'Je hebt bezoek,' zei hij mokkend.

'Wie dan?' vroeg Devi onzeker.

'Devanna *anna*. En er is een man bij hem; Tayi zegt dat je direct moet komen.'

Hij was gekomen, zoals hij had beloofd! Devi rende terug naar huis, waste haastig haar voeten bij de keukendeur en plukte een rode hibiscus voor in haar vlecht. Chengappa's vrouw stopte een schaal warme bananenbeignets in haar handen. 'Waar zat je!' zei ze. 'Hier, ga deze maar ronddienen.'

Hij zat op de veranda met Thimmaya en Chengappa. Hij keek op toen ze verscheen en hun ogen hielden elkaar vast in een intense, onderzoekende blik. Als uit eigen beweging weken haar lippen uiteen. Zijn ogen gleden omlaag naar haar mond, een korte streling die haar week maakte vanbinnen, en toen wendde hij zich af. Ze serveerde de beignets en nadat ze de schaal op de rand van de veranda had gezet ging ze ingetogen naast Thimmaya zitten. Tot haar schrik en ieders ontsteltenis was Machu echter bijna direct opgestaan om te vertrekken. Het zou al gauw donker zijn, had hij gezegd terwijl hij zijn geweer om zijn schouder hing. Het was een heel eind naar het dorp van de Kambeymada's. Hij keek niet eens naar haar toen hij vertrok.

Daarna was er vijf maanden lang niets gebeurd. Soms vroeg Devi zich wanhopig af of ze het zich allemaal verbeeld had. De manier waarop ze samen hadden staan lachen op de top, de vluchtige kwetsbaarheid in zijn gezicht die ze had opgevangen voordat hij zijn ondoorgrondelijke uitdrukking weer aannam. Ze was de afgelopen jaren zo zeker van haar zaak geweest. Ze had gewacht, standvastig in haar overtuiging dat ze elkaar alleen maar hoefden te ontmoeten. Eén blik op haar en hij zou het weten. Hij zou het wéten, zoals zij het had geweten vanaf de dag van de tijgerbruiloft, jaren geleden.

Wat dwaas, wat ijdel, wat dóm was ze geweest dat het niet één keer bij haar was opgekomen dat het anders zou kunnen zijn. Ze werd lusteloos en mat; ze trok zich in zichzelf terug en Tayi en haar vriendinnen keken bezorgd naar haar. Er was een goed huwelijksaanzoek gekomen. De jongen was in de leer bij de hoogste ambtenaar in Madikeri en dit keer had Devi even nagedacht voor ze het afwees.

'Het was fijn om Devanna vandaag te zien,' bedacht Devi nu terwijl ze haar neefje te eten gaf. In de weken na het Kaverifestival had het geleken of ze geen stap kon verzetten zonder over hem te struikelen. Hij had zich op dezelfde manier aan haar vastgeklampt als toen ze klein waren en had haar overal achternagelopen. 'Devanna!' had ze geërgerd uitgeroepen. 'Ik wil niets meer horen over je plantjes, echt niet! Waarom kun je me niet met rust laten?' Toen het schoolsemester weer was begonnen, was ze opgelucht geweest en daar had ze zich vervolgens weer schuldig over gevoeld. Zo gauw hij weg was, had ze hem natuurlijk vreselijk gemist...

Ze lachte in zichzelf en veegde de kin van de baby schoon. Dokter! Hij was altijd al briljant geweest, maar dit – Pallada Nayak zou onbeschrijflijk gelukkig zijn.

Dat was hij inderdaad, en Kambeyada Nayak eveneens. De twee oude mannen wedijverden energiek met elkaar om het opstrijken van de eer die deze verloren kleinzoon de familie had gebracht. Uiteindelijk bereikten ze een compromis. Devanna zou naar Bangalore vertrekken vanuit het huis van de Kambeymada's. Maar Pallada Nayak zou een groot feest geven om Devanna geluk te wensen, waarbij alle Kambeymada's aanwezig zouden zijn.

In het dorp steeg de opwinding over de festiviteiten gestaag, tot na weken afwachten de middag van het feest ten slotte aanbrak. Devi deed alsof het haar onverschillig liet, maar ze besteedde die middag extra zorg aan haar kleding. Haar smaragdgroene zijden sari benadrukte de lichte kleur van haar huid. Ze had een beetje kringen onder haar ogen en jukbeenderen, maar haar gewichtsverlies vestigde vooral de aandacht op haar fijngebouwde beenderstelsel en slanke schouders en polsen. Ze drukte een vingertop in het blikken vermiljoendoosje en bracht een perfecte stip op haar voorhoofd aan. Hij zou er zijn, samen met de rest van de Kambeymadaclan, nam ze aan, de grote tijgerdoder. Ze hief haar hoofd op. Nou, ze zou hem wat te kijken geven. Ze maakte het pakketje van bananenbladeren open dat Chengappa die ochtend van de markt had meegebracht en wond de lange strengen jasmijn die erin zaten om haar vlecht, helemaal tot op haar heupen.

Thimmaya stopte midden in een zin toen ze uit haar kamer kwam en ook Chengappa was sprakeloos. Devi zag er etherisch uit, als een vluchtige droom. Tayi streek een beetje lampzwart achter Devi's oor. 'Om het boze oog af te weren,' mompelde ze. 'De mensen zullen jaloers zijn.'

Die hele middag staarden de mensen openlijk naar haar. Devi zag er stralend uit met haar vlammende reeënogen. Vrouwen haalden hun neus op in het voorbijgaan; daar was ze dan, dat meisje dat zo'n hoge dunk van zichzelf had. Hun zonen en broers trokken als kleine jongetjes aan hun sari's en drongen erop aan dat zij namens hen Thimmaya benaderden. Het leek Devanna te duizelen toen hij haar zag; hij zag eruit alsof hij een stomp in zijn maag had gekregen. 'Je ziet er... erg leuk uit,' wist hij uit te brengen, en Devi schudde haar met jasmijn versierde vlecht heen en weer en lachte.

Ze voelde Machu's aanwezigheid al voor ze hem zag. Hij kwam naar Thimmaya toe om zijn voeten aan te raken, maar hij zei niets tegen haar. Hij keek ook nauwelijks naar haar toen hij een paar beleefdheden uitwisselde met de opzettelijk nonchalante Thimmaya. Hij negeerde haar de hele middag. Met het verstrijken van de uren werd Devi steeds opstandiger. Ze riep steeds meer verleidelijkheid te hulp tot ze zich als een oogverblindende, imponerende verschijning door het gezelschap bewoog. Maar terwijl alle andere mannen haar alleen maar hulpeloos konden aangapen, bleef Machu onbewogen onder haar verleidingstactiek. Af en toe dacht ze dat ze zijn ogen op haar voelde rusten, maar als ze zich naar hem toekeerde was hij altijd diep in gesprek met de een of de ander. Hij leek volkomen op zijn gemak en lette niet op haar.

De lunch werd aangekondigd en Devi gaf hem een mager lepeltje rijst met kardemom, kruidnagel en cashewnoten, terwijl ze de bananenbladeren van de mannen links en rechts van hem flink volschepte. Hij accepteerde de belediging zonder haar een blik waardig te keuren. Verschillende gangen groenten en vlees volgden, en toen zelfs de grootste hongerlap verzadigd was kwamen er vaten *payasam*, bereid uit melk en gezoet met palmsuiker en boordevol rozijnen, op tafel; sinaasappel-*jaangirs* die dropen van de siroop en speciaal in Mysore bestelde kokos-*barfi's*, rozerood van kleur en omhuld met gedreven zilverpapier. Er werden betelbladeren en arecanoten rondgedeeld en ten slotte potten dampende koffie. De schaduwen werden langer in de late middag en de gasten begonnen te vertrekken. Het vuur in Devi doofde langzaam. Er was niets. De berg Bhagamandala, de geheime boodschappen in de manier waarop hij naar haar had gekeken en de dingen die hij had gezegd.

Ze had het zich allemaal verbeeld.

Haar hart zonk in haar schoenen toen ze zag dat ook Machu afscheid nam van Pallada Nayak. Hij klopte Devanna op zijn rug: 'Doe je familie eer aan, ja?' Zonder zelfs maar achterom te kijken liep hij kwiek de binnenplaats af, naar de weg.

Ze zag hem gaan, zijn lange gestalte afgetekend tegen de bomen. Hij ging weg! Ze stond op de veranda zonder oog te hebben voor de vele andere gasten. De adem stokte in haar keel. Ze liet zich tegen de gebeeldhouwde rozenhouten pilaar zakken en keek hem ongelukkig na. Weer zou hij voor haar verloren zijn! Een golf van wanhoop bekroop haar, zo akelig, zo moedeloos dat haar blik even wazig leek te worden.

En toen kwam er een vastberadenheid over haar die ze nooit helemaal zou begrijpen. Nog voor de gedachte zich volledig gevormd had, zetten haar voeten zich al in beweging en rende ze het huis in. De kamers waren leeg, de keuken verlaten en de drukte van die middag eindelijk ten einde. Er was niemand die haar tegenhield, niemand die riep 'Zeg, Devi, waar ga je naartoe?' toen ze de keuken uitglipte en vastbesloten koers zette naar het pad naast het huis. Het pad liep langs de keuken, onzichtbaar tussen de aangrenzende bananenbomen, en kwam uit op de weg waar Machu nu liep.

Devi pakte de punten van haar sari op en vloog als een smaragdgroene flits het pad af. De jasmijnstrengen in haar haar lieten los; bloemblaadjes dwarrelden naar beneden terwijl ze voortstormde. Ze negeerde de modder die tegen haar enkels opspatte en het bloesemspoor dat ze achterliet.

'Machu!' riep ze toen hij eindelijk in zicht kwam. 'Machaiah!!'

Hij draaide zich om. De vlam van verrassing in zijn ogen doofde snel en zijn lippen trokken strak.

Ze ging naast hem lopen en probeerde op adem te komen. Hij keek haar met een nietszeggende blik aan en zijn stem was koud toen hij tegen haar sprak.

'Waar ben jij mee bezig? Denk je dan nooit aan je reputatie? Besef je hoe er over je gepraat zal worden als iemand je ziet?'

Ze schudde zo heftig haar hoofd dat er een nieuwe stroom jasmijnblaadjes losliet. Ze legde haar hand op haar stekende zij. 'Dat kan me niet schelen.'

'Dat kan je niet schélen? Heb je dan helemaal geen schaamtegevoel? Of gedragen alle vrouwen in jullie huishouding zich zo losbandig?'

'En de vrouwen in jouw familie dan?' reageerde ze, van haar stuk gebracht. 'Zijn die soms van het laagste soort, dat ze zulke onbehouwen zoons hebben voortgebracht?'

Hij ging voor haar staan en ze zag tot haar verwarring dat zijn gezicht strak stond van boosheid. 'De vrouwen die ik ken lonken niet naar elke man die ze tegenkomen en zitten ook niet urenlang met hen te giechelen als ordinaire dellen.'

Devi trok wit weg. 'Wát zei je?'

'Je hebt me gehoord.'

'Hoe durf je?' riep ze, eveneens boos. 'Waar haal je het recht vandaan om zo tegen me te spreken?'

Hij boog zijn gezicht zo dicht naar het hare dat ze de donkere ringen rond zijn irissen kon zien en de palmwijn in zijn adem kon ruiken. 'Ik praat tegen je zoals ik wil,' snauwde hij. 'Precies zoals ik wil.'

Met al haar kracht gaf Devi hem een klap in zijn gezicht.

Even dacht ze dat hij haar zou terugslaan. Ze keek hem uitdagend aan, maar toen begonnen zijn schouders onbegrijpelijk genoeg te schudden van het lachen. Het kuiltje in zijn wang werd dieper toen hij quasi-zielig over zijn kin streek. 'Tijgerin.'

'Dorpsidioot,' sputterde ze met vlammende ogen.

'Als ik een idioot ben, waarom brandden je ogen dan de hele middag gaten in mijn rug?' Devi deed haar mond al open om te protesteren, maar wist plotseling geen woord uit te brengen.

Ze stonden elkaar aan te kijken terwijl de zon zich verder terugtrok en de roep van de koekoeken uit de bomen klonk. Haar boosheid verdween als sneeuw voor de zon en ze voelde zich slap.

'Waarom ben je niet gekomen?' vroeg ze onbeholpen. 'Waarom ben je al zo veel maanden niet teruggekomen?'

'Ik... Devi...' begon hij mat. Ineens draaide hij zijn hoofd om en luisterde. Er kwamen mensen aan. 'Je moet teruggaan.'

'Nee. Niet voordat je me zegt waarom je nooit teruggekomen bent.'

'Er valt niets te zeggen. Hou eens op je als een kind te gedragen,' zei hij, terwijl hij wegliep.

'Dat is de tweede keer dat je me zo noemt.'

Hij bleef verbaasd stilstaan.

'Op de tijgerbruiloft.' Haar stem trilde. 'Negen jaar geleden. Ik was daar. Je... je noemde me een kind. Ik heb me toen voorgenomen dat je op een dag zou zien dat ik dat geenszins ben.'

Hij keek haar aan en schudde toen zijn hoofd. De stemmen kwamen dichterbij, een groepje gasten die terugkwamen van het feest. 'Ga weg. Als ze je hier alleen zien...'

'Niet voor je het me verteld hebt.'

'Goed,' zei hij bijna boos, 'we moeten praten. Kom vanavond om negen uur naar me toe, op de weg naar jouw huis. En nu wegwezen!'

'Vanavond? Maar hoe... Wacht, Machu!' Maar hij was al weg.

De avond verstreek in opgewonden onrust; Devi klaagde afwisselend dat het te koud was – 'Kíjk, het kippenvel staat op mijn armen' – of te warm – 'Wie heeft alle ramen dichtgedaan, ik krijg bijna geen adem...' Ze liet bijna een schaal *otti's* op Tayi's voet vallen en er moest wel drie keer tegen haar gezegd worden dat ze in de curry moest roeren voordat het tot haar doordrong. Tayi begon zich ongerust te maken en legde een hand op het gloeiende voorhoofd van haar kleindochter. 'Je lijkt toch geen koorts te hebben,' zei ze niet-begrijpend.

Het was al vrij laat toen ze klaar waren met eten en het huis eindelijk donker en tot rust gekomen was, bijna een uur later dan Machu haar gevraagd had te komen. Devi glipte de weg op met wild kloppend hart. Het was een bekende route, die ze al duizend keer gelopen had, en toch was alles anders. De maan gaf alle twijgjes, takken en bladeren een zilveren glans en tekende vloeibare plasjes schaduw onder de stenen. Als in een droom holde ze de schemerige weg af. Een vleermuis cirkelde geluidloos door de lucht.

En daar stond hij te wachten. Ze stak haar kin uitdagend in de lucht, maar in plaats van te mopperen omdat ze zo laat was keek hij haar met een bijna gepijnigde uitdrukking op zijn gezicht aan. 'Ik wist niet of je zou komen.' Devi vergat alle bondige antwoorden die ze had bedacht. 'Hoe zou ik kunnen wegblijven?' Verlangend keken ze elkaar aan. Het was vijf maanden geleden, vijf lange, lege maanden. Toen Devi sprak, was haar stem hees. 'Waarom vroeg je me hier te komen?'

Hij bleef haar aankijken en even kwam het kuiltje in zijn wang tevoorschijn. 'Je ziet er een stuk beter uit in het maanlicht.'

Ze bloosde. 'Heb je me iets te vertellen of niet?' vroeg ze met trillende stem.

Hij keek naar de grond, haalde diep adem en haalde zijn handen door zijn haar. 'Ja. We... Devi, het kan niets worden tussen ons.'

Het was alsof ze met een mes gestoken werd. 'Ben ik... vind je me niet aantrekkelijk?'

Zijn lach klonk laag en verbitterd. 'Of ik je niet aantrekkelijk vind. Of ik je niet aantrekkelijk vind,' herhaalde hij. Zijn ogen bleven rusten op haar mond, haar volle lippen. 'Ik heb sinds het Kaverifestival niet kunnen slapen. Sinds ik je zag, heb ik geen nacht meer geslapen.' Zijn stem klonk zwaar en vol. 'Waarom dat zo is weet ik niet. Ik weet alleen dat ik niet rustig kan jagen, eten of drinken, maar dat ik alleen aan jou kan denken. Het antwoord op je vraag is dus: ja. Ja, ik vind je aantrekkelijk. En toch kan het niets worden tussen ons. Ik ben al bezet.'

Geschrokken keek ze hem aan. 'Wie...? Hoe? Wie is ze?'

'Het is geen vrouw.' En hij vertelde haar over de gelofte die hij had afgelegd. In een impulsieve daad van dankbaarheid omdat hij de tijger had mogen doden had Machu tegenover Ayappi Swami de gelofte afgelegd dat hij zich twaalf jaar lang niet aan een vrouw zou binden. Net als zijn god zou hij twaalf jaar lang celibatair blijven, twee jaar voor elke leverkwab van de gedode tijger. Negen jaar waren verstreken; hij had er nog een kleine drie te gaan. Die gelofte had er nooit toe gedaan totdat hij Devi ontmoette.

133

'Een gelofte?' vroeg Devi. Er spoelde zo'n sterke golf van opluchting door haar heen dat het haar duizelde. 'Dus de geruchten klopten... een gelofte. Nou en? Dan kunnen we toch wel verloofd zijn.'
'Wat is het verschil tussen een verloving en een echt huwelijk?'
Nee, zei hij, hij kon en wilde geen formele verbintenis aangaan met een vrouw voor de twaalf jaar voorbij waren. Hij liet Devi geheimhouding beloven. Een gelofte openbaar maken verzwakte de kracht ervan; hij had het haar moeten vertellen, maar niemand anders mocht ervan weten.

Ze bleef even stil en lachte toen. 'Ik zal op je wachten.'

Even lichtte hoop op in Machu's gezicht, maar toen schudde hij zijn hoofd. 'Hoe kun je op me wachten zonder een officiële verloving? Met welke argumenten wil je de toekomstige aanzoeken afwijzen? Als je blijft weigeren wanneer je maar kan zullen de mensen over je gaan praten. Ze zullen je verzonnen afwijkingen toeschrijven die je niet hebt, beweren dat je niet gezond van geest bent of, erger nog, slecht van karakter.'

'Nou en?' zei ze zacht. 'Ik zal toch op je wachten. En wanneer jij me dan eindelijk komt vragen, moeten ze er allemaal het zwijgen toe doen.' Ze deed een stap in zijn richting en stond nu zo dichtbij dat ze zijn lichaamswarmte kon voelen. Zijn schouders spanden zich en zijn ademhaling versnelde, maar hij hield zich staande. 'Jij bent de man voor mij,' zei Devi rustig. 'De enige.'

'Je zet je reputatie op het spel.'

'Het heeft me nooit veel kunnen schelen wat mensen zeggen,' zei ze met een glimlach.

'We zullen elkaar niet kunnen ontmoeten,' zei hij, met trots opgeheven hoofd. 'Ik kan niet steeds stiekem achter ieders rug met je afspreken, zoals nu.'

'Ik heb jaren gewacht zonder te weten of ik je ooit nog zou zien.' Devi bracht een hand naar zijn gezicht, zelf verbaasd over haar moed. Ze legde haar hand tegen zijn wang en voelde hem scherp inademen. Ze liet een vinger over zijn kaak gaan. 'Kom naar me toe als je kunt, wanneer je maar wilt. Een keer per maand of per jaar, dat maakt niet uit. Ik zal wachten.'

'Nee,' zei hij koppig, met hese stem. Hij haalde haar hand van zijn gezicht en nam die stevig in de zijne. 'Je weet niet wat je zegt.' Hoe moest ze potentiële huwelijkskandidaten het hoofd bieden, vroeg hij, hoe lang kon ze hen blijven wegsturen? Thuis zou de druk om te trouwen toenemen; haar vader leek een goed mens, maar zelfs hij zou zijn geduld verliezen. Devi was al ouder dan veel bruidjes in Kodagu; drie jaar was lang. En als hem iets overkwam, wat zou er dan met haar gebeuren?

'Zorg maar dat je niets overkomt,' antwoordde ze kalm.

Haar hoofd bonsde en haar hart ging tekeer of het uit elkaar zou spatten, maar toch was ze volkomen rustig. Ze hoorde bij hem. Het voelde zo vanzelfsprekend, zo goed... ze voelde zich zo veilig bij deze man. Twijfel, wanhoop, overtuiging en hoop waren nu even tot rust gekomen, als een spiegelgladde zee waarin de getijden waren gesust. Ze hief haar andere hand op en legde die zachtjes tegen zijn wang. Tot haar eigen verrassing stonden haar ogen ineens vol tranen.

'Van mij. Je bent van mij. Ik zal altijd op je wachten.'

II

1897

Ja, wij zijn flikkers met z'n allen
Met maden die uit ons achterste vallen
We doen het met elkaar
De een maakt de ander klaar.
Vieze, vuile, smerige flikkers!

Afgestompt brulde Devanna de tekst mee. Het was laat en de verduisterde ramen van het studentenhuis waren stevig gesloten zodat de stemmen niet tot de docentenvertrekken zouden doordringen. Voor de zoveelste keer stonden de eerstejaars naakt in rijen opgesteld, als bielzen van een onnatuurlijk spoor.

Martin Thomas en zijn gabbers stonden vol leedvermaak aan het hoofd van de rij. 'Harder,' commandeerden ze. 'Harder, flikkers, we kunnen jullie niet horen!'

Bitter vroeg Devanna zich voor de zoveelste keer af waarom de priester hem niet gewaarschuwd had. Hij had Devanna nauwgezet voorbereid op zijn eerste semester aan de universiteit door zijn studieboeken vooraf te bestellen bij Higginbotham, zodat ze zijn lesmateriaal samen konden doorkijken. Hij had Devanna vergezeld naar Bangalore en een ontmoeting geregeld met pater Dunleavy om Devanna, tot diens grote verlegenheid, persoonlijk aan hem voor te stellen. Hij had Devanna zelfs in het studentenhuis geïnstalleerd en hem bij zijn vertrek kort maar stevig omhelsd, een zeldzaam blijk van emotie dat Devanna verrast had. Hij had beloofd hem zo vaak op te zoeken als zijn werk zou toelaten en Devanna tien roepies toegestopt. 'Zakgeld,' had hij gemompeld toen Devanna protesteerde, een kleinigheid om de periode tot de vakantie mee door te komen. Maar waarom had de priester, die zo veel gedaan had, nagelaten hem op de ontgroening voor te bereiden?

Het was meteen die eerste nacht begonnen. Martin en zijn bende hadden gewacht tot de huismeester zijn ronde had gedaan en hadden zich toen op de nieuwe studenten gestort als aasgieren die een kadaver zagen. Ze hadden de eerstejaars uit bed gejaagd en hun in de hal verzameld. 'Uitkleden,' hadden ze bevolen. Devanna was net als de anderen aarzelend uit zijn pyjama gestapt, maar daarmee was het nog niet afgelopen. De ouderejaars hadden houten linialen uitgedeeld en de eerstejaars opgedragen elkaar te meten en de resultaten in een tabel te zetten. De nieuwelingen hadden elkaar aangekeken. Een van hen had nerveus gegiecheld. Dit was toch zeker een grap? Een paar seconden lang bewoog niemand zicht. Er flitste een hockeystick door de lucht en een eerstejaars zakte kreunend op de grond. 'Nou, waar wachten jullie op? Aan het werk, flikkers, anders krijgen jullie daar nog wat van.'

Devanna was ongelovig neergehurkt voor het kruis van een medestudent. Hij probeerde afstand te houden van het sponsachtige krulletje vlees dat langs zijn vingers streek. Ze moesten allemaal zelf hun afmetingen noemen, onder scherpe hoon van hun kwelgeesten. Toen moesten ze op een kluitje door de gangen van het studentenhuis marcheren. 'Ja, wij zijn flikkers met z'n allen...'

Het was een terugkerende beproeving geworden – er ging bijna geen nacht voorbij waarin de eerstejaars niet onder een of ander voorwendsel uit bed getrapt werden. De weinigen die het aandurfden te protesteren werden zonder meer afgetuigd; Devanna had onmiddellijk beseft dat hij maar beter zijn mond kon houden en stevig doorlopen. Maar met het onfeilbare instinct van alle pesters had Martin hem er toch uitgepikt als de kwetsbaarste van de groep.

Martin Thomas was een stevig gebouwde ouderejaars met de bruingroene ogen van slootwater. Hij was het kind van een wereldvreemde luitenant bij het tweede regiment van de genie en de dochter van zijn bureauchef. Ginny had het bruine haar van haar Engelse vader en de weelderige heupen van haar Indiase moeder, en luitenant Thomas was al van haar in de ban zodra ze voor het eerst voor zijn ogen langswiegde. Hij was geschokt geweest toen ze, drie zweterige vluggertjes later, aangekondigd had dat ze zwanger was, maar had als de gentleman die hij was zijn trouw beloofd. Ze waren getrouwd in de kapel van de legerplaats, en op het feest dat hij had gegeven voor zijn medeofficieren hadden Ginny en hij de hele avond gedanst op de muziek van het fanfarecorps. Het had echter niet lang geduurd voor de ontgoocheling intrad; wat Thomas betreft was het een gelukstreffer dat de genie in Malaya werd gestationeerd.

Martin leerde al vroeg om niet naar zijn vader te vragen uit angst dat dat een van Ginny's woedeaanvallen of hysterische huilbuien zou oproepen. 'Inboorling', noemden ze hem in de kolonie waar ze woonden, dikke Chee Chee Thomas. 'Sneller Chee Chee,' schreeuwden ze als hij in hun cricketelftal speelde, 'pak die bal, vlug, anders kun je de volgende keer mee gaan spelen met je *chokra*-broertjes.'

Martin lachte altijd het hardst van iedereen om de smakeloze hatelijkheden en stompzinnige grappen aan zijn adres. Zo hard, dat niemand aan hem dacht toen er op een ochtend zes vergiftigde hondjes werden aangetroffen in diverse voortuinen van de kolonie. Niemand schonk aandacht aan het feit dat elk gezin een zoon van Martins leeftijd had die in het elftal speelde; en niemand dacht eraan het eens met Ginny te hebben over het rattengif dat ze een paar dagen daarvoor had gekocht en onder de gootsteen gezet.

Zijn grootvader maakte gebruik van zijn positie bij de krijgsmacht om Martin bij de reservisten in te lijven; uit dankbaarheid brandde Ginny drie kaarsen in de kerk van St. Thomas. Het militaire leven deed Martin goed. Hier maakte niemand zich druk om zijn Engels-Indiase afkomst. Hij deed enthousiast mee aan de oefeningen en stelde zich voor dat zijn zwarte laarzen met een aangenaam knerpend geluid op zijn vaders nek neerkwamen. Na een jaar in het leger vertoonde zijn lichaam tekenen van verandering. Het babyvet loste op en in één enkele zomer groeide hij meer dan tien centimeter. In zijn sinds kort gespierde armen tekenden de aderen zich af; zijn schouders en dijen werden breder en gaven hem een fysieke verschijning die, tot zijn verbazing, als een magneet een gevolg van minder bedeelde cadetten aantrok.

Iemand opperde een studie in de medicijnen en voor de gein deed hij toelatingsexamen. Misschien was hij zelf nog het meest verbaasd toen hij toegelaten werd; dit keer plaatste zijn moeder een kleine advertentie in de *Madras Herald* om het kindje Jezus te bedanken. Ondanks zijn omvang en de meelopers die hij daardoor meteen kreeg, protesteerde Martin geen enkele keer tegen zijn eigen ontgroening. Toen een ouderejaars hem een koelie noemde en vroeg of Martin iets had met zwart fluweel – inheemse vrouwen – zoals vroeger zijn vader, had Martin evenals de anderen kromgelegen van het lachen.

Op het eerstejaarsbal, het feest dat officieel de groentijd afsloot, was dezelfde ouderejaars naar Martin toegekomen om hem de hand te schudden. 'Je bent een sportieve kerel,' had hij uitgeroepen met een joviale klap op Martins rug, en de tweedejaars hadden een dronk op hem uitgebracht. 'Op Martin Thomas, een sportieve kerel,' hadden ze waarderend geschreeuwd. Martin en zijn meelopers hadden de ouderejaarsstudent later op die avond bij de toiletten te grazen genomen. Een van hen draaide zijn handen op zijn rug terwijl Martin het gezicht van de jongen herhaaldelijk tegen de muur sloeg. 'Als je dit tegen iemand vertelt,' zei Martin joviaal, 'zal het de volgende keer nog erger zijn. Heb je me gehoord? Ik scheur je in stukken en ik begin bij je kloten.'

Het jaar daarop gaf Martin een geheel nieuwe invulling aan de ontgroening op het college. 'Dit is voor jullie bestwil,' verzekerde hij de eerstejaars terwijl hij hen dwong zich te onderwerpen. 'Als je mij overleeft, is er niets ter wereld waar je je niet als man doorheen kunt slaan.' De smaak van de macht was behoorlijk verslavend geweest en het jaar daarop had Martin, hoewel hij al derdejaars was, met de traditie gebroken en had hij opnieuw de ontgroening geleid.

Zelfs als hij het gewild zou hebben zou hij zijn weerzin tegen Devanna niet kunnen uitleggen. Die was er al vanaf het begin en was absoluut. De paar andere *chokra's* in de groep waren het evenbeeld van degenen die hen voorgegaan waren; bruine onderdeurtjes die al huiverden als ze hem zagen. Devanna's huid was lichter, bijna van dezelfde olijfachtige tint als die van Martin; bijna licht genoeg om blank te kunnen zijn, bijna, maar niet helemaal. De olijfkleurige tint verried het onderliggende inheemse bloed. Hij informeerde terloops naar Devanna's achtergrond. Een rijke familie, werd hem verteld. Landeigenaars, jagerstuig uit de heuvels.

Zelfs tegenover zichzelf zou Martin het niet toegeven, maar er was iets in de manier waarop Devanna zijn hoofd boog, in zijn rustige manier van bewegen, dat Martin aan zichzelf deed denken. Een bevoorrechte, verfijnde versie van hemzelf, zoals hij had kunnen zijn.

Eerst had Martin alleen uit zijn ooghoeken naar Devanna gekeken als hij 's avonds de ontgroening leidde. Devanna had zich niet verzet, zoals de wat meer heetgebakerde eerstejaars, maar hij was ook niet gebroken. Hoe veeleisend de opdracht ook was, Devanna had hem zonder emotie volbracht.

Onvermijdelijk kwam de dag dat hij Devanna zelf onder handen nam. Had hij Martin recht in de ogen durven kijken? De oprechte verbazing op Devanna's gezicht had hem alleen maar nijdiger gemaakt. 'Probeer het maar niet te ontkennen,' blafte Martin. 'Ken je het eerstejaarsprotocol niet? Moet ik het je zelf uitleggen?' De Stoel van Salomo, had hij aangekondigd. Devanna moest zijn knieën buigen en zijn armen naar voren strekken om zo een stoel te vormen. Hij legde zijn tennisracket over Devanna's armen. 'Recht houden, hoor je?'

Devanna was gelaten op zijn hurken gaan zitten, tot de pijn in zijn knieën ondraaglijk werd. Toen hij er uiteindelijk doorheen zakte, gaf Martin hem een klap in zijn gezicht en noemde hem een mietje. 'Wat ben je, *chokra*?'

Devanna's stem was kalm gebleven, maar zijn ogen spuwden vuur. 'Een mietje.'

De eerstejaars schaamden zich te veel om over de ontgroening te praten. Na een nieuwe nachtelijke parade rechtten ze hun schouders in een laat vertoon van moed als ze teruggingen naar hun slaapzalen. Maar ze zorgden er wel voor elkaar niet in de ogen te kijken. Het was de ontgroening maar, zeiden ze hardop, een ritueel dat hoorde bij het volwassen worden. Het overkwam iedereen. Het gebeurde gewoon; je moest het verdragen als een man.

Ook Devanna verdroeg het als een man. Hij kwam slaperig uit bed, brulde het eerstejaarslied en voerde alle zinloze handelingen uit die van hem werden gevraagd. Hij deed zijn uiterste best om Martin te ontwijken, maar slaagde daar nog geen twee dagen in voor hij de bekende woorden weer hoorde. '*Chokra!*' Dan keerde Devanna zich om met de moed in zijn schoenen en zette hij zich schrap voor de volgende vernedering.

De vastberaden gelatenheid waarmee hij elke opdracht van Martin uitvoerde wakkerde Martins woede alleen maar aan. Zijn bevelen kregen een steeds bestraffender karakter en waren direct op Devanna gericht, totdat het hele studentenhuis wist dat Thomas het om de een of andere reden speciaal op de *chokra*-eerstejaars gemunt had.

Devanna was niet snel genoeg van de eettafel opgestaan om Martin zijn stoel aan te bieden.

'Nee, Martin,' gaf Devanna kalm toe.

'Tweehonderd sit-ups.'

'Ja.'

Hij had er natuurlijk niet zo veel gehaald, en Martin had hem zo hard geschopt dat Devanna op zijn lippen had moeten bijten om het niet uit te schreeuwen. Trillend van schrik merkte hij dat hij bloedde; hij had de zoute, metaalachtige smaak van bloed in zijn mond. Er verscheen een bloeduitstorting op zijn huid waar Martins laars hem had geraakt. En daaronder begon zich langzaam een reservoir van bitterheid te vullen.

Het aangename gevoel van zijn laars tegen Devanna's huid stond scherp in Martins geheugen gegrift en de volgende ochtend pakte hij Devanna opnieuw aan. Devanna had Martin geen goedemorgen gewenst. Devanna werd woedend om de onredelijkheid van die beschuldiging, maar deed zijn best om dat niet in zijn stem te laten doorklinken. 'Je bent nog maar net de eetzaal binnen, Martin,' bracht hij in alle redelijkheid naar voren, 'en ik zat met mijn rug naar de deur.'

Die verwaande brutaliteit leverde hem een draai om de oren op. Hij moest alle laarzen van Martin poetsen, nu meteen, en snel.

'Ja.'

Zijn laarzen glommen niet genoeg, zei Martin, en hij ging Devanna met zijn vuisten te lijf. Smeerlap van een *chokra*! Devanna zou ze nu schoon moeten likken. Had Devanna dat gehoord?

'J... ja...' Devanna kon bijna niet praten van de pijn.

'Ja baas, ja baas, drie zakken vol. Kan je niets anders zeggen, flikker? Ben je een schaap of een man?'

'Ik...'

'Weet je wat ik denk, flikker? Ik denk dat je moet leren een man te zijn.' Martin plooide zijn gezicht in een kruiperige grijns. 'Pak hem,' schreeuwde hij naar zijn handlangers en ze hesen Devanna omhoog. Ze droegen hem naar het raam – 'voorzichtig, dat stuk snot zweet als een otter' – en hielden Devanna ondersteboven over de rand. Daar hing hij te slingeren; het bloed steeg naar zijn hoofd en zijn vingers graaiden in de lucht. De ouderejaars hielden hem aan zijn enkels vast. Ze joelden en jouwden: 'Ben je al een man, flikker? Is het al zover?'

Eindelijk trokken ze hem weer op. 'Even goede vrienden, toch, *chokra*?' grijnsde Martin. 'Het is maar een ontgroening, om je sterker te maken, meer niet.'

Devanna haalde met moeite de toiletten voor hij zijn eten uitbraakte. Toen zijn maag leeg was, stond hij nog boven de spoelbak te kokhalzen. 'Het is maar een ontgroening,' hield hij zichzelf die nacht voor. Hij lag verstijfd en met gespitste oren onder de dekens te wachten tot de deur weer opengegooid zou worden; verdomde maden, uit bed allemaal, jullie hebben ons gehoord, nu. 'Het is maar een ontgroening, verdraag het als een man.'

Martin overlaadde hem met steeds meer afstraffingen. Hij wilde hem breken, laten instorten. Op een ochtend beviel de manier waarop Devanna zijn haar had gekamd hem niet. 'Kies maar,' zei hij tegen Devanna en zwaaide de hockeystick en de cricketbat voor zijn neus heen en weer.

Devanna wees op de cricketbat.

'Vooroverbuigen, voorover, *chokra*. Zeg,' ging Martin welwillend verder, 'welke klap heb je het liefst? Hoekslag of verdedigend?'

Hij drukte zijn knieën instinctief tegen elkaar om niet te trillen. 'Verdedigend.' Het was de minst harde slag.

Martin knikte. 'Prima keus. Verdedigend zal het zijn.'

Met gesloten ogen wachtte hij tot de klap op zijn dijen en billen neer zou komen. Maar de bat raakte hem met zo veel kracht dat hij voorover op zijn gezicht viel. 'Moet je dat groentje zien, ik ben van gedachte veranderd. Ik moest toch de hoekslag geven; ik had zin om mijn armen te strekken.'

De dagen sleepten zich voort in een waas. Devanna trok zich in zichzelf terug en werd een zwijgende gedaante die standvastig voor zijn beul stond, ongeacht wat die voor hem in petto had. Hij reciteerde de titels van de oude geliefde boeken in zijn hoofd om zichzelf af te leiden van wat hem werd aangedaan:

Flora Sylvatica. Flora Indica. Spicilegium Nilghirense. Leones Plantarum. Hortus Bengalensis. Hortus Calcuttensis. Prodromis. Florae. Peninsulae. Indicae. Flora Sylvatica. Flora Indica...

Hij begon nachtmerries te krijgen en schrok midden in de nacht wakker; tot zijn schande soms met wangen nat van tranen die hij zonder het te weten vergoten had. Het is maar een ontgroening, hield hij zichzelf voor, het stelt niets voor. Maar elke afranseling van Martin en elke pure vernedering wakkerde een afschuwelijke woede in hem aan.

Een paar eerstejaars lieten openlijk hun medeleven blijken; ze porden hem wakker als hij indutte tijdens de les omdat hij de hele nacht uit bed was gehouden en legden anonieme velletjes met aantekeningen in zijn schrijftafel als hij weer een les had gemist omdat hij in de ziekenzaal zijn wonden met jodium moest laten behandelen. Maar de meesten liepen met een wijde boog om hem heen uit angst voor Martins woede. Houd je rug recht, mompelden ze hem in de slaapzalen toe, nog maar drie maanden tot het Eerstejaarsbal.

Steeds als Devanna de ziekenzaal binnen hinkte, schudde de verpleegster haar hoofd en tuitte haar lippen als hij mompelde dat hij weer tegen een deur was opgelopen. Uiteindelijk ging ze met haar vermoedens naar de dokter. Pater Dunleavy liet Devanna op zijn werkkamer komen en zag de kneuzingen op zijn arm. Wat was er aan de hand? Hij had natuurlijk geruchten over een ontgroening gehoord, maar dat verliep toch zeker allemaal vrij kameraadschappelijk? Hij had wel zijn verdenkingen, want twee jaar geleden was er een jongen die zijn neus gebroken had, en hoe kon iemand nu in vredesnaam tegen een muur aanlopen? Maar hoe moest hij een passende straf uitdelen als er niemand beschuldigd werd? Tegen muren en deuren oplopen. Waren zijn studenten ineens niet goed wijs geworden?

Hij zette zijn vingertoppen tegen elkaar en keek Devanna aan, met bezorgdheid in zijn vriendelijke ogen. Was er soms iets wat hij moest weten, iets wat te maken had met Martin Thomas en zijn vrienden, misschien?

'Nee,' zei Devanna, 'niemand kan er iets aan doen.

'Alstublieft pater,' voegde hij eraan toe, 'zeg er niets over tegen de priester, hij zal zo bezorgd zijn. Ik... ik ben wat onhandig de laatste tijd, dat is alles.'

Devanna schreef niets over zijn beproeving in zijn lange brieven naar huis. Wat zou hij immers kunnen zeggen; hoe kon hij ook maar enigszins beschrijven wat hem allemaal werd aangedaan? Het was maar een ontgroening en hij moest het verdragen als een man. Hij schreef vellen vol aan Gundert met uitgebreide beschrijvingen van zijn lessen. Wanneer kon de priester op bezoek komen? Hij schreef lange, breedsprakige brieven aan Devi, waarin hij haar vertelde over Bangalore en hun veertiendaagse uitjes.

Twee weken geleden waren ze in het theater geweest. 'Wat zou jij gelachen hebben om de man die de heldin speelde!' schreef hij. 'Hij had een extreem grote adamsappel en elke keer als hij met kopstem zong leek die nog groter te worden.' Deze week waren ze naar de botanische tuinen geweest. 'De tuinen zijn eigendom van sultan Tipu, dezelfde Tipu van Mysore, die zo schandelijk heeft geprobeerd Kodagu in te lijven. Hoe hij het klaargespeeld heeft om zoiets moois te maken... Je zou de tuinen eens moeten zien, Devi. Ze worden beheerd door speciaal ingehuurde deskundigen, nota bene afkomstig uit Kew Gardens. Ze zeggen dat het nieuwe herbarium sprekend lijkt op het Chrystal Palace in Hyde Park.' Hij beschreef de docenten, de stugge bibliothecaris en het degelijke Engelse ontbijt met zachtgekookte eieren, toast en (slappe) thee.

'Schrijf je me?' vroeg hij verlangend. 'Zo af en toe een paar regeltjes?'

Devi las zijn brieven ingespannen en vertaalde ze woord voor woord voor Pallada Nayak, Tayi en Thimmaya. Ze bewaarde ze allemaal en borg ze op in de met vilt gevoerde doos waarin Muthavva's juwelen werden bewaard.

Ze las ze ook voor aan Machu, als hij in het geheim op bezoek kwam. Hij kon het niet verdragen om van haar gescheiden te zijn en werd met al zijn vezels naar haar toegetrokken. De eerste keer ontmoetten ze elkaar in het dal bij de rijstvelden. Het was laat in de middag en er was niemand meer. Hij stond voor haar met een gejaagde, opstandige uitdrukking op zijn gezicht. Devi ging op haar tenen staan en legde haar hand op zijn wang. 'Ik moest wel komen,' zei hij stijfjes. 'Ik kon niet wegblijven.'

'Als je niet was gekomen, was ik gek geworden,' antwoordde ze zacht.

Hij zei niets, maar keek haar verdrietig aan. 'Jageres.'

Zo begonnen elkaar zo vaak mogelijk te zien, meestal in de velden die aan het land van de Nachimanda's grensden en één keer, laat op de avond, op de weg naar haar huis. Stukje bij beetje citeerde Devi uit Devanna's brieven. 'Hij is zo intelligent. Altijd geweest ook, al toen we kinderen waren. Alle leraren droegen hem op handen, en terecht – hij wordt arts. Wist je dat ze echt met dode lichamen werken? Dat zegt hij hier. En wist je...' Dan knikte Machu, en trok hij haar met zijn ogen dicht tegen zijn borst.

'Hoeveel houd je van me?' vroeg ze hem eens impulsief. Ze lagen naast elkaar in het veld tussen de wuivende, heldergroene rijst. Karbouwen wentelden zich in de beek; af en toe sprong er een vis op uit het water om vervolgens met een zachte plons weer terug te vallen. Kleine vlinders met pastelkleurige vleugels fladderden in het rond, en reigers zweefden op de namiddagbries.

'Wie zegt dat ik dat doe?'

'Toe, kom nou. Zeg het. Zeg hoeveel je van me houdt.'

Geamuseerd schudde hij zijn hoofd.

'Zeg het, zeg het, zeg het.'

'Waarom zeg jij het zelf niet? Hoeveel hou jij van mij, jageres?'

Ze bleef zo lang stil dat hij zijn ogen opendeed om naar haar te kijken. Ze was rechtop gaan zitten en keek met dromerige ogen naar de lucht. 'Van jou houden voelt alsof ik vleugels heb. Alsof er een paar enorme vleugels aan mijn rug zitten, zodat mijn voeten de grond niet meer raken.'

Stralend keek ze hem aan. 'En jij?'

Hij deed zijn ogen weer dicht. 'Je zult hoe dan ook een antwoord uit me los krijgen, hè?'

'Ja,' zei ze ronduit.

Hij schudde zuchtend zijn hoofd. 'Het voelt alsof ik hardloop.'

'Hardloop?'

'Ja, door een bos.'

Ze wachtte af, maar toen er niets meer kwam zette ze haar stekels op. 'Als hardlopen? Je houdt van mij zoals je van sport houdt? Zoals hardlopen?'

Hij trok vragend een wenkbrauw op. 'Devi...'

Ze sprong op. 'Als hardlopen?'

Hij kwam naar haar toe en nam haar in zijn armen. '*Ayy*, tijgerin,' zei hij kalm. 'Ja, zoals hardlopen. Zoals rennen door een bos, sneller dan iemand ooit gekund heeft. Als ik zo snel ga dat de bomen één groot waas worden en ik in hun schaduw bijna de schimmen van de *veera* kan zien. Als mijn voeten zo snel bewegen dat tijd, afstand en al het andere wegvallen en alleen de magie van het moment nog overblijft. Dat ene moment dat ik door de wind gedragen word.' Hij bleef haar aankijken. 'Dit is hetzelfde. Tijd en afstand lijken te vervagen. Het enige wat ertoe doet is dit éne moment, dit moment met jou.'

In Bangalore gleed de tijd langzaam voorbij. De eerstejaars telden de dagen af tot het eerstejaarsbal. Martins obsessie voor Devanna werd steeds groter. Voor Martin was hij een jeukende plek geworden die hij moest krabben, soms wel drie of vier keer op een dag.

's Ochtends had Martin tijdens de les gehakkeld bij het goede antwoord. '*Chokra*, kom hier.'

Zijn vetzak van een moeder had hem weer een brief gestuurd met de vraag waarom hij niet vaker schreef. Was hij soms vergeten wat zij allemaal had opgeofferd? Haar huwelijk, haar schoonheid, en dat alles om hem te laten zijn waar hij nu was? Schuldgevoelens bekropen hem als een leger zwarte mieren; waar, wáár was die verdomde *chokra*-eerstejaars?

'Verdomd onderkruipsel,' zou hij later mompelen terwijl hij zijn pijnlijke knokkels masseerde.

Maar hoe meer hij Devanna sloeg, hoe minder voldoening hij voelde. De haat die in Devanna's ogen gegrift stond en zijn machteloze woede leverden hem een korte tintelende sensatie op in zijn ruggengraat. Maar dat was niet voldoende. Hij wilde dat de *chokra*... aan zijn voeten zou vallen, bijvoorbeeld, en hem zou smeken met rust gelaten te worden. Martin, alsjeblieft, ik smeek je, alsjeblieft.

Op een ochtend hield hij Devanna staande in de gang. De moed zonk Devanna in zijn schoenen. 'Goedemorgen, Martin.' Martin zei niets, maar liet zijn knokkels kraken en keek hem dreigend aan.

'Martin,' waagde Devanna, terwijl hij probeerde zijn stem vlak te houden. 'Ik moet naar de les, mag ik...' Hij gebaarde langs Martin naar de eerstejaars die met hun blik stevig op de grond gericht snel voorbijliepen. 'Ik moet naar de les,' zei hij nog een keer. Martin zei niets. 'Neem me niet kwalijk,' zei Devanna, en zonder goed te weten wat hij moest doen maakte hij aanstalten om weg te lopen.

Martin stak snel zijn arm uit om hem tegen te houden. 'Zo weinig respect,' mompelde hij. 'Ik was tegen je aan het praten en je liep gewoon weg. Van mij, een ouderejaars.'

Hij draaide zich om. 'Geen lessen voor jou vandaag, *chokra*. Ik wil dat je naar mijn kamer komt. Nu.'

Devanna stond midden in de kamer waar Martins makkers tegen de muren aanhingen en nieuwsgierig toekeken. Wat zou hun aanvoerder nu weer bedenken?

Martin liep langzaam heen en weer, zonder Devanna zelfs maar aan te kijken. 'Zo weinig respect,' zei hij rustig. Hij pakte de ellepijp op die op zijn bureau lag. De tweedejaars waren bezig met anatomielessen en in al hun kamers was een grote hoeveelheid botten te vinden. Martin liet zijn vingers strelend over de gehele lengte van het verkalkte bot gaan, voelde aan de uiteinden en ging daarna langzaam weer terug. De haren in Devanna's nek gingen recht overeind staan.

Martin schudde zijn hoofd en draaide zich ineens kordaat om. 'Je laat me geen keus. Laat je broek zakken, *chokra*. Doe je broek naar beneden en buig je voorover.'

Devanna zat ineengedoken op de bibliotheekvloer van de muffe antropologieafdeling. In dat gedeelte van de bibliotheek was het altijd heel rustig. De andere eerstejaars zaten bovendien nog in de les. Hij zat op de koude vloer met zijn knieën tegen zijn borst geklemd om het trillen in bedwang te houden. 'Er is niets gebeurd,' zei hij steeds weer in zichzelf. 'Er is níéts gebeurd.'

Flora Sylvatica. Flora Indica.

Er kwam gal omhoog in zijn keel en hij slikte moeizaam. 'Hou op. *Hou op!*' Koud, hij had het zo koud... Met zijn armen stijf om zich heen begon hij met zijn achterhoofd tegen de muur van de leeszaal te bonken. De doffe pijn van het contact met de harde stenen achter hem bood op de een of andere manier troost. Zonder nadenken stootte hij zijn hoofd weer tegen de muur, en nog eens. Bonk. Bonk.

Hij sloot zijn ogen en wenste dat hij ver weg was van de nachtmerrie van de afgelopen uren, ver weg van hier. De rijstvelden van het dorp Nachimanda. Kodagu-Devanna.

Bonk.

Bonk.

Pijn bloeide op in het midden van zijn voorhoofd, als een bloem met oranje blaadjes. Kodagu-Devanna op de missiepost. Het dorp van de Pallada's. Kijk, het gras. Het kwam op tussen zijn tenen. De geur van haar haar, fris, hibiscusachtig.

Devi.

Ze waren altijd zo'n hecht stel geweest, al zo lang als hij zich kon herinneren. Als twee eitjes in een nest.

Eindelijk liep het eerste seizoen ten einde en werd het tijd voor het eerstejaarsbal. Pater Dunleavy gaf met een toespraak het startsein voor het feest. 'Het is mooi geweest,' waarschuwde hij vanaf het podium. 'De groentijd is voorbij, jongens.' Hij keek nadrukkelijk naar Martins neutrale gezicht. 'Ik verwacht dat jullie op een beschaafde manier met elkaar omgaan, als aankomende artsen en als heren.'

Later liet hij Martin naar zijn werkkamer komen. 'Ik houd je in de gaten, Thomas,' liet hij hem weten. Als er nog meer ongelukken gebeurden zou hij Martin ter verantwoording roepen, of er nu bewijs was of niet. En als met name Devanna nog eens tegen een deur zou oplopen, kon hij niet anders dan Martin een schorsing opleggen. Martin had zich boos verzet tegen zo veel onredelijkheid, maar hij had de pater niet in de ogen kunnen kijken.

'Klikspaan!' tierde hij later tegen Devanna. Zijn speeksel spatte in Devanna's gezicht. 'Misselijke verrader, dat zal ik je betaald zetten.' Martin durfde Devanna niet nog eens te slaan, maar hij maakte in het hele studentenhuis bekend dat vanaf dat moment niemand Devanna's aanwezigheid meer mocht erkennen, laat staan met hem praten. Als hij iemand maar naar Devanna zou zien kijken, zouden er zware straffen vallen.

Devanna was zo dankbaar dat de ontgroening eindelijk voorbij was, of dat dacht hij althans, dat hij in het begin niet eens merkte dat hij nog steeds het pispaaltje was. Het eerstejaarsbal was toch achter de rug? De groentijd was eindelijk voorbij. Hij had het doorstaan als een man, had zijn plicht gedaan. Hij genoot van de rust om hem heen; genoot ervan door de gangen te kunnen lopen zonder angstig over zijn schouder te hoeven kijken. Het was heerlijk de hele nacht door te kunnen slapen zonder bang te zijn welke nieuwe kwelling de volgende dag voor hem in petto had.

Hij liet de beproeving van de afgelopen maanden achter zich en dwong zichzelf de afschuwelijke herinneringen, de striemende woede en de bittere haat die hij voor Martin voelde ineen te persen tot een harde, zwarte bal en die diep in zijn binnenste te begraven.

Het was eindelijk voorbij.

Maar langzaam begon hij te merken dat er een stilte viel zodra hij een kamer binnen kwam. Het geroezemoes werd dan ongemakkelijk weer ingezet, maar zodra Devanna zich bij een groepje wilde voegen, viel dat uiteen. Als hij in de eetzaal aan een tafel ging zitten, liepen de anderen weg. Als hij een gesprek met iemand begon leek het wel alsof die hem niet hoorde. Uiteindelijk ging hij naar een van de Indiërs in zijn groep, een tengere hardwerkende student met een opvallende overbeet. De jongen probeerde straal langs Devanna heen te kijken en zijn vragen te negeren, maar door de pure verwarring op Devanna's gezicht lukte hem dat niet. Met zijn boeken tegen zich aangeklemd keek hij nerveus om zich heen en vertelde Devanna toen over Martins bevel.

Devanna stond geschokt te kijken hoe de jongen zich uit de voeten maakte. De haat die hij had willen begraven groeide uit tot een trage, doffe razernij. Had hij Martin ooit iets aangedaan? Hij zou naar hem toegaan en een eerlijke behandeling eisen, hij zou Martins hoofd inslaan met de zwaarste steen die hij kon vinden, hij zou...

Nee. Dat was beneden zijn waardigheid. Hij haalde langzaam en diep adem om zichzelf te kalmeren. Missie-Devanna wist wat hij moest doen. Zijn daden zouden voor hem spreken. Hij zou geen wraak nemen in woord of daad, maar er alleen voor zorgen dat hij de beste student was die deze universiteit ooit had gehad. Ja. Hij zou het respect van de universiteit verdienen, áfdwingen zelfs.

Devanna werkte zo hard als hij kon, maar schatte de resultaten totaal verkeerd in. Hoe meer aandacht de professoren hem gaven, hoe groter de ergernis onder zijn studiegenoten werd. De sympathie die ze voor hem hadden gevoeld in het vorige semester sleet snel bij het zien van de voortdurend opgestoken hand van Devanna in de les. Ze duwden hem opzij in de gangen en dreven openlijk de spot met hem in de slaapzaal. Ze noemden hem het lievelingetje van de meester, een onuitstaanbare kontlikker. Een keer lag er een dode kikker in zijn bed; een andere keer goot iemand tijdens een practicum zwavelzuur over zijn werkboeken. En nog steeds wilde niemand met hem praten.

Devanna ploegde verbijsterd voort, te trots om het anders te doen, maar hij had altijd een zure smaak in zijn mond. Hij haalde de eindexamens met gemak. En toen was eindelijk de laatste dag van het schooljaar aangebroken.

Devanna vertrok onmiddellijk naar Kodagu. Hij was langer en magerder dan toen hij weggegaan was, had een litteken op zijn ribben en een blijvende verkleuring op zijn onderrug van een extreem heftige afranseling. Gundert kwam stralend zijn studeerkamer uit. Hij had het afgelopen halfuur aan het raam gestaan, zogenaamd bezig zijn correspondentie af te handelen, maar in werkelijkheid in afwachting van de eerste glimp van Devanna bij de poort. De novices dromden om Devanna heen, verbaasd om te zien hoe lang hij was geworden, maar Gundert had direct gezien hoe uitgehold zijn gezicht was. Er lag een spanning over de jongen, als van een te strak opgewonden veer.

'Is alles goed, Dev?' drong hij later aan toen ze alleen in zijn werkkamer zaten. Hij had bij de handelspost speciaal de fruitcake besteld die Devanna altijd zo lekker vond, maar de jongen had hem nauwelijks aangeraakt.

'Ik had je graag op willen zoeken. Geloof me, dat had ik graag gewild, maar ik kon onmogelijk weg.'

Devanna knikte.

'Dev...' probeerde Gundert nog eens. 'Is alles in orde? Is er iets wat je me wilt vertellen, mijn jongen?'

Heel even lag het op het puntje van Devanna's tong. Het geweld van het afgelopen jaar, de golf ijskoude woede die hij voelde zodra hij maar aan Martin dacht. 'Waarom ik?' wilde hij vragen. 'Wat heb ik die hufter ooit aangedaan?' Maar de woorden bleven in zijn keel steken en hij keek naar de vloer. Een mier was op de cakekruimels gestuit en voerde zijn buit wankelend mee over de vloer. Een kleine beweging van zijn voet zou voldoende zijn om hem de vergetelheid in te trappen. Hij keek even naar Gundert. 'Het gaat prima, priester,' zei hij vlak en hij ging weer verder met het bestuderen van de mier en zijn vorderingen.

'Je weet dat je met alles naar me toe kunt komen, jongen.' Gundert zweeg even. De afstandelijkheid in Devanna's stem verontrustte hem en hij zocht naar de juiste woorden. 'Ik ken je al sinds je nog een korte broek droeg en ongeveer zo groot was.' Hij hield lachend zijn hand een meter boven de vloer, maar Devanna zag het niet.

Hij duwde met zijn schoen tegen de mier en keek hoe het diertje wankelde en toen met hervonden evenwicht over de vloer begon te rennen. Gundert liet zijn hand langzaam zakken. 'Dev...' zei hij weer, 'als er iets is wat ik kan doen, mijn jongen, als ik op wat voor manier dan ook kan helpen, onthoud dan dat je het alleen maar hoeft te vragen.' Na een korte stilte keek Devanna op naar de priester en knikte. De mier haastte zich weg en verdween veilig in een spleet in de vloerplanken.

'Kom,' zei Gundert in een poging zijn onrust kwijt te raken, 'er ontbreekt nog een beetje poëzie aan deze avond.' Hij pakte een boek uit de kast en begon hardop te lezen.

On a poet's lips I slept
Dreaming like a love-adept
In the sound his breathing kept

Eerst luisterde Devanna alleen maar. De vertrouwde intonatie van de stem van de priester troostte hem en verzachtte de scherpe kantjes van zijn verwarde gedachten. Geleidelijk aan begonnen zijn eigen lippen onwennig mee te bewegen op het ritme van de geliefde woorden.

He will watch from dawn to gloom
The lake-reflected sun illume
The yellow bees in the ivy bloom

Hij sliep die hele nacht aan een stuk door, voor het eerst in lange tijd; in een uitgeputte, droomloze slaap gesust.

Maar toen hij de volgende dag eindelijk Devi zag en haar wilde vreugdekreet hoorde, begonnen de kringen onder zijn ogen pas te vervagen. De uitgestrekte rijstvelden. Tayi's rokerige keuken. Het moedervlekje bij Devi's mond, een baldakijn van bomen in het woud tegen een hemelsblauwe lucht. Zijn bewustzijn zoog al die dingen in zich op, als verdroogde aarde de regen. Het bracht de woorden weer tot leven die het hele afgelopen jaar in hem hadden liggen sluimeren. Devanna begon weer te praten. Hij praatte bijna zonder adem te halen. De zinnen stroomden uit zijn mond in een eindeloze en soms onsamenhangende reeks, alsof ze de narigheid van het afgelopen jaar konden doen verdwijnen.

Eerst was Devi een en al oor; ze luisterde afwisselend geamuseerd en gefascineerd naar zijn eindeloze, beeldende beschrijvingen van het universiteitsleven. 'Ik heb daar zo veel vrienden,' pochte hij, 'en ik heb je toch al verteld dat ik de beste was bij de eindexamens? Je zou eens moeten zien hoe ze zich om me heen verdringen.' "Dev, kom bij ons eten." "Dev, heb je zin in een potje tennis, ga je mee naar de Cubbon?"'

Devi lachte vol genegenheid.

Aangespoord door haar belangstelling ging hij steeds meer fantasieverhalen ophangen. Bangalore groeide in zijn spitsvondige verslagen met grote sprongen. 'Echt, Devi,' zei hij steeds weer, 'je zou de stad eens moeten zien.'

'Hmmm,' zei ze ten slotte, 'het is vast een heel chique stad, maar ons Madikeri is toch ook niet zo slecht?'

Hij keek haar ongelovig aan. 'Madikeri? Mijn lieve kind, je weet er niets van. Als je Bangalore hebt gezien – nou, dan is Madikeri niet meer dan een slaperig provinciestadje!'

Gestoken door zijn gewichtigdoenerij sprong Devi op. 'Misschien hou ik wel van slaperige stadjes,' kaatste ze terug. 'Ik heb helemaal geen zin om jouw geweldige Bangalore te zien.'

Geschrokken riep hij haar na. 'Nee, Devi, wacht, dat bedoelde ik niet zo.' Met een brok in zijn keel haastte hij zich achter haar aan. 'Je hebt geen idee hoe graag ik wilde... hoe ik gewacht heb op... Devi, wacht even!'

Hoe ze er ook naar had uitgekeken haar oude vriend weer te zien, de irritatie groeide bij Devi. Die oeverloze verhalen van hem! Het leek wel alsof hij van zonsopgang tot zonsondergang niets anders deed dan haar achternalopen en tegen haar tateren. Ze begon hem te ontlopen, glipte weg als ze hem fluitend het pad naar het huis op zag komen. 'Iguthappa Swami, daar is hij alwéér. Tayi, zeg tegen hem... dat ik bij een vriendin op bezoek ben,' fluisterde ze en ze verdween door de achterdeur.

'Tsk.' Tayi klakte met haar tong. 'Is dit nou een manier om die arme jongen te behandelen? Mij tegen hem laten liegen...' Ze duwde Devanna dan haar keuken in, bakte warme *otti's* voor hem, stopte hem vol met krabchutney en gebakken bamboescheuten tot de flauwe smaak van het studentenvoedsel van zijn tong gebrand was, maar het was een schrale troost. Hoe meer hij haar wilde zien, hoe minder tijd Devi voor hem leek te hebben.

Ze was op weg naar de markt en nee, hij kon niet mee, ze had daar gewoon veel te veel te doen.

Ze moest bij een vriendin op bezoek.

Ze had hoofdpijn en moest rusten.

Eén keer had hij haar, ondanks haar tegenargumenten, koppig gevolgd. 'Waarom kan ik niet met je mee?' pleitte hij. 'Er is niemand op het veld, dat zie je toch? Wat is er zo dringend dat je er nu op het heetst van de middag naartoe moet? Wat kan er niet wachten?'

Of, voegde hij eraan toe, maar half als grapje omdat hij ineens een ingeving kreeg, of had ze stiekem een afspraakje met iemand?

Van frustratie barstte Devi in tranen uit en hij verontschuldigde zich onhandig. 'Waarom laat je me niet met rust?' riep ze. 'Goed, dan ga ik niet naar het veld, ben je nu tevreden?'

'Sorry, het spijt me, dat had ik niet moeten zeggen...'

'Loop me niet zo achterna! Je bent overal waar ik kijk, als een schaduw. Laat me met rust, ik smeek je, laat me met rust.'

Tot Devi's grote opluchting vertrok hij snel daarna naar het huis van de Kambeymada's. Daar slachtten ze twee varkens voor een feest ter ere van hem en Devanna mocht voor het eerst in zijn leven alcohol drinken. De rijstlikeur brandde een gat in zijn keel en maakte zijn hoofd aan het draaien tot hij overal Devi leek te zien. Ze lachte naar hem vanuit de met rozenhout omlijste spiegels, werd in de glazen weerspiegeld en danste op het glanzende houten plafond.

Toen Machu terloops zei dat hij later die week naar Madikeri zou gaan om wat geweren te bekijken, vroeg Devanna of hij mee mocht. 'Je moet wel erg dol op Pallada Nayak zijn,' zei Machu onderweg. 'Je wilt al zo snel weer terug.' Devanna bloosde en mompelde iets onverstaanbaars.

Toen Machu haar 's middags vertelde dat Devanna weer terug was, glimlachte Devi. Ze had die malle jongen gemist toen hij weg was.

'Die jongen is verliefd op jou,' zei Machu. 'Jij bent de reden waarom hij hier is.'

Devi keek verschrikt en barstte toen in lachen uit. 'Absoluut niet,' sputterde ze tegen. 'We zijn al van kleins af aan de beste maatjes, dat is alles.'

'Er bestaat geen vriendschap tussen een volwassen man en vrouw,' zei Machu vlak. 'Zie je het voor je in de rimboe, twee olifanten die met de slurven om elkaar heen rondlopen en alleen vrienden zijn? Of in de veestal misschien, tussen een stier en een koe? Het is gewoon niet natuurlijk voor een volwassen man en vrouw om vrienden te zijn.'

'Huh,' zei Devi ondeugend, terwijl ze een handvol gras naar hem gooide. 'Als je gelijk hebt, moet ik misschien dit aanzoek maar serieus nemen. Liever een arts dan die onbehouwen jager van mij...'

Machu kon er niet om lachen. En ondanks haar scherts moest Devi die avond ook steeds denken aan wat hij had gezegd. Toen Devanna langskwam, was ze gereserveerd en verlegen. Ze verafschuwde de pijn die haar afgemeten antwoorden op Devanna's gezicht teweegbrachten, maar ze kon niet anders.

Devanna trok zich steeds meer in zichzelf terug toen de vakantie ten einde liep. De aanvankelijke woordenstroom die uit hem losgebarsten was en de levendigheid bij zijn terugkeer maakten plaats voor een stille, ingehouden doelgerichtheid. Hij bracht bijna al zijn tijd door in het huis van de Nachimanda's, waar hij als een hondje wachtte tot Devi terugkwam van waar ze dan ook naartoe was verdwenen. De priester stuurde herhaaldelijk bericht met het verzoek hem op te komen zoeken, en op een gegeven moment verloor Pallada Nayak zijn geduld en schreeuwde Devanna, toekomstig arts of niet, toe: 'Ayy, sufferd, hoe vaak moet de priester jou nog vragen te komen, hè, domkop?' Devanna ging naar de missiepost, maar was laat in de middag alweer terug in het huis van de Nachimanda's. Met wiebelende benen zat hij bij Tayi op de veranda. Devi werd steeds bitser tegen hem, maar Devanna trok er zich niets meer van aan. Hij verslond haar met zijn ogen tot ze in tranen uitbarstte en Tayi moest hem vriendelijk vertellen dat het misschien beter was als hij een tijdje niet kwam.

De dagen gingen voorbij en de doodsangst bekroop Devanna nu het studentenhuis dreigend naderbij kwam. Er gingen wilde plannen door zijn hoofd. Devi en hij zouden zich verloven en dan konden ze volgend jaar trouwen. Ze konden samen in de afdeling voor getrouwde studenten wonen – dan hoefde hij niet meer op de slaapzaal. Maar dan herinnerde hij zich de uitdrukking op Devi's gezicht; de weerzin als ze zag dat hij naar haar zat te staren. Zo veel afkeer, of nog erger, medelijden? De doelgerichtheid begon uit zijn houding te sijpelen en Devanna werd opnieuw teruggetrokken en ongelukkig.

Op de dag dat hij naar Bangalore zou vertrekken kwam Devi hem opzoeken in het huis van de Pallada's. 'Wat,' vroeg ze, 'was je van plan om zomaar te vertrekken, zonder gedag te zeggen?'

'Ik was van plan...'

'Ja, ja, vast. Hier,' zei ze, 'dit is voor jou.'

Ze gaf hem twee potten met mangozoetzuur, drie met gezouten bittere limoenen, nog vijf met ingemaakt varkensvlees en zes pakjes kokos-*laddoos* waar Devanna zo van hield. Hij keek versteld naar de berg voedsel. 'Hoe moet ik dit allemaal opkrijgen?'

'O,' zei ze, zwaaiend met haar vlecht. 'Jouw Bangalore mag dan chique zijn, maar kun je daar zulke lekkere zoetzuur vinden als ik maak?'

Hij grinnikte.

'Wacht even,' zei ze. 'Er is nog iets.' Ze legde een wriemelend bundeltje in zijn armen. 'Tukra heeft haar in het veld gevonden. Ik dacht... Ik vond dat jij haar moest hebben, als herinnering aan ons allemaal.'

Devanna keek naar de baby-eekhoorn die aan zijn hand snuffelde. 'Huisdieren zijn niet toegestaan in het studentenhuis,' begon hij, maar hij viel stil toen hij Devi's teleurgestelde gezicht zag. 'Maakt niet uit, ik hou haar stiekem.' Hij streelde met zijn duim zachtjes over de rode vacht van de eekhoorn, die met heldere, onderzoekende oogjes naar hem opkeek.

'Devi,' zei hij vlug, 'ik moet je vragen...'

De eekhoorn wreef met haar neusje tegen zijn duim. 'O, moet je zien,' riep Devi uit. 'Het arme ding heeft duidelijk honger!'

Devanna klemde de eekhoorn de hele reis naar Bangalore dicht tegen zich aan. Hij wilde haar geen moment neerzetten, ook niet toen ze zijn overjas onderplaste. Lachend dacht hij terug aan die ochtend. Devi en hij hadden samen de eekhoorn gevoed door stukjes kapok in verdunde melk te weken en die in haar keel uit te knijpen. De spanning van de afgelopen weken was op wonderbaarlijke wijze in rook opgegaan terwijl ze lachten om de capriolen van de baby en gekke grappen uitwisselden, tot alles weer was zoals het vroeger tussen hen was geweest.

Volgend jaar, beloofde hij zichzelf. Nog één jaar en als hij dan in de vakantie terug was in Kodagu zou hij haar vragen.

12

Devanna was vastbesloten de eekhoorn te houden. Hij wist nog niet hoe hij haar zou verbergen voor de rest van het studentenhuis, maar dit wist hij zeker: niets zou hem van haar kunnen scheiden.

In het begin verliep alles probleemloos. De andere studenten besteedden zo weinig aandacht aan hem dat hij het kleine ding ongezien kon binnensmokkelen en haar twee hele dagen in haar schoenendoos verstopt kon houden. Maar de derde middag liepen ze onverwachts binnen terwijl hij haar aan het voeren was. 'Als jullie misschien...' begon Devanna gespannen maar zij keken gefascineerd naar de eekhoorn. 'Wat is dat?'

Hij wiegde de baby beschermend tegen zijn borst. 'Een Malabar-eekhoorn.'

'Een eekhoorn? Worden die zo groot?'

'Het is nog maar een baby,' zei hij, op zijn hoede. Hij streelde de kop van de eekhoorn, die onder het herkauwen haar wang tegen zijn vingers aanwreef.

'Hoe groot wordt ze?' 'Johnson kom eens, dit moet je zien.' 'Wat is haar vacht rood.' 'Bijt ze?' 'Zeg, mag ik haar even vasthouden?' 'Wat eet ze?' 'Doe de deur dicht, sukkel, je wilt toch niet dat de huismeester haar ziet?'

Ze verdrongen zich om hem heen. De eekhoorn gaapte, liet een randje van haar roze tandvlees zien en liep toen onder waarderende kreten van haar publiek op haar gemak over Devanna's arm om zich om zijn hals te vleien. Devanna lachte.

Ze werd een soort mascotte voor zijn groep, hun gemeenschappelijke geheim. Ze kochten de schoonmaker met twee roepies om zodat hij haar aanwezigheid niet aan de huismeester zou verraden en smokkelden om beurten melk uit de eetzaal mee. Ze zochten in de bibliotheek op welk voer ze mocht hebben en brachten kleine traktaties mee: apennootjes, kleingesneden fruit, stukjes gekookt ei. Ze noemden haar Nancy, naar de vrouw van de surveillant – 'Datzelfde vlammend rode haar,' legden ze uit – en Nancy deed op haar beurt haar uiterste best om de groep voor zich in te nemen. Ze klom in de gordijnroeden en zo gauw de deur van de slaapzaal openging, liet ze zich piepend op het hoofd van de binnenkomer vallen. Ze at uit hun handen, streek koket met haar staart over hun armen en als de ochtendbel klonk, rende ze de slaapzaal door en sprong ze van bed tot bed tot iedereen wakker was.

Hoewel ze aan iedereen genegenheid schonk, was haar liefde uitsluitend gereserveerd voor Devanna. Ze haalde haar neus op voor de schoenendoos die hij voor haar met katoen had gevoerd en wilde per se naast hem slapen, opgekruld op zijn kussen. Uiteindelijk stond Devanna zijn kussen zelfs helemaal aan haar af. Hijzelf sliep plat op zijn rug, uit angst dat hij haar per ongeluk plat zou drukken als hij zich 's nachts omdraaide. Ze wekte hem elke ochtend door zachtjes naar zijn vingers te happen en in zijn nachthemd te klimmen. Ze klom over zijn buik heen en weer als hij aan zijn bureau zat te studeren. Als hij uit de les terugkwam, was ze extra aanhankelijk. Ze drapeerde zichzelf dan om zijn schouders en besnuffelde hem met verontwaardigde tjik-tjik-geluidjes:'Waar zat je nou, hoe heb je me alleen kunnen laten?'

In Kodagu was Devanna altijd door dieren omringd geweest. De katten die tussen ieders benen door liepen, de honden op de veranda's en de koe op het erf van de Nachimanda's, een zachtaardig, lief beest dat niets prettiger vond dan over haar hoorns gewreven te worden, de varkens die met hun hoeven op het hek om hun stal stonden om het komen en gaan op het erf te bekijken. Maar Devanna had nog nooit eerder een eigen huisdier gehad. Al snel was hij helemaal verliefd.

Zijn klasgenoten waren nog te zeer beducht voor Martin om zijn gebod helemaal in de wind te slaan en meden Devanna in de openbare ruimtes van het studentenhuis: de eetzaal, de bibliotheek en de studiezalen. Niettemin was hun gedrag veranderd en Martin keek vol onbegrip hoe zij – bijna verontschuldigend, schuldbewust? – langs Devanna's tafel liepen. Hij richtte zijn blik op Devanna, die rustig zijn pap zat te eten. Ook de *chokra* was anders. Hij kon er zijn vinger niet op leggen, maar er was iets veranderd.

Als ze 's avonds terug waren in de slaapzaal, haalden zijn klasgenoten de traktaties voor Nancy uit hun zak en gaven die aan Devanna, alsof ze zo hun schuldgevoel probeerden te verlichten. 'Kijk eens, man, alsjeblieft... en hier, nog wat. Heeft ze vandaag al gegeten?' Devanna accepteerde hun bijdragen zonder commentaar en keek trots toe als Nancy haar gebruikelijke variététvoorstelling gaf om zijn klasgenoten te charmeren.

'Hé, Dev, zeg eens dat ze naar mij toe moet komen...' En dan schoof hij Nancy voorzichtig van zijn schouders.

'Gaat 'ie, man? Alsjeblieft, ik heb dit voor haar meegenomen...'

'Kijk haar nou. Waar heeft ze dat in hemelsnaam geleerd – dat leek wel een achterwaartse salto...'

'Nancy, hier, Nancy, brave meid. Wat is dit?' riep iemand. Hij keek naar de papieren die Devanna in zijn handen had. 'Heb jij de opdracht al klaar?'

'O, het is niet zo moeilijk, als je... Ik kan jullie wel helpen als jullie willen,' bood Devanna verlegen aan. En zijn klasgenoten namen het aanbod aan.

Nancy's aanwezigheid maakte dit semester oneindig veel makkelijker dan het vorige. Hij kon nog steeds niet zonder walging naar Martin kijken, maar hij hoefde tenminste niet meer de stekelige vijandigheid van zijn klasgenoten te ondergaan. Hij had zich verzoend met het feit dat ze nooit voor hem zouden opkomen bij Martin, maar eerlijk gezegd kon hem dat niets meer schelen. Of ze hem nu mochten of niet, of ze hem waardeerden of niet – dat was niet belangrijk meer.

En dat kwam allemaal door Devi. Hij schreef haar lange brieven met uitgebreide beschrijvingen van Nancy's streken en bedankte haar herhaaldelijk. 'Je weet niet wat ze voor me betekent, Devi. Dank je wel, dank je duizendmaal voor wat het mooiste cadeau moet zijn dat iemand ooit gekregen heeft.'

Ze schreef nooit terug. Tijdens de vakantie had hij haar eens gevraagd waarom ze hem nooit schreef. Hij had zijn best gedaan het nonchalant te laten klinken, alsof haar antwoord niet belangrijk was. 'O, dat was ik wel steeds van plan,' zei ze monter, 'maar dan kwam er weer iets tussen. Je kent me, ik ben nooit zo'n liefhebber van schrijven en zo geweest.'

Zijn antwoord was er scherper uitgekomen dan zijn bedoeling was geweest. 'Weet je, Devi, een brief is niet zo moeilijk. Je hoeft geen... geen... kinoloog te zijn om er een te schrijven.'

Ze had haar voorhoofd gefronst bij dat woord, zoals hij had verwacht, maar weigerde koppig om hem te vragen wat het betekende. 'Nou, jij stuurt me er zo veel, de ene na de andere en nog een en dan wéér een,' verweerde ze zich bits, 'waar moet ik alleen al de tijd vandaan halen om ze te lezen, laat staan te beantwoorden?'

'Als je ze al kón lezen...' begon hij, maar toen had hij zijn hoofd geschud. 'Laat maar zitten.'

'Wat is er?' had Tayi gevraagd toen hij stram de keuken binnen kwam. 'Waarom kijk jij zo sip?'

'Niets... Devi ook altijd,' had hij gemompeld. Hij rommelde wat met de lepels. 'Ze zegt dat ik haar te veel brieven schrijf.'

Tayi glimlachte. Toen later de tafel afgeruimd was, haalde ze een doos op uit het huis en zette die op zijn schoot. Het was een doos van rozenhout met koperen beslag. Vol onbegrip had hij hem opengemaakt. Daar, tussen een allegaartje van armbanden en dergelijke, lagen zijn brieven, allemaal geopend.

'Zie je, *monae*,' zei Tayi zacht, 'ze heeft ze allemaal bewaard.'

En dus bleef hij haar ijverig schrijven. Hij wist nu dat hij geen antwoord hoefde te verwachten, maar toch wachtte Devanna elke dag als de post bezorgd werd in spanning af of zijn naam afgeroepen zou worden. En als dat gebeurde was het moeilijk om zijn opwinding te bedwingen, en de daaropvolgende, onvermijdelijke maar onredelijke teleurstelling als hij naar de envelop keek en het keurige

162

handschrift van de priester herkende. 'Ze heeft niet geschreven,' zei hij dan ongelukkig tegen Nancy terwijl hij haar in zijn armen nam. 'Er zat niets bij de post, Nance, vandaag althans niet.' Dan begon Nancy, alsof ze zijn verdriet aanvoelde, haar rondgang over zijn overhemd. Ze snuffelde aan zijn oor en hals, en krulde zich op rond zijn schouder tot Devanna ten slotte weer lachte. 'Ik weet het, ik weet het, ik ben dwaas. Ze mist ons, dat weet ik zeker. Volgend jaar, wacht maar af, Nance, nog maar een paar maanden.' De eekhoorn krulde zich dan meelevend op rond zijn nek en Devanna's humeur klaarde op.

De eerstejaars arriveerden. Pater Dunleavy verbood Martin en zijn bende nadrukkelijk zich op wat voor manier dan ook met de ontgroening te bemoeien. Zijn waarschuwing haalde niets uit, want Devanna's groepsgenoten wierpen zich enthousiast op de nieuwelingen, vast van plan om wraak te nemen voor alles wat zijzelf het jaar daarvoor hadden moeten doorstaan. 'Dit is voor jullie eigen bestwil,' verzekerden ze de eerstejaars, 'jullie zouden ons dankbaar moeten zijn; we maken jullie sterker voor het echte leven.'

Devanna bemoeide zich niet met de ontgroening. Maar toen hij op een avond met een stapel boeken in zijn armen terugkwam van de bibliotheek, riepen zijn klasgenoten hem toe in de gang. Ze liepen geen gevaar zich Martins woede op de hals te halen. Hij was met de rest van zijn klasgenoten naar een dorpje in de binnenlanden afgereisd als onderdeel van het veldwerk dat de opleiding voorschreef. 'Kom op, Dev,' riepen zijn klasgenoten, 'doe mee.'

Devanna aarzelde. Maar omdat hij hun uitgestoken hand niet wilde afslaan voegde hij zich met tegenzin bij de groep die om de eerstejaars heen stond. 'Uit die broeken,' schreeuwden de tweedejaars. Ze deelden houten linealen uit. Devanna's blik viel op een dikke jongen, die duidelijk zo ongelukkig was met de opdracht dat zelfs zijn zware billen vuurrood werden. Hij bukte bevend voor een groepsgenoot en wreef het zweet uit zijn ogen. 'Wat is er, dikzak?' vroeg iemand. 'Schiet eens op.'

'Ik... ik...' Zijn handen trilden. En toen legde hij de liniaal op de grond.'Ik... ik kan dit niet. Dit is verkeerd, het is een zonde...'

Toen vielen ze op hem aan. Ze draaiden zijn oor om en schopten onder luid gejoel tegen zijn kwabbige achterste. 'Ben jij soms een heilige, dikzak? Pak hem, pak hem goed aan.''Dikke huilbaby!'

Devanna stond er zwijgend bij met de vage smaak van gal in zijn mond en zag de nieuwkomer als een grote hoop vet in elkaar zakken. 'Ophouden!' wilde hij de kwelgeesten toeroepen. 'Wees een man,' wilde hij tegen de jongen zeggen, hem bevelen zichzelf van de grond op te rapen, maar de woorden bleven in zijn keel steken.

Het viel niemand op dat Devanna wegliep. Hij liep direct naar de lege slaapzalen en ging somber op zijn bed zitten. Er steeg gelach uit de verte op naar boven. Devanna slikte. Het beeld van die jongen, als een huilend hoopje op de vloer. 'Wees een man.' Weer klonk er gelach. Zijn hart begon te bonzen en het zweet parelde op zijn voorhoofd toen de herinneringen aan het afgelopen jaar ineens weer boven kwamen.

Flora Sylvatica. Flora Indica. Spicilegium Nilghirense. Leones Plantarum.

Met een snik stond Devanna op. Hij rukte zijn bureaula open en zocht naar zijn inktpot en vulpen. Hij merkte nauwelijks dat Nancy op zijn schoot sprong, scheurde een velletje kleinfoliopapier af en begon zwaar ademend te schrijven. 'Devi.' Afgelopen, klaar met zijn terughoudendheid, met dit wachten. Hij zou haar alles vertellen. De emotionele verwarring die in hem zat. De weerzin die hij gevoeld had bij de tranen van de nieuweling; de spookbeelden die naar boven kwamen toen hij hen om de jongen zag samendrommen. Hij had erbij staan kijken. Ondanks alles wat hij zelf had meegemaakt had hij gezwegen, had hij niets kunnen, nee, wíllen zeggen om een einde aan de kwelling te maken. Het enige wat hij tot dusverre gedaan had, was zwijgen. Tegen hen. Tegen haar. Het was genoeg.

Devi, schreef hij met het gejoel van beneden in zijn oren. De punt van zijn pen schraapte over het papier. *Devi, ik mis je, ik mis je zóó* VRESELIJK! *Ik word een schim als jij niet bij me bent. Kodagu-Devanna is niets zonder jou. Missie-Devanna is een lege ijdele huls. DeviDeviDevi.* Hij schreef zo ongeremd dat de punt van zijn pen door het papier scheurde en een grote inktvlek achterliet die door zijn woorden heen vloeide.

Hij verfrommelde het verknoeide vel tot een bal en smeet het van zich af met zo'n kracht dat Nancy van zijn knie sprong. Ze sprong geschrokken in de gordijnen en ging vanaf haar roede verontwaardigd tegen hem zitten mopperen, tot hij zich eindelijk zuchtend omdraaide en naar haar keek. 'Neem me niet kwalijk, mevrouw,' zei hij en hij stak ter verzoening zijn arm uit. 'U hebt gelijk, ik moet niet zo ongeduldig zijn.' Nancy kwam behoedzaam naar beneden, maar bleef verwijtende geluidjes maken. Devanna schroefde de dop op zijn pen en trok Nancy op zijn knieën. Hij streelde haar vacht en de onrust die hem bevangen had, verdween.

Het gelach beneden was gestopt; vermoedelijk was de kwelling afgelopen. Er klonk een vaag geluid van voetstappen op de trap. Hij hield Nancy dicht tegen zich aan, van streek door de avond. Hij voelde zijn tegenzin om dit korte moment van alleen-zijn te moeten opgeven en keek ongelukkig naar buiten. Ergens in het westen zou de schemering nu over de heuvels vallen. Ze zou nu de lamp op de binnenplaats aansteken. Zonder het te merken zou ze op haar lip bijten terwijl ze op haar tenen stond, voorzichtig, voorzichtig, om geen olie te morsen. Het lamplicht flakkerend op haar gezicht, een losse haarlok krullend over haar wang.

De eekhoorn krulde zich op in zijn nek alsof ze zijn stemming aanvoelde en keek niet eens op toen de rest van de slaapzaal triomfantelijk binnenmarcheerde.

Martin was de gehele excursie nors en lichtgeraakt. Hij dacht na over de *chokra*-flikker. Die worm van een *chokra*-flikker. Er leek iets veranderd te zijn na de vakantie, Martin wist het zeker. Maar wat?

Toen ze een paar weken later naar de universiteit terugkeerden, lieten zelfs zijn gabbers hem vanwege zijn inktzwarte stemming links liggen. Hij zat in zijn eentje achter in de wagen en liet zijn knokkels dreigend kraken. Ze kwamen halverwege de middag aan. Het was stil in het studentenhuis, alle studenten zaten in de les. In een opwelling beende Martin naar de slaapafdeling van de tweedejaars. Hij gooide de deur van Devanna's kamer open en gilde van schrik toen Nancy door de lucht vloog en op zijn hoofd landde. 'Weg! Weg! Ga van me af!' schreeuwde hij, en de eekhoorn klauterde de gordijnen in en ging op de roede nijdig naar hem zitten kwetteren.

'Wat is...?' Martin keek naar boven. Hij schudde aan de gordijnen en floot zachtjes. Wat was dat in vredesnaam? 'Hierrr... kom maar hier.' Hij stak zijn hand uit. Nancy kwam langzaam naar beneden, maar bleef om de paar seconden even stilzitten om tegen hem te tekeer te gaan. 'Kom maar hierrr.' Op het moment dat ze haar neus in zijn hand stopte, greep hij haar met zijn andere hand stevig vast. Nancy kronkelde in paniek, deed haar bek open en begroef haar vlijmscherpe tandjes in zijn duim.

Met een kreet van pijn gooide hij haar van zich af en ze sprong piepend van angst weer de gordijnen in. Martin schudde ze zo hard dat ze eruit viel. Midden in haar val hervond ze haar evenwicht en ze landde op de vensterbank. Ze vloog door de kamer, recht op Devanna's bed af, en dook trillend onder haar kussen.

Martin omklemde zijn zere hand en begon te lachen. *Chokra*.

Toen Devanna op de slaapafdeling terugkwam wist hij nog voor hij zijn kamer binnen ging al dat er iets helemaal fout was. Het groepje jongens bij zijn bed, hun stemmen hoog van ontzetting. Als versteend stond hij in de deuropening. 'Dev. Dev, ouwe jongen... ik vind het zo erg.' Iemand pakte zijn boeken uit zijn armen en het groepje week uiteen toen hij met lood in zijn schoenen op zijn bed af stapte.

Nancy lag uitgespreid op zijn – haar – kussen. Iemand had vivisectie op haar verricht, had haar vastgepend op een ontleedplank en haar van kin tot staart opengesneden. De precisie van de snede kon Devanna, ondanks zijn zoemende hoofd, niet ontgaan. Onberispelijk. Absoluut onberispelijk. Een keurige snee recht door de opperhuid toonde het specimen in perfect dorsaal perspectief. Aan de ingewanden waren netjes labels gehecht.

slokdarm
nier
hart

Nancy bewoog zich zwakjes op de plank. 'Ze leeft nog,' zei iemand rechts naast hem vol afschuw. 'De schoft heeft niet eens chloroform gebruikt.'

Devanna maakte Nancy's pootjes los en nam haar in zijn armen. 'Nancy,' fluisterde hij met een wit weggetrokken gezicht. 'Nance?' De eekhoorn probeerde tevergeefs naar hem te kijken. Ze jankte van pijn. 'Stil maar. Ssst... Nee, Nance, stil maar.'

Hij droeg haar naar de tuin van het studentenhuis terwijl hij onafgebroken tegen haar bleef fluisteren. Over zijn arm de weelderig uitgespreide helderrode staart, achter hem aan een groep sombere jongens. Hij legde haar neer in het gras bij de rotstuin. Nancy bewoog zich weer, in een zwakke poging haar kop tegen zijn duim te wrijven. 'Mijn liefje, mijn schatje. Nancy, mijn lieve Nancy...' Zijn stem brak en hij streelde haar vacht. Toen pakte hij een grote steen, hief zijn arm hoog boven zijn hoofd en liet de steen hard op Nancy's schedel neerkomen. De pootjes van de eekhoorn schokten een keer en toen bleef ze stil liggen.

'Waarom?' vroeg hij schor. 'Waarom zij, waarom in godsnaam, waarom mijn eekhoorn?'

'Welke eekhoorn?' vroeg Martin met een onschuldig gezicht. 'Had jij dan een huisdier hier? Ik denk het niet, *chokra*, het is tegen de regels.'

'Ik wéét dat jij het was.'

Over Martins gezicht gleed een zelfvoldaan lachje. 'Eindelijk.' Hij kwam een stap dichterbij en spande zijn armspieren. 'En? Wat ga je eraan doen, flikker?'

De haat die hij met zo veel vastberadenheid in zichzelf had op-gekropt vlamde op. Het was heel stil in de kamer. Devanna's hart ging zo tekeer dat hij zeker wist dat iedereen het hoorde. 'Kom op, flikker,' fluisterde Martin. 'Geef me een reden, geef me maar een re-den.' Devanna's vingers balden zich tot een vuist en met een woeste, onverstaanbare kreet wierp hij zich op Martin.

Martin mepte naar hem alsof hij een insect was en ontweek De-vanna's slagen moeiteloos. Hij lachte: 'Mijn beurt, *chokra*.' Zonder dat Devanna hem had zien bewegen lag hij ineens plat op de grond met de zoetig zoute smaak van bloed in zijn mond. Martin boog zich grijnzend over hem heen. '*Chokra*-flikker.' Devanna probeerde op te staan, maar Martin stompte hem met al zijn kracht tegen zijn hoofd. Devanna kokhalsde. 'Zeg het hardop,' zei Martin liefjes ter-wijl zijn vuist Devanna's hoofd opnieuw raakte. 'Zeg het dan, flik-ker. *Huisdieren zijn niet toegestaan*.'

'Ophouden, Martin,' zei iemand. 'Laat hem gaan.' Martin draai-de zich om om de betreffende persoon te vertellen dat hij zich met zijn eigen verdomde zaken moest bemoeien, maar iets in de groep, de vijandigheid op hun gezichten, deed hem aarzelen. 'Ophouden,' zei iemand weer en er kroop een rilling van angst over Martins rug. 'Ach, dit is toch zonde van mijn tijd,' pochte hij met een onnatuur-lijk hoge stem. Hij riep zijn gabbers en maakte zich uit de voeten.

Achter hem begonnen de toeschouwers zich langzaam te ver-spreiden. 'Kom op, man, kom op,' probeerden ze Devanna aan te sporen.

Devanna bleef onbeweeglijk liggen, met een ondraaglijk gon-zend hoofd en pijn en vernedering bitter op zijn tong.

Hij vertrok nog diezelfde middag naar Kodagu. Het was het enige wat nog zin leek te hebben. Devi... Hij wankelde onvast de poort uit zonder aandacht te schenken aan de klasgenoten die hem probeerden tegen te houden. Hij moest naar de ziekenzaal, zeiden ze. 'Je hebt een hersenschudding, man, je hebt rust nodig. Kom mee naar binnen voordat de huismeester zijn ronde doet.' Toen ze in-zagen dat het geen zin had, lieten ze een paar roepies in zijn zak glijden en gaven hem alle proviand die ze te pakken konden krijgen:

een trommel biscuits, pruimencake en zelfs een kwart litertje kostbare gin.

Hij nam de omnibus naar Madikeri. Zijn haar plakte aan elkaar van het bloed. Het beeld van de opengereten Nancy bleef maar voor zijn ogen zweven. Het geluid van haar schedel onder de verpletterende steen, een bros, krakend geluid als van een eierschaal die openbarst. Hij begon te beven. Een frisse bries dreef door de open ramen naar binnen en verkoelde zijn gezicht; hij bracht zijn handen omhoog naar zijn wangen en merkte tot zijn verbazing dat hij huilde.

Halverwege ging de omnibus stuk; uiteindelijk kon hij gerepareerd worden, maar toen de lichten van Madikeri in zicht kwamen was het al ver na twee uur 's nachts. Devanna's hoofd deed zo'n pijn alsof het met een bijl was bewerkt en het gonzen in zijn oren was nog erger dan daarvoor. Hij strompelde de omnibus uit in zo'n dikke mistbank dat hij nog geen meter zicht had. Madikeri lag er verlaten bij; zelfs de bedelaar die gewoonlijk bij de bushalte probeerde iets los te krijgen was er niet, lag lekker ergens te slapen. Devanna keek even huiverend naar de missiepost en begon toen struikelend westwaarts te rennen, naar het dorp van de Pallada's, ondanks de wilde olifanten en de geest die zich vaak op het pad bevonden.

Toen Devi en hij nog klein waren maakte Chengappa *anna* hen vaak bang met verhalen over de geest. 'Ze is heel lang en mooi, zo mooi dat een man koorts kan krijgen door alleen maar naar haar te kijken. Maar als je langs haar enkels naar beneden kijkt, naar haar voeten, dan weet je dat ze een *pisachi* is. Haar voeten staan naar achteren, weet je.' Devi liet dan haar hand in de zijne glijden en hij greep die stevig vast. Hij was ook bang, maar probeerde het niet te laten merken.

Hij stak een arm uit en liep verder door de mist. Als hij de geest vannacht zag, zou hij recht door haar heen rennen. Récht door haar heen. Hij giechelde. Met zijn vingers voelde hij aan de zijkant van zijn hoofd. Hij merkte afwezig op dat de zwelling groter was geworden, maar het bloeden was tenminste gestopt. Helaas was het gegons in zijn oren nog erger geworden; het leek wel of er een zwerm tropische bijen over zijn hoofd krioelde. '*Flora Sylvatica*,

Flora Indica,' mompelde hij met klapperende tanden. *'Spicilegium
Nilghirense, Leones Plantarum.'*

Zo roze, zo onverdraaglijk klein was dat roze, kloppende hart.
Hij wist dat ze op hem gewacht had, zich vastgeklampt had aan het
leven tot hij haar zou vinden. *'Hortus Bengalensis, Hortus Calcuttensis, Prodromus Florae Peninsulae.'* Hij begon onbedwingbaar te beven. Afgeslacht en opengeklapt, en weer had hij niets kunnen doen.
Hij had zo'n droge keel... Hij herinnerde zich de fles in zijn zak, nam
een fikse teug en hoestte toen de gin zijn mond in liep. Ze was van
hem geweest. Ze was van hém geweest. Devi... Hij ging nog harder
lopen, van de ene kant van het pad naar het andere slingerend.

De dag brak aan; de lucht was staalgrijs toen hij bij het huis van
de Nachimanda's kwam. De mist werd dunner, maar toch zou de
zonsopgang vanochtend getemperd zijn; dreigend samengepakte
wolken kwamen aandrijven door de lucht. Brulkikkers begonnen
in koor een serenade te brengen aan de wolken, in vervoering door
de geur van regen in de lucht. Struikelend rende hij verder.

Na een paar keer hard blaffen renden de honden naar hem toe
en ze sprongen blij tegen hem op toen ze hem herkenden. 'Ja, ja,'
mompelde hij terwijl hij afwezig over hun koppen aaide. Hij besloot even te gaan zitten en op de veranda te wachten tot de pijn
in zijn hoofd afnam. Voordat hij Devi ten huwelijk zou vragen. In
het oosten flakkerde een zilveren glans en ergens achter het huis
kraaide een haan.

'Flora Sylvatica, Flora Indica...'

Devanna liep wankelend verder en stond toen abrupt stil. Zijn
bloed veranderde in ijs. Daar, beneden bij de velden. Was dat een
vrouw? De geest... Hij stond als aan de grond genageld en zijn adem
ontsnapte in kleine wolkjes in de loodgrijze lucht. Het gegons in
zijn oren nam toe toen de gedaante uit het zicht verdween.

En toen schrok hij op. 'Devi,' zei hij moeizaam. 'Devi!' riep hij,
harder dit keer, 'Devi!'

Zelfs als kind had ze van ochtenden als deze gehouden. Devanna was meestal nog half in slaap en bezig elke minuut extra onder
de warme dekens te rekken als zij zijn kamer kwam binnen rennen

en de ramen opengooide. 'O, mopper niet zo,' zei ze dan. 'Adem eens goed in. De geur, Devanna, het parfum van de regen. Er is niets wat zo lekker ruikt.'

'Devi!' riep hij weer; de mist dempte zijn stem. Hij liep haar struikelend achterna.

Ze was al verrassend ver, al bijna bij de waterbassins, toen hij haar inhaalde.

'Devi,' riep hij en deze keer hoorde ze hem.

'Wie...?' Ze draaide zich geschrokken om, waarbij de omslagdoek van haar schouders gleed. 'Devanna? Devánna? Wat doe jij hier op dit uur?'

De herinnering aan de afgelopen middag kwam chaotisch naar boven. Nancy... Martin, die over hem heen gebogen stond te lachen, te lachen...

'Devanna?' zei ze weer ongelovig en ze begon hoofdschuddend te lachen. 'Malle jongen, ik geloof mijn ogen niet. Wat doe je hier, is het semester alweer voorbij?'

'Devi, ik...' Hij begon te beven. Hij sloot zijn ogen om zichzelf te kalmeren en deed ze toen weer open.

'Wat is er?' Ze kwam bezorgd dichterbij en verbleekte toen ze de gin in zijn adem rook.

'Heb je gedronken?'

Waar moest hij beginnen? Wat zou hij kunnen zeggen tegen haar, bestonden er wel woorden om te beschrijven...

Devanna sloeg zijn armen stijf om zich heen, kreunde zacht en zwaaide heen en weer op zijn hielen. '*Spicilegium Nilghirense. Leones Plantarum*.' Deze keer zou hij niet zomaar blijven staan, zonder iets te doen. Deze keer...

'Tr... trouw met me.'

'Wat? Wat? Kom op, Devanna, wat is dit allemaal... Wie heeft deze grap bedacht?'

'Grap? Dit is geen...' Hij zette zijn tanden stevig op elkaar om het beven te laten stoppen. 'Trouw met me,' zei hij weer.

De lach verdween van haar gezicht. 'Hou op met die onzin. Ik ga terug naar binnen. Ga je mee?'

Ze draaide zich om en wilde weglopen, maar hij pakte haar pols vast.

'Laat mijn hand los.'

Hij schrok van haar scherpe stem en liet onmiddellijk los. Dit ging helemaal niet zoals hij het zich voorgesteld had. Dat gezaag in zijn schedel, alsof die in tweeën werd gespleten. Hij schudde langzaam zijn hoofd om het leeg te maken. Martin, die boven hem stond te lachen.

Onhandig pakte hij opnieuw haar hand.

'Laat lós! Wat is er met jou aan de hand?'

'Wat er met mij aan de hand is?' Hij keek haar gekweld aan. 'Niets, behalve dat ik tot over mijn oren, onherroepelijk verliefd op je ben.'

Devi werd heel stil. 'Hou op,' zei ze toen trillend, 'hou... hier nu mee op.'

De tropische bijen krioelden op zijn hoofd en gonsden in zijn oren. Opengesneden als een practicumexemplaar, haar hartje nog kloppend. Slokdarm-Nieren-Hart.

'Je bent van mij, Devi. Van mij, hoor je. Alleen van mij.' Onverwacht giechelde hij. 'Hoe zal ik u liefhebben? Laat me de manieren tellen,' zei hij met fonkelende ogen. Toen boog hij zijn hoofd en onhandig kuste hij haar.

Ze probeerde zich uit zijn greep los te rukken, maar hij hield haar zo stevig vast dat zijn vingers lelijke rode striemen op haar arm maakten. Schreeuwend haalde ze met haar vrije hand naar hem uit, maar de geluiden in zijn hoofd werden zo hard dat hij haar niet kon verstaan. Hij greep in een reflex naar de omslagdoek die van haar schouders viel, maar kwam in plaats daarvan in aanraking met een borst. Haar adem stokte van schrik.

Dat geluid bracht een golf van opwinding teweeg in zijn lichaam, alsof er plotseling een brand ontvlamde in zijn bloed. Hij trok haar dichter tegen zich aan en kuste vurig haar gezicht, keel en schouders. 'Je bent van mij.' Ze verzette zich hevig, beet, krabde en schopte hem, maar in zijn verwarring wakkerde dat zijn opwinding alleen maar aan.

Hij kon niet meer denken. Het enige wat er nog toe deed was bij haar zijn en dat razende vuur in zijn binnenste en die hardnekkige druk in zijn kruis. Zijn adem ging heel snel, hij hijgde bijna, ondanks de kilte. Haar nagels schraapten over zijn wang. Hij duwde haar op haar rug op het gras terwijl hij intussen gejaagd aan zijn kleren rukte. Ze schreeuwde het uit en beet in zijn schouder; hij grijnsde en hield haar nog steviger omklemd.

'Vooroverbuigen, *chokra*,' had Martin vorig jaar op die bewuste middag tegen hem gezegd, terwijl hij de ellepijp streelde. 'Je laat me geen keus.'

'Je laat me geen keus, Devi, je laat me geen...'

Hij had zijn broek laten zakken en zich langzaam voorovergebogen. Martin had opzettelijk de spanning opgevoerd door te wachten tot Devanna's knieën gingen knikken en zijn haar over zijn voorhoofd viel. En toen had Martin in een snelle heftige, beweging het bot hard naar binnen gestoten, diep in zijn anus. De pijn was zo hevig geweest dat Devanna het uitgeschreeuwd had. 'Om je respect bij te brengen,' had Martin achter hem staan hijgen. Het zweet was in zijn ogen gelopen terwijl hij steeds harder duwde en stootte. Zijn bekken had onbewust meebewogen op het ritme van de stoten in de *chokra*.

Onderhuids kwam bitterheid tot bloei. Blaadje voor blaadje ontvouwde het zich, spreidde het zich uit tot een vlek zo zwart als teer.

Devanna duwde zijn hand zoekend en tastend omhoog over haar dij. Devi, onder hem, verstijfde, haar ogen groot van ontzetting.

Dit zou haar respect bijbrengen, het was voor haar eigen bestwil. Er klonken donderslagen en er spatten een paar dikke regendruppels op de grond uiteen. En dan die geur, die geur overal. 'Het parfum van de regen, er bestaat niets lekkerders.' Hij huiverde. Hij schoof over haar heen, stootte toe en miste. Stootte weer. Zachte huid scheurde onder harde druk en bood een warme doorgang, zo zacht als kapok. Devanna sloot kreunend zijn ogen. Hij ging steeds sneller stoten. Voor haar was hij geboren, op haar had hij gewacht.

Ze waren zo hecht geweest als twee sporen op een varen, zolang als hij het zich kon herinneren.

De regen kletterde op Devanna neer. Hij bromde zachtjes en rolde op zijn rug. Zijn hoofd voelde aan of het in tweeën gespleten was; de gin zong zacht liefdesliedjes in zijn oren.

Ik bemin U. Zo diep en wijd en hoog als mijn ziel kan reiken.

Hij deed zijn ogen open en kneep ze toen half dicht tegen de regen. Wat... waar... De afgelopen nacht kwam in flitsen weer bij hem boven. De busrit naar Madikeri. De gin die zijn keel schroeide. Devi...

Devanna verkrampte. Hij wilde opstaan, maar beefde zo hevig dat hij steeds weer voorover op handen en knieën viel. Hij herinnerde zich dat ze gesmeekt en gevochten had, en toen erg stil was geworden. Hij kokhalsde en keerde zijn maag om op het gras tot er niets meer was om over te geven. Hij had... wat had hij... Devi! Chengappa *anna* zou hem vermoorden. Hij zou zijn geweer pakken en hem voor zijn kop schieten. Tayi, Pallada Nayak... Wat had hij gedáán?

Hij kwam wankelend overeind. Het begon harder te regenen, zijn haar plakte aan zijn schedel. Boven hem tekende het stille huis zich af. Onzeker zette hij een stap ernaartoe. Devi. Hij moest... De voordeur ging open en er kwam iemand naar buiten. Ze zouden hem doodschieten. Devanna rende weg. Hij stormde in wilde paniek door de velden en vluchtte hysterisch huilend naar de missiepost.

Gundert wierp één ontstelde blik op hem en trok hem mee naar zijn werkkamer. 'Ga zitten,' commandeerde hij met bonzend hart. 'Hier, een slokje water. Drink. Kalm nou, jongen. Wat is er gebeurd? Waarom ben je niet op de universiteit? Dev, kijk me aan. Kíjk naar me! Wat is er gebeurd? Wie heeft dit gedaan?'

Devanna schudde zijn hoofd en worstelde met zijn woorden. 'Ver... vergeef me, priester. Vergeef me, vader, want ik heb gezondigd,' snikte hij.

Een kille angst beving Gundert. 'Wat is er gebeurd?' herhaalde hij kortaf. Hij pakte Devanna bij zijn schouders. 'Kalm nou, Dev. Wat is er gebeurd? Zeg het me.'

Devanna legde zijn handen om zijn hoofd en begon wild heen en weer te wiebelen. 'Zij... ik... Devi... vannacht... Ze is van mij, priester, ik heb alleen maar genomen wat van mij is.'

Gundert verstijfde. Zijn handen gleden van Devanna's schouders. Devanna zakte van de stoel af op de vloer en sloeg zijn armen om Gunderts benen heen. 'Help me, priester, u zei dat u dat zou doen. Alstublieft, priester, doe iets. Devi... priester, doe iets.'

Mijn Dev.

Gundert haalde keihard uit, met de volle kracht van zijn magere, gespierde benen. Zijn schop schampte vlak onder Devanna's kin af, waardoor hij over de gladde vloer gleed. 'Heiden,' siste Gundert met een wit en verwrongen gezicht. 'Vieze, ordinaire inboorling. Olaf... je lijkt in níéts op hem. Ik had gedacht, gehoopt... Hoe heb je me zo kunnen verraden?'

'Verdwijn,' zei hij met trillende stem. 'Verdwijn en zorg dat ik je walgelijke, hoererende figuur nooit meer hoef te zien.'

Devanna stond bevend op. Hij hinkte naar de kapel en knielde neer bij het altaar. 'Onze Vader die in de hemelen zijt,' huilde hij, 'Uw naam worde geheiligd.'

13

1899

De bruiloft werd snel afgehandeld en leek in niets op het uitgebreide afscheidsfeest dat Thimmaya altijd voor zijn dochter voor ogen had gehad. Vijf dagen eerder, toen hij Chengappa eropuit had gestuurd om Devanna te zoeken, had hij zijn opvliegende zoon gemaand voorzichtig te zijn. 'De reputatie van de familie staat op het spel,' zei hij, 'of wat daar nog van over is.'

Devanna had Chengappa benaderd als een geit zijn slager. 'Anna,' begon hij, maar Chengappa kapte hem met een uit steen gehouwen gezicht af.

'Geen woord,' zei hij. 'Als je zelfs maar even je mond opendoet of in mijn richting durft te kijken, dan stamp ik je de grond in, bij Iguthappa Swami.'

Pallada Nayak had niet zo veel zelfbeheersing getoond. Met een woedende brul wierp hij zich op Devanna en tuigde hem af met zijn wandelstok. Gauru's moeder en de andere vrouwen in het huis kwamen gealarmeerd naar buiten rennen. Ze schreeuwden de bedienden toe dat ze snel naar de velden moesten gaan, zo vlug als ze konden – 'Wat staan jullie daar nog als ezels, gá!' – om hun echtgenoten te halen voor de Nayak Devanna in stukken zou scheuren. 'Wat is er gebeurd? Wat heeft de jongen in godsnaam gedaan?' riepen ze angstig, terwijl ze probeerden de Nayak van Devanna weg te trekken.

'Wat hij gedaan heeft?' brulde de Nayak. 'Vraag liever wat hij níet gedaan heeft. Een smet! Een smet op dit huis, dat is hij. Zonder aan haar te denken, dat onschuldige kind, hij...' De Nayak viel abrupt stil na een woordeloze smeekbede op Thimmaya's gezicht. Walgend smeet hij zijn stok neer en hij liet zich trillend tegen de rand van de veranda vallen. Met een bevende hand veegde hij zijn voorhoofd af. 'Hij... de jongen weigert terug te gaan naar Bangalore,' improviseerde de Nayak. Er trok weer een rilling van afschuw over zijn gezicht toen hij naar de asgrauwe Devanna keek. 'Ja. Hij gaat nooit meer terug om zijn studie af te maken.'

Misschien was het een bewijs voor de positie van de Nayak in het dorp dat niemand vraagtekens zette bij de overhaaste bruiloft of de bloederige schrammen op de wangen van de bruidegom. 'Zie je wel,' zeiden de roddelaars. 'Die twee zijn altijd onafscheidelijk geweest. Van jongs af aan zaten ze zo dicht op elkaar als de gaten in een kokosnoot. Een slimme meid, die Devi. Steeds iedereen afwijzen en kijk nou, in zo'n rijke familie trouwen, en nog wel met een dokter!' Toen ze hoorden dat Devanna zijn medicijnenstudie opgegeven had, waren ze maar heel even met stomheid geslagen. Dat kwam door Devi, zeiden ze. Zij had Devanna gevraagd niet naar Bangalore terug te gaan en de jongen was zo verliefd dat hij had toegegeven. Ze was dan wel zo fragiel als een straal maanlicht, ze wist wel dat zelfs zij niet op kon tegen de opgedirkte, kortgerokte sletten in de grote stad. Een slimme meid, die wist hoe ze haar man stevig aan de plooien van haar sari moest binden.

Devi zat roerloos te midden van het tumult van de bruiloft, als een prachtige albasten pop in de brokaten sari die Tayi als bruid had gedragen. Het bracht geluk om de bruidssari te dragen van iemand die een lang huwelijk had genoten. Deze talisman was bloedrood en droeg de belofte van huwelijksgeluk in het weefsel, dat zich boterzacht plooide van de ouderdom.

Ze volgde trouw de instructies van de vrouwen die om haar heen aan het redderen waren. 'Ga zitten,' zeiden ze, en zij streek neer op de driepotige bruidskruk. 'Bukken,' zeiden ze als haar zijden sluier in de halvemaanvormige sieraden in haar vlecht bleef haken, en zij boog haar hoofd zodat ze de punten konden losmaken. Tijdens de plechtigheden voerde ze de handelingen uit als in een droom, zonder een woord te spreken. Ze strooiden handenvol rauwe rijst over haar hoofd uit en dwongen haar zwartglazen armbanden te dragen, en als ze de diepe groeven van haar nagels in haar hand al zagen, schreven ze die toe aan de nervositeit van een bruidje.

Wat had ze geschreeuwd die nacht – Stop, stóp! – wat had ze met hem geworsteld, gevleid, gesmeekt. Ze had met haar nagels zijn gezicht opengekrabd en geprobeerd zijn handen van haar lichaam te trekken. In paniek had ze naar het slapende huis geroepen, naar iemand, wie dan ook – 'Alstublieft Iguthappa Swami, alstublieft!' – maar haar kreten waren gesmoord in de aanstormende bui.

Hij had ten slotte het bewustzijn verloren en was slap over haar heen gevallen, en ze had zich losgeworsteld. Het water in het badhuis was ijskoud geweest, maar dat deed er niet toe. Ze had buikpijn, diep in haar buik had ze krampen. Ze pakte de puimsteen en begon te schrobben. Versuft had ze elk stukje van haar lichaam grondig geschrobd, tot haar huid ruw en roze was en de herinnering aan hem uit haar poriën was losgeweekt.

Tayi had het direct geweten, zodra ze één blik op haar geworpen had. Ze had op de deur van het badhuis staan kloppen. Was ze haar verstand kwijt, zei ze, dat ze zich waste in koud water? Ze klakte met haar tong. Wilde ze soms ziek worden? Wacht even, riep Tayi, dan zou ze water verwarmen op het vuur en het bij haar brengen. Devi opende de deur en Tayi viel stil van schrik. Ze zag de sari in een besmeurde hoop op de vloer liggen en zag de twijgjes, het gras en de andere brokstukken van de afgelopen nacht overal om haar kleinkind heen liggen.

Toen was Devi gaan huilen en jammeren, met het iele, hoge geluid van een vogel die vastzit in een doornstruik. 'Tayi,' snikte ze, 'Tayi.' Haar kreten sneden door haar grootmoeder heen. 'De... Devanna...'

Tayi wikkelde met trillende handen haar omslagdoek om Devi heen. 'Ssst, *kunyi*, stil maar kind. Mijn lieve kind, mijn zon en maan, wees alsjeblieft stil voor de bedienden je horen. Alles komt goed; daar zal Tayi voor zorgen. Kom maar, *kunyi*...' Zo snel als haar reumatische benen haar toestonden haastte ze zich met Devi terug naar het huis. Ze stopte Devi in bed, trok de dekens hoog op en ging toen Thimmaya wekken.

'Devi... zei ze tegen haar zoon. 'Onze Devi, mijn bloemknopje...' Tayi begon te huilen.

Hij had haar niet-begrijpend aangekeken. Hij hoorde de woorden wel, maar wilde ze niet tot zich laten doordringen. Nee, dit kon niet, niet zijn schat van een dochter. En toen schreeuwde Thimmaya het uit, een gekwelde en woedende kreet die zozeer in tegenspraak was met zijn gebruikelijke vriendelijkheid dat het bijna onmenselijk was. Hij stormde zijn kamer uit en Tayi trippelde in paniek achter hem aan.

'*Monae*, wacht, waar ga je naartoe? Thimmaya, luister naar me, wacht even, wat ga je doen?'

Chengappa kwam de gang in rennen, de slaap uit zijn ogen wrijvend. 'Wie... wat... Appaiah? Wat is er Appaiah, wat is er gebeurd?' vroeg hij geschrokken. Thimmaya was buiten zichzelf van woede zijn geweer aan het laden.

'Ik schiet hem voor zijn kop. Is dit zijn manier om onze gastvrijheid van al die jaren terug te betalen? Betekent het niets voor hem dat we hem als onze zoon beschouwden? Hij... mijn eigen dochter. Mijn eigen bloed.' Thimmaya trilde zo dat de lont steeds uit zijn hand gleed. Tayi nam het geweer voorzichtig uit zijn handen en legde het achter haar neer, zodat hij en Chengappa er niet bij konden.

Thimmaya ging abrupt zitten alsof zijn benen zijn gewicht niet langer konden dragen. 'Wat nu, Avvaiah?' vroeg hij. Met pijn in haar hart zag Tayi de verbijstering in zijn ogen. 'Waarom? Wat zal Muthavva zeggen als ik haar zie, hoe kan ik haar onder ogen komen?'

'Wat gebeurd is is gebeurd, we moeten nu naar de toekomst kijken. Ga die jongen zoeken,' raadde ze haar zoon aan, 'zoek Devanna. Ik weet niet hoe... hij dit heeft kunnen doen... ik begrijp het niet. Maar dit weet ik wel. Ik weet dat hij zielsveel van Devi houdt. Ga naar Pallada Nayak. Hij zal doen wat goed is voor ons. We moeten... we moeten ze laten trouwen.'

Chengappa werd eropuit gestuurd om Devanna te zoeken en Tayi ging naar Devi met een beker warme melk. 'Ssst, *kunyi*,' zei ze, 'stil maar. Tayi zal zorgen dat alles goed komt. Stil nou maar.' Ze streelde Devi's haar, neuriede slaapliedjes en fluisterde haar geruststellend toe, tot Devi ten slotte uitgeput in een diepe slaap viel.

Het was al ver in de middag toen ze eindelijk wakker werd. Bewegingloos lag ze in bed.

'Devi? Ben je wakker? Wil je iets eten?'

Alles kwam weer naar boven. Zijn handen op, onder en in haar. Devi kokhalsde.

Ze viel weer in slaap en werd pas wakker toen de sterren aan de hemel stonden.

'Devi? *Kunyi*, je moet iets eten.'

Ze lag als verdoofd met een leeg gezicht naar de muur te kijken. Weer sprongen de tranen in Tayi's ogen. Ze boog zich naar voren en veegde ze heimelijk weg terwijl ze morrelde aan het kousje van de olielamp. De vlam schoot sissend hoog op en wierp een gouden licht op de witgekalkte muren.

'*Kunyi*,' zei Tayi met een poging tot opgewektheid in haar stem. 'Ik heb bijzonder nieuws voor je. Weet je wat er over twee dagen gaat gebeuren?'

Devi bleef stil.

'Over twee dagen... twee dagen...' stamelde Tayi, '...over een paar dagen maar gaat mijn geliefde bloemknopje trouwen.'

Devi keek haar grootmoeder niet-begrijpend aan.

Tayi knikte en deed haar best een glimlach tevoorschijn te toveren. 'Mijn zon en maan wordt de bruid.'

'Trouwen? Met wie?'

'Devanna.'

Devi reageerde geschrokken. 'Na wat er gebeurd is? Dat wil ik niet. Nooit, zelfs niet als...'

'Het kan niet anders. Als dit bekend wordt... je reputatie... geen man zal jou hierna nog in overweging nemen. Wat gebeurd is, is gebeurd. Devanna heeft altijd van je gehouden, hij...' Tayi stokte weer. 'Het is het beste,' zei ze even later. 'Het kan niet anders.'
'Machu.'
'*Machu*,' zei Devi nogmaals, met schorre stem. Trillend, soms nauwelijks verstaanbaar, verbrak ze haar belofte aan Machu en vertelde ze Tayi over hem en hun tweeën. Zijn gelofte en de noodzaak tot geheimhouding. Toen ze elkaar de laatste keer zagen, had hij haar gezegd dat hij binnenkort naar Kerala zou vertrekken om een lading rijst van de velden van de Kambeymada's te verhandelen. Hij zou bijna een maand wegblijven. 'Stuur hem bericht, Tayi, dat moet. Stuur Tukra. Machu zal komen, dat weet ik.'
'Genoeg!' Tayi stond op. 'Geen woord meer. Niet tegen mij, niet tegen een ander en al helemaal niet, nóóit tegen je vader. Wat heb je uitgespookt, recht onder onze neus?'
'Tayi, nee, je begrijpt het niet.'
'Genoeg, Devi! Ophouden nu. Machaiah bericht sturen? Hem laten komen, en wat ga jij hem dan vertellen? Dat je verkracht bent door iemand anders? Zelfs al had hij eerzame bedoelingen met jou, denk je dat hij ze waar zou maken na wat er is gebeurd? Hij is een Kodáva! Ben je dat vergeten? Hij zou je nooit accepteren. Al zou hij het willen, zijn trots zou het hem nooit toestaan.'

Ze was getrouwd. Ze herhaalde de woorden zachtjes bij zichzelf, maar ze betekenden helemaal niets. Devi keek naar haar met henna beschilderde handen, de zilveren glittering in haar voetholtes en de gouden kettinkjes om haar vingers en handruggen. De bruiloftsgasten waren laat in de avond naar het dorp van de Kambeymada's gereisd. Ze namen haar mee naar de put waar ze een kokosnoot brak en het eerste rituele water schepte.
Wat had Tayi tegen haar gezegd? 'Hij zal je even graag willen als een verrotte kies waar al te veel tandenstokers in geprikt hebben.'
Ze moest ineens lachen. Ze had vaak tegen hem gezegd dat hij niet zo aan zijn tanden moest pulken, ze zouden er op een dag nog

uitvallen. Hij had met zijn lippen gesmakt. 'En houd je dan nog steeds van me? Als ik een oude, tandeloze *thatha* ben, lonk je dan nog steeds naar mij?'

Met haar rechtervoet vooruit stapte Devi over de drempel van het huis van de Kambeymada's. Ze zette de kan water op de haard en werd toen naar de zuidwestelijke hoek van het huis gebracht om het ceremoniële licht te ontsteken. Ze stipte haar voorhoofd aan met heilige as en bukte zich om de voeten van de ouderen in de huishouding aan te raken.

De vrouwen namen haar mee naar de met bloemen versierde bruidskamer. Ze verontschuldigden zich voor de slordige versieringen; alles was ook zo snel georganiseerd. Ze lieten haar op het enorme rozenhouten bed plaatsnemen en gaven de jonge bruid giechelend dubbelzinnige adviezen. Toen schikten ze de sluier over haar hoofd en lieten Devi achter om op haar bruidegom te wachten. De slaapkamerdeuren gingen dicht, en voor het eerst sinds de vorige ochtend was het stil.

Uitdrukkingsloos keek ze om zich heen naar de kamer en de stevige teakhouten dakspanten. Haar ogen dwaalden over de rijkelijk uitgesneden kapstokken, de beschilderde porseleinen lampen die tot in de verste hoeken licht gaven en de zilveren schaal met de kan melk en de betelnoten voor het pasgehuwde stel. Aan de bedstijlen en langs alle muren waren jasmijnslingers opgehangen. Tussen de lakens was zo veel jasmijn gestrooid dat de zoete geur bijna bedwelmend was. Ze zette haar nagels in haar handpalmen om haar braakneigingen tegen te gaan. Naast het bed hing een ovale spiegel. Ze staarde naar haar spiegelbeeld, naar haar bleke gezicht, de verwijde pupillen. Overmand door uitputting sloot Devi haar ogen.

Een aarzelend klopje op de deur haalde Devi uit haar verdoving. Ze begon te trillen, plotseling doodsbang, en bij het tweede zwakke klopje kroop ze dicht tegen het hoofdeinde van het bed aan. Langzaam werd de deurknop omgedraaid. Devanna kwam binnen, kleintjes. Nadat hij de deur dicht had gedaan bleef hij ertegen aan leunen alsof zijn benen hem niet konden dragen. 'Devi,' zei hij. De adem stokte in haar keel. 'Devi, ik...' Devanna begon te huilen. Hij hield van haar, snikte hij, hij hield zo veel van haar. 'Wat ik gedaan heb, kon ik het maar ongedaan maken... ik was mezelf niet, Devi. Nancy... ze... zo húlpeloos, Devi. Ik zal boeten voor wat ik jou heb aangedaan, ik zal het duizendmaal terugbetalen.' De woorden bleven maar komen. Er viel haast geen touw aan vast te knopen, behalve de herhaalde verzekering dat het hem zo spéét. Hij wist dat hij het niet waard was, zei hij met een stem rauw van zelfverachting, maar hij smeekte haar, alsjeblieft Devi, om vergeving. Hij was zijn leven lang aan haar genade overgeleverd.

Ze bleef hem met grote ogen strak aankijken. Withete, verzengende beelden van die noodlottige ochtend flitsten voor haar ogen en maakten haar handen aan het trillen. Haar vingers plukten nerveus aan de gouddraad in de sari. Ze kon haar blik niet van Devanna losmaken. Zijn gezicht was verwrongen van verdriet, volkomen hopeloos. 'Het spijt me zo, Devi, zo verschrikkelijk...' Langzaam begon haar angst weg te ebben en een onheilspellende kou bleef achter, zwart als de Styx, die alle hoop vernietigde en elke droom aan de wortel uitroeide.

'Zeg iets,' smeekte hij. Hij strekte zijn handen uit en deed een stap naar voren, maar bleef staan toen ze terugdeinsde. 'Zeg iets!' En weer probeerde hij wanhopig alles wat in het studentenhuis gebeurd was uit te leggen. 'Ik was die dag mezelf niet, Martin...'

'Er is geen enkel excuus voor wat je gedaan hebt,' onderbrak ze hem. Ze huiverde. 'Geen enkel excuus. Ik zal het je nooit vergeven. Mijn hele leven niet en al mijn volgende levens ook niet.'

Devanna's mond ging open en dicht terwijl hij naar woorden zocht, maar toen knikte hij wanhopig. Hij trok een laken van het bruidsbed af, en de jasmijnbloesem dwarrelde neer terwijl hij op de vloer ging liggen.

Toen Machu terugkeerde uit Kerala, met zijn ossen zwaarbeladen met de kokosolie, de gedroogde vis en het zout die hij voor de rijst geruild had, had hij al gehoord over Devanna's plotselinge huwelijk en zijn teleurstellende beslissing om zijn studie halverwege af te breken. 'Wat zullen we nu krijgen?' riep Machu vrolijk toen hij binnenkwam. 'Een kersverse bruid die me nog niets te drinken heeft gebracht?'

Zonder iets te zeggen kwam Devi uit de keuken tevoorschijn. Ze bukte zich om Machu's voeten aan te raken en zijn gezicht trok wit weg.

'*Swami kapad*,' zei hij automatisch. 'Ik wens je een lang leven, liefje.'

14

Devi was catatonisch van verdriet, een schrijnende rouw waarvoor geen woorden of troost bestonden. Machu bleef bij haar uit de buurt en deed veel moeite om te voorkomen dat ze elkaar tegenkwamen. Hij greep elk voorwendsel aan om niet thuis te hoeven zijn en bleef soms weken achtereen weg. Toen de tijd weer aanbrak dat de familie iemand naar de wachtpost bij het oerwoud moest sturen, bood Machu aan om te gaan. Toen Kambeymada Nayak de nieuwe commissaris van Mysore een mooie zilveren *peechekathi*-dolk cadeau wilde doen, bood Machu onmiddellijk zijn diensten aan; toen de bedienden kwamen vertellen dat er bizons waren gezien, schouderde Machu meteen zijn geweer, hoe onwaarschijnlijk het bericht of afgelegen de locatie ook was.

Overdag zagen Devanna en Devi elkaar nauwelijks en de nachten brachten ze zwijgend door. Devanna's vader zocht nogal laat aansluiting met zijn zoon en probeerde hem te interesseren voor de landbouw. Hij stond erop dat Devanna elke ochtend met hem meeging naar de rijstvelden en de koffiegronden, en in de middagen moest Devanna van de Nayak de boekhouding bijhouden. Dan was er nog de voortdurende aanloop van dorpsbewoners die Devanna kwamen opzoeken om hun koortsen en pijntjes te laten behandelen.

Toen een geschrokken Devanna aanvankelijk geprobeerd had uit te leggen dat hij maar een paar jaar medicijnen gestudeerd had en geen dokter was, hadden ze de Nayak gevraagd zijn kleinzoon over te halen om hen te behandelen. Kambeymada Nayak was nog altijd diep teleurgesteld sinds hij van Pallada Nayak gehoord had dat Devanna niet van plan was naar de medische universiteit terug te gaan. Hij had zijn uiterste best gedaan om de jongen om te praten en had zelfs gedreigd, intussen opgewonden aan zijn snor plukkend, maar Devanna was zwijgend voor hem blijven staan. Het ontroerende vertrouwen van de dorpsbewoners in de capaciteiten van zijn kleinzoon had de Nayak enigszins getroost; om hem een genoegen te doen gaf Devanna ten slotte toe. Hij zag zijn patiënten elke avond onder de gigantische mangoboom op de binnenplaats en stelde diagnoses op basis van gezond verstand, terwijl de Nayak, zijn snor stijf van trots, de handelingen volgde vanaf de veranda.

Al met al had Devanna het zo druk dat hij zijn kersverse vrouw bijna niet zag. Elke nacht bleef hij even aan het voeteneind van hun bed staan. Hij was wanhopig op zoek naar een teken, hoe klein ook, dat ze hem zou vergeven. En elke nacht draaide ze hem weer de rug toe en legde hij zich weer op de grond te slapen. Nadat zij de volgende ochtend opgestaan was, verhuisde hij naar het bed, zodat niemand zou merken dat het jonge paar niet samen sliep. De lakens waren dan nog warm van haar lichaam en haar kussen geurde vaag en grasachtig naar hibiscus.

Devi dompelde zich onder in huishoudelijk werk. De huishouding van de Nachimanda's was veel kleiner geweest; Thimmaya en zijn broer Bopu hadden jaren geleden het grote familiehuis verlaten om een zelfstandige huishouding op te zetten. Toen Devi's neven volwassen waren, waren ze elk hun eigen weg gegaan en Bopu en zijn vrouw waren eveneens vertrokken om bij een van hun zonen te gaan wonen; alleen Chengappa, zijn vrouw en hun zonen woonden nu nog bij Tayi en Thimmaya. De Kambeymada's leefden echter in een traditioneel, groot familieverband. De elf zonen die Kambeymada Nayak had verwekt, hun gezinnen en zijn broers met hun kinderen en kleinkinderen woonden allemaal in het aan alle kanten uitgebouwde centrale huis en in de rijen bijgebouwde kamers.

Met een familie van meer dan vijftig personen en een eindeloze stroom bezoekers was er altijd iets te doen. Nog afgezien van het klaarmaken van de dagelijkse maaltijden – op zichzelf al een gigantisch werk – moesten er kinderen gewassen, gevoed, gestraft en in de watten gelegd worden. De stoet bedienden moest aangestuurd worden, de karbouwen in de schuren gemolken en rijen kamers geveegd en gesopt. Er waren bergen wasgoed te sorteren – 'Van wie is dit ondergoed, het lijkt allemaal op elkaar?' – honden te verzorgen, wild in te maken, varkens vet te mesten en moestuinen te onderhouden. Pompoenen, komkommers en aubergines moesten worden ingepakt in dikke lagen bananenblad en opgehangen aan de dakspanten van de beplankte zolder.

Devi nam de taak op zich om elke ochtend de vloeren te vegen en te ontsmetten met een smeersel van verse mest uit de veestallen. Op dat vroege uur was het huis nog in rust. Het lawaai van stemmen, het geklepper van houten slippers door de kamers en het gerammel van potten en pannen uit de keuken was nog niet begonnen.

Ze werkte geluidloos, alsof ze ontsnapt was uit een droom. Elke morgen stopte ze even met vegen om stil te staan voor de kamer waar de vrijgezelle mannen van de familie in een rij rozenhouten ledikanten lagen te slapen. Zou hij teruggekomen zijn, vroeg ze zich af, vanwaar hij de vorige avond heen gegaan was? Ze legde dan haar hand op de deur alsof ze de warmte van zijn adem, zijn polsslag, kon voelen over de afstand die hen scheidde heen. Ze stond daar dan ingespannen te luisteren, tot de pijn in haar hart onverdraaglijk werd. Dan keerde ze zich om en begon ze weer geluidloos de vloeren te vegen.

Ze hadden maar één keer met elkaar gepraat. Ze kwam terug van het bijvullen van de doos zeepnoten in het badhuis toen hij haar aansprak.

'Waarom?' vroeg hij scherp.

Ze bleef stilstaan en keek hem met grote, donkere ogen aan.

'Ik weet dat er iets gebeurd moet zijn. Wat?'

'Je zwijgt erover,' had Tayi tegen haar gezegd. 'Zweer dat je nooit een woord zult zeggen over wat er gebeurd is, tegen niemand, helemaal niemand.' Ze had Devi's hand gepakt en op haar eigen hoofd gelegd. 'Zweer op mijn leven dat je dit geheim zult houden, en anders moge ik, bij Iguthappa Swami en alle voorouders, mijn volgende negen levens vervloekt zijn. Moge ik een bediende worden, moge mijn lichaam door pokken getroffen worden of elke stap die ik zet vergezeld gaan van verdriet.'

'Nee, Tayi,' had Devi huilend gezegd, 'zeg zulke dingen niet...'

'Zweer dan op mij dat je je reputatie zult beschermen. Beloof me dat je nooit, en dan ook nóóit zult praten over wat er vannacht is gebeurd.'

'Waarom, Devi?' vroeg Machu nu. Met gebalde vuisten kwam hij dichterbij. 'Was het maar een spelletje voor je?'

Zo stijf als een plank stond ze voor hem. *Kijk in mijn ogen. Jij bent mijn adem, mijn wezen. De grond waarop ik loop, het schemerduister van mijn ziel. Kijk in mijn ogen en lees wat ik niet kan zeggen. En weet, je moet weten dat ik je nooit zou kunnen bedriegen, al zou ik het proberen.*

Ze deed haar mond open en hoorde haar stem alsof die van verre kwam. 'We zouden gezien kunnen worden.'

De lijnen rond zijn mond verbleekten. 'We zouden gezien kunnen worden? Is dat het enige wat je kunt zeggen? Is dat je grootste zorg: stel dat we gezien worden? Waarom zei je dat je zou wachten?' Hij was des duivels. 'Waarom heb je me hoop gegeven? Was ik gewoon een bevlieging terwijl je wachtte tot jouw dokter eindelijk de moed verzameld had om zich uit te spreken?'

'Machu...'

'Je hebt gewacht tot ik er niet was, tot je wist dat ik weg was en toen heb je je zo gauw als je kon op hem gestort. Weet hij van mij, Devi? Weet hij hoe je midden in de nacht naar buiten glipte om me te zien? Vertel je je ontwikkelde, intelligente echtgenoot als hij je voorleest, vertel je hem dan in je grote echtelijke bed, hoe je opbloeide onder mijn aanraking?'

Hij boog zijn hoofd dicht naar het hare. 'Vertel me,' fluisterde hij in haar oor, 'bevredigt hij je?'

'Wat gebeurd is,' zei ze met trillende stem, 'is gebeurd. Als je zo min over me denkt...'

Machu lachte wrang, een bloedstollend geluid. 'Het doet er niet meer zoveel toe wat ik van je denk, wel? Wat gebeurd is is inderdaad gebeurd. Nou, schoonzus,' zei hij, 'ik wens jou en je man een lang en gelukkig leven toe.'

Bij de plaatselijke schietwedstrijd later die maand was Machu zo dronken dat hij zijn geweer nauwelijks kon aanleggen. Zijn schot ging mijlenver naast het doel.

Langzaam verstreek er een maand en daarna nog een stukje van de volgende. Devi was al drie weken over tijd voor ze zich realiseerde dat ze nog ongesteld moest worden. Ze telde en hertelde de dagen op haar vingers, maar ze vergiste zich niet. Bevend van afschuw liet ze zich op de rand van het bed zakken.

Elke ochtend sloop ze de keuken in om kaneel en kurkuma te koken en dat snel op te drinken voor iemand haar kon zien. Toen dat niet werkte, verzamelde ze de onrijpe papaja's die in de moestuin op de grond waren gevallen en verstopte ze onder haar sari of in de plooien van haar hemd om ze in de afzondering van haar slaapkamer op te eten. Ze kreeg die nacht zulke krampen dat Devanna wakker was geworden van haar gekreun. Hij stak vlug de lampen aan en probeerde haar te onderzoeken. 'Wat is er? Waar doet het pijn?' vroeg hij bezorgd terwijl hij op haar buik drukte. Ze sloeg zijn hand weg.

'Raak me niet aan. Raak me nóóit meer aan, hoor je?'

De krampen waren ten slotte afgenomen, maar er kwam geen bloeding; de zwangerschap had het overleefd.

Devanna sliep die nacht nauwelijks van bezorgdheid. De volgende ochtend liep hij haar stiekem achterna naar de keuken en toen hij haar buiten zag overgeven, raadde hij het. 'Ben je zwanger?' De glans verdween van zijn gezicht toen hij de kaneeldrank op het fornuis zag. 'En je wilt de zwangerschap beëindigen.' Hij slikte. 'Alsjeblieft Devi,' zei hij rustig, 'ik weet dat ik je haat ten volle verdien. Ik weet dat ik mezelf de gruweldaad die ik begaan heb nooit zal kunnen vergeven.' Zijn ogen vulden zich met tranen. 'Maar, Devi, ik smeek je, laat ons kind daar niet de dupe van worden.' Hij ging op zijn knieën voor haar zitten zonder zich druk te maken over wie er binnen zou kunnen lopen. 'Doe met mij wat je wilt, maar doe een onschuldig leven geen kwaad.'

Devi zei niets terwijl ze bij hem wegliep, maar vanaf die dag deed ze geen pogingen meer om het leven van haar los te scheuren dat als een zeepok in haar hing. Ze viel die eerste maanden nog meer af, en toen verdween de misselijkheid geleidelijk aan. Haar taille werd dikker, haar strakke buik werd een buikje en het duurde niet lang of de vrouwen van het huis hadden het in de gaten. Toen ze het heuglijke nieuws tijdens het diner bekendmaakten, werd Devanna meteen onderworpen aan ruggenklopjes en schuine moppen. Machu zei niets en raakte zijn rijst nauwelijks aan.

Devi ging naar huis voor de bevalling. Het was de eerste keer sinds de bruiloft dat ze weer in het huis van de Nachimanda's was. Thimmaya vouwde zijn handen in een zegenend gebaar toen ze zijn voeten aanraakte. Hij kon geen woorden vinden. Het was stil geworden in huis, na Devi's vertrek. Het licht viel op een andere manier door de ramen en er was iets statisch in het skelet van het huis gekropen.

Hij had zich tijdens de bruiloft stoïcijns gedragen. Geen traan had hij vergoten, zelfs niet toen de bruiloftsstoet met zijn dierbare kind naar het huis van de Kambeymada's vertrokken was. Slechts één keer, vele maanden later, was hij ingestort. Hij had de nacht ervoor niet goed geslapen, piekerend over Devi, zoals altijd sinds de bruiloft. Haar met Devanna laten trouwen was de enige oplossing geweest, zei hij steeds weer tegen zichzelf, de enige manier waarop hij de eer van zijn dochter kon beschermen. Hij zag haar gezicht weer voor zich toen ze aan het bruidsaltaar had gezeten, zo uitdrukkingsloos, haar ogen leeg, gespeend van de gebruikelijke levenslust. Er was nauwelijks een teken van begrip geweest toen hij haar zegende met een handvol rijst en haar een gouden soeverein in de handen drukte. Hij bewoog onrustig en dacht aan Muthavva. 'Wat denk jij dat ik had moeten doen?' vroeg hij in stilte aan zijn allang overleden vrouw. 'Jij zou hetzelfde gedaan hebben.'

Hij had gewikt en gewogen en iedere hoop op slaap laten varen. Hij stond op en besloot die dag maar eerder te gaan ploegen dan gebruikelijk. De velden waren leeg en stil. Muthavva's adem hing in de bomen, de geur van sampigé in de lucht. Hij had de ossen aangespoord en de voren getrokken, heen en weer, met zijn voeten in de natte aarde. 'Ik heb het geprobeerd,' fluisterde hij wanhopig tegen zijn overleden vrouw. 'Waarom ben je weggegaan, hoe moest ik vader en moeder tegelijk zijn?' Alsof hij antwoord kreeg op zijn vraag stak plotseling de wind op. 'Ik heb het geprobéérd,' zei hij weer. Hij leunde tegen de ploeg, en terwijl de ossen kalm met hun staart zwaaiden, welden de eerste snikken op in zijn borst. Niemand kon hem horen, behalve de zacht fluisterende wind.

'Het doet mijn hart goed om je te zien, *kunyi*,' zei hij nu moeilijk, 'het doet ons allemaal goed.'

Tayi vroeg niet wanneer het kind verwekt was, of dat voor of na de bruiloft was geweest. Ze zei ook niets over de ongelukkige uitdrukking in de ogen van haar kleindochter. Het is beter geen oude koeien uit de sloot te halen, bedacht ze. Ze is nu een volwassen vrouw en zal gauw genoeg verstandig worden. En bovendien is geen somberheid zo groot dat een baby die niet kan verdrijven.

De dorpsbewoners kwamen op bezoek met grote porties yoghurtrijst en de negen vlees-, kip- en groentecurry's die gewoonlijk nodig waren om de eetlust van een zwangere vrouw te stillen. Devi rechtte toen haar rug, trots. Tayi zat erbij zonder iets te zeggen en hoorde hoe ze, iets te hard lachend, de bezoekers vertelde over de geneugten van het getrouwde bestaan, de kwaliteiten van haar echtgenoot en het grote huis van de Kambeymada's. Over de uitgestrektheid van de velden, zichtbaar door de fraai bewerkte ramen voor zo ver als het oog reikt, over de talloze bedienden en de emaillen wasbakken uit Engeland. In tegenstelling tot de geruchten was er geen gouden kwispedoor, maar de familie bezat er wel drie van gesmeed koper.

De baby gleed zonder veel gedoe uit haar, midden op de dag. Hij wachtte netjes tot de vroedvrouw uit het dorp geroepen was alsof hij zijn moeder zo weinig mogelijk ongemak wilde bezorgen. Tukra's vrouw haalde een baal hooi van de binnenplaats en Chengappa's vrouw en Tayi spreidden dat uit over het bed, met een laken eroverheen. Ze wierpen een touw over de dakspanten en gaven de uiteinden aan Devi als steun. Ze moest op haar hurken op het laken gaan zitten. De vroedvrouw spreidde Devi's knieën en knikte tevreden toen ze met een vinger voorzichtig tussen haar benen voelde. 'Het duurt nu niet lang meer,' zei ze. 'Persen, *kunyi*.'

'Persen,' moedigden ze haar aan, en bij de vijfde poging was hij eruit.

'Een jongen,' riep Tayi, 'het is een jongen!' Ze boog zich over Devi heen en streek de vochtige haarlokken van haar voorhoofd. 'Mijn bloemknopje, mijn dierbaar kind, je bent nu moeder van een gezond, prachtig klein jongetje.' Thimmaya vuurde zijn geweer af op de binnenplaats; één enkel schot om het dorp het grote nieuws van zijn kleinzoon aan te kondigen. Chengappa's vrouw plukte een paar stengels van de wonderboom die bij de veeschuur groeide en maakte daar een pijl en boog in miniatuur van. Ze legde die in de wieg naast de baby. 'Dat je een scherp oog, een snelle voet en een foutloos oordeel moge hebben,' zei ze, en na het uitspreken van die oude zegen kuste ze zijn donzige hoofdje.

Tayi keek bezorgd naar Devi die naar het dak lag te staren. 'Hier, houd hem vast, *kunyi*,' zei ze terwijl ze de baby in haar armen legde. Devi keek naar het rode, gerimpelde gezichtje van haar zoon en naar de minuscule vingertjes en teentjes, compleet met perfecte halvemaanvormige nageltjes. Zij had dit menselijk wezentje voortgebracht. Ze keek verwonderd naar het uiteinde van de navelstreng die nog uit zijn buikje stak en naar de vingerhoedgrote penis. Hij was uit haar lendenen voortgekomen, perfect van vorm en helemaal af. Ze keek naar het brede, hoge voorhoofd en de grote ogen die zo onmiskenbaar op die van zijn vader leken. Toen gingen er pijnscheuten door haar heen; een golf van verdriet sloeg over haar heen en ze begon te huilen.

Devanna haastte zich naar het huis van de Nachimanda's om zijn zoon te zien. Hij wiegde de baby onhandig in zijn armen en wilde hem bijna niet meer afgeven, zodat Tayi het kind haast los moest trekken. Hij hing over Tayi's schouder als ze de baby een boertje liet doen en hem inbakerde in mousselinen doeken, en streelde alsmaar het hoofdje van zijn zoon, tot de baby zijn vuistjes balde en huilde uit protest. '*Tsk*. Laat hem met rust, Devanna,' berispte Tayi hem. '*Kinderen zijn een geschenk van de Heer,*' citeerde Devanna, stralend van oor tot oor, '*de vrucht van de schoot is een beloning van God. Als pijlen in de hand van een schutter, zo zijn kinderen, verwekt in je jeugd.*'

Toen vroeg Tayi of alles goed ging; Devanna keek naar de grond en de lach verdween van zijn gezicht. 'Ze heeft tijd nodig, Tayi,' zei hij ten slotte met rauwe stem. 'Onze zoon... Het zal nu beter gaan.'

Ze noemden de baby Nanjappa. Toen Devi drie maanden later naar het huis van haar man terugging, omhelsde Tayi haar stevig. Ze deed een beetje lampenzwart achter Devi's oren en midden op het voorhoofd van de baby. 'Het ga je goed, *kunyi,*' zei ze met tranen in haar ogen, 'mijn zon-en-maan, wees gelukkig. Vergeet het verleden, dat is voorbij. Kijk naar wat je nu hebt en tel de vele zegeningen die je zijn gegeven.'

Toen ze in huize Kambeymada aankwamen heette de familie hun nieuwe aanwinst welkom met een overvloed aan zegeningen en gouden soevereins. Machu had het voor elkaar gekregen die dag afwezig te zijn, maar bij terugkeer gaf ook hij Devanna een kwart soeverein om de geboorte van zijn zoon te vieren.

Devi had voor de geboorte van de baby zo weinig gesproken dat het niemand opviel hoe lusteloos ze geworden was. Nu ze een kind op de wereld had gezet leken de vrouwen haar opgenomen te hebben in een geheim genootschap waarvan ze niet had geweten dat het bestond. Ze betrokken haar bij gesprekken waarin Devi tot haar verrassing ontdekte dat werkelijk niets te persoonlijk geacht werd om te bespreken. De intiemste zaken uit hun huwelijk en de meest persoonlijke tekortkomingen van hun echtgenoten werden in de keuken geventileerd. Maar toen ze Devi de sappiger details van haar huwelijk wilden ontlokken, schudde ze glimlachend haar hoofd.

Ze bracht haar dagen door in een vreemde lethargie. Ze leek niets te voelen – geen vreugde of verdriet, geen boosheid of plezier.

Het was een opgave om zelfs maar de kleinste dingen te onthouden. Als ze 's ochtends naar haar baby keek, werd ze overvallen door grote onverschilligheid. Hij lag kraaiend en kirrend naar haar te kijken in zijn wiegje terwijl ze hem afwezig over zijn hoofdje aaide. De andere vrouwen zeiden haar dat ze bofte met haar zoon. Hij huilde bijna nooit, wat een schatje. Kijk, zeiden ze, hij is precies zijn vader, een kleine Devanna, in uiterlijk, maar ook in zijn zachte karakter. Devi's melk was nauwelijks gaan stromen voor die weer opdroogde en ook daarin was het kind erg makkelijk geweest. Zonder enig protest dronk het verdunde koemelk.

Machu was zo vaak van huis weg dat ze hem bijna nooit zag. Ze gebruikte de baby als excuus om nauwelijks haar kamer uit te komen. Wat voor zin, begon Devi zich af te vragen, had dit eigenlijk allemaal? Het kind, dit leven, de saaie aaneenschakeling van ochtenden en avonden? Devanna ging elke avond aarzelend aan het voeteneinde van het bed staan om haar te bedanken voor zijn zoon. En elke avond keerde Devi zich van hem af naar de muur. Ze wilde dat hij daarmee zou stoppen. Het zei haar niets. Niets van dit alles betekende iets voor haar.

Haar gedachten werden steeds somberder. 'Als een bloem,' had ze de volwassenen jaren geleden horen zeggen over Gauru *akka's* haar, dat als bloemblaadjes om een bloem om haar hoofd heen had gedreven. Ze vroeg zich afwezig af waarom ze in de put was gesprongen. Ze dacht aan de put in de achtertuin van de Kambeymada's, aan de wijde opening en het zwartfonkelende water daaronder. Ze stelde zich voor hoe ze tussen de klamme, bemoste wanden in een spiraal naar beneden zou tuimelen en hoe de streep zonlicht boven haar hoofd steeds kleiner zou worden. Devi huiverde.

Ze maakte er een gewoonte van om 's middags langs de rivier te wandelen, als er niemand op de velden was. Het was een zijrivier van de Kaveri, een snelstromende watermassa die heel anders was dan de rustige stroom in de velden van de Nachimanda's. De kinderen werden gewaarschuwd ervandaan te blijven. Op een middag besefte ze dat het lichaam van iemand die erin zou vallen, pas gevonden zou worden als het al ver afgedreven was. Ze bleef even aan de oever staan om hierover na te denken en vroeg zich vaag af wat ze nu moest doen. Ze besloot even te gaan zitten. Even maar, tot haar hoofdpijn over was. Het kind had gegeten en sliep, het werk van die ochtend was klaar en niemand zou haar zoeken. Afwezig ging ze aan de oever zitten. Wat zag het voortjagende water er uitnodigend uit. Het leek een kracht te bezitten, een wilskracht die ze niet meer had. *Kaveri amma kapad.*

Toen de echtgenoot van de godin Kaveri, de grote wijze Agastya, haar het hof maakte had ze zijn huwelijksaanzoek onder twee voorwaarden geaccepteerd, zo werd verteld. De eerste was dat hij haar nooit zou verlaten, zelfs niet voor even. En de tweede was dat hij haar nooit zou proberen op te sluiten. Agastya had zich in deze voorwaarden geschikt, tot hij op een dag een dringende oproep kreeg en Kaveri in een pot had opgesloten. Het was zijn bedoeling dat ze daar zou blijven tot hij terugkwam.

O, wat had hij zijn zelfstandige echtgenote verkeerd ingeschat. Kaveri was woedend geweest. Ze brak los uit de pot en stroomde weg, steeds sneller, zelfs toen de schuldbewuste wijze haar achterna kwam, tot ze uiteindelijk onder de grond verdwenen was. Vrij om te gaan en staan waar ze wilde.

Devi moest aan de oude legende denken terwijl ze over de rivier uitkeek. Misschien moest ze tot haar enkels in het water gaan staan om het water tegen haar huid te voelen. Ze zette haar voeten in het water en voelde de onstuimige stroming aan haar trekken om haar mee te krijgen. 'Als de ranken van een waterlelie.' Ze voelde met haar vingers even aan de zwarte kraaltjes van de *kartamani*, de ketting van donkere stenen die iedere gehuwde vrouw om haar hals droeg. Het water trok nog harder en Devi bracht haar armen achter in haar nek om de ketting los te maken.

'Ik wist niet dat jij hier ook weleens kwam.' Devi kwam met een ruk overeind en verloor bijna haar evenwicht. '*Uyyi*, voorzichtig,' riep de vrouw, 'er staat hier een sterke stroming.'

Het was een van Devanna's tantes. Ze ging op haar gemak naast Devi zitten zonder op een uitnodiging te wachten. 'Ik kom hier ook graag. Zo rustig.'

Devi keek neer op het water en knikte.

'Slaapt de baby?'

Devi knikte weer.

'Het is goed om weer nieuw leven in die kamer te hebben. Geluk. Na alles wat er gebeurd is...'

Ze zag Devi's onbegrip. 'Dat wist je toch wel?' vroeg ze verbaasd. 'Dat was vroeger de kamer van Devanna's vader en moeder.'

'Gauru *akka*?'

'Ja, Gauru.' De vrouw keek bedroefd naar de rivier. 'Haar naam is al jaren niet genoemd in dit huis.'

Devi keek naar haar enkels, vervormd door het stromende water. Gauru *akka*. Het was een vreemd idee dat zij nu in hetzelfde bed sliep als waar Gauru ooit als bruid in gelegen had. Ze vroeg zich af of Devanna dat wist.

Devi keek naar zijn tante. 'Wat is er gebeurd?' vroeg ze.

'Tussen Gauru en Devanna's vader, bedoel je? Wat zou er gebeurd zijn. Het oeroude verhaal. Sommige mannen in dit huis, onder wie mijn echtgenoot,' vertrouwde ze Devi toe, 'zijn gezegend met iets te veel mannelijkheid. Het kleinste contact met een vrouw is genoeg om als een dekstier tekeer te gaan.' Ze zuchtte. 'En soms is één vrouw gewoon niet genoeg voor hen. Ze hebben meer vrouwen nodig. Andere vrouwen. Gauru... ze hield te veel van hem. Kon hem niet delen. We hoorden allemaal het geschreeuw dat 's avonds laat uit die kamer kwam. En soms had ze de volgende dag een blauwe plek op haar arm of haar wang. En toen ging ze op een dag gewoon weg.'

Ze snoof. 'Een man is net een hond. Hij steekt zijn snuit in elke sloot, maar komt uiteindelijk altijd weer thuis. Als ze gewoon de andere kant op had gekeken, zou ze hem nog steeds gehad hebben. Wat heeft die grote liefde die ze voor haar man voelde haar gebracht? Een kletsnat einde in de put. En hij heeft nog geen halfjaar gewacht voor hij hertrouwde.'

De vrouw zuchtte weer. 'Een mens moet leven, niet weglopen van zijn problemen. Je moet vechten voor je geluk. Ik ben de eerste om toe te geven dat het niet makkelijk is voor een vrouw. Maar hoeveel zin heeft het om alles weg te gooien? Een mens moet vechten.'

Met haar handen boven haar ogen om ze af te schermen tegen de zon draaide ze zich om en keek ze naar het huis.'Ik moet me met het avondeten gaan bezighouden,' zei ze en ze stond met krakende botten op.

Devi keek haar even glimlachend aan. 'Ga maar vast,' zei ze, 'ik kom zo achter je aan.'

Ze herinnerde zich Gauru's zachte stem. Het was moeilijk haar voor te stellen als iemand die haar stem tegen iemand anders verhief. Ze had tevergeefs gewacht, realiseerde Devi zich, tot Devanna's vader haar naar huis kwam halen.'Als een bloem,' had iedereen gemompeld, 'als een veelbladerige lelie.' Kort daarna waren ze alweer doorgegaan met hun leven.

Een mens moet vechten voor zijn geluk.

Devi bleef lange tijd naar de rivier zitten kijken, naar de stroom die haar lokte om zich erin te laten glijden. *Je moet vechten.* Met een doelbewuste beweging trok ze haar voeten uit het water. Ze stond op van de oever, draaide zich om en liep terug naar het huis. De afdrukken van haar vochtige voeten waren kort zichtbaar op het gras tot ze verdwenen in de zon.

15

Devi koos die avond voor een eenvoudige katoenen sari in een dieproze tint. 'O, wat een mooie kleur!' riep een van de tantes. Devi glimlachte.

'Iemand heeft ooit tegen me gezegd,' zei ze zachtjes, 'dat die hem deed denken aan de wilde rozen die in de heuvels groeien.'

Machu verstijfde en maakte een klein, geschokt handgebaar toen ze dat zei. 'Net een roos,' had hij ooit tegen haar gezegd. 'Met deze kleur lijk je net een bergroos.' Met zijn lippen stijf op elkaar trok hij beheerst zijn bord naar zich toe en at hij zwijgend verder.

De twee dagen daarna was hij er niet. Op de avond van zijn terugkeer zag Devi kans om bij het opscheppen saus van de lamscurry op zijn mouw te morsen. 'Kijk nou wat ik doe!' riep ze. Haar handen schoten naar haar wangen van ergernis. 'Hier, laat mij maar even.' Met bonzend hart nam ze zijn hand en ze sloot haar vingers stevig om de zijne terwijl ze water op de vlek goot.

Machu trok snel zijn hand terug. 'Bespaar je de moeite,' zei hij. Zijn stem klonk vlak, maar er trilde een spiertje in zijn kaak. 'Het gaat er makkelijk uit in de was.'

Tijdens de weken daarna zette Devi haar verleidingscampagne voort. De somberheid die haar zo had bedrukt verdween en maakte plaats voor een obsessieve doelgerichtheid: *Machu.*

Als ze haar haar had gewassen, ging ze op de binnenplaats zitten om het te laten drogen, precies onder het raam van de kamer waar Machu sliep. De zon glansde in de loshangende zijde en weefde er een schittering in. Waar ze eerder nauwelijks had nagedacht over wat ze bij het avondeten droeg, stond ze nu te wikken en te wegen voor haar kledingkast. Ze begon weer bloemen in haar haar te dragen; haar slanke enkels versierde ze met zilver. Steeds als Devanna naar haar keek, stokte zijn adem in zijn keel, net als bij de andere mannen van de familie als ze schuchtere blikken op haar wierpen. Het verstrakken van Machu's lippen was echter de enige aanwijzing dat hij haar aanwezigheid had opgemerkt.

Devi had geen idee wat ze tegen hem moest zeggen, hoe ze hem moest overtuigen, of zelfs waarvan ze hem moest overtuigen. Misschien was de kiem voor wat zou volgen al wel aanwezig, diep binnen in haar, maar Devi gaf niet veel om dergelijke introspectie. In haar koortsachtige gedrevenheid telde maar één ding: het nu. Dit moment, elke minuut dat ze gescheiden waren, elk verloren uur, elke dag dat Machu en zij bij elkaar hadden kunnen, hadden móéten zijn.

Of Machu in de war, geschokt of zelfs geïrriteerd was door haar avances wist ze niet. Zijn enige reactie was zich nog meer terug te trekken en nog langer achtereen uit het Kambeymadahuis te verdwijnen. En als hij terug was, bleef Devi als ze 's ochtends vroeg de vloeren veegde altijd stilstaan voor de kamer van de vrijgezellen. Ze drukte haar handen tegen de dichte deuren, haar gedachten, haar hele wezen uitsluitend op hem gericht, door het hout heen. 'Van jou. Ik ben van jou.'

Een paar weken later riep Machu's verschijning grote opwinding op bij de vrouwen van het huis. Hij was de afgelopen dagen in Mysore geweest en toen hij midden op de dag terugkwam was de achterkant van zijn tuniek gescheurd en bemodderd; er zaten donkere vlekken op de stof die eruitzagen als bloed.

'Niets aan de hand, het is niets,' verzekerde hij hun, 'ik ben uitgegleden in een greppel, dat is alles.'

'Dat was zo te zien een flinke valpartij,' zei een van de oudere vrouwen bezorgd. 'Laten we Devanna halen, hij zal wel weten wat we moeten doen.'

'Nee!'

'Nee,' herhaalde Machu, dit keer wat kalmer. 'We hebben niemand nodig. Is er kurkuma in de keuken? Meer heb ik niet nodig, het is maar een schram.'

'Kurkuma? Nee, nee, je hebt iets beters nodig, kijk, je bloedt nog...' Een van de vrouwen holde naar Devi's kamer, waar zij net Nanju naar bed bracht. 'Devi! Devi! Waar is je man? Machu *anna* is er en hij is gewond...'

Devi haastte zich met een wit gezicht naar de keuken. Hij werd nog steeds omringd door de vrouwen die hij manmoedig probeerde te kalmeren. Ze keek ongerust naar hem; na een korte blik op haar keek hij onmiddellijk weer de andere kant op. 'Alsjeblieft allemaal, er is geen reden voor bezorgdheid... geen medicijnen, geen dokters, geef me gewoon een beetje kurkuma en ik ben weer weg.'

'Je hebt meer nodig dan kurkuma.' Devi was zelf verbaasd hoe kalm ze klonk. 'Ik ben het met je eens, zo te zien is het niet nodig om...' Ze aarzelde heel even, maar hij merkte direct dat ze Devanna's naam niet wilde uitspreken.

'... een dokter te laten komen,' vervolgde ze effen, 'maar ik weet wat je hiervoor nodig hebt; het ligt in mijn kamer.'

'Doe geen moeite,' zei Machu kort toen ze terugkwam met jodium en een rol verband. 'Geef mij de fles, dan doe ik de jodium er zelf wel op.'

'Foei!' berispte een van zijn tantes hem. 'Doe eens niet zo koppig. Ze is je schoonzuster, geen ongetrouwde, blozende jongejuffrouw. Hier, geef me je *kupya* maar en sta stil terwijl ze je schoonmaakt.'

Machu wist wanneer hij verslagen was. Met een strak gezicht begon hij langzaam zijn tuniek los te maken. Hij kromp ineen toen hij de stof lostrok van zijn rug. Devi keek beschaafd de andere kant op toen hij zich uitkleedde. Ze stond zogenaamd met het flesje te prutsen, maar haar hart bonsde toen hij zich tot zijn middel uitkleedde.

'Ga zitten,' zei ze alleen en ze verwonderde zich er weer over dat ze zo beheerst klonk. Haar hart ging zo snel tekeer dat ze er haast duizelig van werd. Hij ging met zijn rug naar haar toe op een kruk zitten. Zijn spieren waren zichtbaar gespannen. De vrouwen kwamen om hem heen staan.

'Dat dacht ik al, de wonden zijn niet diep,' mompelde Devi opgelucht.

Machu's lippen trokken samen. 'Dat zei ik meteen al.'

Ze antwoordde niet, maar schepte een beetje water uit de pan die op het fornuis stond te borrelen. Ze dompelde er een doek in en wrong die uit. Machu bleef zwijgend rechtop zitten, met zijn handen op zijn knieën gebald. In zijn verhoogde staat van bewustzijn vielen hem de kleinste dingen op. De vallende waterdruppels, draaiend en glanzend in het licht van het vuur; de stoom uit de doek die ze weer in het water dompelde; het getinkel van glas toen haar armbanden over haar polsen heen en weer schoven.

Ze begon zijn rug schoon te maken en voelde nog voor ze het hoorde zijn snelle, ondiepe ademhaling terwijl ze haar vingertoppen zachtjes over zijn huid liet gaan. Hij opende en sloot zijn vuisten aan een stuk door. Langzaam verwijderde ze het grind en de modder uit zijn wonden, terwijl de vrouwen om hen heen af en toe aanwezen waar ze iets overgeslagen had. 'Daar, nee, daar, o, nu heb je het.' Het leek Devi alsof hun stemmen van heel ver weg kwamen, als stemmen zonder lichaam uit een poel. Haar blikveld leek ineens vernauwd; alsof haar perceptie en bewustzijn tot een halve meter beperkt waren zodat ze zich alleen nog maar bewust was van de man die voor haar zat. De warmte van zijn lichaam terwijl ze achter hem stond, op nog geen vingerlengte afstand. Elk plukje haar achter in zijn nek. Ze haalde de doek over Machu's huid, over de achterkant van zijn nek, over zijn schouders en onderrug, waarbij ze subtiel haar nagels over zijn ruggengraat liet gaan.

'O, moet je zien, het zweet druipt van je af,' zei iemand. Machu trok een grimas en wreef afwezig met zijn arm over zijn voorhoofd.

Devi goot jodium op een watje. 'Dit prikt even,' mompelde ze terwijl ze zijn wonden ermee depte. Er schoot een zonnestraal door de dubbele ruiten van het dakraam; stofdeeltjes dansten door de lucht. Ze boog haar hoofd dicht naar hem toe, zo dicht dat haar vlecht zijn arm raakte, zo dicht dat ze elke porie van zijn huid kon zien. De haartjes op Machu's arm gingen overeind staan en er vertrok een spier in zijn kaak. Devi raakte zachtjes zijn schouder aan alsof ze zichzelf in evenwicht wilde houden. Ze boog nog verder voorover en blies met getuite lippen zachtjes over zijn huid.

'Genoeg.' Machu sprong op van de kruk. 'Zo is het goed,' zei hij hees. Hij kneep zijn lippen samen tot een dunne strakke streep, griste de kapotte *kupya* van de grond en beende naar buiten.

Achter hem lagen de vrouwen slap van het lachen. 'Mannen!' riepen ze liefkozend, zich vergissend in de oorzaak van zijn ongemak. 'Wat een rare wezens toch. Nemen het probleemloos op tegen de wildste beesten, maar rennen weg voor het kleinste prikje!'

Devi zei niets. Ze ademde snel terwijl ze de dop op het flesje draaide.

Machu ontliep haar daarna zo vastberaden dat ze hem de eerstvolgende maand nauwelijks zag. Maar net toen ze wanhopig begon te worden bood hij aan om wapenbloemen te plukken. Het wapenfestival stond voor de deur en de helderoranje bloemen waren nodig om alle geweren, zwaarden en messen in het huis te versieren.

Hij zou de volgende ochtend vroeg vertrekken, zei Machu bij het avondeten tegen Kambeymada Nayak. In het begin van die week waren de bloemen in de rimboe tot volle bloei gekomen en hij wist precies waar hij de mooiste exemplaren kon vinden. Nee, er hoefde niemand met hem mee te gaan; hoe moeilijk kon het zijn om een paar bloemen te plukken?

Het was nog heel vroeg toen hij vertrok; er hing een kille mist over de binnenplaats. De waterige maan die de afgelopen nacht was opgekomen dreef in en uit de wolken; er knipperden sterren wispelturig door de mist heen. Machu stapte flink door, over de stenen treden die aan een kant van de binnenplaats uitgehouwen waren, toen over het pad dat eerst naar de velden leidde en daarna naar het woud. Hij was al een aardig eind op weg toen hij abrupt halt hield.

'Devi?' zei hij geschrokken. 'Dévi?'

Ze was voor hem het huis uit geglipt en stond nu half onzichtbaar in de mist. In blinde woede ontstoken bewoog hij zich nog sneller voort en binnen een paar seconden stond hij al naast haar. Zelfs in het zwakke licht was de razernij op zijn gezicht goed te zien. 'Ben je gek geworden?'

Als reactie op zijn stem vloog er ergens tussen de rijstvelden een vogel op, en daarna nog een, met vleugels als bleke vegen in het donker.

'Waarom ben jij hier, op dit uur van de dag?'

Ze schudde nerveus haar hoofd. 'Je ziet er een stuk beter uit in het maanlicht.' Precies hetzelfde had hij lang geleden tegen haar gezegd, toen hij haar gevraagd had hem te ontmoeten op de weg bij het huis van de Nachimanda's.

'Ga terug,' zei hij bars. 'Onmiddellijk. De vrouwen in deze familie, schóónzus, staan niet op ongetrouwde mannen te wachten.'

Devi verstrakte, haalde diep adem en deed een stap naar hem toe.

'Niet doen,' waarschuwde hij. Ze kwam nog een stap naar voren, maar hij stak zijn arm uit. Het foedraal van zijn geweer viel door de plotselinge beweging van zijn schouder. 'Níét doen! Ik weet niet welk spelletje jij aan het spelen bent, maar als je denkt dat ik jouw pion ben heb je het goed mis.'

'Machu,' zei ze trillend. 'Wat er gebeurd is... Het enige wat ik weet is dat ik zonder jou...' Ze spreidde haar handen hulpeloos voor zich uit. 'Het is allemaal zinloos, Machu. Zonder jou is er niets.'

Heel nadrukkelijk zette ze nog een stap naar hem toe terwijl ze hem bleef aankijken. In zijn hals begon een ader te kloppen.

'Wat wil je?' Zijn stem klonk wild, bijna wanhopig. 'Ayappa Swami, wat wíl je toch van me?'

Haar ogen waren groot, haar pupillen verwijd. 'Jou,' fluisterde ze.

Hij werd heel stil. Om hen heen werd het lichter. Een minieme verandering, een tipje van de dageraad kwam laagje voor laagje een einde maken aan de nacht. Ze kwam nog dichterbij, zo dichtbij dat hij haar adem kon voelen. Ze rekte zich uit en drukte toen langzaam en weloverwogen haar lippen in zijn hals. Haar geur, fris en niet te zoet, als pasgemaaid gras. Hij beefde onwillekeurig toen ze haar handen over zijn borst liet gaan. Ze kuste zijn hals. Als vanzelf

203

sloten zijn ogen zich; haar zachte lippen, zo zacht als een veertje, Ayappa Swami, waarom had ze zo veel macht over hem...

'Nee.' Hij duwde haar ruw van zich af en even stond ze als een dronkenman op haar benen te zwaaien, alsof ze ging omvallen.

Hij schouderde zijn geweer en keek haar met zo veel haat aan dat Devi stond te sidderen. 'Ga, ga weg voordat ik... Ga weg!'

Er welden tranen op in haar ogen; haar eerdere bravoure was weg. 'Machu, alsjeblieft...'

'Ga!' Zonder haar nog een blik te gunnen beende Machu met een onverzettelijk gezicht in de richting van het bos.

Hij was zo kwaad dat hij bijna niet na kon denken. Hij wist dat ze hem daar nog steeds geschokt stond na te kijken. Hij zou haar nek omdraaien als ze... Ze begon te huilen. Hij aarzelde even, maar liep toen stug door.

Devi ging strompelend, met tranen die over haar gezicht stroomden, op weg naar huis. Wat een dwaas was ze, wat een ongelooflijke dwaas. De wanhoop van het afgelopen anderhalf jaar overviel haar weer en ze moest zo hard huilen dat ze nauwelijks iets kon zien. Hij háátte haar. Hij zou haar wat gebeurd was nooit vergeven.

En toen stond Machu plotseling stil. Zijn gezicht stond hard. Hij haatte de macht die ze over hem had, haatte zichzelf nog erger. Hij sprong als een kat terug over het pad en haalde haar met een paar grote stappen in. Hij pakte haar arm en draaide haar ruw om.

'Ik kan het niet,' zei ze huilend, 'ik kan het... niet meer...'

Hij klauwde met zijn handen in haar schouders en schudde haar zo hard heen en weer dat haar haar uit de losse wrong losschoot. Zijn handen grepen verward in haar lange, zijdeachtige haar en hij bleef haar heen en weer schudden met woede, bitterheid en rauwe pijn in zijn ogen. Als een lappenpop schudde hij haar heen en weer, heen en weer, en toen draaide hij haar gezicht ruw naar boven en perste zijn mond op de hare.

Ze spraken af op een verlaten plek bij de rivier, in een verborgen bosje goudenregen dat Machu haar gewezen had. Ze duwde de overhangende takken opzij en kroop door de nauwe opening. Binnenin was een natuurlijk prieel, zo hoog dat een man er makkelijk kon staan. Aan de achterkant werd het begrensd door athibomen en aan de voor- en zijkanten door een baldakijn van bloeiende takken. Massa's glanzend gele bloemblaadjes lagen op de bemoste bodem; hoog daarboven piepte de zon door het dikgeweven bladerdak. Ongewoon verlegen stonden ze tegenover elkaar. Hij had deze plek als jongen ontdekt toen hij een haas achternazat, vertelde hij haar. Hij dacht niet dat iemand anders wist dat die bestond.

Ze lachte; een vrolijke, gemaakte lach. 'Je bedoelt niemand behalve je eerdere veroveringen.'

Hij schudde zijn hoofd en nam haar zonder iets te zeggen in zijn armen.

Het was vloeistof, het was vuur, de holte onder aan zijn ruggengraat, het dierlijke geluid dat hij maakte als ze in zijn oor beet. Tot nu toe hadden ze zich altijd kuis gedragen; Machu's eergevoel had hem belet verder te gaan dan zijn lippen verlangend op de hare te drukken, om ze dan weer terug te trekken. Nu was het anders; hoewel ze onder één dak woonden waren ze lang gescheiden geweest, en het had pijn gedaan om haar elke nacht in de kamer van een ander te zien verdwijnen. Zijn overweldigende verlangen naar haar, de echtgenote van een familielid, overspoelde hem in een vloedgolf van schuld en verlangen tot hij niet meer wist of hij haar huid voelde of de zijne. Haar hijgende, onstuimige reactie zette hem in vuur en vlam en prikkelde hem nog meer. Hun hartstocht steeg hoger, onverdraaglijk hoog, en hun opgekropte verdriet implodeerde in een onuitwisbare bezitsdaad.

De mijne. Voor altijd.

Zo vaak als ze konden spraken ze daar af, in de rust van de middag. Devi's ogen glansden weer, er kwam veerkracht in haar stappen en kleur op haar wangen. Maar Machu werd heen en weer geslingerd tussen wilde, heftige opwinding en brandende schaamte. 'Waar ben ik mee bezig,' dacht hij als hij 's nachts slapeloos naar het plafond lag te staren. Dan dacht hij aan haar, aan hoe ze haar hoofd schuin hield als ze naar hem keek, aan de fluwelen zachtheid van haar huid. 'Het is goed,' zei hij dan in zichzelf, 'dat moet wel; het kan niet verkeerd zijn als het zo goed voelt.'

Devanna interpreteerde het lied op Devi's lippen als een teken dat ze eindelijk zou ontdooien. Op een dag liet hij een bosje sampigébloemen, in bladeren en linten gewikkeld, voor haar achter op een ladekast in hun kamer, waar hij wist dat ze het zou vinden. Devi keek met een ondoorgrondelijke blik naar de bloemen. De baby kirde blij vanuit zijn wieg toen hij zijn moeder zag. Toen ze naar hem keek, stak hij zijn mollige handjes in de lucht van plezier. Ze glimlachte aarzelend naar haar zoon, maar haar hart was onverklaarbaar zwaar. Ze pakte hem op en de tranen sprongen in haar ogen toen ze zijn warme babylijfje vol vertrouwen in haar armen voelde nestelen.

Toen Devanna bij het avondeten zag dat ze zijn bloemen in haar vlecht droeg, sprong zijn hart op van vreugde. Hij ging naar haar toe toen ze 's avonds in bed lag en stak verlegen zijn hand uit om haar haar te strelen. Maar Devi verschoot van kleur.

'Heb het hart niet,' zei ze trillend tegen hem. 'Raak me nóóit meer met een vinger aan.'

'Hoelang, Devi?' vroeg hij. De pijn was in zijn stem te horen. 'Hoeveel langer wil je me nog laten boeten?'

'Praat een beetje zachter. Zet me alsjeblieft niet te kijk bij je familie.'

'Jou te kijk zetten? Ik weet, Devi, wat ik je heb aangedaan. Ik moet er elke dag mee leven. Ik weet dat ik ervoor zal moeten boeten als de dag van afrekening komt, maar het is meer dan een jaar geleden. Veertien maanden. We zijn getrouwd, we hebben een zoon, hoelang blijf je me nog straffen? Zeg me wat ik moet doen om vergeven te kunnen worden.'

Devi draaide zich met bonzend hart van hem af.

'Ga met me mee,' zei Machu een keer tegen haar.

'Waar naartoe?'

'Weg. Maakt niet uit waarheen.'

'En in zonde leven? Je weet dat je daar niet gelukkig van zou worden.' Zodra ze het gezegd had, beet ze op haar lip. Ze wist hoe hij zich schaamde dat hij zich niet aan zijn gelofte had gehouden. Het zou nog geen jaar duren voor de beloofde twaalf jaar voorbij zouden zijn, maar toch had hij ervoor gekozen bij haar te zijn; hij had haar verkozen boven zijn god.

Ze tilde haar hoofd op van zijn borst en knipperde met haar ogen tegen het zonlicht dat door de bladeren viel. 'Bovendien,' voegde ze er vlug aan toe, 'is dit jouw land.'

Hij bleef lang stil. 'Lang geleden,' zei hij, 'toen ik nog een jongen was, was er een bijeenkomst van de raad van ouderen. Er stond een man uit het dorp naast het onze terecht. Voor diefstal. Hij had zich negen morgens land toegeëigend die aan zijn broer waren toevertrouwd. Kambeymada Nayak zat het proces voor. Het was in de namiddag, herinner ik me. Van heinde en verre, uit alle dorpen onder het gezag van de Nayak, kwamen de mensen uit de heuvels naar het dorpsplein. Het vee werd voor de avond teruggebracht naar de stallen, je kon hun koppen zien deinen in de heuvels en de verre klank van hun bellen horen. Dat was het enige geluid, want wij waren allemaal heel stil, volkomen stil, diep onder de indruk van de ernst van de situatie terwijl we wachtten op de straf die de verdachte boven het hoofd hing.

'De man stond met rechte rug voor de ouderen. Zijn *peechekathi* en *odikathi* waren hem afgenomen; ze lagen ergens aan de kant in het stof. De Nayak stond op en noemde de misdaad van de man. Gaf hij de aanklacht toe? "Ja," zei de man zonder meer. Hij achtte zich te goed voor leugens en de schaamte stond voluit op zijn gezicht geschreven. "Wij zijn tot een beslissing gekomen," zei de Nayak ernstig. "De verdachte moet gestraft worden voor dit vergrijp. Vanaf morgenochtend vroeg mag niemand hem hout of water aanbieden, in ons gehele land niet."'

Machu zweeg even; zijn ogen stonden afstandelijk. 'De man bleef even staan. En toen, Devi, zakte hij in elkaar. Hij zakte gewoon op de grond als een bizon waarvan de poten worden afgehakt. Hij kon zich niet meer beheersen en lag in elkaar gedoken te huilen als een kind.'

Geen hout en geen water. Devi wreef over het kippenvel op haar arm. *Geen hout en geen water.* Ze wist wat dat betekende. Als hij in heel Kodagu geen voedsel of onderdak zou kunnen krijgen, was de verdachte verbannen, voor altijd uit de gemeenschap gestoten.

'Dit is jouw land,' herhaalde ze bedroefd. 'Je hart is hier, overal elders zou je wegkwijnen.'

'Bij jou. Mijn hart is bij jou.' Ze keerden zich weer naar elkaar toe.

Ze werden minder voorzichtig en bleven steeds langer in het prieel. Als ze in elkaars armen lagen, waren ze zich allebei scherp bewust van de voorbijtikkende minuten, maar geen van beiden wilde de eerste zijn die de betovering verbrak. Onveranderlijk was het ten slotte Machu. 'We moeten gaan,' zei hij dan gelaten. 'Ze zullen zich afvragen waar je bent.' Ze kusten elkaar stiekem op zolder en soms 's ochtends vroeg op de binnenplaats, recht onder de neus van de slapende familie. Ze werden roekeloos. Eén keer was een van de kinderen huilend wakker geworden en het kind had bij hoog en laag beweerd dat hij een geest door het huis had zien zweven; een andere keer had Machu zo hoog in haar hals een afdruk achtergelaten dat haar bloes die niet kon bedekken. Ze had haar vlecht over haar schouder naar voren getrokken, maar toen ze de rijst opschepte was die opzij gevallen. Een van de vrouwen had het gezien en haar veelbetekenend toegeknikt. 'Zo, heeft hij je wakker gehouden?' vroeg ze met een knipoog naar Devanna. Devi keek met kloppend hart naar Devanna, maar gelukkig was de Nayak een gesprek met hem begonnen over de boekhouding en hoorde hij het niet.

Onvermijdelijk begon een koude, harde ontevredenheid zich aan te dienen.

'Raakt hij jou hier aan,' fluisterde Machu, terwijl hij met zijn vinger over haar hals gleed. 'Of hier? Of hier? Voel je je wel eens zo bij hem?'

'Niet doen,' zei Devi. 'Ik heb je al gezegd dat Devanna hier buiten staat.'

'O?' Machu trok cynisch een wenkbrauw op. 'Dus we mogen niet eens meer over je man praten?'

'Ik ben je speeltje, hè Devi?' vroeg hij nadat hij een tijdje stil was geweest. 'Een minnaar om mee te stoeien naast je dierbare echtgenoot.'

Devi vertrok in tranen uit het prieel.

'Waarom heb je niet op me gewacht?' vroeg hij een andere keer wanhopig. Devi keek zonder iets te zeggen naar haar handen. Ze had het Tayi beloofd. En bovendien was het nu te laat. Ze wist hoe hij zou reageren als ze het hem vertelde; zonder na te denken zou hij zijn blinde woede op Devanna koelen. Het schandaal zou dan in heel Kodagu rondgaan. De hoon die Nanjappa zou treffen. De mensen zouden vals vragen wie zijn vader was, met schuinse blikken op het kind. En op haar.

Een rotte kies waar al te veel tandenstokers in geprikt hebben.

'Devi,' begon Machu weer. Ze ging op haar tenen staan en bracht met haar lippen de zijne tot zwijgen.

De dagen begonnen koeler te worden. Het onophoudelijke, vermoeiende stiekeme gedoe knaagde aan hen en ze kregen steeds vaker ruzie. Baby Nanju leerde lopen. Hij was zo vlug als kwikzilver, zeiden de vrouwen. In een oogwenk was hij weggewaggeld naar god-mag-weten-waar. De balstruiken stonden goudgeel te bloeien en de winterbataten werden sponzig en vol. In huize Kambeymada was het alweer bijna tijd voor de jaarlijkse voorouderverzoening.

De mysticus die speciaal voor de gelegenheid helemaal uit Kerala was gekomen, maakte zijn toilet op de veranda; een troepje kinderen volgde al zijn bewegingen met open mond. Hij schilderde een masker op zijn gezicht van gigantische hoeveelheden zwarte, witte, rode en groene verf en accentueerde zijn ogen met een dikke laag zwart, die helemaal doorliep tot zijn slapen. Zijn hoofdtooi van minstens dertig centimeter hoog was gemaakt van doorzichtig indigo gaas dat glinsterde in de schemering. Hij droeg een wit onderkleed met lange mouwen en daaroverheen bevestigde hij een omvangrijke rok van hooi die tot zijn enkels reikte. Ten slotte bond hij een riem met stokken om zijn middel, over de rok van hooi, die stijf van zijn lichaam afstonden. Aan het eind van elke stok werd een koperen kom gebonden, waarin Devi en de andere vrouwen van het huis katoenen kousjes en lepels olie legden.

De zon ging rood onder en de avondkrekels begonnen tsjirpend aan hun overpeinzingen. De kinderen waren gewassen en gevoed, en de gebedskamer en de voorouderhoek versierd met bloemen. De geur van jasmijn zweefde door de kamer. Devi was een beetje misselijk en ging naar buiten om op de veranda een luchtje te scheppen. De binnenplaats vulde zich al met mensen uit het dorp van de Kambeymada's maar ook uit de omgeving. Ze kwamen allemaal om de zegen van het orakel te ontvangen. Heimelijk keek ze om zich heen, maar er was nog geen Machu te zien. Gistermiddag hadden ze weer ruzie gehad. Ze had niet op tijd uit de keuken weg gekund en toen dat eindelijk lukte, was Machu in een norse stemming. Ze had het zoals gebruikelijk af willen kussen, maar hij had bitter gereageerd. 'Was het de keuken of je echtgenoot die je ophield?'

Toen hadden ze woorden gehad, en niet zo'n klein beetje ook. Als Devi eraan dacht prikten de tranen nog achter haar ogen.

'Waarom?' had hij haar weer gevraagd, 'waarom kon je ineens niet langer wachten, terwijl je beloofd had dat je bij me zou blijven?' En weer had ze geen antwoord gehad.

'Laten we ermee stoppen,' had hij met een diep vermoeide stem gezegd. 'Laten we hiermee stoppen, Devi, er zit geen toekomst in.'

Ze beet op haar lip en liet haar ogen weer ongerust over de binnenplaats gaan. Hij was de vorige avond onvindbaar geweest en ook de hele dag weggebleven. Hij zou vanavond bij de verzoening toch zeker geen verstek laten gaan?

De avond viel over de heuvels; de fakkels brandden levendig op de pilaren langs de veranda. Er schoten vleermuizen door de lucht en langzaam kwam het tromgeroffel aanrollen in het donker. De mysticus stapte plechtig de binnenplaats op en de mensenmassa zoog als één persoon de adem in. Hij bleef huiverend staan terwijl de vrouwen de kousjes aan zijn riem aanstaken; zijn machtige gestalte bewoog mee op het ritme van de trommels. Toen de trommelslagen versnelden, begon hij rond te draaien, eerst langzaam en toen steeds sneller en sneller. Een geweldige cirkel van licht bewoog zich om zijn middel; zijn hoofdtooi schitterde in de vlammen en zijn ogen flitsten in zijn geverfde gezicht.

Hij ging de binnenplaats rond in zijn cirkel van vuur, eenmaal, nog een keer en toen nog een keer. Toen ging hij het huis in en wervelde van kamer tot kamer; hij boog zijn hoofd voor de voorouderhoek en tolde toen terug naar de binnenplaats. Onder onophoudelijk tromgeroffel bleef hij ronddraaien, terwijl de mensen elkaar verdrongen om hun olieoffers in zijn riem te gieten. De stenen van de binnenplaats werden glad van de gemorste olie. Slaperige kinderen werden opgetild of binnen naar bed gebracht, en nog altijd bleef de mysticus rondtollen om het hoofd van de voorouders van de Kambeymada's uit te nodigen via zijn lichaam te spreken.

Vele uren later gebeurde dat uiteindelijk. De ogen van het orakel rolden naar binnen, de geest van de voorouder daalde in zijn lichaam neer en begon te spreken. De gasten werden uitgenodigd om eerst hun vragen te stellen, en op het moment dat het orakel hen antwoordde zag Devi Machu. Ergens tijdens de ceremonie was hij stilletjes opgedoken. Ze had geen idee waarvandaan of wanneer, maar daar stond hij op de veranda nog geen anderhalve meter van haar vandaan naar haar te kijken.

Devi glimlachte hem ongerust toe. *Laten we gisteren alsjeblieft achter ons laten.* Het late uur en de tol van een hele dag zorgelijk en jaloers piekeren over waar hij was maakten dat ze minder voorzichtig was dan ze anders geweest zou zijn. De volle kracht van haar gevoelens stond in haar ogen te lezen voor iedereen die het maar wilde zien. Daar stonden ze elkaar met hun ogen te verslinden, zij tweeën, in het volle zicht van de hele familie. En toen wendde Machu doelbewust zijn blik af en keek hij de andere kant op. Devi kromp ineen alsof hij zijn hand had opgeheven om haar te slaan. Ze slikte en staarde in het donker. Haar prikkende ogen weet ze aan de rook.

Aan de andere kant van de veranda stond Devanna onbeweeglijk in het donker.

Toen het moment was aangebroken dat de Kambeymada's de ze-geningen van het orakel konden vragen, ging de Nayak als eerste. Hij bedankte de voorouder dat hij uit de hemel was neergedaald om hen met zijn aanwezigheid te vereren. Hij bedankte hem voor de over-vloedige oogst, voor de geboorte van weer een kleinzoon en voor de niet-aflatende welstand van de familie. Zegen ons allen, vroeg hij, ze-gen ons allen met uw goedgunstigheid. Daarna kwam de rest van de Kambeymada's naar voren. Echtpaar na echtpaar vroeg om de zege-ning van de voorouder en stelde vragen. Zou hun kind slagen voor de aanstaande examens? Zou een sollicitatie in Madikeri geaccepteerd worden? Zou er een huwelijksaanzoek voor hun dochter komen?

Toen het eindelijk de beurt van Devi en Devanna was, had Devi niet in de gaten hoe gespannen Devanna naast haar liep. Met een loodzwaar hart boog ze voor het orakel. 'Wat is dit?' brulde het orakel plotseling. De mensen vielen stil van schrik. 'Man en vrouw, zei ik. Man en vrouw. Waar is je man?' vroeg hij en hij richtte zijn bloeddoorlopen ogen op Devi.

'Ik... hier, hij is hier.'

'Nee. Nee!' riep het orakel ongeduldig. 'Waar is je man? Jij...' Hij draaide zich abrupt naar de rest van de familie, die verbijsterd naar hem keek. 'Een tragedie,' brulde hij. Hij beefde over zijn hele lichaam. 'Ik waarschuw jullie, een tragedie!'

Het was doodstil op de binnenplaats; de mensen staarden hem verbijsterd aan. De Nayak herstelde zich het eerst en trok Devi en Devanna weg van het orakel, waarna hij het volgende paar naar vo-ren schoof. De trommels begonnen weer. Devi stond te beven. 'Geen zorgen, *kunyi*,' troostte de Nayak haar, hoewel zijn eigen stem onge-rust klonk. 'Het gebeurt wel eens dat het orakel dingen zegt die wij niet kunnen begrijpen.' Devanna hield zich stil.

Devi vluchtte het huis in om zichzelf te kalmeren. Met haar klamme handen tegen haar wangen gedrukt stond ze trillend bij de wieg met haar slapende zoon. 'Waar is je man?' had hij gevraagd. Hoe had hij het geweten? De geur van jasmijn vulde haar neus.

Devanna kwam achter haar naar binnen en sloot de deur. Devi draaide zich snel om. 'Het is Machu, hè?'

Devi keek naar Nanju. Niets zeggen, waarschuwde haar verstand.

'Het is Machaiah. Dat ik dat niet eerder gezien heb. Heb je, hebben jullie...' Devanna viel stil. Hij kon de woorden niet uitspreken, maar hij kende het antwoord al. Hij kende het geheim achter het geluk van zijn vrouw de afgelopen maanden.

'Hou je van hem?'

Niets zeggen. Devi keek langzaam naar Devanna op, met tranen in haar ogen. 'Altijd al. Vanaf de eerste keer dat ik hem zag. Weet je nog, de tijgerbruiloft... hij is het altijd al geweest.'

Devanna's lippen verwrongen zich tot een glimlach. 'En ik heb altijd van jou gehouden. Al zolang ik me kan herinneren.'

Hij stond daar naar haar te kijken, met een immens verdriet in zijn ogen. 'Hoe heeft het zover kunnen komen? Die haat... ik kan het niet verdragen, Devi.'

Devi schudde haar hoofd en slikte in een poging zichzelf te beheersen. 'Devanna, alsjeblieft. Ik... het is een erg lange dag geweest. Kunnen we er morgen over praten?'

Hij wilde iets zeggen, maar bedacht zich. Met opnieuw die gespannen glimlach knikte hij. 'Als dat is wat je wilt.' Devi veegde haar ogen droog. 'We moeten naar buiten gaan. De mensen zullen zich afvragen... nu het orakel die dingen gezegd heeft...'

'Ja, de mensen zullen erover praten.'

Hij deed de deur voor haar open. 'Ga maar,' zei hij, 'ik kom er zo aan.'

Devanna stond lang naar zijn zoon te kijken. Hij bukte zich om het donzige hoofdje te kussen. De geur van jasmijn hing in de lucht. Kalm klom hij de trap op naar de zolder en nam een geweer uit het wapenrek. Het licht van de binnenplaats werd in grillige, vuurrode vormen op de ramen gereflecteerd. Hij kon het gedempte geluid van de trommelslagen horen. *Hij is het altijd al geweest.*

'Je bent vrij, Devi,' zei hij helder. En toen zette Devanna het geweer op de vloer, richtte de loop op zijn borst en haalde de trekker over.

Machu

16

1901

Machu haalde het scherp van zijn mes nog een keer over de steen. Hij hield hem in het licht; de zon weerkaatste op de aangescherpte rand, schitterde op het goedgepolijste oppervlak. Hij hield hem even omhoog om te kijken naar de vonken die over het blad flitsten.

Het was tijd.

Met weloverwogen bewegingen boog hij zich naar de Kaveri en schepte wat water op in zijn handen om het in zijn gezicht te spatten. Hij deed zijn ogen even dicht. Zijn hoofd was opzettelijk leeg, een zwarte leegte achter zijn ogen waarin alles was uitgewist wat achter hem lag. 'Swamiye Ayappa, ik geef u terug wat u mij schonk.' En toen hief hij zijn mes op en, erop vertrouwend dat de weerspiegeling in het rimpelende water zijn hand zou leiden, begon Machu met vaste hand zijn *galla meesa* af te scheren, het ereteken dat maar een paar uitverkorenen droegen, de bakkebaarden die hij de afgelopen tien jaar had gedragen en die hem tekenden als iemand die een tijger had overwonnen.

De velden waren leeg, ontdaan van hun gewassen; de donkere onderbuik van aarde lag naakt, aan de winterzon ontbloot. Over het land lag de rust van de namiddag; er was zelfs nergens geblaf of een koebel in de verte te horen. Er was geen mens in zicht, niemand om hem verwonderd aan te staren of zijn hand tegen te houden.

'Neem het terug, neem alles terug, ik ben het niet waard.'

Een ijsvogel schoot op de rivier af, een glanzend blauwe flits die het water in dook om even later triomfantelijk weer te verschijnen met een wanhopig spartelend visje in zijn snavel. De jager en de prooi. Dat was de natuurlijke orde van de dingen, nietwaar?

En hij had op een tijger gejaagd, de grootste jager van allemaal. Maar hoe makkelijk was hij zelf prooi geworden.

Het was de lijn van haar hals geweest. Het eerste, fatale aas. De elegantie van de gladde huid in haar nek, bijna helemaal aan het zicht onttrokken door de vlecht tot op haar heupen. Ze was voor hem langs gedrongen bij het Kaveribassin, een en al vastberadenheid, en zijn irritatie had al snel plaatsgemaakt voor geamuseerdheid. En toen, terwijl ze zich voor hem langs had gewrongen, merkte hij dat hij zijn ogen niet van haar kon afhouden. Hij volgde elke beweging van licht en schaduw, het samenspel van haar spieren onder de doorschijnende huid terwijl ze haar nek naar alle kanten strekte. Hij had zijn ogen heel even gesloten in gebed; toen hij ze weer opende, viel ze langzaam naar het water toe. Haar smalle middel, dat precies in zijn handen paste.

En de schok, de siddering tot in zijn botten toen hij uiteindelijk in haar volmaakte gezicht had gekeken.

Haar directheid had hem verrast. 'Aan jouw zijde,' had ze op de bergtop gezegd, haar silhouet afgetekend tegen de wolken. 'Dat is waar ik thuishoor.' Die ogen, starend in de zijne, zonder een spoor van slinksheid of schaamte.

Hij had geprobeerd zichzelf te overtuigen van de dwaasheid van zijn obsessie. Geprobeerd zichzelf er na het festival van te overtuigen dat hij zijn herinnering aan haar overdreven had; niemand kon werkelijk zo betoverend zijn. Ze was verwend, bracht hij zichzelf nog in herinnering terwijl zijn voeten hem al naar het huis van haar vader brachten. Een wispelturig kindvrouwtje. En toen was ze de veranda komen op lopen met een vlaag van rood in haar vlecht, en hij kon nergens anders meer aan denken dan het uit elkaar trekken van die bloem, blaadje voor blaadje, en aan het losmaken van dat zijden gewicht van haar haar, tot het bevrijd over haar rug zou vallen.

Hij had haar huis abrupt verlaten, bang, voor de eerste keer in zijn leven. Bang voor wat hij zou kunnen doen of zeggen als hij te lang bij haar in de buurt zou blijven, van streek door deze tong-smeltende hitte, deze onverdraaglijke tederheid die ze in hem wist op te roepen als ze hem van onder die lange wimpers aankeek.

Zijn gezicht had tenminste niets verraden, daar was hij zeker van geweest.

En toen was Machu in lachen uitgebarsten; hij sloeg dubbel op het pad om de bittere absurditeit van dit alles. Wat een dwaas was hij, hij gedroeg zich als een verliefde pummel. Het duurde nog drie jaar voor zijn eed verstreken was. Hoe kon hij haar zolang vragen te wachten? Het was een absurde obsessie, meer niet, het zou wel overgaan.

Hij was koppig uit haar buurt gebleven tijdens de langzaam voortkruipende maanden die volgden en had de herinnering aan haar weggeduwd. Maar toen vloog er plotseling een reiger op, zijn elegante hals scherp afgetekend tegen de wolken, die hem kort, ongewild en adembenemend aan haar deed denken. Ah, het was dwaas, hield hij zichzelf voor, en hij draaide zich om. *Dit had geen zin.* Toen, de aanblik van haar bij het feest, mooier nog dan hij zich herinnerde.

De scherpe steek van plezier toen hij voelde dat haar ogen hem volgden, de opwinding toen hij zich realiseerde dat ook zij het niet had kunnen vergeten. Eerst was hij geamuseerd geweest door haar opzichtige pogingen om hem jaloers te maken. Hij keerde haar met opzet de rug toe en genoot van hun spelletjes. Maar toen, of hij wilde of niet, was hij boos geworden.

Waarom moest ze het zo ver doordrijven, lonkend naar elke arme sukkel die haar pad kruiste? 'Wispelturige sloerie,' had hij zachtjes in zichzelf gescholden. Ze wist heel goed welk effect ze op deze onbenullige idioten had. En op hem. En kon het haar eigenlijk wel iets schelen? Hij had toen bezorgd naar haar gekeken, maar ze draaide net haar vlecht om haar vinger voor een of andere sul die met open mond naar haar stond te kijken. Machu's vingers hadden zijn glas steviger vastgepakt.

Ze had hem die avond op de weg die naar haar huis leidde staan aankijken met diezelfde onbeschaamdheid die hij zo hard probeerde te vergeten. 'Ik zal op je wachten,' had ze gezegd. 'Ik ben de jouwe, voor altijd.'

Hij was de tijgerdoder! Maar hij had zich als een dwaas laten inpakken.

Machu's hand trilde even in een haast onmerkbaar schokje, maar meer was er ook niet nodig om met een pasgeslepen mes in zijn kin te snijden. Hij wachtte even, geschrokken van het plotselinge prikken na de monumentale dofheid van de afgelopen maanden. Toen hij zijn vingers naar zijn wangen bracht, werden ze bevlekt met bloed.

De trommels op de binnenplaats hadden die avond zo luid geklonken dat niemand het geweer op zolder had horen afgaan. Devanna's bloed was al in de vloerplanken getrokken toen ze hem eindelijk vonden, een donkere vlek in de vorm van een paddenstoel die weken later nog in het hout zou zitten, ondanks herhaalde schrobbeurten met steenzout en lijnzaadolie. Een kolonie mieren had zich al tegoed gedaan aan zijn uiteengereten vlees. De haartjes op Machu's nek gingen nog rechtop staan als hij eraan dacht.

Gelukkig was het al laat geweest en was het publiek dat naar de voorouderverzoening was komen kijken allang weer verdwenen. De familie had Devanna's lichaam naar de binnenplaats gebracht. En daar hadden ze ontdekt, tot hun schok, hun afschuw en medelijden, dat zijn hart onder de chaos van bloed en weefsel nog zwakjes klopte.

Het was Machu geweest die snel dokter Jameson was gaan halen. Hij herinnerde zich weinig van de tocht, afgezien van de zwetende flanken van het paard onder zijn dijen en het grillige licht van de maan, dat zo nu en dan een vaag licht over het pad wierp. Hij was Jamesons huis binnengestormd en had de piepende bewaker niet eens gezien. Jameson was paars van woede tevoorschijn gekomen, met zijn nachtmuts scheef op zijn hoofd en zijn Remington in de hand. Maar hij was snel gekalmeerd toen hij de naam van de Nayak herkende en had de verleiding van een forse betaling heel verstandig verkozen boven een nacht slaap. Hij pakte zijn tas, riep dat zijn paard gezadeld moest worden, schoot snel een jas aan over zijn pyjama en haastte zich achter Machu de nacht in.

Hij had zijn hoofd geschud toen hij Devanna's polsslag opnam. 'Ja, hij leeft nog. Ik weet niet hoe. Het is een wonder. Die kogel – een centimeter verder naar rechts en hij zou dwars door zijn hart zijn gegaan.'

Vele jaren later zou Jameson, allang met pensioen in zijn dorp in Engeland, het verhaal steeds weer opnieuw vertellen tegen zijn maten bij The Flying Owl, die niet eens meer deden alsof ze luisterden. 'Net zo makkelijk. Beng! Een kogel, door het hart, dat is de geliefde methode. Duidelijk en snel, daar geloven ze in. Je ziet het zo vaak in die heidense streken, je zou haast denken dat ze het met de paplepel ingegoten krijgen. Dus deze knul... amper baardgroei, voor in de twintig, ouder niet, besluit om een of andere duistere reden dat hij er ook genoeg van heeft en dat hij er een eind aan wil maken. Sluipt de zolder op terwijl de rest van de familie weer een of ander goddeloos feest heeft. Haalt een geweer uit het rek, alleen...' hier pauzeerde Jameson handig om een flinke slok bier te nemen, '... alleen kiest de arme ziel het enige geweer in het rek met een afwijking naar links!'

'Soort van ceremonieel geweer,' legde Jameson vervolgens uit. 'Daar was ooit een tijger mee neergeschoten en daarom hield de familie het in ere, ondanks die dodelijke tekortkoming.'

Ze hadden Devanna naar het ziekenhuis in Madikeri gebracht en hij had de hobbelige tocht en de maanden daarna weten te overleven.

De geruchten zoemden rond in de familie. Dat meisje Devi. Het orakel had hun gewaarschuwd, nietwaar, voor een aanstaande tragedie? Zij was de oorzaak van dit alles, dat wisten ze zeker. Kijk haar arme echtgenoot toch eens, verstrikt in een hel op aarde, niet eens in staat om eerzaam een eind aan zijn leven te maken. Mooie echtgenote bleek ze te zijn...

Machu had hen zwijgend aangehoord, niet in staat om haar te verdedigen zonder haar nog meer te verraden. De woorden lagen koud, gestold op zijn tong. Hij had dit per slot van rekening over hen gebracht, deze vloek. Hij had een heilige eed gebroken en zijn dharma verloochend. En waarvoor? Om het speeltje te zijn van een getrouwde vrouw? Om het vertrouwen van een familielid te beschamen?

Hij ging verder met scheren, ruw, zonder zich te bekommeren om de sneden die onder zijn mes verschenen.

Hoe oud was hij geweest op de dag van de cobra? Zeven? Acht? Zijn ooms hadden hem meegenomen op jacht. Het was niet goed gegaan; na een hele dag hadden ze alleen één magere oerwoudvogel. Ze hadden die nacht een kamp opgeslagen, de paar *otti's* gedeeld die ze bij zich hadden en de vogel aan het spit geroosterd, vloekend om de taaiheid van zijn vlees. De volgende dag waren ze vroeg begonnen, maar desalniettemin hadden ze pas vele uren later de kudde bisons gespot. Stilletjes, met de grootst mogelijke zorg, waren ze hun posities gaan innemen. Niemand had hem hoeven vertellen wat hij moest doen, hij wist instinctief dat hij moest versmelten met het kreupelhout en toekijken hoe zijn ooms hun uitzichtposten kozen. Een van de bisons keek even in hun richting, tuurde bijziend naar hen en stak toen zijn snuit weer in het gras. Zijn ooms gebaarden naar elkaar. Nog heel even.

Hij had zijn ogen even losgemaakt van de bisons en naar de zon gekeken die dwars door de broodvruchtbomen heen op hem neerbrandde. Een plotseling gesis, als de uitroep van een opgewonden oud vrouwtje. Een hete steek in zijn been, zo fel dat Machu het uitschreeuwde van de pijn. De bisons hadden met hun staarten gezwiept en zich instinctief omgedraaid, wegdenderend in een vage waas van hoeven. Zijn ooms legden hun speren neer en renden naar hem toe. 'Cobra! Kijk uit, voorzichtig!' hadden ze geroepen terwijl ze de slang met hun speren doorboorden.

Machu had geweten dat hij het goed moest maken. 'Nee, laat mij, laat mij,' had hij aangedrongen, van pijn naar adem happend. Hij had nauwelijks iets kunnen zien, zijn handen glibberig van het zweet, maar hij wist dat hij de jacht verpest had. Nu moest hij ervoor betalen, hij wist dat híj alleen de slang nu moest doden. Hij wierp zijn *peechekathi*; de dolk vloog in een sierlijke boog weg en sneed het reptiel doormidden. Dit zal pijn doen, had zijn oom hem gewaarschuwd toen hij naast hem neerknielde. Machu had geknikt en op zijn onderlip gebeten. Geen enkel geluid had hij gemaakt terwijl zijn been werd opengesneden. Hij mompelde niet eens tijdens de hele marteling waarbij de wond werd uitgeknepen tot het zwarte, vergiftigde bloed eruit was en gestold op zijn been lag. Zijn ooms hadden buskruit in de wond gepropt en dat met een lucifer aangestoken om de wond dicht te schroeien, en ook toen had hij op zijn tanden gebeten en was hij stil gebleven. 'Werkelijk geen woord,' hadden ze die avond bewonderend over hem gezegd in huize Kambeymada, terwijl ze hem op zijn rug klopten. 'Die jongen is ongelooflijk. Geen kik!'

Hij was maar één keer op bezoek geweest, bijna twee maanden nadat Devanna in het ziekenhuis in Madikeri was opgenomen. Hij ging, aangespoord door zijn schuldgevoel en het onverdraaglijke gemis van haar. De novemberbuien waren achter de rug en december was gekomen met mistige ochtenden en heldere, frisse nachten. Over een paar weken was het 1901. Madikeri maakte zich klaar voor oud en nieuw – 'Piraten en Lichtekooien' had de feestcommissie van de Club als thema gekozen – en Hans' handelspost stond stampvol met giechelende vrouwen en hun schoorvoetende echtgenoten die de laatste zending fournituren kwamen bekijken. Het oogstfestival Puthari stond ook voor de deur; op de dorpspleintjes klonk gelach en het was tot 's avonds laat druk met Kodava's uit het hele land die liederen en dansen oefenden voor dit belangrijke festival.

In de kliniek was het stil geweest en de antiseptische lucht was achter in Machu's keel blijven hangen. De drommen familieleden die er in het begin in Devanna's kamer zaten, waren nu geslonken tot twee jonge neven. Het kind, Nanju, was er ook en waggelde rond terwijl zijn moeder op het bed zat, zo stil als een standbeeld. Die nek, die elegante kromming. Het geluid van Devanna's ademhaling, een snuivend piepen dat een dier zou kunnen voortbrengen terwijl het leven uit zijn lichaam wegsijpelde.

Ze had scherp opgekeken. De hoop vloeide in haar gezicht, de kleur bevlekte haar bleke wangen. 'Je bent gekomen.'

Hij stuurde de jongens weg met een handjevol munten. 'Ga maar wat lekkers kopen,' zei hij. 'Ik houd wel een tijdje de wacht.'

'Je bent gekomen.' Haar gezicht straalde. 'Ik wíst dat je me niet in de steek zou laten, dat je zou komen.' Haar ogen vulden zich met tranen en ze schudde haar hoofd, nog steeds zonder te merken dat hij nog geen woord had gezegd.

Het trage, verwijtende hijgen vanuit het bed, van een man gevangen tussen leven en dood.

'Neem me mee,' zei ze wanhopig. 'Neem me mee, Machu, alleen... Laten we weggaan, maakt niet uit waarheen, we zorgen dat het lukt, alleen wij tweeën.'

Hij schrok op toen ze hem aanraakte. 'Jouw mán ligt daar.'

'Nee, je begrijpt het niet.' Ze had haar handen naar hem uitgestoken om die om zijn gezicht te leggen, maar hij had ze weggeduwd. 'Hij heeft dit voor míj gedaan, zie je? Ik ken Devanna, hij probeerde het verkeerde weer recht te zetten... Hij heeft dit gedaan voor óns.'

Er daalde een soort verdoving over hem neer. Het geluid van Devanna's ademhaling echode in zijn oren, als een dier in de val dat smeekt om vrijgelaten te worden. *Ik ben de tijgerdoder.* Het gewicht van de tijger kroop in zijn botten.

'Hij wist het? Hij wíst van ons?'

Hij was degene die Devanna gedood had, net zo goed als wanneer hij zelf de trekker zou hebben overgehaald.

'Machu, je begrijpt het niet.' Haar ogen stonden in lichterlaaie, de woorden vielen struikelend van haar tong. 'Hij probeerde alles weer goed te maken.'

Machu schudde zijn hoofd en probeerde de spinnenwebben weg te krijgen. 'Hij wist van ons. Hij heeft het ontdekt op de avond van het orakel, hè?'

'Hij wilde dat jij en ik...'

'Genoeg. Je bent met hem getrouwd, Devi. Je koos voor hém. Terwijl ik... jij... we hebben genoeg gedaan.' Ademen deed pijn.

'Niet meer, Devi. Wij zijn klaar.'

De laatste paar haren van zijn bakkebaarden dwarrelden naar het water en werden direct meegevoerd door de stroom. Zijn kaak kriebelde. Machu liet langzaam zijn vingers over die bekraste, pasgeschoren huid gaan. Het was gebeurd. De oplossing was hem die ochtend eindelijk te binnen geschoten. De betaling, de vereffening om dit kwaad te compenseren.

Geen tijgerdoder meer, geen uitverkorene. Hij had alles weggegeven wat hij had.

Alles wat hij was geweest.

Hij waste zijn gezicht, het water koel en troostend tegen zijn huid. 'Doe met mij wat u wil, Swami Ayappa. Maar spaar zijn leven.'

Een school koilévisjes haastte zich naar de oppervlakte en hapte naar zijn bloedspetters die in de Kaveri dreven.

De verblufte familie groepte die avond om hem heen. 'Maar waarom?' had de geschokte Nayak hem gevraagd. 'Vanwaar deze dwaasheid? Jij bent Kambeymada Machaiah. De tijgerdoder. Weet je niet wat een eer dat voor deze familie is? Hoe kun je dat nu versmaden?'

'Het was de tijger die de echte held was,' zei Machu vermoeid tegen de Nayak. Hij gebaarde naar het tijgervel, dat aan de randen al een beetje gerafeld was, maar dat nog altijd trots aan een van de muren van de binnenplaats hing. 'Ik was toevallig degene die het zwaard hanteerde, maar Swami Ayappa... had al besloten dat de tijger geveld moest worden. Ik was maar een instrument. Een speeltje.'

17

De regens waren dat jaar vroeg en bijzonder onaangenaam. Ze spoelden de eerste trosjes goudenregen weg die in de heuvels schuchter begonnen te groeien. De wolken hingen dreigend laag boven Kodagu; niemand leek zich meer te kunnen herinneren wanneer hij voor het laatst de zon had gezien. Het goot bijna onafgebroken; nauwelijks had een doorweekte zangvogel zijn pluimen uitgeschud om te gaan zingen of de zondvloed begon alweer.

De rustige beekjes om de velden heen veranderden in gezwollen, brullende monsters die sinaasappelbomen en forse kluwens peper ontwortelden en alles op hun pad dreigden op te slokken. Steeds opnieuw controleerden de Kodava's de stukjes berenvel die ze om de horens van hun koeien hadden gebonden om het boze oog af te weren. Ze maanden hun Poleyaherders waakzaam te blijven en gaven hun overvloedige hoeveelheden *ghi* en paardenpeulvruchten om koorts te voorkomen. Desondanks verloren ze drieëntwintig koeien en zes ossen. Ze werden meegesleurd door het water, loeiend van paniek, tijdens het oversteken van een van die fjorden. Krokodillen doken op in de stroompjes, één lag zelfs op de loer in het rijstbassin. Een andere krokodil, drie meter lang, werd neergeschoten in de troebele wateren van de Kaveri; toen hij aan land gesleept en opengesneden was, werden er in zijn maag een vrouwenteen en een zilveren armband aangetroffen.

Gunderts jicht speelde op. Elke morgen ontsnapte er onwillekeurig een kreun aan zijn lippen als hij uit bed kwam. Soms deden zijn gewrichten zo'n pijn dat hij bijna niet kon knielen in de kapel.

De novices keken bezorgd toe terwijl hij door de school hobbelde, maar hij weigerde zijn pijnlijke knieën te laten behandelen met warme castorolie of kompressen van sandelhoutpasta. De pijn was een welkome straf.

Hij had Devanna niet meer gezien, niet meer sinds die afschuwelijke ochtend. Te welgemanierd om het na te laten had hij brieven aan beide Nayaks geschreven. Het speet hem dat hij de trouwerij niet bij kon wonen, schreef hij, maar die was al op zo'n korte termijn en op school was er veel te doen. En met de laatste zwierige krul van zijn pen waarmee hij de brieven ondertekende, had Gundert al zijn vastberadenheid bij elkaar geraapt om het bestaan van zijn protegé uit zijn hoofd te zetten.

De jaren die hij als mentor in de jongen had gestoken, om hem te kneden tot de vaandeldrager die hij in hem had gezien. De vaderlijke bezitterigheid die elke keer dat hij over hem sprak zo duidelijk was dat de novices vol genegenheid achter hun handen glimlachten. 'Míjn Dev.'

Zijn verwachtingen die nooit aan twijfel onderhevig waren geweest, waren gereserveerd voor niemand anders dan zijn diepst beminde. Devanna's gruwelijke biecht, zijn bloed dat verkilde toen hij hem aanhoorde. 'Jij bent niet van mij. Dat ben je nóóit geweest, het heeft nooit gekund.' Een hartslag later, een uitbarsting van woede, een allesverterende, zinderende woede. 'Uit mijn ogen!' had hij gekrijst. 'Maak dat je wegkomt!'

Al die dingen had Gundert terzijde geschoven als de broze bladeren van een afgedankte gedroogde plant.

Opnieuw begroef de priester zich in zijn werk. Zonder te glimlachen, onvermoeibaar. Hij stuurde brief na brief naar de missieautoriteiten met een verzoek om overplaatsing. Tot de dag dat een novice met een wit gezicht hem kwam vertellen dat Devanna zichzelf had neergeschoten. De pijn in zijn borst was zo scherp dat hij heel even zeker wist dat zijn hart had stilgestaan.

De stank uit het ziekenhuis in Madras rekte zich door de decennia uit en omvatte hem. Het geluid echode weer in zijn oren, van Olaf, die eindeloze hoeveelheden bloed ophoestte. Wat had

Gundert toen gebeden, eindeloos gebeden, terwijl hij het schuim van Olafs lippen veegde, het zweet van zijn ribben wies. 'Red hem, Heer, heb medelijden, red hem.' En nog altijd hoestte Olaf, met een holle borst van uitputting, hoestte hij zich dood voor Gunderts ogen.

'Eerwaarde, heb u gehoord wat ik zei? Onze Dev...' De novice begon te huilen.

Gundert knipperde met zijn ogen. 'Laat me... Laat me alleen, zuster,' zei hij. Hij hoorde zelf hoe gebroken zijn stem klonk, als een roestige sleutel die met pijn en moeite in het slot wordt omgedraaid. *Hij was ook weg, net als Olaf.* Gundert ging aan zijn bureau zitten en staarde met lege ogen uit over de oprit. Zíjn Dev. Zijn vingers gingen stijfjes, automatisch, naar het zijden koord om zijn hals. Hij haalde de sleutel eraf, opende de la van zijn bureau, nam er het zijden pakje uit. Hij wikkelde de bamboebloem los. Zo teer, nog steeds perfect na al die jaren, 'zo'n teerheid in de belijning van meeldraad en stamper'.

Hij kwam onvast overeind. De mouw van zijn soutane bleef aan zijn kostbare bloem hangen en veegde hem van het bureau. Gundert merkte het niet. Hij sloot de deur van zijn kantoor; zijn adem kwam in korte, scherpe halen toen hij een poëziebundel uit de kast pakte. Langzaam, als een moeizaam lerende student in een van zijn eigen klassen, ging hij met zijn vinger langs de woorden terwijl hij las.

> *How stern are the woes of the desolate mourner*
> *As he bends in still grief o'er the hallowed bier*

Dev was er niet meer. Hij had zichzelf doodgeschoten. Wat was er toch met Gundert dat alles wat hij aanraakte, wat hij hoogachtte, verkruimelde tot niets?

> *As enanguished he turns from the laugh of the scorner*
> *And drops to perfection's remembrance a tear*

'Mijn Dev!'

De laatste riten. Gundert sloeg het boek dicht zodra hij eraan dacht. 'Zuster!' riep hij dringend. 'Zuster Agnes, kom snel, ik moet de laatste riten toedienen.'

Het kostte hem de overredingskrachten van alle nonnen samen om hem tot andere gedachten te brengen. 'Nee, Eerwaarde, dat moet u niet doen. Hij is geen christen, zijn familie zou het niet goed opvatten.'

Later, toen het nieuws kwam dat Devanna niet dood was – goed, hij leefde amper, maar toch leefde hij wonderbaarlijk genoeg wel – rende Gundert naar de kapel en viel hij op zijn knieën. 'Heb medelijden,' smeekte hij, 'spaar het leven van de jongen. Hij heeft zwaar gezondigd... Maar, Heer, niet nog eens, breng dit verdriet niet nog een keer over mij. Neem in plaats daarvan míjn leven, ik stel alles wat ik bezit in uw dienst.'

Hij knielde bij het altaar, zijn blauwe ogen donker van pijn. 'Ik...' Zijn stem liet hem in de steek bij het grote offer dat hij ging aanbieden. 'Ik beloof...' begon hij opnieuw en weer aarzelde hij; de woorden bleven in zijn keel steken. Toen raapte Gundert alle wilskracht die hij bezat bij elkaar en sloot Gundert een strak omlijnde overeenkomst met de Heer.

'Ik zal nooit meer een woord tegen hem spreken,' zwoer hij, 'nooit meer, in al die jaren die nog voor ons liggen. Ik smeek U, schenk hem in ruil daarvoor Uw genade.'

Langzaam begon Devanna te genezen, zich niet bewust van de ruilovereenkomsten die vanwege hem gesloten werden door de tijgerdoder en de priester. Missie-Devanna en Kodagu-Devanna teruggekocht van de goden, zowel de christelijke als de heidense. Hij begon makkelijker te ademen en de koorts daalde toen de open randen van de wond aan elkaar begonnen te groeien.

Dokter Jameson schudde opnieuw verwonderd zijn hoofd. 'Een mirakel, dat is het. Dat, en het feit dat de patiënt nog jong is.' Het leek erop dat de jongen volledig zou herstellen.

Op een vochtige middag kwam Devanna weer bij bewustzijn. De regen, die neerkletterde op het dak. Wanneer hield die nou eens op? Al zo veel dagen... Hij moest Devi gaan zoeken, wanneer zou de regen ophouden?

'Waar...' fluisterde hij met een tong als van watten.

'Ssst, *monae*. Niet praten, je moet rusten, je bent erg ziek geweest.'

Tayi's gerimpelde hand streek over zijn voorhoofd. Zijn keel voelde rauw aan. 'Devi?'

Ze stond bij het raam naar hem te kijken. Die grote, mooie ogen zo donker, zo vol pijn. Devanna knipperde met zijn ogen toen de herinnering terugkwam. 'Hij is het altijd geweest.' Het was meer dan hij kon verdragen, de wanhoop in haar stem, het besef dat hij daar verantwoordelijk voor was. Het zware gewicht van de loop tegen zijn borst. Het had even geduurd voor hij het geweer goed recht hield. Het geluid van de trommels, de reciterende stemmen op de binnenplaats.

Zelfs hierin had hij gefaald.

Die avond kreeg Devanna een ernstige beroerte. Jameson stelde vast dat er waarschijnlijk een bloedpropje de hersenen was ingegaan. Wat jammer, zei hij, net nu hij op weg was naar een volledig herstel. 'Het spijt me oprecht,' zei hij tegen Devi, terwijl hij haar met zijn geoefende oog opnam. Dat had die knul niet slecht gedaan, zo'n lekkertje in de wacht gesleept. 'Het spijt me, maar uw man... hij is verlamd aan één kant van zijn lichaam.'

De regens bleven het land in de greep houden; de geploegde velden veranderden in modderig schuim. Vanaf de Bhagamandala was Kodagu niet meer te zien; alleen de toppen van de bergen rezen op uit de mist, als geïsoleerde eilanden in een eindeloze, ziedende zee.

Gunderts overplaatsingsaanbod arriveerde eindelijk, maar hij sloeg het kalm af. *Madikeri zal mijn laatste post voor de missie zijn,* schreef hij aan de leiding. *Ik zal hier blijven zolang u het een passende plek voor mij acht.*

Koorts begon slachtoffers te eisen, een leven hier en een leven daar. Pallada Nayak zakte in elkaar in de rijstkwekerij waar hij zaailingen inspecteerde ondanks de bedenkingen van zijn schoondochters. Hij stond net tegen de Poleya's te schreeuwen – 'Ayy, domkoppen, hebben jullie stenen in plaats van ogen, zien jullie niet dat ze meer mest nodig hebben?' – toen hij door een hoestbui werd overvallen. Hij was uitgegleden in de enkeldiepe modder en met zijn hoofd tegen de stenen aan de rand van de oever geslagen. Hij kwam nooit meer bij, maar zakte steeds dieper weg in bewusteloosheid. Ze vertelden het niet aan Devanna.

Devanna's conditie stabiliseerde zich stukje bij beetje en hij werd ontslagen uit het ziekenhuis. Het was wel raadzaam, adviseerde Jameson, dat hij in de buurt bleef. 'Voor het geval dat, begrijpt u? Een terugval is niet ongewoon.'

Kambeymada Nayak kocht een huis voor Devi en Devanna in Madikeri. Het was een laag, donker, ongelukkig ontworpen gebouw dat gebouwd was door een islamitische handelaar. De man had altijd gierig de centen opgespaard die hij verdiende, eerst door het verkopen van vis uit de rivier, daarna van kippen en grote plakken vet geitenvlees. Zijn spaargeld had hij in de loop der jaren omgezet in maar liefst drie huizen die hij in Madikeri had gebouwd en in een florerende kledingwinkel in het hart van de stad: *Fijne bruidszijde, katoenen lungi's, de beste mousseline voor uitvaarten.* Hoewel zijn talenten zich helaas niet uitstrekten tot de architectuur had het huis één kenmerk dat alles weer een beetje goedmaakte: de grote ramen in de voorkamer, ingelegd met geïmporteerd versierd glas, die een panoramisch uitzicht op de stad boden. Devi zag ze nauwelijks. Ze had haar nieuwe omgeving maar een zeer vluchtige blik gegund toen ze de mannen aanspoorde die Devanna het huis binnen droegen. 'Voorzichtig, rustig lopen, voorzichtig! Hij is invalide.'

Thimmaya schonk zijn dochter de diensten van Tukra de Poleyabediende; hij en zijn sardineverkopende vrouw trokken in het kleine hutje dat achter aan het huis was vastgespijkerd. Tukra masseerde Devanna elke ochtend met warme kokosolie, kneedde en kneep de slappe spieren; onder een voortdurende stroom van gebabbel baadde hij de invalide en poederde hij zijn huid met talk. Het was een allegaartje van een conversatie, een onzinnig koekoeksnest van woorden. De laatste roddels van de markt, weemoedige klachten over de rijstvelden die ze verlaten hadden – de stad was zo druk, te veel mensen voor Tukra, nergens plek om plat op je rug te liggen en naar de lucht te kijken – en verslagen van de, duidelijk van één kant komende, ruzies met zijn vrouw. Eens een viswijf, altijd een viswijf, bromde hij tegen Devanna; de marktlongen die ze ontwikkelden bij het aanprijzen van hun waren raakten ze nooit meer kwijt.

Tukra wist wel dat hij een hoop onzin vertelde, maar Devanna leek te genieten van hun eenzijdige gesprekken, dat wist Tukra gewoon. Een man had het toch zeker nodig dat er tegen hem gepraat werd? En Devi *akka*... Tukra zou er natuurlijk nooit iets van zeggen, dat was zijn plaats niet, maar ze bracht minder tijd met haar man door dan zou moeten. Ze had het zo druk, ze was de hele tijd bezig met het een of het ander. Ze zorgde ervoor dat Devanna *anna's* maaltijden tot in de puntjes verzorgd waren; niemand behalve zij mocht zijn bananen prakken of zijn rijstebrij koken. Maar een vrouw moet toch ook haar hand wel eens op de arm van haar man leggen, nietwaar, en naast hem gaan zitten en haar hoofd op zijn borst leggen?

Steeds als er zulke verontrustende gedachten in Tukra's hoofd opkwamen, overstemde hij ze met nog meer gebabbel. Hij kletste een eind weg terwijl hij Devanna aankleedde en hem zachtjes in de brede plantersstoel voor de ramen in de woonkamer tilde. Devi had de ramen niet graag open, de regen viel in Madikeri bijna horizontaal, klaagde ze, de kamer zou in nog geen minuut blank staan. Maar Tukra wist dat Devanna van de regen genoot. Hij deed de ramen voorzichtig open, eigenlijk nauwelijks op een kiertje, om de frisse, vochtige lucht binnen te laten. Daar zaten ze dan, met het vocht dansend op hun huid. Tukra hurkte op de vloer naast Devanna en veegde halverwege zijn monoloog het spuug weg dat zich in Devanna's mondhoeken verzamelde. Tot Devi langssliep en de ramen met een scherpe kreet van ongeduld dichtsloeg.

Wat zat Tukra daar eigenlijk rond te hangen bij het raam? Had hij zo weinig werk te doen? Wie moest de melk die dag kopen, zijzelf soms?

Tukra holde er dan schaapachtig vandoor en Devanna gaf geen enkel teken dat hij het gehoord had. Daar zat hij, in zijn rieten stoel, met lege ogen voor zich uit te staren terwijl de wind tegen de dichte ramen beukte en de klokken van de missiekerk plechtig luidden boven de stad.

De enige momenten waarop ze hem enige reactie wisten te ontlokken was als Devi Nanju op zijn vaders schoot zette. Dan stak Nanju zijn dikke peuterhandjes uit om Devanna's wangen aan te raken en bedekte hij zijn gezicht met kinderkusjes. Er kwam dan een langzame verlevendiging in Devanna, een kleine beweging in zijn stijve gelaatstrekken als hij naar zijn zoon probeerde te glimlachen. Devi bleef dan even staan, kort afgeleid van de allesverterende plichten van schoonmaken, desinfecteren en koken die ze zichzelf had opgelegd. Ze stond in de deuropening naar hen tweeën te kijken met een tedere, bijna weemoedige uitdrukking op haar gezicht. De woede die onuitgesproken onder haar tong lag opgekruld, de jaren die zich betekenisloos voor haar uitstrekten; die dingen leken voor even tot rust gekomen terwijl ze keek hoe haar zoon zijn handjes uitstak naar zijn vader. En dan, gedreven door een plotselinge bitterheid, beende ze naar hen toe en rukte ze Nanju weg. 'Het is tijd voor zijn slaapje. Tukra, hier, maak hem klaar om naar bed te gaan.'

Devi begon pompoenen, bittere groenten en tomatenplanten te kweken op het kleine lapje grond achter het huis. Het grootste deel van de oogst had het huishouden zelf nodig, maar wat over was begon ze op de wekelijkse markt te verkopen om wat geld binnen te brengen. Helaas maakte ze de fout om zelf naar de markt te gaan; toen de Kodava's beseften wie de verkoper was, aarzelden ze.

'Wil niet, wil niet van haar,' mompelden ze terwijl ze terugdachten aan het schandaal tijdens de voorouderverzoening van de Kambeymada's. 'En moet je haar zien,' katten de vrouwen tegen hun man. 'Schaamt ze zich niet, om hier tussen al die mannen te gaan staan?'

Uiteindelijk was ze gedwongen haar groenten voor een schijntje aan een tussenpersoon te verkopen.

En opnieuw bleven de bamboebossen verstoken van bloemen, maar werden ze groot van alle regens; hun lange, stekelige stammen rezen wel dertig meter de lucht in. Met hun in elkaar gevlochten geveerde toppen vormden ze zuilengangen en koepels, midden-schepen, zijbeuken en galerijen als een enorme, asymmetrische gothische kathedraal. De Poleya's trokken eropuit om jonge bamboespruiten te oogsten, zacht en geel van bast, die opschoten in de bosjes. Devi stuurde Tukra er ook heen, gewapend met een sikkel en met zakjes zout tegen de teken aan zijn enkels gebonden. Op de markt leverden de bamboespruiten geld op, maar weer niet zo veel als ze had gehoopt.

Daarna probeerde Devi de kost te verdienen met het kantmaken dat ze als meisje op de missieschool van de nonnen had geleerd. Het was vermoeiend werk, waarbij ingewikkelde patronen in ver-schillende lagen stof geborduurd werden. Als het af was, moest je langzaam het patroon en de stof wegtrekken, zodat er een ragfijn stuk kant overbleef. Devi's knopen waren nooit zo klein of netjes als die van de nonnen, maar desondanks wist ze er aardig wat te verkopen in Hans' handelspost. Zo nu en dan kwamen er opdrach-ten binnen van de vrouwen van de blanke plantagehouders voor lunchsets, theemutsen en kleedjes voor op de kaptafel, afgezet met kant. Ook deze onderneming vond geen genade in de ogen van de Kodava's. Een vrouw die alleen naar de handelspost ging! Devi was te afgemat om er acht op te slaan.

Eindelijk kwam er een einde aan de moesson. Het drup-drup-drup van water dat van de bladeren droop werd steeds trager en de zon kwam nat glanzend tevoorschijn. Er klonk een aarzelende vogelkreet, gevolgd door nog een en weer een, tot de regenzachte lucht vol melodieën was. Winterkoninkjes, *buulbuuls*, koekoeken, vinken en woudzangers hipten tussen de bomen door en scheerden over de lantanaheggen, hun kelen vol van zang. Als bij toverslag verschenen er opnieuw katten op krukjes en richels, spinnend in de zonneschijn. Zelfs de huizen leken zich wat op te richten, hun ge-kromde vochtigheid van zich af te gooien. De pannendaken glans-den warmrood terwijl de watervlekken wegtrokken uit de muren.

En opnieuw trok er, vanuit heel Kodagu en alle omliggende staten, een gestage stroom pelgrims naar de Bhagamandala voor het Kaverifestival. Machu kwam tot halverwege de berg voor hij abrupt omkeerde. Bij de dorpsjacht later dat jaar kreeg hij zoals altijd de beste positie in het bos aangeboden, maar hij sloeg die af. Hij zei dat iemand anders de kans moest krijgen. Zelf ging hij naar de buitenste rand van de kring, een slechte positie die gewoonlijk aan de minst ervaren jagers was voorbehouden.

'... zijn lef kwijt,' hoorde hij een paar van de jagers minachtend zeggen; hij deed alsof hij het niet hoorde en haalde zijn vingers over zijn gladgeschoren kaken.

'Laat ze maar praten,' zei hij tegen zichzelf. 'Meningen zijn als poepgaten: elke dwaas heeft er een.' Desalniettemin begon Machu het grootste deel van zijn tijd op de velden door te brengen. Ondanks de reigers, die nog altijd een doffe pijn in zijn hart brachten, kon hij alleen daar, onder die smetteloze hemel, enige rust vinden.

De rijst groeide hoog, maar dun. Door de vroege moesson zou de opbrengst dat jaar matig zijn; de graanschuren zouden nauwelijks halfgevuld zijn. Ook dit verweet de familie Devi. Had het orakel hun niet gewaarschuwd?

De bloedprop in Devanna's hersenen werd langzaam kleiner; de afgestorven zenuwcellen vernieuwden zich. Hij begon zijn gevoel terug te krijgen, een tintelende speldenprikbeweging in vingertoppen en voetzolen. De rijst werd nog hoger en rijpte langzaam tot goud onder de winterzon, en Kodagu maakte zich klaar voor Puthari, het oogstfestival. De geur van sudderend vlees vulde de binnenplaats van huize Kambeymada. De drie zeugen die de afgelopen maanden vetgemest waren, werden met een keurig schot door de kop gedood; hun vlees werd gemarineerd in knoflook, komijn en dikke, zwarte *garcinia*-azijn en boven een houtvuur geroosterd. De grote graanschuur achter het huis zinderde van gebabbel terwijl de Poleyavrouwen zak na zak rauwe rijst fijnstampten. Fijn, wit rijststof hing dik in de licht, maakte de vrouwen aan het hoes-

ten en verrukte de kinderen terwijl het zonder onderscheid neer-
daalde op huid, kleding en haar.

'Domkoppen, laat de bedienden met rust, die hebben veel te doen,'
berispten de drukke schoondochters van het huis hen terwijl ze heen
en weer renden. Sommigen kruiden eindeloze schalen rijstmeel van
de graanschuur naar de keuken, anderen kneedden het meel met kardamom en palmsuikersiroop tot deeg. De veranda voor de keuken
stond al vol met rij na rij bananenbladen vol met ballen van dit deeg,
klaar voor de koperen stoomvaten die van zolder waren gehaald. Elders in huis werden nieuwe lagen kalk op de buitenmuren aange-
bracht, lampenkappen gewassen en het tijgervel van de muur gehaald
om te luchten en aluin op de enorme onderkant te wrijven.

Maar ondanks alle bedrijvigheid ontbrak er iets. Er hing een
donkere wolk boven iedereen; het viel niet mee de herinnering af
te schudden aan het voorteken van het orakel en Devanna's zelf-
moordpoging.

Een groots gebaar, besloot Kambeymada Nayak. Hij had iets
gedenkwaardigs nodig om de somberheid van de gezichten van zijn
familie te vegen en hen allen te herinneren aan de macht van de Kambeymada's. Maar wat? Gouden armbanden voor alle vrouwen? Nee, te
onbenullig. Een vakantie misschien, naar Mysore? Te gevaarlijk. Hadden de kranten de afgelopen maanden niet vol gestaan met berichten
over de pest die in Madras had gewoed? Vijftienduizend doden, hadden de kranten gezegd. Mysore was het ergste deel van de aanval bespaard gebleven, maar het leek de Nayak, met zijn kritische en voor-
zichtige instelling, desondanks niet verstandig zijn familie eraan bloot
te stellen. Bovendien liet de Nayak zich er trots op voorstaan dat hij
zijn hele leven geen voet buiten Kodagu had gezet; hij was niet van
plan om op zijn oude dag die vlekkeloze prestatie te verpesten.

Hij was nog altijd over de beste aanpak aan het nadenken toen
hij een bezoek bracht aan het residentskantoor in Madikeri. Er waren twee bodes bezig om onder de ingespannen aanwijzingen van
een adjudant een schitterende foto van koningin Victoria precies
op het midden van de muur te hangen. De Nayak streek over zijn
snor, bewonderde de indrukwekkende boezem van de matriarch en

toen – Aha! – wist hij het ineens. Hij had een geweldig idee. Hij zou de beste Europese fotograaf uit Mysore laten komen om de familie voor de eeuwigheid op film te vangen.

Machu was op het land toen een van de Kambeymada's hem kwam zoeken. Kambeymada Nayak wilde dat Machu naar Mysore ging, zei hij, om een fotograaf terug naar het dorp te begeleiden.

'Iedereen?' vroeg Machu toen de man verderging. 'Wil hij dat de hele familie erbij is?'

'Ja, iedereen moet komen. Nou, niet iederéén, geloof ik. Die jongen, Devanna, is nog steeds niet helemaal hersteld. En Devi zal niet zo brutaal zijn om zonder haar man te komen, niet na alles wat ze aangericht heeft.' Machu knikte en pulkte afwezig het vliesje van een rijstaar.

Devi stuurde Tukra direct terug met een bericht. Haar man zou er niet bij kunnen zijn, maar zij en haar zoon dankten de Nayak voor de eer. Ze zouden er zonder mankeren zijn.

Devi kleedde zich met zorg voor de gelegenheid; ze liet Tukra de koffer met goede sari's onder het bed vandaan halen. Ze zocht tussen de lagen zijde, al zo lang ongedragen; de uitgedroogde neemblaadjes die Tayi tegen zilvervisjes in de koffer had gestrooid verkruimelden tussen haar vingers. Uiteindelijk koos ze een dieproze sari met een gouden rand die breder was dan haar twee handen. Ze bond een sluier van lichtroze zijde om haar hoofd; de geborduurde randen stak ze achter haar oren en liet ze over haar rug vallen. Twee kettingen om haar hals – de *kartamani* met de zwarte kralen en de gouden *jomalé*. De met robijnen bezette dubbele *jodi-kadaga*-armband om haar rechterpols, zes gouden armbanden om de ander; een paar robijnen *jhumkis* aan haar oren. Hoog op haar voorhoofd een volmaakt ronde stip vermiljoenrood; haar ogen geaccentueerd met lampenroet vermengd met amandelolie. En tot slot, op haar borst, een broche van een tijgerklauw.

Hij had die aan haar gegeven in hun verstopplekje onder de goudenregens, een zoenoffer na een van hun ruzies. Ze had hem stralend aangekeken. 'Komt die van jouw tijger?'

Hij had gelachen. 'Ja, van mijn tijger. Voor mijn tijgerin.'

Devi liet haar vingers nu over het gladde oppervlak glijden en voelde voorzichtig aan de afgeschuurde punt. Ze beet op haar lip. Zou hij het zelfs maar zien?

Hij gaf geen teken of hij het zag. Zijn bestudeerd onverschillige gedrag maakte duidelijk dat hij zich zeer bewust was van haar aanwezigheid. Ze draaiden tijdens de lunch om elkaar heen, hielden beiden een formele afstand tot elkaar en ontweken zorgvuldig elkaars blik. De Kambeymada's waren onveranderlijk minzaam. Ze betoonden haar de beleefde gastvrijheid die ze vroeger voor een gewaardeerde gast reserveerden en joegen het bloed naar haar wangen van woede. Hier, ze moest nog een portie *ghi*-rijst nemen, en o nee, nee, niet dát magere stuk kip, hier, ze moest in plaats daarvan dit stuk borst nemen. De vrouwen weigerden Devi een vinger te laten uitsteken. 'Nee,' zeiden ze vastberaden als ze wilde helpen, 'jij moet toch op het kind letten?' Devi ziedde toen ze minstens zes vrouwen met hun eigen kroost op hun heup de keuken in en uit zag lopen.

'Je hoort niet bij ons,' impliceerde dit, deze formaliteit. 'Je bent niet welkom in deze familie.' Ze hield haar hoofd trots omhoog en wiegde Nanju op haar schoot.

Bij de wedstrijd kokosnoten schieten later die middag riep de Nayak met veel vertoon Machu op voor het eerste schot. Hij schudde zijn hoofd.

'Wat is er met jou, Machaiah?' vroeg de Nayak scherp, die ten slotte zijn geduld verloor. 'Het is geen verzoek, het is een opdracht.'

'Laat toch. Deze keer niet.'

'*Ayy*, het is maar een kokosnoot, Machu, geen *pisachi*,' riep een van zijn neven. De omstanders lachten en Machu verstijfde. De Nayak wierp hem het geweer toe. 'Hier. Wees niet zo dwaas.'

Machu stond er onbeweeglijk bij met zijn handen langs zijn zij. Haar ogen rustten op hem, hij kon ze voelen op zijn rug. De tijgerdoder. Maar toch was hij kneedbaar als klei geweest, zacht als de zomerwolken.

'Nee,' herhaalde hij zacht.

'Iguthappa Swami! Hier.' Met een verwensing draaide de Nayak zich scherp om en duwde iemand anders het geweer in handen. 'Hier. Laat maar zien dat niet alle Kambeymada's hun mannelijkheid kwijt zijn.'

De omstanders gniffelden weer en Devi draaide zich in wanhoop af vanwaar ze had staan toekijken. Het was stom van haar geweest om hier te komen. Ze liep de zijpoort uit, langs de bananen en sinaasappelboomgaarden en het bosje arecapalmen, Nanju zwaar in haar armen. Alles was veranderd. *Je moet vechten voor je geluk.* Wat was er nog over om voor te vechten? Haar voeten bewogen zich uit zichzelf, langs de stroom. Het was voorbij. Voorbij. Met een schok besefte Devi dat ze voor de goudenregen stond. De bomen waren nu kaal, allang van bloesem ontdaan. Een paarse honingeter zweefde er desalniettemin voor, als bezeten met zijn vleugels klapperend terwijl hij tussen de kromme takken zocht.

Spookbloemen.

Nanju bewoog zich rusteloos in haar armen terwijl zij naar de vogel wees. 'Kijk,' zei ze tegen hem. 'Kijk...' De bomen waren nu kaal. Maar ze droegen in hun sap, zo leek het haar, nog altijd de sporen van de geliefden die eronder gelegen hadden. De wind ritselde door het gras en fluisterde hun namen. *Ma-chu.* Ze nam Nanju's hand in de hare en kroop door de nauwe opening van het prieel.

'Ma? Amma?' vroeg Nanju onzeker. Zijn gezichtje was warm en zweterig; op de wang die tegen haar bloes had gelegen stond een afdruk van het weefsel. Devi streek zijn haar van zijn voorhoofd en blies zachtjes in zijn gezicht.

Ze schrok niet toen Machu de takken bij de opening opzij duwde.

'Ze zoeken je.'

De wind stak op en floot door het prieel. Hij zag er nu ouder uit, zag ze, wat grijze spikkels bij zijn slapen die er eerder niet geweest waren.

'Hoor je me niet? Iedereen zoekt je. De fotograaf wacht.'

'Waarom heb je ze afgeschoren?'

Zijn hand ging instinctief naar zijn kaak; toen liet hij hem ongeduldig vallen. 'De fotograaf...'

'Zeg maar dat ik niet kom.'

Machu maakte een scherp, geïrriteerd geluid. 'Doe niet zo
dwaas. Je hebt de uitnodiging geaccepteerd, nietwaar, ook al wist je
dat je niet welkom zou zijn. Nou, zet dan ook door. Kom en laat je
fotograferen met de rest van de familie.'

Ze zei niets. *Ma-chu.*

'Ben je doof geworden?'

Nog altijd staarde ze hem aan.

'Prima. Wat jij wilt. Ik ga.'

'Ze geven mij de schuld, nietwaar? Van wat er gebeurd is?' Haar
ogen vulden zich met tranen en ze keek naar de grond.

'Ayappa Swami, alsjeblieft... Devi. Lúíster naar me. Ze staan op
het punt de foto te maken. Bedenk eens wat een slechte beurt je
maakt als je er niet bij bent.'

'O?' Ze veegde boos haar tranen weg met haar handrug. 'En heb
jij bedacht wat een slechte beurt jij zou maken voor je je *galla meesa*
afschoor?'

Dezelfde verstijving in zijn schouders. 'Dat zijn jouw zaken
niet.'

'Nee, je hebt gelijk. Het zijn mijn zaken niet, jij bent mijn zaak
niet, dat heb je overduidelijk gemaakt, Machaiah. Maar toch doet
het me pijn om te zien wat voor man je geworden bent.'

Hij zei niets, maar zijn hand ging onbewust weer naar zijn kaak.

'Nog geen kokosnoot, Machu?' beschimpte ze hem. 'De tijgerdoder, bang om zelfs een simpele kokosnoot eraf te schieten? Hoe kon
je het verdragen dat die mensen je belachelijk maakten?'

'Het doet er niet toe. De mensen praten toch wel.'

'En sinds wanneer kan het jóú niet meer schelen wat de mensen
zeggen? Kom, Machu, waarom spreek je de waarheid niet?'

Ze zette een stap dichter naar hem toe, Nanju zo strak omklem-
mend dat hij in haar armen piepte. 'De waarheid is dat je je voor
jezelf verstopt. Waar is de tijgerdoder die ik vroeger kende, wat heb
je met hem gedaan?'

'Verstopt... Alsjeblieft.' Zijn stem klonk ijzig. 'Doe niet zo dwaas.' Hij draaide zich om en wilde gaan.

'Dwaas? Ik zie het in je ogen, Machu. Je leeft maar half, bent gekrompen tot de schim van de man die ik gekend heb.'

'Genoeg!' Zijn lippen weken uiteen in een lelijke grimas, en het kuiltje verdiepte zich vreugdeloos in zijn wang. 'Doe niet alsof je me kent. Je kent me niet!'

'Is dat zo?' Haar stem was nu luider, maar het kon haar niet schelen wie hen zou kunnen betrappen. 'Vertel me dan eens, Machaiah, aangezien ik jou helemaal niet ken, aangezien alles goed met je gaat, aangezien ons verhaal voorbij is, aangezien je me nog geen blik waardig keurt terwijl ik wéét dat elke vezel van je lichaam zich ervan bewust is dat ik in de buurt ben, aangezien dat allemaal waar is en nog meer, waarom ben je dan nog steeds niet getrouwd?'

Heel even dacht ze dat hij haar zou slaan. Nanju piepte, geschrokken door de boze discussie. Machu keek naar het kind, alsof hij hem nu pas voor het eerst zag. 'Het was dwaas van je om te komen,' zei hij toen, afstandelijk. 'Je hebt jezelf alleen maar belachelijk gemaakt. Maar maak af wat je van plan was, nu je hier toch bent. Ze wachten tot ze de foto kunnen nemen.' Hij beende zonder om te kijken naar het huis terug.

Hij was vervuld van een koude, harde woede. Hoe durfde ze? Hoe dúrfde ze? Hij bleef de hele fotosessie zo kwaad dat de flits van de camera hem verraste en zijn ogen aan het knipperen maakte. De schim van een man? Wie dacht ze wel dat ze was?

Hij was die avond nog altijd bitter toen de familie Kambeymada haar weg zocht naar de velden. De maan was vol, een lichte bries vormde het rijstveld om tot een deinende zilveren zee. 'Poli, poli Deva!' 'Meer, nog meer, o, god!' riep de familie, en hun stemmen weerklonken in de nacht. De eerste schoven rijst werden afgesneden onder een donderend salvo geweerschoten en in een rieten mand gelegd, die de oudste schoondochter het huis in mocht dragen. Twijgjes van de nieuwe oogst werden aan de lamp in de gebedshoek gebonden, aan deuren, pilaren en beddenposten in het hele huis.

Mogen we nooit naar graan hongeren. Machu zag het vuurwerk dat in de tuin werd afgeschoten nauwelijks. Maar toen er drank werd gebracht, sloeg hij achter elkaar twee flinke borrels naar binnen.

De volgende dag, toen Machu de Nayak liet weten dat hij de familie die avond zou vertegenwoordigen in de *paaria kali*, streek de Nayak opgetogen over zijn snor. Het was een goed tovermiddel, die foto: het werkte nu al!

Machu danste met een uitdrukkingsloos gezicht de *kolata* op het dorpsplein met de andere mannen, bewegend in ingewikkelde, steeds kleinere cirkels op het strakke ritme van de trommels. De dunne rode rietstengels voelden licht in zijn handen na het gevest van zijn *odikathi*. De klokjes aan de uiteinden klingelden zachtjes terwijl de stengels door de lucht zwiepten en zwaaiden. Zijn hoofd was leeg, ontdaan van gedachten, het oude gewichtloze gevoel uit de jungle. De trommels gingen steeds sneller en de rietjes zongen ademloos mee op de maat. Langzaam stapten de meeste dansers achteruit, tot alleen de deelnemers aan de *paaria kali* overbleven.

De *paaria kali* was een heel oude strijdtechniek, een verfijnde reeks manoeuvres en stoten die van generatie op generatie overgeleverd was. Tegenwoordig was die afgezwakt tot een wedstrijd tijdens Puthari, maar zo nu en dan gebruikten de dorpsoudsten hem nog als middel om conflicten te beslechten. Elke strijder was bewapend met een bamboeschild en twee rietstengels waarmee hij zijn tegenstander alleen tegen de schenen mocht slaan. Evengoed waren deze schijngevechten vaak verhitte aangelegenheden, waarbij de oudsten soms moesten ingrijpen voor een van de betrokken mannen ernstig gewond raakte.

Het dorp schreeuwde aanmoedigingen terwijl de strijders zich tegenover elkaar opstelden. Machu draaide als een boskat om zijn tegenstander heen en schatte hem in, haast zonder met zijn ogen te knipperen. Het gemompel van het publiek, het stof dat in wolkjes rond zijn voeten opstoof. Haar ogen op hem, een onverstoorbare blik die hem volgde, waar hij ook ging. De man haalde naar hem uit; Machu weerde de slag elegant af met zijn schild en liet zijn handen in een waas naar de scheenbenen van de ander zwaaien.

Zijn rietstengels keerden fel van bloed weer terug. Denken was niet nodig, er was alleen deze dans, de eeuwige dans van jager en prooi. Bestond er iets zuiverders? De trommels gingen sneller, maar Machu kon ze niet meer horen, al zijn aandacht was gericht op de rietstengels die door de lucht zwiepten. Het prikken van het bloed op zijn benen, de rietjes die dansten in zijn handen. Sneller en sneller, opwinding in zijn aderen.

Ik ben de tijgerdoder.

De scheenbenen van zijn tegenstander werden steeds bloederiger, het publiek steeds stiller. En toen gooide de man met een kreet van pijn zijn schild neer. 'Genoeg!' riep hij. 'Ik heb er genoeg van. Jij bent de winnaar.'

Machu knipperde met zijn ogen terwijl er een luide kreet uit het publiek opsteeg: 'Kambeymada Machaiah! Machu is de winnaar!' Hij keek Devi recht aan. Haar lippen bewogen; ze was te ver weg om te kunnen horen wat ze zei, maar ze keek hem trots en stralend aan, haar ogen glanzend van de tranen.

De mannen omhelsden elkaar. 'Je was niet te overwinnen!' riep zijn tegenstander spijtig uit. 'Maar dan had ik het ook maar niet moeten opnemen tegen de tijgerdoder.'

Ik ben de tijgerdoder. En toch was hij zo kneedbaar geweest als klei op een pottenbakkerswiel. Onbeduidend als een zomerwolk, alle kanten uitgeblazen door de wind.

'Je was een waardige tegenstander,' zei Machu. Hij was nog altijd gevangen in haar blik, niet in staat zijn ogen van de hare los te maken. Diep, sidderend haalde hij adem. 'Ik wil niets liever dan onze vriendschap vastleggen op zo'n gunstig moment als Puthari. Je hebt toch een zus? Met toestemming van je ouders zou ik graag met haar trouwen.'

18

1904

De terracottavloer voelde glad en koud aan, als een kiezel uit de Kaveri. Nanju lag heel stil en observeerde de structuur tegen zijn wang. Na een tijdje tilde hij zijn hoofd op en draaide het, zodat zijn andere wang tegen de vloer kwam te liggen. 'Ze houdt niet van bloemen,' herhaalde hij in zichzelf. Nanju had moeten weten dat zijn moeder niet van bloemen hield.

Devanna had hem eerder die avond gewenkt en uit het woonkamerraam de bloem aangewezen. Het was de eerste van het seizoen, hoog in de sampigéboom. Groter dan zijn vuist, geurend naar muskus. 'Wat dacht je ervan om die aan je moeder te geven?' vroeg Devanna en Nanju had opgetogen in zijn handen geklapt. Vader en zoon, samenzweerders, stuurden Tukra de boom in. Devanna had Nanju laten zien hoe je zachtjes op de meeldraad van de bloem moest blazen en de vingers van zijn goede hand in de roomwitte, naar elkaar toelopende bloemblaadjes gestoken om de mieren eruit te jagen. Hij had Nanju weggestuurd om hem aan Devi te geven.

'Is dit het idee van je vader?' vroeg ze.

Hij had heftig staan knikken, zonder zijn glimlach te kunnen bedwingen.

Zonder verder commentaar had Devi de bloem uit zijn hand gepakt en in de gebedshoek gezet.

'Nee, Avvaiah,' had Nanju geprotesteerd, 'die is voor in je haar, zoals andere dames hebben.'

'Ik heb geen tijd voor zulke frivoliteiten, Nanjappa. Zeg dat maar tegen je vader.'

Nanju's gezicht was betrokken. Avvaiah hield niet van bloemen. Hij moest voortaan onthouden dat ze er gewoon niet van hield. Op zijn tenen was hij ongelukkig de kamer uitgeslopen. Appaiah was ook stil geworden. Ervan overtuigd dat dit allemaal zijn schuld was en zonder te weten hoe hij het goed moest maken, was Nanju maar weer onder het bed weggekropen.

Hij herinnerde zich niet hoe of wanneer hij begonnen was zich daar te verstoppen. Hij wist wel dat hij dat eigenlijk niet moest doen, hij was al bijna vijf, een grote jongen. Maar toch bleef het zijn geheime hol, een plek om zich terug te trekken tussen de blikken koffers vol zijde en de koperen pannen. Hij keek, uit het zicht verscholen, hoe de voeten van de volwassenen de kamer in en uit liepen. Avvaiahs slanke, tere voeten, versierd met een paar teenringen; Tukra's gebarsten hielen, zwart van het vuil. Appaiahs langzame geschuifel als hij een boek kwam uitkiezen uit de bonte stapels die in de kamer en de rest van het huis opgehoopt lagen.

Nanju draaide zijn hoofd weer om. Vanwaar hij lag kon hij net de poten van Appaiahs stoel zien. Die stond op zijn gebruikelijke plek voor de ramen van de woonkamer. Nanju dacht dat Appaiah zich helemaal niet bewogen had. Hij had daar de hele avond gezeten, stil uit het raam starend naar het straatje voor het huis en het korte stukje gras met de kaalgeplukte, zoetgeurende sampigé-boom.

Het huis was weer stil geworden.

Het grootste deel van de dag werden de ramen en deuren dicht gehouden; te veel stof, afgrijselijk kabaal, zei Avvaiah, dat was niet goed voor Appaiah. Het huis lag in de moslimwijk van de stad; Avvaiah ging niet om met de buren en moedigde hun kinderen ook niet aan Nanju te benaderen. Desalniettemin kon hij zich niet herinneren dat hij ooit last van de stilte had gehad. Als de mensen jaren later tegen Nanju zeiden dat hij een man van weinig woorden was, wist hij ook nooit wat hij moest zeggen. Hij had altijd liever stilte om zich heen gehad, en de ruimte die dat gaf om te denken.

Het was zijn duidelijkste herinnering aan hun huis in Madikeri: de stilte. Tukra's voortdurende gebabbel deed daar niet aan af. Nanju had dat al vanaf zo'n beetje de wieg aangehoord en was eraan gewend zoals een ander kind aan het tikken van de klok. Het murmelde op de achtergrond, een mengelmoes van woorden zo zacht als Appaiahs rijstebrij.

Avvaiah sprak natuurlijk wel met hem. Elke ochtend stond Nanju voor zijn moeder terwijl zij de scheiding in zijn haar inspecteerde – zo recht als een speer moest die zijn, zei ze altijd. Ze maakte een stip op zijn voorhoofd met *vibhuti*, de heilige as uit de gebedshoek, en vroeg hem of hij niet vergeten was zijn tanden te poetsen. Ze glimlachte als hij dan knikte, een korte verzachting van haar mond waar Nanju's hart van ging gloeien als de zon.

Dat was op goede dagen. Er waren ook slechte dagen, waarop ze de hele ochtend afstandelijk was. Ze deed haar uiterste best niet tegen hem te snauwen, maar evengoed kroop er een scherpte in haar stem, hoe zorgvuldig hij zijn haar ook kamde. Of erger: ze werd verontrustend stil, haar gezicht wit, vervuld van een verdriet dat hem pijn deed. Wat verlangde hij ernaar om zijn hand uit te steken en het ongeluk uit haar ogen te vegen. Ze stond trouw achter het raam om hem uit te zwaaien, maar op zulke dagen zag ze nauwelijks dat hij zich naar haar omdraaide en zwaaide. Haar ogen waren onverdraaglijk verdrietig, gericht op iets in de verte wat Nanju nooit kon zien.

Hij was niet zo goed in het voorspellen van Avvaiahs buien. Hij voorzag niet de goede dagen maar wist ook niet wanneer hij zich moest schrapzetten voor de slechte. Dus toen Nanju op een middag zag dat Tukra hem gespannen opwachtte voor de missieschool was hij onmiddellijk vervuld van vrees. Hij zag dat er iets mis was aan de manier waarop Tukra aan de stofdoek friemelde die altijd over zijn schouder hing.

'Avvaiah...?'

'Nee, nee, Nanju *anna*, met je moeder is alles goed. Het is je overgrootvader. Kambeymada Nayak is vannacht gestorven. Je moet met je moeder naar het dorp van de Kambeymada's.'

Dood! Nanju had nog nooit iemand gekend die dood was. Hij probeerde zich voor te stellen hoe de Nayak opgebaard lag, maar het enige wat hem te binnen wilde schieten was een beeld van zijn enorme snor. Nanju staarde altijd gefascineerd naar de Nayak terwijl de oude man over dat imponerende zilveren aanhangsel streek, en nog eens streek. En nu was hij dood.

Hij ging met loden voeten naar huis, vol angst voor de rouwende moeder die hij daar vast zou aantreffen, maar tot zijn opluchting had Devi hem bijna vrolijk toegeroepen. 'Nanju, *monae?* Kom, snel, we moeten gauw weg. De barbier is hier. En ga je daarna verkleden, er liggen een overhemd en een korte broek op je bed. Gauw, gauw. En laat je kleren niet vies worden, ze moeten smetteloos wit blijven voor de plechtigheid.'

Appaiahs planterstoel was naar het grasveld buiten gereden, waar de barbier met snelle, nauwkeurige halen zijn hoofd kaal stond te scheren. Zijn gezicht zag er grappig uit zonder haar; Nanju had nooit eerder gezien dat het helemaal naar één kant geduwd leek. 'Mag ik voelen?' riep hij. 'Appaiah, laat me eens voelen!' Devanna glimlachte mat en hield zijn hoofd een beetje schuin. De barbier begon nieuw schuim te maken en Devanna klopte zwaar op de arm van zijn zoon om hem gerust te stellen. Nanju was helemaal niet nerveus. De mannelijke familieleden van de overledene moesten hun haren offeren aan de goden zodat die de poorten naar de hemel zouden openzetten, wist Nanju. Hij zat heel stil terwijl het barbiersmes over zijn hoofdhuid schraapte en keek toe hoe de lokken om hem heen vielen. Plotseling viel hem een gedachte in en hij draaide zich om naar zijn vader, terwijl de barbier zachte, afkeurende geluidjes maakte.

'Appaiah, ga jij ook mee?'

'Ik...' begon Devanna.

'Nee!' Devi kwam de slaapkamer uit en legde hem het zwijgen op. 'Nee, *kunyi*,' herhaalde ze, deze keer op vriendelijker toon. 'Je

247

weet dat de reis te zwaar is voor je vader. We gaan gewoon met zijn tweeën, zoals altijd, alleen mijn lieve jongen en ik.'

Devanna aarzelde. 'Ik moet er ook zijn,' zei hij zachtjes tegen haar. 'De laatste riten, het lezen van het testament...'

'Goed. Ga dan maar mee. Je wéét dat je nog niet in staat bent om te reizen, het zal je alleen maar vermoeien.'

'Ja,' zei Devanna vermoeid, 'je hebt gelijk. Nanju, jij zorgt voor Avvaiah, hoor je me?'

Nanju knikte terwijl hij zijn beeldschone moeder aangaapte. Hij vond dat ze glansde als een parel; het volmaakte wit van haar sari ging bijna naadloos over in de kleur van haar huid.

Ze praatte de hele weg naar het dorp van de Kambeymada's, en haar handen dansten op de maat van haar woorden in de lucht. Ze vertelde Nanju over het huis van de Kambeymada's, de enorme dorsploegen met punten die in de vorm van paardenhoofden gesneden waren en waaraan drie jaar gewerkt was, de gebedslampen die in 24-karaats goud gedompeld waren, zo schitterend dat men zei dat de resident van Mysore ze zelf graag had willen hebben. Ze beschreef in detail het enorme tijgervel dat in het centrale deel hing. 'Deze broche hier,' zei ze terwijl ze een vinger op de broche op haar schouder legde, 'wist je dat die gemaakt is van een tijgerklauw? Ja, ik zweer het, *kunyi*, van een echte tijger!' Ze was als meisje naar de tijgerbruiloft geweest, vertelde ze hem lachend, toen ze niet veel groter was dan hij nu.

Nanju kende deze verhalen uit zijn hoofd. Avvaiah vertelde ze elke decembermaand opnieuw als ze voor Puthari naar huize Kambeymada gingen. Maar het kwam nooit in hem op om haar tegen te houden, het maakte hem zo gelukkig om daar naast zijn moeder te zitten luisteren. Als zij sprak legde hij graag zijn hoofd in haar schoot en dan trok ze hem lachend tegen zich aan. Hij straalde nu terwijl ze hem vol genegenheid in de kromming van haar arm trok.

Nanju werd zo in beslag genomen door Devi's gebabbel dat hij de reden voor hun bezoek vergeten was. Toen ze het huis bereikten en de drommen rouwenden zagen, herinnerde hij het zich plotseling weer, met een schok. Diep onder de indruk keek Nanju naar wat wel een rivier van melk leek. Die klotste tegen de buitenste pilaren van het huis, lekte over de treden en veranda, zat, stond, praatte, huilde: mannen, vrouwen en kinderen, allemaal in smetteloos begrafeniswit, die de laatste eer kwamen bewijzen. Hij bleef dicht bij zijn moeder terwijl ze door de mensenmassa liepen en naar de binnenplaats gingen. Het gewassen lichaam van de Nayak lag, in zijn mooiste fluwelen *kupya* gekleed, op een mat. Zijn snor was geolied en tot een schitterende zilveren krul opgedraaid, zijn voorhoofd was ingesmeerd met sandelhoutpasta en voorzien van één gouden soeverein.

'Raak zijn voeten aan, *monae*.'

De tenen van de dode Nayak voelden wasachtig aan, als de doorschijnende kamferballen die Avvaiah thuis in de gebedshoek bewaarde. Nanju trok snel zijn handen terug en volgde Devi, die bij de andere vrouwen ging zitten. 'Ga maar naar buiten,' moedigde ze hem aan, 'ga met je neefjes praten.' Hij schudde verlegen zijn hoofd en leunde tegen haar aan. Een moment later zuchtte ze en streelde ze zijn arm.

De mensen bleven maar binnenstromen, zo dicht op elkaar gepakt dat hij de muur met het tijgervel tegenover hem niet eens kon zien. Een groepje kinderen van allerlei leeftijden zat aan het ene eind van de binnenplaats. Ze probeerden zich plechtig te gedragen, maar vergaten dat af en toe, giechelend en fluisterend tot een volwassene ze op scherpe toon tot stilte maande. Zich verschuilend achter de rug van zijn moeder gluurde Nanju naar hen. Ze wenkten dat hij ook moest komen en hij bloosde direct. Hij keek weg en schoof nog dichter naar Devi toe.

Ze leken daar wel uren te zitten. Nanju begon te wiebelen. 'Zit recht,' fluisterde Devi. 'Niet hangen als een Poleya, ben je een kind van Tukra of van mij?'

'Hoelang blijven we hier nog?' zeurde hij. 'Ik heb honger, Avvaiah.'

'Sst. Kijk.' Een groep van zijn ooms liep de binnenplaats op, allemaal kaalgeschoren, net zoals Appaiah en hij. 'Het moet tijd zijn voor de verbranding.' Nanju keek nieuwsgierig toe terwijl zijn ooms het lichaam van de Nayak in een stoel tilden en op hun schouders hesen. De uitvaarttrommels begonnen te spelen en de vrouwen begonnen te huilen terwijl ze overeind kwamen. Avvaiah stond kaarsrecht, haar ogen strak op de dragers gericht. Ze liepen langzaam rond, van oost naar west, een keer, twee keer, drie keer, telde Nanju fluisterend. Het hoofd van de Nayak hing voorover op zijn borst, zijn tulband hing scheef. De dragers liepen de treden af die naar het veld liepen. Somber liepen de aanwezige mannen achter hen aan.

Ongerust liet Nanju zijn hand in die van zijn moeder glijden. Ze kromp ineen, geschrokken, alsof ze helemaal vergeten was dat hij er ook was. 'Nanju,' zei ze, alsof ze zichzelf aan zijn naam wilde herinneren, 'je moet met je ooms naar de verbranding gaan.'

'Nee...' begon Nanju geschrokken, maar ze sprak al een van zijn ooms aan.

'Neem jij Nanju mee?'

'Avvaiah, nee!' protesteerde Nanju opnieuw geschrokken, maar zijn oom had hem al bij de hand genomen.

'Wat, *monae*? Verstop je niet achter je moeders rokken, we zoeken haar wel als we terugkomen. Nu is jouw plaats hier, bij de andere mannen van de familie, ja?'

Tukra had Nanju een keer verteld wat er met dode lijken gebeurde. Vroeger lieten de Poleya's hun doden achter in het bos. Ze gooiend hen in een kuil en stapelden er takken en stenen op zodat de wilde dieren ze niet te pakken konden krijgen. Maar langzaam waren ze de traditie van de Kodava's om hun doden te verbranden gaan nadoen. Tukra was bij veel, heel veel lijkverbrandingen geweest, zei hij. *Aiyo*, dat was gevaarlijk werk! De geest van de overledene steeg vaak op uit het knetterende lijk, *fssst*, zomaar, om een van de toeschouwers in bezit te nemen.

Nanju had gelachen om Tukra's sterke verhalen, maar nu leken zijn woorden maar al te echt. Hij probeerde zich los te trekken uit de greep van zijn oom, maar die was stevig en tolereerde geen onzin.

Hij was een man, zei hij tegen zichzelf. Had Appaiah dat niet tegen hem gezegd, dat hij zo snel groot werd? Hij was bijna vijf en hij zou niet bang zijn. Zijn hoofd begon te jeuken en hij wreef er met een zweterige hand overheen. Het was een hete middag, het stof wolkte om hem heen op terwijl hij met tegenzin naar het veld afdaalde. 'Mijn broek,' zei hij zorgelijk, terwijl hij probeerde die met zijn vrije hand glad te strijken. Avvaiah had gezegd dat hij die niet vuil moest maken.

De brandstapel was opgericht in de verste hoek. De lijkdragers tilden het lijk op de houtblokken. Nanju deed zijn uiterste best om niet naar zijn overgrootvader te staren en de woede van zijn geest niet op te wekken, maar hoe hard hij het ook probeerde, zijn ogen schoten steeds weer naar het lijk. De houtblokken verschoven iets en de hand van de Nayak viel levenloos langs zijn zij. Vanaf de plek waar Nanju stond, leek het alsof zijn overgrootvader een beschuldigende vinger recht naar hem uitstrekte. Hij slikte en keek de andere kant uit.

Koe-koek, koe-koek, riep een koekoek zoetjes in de takken boven hun hoofd. Nanju keek omhoog, maar zijn ogen werden naar de Nayak teruggetrokken. Drie van zijn ooms liepen om de brand-stapel heen, de koekoek riep weer en ze staken het hout aan. De vlammen bewogen zich knetterend naar het lijk toe; rookpluimen stegen op in de lucht. Het vuur lekte aan de gestalte van de Nayak, proefde de franje aan het uiteinde van zijn sjerp. Nanju maakte een zacht keelgeluidje toen het zich langzaam om de mouw van de Nayaks *kupya* kronkelde en die in brand zette. De vlammen kropen hoger, flakkerend over de brede borst. Nanju was gebiologeerd, niet in staat om weg te kijken. Het vuur rees nog hoger, likte aan de kin van de Nayak, schroeide die schitterend glanzende snor. Een lang-zaam, sissend geluid, als een vis in de pan. *Koe-koek*, zong de vogel, en hij wipte met zijn staart. Met een plotselinge plof vloog de hele brandstapel in brand. Tot Nanju's ontzetting leek de hand van de Nayak de lucht in te gaan en recht naar hem te wijzen. Nanju rukte zich los uit de greep van zijn oom, wrong zich tussen de rouwenden door en vluchtte halsoverkop over de velden terug naar het huis, schreeuwend om zijn moeder.

'Avvaiah! Avváiah!'

Ze draaide zich om, haar ogen groot van angst. 'Nanju? Wat is er, heb je pijn? Wat is er aan de hand, *monae*, wat is er gebeurd?' Hij schudde zijn hoofd, met die geur van verbrand haar nog altijd in zijn neusgaten, en deed zijn uiterste best om niet te huilen. 'Maar wat... is de verbranding al afgelopen? Wat is dit? Heb je in je broek geplast? Nanju!'

Nanju keek naar beneden, zijn wangen rood van schaamte. 'Avvaiah,' mompelde hij terwijl hij zijn hoofd liet hangen.

'Nanju...' begon Devi, zich bewust van de vrouwen die in hun richting keken.

'Hier, *monae*.' Een van de oudtantes kwam bedrijvig naar Nanju toe met een bord in haar hand. 'Je ziet eruit alsof je honger hebt. Wil je wat *otti's*? De andere kinderen hebben al gegeten, jij zult ook wel honger hebben. Het is goed, *kunyi*, blijf hier bij ons en eet.'

Nanju ging op de grond zitten met het bord en probeerde de natte plekken in zijn broek te verbergen. Zijn benen trilden nog. Hij begon stukken *otti* in zijn mond te proppen en probeerde de herinnering aan de schokkerige, pop-achtige bewegingen die het lijk van de Nayak tussen de dansende vlammen had lijken te maken, weg te duwen.

'Werkelijk, Devi,' zei zijn oudtante zachtjes. 'Hoe krijg je het voor elkaar om dat kind alleen te sturen.'

Devi verstijfde en maskeerde haar schuldgevoel met een hooghartig hoofdgebaar. 'Hij is ook een man uit dit huis, nietwaar? Het is zijn plicht.'

'Zijn plícht? Er is een tijd en plaats voor alles, je had niet...' Ze viel stil toen een derde vrouw op haar afkwam.

De vrouw glimlachte naar Nanju en hij lachte nog wat beverig terug. Hij moest zijn best doen om niet te staren. Wat was ze dik!

'Devi *akka*, hoe gaat het?'

'Niet zo goed als met jou, zo te zien.'

Nanju keek op naar Avvaiah. Haar stem klonk raar. Ze glimlachte, zag Nanju, maar het was een van die namaakglimlachjes die haar ogen niet bereikten.

'Ja,' lachte de andere vrouw. 'Het heeft een paar jaar geduurd, maar eindelijk heeft mijn man me goed te pakken.' Ze wreef tevreden over haar buik.

'Ik zag hem het lijk over de velden dragen.' Devi zei het eerste wat in haar opkwam. Machu's vrouw keek haar bevreemd aan en Devi draaide zich haastig naar Nanju toe om zichzelf een houding te geven.

Ze was zwanger. Machu's glimlachende, gelukkige vrouw droeg een kind. Het kind dat van haar had moeten zijn. Van hén. Plotseling woedend viel Devi uit tegen Nanju. 'Waarom zit je me zo aan te gapen? Hou op met treuzelen en eet je *otti*, of is dat nog te veel gevraagd?'

Die nacht lag Devi wakker. Ze kon niet slapen, maar ze kon ook niet schreeuwen of huilen uit angst dat iemand haar zou horen. Ze was niet naar Machu's bruiloft geweest. Ze had eerst gezworen dat ze zou gaan. Ze zou er op haar allermooist uitzien, had ze zichzelf beloofd, zo mooi dat ze de bruid in de schaduw zou stellen. Maar uiteindelijk had ze het niet gekund en was ze versteend op de rand van het bed blijven zitten, met de sari die ze zo zorgvuldig uitgekozen had in een verfrommelde hoop op de vloer. Tukra had zijn vraag vele malen moeten herhalen voor ze eindelijk antwoord had gegeven. Nee, had ze vlak gezegd, ze zouden toch niet naar het dorp van de Kambeymada's gaan.

Ze had zich de daaropvolgende Puthari vermand en was beleefd geweest tegen zijn vrouw. Dik, had ze tegen zichzelf gezegd, het meisje zou dik of simpel zijn, maar zelfs zij moest toegeven dat Machu's vrouw mooi was. Het had elk grammetje van Devi's wilskracht gekost om beheerst te klinken toen ze het meisje feliciteerde. 'Moge je lang leven,' had ze gezegd, niet in staat om de zegen helemaal uit te spreken. *Moge je lang leven, moge je een gelukkig leven hebben, moge je sterven als getrouwde vrouw.*

Opnieuw was Machu bij haar uit de buurt gebleven.

Maar toen er een jaar voorbijging, en toen nog een, vond Devi troost in de platte buik van zijn vrouw. Machu had haar dan misschien gezegd dat het voorbij was tussen hen, maar ze wist, ze wist aan de manier waarop hij zich gedroeg, aan de manier waarop hij stond als zij in de buurt was, dat het nog lang niet voorbij was.

Het kon nooit voorbij zijn. Elk jaar keek ze gespannen naar het middel van haar rivale; elk jaar werd ze beloond met een scherp gevoel van triomf bij de maagdelijke leegheid. In naam was hij misschien getrouwd, zei ze tegen zichzelf, maar het was duidelijk dat hij zijn vrouw niet begeerde. En wie kon hem dat verwijten? Je hoefde maar naar het zitvlak van de vrouw te kijken: zo plat als een wassteen.

Haar ogen brandden nu van het beeld van die middag, die monsterlijk zwangere buik. De navel die zo onbeschaamd te zien was tussen de plooien van de sari en de aandacht vestigde op het leven dat in haar zwom. Machu's zoon. Ze twijfelde er niet aan dat het een jongen zou zijn. De gal rees op in haar keel. 'Wat had je dan verwacht? Dat hij voor altijd celibatair zou blijven? Jij was het, weet je nog, die hem vroeg waarom hij ongetrouwd bleef.'

Nanju kreunde zacht, gevangen in een onrustige droom. Ze moest terugdenken aan die middag, de pure doodsangst op zijn gezicht terwijl hij naar haar toe rende. Wat voor een moeder was ze, vroeg ze zich ongelukkig af, starend naar haar slapende kind.

'Hoeveel kinderen zullen we nemen?' had ze Machu een keer gevraagd.

'Zes.'

'Huh,' had ze geantwoord. 'Ik wil er tien! Vijf jongens en vijf meisjes, en als de tiende geboren is geven jij en het dorp het gebruikelijke feestje voor mij om te vieren dat ik tien gezonde kinderen heb gebaard.

'Waarom kijk je zo moeilijk?' was ze vrolijk verder gegaan. 'Bedenk eens wat een prachtig huishouden we zouden vormen – jij de tijgerdoder en ik moeder van tien kinderen!'

Hij had gegrijnsd. 'Het maakt mij niet uit of het tien kinderen zijn, of twee. Hoeveel het er ook zijn, laat ze gezond en gelukkig zijn, meer niet.'

'Hmm...' Ze dacht erover na. 'Je hebt misschien gelijk. Maar toch moet onze eerste een jongen zijn, vind je ook niet?' Ze had haar kin op zijn borst gelegd en naar hem geglimlacht. 'Een jongen, net als jij.'

Nanju kreunde weer en begroef zijn gezicht in het kussen. Ze zette haar tanden in haar lip om niet te gaan huilen en aaide hem vermoeid over zijn arm. Hij bewoog zich, rolde zich op tot een strakke bal en werd weer stil. Devi draaide zich om naar de muur.

Ze werd gedesoriënteerd en met opgezette ogen wakker. Het was een grijze, loden ochtend en er dreef een lusteloze mist over de binnenplaats. Er dreigde elk moment regen uit een massa regenwolken, wat haar een zeurende hoofdpijn midden in haar voorhoofd bezorgde. Ze lag even stil en raapte zichzelf bijeen. Er was nog één laatste detail dat ze moest regelen, en dan kon ze weg.

Toen de mannelijke Kambeymada's zich verzamelden op de veranda, krabbend aan hun jeukende, stoppelige hoofdhuid, zagen ze tot hun verbazing Devi naar buiten komen lopen om zich bij hen te voegen. Had die meid geen gevoel voor fatsoen? Er was geen plaats voor schoondochters bij gesprekken over de bezittingen. 'Mijn man kan hier zelf niet zijn,' zei Devi bij wijze van uitleg. 'Ik... ik ben hier in zijn plaats en voor mijn zoon, Kambeymada Nanjappa.' Ze trok de punt van haar sari strakker om zich heen alsof ze hun afkeuring wilde afweren.

'Tja, ach. We hadden je later van onze beslissingen op de hoogte kunnen brengen.' Ze deed alsof ze het niet hoorde, sloeg haar ogen neer en plantte zichzelf stevig neer bij een pilaar. De mannen keken elkaar aan, niet wetend wat ze moesten doen, en gingen toen verder alsof ze er gewoon niet bij was.

De tijden waren veranderd, stelden ze vast; het oude gezamenlijke familiesysteem werkte niet meer; de Nayak had de familie op pure wilskracht bij elkaar weten te houden. Wie zou de vrede bewaren nu hij er niet meer was? Het was beter dat elk mannelijk lid van de familie zijn deel van de bezittingen of de tegenwaarde daarvan in geld aannam. Het huis en het omringende land zouden naar de oudste nog levende broer van de Nayak en zijn familie gaan; de rest van het landgoed zou worden verdeeld. Ze begonnen door de rangen van de familie te gaan en de goederen te verdelen. De oudste nog levende broer, een deel van tweehonderd hectare. De tweede 416 gouden soevereins. De derde... Toen het de beurt was aan de zonen van de Nayak kreeg Devanna's vader 175 hectare. Hij straalde en knikte. Het was eerlijk.

'En voor Kambeymada Devanna, het huis waar hij nu in woont.'

Devi's hoofd schoot met een ruk omhoog. 'Is dat alles? En het deel van het land dan waar mijn echtgenoot recht op heeft, of de tegenwaarde daarvan?'

'Land? Er is geen land. Waarom heeft Devanna land nodig als hij amper kan lopen? We geven hem het huis.'

'Het huis zal ons geen inkomen verschaffen. Waarom heeft hij land nodig, vragen jullie? Hij heeft het des te harder nodig omdat hij invalide is! Hij heeft een vrouw om voor te zorgen, nietwaar, en onze zoon?'

De oudsten wierpen elkaar een blik toe. Het lef van die vrouw. 'Er is geen land toegewezen aan Devanna, en ook geen ander bezit,' zeiden ze kortaf. 'Maar als je niet tevreden bent, moet je met je schoonvader gaan praten.'

'Het zit als volgt, begrijp je,' zei Devanna's vader zonder haar in de ogen te kijken. 'Er is me niet veel land gegeven. En zoals je weet heb ik behalve Devanna nog vier zonen.'

'Nog vier zonen?' Devi's stem klonk zelfs in haar eigen oren onnatuurlijk hoog. Ze zweeg even en probeerde haar zelfbeheersing terug te vinden. 'Nog vier zonen, schoonvader? Mag ik u eraan herinneren dat Devanna uw eerstgeborene is?'

'Ja, *kunyi*, dat weet ik...' Hij wilde haar nog altijd niet aankijken. 'Mijn handen zijn helaas gebonden. De dingen zijn tegenwoordig zo duur... In elk geval heb je het huis.'

'Een huis? Mijn zoon, een telg van de Kambeymada's, en het enige waar hij recht op heeft is een slecht geventileerd hok? Is dat eerlijk?'

Ze keek smekend naar de oudsten. 'Alstublieft,' zei ze met brekende stem. 'We hebben niet veel. De Nayak stuurde ons elke maand geld, en zelfs daarmee moest ik... elke rijstkorrel, we telden elke rijstkorrel die de kookpot in ging. Ik zie het geld niet meer komen nu de Nayak er niet meer is. Wees eerlijk voor mijn zoon, hoe moeten we zonder land overleven?'

'Nee, *kunyi*,' legde Devanna's vader snel uit. 'Ik blijf jou elke maand geld sturen. Hoeveel heb je nodig? Honderd roepies? Tweehonderd?'

'Ik wil geen liefdadigheid meer,' stoof Devi op. 'Geef mijn zoon gewoon waar hij recht op heeft. Geef ons het land dat hem toebehoort.'

Ze schudden spijtig hun hoofd. Dit was het beste wat ze haar te bieden hadden, en het was een gul aanbod ook. Ze zou het moeten aannemen.

Ten slotte keek Devi hen wanhopig aan. 'Machu. Breng ze tot rede.' Ze besefte met een schok dat hij niet eens naar haar keek en in plaats daarvan zijn blik op het groene waas op de velden gericht had. De kleine zenuwtic in zijn kaak weersprak de opzettelijk verveelde uitdrukking op zijn gezicht, die haar vertelde dat hij absoluut niet van zins was om voor haar in de bres te springen.

Devi knikte, haar ogen vol tranen. 'Goed dan,' zei ze terwijl ze zich omdraaide om weer naar binnen te gaan. 'Hou jullie liefdadigheid maar, ik knoop de eindjes wel zonder jullie aan elkaar.'

Nanju keek gealarmeerd naar Devi. Ze was altijd verdrietig als het tijd was om uit het Kambeymadahuis te vertrekken, maar hij had zijn moeder nog nooit zo zien huilen. 'Avvaiah?' vroeg hij, beteuterd kijkend naar de tranen die over haar gezicht rolden.

Ze schudde haar hoofd en probeerde te glimlachen. 'Nee, er is niets. Kom, schiet op, pak je spullen in, we moeten naar Madikeri.'

Ze liet hem de zegen vragen van elke oudere in het huis en raakte zelf al hun voeten aan; ze wensten haar stijfjes geluk. Pas toen ging ze in de wagen zitten. Nanju keek gespannen naar haar toen ze wegreden van het huis. Hij zocht naar de juiste woorden. 'Niet verdrietig zijn, Avvaiah,' begon hij aarzelend. 'Appaiah zei dat we Kambeymada *thatha* moeten laten gaan. Hij zei dat hij een heel lang leven heeft gehad en...'

Devi knikte. 'Ja, ja. Ik ben moe, Nanju, dat is alles.' Ze legde haar hand tegen zijn wang om haar woorden te verzachten. 'Avvaiah heeft erge hoofdpijn. Denk je dat je een tijdje stil kunt zijn?'

Nanju knikte stoer. Hij was blij dat ze weggingen. Hij wilde terug naar de kalmte van Madikeri, naar Appaiah. Hij keek naar zijn moeder. Ze was tenminste opgehouden met huilen. Hij trok zijn knieën op tegen zijn kin en staarde naar buiten. Thuis zou het beter zijn.

De wolken dreven lusteloos langs de hemel en het Kambeymadahuis kwam nog een keer tussen de bomen door in het zicht voor het geheel verdween.

Tukra had net de derde bocht in de weg gerond toen Nanju zijn hoofd oprichtte. 'Avvaiah,' wees hij. 'Kijk.'

Machu reed recht op de wagen af. 'Devi.'

'Devi,' zei hij nogmaals.

Ze stapte elegant uit en ze gingen aan de kant van de weg staan. Nanju rekte zijn nek uit en probeerde te horen wat ze zeiden, maar de wind blies de meeste woorden weg.

'Gefeliciteerd.'

'Ja.'

'Ben je blij?' Ze probeerde te glimlachen. 'Het wordt een jongen, net als jij.'

'Devi. Wat er daar gebeurd is. Het was niet goed.'

'En toch deed jij niets om het tegen te houden.'

'Wat heeft het ooit voor goeds gedaan om tegen een leger in te gaan? Het is beter ze onverhoeds te overvallen, of ze een voor een aan te pakken. Hoe dan ook,' hij schudde ongeduldig met zijn hand, 'ik kwam je dit vertellen. Maak je geen zorgen. Ik zal ervoor zorgen dat jij je rechtmatige deel krijgt.'

Ze lachte, een schril, spottend geluid. 'O, vast. Net zoals je vanochtend deed.'

'Devi...'

De tranen prikten achter haar ogen en ze lachte nogmaals om ze te verbergen. 'Hier.' Nanju zag dat Avvaiah in haar bloes reikte en iets in de handen van zijn oom legde.

'Die heb ik aan jou gegeven.'

'Een tijgerklauw voor je tijgerin? Ja, ik weet het. Maar je hebt nu een vrouw, Machu, je zult binnenkort een kind hebben. Dit... dit moet je weer terugnemen.'

Hij legde de broche weer in haar handen en pakte die stevig vast. 'Hij is van jou,' zei hij ruw. 'Doe ermee wat je wilt, gooi hem in de Kaveri als je wilt. Maar hij is voor jou bedoeld. Voor niemand anders dan jij.'

Tot Nanju's ontzetting begon Avvaiah weer te huilen toen ze de wagen weer in stapte. 'Huu... hu...' spoorde Tukra de ossen aan, en ze reden weer gestaag verder.

'Avvaiah,' zei hij hulpeloos. Hij was een man, nietwaar? Appaiah had hem gezegd dat hij voor zijn moeder moest zorgen en Nanju wist dat hij haar niet nog eens moest teleurstellen. 'Avvaiah, Kambeymada *thatha*...'

'Hij is weg, Nanju,' snikte ze. 'Ik ben hem voor altijd kwijt.' Ze trok hem tegen zich aan, zo dicht dat zijn ribben pijn deden, maar Nanju wist dat het belangrijk was, heel belangrijk, om zich niet te bewegen.

Machu ging diezelfde avond nog naar de oudsten van de familie.

'Zijn je hersenen soms verweekt?' vroegen ze ongelovig toen ze hoorden wat hij te zeggen had. Maar Machu wilde van geen wijken weten.

Twee dagen later, toen zijn vrouw beviel, was het een jongetje, precies zoals Devi voorspeld had. Hij nam de baby in zijn armen en staarde er vol verwondering naar.

'Ben je blij?' had ze gevraagd.

Zijn zoon brulde vol overgave en voor het eerst in een heel lange tijd weken de schaduwen voor even uit Machu's hart.

19

Toen de familie Kambeymada Devanna liet weten dat ze de verdeling van de bezittingen heroverwogen had, wist Devi dat dat uitsluitend aan Machu te danken was. 'Ik zal ervoor zorgen,' had hij tegen haar gezegd, 'dat jij je rechtmatige deel krijgt.'

Devanna staarde verwonderd naar de brief en begon hem toen nog eens te lezen om zeker te weten dat hij het niet verkeerd begrepen had. 'Mijn vader! Dit heeft hij geregeld, neem ik aan... Ik had het niet gedacht, ik had nooit gedacht dat... Kijk dan, Devi!' zei hij schor. 'Veertig hectare!'

Devi had hem de details van de uitkomst in huize Kambeymada bespaard. Ze had niet verteld hoe ze de oudsten en vooral zijn vader gesmeekt had om Devanna op gelijke voet te behandelen, en ook nu zei ze niets wat hem van het geloof in zijn vaders grootmoedigheid af kon brengen. Er schitterde echter een felle vreugde in haar ogen terwijl ze naar de brief staarde. 'Ik zal ervoor zorgen,' had Machu haar beloofd.

Ze stuurde Tukra naar het dorp van de Nachimanda's om het bericht van deze meevaller over te brengen en Thimmaya te vragen direct te komen. Meteen de volgende dag gingen ze op pad om het land te bekijken. Het stuk land dat Devanna had geërfd was een koffieplantage die ongeveer een halfuur buiten Madikeri lag. De plantage was van een Schotse planter geweest. Toen die Kodagu had verlaten – na een uitzonderlijk slecht seizoen had hij uitgeroepen dat hij die verdomde regen spuugzat was – had Kambeymada Nayak de koffieplantage direct van hem gekocht. 'Je moet rijstvelden kopen, dit is de tijd niet om in koffie te investeren,' hadden zijn vrienden de Nayak aangeraden, maar de Nayak had het desondanks gedaan. 'Land is land,' legde hij uit. 'Het kan wel een tijdje braak liggen terwijl we wachten tot de koffieprijzen stijgen.'

Devi wist dat niet toen ze om zich heen keek naar de rijen koffiestruiken, de vijver die glinsterde in de verte, de grote, vervallen bungalow aan het einde van een kiezeloprit. 'Iguthappa Swami zorgt weer voor ons,' zei ze zachtjes tegen haar vader. 'We zullen...' Ze viel stil toen ze de bezorgde blik op zijn gezicht zag.

'Wat?' vroeg ze gespannen. 'Wat is er?'

Thimmaya schudde zijn hoofd. 'Ik had gehoopt dat er minstens ook een rijstveld zou zijn. Dit... dit stuk land is alleen geschikt gemaakt voor koffie.'

'Dat is zo. Maar dat is toch juist goed? Om een koffieplantage te hebben, net als de blanken?'

Thimmaya wierp een blik op Devi terwijl hij de bezorgdheid in zijn borst probeerde te bedwingen. Zijn arme kind, hoe zou ze ooit in staat zijn om... ze wist niets van koffie telen. Waar moest hij beginnen?

'Appaiah?' vroeg Devi nogmaals, met grote ogen. 'Alstublieft. Zeg me, wat is er aan de hand?'

'Het punt is, *kunyi*, koffievelden zijn niet... ze doen het al jaren niet meer zo goed. Toen de eerste koffieplantages werden aangelegd – jaren geleden inmiddels, toen jouw *tayi* zelf niet ouder was dan jij nu – in die dagen waren de koffieoogsten heel goed, zeggen ze.'

De oogsten waren in de tijd van die pionierende blanken zo rijk geweest, legde hij uit, dat er massa's van hun soort naar Kodagu waren gekomen. In de jaren zeventig en tachtig hadden hun plantages zich over heel Kodagu verspreid. Zelfs de Kodava's begonnen hier en daar een handvol koffiebonen tussen hun gewassen te strooien, en ze ontwikkelden zo'n liefde voor de drank dat geen keuken compleet was zonder een pot sterke zwarte koffie die, gezoet met palmsuiker, op het vuur stond te pruttelen. De werkelijk rijken onder hen, zoals Kambeymada Nayak, lieten hectares kreupelhout op hun rozenhoutplantages kappen en de grond cultiveren voor koffie.

De planten groeiden flink en produceerden dichte trossen bonen, seizoen na seizoen.

En toen, tegen de eeuwwende, hadden de zaken een abrupte duikvlucht genomen. De koffieopbrengsten waren onverklaarbaar laag geworden, in heel Kodagu. Hoe de planters ook wiedden of snoeiden, welke kleur de handen die de plantages verzorgden ook hadden, blank of bruin, hoeveel bodemwetenschappers er ook werden ingevlogen uit Mysore en hoeveel hanen er ook werden geofferd aan de bosgeesten. Al zeven seizoenen inmiddels was de koffieoogst in Kodagu gedecimeerd tot een magere paar ton opbrengst.

Er waaide een briesje over de plantage en de koffiebladeren ritselden. Devi slikte. 'Hoe...' vroeg ze Thimmaya hortend, 'hoe erg is het precies?'

'Het is een prachtig stuk land, *kunyi*,' probeerde hij haar gerust te stellen. 'Kijk eens hoe het glooit, en er staan zo veel sinaasappelbomen.'

'We kunnen niet leven van sinaasappels alleen,' onderbrak Devi hem. 'Alsjeblieft, Appaiah, vertel me. Kan ik iets doen met dit land?'

'Ja,' antwoordde Thimmaya. 'Verkoop het. De prijs per hectare zal niet zo goed zijn, maar je hebt er veertig van. Je eigen vader heeft er nog geen vijf. Verkoop het land en koop rijstvelden van het geld, of een paar hectare kardamom.'

Ze staarde beteuterd om zich heen. 'Ik zal ervoor zorgen,' had hij tegen haar gezegd, 'ik zal met hen praten.' Het was Machu geweest die zijn familieleden tot rede had gebracht; hij was het die haar dit land had bezorgd.

Ze stak haar hand uit naar een koffiestruik. De bladeren leken te glanzen toen ze langs haar vingers streken. Machu heeft me dit land bezorgd, dacht Devi weer. Het was het enige wat ze van hem had.

'Ik verkoop het niet,' zei ze zachtjes.

'*Kunyi*, kom, wees praktisch. Zo te zien is er jarenlang niets aan deze plantage gedaan.' Hij wees naar de bomen die zich kromden boven hun hoofd. 'Moet je eens zien hoe de schaduwbomen doorgeschoten zijn. Zelfs in goede tijden moeten ze elk jaar gesnoeid worden zodat de koffie genoeg zon krijgt.' De Europeaanse planters snoeiden de schaduwbomen fanatiek terug en kapten op sommige plantages zelfs alle bomen. Als ze maar één boom lieten staan, hadden die plantagehouders hun arbeiders gewaarschuwd, zou dat reden zijn voor ontslag op staande voet. 'Het is volkomen dichtgegroeid, *kunyi*, waar ga je het geld vandaan halen om ze te laten snoeien?'

'Ik verkoop niet.'

'Devi, doe niet zo dwaas. Zelfs de houtprijzen zijn laag dit jaar, je krijgt bijna niets voor die bomen.'

Ze draaide zich smekend naar hem toe. 'Vraag me niet dit land te verkopen, Appaiah. Er móét iets anders zijn wat ik kan doen.'

Thimmaya staarde hulpeloos naar zijn dochter. Heel even leek ze weer een klein meisje. Als Muthavva haar berispte over het een of ander rende ze altijd halsoverkop naar hem, op zoek naar bescherming tegen haar moeders woede. Als hij haar hoog in zijn armen omhoog zwierde had ze precies zo'n blik op haar gezicht, alsof haar vader alles kon, álles, en haar zou beschermen tegen al het kwaad op de wereld.

Hij voelde aan een peperrank die zich uitstrekte over de stam van een schaduwboom. De ranken leden ook onder de verwaarlozing, ze zouden dat jaar bijna niets opleveren.

'Goed dan,' zei hij ten slotte. 'Probeer dan het land tot rijstveld om te vormen. Rooi de koffiestruiken, hectare voor hectare.' Hij liet een vertrouwen in zijn stem doorklinken dat hij niet voelde en trok bedachtzaam aan een rottende rank. 'Het zal niet makkelijk zijn. Maar hard werken heeft nog nooit iemand kwaad gedaan.'

Ze hielden de volgende dag een kleine *puja* op de plantage, braken een kokosnoot bij de ingang en goten het sap uit over de grond. Tayi liet Tukra de nek van een zwarte kip omdraaien en hem begraven in de hoek van de plantage, om de *pisachi* en het boze oog af te weren.

'We moeten een naam hebben, Avvaiah. Hoe zullen we onze plantage noemen?' vroeg Nanju, die vol verwondering om zich heen keek.

'Nari Malai,' antwoordde zijn moeder onmiddellijk, met een stralend gezicht. Tijgerheuvels.

Devi verkocht de sinaasappels van de plantage en van de opbrengst huurde ze drie arbeiders in met wiens hulp ze een paar hectare van koffie wilde ontdoen. Ze vorderden moeizaam en langzaam. De verhoute stengels van de koffiestruiken moeten worden doorgehakt en daarna moesten hun wortels uit de aarde worden losgewrikt. Devi's nagels scheurden en rafelden terwijl ze meezwoegde naast de arbeiders, en de blaren stonden op haar handpalmen. Maar na maanden werken van het moment dat de zon in het oosten opkwam tot de sterren in de avondlucht begonnen te twinkelen, was er nauwelijks een lapje van de plantage gerooid.

Op een avond zat Devanna haar vanaf zijn stoel aan te staren terwijl ze op de rand van haar bed ging zitten, zo moe dat ze bijna niet meer kon denken. Al die maanden had hij geen woord gezegd, al leed hij onder de gedachte dat zij daar zwoegde, dat hij niet kon helpen, dat zijn gebroken lichaam het hem onmogelijk maakte. 'Praat wat gezond verstand in haar hoofd,' had Tayi hem aangeraden. 'Het is gekkenwerk om de plantage te willen omgooien. Verkoop het land nu het nog enige waarde heeft en koop dan wat rijstvelden.'

Devanna had geaarzeld. 'De plantage... ze schijnt dit land te willen, Tayi, dit land en geen ander.'

En dus had hij zijn gedachten voor zich gehouden en zat hij elke avond aan het raam tot ze terugkwam. Devi liet nooit blijken of ze het merkte, laat staan of ze zijn wake waardeerde. Hij bleef ook wachten en deed alsof hij in een boek verdiept was terwijl zij controleerde of Nanju lekker ingestopt was, zich waste en de gebedslampen aanstak. Pas als ze eindelijk ging zitten om te eten, begon hij ook aan zijn maaltijd. Ze aten in stilte, allebei. Hij nam een paar hapjes van zijn rijstebrij, Devi at in het wilde weg wat er ook op haar bord lag. Het huis was zo stil dat ze de muizen in de muren konden horen krabbelen.

Vandaag was ze zo uitgeput geweest dat ze zich alleen nog maar kon terugtrekken in haar kamer. Devanna wachtte en kwam toen aarzelend uit zijn stoel overeind. Hij hinkte naar haar deur, zwaar ademend van zelfs die kleine inspanning.

'Devi,' zei hij hijgend.'Wat is er? Is het de plantage? Kan ik helpen?'

Ze wierp een vermoeide blik op hem. 'Helpen? Kom nou, Devanna. Hoe zou jij me ooit kunnen hélpen?'

Maar evengoed vertelde ze hem over de plantage. 'Koffiestruiken, niets dan koffie,' zei ze bitter. 'Zelfs de peperranken zijn verrot door de regens. Het was een te grote onderneming om te proberen het land weer geschikt te maken voor rijst. Het geld van de sinaasappels is bijna op en we hebben nauwelijks vooruitgang geboekt. Ik... ik weet niet wat ik anders nog kan doen.'

'Probeer er dan een koffieoogst aan te ontlokken. De kranten zeggen dat de prijzen dit jaar niet slecht zijn.'

'Probeer...! De plantage is jarenlang verwaarloosd. Zelfs de schaduwbomen zijn weer gegroeid. Appaiah zegt dat het veel geld gaat kosten om die in te korten. Waar komt dat geld vandaan? En al die uitgaven, waarvoor? Een paar kwintalen oogst?'

Ze keek neer op haar pijnlijke handen. 'Misschien moet ik het toch verkopen,' zei ze beverig tegen hem.

Devanna staarde haar aan. *De bomen zijn weer gegroeid?* Maar Devi, misschien is dat precies wat we nodig hebben.'

Zonder acht te slaan op de stekende pijn in zijn been hinkte hij naar een stapel boeken en haalde er een atlas uit. 'Kijk,' zei hij.

Devanna's lichaam was de laatste jaren langzaam aangesterkt, maar hij was nog lang niet de oude. Het was een langzaam en pijnlijk proces geweest. Zelfs van de ene kamer naar de andere hinken putte hem uit; dan moest hij na afloop een behoorlijke tijd uitrusten op zijn stoel, met zijn ogen gesloten en zijn mond open. Nu hij nog altijd te zwak was om zich lang buiten te wagen en Nanju naar school was, had hij wanhopig afleiding gezocht om te voorkomen dat zijn geest te diep het verleden in zou duiken.

Hij had opnieuw zijn toevlucht gezocht bij zijn vertrouwde boeken. Er kwamen elke maand zware pakketten voor hem aan, van uitgevers uit Bangalore, Bombay, Madras en Londen. Het was een dure aangelegenheid, maar ondanks hun moeizame financiële omstandigheden had Devi het niet over haar hart kunnen verkrijgen om bezwaar te maken. Toen Devanna zich echter realiseerde hoeveel druk zijn aankopen op hun budget legden, had hij al bijna drie maanden geen boeken meer gekocht, was haar opgevallen. 'Waarom ben je daarmee gestopt?' vroeg ze. 'Doe niet zo gek, koop jij maar gewoon je boeken.' Ze zei tegen zichzelf dat ze dat alleen vanwege Nanju deed; het was goed voor hem om te midden van het geschreven woord op te groeien, in een leergierige omgeving.

Devanna las gretig. Geschiedenis, geografie, filosofie, religie, wiskunde, de natuurwetenschappen, fictie, biografieën, reisverhalen, en met name zijn eerste liefde: botanie. Hij had zijn aandacht op de koffieteelt in Kodagu gericht en zich ten doel gesteld de onthutsende afname in de opbrengsten te begrijpen.

Een wijdverspreide bodemziekte, dacht hij eerst, maar nee, dat kon het niet zijn. De rijstopbrengsten waren in diezelfde periode steeds hoog geweest. Er waren geen ziektes geweest, geen grote problemen met ongedierte om de magere oogst te verklaren. Zelfs de regen was over het algemeen gevallen zoals altijd, misschien het ene jaar wat meer dan het andere, maar het verschil was niet zo groot dat het het gewas zo negatief kon beïnvloeden.

Hij was verdiept geweest in de memoires van een planter uit Ceylon toen hem een gedachte was ingevallen. Kon het waar zijn? Kon de verklaring echt zo eenvoudig zijn?

'Kijk,' zei hij nu tegen Devi, wijzend in de atlas. Devi tuurde argwanend naar de bladzijden, naar de klimaatgordels die over India en de omringende eilanden liepen. 'Hier,' wees hij, 'kijk naar Ceylon.' De planters in Kodagu hadden een ernstige beoordelingsfout gemaakt, zei hij, door de koffieplantages in Ceylon te strikt na te bootsen. 'Ik geloof dat ze een grote vergissing begingen toen ze zo veel schaduwbomen weghaalden. Ze vergaten dat Kodagu op een hoger zeeniveau ligt dan Ceylon.'

De koffie in Kodagu kreeg veel te veel zon.

Devi staarde hem weifelend aan. 'Weet je dat zeker?' vroeg ze.

Hij knikte opgewonden. 'Het is maar een theorie, Devi, maar ja, ik denk echt dat dit het antwoord is. Herinner je je dat verhaal nog van de missieschool – over Jaap en de grote bonenstaak?' De bodem in Kodagu was zo vruchtbaar, zei hij, dat het er in de eerste jaren niet toe gedaan had. Duw een koffieboon in de grond en de volgende ochtend stond er al zo ongeveer een plant, te veel zon of niet. De opbrengsten waren in die eerste dagen hoog geweest. Maar met het verstrijken van de jaren was het aanvankelijke voordeel van de maagdelijke aarde afgenomen. De struiken waren niet bestand geweest tegen het overvloedige zonlicht, de knoppen verwelkten aan de takken voor ze tot vruchten konden uitgroeien.

'Dus... je bedoelt dat...' probeerde Devi de implicaties te bevatten.

'We hoeven de schaduwbomen misschien helemaal niet te snoeien. Als mijn hypothese klopt, is de uitgroei van de schaduwbomen misschien wel het beste wat de plantage had kunnen overkomen.'

Zou het waar kunnen zijn? Devi staarde hem aan en woog haar opties af. Goud in zijn hoofd, herinnerde ze zich, Devanna had altijd al goud in zijn hoofd gehad. Ze kwam overeind, plotseling vol energie. 'Zo zij het. We hebben zo weinig te verliezen, we kunnen het net zo goed op jouw manier proberen.'

Ze verpandde haar trouwjuwelen – de armbanden die Muthavva haar had nagelaten, de kettingen en het dubbele halssnoer – bij de plaatselijke juwelier in Madikeri. Met de roepies die ze van hem kreeg, ging ze in alle ernst aan de slag om een koffieoogst aan de plantage te ontlokken. Thimmaya had zijn twijfels, maar kwam evengoed zo vaak langs als hij kon, om zijn dochter de juiste mengeling van runderbeendermeel en mest te tonen voor het bemesten van de planten en om de aarde rond de planten vrij van onkruid te houden. Devi werkte naast Tukra, zijn mopperende vrouw en de paar arbeiders die ze zich kon veroorloven. Wieden, schoffelen, composteren, bemesten, hakken, snoeien, opstaan, bukken, reiken, plukken tot de spieren in haar rug en armen verkrampt waren van de pijn.

Maar op een vreemde manier was het zuiverend. Er lag eerlijkheid in het lichamelijke werk, met de hete zon op haar gezicht. Botheid in de blaren die de schoffel in haar handen achterliet. Ze wist niet wat ze moesten doen als ze na dit alles een slechte oogst zouden krijgen. Ze konden altijd bij haar vader terecht, dat wist ze, maar het was niet juist om haar financiële problemen op zijn schouders te leggen. Nanju's school, hoe zouden ze ooit de kosten moeten opbrengen? Hoeveel handdoeken ze ook afzette met kant.

En dan rukte Devi met nog meer geweld het onkruid uit. Het enige wat ze kon doen was werken. En werken zou ze. Ze zou werken tot ze erbij neerviel, beloofde ze zichzelf. Machu had haar dit land bezorgd, en ze zou er iets van maken. 'Groei,' fluisterde ze fel tegen de planten terwijl ze rond hun wortels schoffelde, zijn naam bitterzoet op haar tong. 'Groei nu, hoor je me?'

Ze hoorde dat Machu zijn deel van de erfenis in geld had willen ontvangen in plaats van in land, en dat hij alles aan de Ayappatempel had gegeven. 'Wat een vrome gelovige,' zeiden de mensen vol ontzag over hem, maar het nieuws had haar gestoken als een pijl. Dat hij dit land niet had opgeëist. Dat hij gekozen had, moedwillig gekozen had om wortelloos te blijven. Het was niet zomaar een offer om in plaats daarvan geld te kiezen en dat aan de goden te doneren, wist Devi. Het was een boetedoening, een eindeloze boete voor hun verleden.

Ze had ook gehoord over de geboorte van Machu's zoon, een jongetje, zoals ze geweten had. Ze had moeten vechten om haar gezicht in de plooi te houden, om de pijn in haar stem te verbergen. 'O? En is alles goed met hen, met de vrouw en de baby?'

Hier op de plantage kon ze dat alles achter zich laten. Hier kon ze doen alsof de dingen nog waren zoals vroeger. Alsof ze onbesmet was, getekend door lot noch omstandigheden, haar hart zo wild en vrij als de wind. Alsof alleen de taak die gedaan moest worden ertoe deed, het mulchen van de bodem met gedroogde bladeren om zo veel mogelijk vocht vast te houden, het snoeien van de struiken en het kiezen van de drie meest belovende scheuten uit een knoest om te laten groeien. Soms, als ze opkeek, verbeeldde ze zich dat ze het silhouet van Machu's schouders tegen de broodvruchtbomen zag. Soms leek ze zijn stem te horen, die duidelijk over de heuvels klonk.

Maanden later werd Devanna's theorie bewezen. Ze hadden maar een klein stuk van de plantage kunnen bijhouden, maar die hectaren barstten nu van de glanzende witte bloesems. Devi stond versteld van de geur van de bloemen. Haar vader had een klein lapje koffie op zijn land gehad en zij had de tere schoonheid van de bloesems wel opgemerkt, maar nooit eerder had ze beseft hoe betoverend ze roken. Een honingzoet, suggestief bouquet waarvan de lucht twee bedwelmende weken na hun bloei nog geurde.

Er volgde zo'n overvloed aan bonen dat Devi met het geld van de verkoop haar schuld bij de lommerd kon afbetalen en genoeg over-hield om het volgende seizoen arbeiders voor bijna de volle veertig hectare in te huren.

En zo stond Devi een jaar later op de top van de heuvel die over de plantage uitzag en bewonderde ze een zee van koffiebloesem. Een paar dagen eerder had het geregend, een hevige ochtendbui die het stof van de bomen had gewassen en de hitte getemperd. Bloesembuien, heetten ze, die warme regens van maart; dit jaar waren ze perfect op tijd gekomen. De koffie was de maand ervoor uitgebot; kleine knopjes groen, zo groot als een rijstkorrel, waren in overvloed opgekomen. De knopjes waren langzaam in de zon gerijpt tot er een lichte kleverigheid op was verschenen, het teken dat ze klaar waren om te bloeien.

Op dat moment waren de bloesembuien gekomen.

Na afloop was de koffie gaan bloeien. Piepkleine helderwitte bloemetjes, in zulke dikke trossen dat hele takken bedekt leken met ivoor. Tot zover het oog reikte staken ze smetteloos, als speren, op uit het groen. De plantage lag voor haar, zwaar geurend, genesteld tegen de hellingen en dalen in het land dat zachtjes lag te dampen in de zon. De ordelijke rijen schaduwbomen – sinaasappels, brood-vrucht en zilvereik – maakten aan de randen elegant plaats voor het oerwoud. In de verte het blauwige waas van de bergen, met wolken bepluimd. Kikkers kwaakten in het vochtige gras rond de vijver; in-secten met glinsterende vleugels scheerden over de koffiebloemen.

Devi had Tayi met zich meegesleept om de bloesems te komen bekijken, de triomfantelijke getuigen van bijna twee jaar keihard werken. 'Foei, *kunyi*,' had de oude dame geprotesteerd, 'mijn knieën kunnen zo'n zware belasting niet meer aan.' Devi wilde er echter niets van horen en liet Tukra de kar bijna helemaal de heuvel op rijden. Ze draaide zich om naar haar hijgende grootmoeder.

'Kijk, Tayi,' zei ze, gebarend met een stille, vastberaden trots. 'Van mij. Dit alles, van mij.'

Tayi keek haar van terzijde aan terwijl ze op adem probeerde te komen. 'Het is Devanna's eigendom,' bracht ze haar kleindochter in herinnering.

De wind zwiepte om hen heen en vouwde hun sari's rond hun benen. Devi haalde diep en tevreden adem, inhaleerde de geur van de koffiebloesems, maar zei niets terug.

Opnieuw gaven de bloesems goed aan wat voor oogst er zou komen. In de oogsttijd was de opbrengst zo hoog dat het droogveld bijna een maand helemaal vol lag. Het geprepareerde oppervlak leek voortdurend bedekt met roodbruine bonen die droogden in de zon; ernaast lagen aan alle kanten bergen bonen te wachten op hun beurt. Tukra zat met kraaloogjes over deze schat te waken en klakte afkeurend met zijn tong als Nanju in de bergen koffiebonen dook en rondrolde. 'O, laat hem toch, Tukra,' kwam Devi tussenbeide. 'Het is maar een kind. Bovendien zijn er nog veel meer.'

Ze ging zelf naar Mincing Lane om met de Europese coöperatie over de prijs van de oogst te onderhandelen; ze voerde de gesprekken in haar beperkte, maar toereikende missieschool-Engels. Devanna, wiens conditie nog altijd verbeterde, stond erop om haar te vergezellen en weigerde zijn vrouw onbegeleid te laten gaan. Devi had niet geprotesteerd. Hij was bijna gevallen toen hij in de wagen probeerde te stappen. Op het laatste moment had hij zich opgericht en was hij moeizaam ingestapt, met een koppige trek om zijn mond en zijn schoenen en wandelstok glanzend opgepoetst.

Gordon Braithwaite, een van de grootste planters in Kodagu, stond verbluft te kijken van de grote oogst die Devi had weten te realiseren. 'Ik ben geen koffiekoning meer,' zei hij die avond spijtig in de club. 'Ik geloof dat de eer dit jaar naar een bekoorlijke Indiase gaat. Koffiekoningín, wel te verstaan.'

Jaloerse ogen uit heel Kodagu wendden zich in haar richting. Die meid van een Devi! Ging naar Mincing Lane om zelf met de blanken te praten. Had ze geen besef van fatsoen? Het was geen wonder dat ze zo'n hoge prijs had gekregen, welke man kon weerstand bieden aan een vrouw die haar borsten naar hem schudde?

Tayi probeerde haar kleinkind tot rede te brengen. 'Waarom moet je de conventies openlijk uitdagen, *kunyi?*' vroeg ze, duidelijk van streek. 'Je bent geen kind meer, maar een volwassen vrouw. Denk ook eens even aan ons, aan wat wij voelen als we horen dat er zo over je gepraat wordt.'

'O, Tayi. De mensen praten toch wel,' zei Devi ongeduldig.

'Je moet wel in de samenleving wonen, vergeet dat niet, en dat geldt ook voor je naasten en geliefden.'

Devi lachte.

'Je bent hard geworden, mijn zon en maan,' zei Tayi bedroefd. 'Maak jezelf niet zo broos dat een enkele aanraking je in stukken kan breken.'

'Niet hard, Tayi. Sterk.' Devi dacht opnieuw aan de Kambeymada's, aan de vernedering om te moeten bedelen om Devanna's rechtmatige deel. 'Als je niet sterk bent in dit leven, zullen de mensen je vertrappen. Je moet vechten voor je geluk. Voor wat je toekomt.'

20

'Nog een!' riep Machu en de sjofel uitziende ober zette prompt een nieuwe kan arak voor hem neer. Hij viel aan op een stuk lamskotelet met rode uien en chilipepers, en spoelde die weg met een slok van de sterkedrank, genoeglijk boerend. Het eten in deze tent was tenminste nog even goed als altijd.

De Engelsen hadden hun club met de fluwelen gordijnen; de Kodava's gingen altijd naar de keet met het dak van palmbladeren bij de toegang tot Madikeri. De oude vrouw die de eigenaresse was runde de keet op een uitgekookte manier. Ze wist hoe ze haar klanten van een voortdurende stroom sterke, zelfgebrouwen arak moest voorzien, intussen hun buik gevuld houdend met gulle porties *dosa's*, masalakotelletten en gefrituurde kippenlevertjes om de scherpe kantjes van de drank af te halen. Machu nam nog een slok van de arak en voelde die in zijn aderen branden. Zijn bezoek aan de arakkeet was het enige lichtpuntje in deze verder waardeloze dag.

Na wekenlang met lege handen thuis te zijn gekomen, had hij die ochtend een koppel konijnen omgelegd, en een jong hert. Hij had het wild gevild en zijn vrouw had het vlees boven de haard gehangen om boven het kookvuur te roken. Machu had de huiden onmiddellijk naar Madikeri gebracht om ze te verkopen. Het was niet goed gegaan. 'Tien roepies,' had de koper op besliste toon gezegd, en wat Machu ook zei, hij was niet te vermurwen.

Tien miezerige roepies, wat had hij daar nu aan? Er was dit hele seizoen al weinig wild geweest. Voor een man zonder eigen land of baan bij de overheid was het tegenwoordig moeilijk om voor zijn gezin te zorgen. Tien roepies. Zachtjes vloekend bracht Machu de kan arak naar zijn mond.

'Machu! *Ayy*, Machu!' Hij draaide zich om naar de kennis die naar hem toekwam. 'Wat is dit? Nog geen vier uur 's middags en je bent al begonnen?' De man sloeg hem lachend op de schouder. 'Maakt niet uit, ik hou je gezelschap in je verdriet of je vreugde, wat het ook is.'

'Ja. Zon of regen, wij drinken ertegen,' zei Machu wrang en de man grinnikte.

Hij schudde zijn hoofd toen Machu hem over de verkoop vertelde. 'Te moeilijk, alles is te moeilijk tegenwoordig. Hoe moet het lichaam zich nu redden? De rijstprijzen zijn bijna nul en de koffieopbrengst is nog steeds laag. Trouwens,' mopperde hij, 'heb je gehoord over die vrouw, Devi?'

Machu grijnsde. Dat had hij. Heel vaak.

Niet van de wijs gebracht begon de man aan het zoveelste verhaal over hoe Devi ongehoorde prijzen had weten te bedingen aan Mincing Lane. Vandaag niet, dacht Machu bij zichzelf. Niet nu de teleurstelling over de huiden voortdurend boven zijn hoofd leek te hangen. Vandaag deed het al pijn om haar naam te horen.

Hij had een goed huwelijk gesloten, wist Machu. Zijn vrouw was deugdzaam en plichtsgetrouw en haar toewijding aan hem stond op haar mooie gezicht te lezen. Wat kon een man zich nog meer wensen? En toch was er een ander die hem maar niet losliet en tantaliserend ronddanste in zijn dromen. 'Wat is er?' fluisterde zijn vrouw als hij wakker schrok, nacht na nacht. 'Wil je wat water?' Machu zei niets terwijl hij daar bleef liggen, blind in de nacht starend, en dan reikte hij naar haar, trok haar naar zich toe en nam haar met een kracht die voortkwam uit wanhoop, een passie die hem uitgeput achterliet.

En toch bleef het hangen, de scherpe nageur van verlies.

Hij zette de kan arak tegen zijn lippen, dronk hem leeg en gooide hem op de vloer. 'Genoeg,' viel hij zijn metgezel in de rede die maar door bleef ratelen over de koffieprijzen.

'Als ik nog één woord moet aanhoren over koffie, of over de Nari Malai-plantage, is het een woord te veel. Nee, ik heb dus geen land. Denk je dat dat me spijt? Geen seconde.'

'Ik heb nooit...' protesteerde zijn kennis, maar Machu luisterde niet.

Hij stond op, vast op zijn voeten ondanks de arak die door zijn ingewanden klotste. 'Denk je dat ik niet voor mijn gezin kan zorgen? Kijk dit eens. *Ayy!*' Machu wenkte de ober, stak zijn hand in zijn zak en haalde er de tien munten van die ochtend uit. Hij haalde er een, twee, drie, vier, vijf munten uit en liet die met een zwierig gebaar in de handpalm van de verblufte jongen vallen, die zich direct aan de voeten van zijn weldoener wierp.

'Sta op, sta op,' zei Machu geërgerd, en met een plotselinge inval hief hij trots zijn hoofd op en begon hij te zingen.

Wees gezegend en luister, mijn vriend, luister naar dit lied
In het hart van deze bossen, in dit woeste land
Zwierf een wilde tijger hongerig rond, 's nachts sliep hij niet.

Hij zong het tijgerlied met felle ogen, alsof hij terugdacht aan iets wat onherroepelijk verloren was. Het timbre van zijn stem gaf een wilde, ongetemde schoonheid aan zijn woorden en bracht de mensen in de keet tot zwijgen. En toen zag Machu ineens hoe absurd dit alles was en hij begon te lachen. Hij kon er net lang genoeg mee ophouden om zijn metgezel gedag te zeggen. 'Wacht maar, wacht maar af,' riep hij, terwijl hij de treden van de keet af liep.

Ongeveer een maand eerder was Machu benaderd door een van de vaste klanten voor wie hij jaagde. Ze zochten goede mannen voor in het leger, had de Engelsman hem verteld, en waarom dacht Machu er niet eens over na? Machu had het aanbod steeds weggewuifd. Weggaan uit Kodagu? Nooit.

Maar nu leek het niet zo'n slecht idee. Hij rechtte zijn schouders, hief zijn hoofd op en liep naar het plaatselijke garnizoen.

Zelfs toen de effecten van de arak wegtrokken, wist Machu dat hij de juiste keuze had gemaakt door in dienst te gaan. Het was verstandig geweest. 'Een nieuw begin,' zei Machu tegen zichzelf terwijl hij zijn legerbroek dichtgespte. 'Een nieuw begin.'

Evengoed was het moeilijk om te vertrekken, vooral om afscheid te nemen van zijn zoon. Appu keek met vragende peuterogen naar hem op. 'Wanneer kom je weer terug?'

'Heel snel, *monae*, dat beloof ik.'

Hij hield zijn zoon stevig tegen zijn borst. 'Zorg goed voor je moeder,' zei Machu tegen hem. 'Jij zorgt voor haar terwijl ik weg ben, ja?'

Appu knikte plechtig. 'Als je terugkomt, wil ik speelgoed. Heel veel speelgoed.'

Machu grijnsde en het kuiltje verscheen even in zijn wang. Hij tilde Appu in zijn armen en zwaaide het kind rond en rond, tot het gilde van plezier.

Hij keek vol genegenheid neer op zijn vrouw en streelde haar haar terwijl ze zich huilend aan zijn borst vastklampte. 'Kom nu. Wat is dit voor dwaasheid? Ik kom toch snel weer terug? Vertel me eens... de sari die ik voor je zal meebrengen, in welke kleur wil je die?'

Die middag was Machu heel stil terwijl hij en de andere nieuwe rekruten op een rij de grens van Kodagu naar Mysore overstaken. Hij haalde diep adem en vulde zijn longen met de oerwoudgeuren van aarde en wild, waarvan hij zijn hele leven zo gehouden had. De hemel was zwaarbewolkt; zijn voorouders verdrongen zich om afscheid van hem te nemen. Een vlucht reigers steeg stilletjes op en schoot de lucht in vanuit een geheime schuilplaats tussen de rijst. Machu zwaaide, met een brok in zijn keel, terwijl de vogels langzaam en traag over de colonne scheerden.

Hij liet het allemaal achter, alles wat hem dierbaar was.

Maar het was tijd. Tijd voor hen allemaal om voorwaarts te gaan.

Machu werd ingedeeld bij de 20ste Lancers in Madras. Nog geen twee weken later stond hij, stijf in de houding, recht voor zich uit naar een muur te staren. Die was met uiterste zorg witgekalkt om de medailles die erop hingen beter te laten uitkomen. Vierkanten, sterren, cirkels, ovalen en rechthoeken, allemaal trots op fluweel geprikt en in glazen vitrines tentoongesteld. De hitte van de vlakte drong door de open ramen heen drukkend naar binnen en omhulde hem. De tamarindebomen buiten waren volmaakt roerloos; lusteloze beo's hingen op de takken. Daar, in de verte, klonken de basklanken van de zee die tegen de kust dreunde. Zweet parelde over Machu's ruggengraat onder zijn kaki hemd en gleed gekmakend over zijn rug.

'Zo,' zei majoor Climo, 'jij bent een gerenommeerde jager, heb ik gehoord? Een tijger gedood met niets dan een zwaard, hè?'

Machu's hindoestaans was nog wat roestig. 'Ja,' antwoordde hij vlak.

'Dat is "ja, meneer" voor jou, soldaat.'

'Ja... meneer.'

'We mogen blij zijn dat we je hebben, schijnt het.' De majoor zette zijn bril af en blies een keer op de glazen om ze schoon te maken. 'En voor jou is het een voorrecht om bij de 20ste Lancers te horen. We zijn een trotse divisie, *sepoy* Machaiah. Een van de beste.' Hij gebaarde naar de muur achter hem. 'Soedan. Zuid-Afrika. Cambodja. Zie je die medailles? Er zijn er nog meer. Onze officieren en mannen hebben een Victoriakruis gekregen, twee zijn Officiers in de Orde van het Britse Rijk en we hebben vijf eervolle vermeldingen. Waar we ook kwamen hielden we ons hoofd opgeheven en joegen we onze vijanden de doodsschrik aan. *Sabse achha.* De beste, soldaat, wij streven naar het beste.

'En hoe denk je dat we die voorbeeldige prestaties hebben bereikt? Met discipline. Bij alle taken die ons misschien niet zo aanstonden. Ja, zie je deze muur, hoe wit die is, ondanks de zeelucht? Die wordt elke zaterdag gewit. Elke zaterdag, zonder mankeren. Discipline, soldaat.'

Machu's ogen gleden kort over de glanzende witheid van de muur, maar zijn gezicht bleef uitdrukkingsloos. Majoor Climo ging verder. 'Het behoort tot je plichten als soldaat in de twintigste om voor de officier aan wie je toegewezen bent te zorgen. Je moet zijn bad laten vollopen, zijn bed 's avonds openslaan, zijn uitrusting 's morgens klaarleggen en ervoor zorgen dat zijn schoenen en riem glanzend gepoetst zijn. En wat meer is: je zult daar eer in stellen, soldaat.'

Er trilde een spier in Machu's kaak. Hiervoor was hij het leger niet ingegaan. Een soldaat moest vechten, oorlog voeren, leven of sterven met zijn hoofd hoog opgericht. Waar was het soldaatschap, de eer, in het schoonschrapen van andermans laarzen? 'Nee,' had hij die ochtend geweigerd. 'Ik ben geen bediende.' Majoor Climo had hem onmiddellijk in zijn kantoor ontboden.

De majoor zette zijn bril weer op en keek Machu aan. 'Goed. Wat zal het worden? Moet ik je in de *palank* gooien wegens insubordinatie of ga je de redelijkheid ervan inzien? Kom op nou, soldaat. Je bent een te groot man voor dit soort kinderachtigheden.'

Machu zei niets.

'Goed. Dat is dan afgesproken.' De majoor werd nu kordaat. 'Ik heb je toegewezen aan luitenant Balmer. Je kunt er trots op zijn dat je zijn soldaat-huisknecht mag zijn.'

Machu klakte zijn hakken tegen elkaar en schrikte de beo's in de tamarindeboom op tot een kort, ademloos gefladder. Hij salueerde voor de officier en liep de tent uit.

Climo's woorden hadden indruk gemaakt, maar het was niet makkelijk. Discipline, zei hij tegen zichzelf, discipline. Maar soms, als hij wakker lag in de barakken, rees de vernedering in hem op als ranzig, rottend schuim dat op een put in het woud dreef. Dan balde hij zijn vuisten van weerzin. Wat was hij diep gevallen. De tijgerdoder, verlaagd tot het werk van een handknecht.

Dan bracht Machu zichzelf weer in herinnering waarom hij hier was. Hij dacht aan zijn vrouw, aan de stijve schouders van zijn zoontje toen ze hem uitzwaaiden.

Luitenant Balmer was tenminste een aardige jongen. Hij behandelde Machu met een merkwaardige mengeling van eerbied en autoriteit. Hij onderkende de koppige trots van de oudere man, maar gedroeg zichzelf met een waardigheid die toch veel indruk maakte op Machu. Hij had Balmer een keer gevraagd hoe oud hij was en had verwonderd zijn hoofd geschud. Tweeëntwintig pas? Ayappa Swami!

Balmer had geglimlacht. 'Waarom? Ik ben niet veel jonger dan de meeste officieren hier.'

Machu schudde zijn hoofd. 'U moet wel erg goed zijn, om op zo'n jonge leeftijd zo veel mannen te leiden.'

Die nacht lag Machu wakker en piekerde hij over de luitenant. Het kwam allemaal neer op opleiding, besloot hij. Kijk naar Devanna, die was bijna dokter geworden. Dókter. Machu herinnerde zich nog hoe de familie tegen hem had opgekeken. Hij grijnsde in het donker. Ja, zelfs Devi had gekozen voor... Devi.

Een herinnering kwam ongenood in Machu's hoofd op. Ze lagen op de grond in het prieel, haar ogen helder en glimlachend na hun liefdesspel. Een plotselinge bries ritselde door de goudenregen en schudde handenvol bloemblaadjes los, die op hen vielen. Devi ging rechtop zitten en zwaaide verwonderd met haar armen door het dansende geel. De blaadjes vielen in een dikke laag op haar haar, bedekten haar opgeheven voorhoofd en uitgestoken armen, gleden over haar blote borsten, tot ze Machu een woudgeest met een buitenwereldse glimlach leek, uitgesneden uit de bomen zelf. Ze had zich naar hem toegewend en iets gezegd in het Engels. 'Wat?' had Machu onthutst gezegd, en ze had vrolijk gelachen.

'Poëzie,' zei ze. 'In het Inglis. *A hostoff goldun daffadils*. Het is heel bekend, je zou het moeten opzeggen voor de blanken voor wie je jaagt.'

Hij had zich geschaamd voor zijn onwetendheid en had dat met spot verbloemd. 'Alsof jij Inglis kent. Je babbelt maar wat en dan verwacht je...'

Maar ze was in een te goede bui geweest om zich op de kast te laten jagen. Ze pakte handenvol bloemblaadjes van het gras en haar schoot, en gooide die naar hem, de hele tijd lachend.

Met moeite bracht Machu zijn gedachten terug naar het heden. Discipline, zei hij tegen zichzelf, discipline. Hij lag heel stil en liet zijn ademhaling regelmatig worden. Ayappa Swami, wanneer zou dit ophouden? Hij streek met zijn hand over zijn borst. Al meer dan twee jaar had hij haar niet gezien, maar toch...

Hij dwong zich te denken aan het gesprek met Balmer en dacht aan zijn loon dat zich roepie voor roepie opstapelde. Als ik één ding in dit leven wil bereiken, beloofde Machu zichzelf, is het dat Appu goed opgeleid wordt. Op een dag... dacht Machu, op een dag zal Appu zelf misschien officier zijn.'

Langzaam, plannen uitdenkend voor zijn zoon, voor de kinderen die nog zouden volgen, viel Machu in slaap. Die nacht waren zijn dromen vol vallende goudenregenblaadjes die langzaam naar beneden dwarrelden.

Een warme wind joeg door de bomen rond de geplaveide droogplek en schudde de goudenregenblaadjes uit de takken. Ze zweefden boven de arbeiders die de koffiebonen wogen en vielen heldergeel in de gonjezakken. Devi stak haar hand uit naar de neerdwarrelende blaadjes terwijl ze toezicht hield op het wegen. Er viel haar een gedachte in en ze bekeek de huid van haar handen. Wat was ze bruin geworden! Ze was zelfs nog meer tijd gaan doorbrengen op de plantage, en de zon bruinde haar vroeger porseleinen huid tot een lichte olijfkleur. Tayi, Appaiah, Chengappa *anna* – ze zeiden allemaal dat ze veel meer werkte dan nodig was, maar ze begrepen het niet. Ze moest hier op de plantage zijn, bij onweer, regen of zonneschijn. Anders zouden die nietsnutten van een arbeiders bij de eerste de beste kans *bidi's* gaan liggen roken onder de bomen.

Ze keek tevreden naar de rijen zakken, barstensvol koffie. Iguthappa Swami had hen dat jaar opnieuw gezegend. Ze zou de eigenaar van de kledingwinkel in Madikeri vragen een selectie van zijn waren naar hun huis te sturen, mijmerde ze. Devanna en Nanju hadden nieuwe overhemden en broeken nodig. Ze zou ook overhemden kopen voor haar vader en broer, en een paar sari's voor Tayi. Ze moest Tukra en zijn vrouw niet vergeten; ze waren dit afgelopen jaar onmisbaar geweest. Een overhemd voor Tukra, dacht ze, en een sari voor zijn vrouw.

'Ayy,' riep ze naar een van de koffieplukkers. 'Bind die zak goed dicht, anders vallen de bonen eruit. Moet ik alles zelf doen?' Devi schudde haar hoofd en ging naar hem toe om hem te laten zien hoe het gedaan moest worden.

Een paar maanden later, toen de oogst verkocht was, hoorde ze dat er nog twee plantages te koop stonden. 'Ik denk erover om ze te kopen,' zei ze tegen Devanna, meer als bewering dan als vraag. 'Het is krap, maar ik denk dat het gaat.' Devanna knikte. Toen ze de papieren gingen registreren, liet Devanna de plantages op Devi's naam zetten. Ze liet niet blijken dat ze het had gezien, maar hield de papieren de hele terugweg heel stevig in haar handen.

Met deze nieuwe aankopen en de verbetering van Devi's omstandigheden kwam er een opmerkelijke ommekeer in hun positie in de gemeenschap. Uitnodigingen voor bruiloften, naamceremonies en verhuisfeestjes, die ze de afgelopen paar jaren nagenoeg niet hadden gezien, stroomden nu binnen. Devi sloeg ze bijna allemaal af. Ze was niet meer naar het dorp van de Kambeymada's geweest, niet meer sinds de crematie van de Nayak. Toen Puthari voor de deur stond in december, zei ze zachtjes tegen Devanna dat hij maar moest gaan. 'Je bent nu sterk genoeg,' zei ze, 'Tukra kan je helpen. Neem Nanju mee en ga.' Er was daar niets meer voor haar.

Ze kon zich Machu's gezicht niet meer duidelijk voor de geest halen; hij dreef haar herinnering in en uit als schaduwen van de middagzon. Soms, als de hunkering te sterk werd, vroeg ze losjes naar de Kambeymada's. Was alles goed met hen, vroeg ze. Tegenwoordig had ze nooit meer tijd om ergens heen te gaan, met zoveel hectares koffie te beheren. Tussen de bergen nutteloze informatie school soms een nieuwtje over Machu.

Ze hoorde dat hij het leger was ingegaan. Dat hij een paar weken gestationeerd was geweest in het garnizoen in Madikeri en toen naar buiten Kodagu was overgeplaatst. Madras, zeiden sommigen; Mysore, zeiden anderen. Devi potte alle nieuwe beetjes informatie op en bekeek ze zorgvuldig van alle kanten terwijl ze over haar koffiestruiken gebogen stond. Ze probeerde hem zich voor te stellen in het hete, vlakke Madras. Wat zul je deze heuvels missen, dacht ze. De zee die tegen de kust van Madras klotste zou een schrale troost voor hem zijn, wist Devi.

Ze zag hem die zomer, in Madikeri. Het kind zag ze het eerst, staande in de schaduw van de wapenwinkel. Een blik en ze wist het al. Heel even kon ze nauwelijks ademen. Diezelfde goudbruine ogen, datzelfde kuiltje in zijn wang. Machu in miniatuur. Ze liet zich op haar hurken zakken voor de jongen, zonder zich erom te bekommeren of haar sari in het stof hing. 'Hoe heet je, *monae?*'

Hij keek haar nieuwsgierig aan, zonder te verstrakken van verlegenheid zoals haar eigen kind zou hebben gedaan. 'Appu.'

Ze knikte met pijnlijk hart en onderdrukte de neiging een hand door zijn haar te halen. 'Zeg eens, Kambeymada Appu, met wie ben je hier?'

'Appaiah.'

Devi slikte. 'Met je vader? O ja, *kunyi?* Waar is hij, in de winkel?' Machu was hier zeker met verlof. 'Is... blijft hij hier lang?'

'Ja. Nee... ik weet niet,' antwoordde Appu, die zijn interesse begon te verliezen. Een gedachte viel hem in. 'Heb je speelgoed?' vroeg hij.

Devi glimlachte bevend en stak haar hand in haar bloes. Ze haalde er een rol roepies uit en duwde hem een een biljet van tien roepies in handen. 'Nee. Maar hier, dit is voor jou. Zeg maar tegen je vader dat hij veel speelgoed voor je koopt, goed?'

Ze kwam snel overeind zodat het kind haar vochtige ogen niet kon zien en stak de straat over. Voor een etalage bleef ze staan, zogenaamd opgaand in een uitstalling van hoeden. Zou hij haar zien? Zou hij de straat oversteken om met haar te praten? Haar haar, ze moest... Ze duwde de krullen nerveus terug in hun vlecht en zag in het raam hoe Machu naar buiten kwam en een doosje hagel in zijn zak stak. Hij keek niet-begrijpend naar het geld in de knuist van de jongen en keek toen om zich heen, zoekend naar de geheimzinnige weldoener. Devi stormde met bonkend hart de winkel in.

'Ja?' vroeg de eigenaar, perplex naar haar in sari gestoken figuur kijkend. 'Kan ik u interesseren voor een van onze hoeden, mevrouw?'

'Nee... nee, ik kwam alleen even...' Met haar ogen aan het raam geplakt keek Devi toe terwijl Machu wegliep en uit het zicht verdween.

21

1908

Zes maanden later zag priester Gundert door een onvriendelijk waas van ergernis Clara Anderson op zich afkomen, wier favoriete kat was weggesleept door een panter. Werkelijk, wat moest hij verder nog zeggen tegen die vrouw? Het was natuurlijk een verschrikkelijke schok geweest. Toen ze midden in de nacht ruw gewekt werd door haar krijsende huisdier scheen mevrouw Anderson naar de veranda te zijn afgedaald met een lamp in de ene hand en een haarborstel in de andere, vastberaden om het beest te laten boeten. Maar daar werd ze tot haar afschuw begroet door de aanblik van de kat die tussen de kaken van zijn grotere neef verdween. De arme dame had er als versteend bijgestaan terwijl de panter, na één blik op de lamp, over de schutting sprong en met zijn prooi in de nacht verdween.

Ze was natuurlijk flink overstuur geweest en Gundert had haar de volgende zondag in de kerk opgezocht om zijn medeleven te betonen. Met tranen in haar ogen had ze geknikt en haar zakdoek verwrongen en in elkaar geknoedeld, haar neus knalrood van de inspanning om niet te gaan huilen, en Gundert had zeer met haar te doen gehad. Maar het was nu bijna twee weken geleden, en werkelijk, wat kon hij nog doen?

Toch waren ze een goed stel, de Andersons. Hij trok een passend zwaarmoedig gezicht en wendde zich naar hen. 'Wat?' antwoordde mevrouw Anderson op zijn vraag. 'O nee, Eerwaarde, het is niet Socks die mijn gemoed vandaag bedrukt, hoewel...' Haar neus werd weer rood. '... hoewel er geen dag voorbij is gegaan dat ik niet om hem rouw. Maar er zijn nu andere zaken waar ik me zorgen over maak. Mijn broer James is naar het noordwestelijke front geroepen.' Ze wierp een blik op haar man die stoïcijns naast haar stond. 'We hopen er natuurlijk het beste van, maar we vragen ons toch af...' Haar stem stierf weg.

'De Afghanen,' legde haar man beknopt uit aan Gundert. 'Het is allemaal nog onder de roos, maar ik heb van het garnizoen begrepen dat er een officier van de Border Force is aangevallen. Door Afghanen op een bazaar. Vorige week was er ook al een overvalpoging, op een legerammunitiedepot. Mislukt natuurlijk, maar toch.' Hij schudde zijn hoofd. 'We hebben meer dan tien jaar vrede gehad.'

Na een periode van relatieve rust was er inderdaad onrust ontstaan langs de hoogste delen van de noordwestelijke grens. Hier en daar langs de grens vlamden ogenschijnlijk losse incidenten op, maar de Britse overheid had de vingers al eerder gebrand, aan de grensoorlogen van 1896. In die tijd timmerde een bloeddorstige geestelijke aan de weg in de regio. De Malle Mullah, zoals de geestelijke in de Europese kranten genoemd werd, hield opruiende toespraken in bazaars. Hij berispte de veteranen van het Brits-Indiase leger die hun bewondering uitspraken voor de omvang van het Rijk en de bijbehorende erecode die hun elke maand zonder mankeren van hun pensioentjes voorzag. De Malle Mullah snauwde hun toe dat ze niet zo blind moesten zijn.

'Jullie stammen af van koningen en machtige krijgers,' bracht hij hen in herinnering. Hij herinnerde hen aan een oeroud rijk, veel machtiger dan dit. Een rijk dat over de halve wereld had geheerst en koningen had voortgebracht van Bagdad tot Delhi. Hij herinnerde hen aan de dagen waarin de islam frank en vrij de roep van de profeet verspreidde. De islam, die destijds door de gangen van de rijkste paleizen had geparadeerd, die de hoogste echelons van de macht bezet had, en die zou hebben bedankt voor het bestaan wat hij nu leidde: door het *harami Empire* waarover zij zo hoog opgaven, was hij gedwongen om rond te hangen in grotten in de bergen en in hutjes van modder.

De Afghanen hadden zich verzameld rond de Malle Mullah; zijn woorden hadden sluimerende herinneringen doen ontwaken. Ze waren beroofd! Er was hun het respect ontzegd waar ze recht op hadden; de Britten hadden de moslims hun rechtmatige plek in de wereld afhandig gemaakt. Met vuur in hun hart baden ze Allah de ongelovigen voor het vizier van hun eenvoudige Martini Henry-geweren te zetten, zodat ze hen konden neerschieten ter vergelding van de vele vernederingen die de islam was aangedaan.

'Nee,' zei de mullah. 'Waarom zouden jullie je nek riskeren?' Hij zou het wel voor hen oplossen. Had de profeet hem niet voor precies dit doel het commando gegeven over hordes djinns en wraakengelen? Ze hadden zich al verzameld in de schaduwen van de bergen en aan de stille oevers van de meren, wachtend op zijn signaal om de Britse machten aan te vallen.

De stamleden hadden lang over dit stukje informatie nagedacht. Hoe konden ze verliezen met heilige strijdkrachten aan hun zijde? Ze hadden geëist hem bij zijn pogingen te mogen helpen en de Malle Mullah had toegegeven, onder groot vertoon van aarzeling. Onder zijn commando hadden de opstandelingen een serie bloederige aanvallen op de legerkampen in de regio gepleegd.

Het Britse Rijk werd in zijn slaap overvallen. Tegen de tijd dat de wielen van de overheid snel genoeg draaiden om adequate versterkingen te sturen, waren er al bijna dertig officieren en tweehonderdvijftig Indiase troepen gesneuveld.

Sindsdien was de overheid waakzaam aan de noordwestelijke grens, vastberaden om het kleinste teken van onrust direct de kop in te drukken zodat er niet opnieuw een collectieve lont in het kruidvat bij de Afghanen zou slaan, die de hele regio in het gezicht van het Britse Rijk zou laten ontploffen. Telegrammen met nieuws over de huidige onrust knetterden naar alle hoeken van het bestuur. Zo veel troepen als er vrijgemaakt konden worden, werden uit het hele land bijeengeroepen om de grens te versterken.

Toen de 20ste Lancers orders ontvingen om zich in het noordwesten te stationeren begon het bataljon direct aan zijn lange reis noordwaarts. Machu was opgelucht. Eindelijk kon hij weg uit het kleffe, drukkende Madras met dat voortdurende geraas van de zee. Ze gingen per spoor naar Rawalpindi, vandaar naar het kanton Nowshera, en begonnen toen de mars over de weg naar het kamp in Chikdara.

Berglucht. Dat was het eerste wat Machu opviel: de lucht was fris en koud, als de lucht die soms na de regens rond de piek van de Bhagamandala hing. Diep ademhalend keek hij om zich heen. Maar die bergen... Hij had nog nooit zoiets gezien. De legendarische Hindu Kush, de troon van het oude Kushanrijk. Keten na keten, stoffig bruin en vaalgroen, afschrikwekkend hoog en in de verte bekroond met glinsterende ijskappen. Daarmee vergeleken was zelfs zijn geliefde Sahyadriketen niet meer dan een mierenhoop.

De Lancers marcheerden door een vallei die omgrensd werd door gekartelde bergen met pieken als splinters; de horizon gebroken door scherpgerande uitlopers en diepe, duistere spleten. De regen had diepe gleuven in de bergwand uitgesleten en aderen van zwarte lava blootgelegd, als traanvlekken. Overal om de soldaten heen hing een diepe stilte, zo nu en dan verstoord door het krijsen van de adelaars hoog boven hun hoofd.

Het bataljon vorderde gestaag langs dorpen die in het landschap verspreid lagen. De dorpen waren de eenvoudigst denkbare: niet meer dan een paar hutten met vee achter in een kraal, en ruw uitgehakte torentjes op het huis van de plaatselijke Khan. De natuur daarentegen had zich in haar fraaiste kleuren getooid. De bodem van de vallei was geweldig vruchtbaar, elk jaar gevoed met het slib dat van de bergwanden spoelde. Klaprozen, lelies en kluiten primula knikkebolden in het ruwe gras. Met veen omgeven meertjes glansden van de vis; robijnrode granaatappelen hingen aan de bomen. De dorpsbewoners hielden voorzichtig afstand tot de soldaten, behalve een paar kinderen met rode wangen die hen vanachter de rotsen begluurden.

Ondanks de mobilisatie uit voorzorg en het slechte voorgevoel van mevrouw Anderson bleef de sfeer in het noordwesten de paar maanden daarna vredig. Met name op de legerbasis in Chikdara was het rustig. De mannen, onder wie Machu, vervielen in een monotone routine van wachtdiensten en veldoefeningen. Elke avond werden er trouw verkenningstochten gemaakt en statusrapporten opgemaakt, gevolgd door een borrel in de officiersmess met vlees van de plaatselijke geiten en stukken chocola die familieleden in Engeland gestuurd hadden.

De officieren vroegen en kregen toestemming hun vrouwen over te laten komen. De vrouw van de kolonel organiseerde met de haar typerende efficiëntie direct een zaterdagse bazaar in het kamp, waar de streekbewoners met hun waren konden pronken. Onder een ijsvogelblauwe hemel werden er polowedstrijden gehouden en zondagse picknicks in de schaduw van de oosterse platanen. 'Mooi eigenlijk, die bomen. Oosterse neven, denk je ook niet, van de platanen langs de boulevards in Londen en Parijs?'

Zelfs de Afghanen leken zich te ontspannen en gewend te raken aan de aanwezigheid van het bataljon. Vooral voor de Indiase soldaten waren de mannen vriendelijk; ze riepen hen glimlachend en wuivend toe wanneer ze in de buurt waren. De meesten spraken een rudimentair Hindoestaans; per slot van rekening onderhielden de twee landen al een lange en wisselende verstandhouding.

Machu was op een avond door de bazaar aan het zwerven, de echte, uitgestrekte bazaar in het gehucht achter het legerkamp, niet de steriele stalletjes die elke week in het kamp werden opgezet. Hier krabbelden de kippen in houten kratten en staarden de geiten met ogen als schoteltjes rond terwijl toekomstige kopers aan hun hoorns trokken en in het vet in hun nek knepen. Het was een ongewoon warme dag; de warmte maakte een grondachtige stank los uit de dierenstallen. Het vee deed hem met een plotselinge steek aan Kodagu denken. Hij had een paar kippen gekocht voor hij ging. Hopelijk waren die inmiddels uitgegroeid tot goede eierenleggers. Misschien zou hij deze keer een koe kopen als hij thuis was.

Hij slenterde de hut van een tapijtverkoper in. Rollen tapijt lagen op de houten vloer en in de hoeken opgestapeld. 'Hier,' riep de verkoper uit, 'kijk deze, en deze eens.' Hij rolde de tapijten uit in het stof. Machu lachte en depte het zweet van zijn voorhoofd.

'Nee,' zei hij hoofdschuddend, 'alleen even kijken.'

Hij liep langs de theeverkoper verder naar een verkoper van houten speelgoed. Hij pakte een paardje op en bekeek het van alle kanten. Zou Appu het leuk vinden, vroeg hij zich af.

De winkelier keek vanbinnen toe terwijl hij zich koelte toewuifde. 'Kom binnen!' riep hij. 'Te veel warm daar, kom binnen.'

Machu aarzelde en probeerde zijn ogen aan het donker binnen te laten wennen. Het was moeilijk te zien wie daar verder nog kon zitten. De soldaten hadden strenge instructies gekregen.

Breng jezelf niet in gevaar.

Begeef je niet in een situatie die je niet kunt beheersen.

Het was in een bazaar als deze, dacht Machu, dat de officier in de val was gelokt bij de aanval die het hele Britse Rijk in rep en roer had gebracht. Eigenlijk moest hij buiten blijven. 'Te warm,' herhaalde de verkoper. Het gewicht van zijn revolver voelde geruststellend stevig tegen zijn heup. Machu dook onder de luifel door en ging de winkel binnen, het houten paardje nog steeds in zijn handen.

Binnen was nog meer speelgoed, en mooie bloezen zoals de vrouwen in deze streek ze droegen. 'U neemt er eentje, hè?' zei de winkelier terwijl hij een stapel naar hem toeschoof. 'Goed voor je vrouw.'

Een heerlijke geur steeg op vanachter het gordijn achter in de winkel en tot zijn schaamte begon Machu's maag luid te rommelen. De winkelier lachte en zijn ogen verdwenen haast in zijn gerimpelde wangen. Hij draaide zijn hoofd om en riep naar degene achter het gordijn. Even later verscheen er tussen de gordijnen een sierlijke hand, met een dampend bord. Machu keek verlangend naar de naans en de lamkebabs, maar schudde zijn hoofd. Het zou niet goed zijn.

'Wat? Nee. U moet!'

Machu wilde de oude man niet beledigen, maar het was wel islamitisch eten. Hij schudde opnieuw spijtig zijn hoofd en de winkelier zuchtte. 'Waar komt u vandaan? Welk deel van Hindoestan?'

'Het zuiden. In de bergen.'

'Heel ver van huis, dus. Nou, ga zitten. Praat een tijdje met ons, hè, ook al wilt u niet met ons eten.'

Machu aarzelde weer, maar de winkelier schoof al balen goederen aan de kant en trok in plaats daarvan een krukje tevoorschijn.

'*Chillum?*' Machu knikte en nam een diepe trek van de waterpijp. Hij opende zijn mond en liet de rook op zijn gemak uit zijn longen glijden.

'Ik ben in Hindoestan geweest. Vele keren. De laatste tijd niet meer, deze benen zijn moe geworden, maar ik ben er geweest. Geweldige steden heeft u in uw land, hè? Dilli. Wat een juweel. En Bombay. Wat een *dariya* heeft die stad. Ik zat altijd uren op de rotsen naar water te kijken. Uw huis, is dat bij Bombay?'

Machu schudde zijn hoofd. 'Nee. Veel verder naar het zuiden. Hoewel ik me herinner dat ik uw landgenoten in mijn land zag toen ik kind was. Ze kwamen ons altijd paarden verkopen.'

'Ah, onze paarden. *El Kheir*, zo heten ze in de koran.' De winkelier nam een trekje van de waterpijp. '*El Kheir*, de hoogste zegen. Men zegt dat Allah eerst het paard maakte uit de wind, voor hij de mens vormde uit het stof.' Hij maakte een breed gebaar met zijn hand in de lucht. '"Sla neer als condens," beval Allah de zuidenwind, "ik wil een schepsel maken uit jouw essentie." De wind condenseerde en Allah maakte er een schepsel van! "Ik zal je de hoogste onder de dieren maken," zei Allah tegen zijn schepping. "Alleen jij zult vliegen zonder vleugels. De zegeningen van de hele wereld zullen huizen tussen jouw ogen en de overwinning zal voor eeuwig verbonden zijn aan je voorlok."'

De oude man glimlachte. 'Er zijn mooie paarden in mijn dorp.'

'Waar is dat, uw dorp? Wat is uw stam?' vroeg Machu.

'Een klein dorp, een paar kilometer verderop.' Hij zwaaide met zijn hand. 'Die kant uit, door de bergen.' Machu wist dat de Pashtuns uit vele stammen bestonden. 'Er komt niets van terecht,' be weerde luitenant Balmer. 'Er zijn zo veel stammen, er is niet veel nodig om de onderlinge banden te breken.'

'Wat denk jij, sepoy?' had Balmer Machu gevraagd terwijl die zijn bad liet vollopen. 'Heb ik geen gelijk? Er is zo veel onderlinge strijd tussen die stammen, er is maar een klein beetje druk van onze strijdmachten voor nodig om ze uit elkaar te drijven.'

Machu had geaarzeld en zijn woorden zorgvuldig gekozen. 'Waar ik vandaan kom,' zei hij ten slotte, 'was er vroeger ook veel strijd tussen de clans. Maar als de mohammedaanse legers uit Mysore kwamen, stonden we zij aan zij. Oorlog, gedwongen besnijding, ontvoeringen, massa-executies... de sultans van Mysore deinsden nergens voor terug om onze kracht te breken en ons uit elkaar te drijven. Het bracht ons alleen maar nader tot elkaar. We sloegen hun legers af, jaar na jaar, in generaties van oorlog.'

Balmer had slaperig gegaapt. 'Ze zullen uit elkaar drijven,' herhaalde hij. 'Let op mijn woorden. Twee stamleden kunnen elkaar de hand geven, diep in elkaars ogen kijken en elkaar dan de volgende avond, om wat voor reden ook, in mootjes hakken.' Hij schudde zijn hoofd en knoopte zijn overhemd los. 'Ze blijven niet lang eensgezind,' zei hij nogmaals.

Machu had niets meer gezegd.

'Wij hebben ook clans,' zei hij nu tegen de winkelier. 'In vroeger dagen werd er veel tussen hen gevochten.'

'En nu? Lopen ze nu allemaal samen?'

Machu lachte. 'Ja, grotendeels wel. Nu gebruiken we onze geweren voor de jacht. Maar zo nu en dan, als er conflicten zijn die niet op een andere manier opgelost kunnen worden...' Hij haalde zijn schouders op, keek naar het paardje dat hij nog in zijn handen had en streek met een duim over de dikke rode vacht. 'Hoeveel?'

Maar de oude man wilde het gesprek nog voortzetten. 'Conflicten? Waarover?'

'Eer. Soms een vrouw. Land.'

De lippen van de Afghaan weken uiteen in een aanstekelijke glimlach met gaten tussen de tanden. 'Land! Weet u hoe we conflicten over land oplossen in dit deel van de wereld?'

De dorpsoudsten vroegen beide eisers, vertelde hij Machu, over het land in kwestie te lopen. Ze kregen allebei een exemplaar van de koran in hun handen terwijl ze over het land liepen; ze moesten op het heilige boek zweren dat het land waarop ze liepen aan geen ander toebehoorde dan henzelf. De landverduisteraar deed dan altijd een beetje grond van zijn eigen land in zijn schoenen. Zo kon hij zonder problemen over het land van zijn buurman lopen en toch blijven volhouden dat zijn voeten op zijn eigen grond rustten.

Machu lachte hardop en sloeg zich op de knie.

De winkelier grijnsde en keek Machu met toegeknepen ogen door de rook van de waterpijp aan. 'Maar ja,' voegde hij eraan toe, 'beide kanten zijn heel goed op de hoogte van die praktijk, dus komt het meestal toch gewoon aan op een goed gevecht.'

Machu lachte opnieuw en knikte. 'Een goed gevecht, zeg dat wel. En wat denkt u, gaan we binnenkort een goed gevecht krijgen, hier in de bergen?'

De winkelier zuchtte. 'Wie zal het zeggen? Ze zeggen zo veel dingen, de leiders, en ze waaien de ene dag die kant uit en de volgende dag weer een andere. In vroeger dagen, toen het bloed nog heet door dit lichaam stroomde, zou ik er zelf bij zijn geweest. Maar nu... als een man genoeg ochtenden heeft gezien, raakt vechten zijn glans kwijt. Eer, het paradijs... al die dingen zijn voor jonge mensen. De ouderdom stelt minder eisen. Nog een paar ochtenden zou ik willen zien, *bas*. Mijn familie nog een keer in het dorp zien. En één keer, misschien één keer nog, de *dariya* in Bombay voor ik sterf.'

Zijn toon werd weemoedig. 'Ik zat altijd urenlang op de rotsen naar het water te kijken. Zo blauw, alsof de hemel op de aarde ligt uitgespreid. Een mens zou tien levens lang over het oppervlak kunnen reizen zonder de overkant te bereiken.' Hij schudde zijn hoofd. 'Ik ben een simpele man, hè? Een oude winkelier maar, dicht bij zijn einde. Ik weet niet uit welke hoek de wind zal blazen. Het enige wat ik kan doen is mijn waren verkopen en hopen dat Allah nog een paar ochtenden voor me gereserveerd heeft.'

Machu keek neer op het stuk speelgoed in zijn hand. 'Dit paardje,' zei hij uiteindelijk terwijl hij het voor zich hield, 'hoeveel kost het?'

De oude man glimlachte vriendelijk. 'Niets. Je bent mijn gast. Geef het met mijn zegen aan je kind.'

'Laten we een overeenkomst sluiten,' wierp Machu tegen. 'Als ik die nou neem, die bloes – die daar, de rood met blauwe – voor mijn vrouw, en dat jasje voor mijn kleine jongen. Die zal ik betalen. Maar,' en hij trok het bord dat nog onaangeroerd voor hem stond naar zich toe, 'het zou me een eer zijn de maaltijd met u te delen.' Machu wikkelde de kebabs in de warme naan en begon te eten.

De dagen werden steeds warmer en de lente smolt weg in de kokende hitte van de zomer. De bloemen werden van hun stengels gebrand en het land kreeg een gebleekt, desolaat uiterlijk, alleen onderbroken door de ragfijn gevleugelde vlinders in kleuren die in de zon schitterden als vezels van transparant metaal. En nog altijd bleef het rustig aan de grens.

Machu kreeg toestemming om met zijn jaarlijkse verlof te gaan. Hij ging terug naar Kodagu met de cadeaus die hij op de bazaar had gekocht en twee plakken gesmolten, maar kostbare Cadbury-chocolade van luitenant Balmer voor Appu.

Bij de toegang tot Kodagu bleef hij even staan om zijn overhemd uit te trekken en een *kupya* uit zijn rugzak te nemen; hij wisselde beleefdheden uit met de mannen aan de buitenpost die om hem heen dromden om hem te verwelkomen. De mannen praatten hem bij over het nieuws van het jaar: de rijst was goed gegroeid en de koffieprijzen stegen. In het dorp Makkandur was een kalf met zes poten geboren en er waren twee mannen tijdens de jacht door wilde zwijnen uiteengereten. 'Pas op voor olifanten,' waarschuwden ze. 'Er zit een kudde aan deze kant van het woud. Nog geen twee dagen geleden zagen we er één die kant uitgaan. Een groot rotsblok, dachten we dat het was, maar toen zagen we dat het een olifant was die op zijn hurken zat en naar beneden gleed.'

Hij luisterde blij, met vreugde in zijn hart, en rook de bladachtige riviergeur die oprees uit de grond van zijn land. Hier was het ook zomer, maar de felste hitte werd getemperd door het bladerdek dat de zonnestralen in lichtspikkels veranderde. Hij keek omhoog naar de lucht; die was zo helder als water in een meertje, met vage witte strepen aan de rand. Zijn voorouders die hem welkom thuis kwamen heten. Iets in hem was verschoven, een onderdeel was weer op zijn plaats gevallen. Nadat hij de rugzak op zijn schouders had herschikt ging hij met versnelde pas richting huis.

De weken daarna gingen in een waas voorbij. Machu bleef zich maar verbazen over zijn zoon die in het afgelopen jaar zo groot was geworden. 'Hij lijkt precies op mij,' fluisterde hij tegen zijn vrouw terwijl ze stonden te kijken hoe Appu sliep. Ze lachte zacht. 'Tot aan het kuiltje in zijn wang. Hij is heel goed in sport, wint alle wedstrijden in het dorp, zelfs tegen veel grotere jongens.'

Ze keek toe terwijl Machu de hoge kraag van Appu's jasje wat losser maakte zodat hij makkelijker kon ademen. Het kind wilde het cadeau van zijn vader per se de hele tijd aanhouden. Zijn moeder had hem er eerst voor berispt: zag hij dan niet dat het jasje vuil werd? Machu was tussenbeide gekomen. 'Dat maakt niet uit,' zei hij. 'Ik neem er de volgende keer nog wel één mee.'

'Hij mist je heel erg,' zei ze nu. Er gleed een schaduw over Machu's gezicht terwijl hij het haar van Appu's voorhoofd streek.

'Het is niet makkelijk om weg te zijn. Maar ik moet doen wat ik moet doen.'

'Ja... Heb je trouwens gehoord over die vrouw?'

Machu's ogen flitsten naar haar toe, maar zijn stem was vlak. 'Welke vrouw?'

'Wie dacht je? Devi. De mensen zeggen dat haar oogst ook dit jaar uitzonderlijk goed is. Ik heb allerlei dingen over haar gehoord. Dat ze tantrische magiërs uit Kerala heeft laten komen en dat ze geheime talismans bij haar hebben begraven. Dat ze ervoor als prijs heeft betaald dat ze geen kinderen meer kan krijgen, alleen die ene jongen.'

Machu grinnikte. 'Kom nou. De mensen praten, dat is alles.'

'Sommigen zeggen dat ze naar bed is gegaan met de blanken en dat ze haar daarom zo'n goede prijs geven.'

'Praat geen onzin,' zei Machu kort. 'Ze heeft hard gewerkt en dat wordt beloond.'

De lippen van zijn vrouw trilden. 'Ja, kies haar kant maar, waarom ook niet? Ik vertel je alleen wat de mensen zeggen. Werken andere mensen soms niet hard? Waarom is hun oogst dan niet zo goed? Maar ja, wat ben ik ook voor jou, alleen je vrouw maar...'

Machu sloeg verzoenend zijn arm om het middel van zijn vrouw en trok haar naar zich toe. 'Genoeg, vrouw. Waarom tijd verspillen met praten terwijl we ook andere dingen kunnen doen?' Hij grijnsde. 'Die andere kinderen waar je het steeds over hebt, zullen we die nu maar gaan maken?'

Die nacht lag hij in zijn bed naar de sterren te staren terwijl het lichaam van zijn vrouw zwaar tegen zijn borstkas lag. 'Dus ze boert goed?'

'Wie?'

'Devi... Ze heeft goed verdiend? Wat zeggen de mensen?'

Zijn vrouw draaide zich om en keek hem aan. 'Drie plantages heeft ze nu. Drie!' Ze zweeg even en probeerde zijn gezicht te lezen in het zachte licht.

'En,' vervolgde ze, 'het is allemaal begonnen met die eerste veertig hectare.'

Machu zei niets meer, maar toen hij drie dagen later naar Madikeri was geweest om een *peechekathi* te kopen als geschenk voor luitenant Balmer wendde hij impulsief zijn paard naar het westen. De flamboyantbomen stonden in bloei; ze barstten langs de zandweg uit in felle vegen rood en geel. Machu zag het nauwelijks toen hij erlangs galoppeerde. Het heeft niets met haar te maken dat ik de plantage bezoek, probeerde hij zichzelf te overtuigen. Hij zou even langsgaan, een blik werpen op het terrein. Dat kleine beetje nieuwsgierigheid was hem toch wel toegestaan?

Waarschijnlijk is ze er niet eens, dacht hij, terwijl hij zijn rijdier sneller voortjoeg over de weg.

Hij hield in bij de ingang en klopte het paard op de hals terwijl hij naar de plantage tuurde. Er was een nieuwe poort neergezet, ter vervanging van de ruwe bamboelatten die hij zich herinnerde van een paar jaar geleden. Hoog was hij, de poort, mooi uitgesneden en duidelijk duur. Hij voelde aan de spijlen; de poort bewoog onder zijn aanraking en draaide een stukje open. Zijn paard schudde de manen, vol ongeduld om weer verder te gaan, en hij streelde zijn flank. '*Ayy*, El Kheir,' mompelde hij droog. 'Je draagt misschien de toekomst op je voorhoofd en de overwinning in je manen, maar een beetje geduld in je hoeven zou ook gunstig zijn.'

Hij wreef over het voorhoofd van het dier om het te kalmeren, maar was plotseling zelf slecht op zijn gemak.

De plantage lag er stil en schijnbaar leeg bij, afgezien van het lage zoemen van de libellen. Rijen keurig gesnoeide koffiestruiken stonden diep en groenglanzend in de schaduw, verdwijnend in de verte. Machu steeg af, bond de teugels van het paard aan de poort en liep naar binnen. Het bladerdak boven zijn hoofd was een stuk dikker dan op andere plantages, merkte Machu op, maar toch leek dat opzettelijk, geen kwestie van verwaarlozing. Het pad was tot in de puntjes onderhouden en de grond onder de koffiestruiken ontdaan van alle onkruid. Ze had het goed gedaan. Hij liep verder, steeds dieper de koele, stille plantage op.

Hij zag Tukra een tel voor de Poleya hem zag. 'Wie is daar?' riep Tukra scherp. Toen hij Machu herkende, liet hij de bamboestaaf vallen waarmee hij zwaaide. 'Vergissing, *anna*,' zei hij opgelucht. 'Ik kon u niet goed zien.'

'Het maakt niet uit,' zei Machu joviaal. 'Mijn vrouw zegt dat ik zo bruin als boomschors ben geworden, en haast onherkenbaar. Ik kwam even langs en dacht dat ik wel even...' Hij schraapte zijn keel. 'Is er verder niemand?' vroeg hij nonchalant.

Tukra schudde zijn hoofd en keek gemelijk naar de grond.

'O,' zei Machu, onverklaarbaar teleurgesteld. 'Nou, maakt niet uit. Ik kijk even rond en dan ga ik weer.'

'U moet hier eigenlijk niet zijn,' flapte Tukra eruit. 'Hij... Devanna *anna*... het is niet goed.'

Machu draaide zich om en keek hem dreigend aan. 'Wat zei je daar?'

Tukra zette onwillekeurig een stap naar achteren. 'Niets, niets... *anna*, u moet hier niet zijn!'

De woorden kwamen er halsoverkop uit, door angst gedreven buitelden ze over elkaar heen. 'Dit is het land van Devanna *anna*. Devi *akka* en u... Ik weet dat u tweeën...'

Machu stapte heel dicht naar Tukra toe, met een strak gezicht. Hij stak de kolf van zijn geweer onder de kin van de Poleya en dwong hem omhoog te kijken. 'Weet je wat ik jou kan doen, Poleya? Ik kan je ter plekke neerschieten voor je onbeschaamdheid en heel Kodagu zou me daarvoor toejuichen. Als je ooit, óóit, nog eens de fout maakt de naam van je meesteres onfatsoenlijk te gebruiken, doe ik dat. Begrijp je?'

Tukra kromp in paniek ineen. 'Vergissing, *anna*, grote vergissing van Tukra. Ik val aan uw voeten... Het is alleen dat Devi *akka*... ze zegt bijna niets tegen Devanna *anna*... Ik heb ook een vrouw, die praat natuurlijk té veel, ze was vroeger viswijf en nu blijft ze maar praten, praten, praten, maar zou Devi *akka* niet ten minste af en toe iets tegen Devanna *anna* moeten zeggen? Devi *akka*... Ik danste als jongen vroeger in het gras voor haar, daar is geen plaats voor hier in Madikeri, maar ik ben haar dierbaar, dat weet ik. Waarom was ík het die ze naar u toe wilde sturen, niemand anders dan ik om u te zoeken vóór hun bruiloft. Natuurlijk kunt u over de plantage wandelen, was een vergissing.'

'Wat? Wat? Stop!' schreeuwde Machu tegen Tukra. Hij liet zijn geweer zakken. 'Kijk. Ik zal je geen kwaad doen.'

Tukra zakte als een snikkend hoopje op de grond.

'Ze heeft jou achter me aan gestuurd? Wanneer?'

'Dat wilde ze. Die ochtend. De dag voor de bruiloft. Tukra heeft ze afgeluisterd, Tayi en Devi *akka*. Tayi was aan het huilen en Thimmaya *anna*, wat schreeuwde hij. Hij schreeuwt nooit, niet zoals zijn zoon, die altijd schreeuwt, Tukra doe dit, Tukra doe dat...'

Hij was die ochtend naar Kerala vertrokken, herinnerde Machu zich, met rijst om te ruilen. 'Waarom?' vroeg hij, zijn stem zo vlak als steen. 'Waarom wilde ze me laten halen?'

'Ik weet het niet. Ze...' Tukra zweeg even. 'Nee, nee, Tukra praat altijd onzin, dat zegt iedereen. Kom, ik zal u de plantage laten zien. Alstublieft *anna*, zeg niet tegen Devi *akka* wat ik verteld heb, ik had het nooit mogen horen. Wat heeft Tayi gehuild die dag, en Devi *akka*, zo veel tranen...'

Machu was weg.

'Devi.'

Ze bleef als aan de grond genageld staan, in één klap ademloos. Het was bijna vier jaar geleden dat ze een woord gewisseld hadden, of zelfs maar zo dicht bij elkaar waren geweest dat ze met elkaar konden praten. De zon had de teakhouten kleur van zijn huid verdiept tot het diepe bruin van een oerwoudboom. De oude pijn kwam onmiddellijk weer op en haar handen jeukten om hem aan te raken, hem te voelen, zich rond zijn kaak te leggen. Ze balde haar vuisten en duwde haar nagels in haar handpalm. 'Ik had al gehoord dat je terug was.'

Hij staarde haar met iets wilds in zijn ogen aan. 'Waarom heb je niet op me gewacht?'

'Wat?' Zijn stem, zijn stém, als een riviersteen, heet van de zon, die over haar huid gleed. Het grijs in de krullen die net te zien waren door de open hals van zijn *kupya*, de minuscule bobbeltjes op beide oorlellen waar de huid over zijn gaatjes was gegroeid. Het leger tolereerde geen oorbellen, had ze gehoord. Ze slikte en keek om zich heen of iemand haar zag. Het straatje op weg naar de bank was vaak vol mensen. Ze lachte, een klaterend geluidje als een knikker die over de vloer rolt. 'Hoe... hoe wist je dat ik hier zou zijn? Hoe lang blijf je nog in Kodagu?'

Machu glimlachte vreugdeloos. 'Deze keer geef je antwoord, Devi. Waarom heb je niet op me gewacht?'

Devi bracht onvast haar hand naar haar gezicht, alsof ze de zon wilde afschermen. 'Alsjeblieft, Machu. Het doet er niet meer toe. Het is al negen jaar geleden! Je bent getrouwd.'

'Geef antwoord,' zei hij met een strakke kaak. 'Waarom wilde je me vóór je bruiloft laten halen?'

Haar ogen werden groot van schrik. 'Hoe... Wie... Hoe heb je...' Ze keek de andere kant uit en probeerde zichzelf wanhopig weer in de hand te krijgen. Een voorbijganger riep haar groetend toe, maar ze hoorde het niet. 'Hoe heb je dat gehoord?'

Machu kwam nog dichter naar haar toe en haar ogen vulden zich met tranen. 'Niet doen,' fluisterde ze. Zijn geur, van hout en muskus. Om hem nog eenmaal aan te raken, nog één keer, terwijl de tijd stilstond; het gevoel van zijn armen weer om haar heen.

'Geef antwoord. Want als je dat niet doet, ga ik regelrecht naar je familie. Je vader, je grootmoeder, je broer... het kan me niet schelen wie, maar íémand zal me kunnen vertellen wat er echt gebeurd is.'

'Nee! Nee, niet naar hen toegaan, niet na al die jaren.' Ze begon geluidloos te huilen, hulpeloos; de tranen rolden over haar wangen. Ze rukte aan de sluier om haar haar en trok de punten dichter naar elkaar toe, zodat ze haar gezicht bedekten. 'Ik mocht het niet,' zei ze en hij moest zich inspannen om de woorden te kunnen verstaan. 'Als... als je al zo veel weet, duurt het niet lang voor je de rest ontdekt. Mijn zoon...' Ze begon te trillen. 'Mijn zoon, die...'

De afschuwelijke woorden bleven op haar tong hangen.

'Wat? Wat is er met je zoon?'

Ze hief haar betraande gezicht op naar het zijne. 'Mijn zoon is niet met instemming verwekt.'

Machu werd heel stil, zijn gezicht bleek. 'Jouw zoon is niet... Devanna? Heeft hij... Devánna?'

Hij beukte met een vuist tegen de muur.

'Je doet jezelf nog pijn, hou op, niet doen.'

Hij draaide zich naar haar toe, met woede in zijn ogen. 'Waarom heb je het me niet verteld? Steeds weer vroeg ik het je: "Waarom, Devi? Waarom heb je niet op me gewacht? Waarom, nu de gelofte bijna afgelopen was?" Je wíst dat je me met je zwijgen in stukken scheurde, en toch zei je geen woord.'

'Het aan jou vertellen, en dan?' vroeg ze wanhopig. 'Daarna had je niets meer met me te maken willen hebben.'

'Wat!?' Machu stak zijn handen naar haar uit en herinnerde zich toen dat ze hun gesprek in het openbaar voerden. Hij trok zijn handen terug en haalde ze dan maar woedend door zijn haar. 'Hoe kon je denken dat ik niet bij je zou zijn gebleven?'

'Tayi... ze zei dat...' Haar stem brak. Ze schudde haar hoofd en huilde geluidloos, met een bodemloos verdriet tot in het diepst van haar botten. 'Het was te laat.'

'Jij...' Machu haalde zijn vingers door zijn haar en staarde haar aan, lachte toen hol. 'Al die tijd. Al die jaren, ondanks alles wat er gebeurd was, ondanks Devanna's bloed dat ik aan mijn handen dacht te hebben. Hoe ver ik ook bij je vandaan heb geprobeerd te gaan. Hoe hard ik het ook heb geprobeerd te vergeten, hoezeer ik het ook ontken, ik draag je bij me als een haak in een vis. Als een kogel, Devi, een kogel die permanent in mijn vlees begraven ligt. En toch vertrouwde je me niet genoeg om het me te vertellen? Voor jou zou ik...' Zijn gezicht betrok. 'Devi, ik heb mijn gelofte voor jou gebroken. Voor een paar gestolen momenten met jou heb ik mijn gód verloochend!'

Die avond ontplofte het noordwesten. Het legerkamp in Nowshera werd aangevallen door streekbewoners die opvallend goed uitgerust waren met Martini-geweren en zelfs granaten. De oorlog was officieel uitgebroken, via de radio's werd het bericht uitgezonden. Machu pakte somber zijn spullen in terwijl zijn vrouw tobde. 'Waarom moet je gaan? Je hebt toch verlof? Waarom moet je terug, waarom nu, terwijl er zoveel gevaar is?'

'Doe niet zo dwaas. Het is mijn plicht.'

'Maar... als je nu eens zegt dat je het gewoon niet hebt gehoord? Het is per slot van rekening zo ver weg, zeg gewoon dat je het nieuws niet hebt gehoord.'

Machu zei niets en ging verder met inpakken.

Ze knikte toen en probeerde niet te huilen. 'Ik zie hoe het zit. Je moet gaan.' Ze ging naar de gebedshoek, pakte de heilige as en depte er wat van op zijn voorhoofd.

'Goed dan, het geeft niet,' zei ze en ze probeerde te glimlachen. 'Ga. En kom spoedig bij ons terug, als een nog grotere held.'

22

Het bataljon marcheerde gestaag verder onder de felle zon. Er waren al drie soldaten bezweken aan de ondraaglijke hitte. Het begon routine te worden om een in elkaar gezakte man naar de kant van de weg te dragen, waar de arts zo veel water als gemist kon worden over zijn trillende gezicht sprenkelde. Hij wist dat het weinig zou helpen, maar ging er toch mee door; hij bleef met zijn ziekenverzorgers bij de stervende man terwijl het bataljon verder trok. Het was uitputtend werk. Zodra hij het bataljon had ingehaald, viel er alweer een soldaat met het schuim op zijn mond en zijn ogen naar binnen gedraaid. Zelfs de pakezels en de paarden gingen over de grenzen van hun uithoudingsvermogen heen.

Machu knipperde vermoeid met zijn ogen tegen de zon. Het leek wel of zijn hoofd verschroeide en zijn gedachten en herinneringen vervlogen in een verblindende witte damp. Wat een verzengende hitte. Surya, de zonnegod, schouder aan schouder met Agni, de god van het vuur. Ze zaten op hun strijdwagens en joegen voort in hun schitterende, diamanten harnas. De brute kracht van de Afghaanse zon sloeg alles. De hitte scheen overal vandaan te komen; van de glooiende berghellingen, de ravijnen vol verraderlijke stenen en de strakke, onbewolkte lucht. Er spatte een vonk op onder de hoef van het paard dat vlak voor het zijne liep; zijn eigen paard gooide het hoofd opzij. 'Huu... hu...' Machu aaide kalmerend de bezwete nek van het dier.

Het was geen doen om op de heetste uren van de dag te reizen. Hij wiste het zweet uit zijn ogen en keek achter zich. Het bataljon marcheerde over het pad in een lange golf van kaki en staal, even duidelijk afstekend tegen de krijtwitte bergpas als insecten op een wit ledikant. Hij keek ongemakkelijk om zich heen naar de grillige uitlopers langs de pas, maar de rotspartijen lagen er verlaten bij. Voorlopig.

De vijand bewoog zich niet op deze manier voort. Zij gebruikten de koelte van de avond en de nacht om onder dekking van de duisternis over de bekende bergpassen te trekken. Maar het bataljon was in tijdnood; dat had luitenant Balmer die ochtend gezegd toen Machu de riem, kaki broek en tropenhelm van de officier had klaargelegd.

In een soort verdoving was Machu teruggekeerd naar de grens. Nu drie dagen geleden, of waren het er vier? Hij wist het niet meer precies. De trein was met zijn lading troepen, munitie en graan naar de noordgrens gestoomd.

Terwijl de trein over het platteland raasde had hij met nietsziende ogen uit het raam gekeken; haar beeld stond in zijn geheugen gegrift. Dat mooie gezicht, overgoten met tranen toen ze met wanhopige ogen naar hem opkeek. 'Het was te laat.'

Hij had zijn hoofd laten rusten tegen de spijlen van het metalen raamluik. 'Het doet er niet meer toe,' had hij tegen zichzelf gezegd. 'Het kan niet.' Hij had aan zijn zoon gedacht, aan zijn vrouw. Ze was een uitstekende echtgenote, hij had geboft. Maar waarom dan deze pijn, Ayappa Swami, waarom had hij dan het gevoel dat zijn binnenste bewerkt werd met een gloeiend hete hamer? De trein was doorgedenderd; het onophoudelijke geratel van de wielen was de enige constante in de vormeloze, veranderlijke wereld die achter de ramen langsgleed. Machu had zijn ogen gesloten; zijn gegroefde gezicht had er vermoeid uitgezien.

Gedragsregels. In het leger hadden ze het over gedragsregels. Maar de waarheid was dat die er niet waren. Mensen verzonnen die regels om een bepaalde vorm van orde in hun leven te brengen, een gevoel van controle. Een kompas waarmee ze hun bestaan in kaart konden brengen.

Eer.

Vergelding.

Bevrijding.

Deden die er werkelijk toe?

Zijn leven leek als één grote leegte voor hem te liggen. Alle geleefde jaren, afgelegde afstanden, overgestoken bruggen, doorwade rivieren. Alles betekeningsloos.

Hij had de erecode waarin hij had geloofd gebroken. De trouw die een familielid toekwam en waarin hij zelf had geloofd had hij eigenhandig geschonden. Al die jaren had hij een verpletterend schuldgevoel met zich meegedragen, bijtend genoeg om alles aan te vreten wat daarna kwam. Hij had zo veel opgegeven, als compensatie voor een misdrijf dat hij dacht te hebben begaan.

Alles wat hij bezat, alles wat hij ooit was geweest.

Maar intussen...

Wie was nu eigenlijk het slachtoffer, wie was er werkelijk onrecht aangedaan en hoe hoog was de prijs van de bevrijding? Had hij maar geweten wat er echt gebeurd was. Had Devanna maar een ander geweer gepakt. Het enige geweer dat een afwijking had naar links. *Het geweer van de tijgerdoder.*

Had ze het hem maar verteld. Had hij maar geloofd wat hij diep vanbinnen altijd al geweten had. Die onschuld in haar ogen toen ze naast elkaar op de Bhagamandala stonden met heel Kodagu aan hun voeten. 'Je bent van mij,' had ze gezegd, 'ik zal altijd op je wachten.'

De trein raasde met ratelende wielen verder. Het geratel leek onafgebroken dezelfde boodschap over te willen brengen. 'Van mij,' klaagden ze. 'Jij... was... van... mij.'

In het basiskamp had hij zich bij het bataljon aangesloten. De stemming in het kamp was totaal anders dan toen hij vertrok; de kruitgeur van oorlog, vol adrenaline, hing in de lucht. De vrouwen waren weg; ze waren onmiddellijk in veiligheid gebracht toen bekend werd gemaakt dat er oproer was. Er hing duidelijk spanning in de barakken; sommige mannen liepen te pochen over het aantal Afghanen dat ze te pakken zouden nemen, anderen waren te nadrukkelijk aan het moppen tappen of zaten in gedachten verzonken op hun brits.

Er waren twee nieuwe officieren aangesteld bij het bataljon; ze hadden zich vrijwillig aangemeld en de opwinding over de komende actie stond op hun bleke gezichten te lezen. Zodra de ongeregeldheden in het noordwesten begonnen hadden ze, evenals collega's in het hele land, gezorgd er zo snel mogelijk bij te zijn. Ze hadden vroegere connecties opgespoord, aan alle mogelijke touwtjes getrokken en pijlsnel lange brieven aan de autoriteiten gestuurd met het verzoek ingezet te worden.

De inzet van oorlog was hoog, de voordelen groot. Een oorkonde van moed, een eremedaille of zelfs een eervolle vermelding kon bepalend zijn voor iemands carrière. Het kon de katalysator zijn die iemand uit zijn geestdodende bureaubaan ergens in een uithoek van het Britse Rijk haalde en op een post van werkelijk belang bracht. Een man zonder noemenswaardige familieconnecties of voldoende financiële middelen om een carrière te kopen, kon met een beetje gevechtservaring een respectabele positie verwerven. De vrijwillige officieren bij de 20ste wisten dat ze geboft hadden dat ze ingelijfd waren, al vroegen ze zich af of er hoop door hun aderen vloeide of vrees.

Machu zag hen luitenant Balmers tent binnen gaan. Hij kon niet verstaan wat ze zeiden, maar de onnatuurlijk hoge klank van hun stem en de manier waarop ze ongerust naar de pas in de bergen keken vertelden hem alles wat hij wilde weten.

'Het maakt niet uit,' wilde hij tegen die magere jongens zeggen. 'Het maakt allemaal niets uit. De roem die jullie proberen te veroveren betekent niets. Wie is de werkelijke jager, en wie is het wild? We stippelen onze levens uit in het stof en plannen onbelangrijke gevechten. Intussen kijken de goden vanaf hun hoge bergen geamuseerd toe en drijven ze de spot met ons.'

Zelfs luitenant Balmer raakte gespannen terwijl ze wachtten op het begin van de aanval, maar de eerste twee dagen gebeurde er niets. Alleen majoor Climo leek zichzelf te zijn, kwiek en onverstoorbaar. De dagelijkse verkenningsopdrachten groeiden in aantal en mankracht, het garnizoen en de loopgraven werden versterkt, maar de pas bleef verlaten.

En toen kwamen de bevelen. Zestig kilometer naar het noorden hadden Afghanen zich in grote aantallen verzameld, bij Mohmand. Met de hun kenmerkende hoffelijkheid hadden ze een paar dagen daarvoor de inheemse soldaten benaderd met het dringende advies de bergen in te vluchten. Er waren onlusten op komst, waarschuwden ze. Ze hadden niets tegen de soldaten zelf, hun vijandigheden waren gericht tegen de blanken die hen aanvoerden. 'Ga weg,' drongen ze aan. 'Ga terug naar Hindoestan, dit is jullie oorlog niet.'

De volgende ochtend wemelde het op de heuvels rond Mohmand van de Pashtuns. Vaandels in allerlei vormen en kleuren wapperden op de rotsen, eerst veraf maar steeds dichterbij. Vanuit het kamp werd dringend getelegrafeerd om versterking, en als reactie daarop werden de 20ste Lancers onmiddellijk opgeroepen.

De Lancers marcheerden de hele dag met droge kelen en bloedende blaren in hun laarzen. Eindelijk begon de zon te zakken in het westen. Kort na zonsondergang bereikten ze het kamp bij Mohmand. Het was duidelijk dat er een gevecht ophanden was. De vaandels van de vijand omringden het kamp in een slordige halvemaan; grote vlakken diepblauw, wit en rood tegen de schemerige heuvels. De gewaden van de Pashtuns, wit van de oostelijke stammen, blauw van hun buren en rood en mosterdgeel van nog weer anderen, gaven aan dat vele duizenden mannen zich voor de strijd verzameld hadden.

De bazaar in het midden van het kamp was ontruimd en de bomen gekapt om vrij zicht te hebben. Het garnizoen was versterkt met alle soorten materiaal dat voorhanden was; houtblokken, zandzakken, en zelfs met aarde gevulde koekblikken waarop herderinnetjes en melkmeisjes met onnatuurlijk roze wangen engelachtig stonden te glimlachen.

De officieren van de 20ste meldden zich en schudden hun uitgeputte landgenoten de hand. Ze maakten flauwe grappen over de champagne die ze zouden ontkurken als deze korte oprisping achter de rug was. Het was geforceerde vrolijkheid; de gedachte aan het verlies van de drie mannen onderweg naar Mohmand drukte zwaar op hen. De vrijwillige officieren, die ondanks hun breedgerande tropenhelm hun neus pijnlijk verbrand hadden, lachten het hardst van allemaal.

De strijdplannen werden besproken en de kamptaken onder de mannen verdeeld. De soldaten die de afgelopen zesendertig uur de wacht hadden gehouden, werden afgelost om een paar uur te kunnen slapen. Ondanks de slopende mars van die dag vervingen de mannen van de 20ste hen.

Langzaam werd het donkerder. Het kamp lag gehuld in een waakzame stilte, zo nu en dan onderbroken door het geschuifel van de pakezels binnen de omheining of het onrustig hinniken van een paard. Machu stond op wacht op de punt van een uitstekende rots links van het kamp. De heldere sterren wierpen hun koele licht afgemeten over het troosteloze landschap. Van de vuren restten alleen nog gloeiende puntjes, en overal langs de grenzen van het kamp glinsterden blauwwitte bajonetpunten op in het donker. 'Mooi hè?' De boomlange sikh die naast Machu op wacht stond, schraapte zijn keel en spuugde op de grond. 'Dit land lijkt 's nachts verdomme wel zo ongerept als een maagd.'

Machu knikte.

'In mijn dorp is het niet zo. Dat is groen. Erg groen. Tarwe,' legde de sikh uit, 'we hebben tarwevelden.'

De uren sleepten zich voort. 'Heb je gehoord over die schoften van een deserteurs?' vroeg de sikh ineens. Machu knikte weer. Twee Afghaanse soldaten waren eerder die avond uit het kamp verdwenen.

'Vind je het gek? Het is tenslotte hun land.'

Machu had Balmer er die avond naar gevraagd. Wat zou er gebeuren als de deserteurs gevonden werden? 'Dan worden ze doodgeschoten,' had Balmer alleen gezegd. Hij was ongewoon melancholiek geweest. 'Het is hun land, Machaiah. Hun land. Wat kunnen we anders verwachten nu we overhoop liggen met hun eigen landgenoten? Dat vergt te veel van hun loyaliteit.'

De sikh zat blijkbaar om een praatje verlegen en schraapte zijn keel weer. 'Heb je gehoord over die deserteurs uit de vorige oorlog?' Zonder op antwoord te wachten ging hij verder. 'O! Dan heb ik een mooi verhaal voor je.'

Tijdens de grensoorlogen van tien jaar geleden, zei hij, waren vijf Afghaanse soldaten gedeserteerd, met hun geweren en hun quotum aan munitie. De bevelvoerend officier was laaiend geweest. Hij had de twee Afghanen die nog in het bataljon waren overgebleven ontboden en hen ontslagen met de mededeling dat het gedrag van hun landgenoten hem geen andere keuze liet.

Toen zij hun loyaliteit betuigden daagde hij hen uit. Hij zou ze weer in dienst nemen en ze uitbetalen met terugwerkende kracht, zei hij, als ze die vijf gestolen geweren opspoorden en terugbrachten naar de kampwacht.

Nou! Weken verstreken en vervolgens maanden. Er gingen levens verloren, de oorlog werd gewonnen en de rust aan de grens werd hersteld, en nog altijd was er geen teken van de twee soldaten. Het was wel duidelijk dat zij ook gedeserteerd waren, zij het meer vanwege de omstandigheden dan uit vrije wil.

En toen, bijna drie jaar later, kwamen er een paar uitgemergelde, sjofele Afghanen bij het bataljon opdagen, die de bevelvoerend commandant wilden spreken. Het waren de twee soldaten. Al die tijd hadden de arme sukkels hun eigen privéoorlog gevoerd. Ze hadden God mag weten welke ontberingen geleden om precíes diezelfde vijf geweren te vinden.

Machu lachte.

Ze waren een tijdje stil en toen begon Machu te spreken. 'Weet je, ik had een voorouder die... o, ik weet het niet precies, zo'n tweehonderd jaar geleden leefde. Hij was een groot sporter, een jager zonder gelijke. Erg lang ook. De familie heeft zijn tuniek nog bewaard. Die valt nu bijna uit elkaar, maar hij ligt nog altijd in het voorouderlijk huis. In al die jaren na zijn overlijden heeft geen enkele man hem aan gekund. Ze zeggen dat hij een onverschrokken krijger was; de mensen praten nog steeds over zijn wapenfeiten in de oorlogen tegen Mysore.

'Maar deze geweldige voorouder was ook maar een mens. Jaren na zijn eerste huwelijk, toen zijn jeugd en de leeftijd waarop zulke dingen acceptabel zijn al voorbij waren, werd hij halsoverkop verliefd op een jonge vrouw. Eerst probeerde hij bij haar weg te blijven door zichzelf voor te houden dat hij dwaas bezig was. Maar hoe hard hij haar ook probeerde te vergeten, de gedachte aan haar bleef in zijn lijf zitten. Als een kogel die zich in zijn hart had geboord of een haak die in zijn ingewanden was geslagen. Als dunne sporen slangengif waarvan hij heimelijk geloofde dat ze nog in zijn bloed zaten.

'Uiteindelijk kon hij er niet meer tegenop en deed hij het enige wat hij doen kon. Hij trouwde met het aantrekkelijke meisje en maakte zichzelf wijs dat zijn vrouw het wel zou begrijpen. Ze zou zijn hevige verlangen vast accepteren en de nieuwkomer als een zuster aan haar borst drukken.

'Bovendien, zei hij bij zichzelf, was hij toch zeker het hoofd van zijn gezin? Wie bepaalde er eigenlijk hoeveel vrouwen hij mocht hebben? Met die verdediging ging hij, in zijn huwelijksgewaad, met zijn blozende bruid aan zijn zijde naar huis. En daar stond zijn eerste vrouw hem op te wachten op de treden voor het huis – haar handen in haar zij, haar ogen brandend van woede en zwaaiend met een zwaard.'

Machu grinnikte; zijn tanden blonken even op in het donker. 'Onze vrouwen zijn tijgerinnen. Hoe onze onverschrokken held ook bedelde, dreigde of smeekte, hoeveel sieraden hij haar ook beloofde, zijn vrouw weigerde hem binnen te laten. Uiteindelijk had de ongelukkige bruidegom geen andere keuze dan nog eenzelfde huis te bouwen, pal naast het eerste. Daar bracht hij zijn tweede gezin onder.'

Machu zweeg even; zijn ogen stonden afwezig. 'Het kwam ten slotte allemaal goed,' ging hij verder. 'Later leefden ze in harmonie met elkaar, zo zeggen de mensen althans.'

Hij hief zijn gezicht op en keek naar de sterren. 'Ik heb het gehad met het leger,' zei hij ineens. 'Na deze oorlog vraag ik mijn ontslag aan en ga ik naar huis.'

'Naar je dorp zeker? Is het groen?'

'Weelderig. Ze is mooi, *sardarji*, zo mooi dat mijn hart pijn doet als ik naar haar kijk.'

De tijd voor de tweede wacht brak aan en de wachters werden afgelost. Machu viel uitgeput in zijn slaapzak. Hij bleef een poosje onbeweeglijk liggen. *Hij zou naar huis gaan.* Langzaam ontspande zijn vertrokken gezicht zich. Hij sloot zijn ogen en gleed voor het eerst sinds hij uit Kodagu weg was onmiddellijk weg in een diepe, droomloze slaap.

Het leek alsof hij zijn ogen nog maar net gesloten had toen hij alweer werd gewekt. Het was tijd om op verkenning te gaan. Een handjevol mannen onder commando van luitenant Balmer moest naar de pas die toegang tot de bergen bood om te zien hoe ver de opstandelingen van het kamp af waren. De sikh van de vorige wacht boog zich naar hem toe toen ze zich verzamelden bij de kampwacht. 'Ik scheur ze in stukken,' fluisterde hij opgewonden tegen Machu, 'zodra er eentje in zicht komt.'

Onwillekeurig glimlachte Machu, en het kuiltje verscheen in zijn wang. Hij keek om zich heen naar de andere mannen. De vrijwilliger die aan de groep was toegewezen, zat wat bleekjes naar de pas te kijken.

Onder dekking van het laatste nachtelijke duister slopen ze het kamp uit. De sterren trokken zich langzaam terug; als vage speldenprikjes stonden ze aan de purperen hemel. De lucht was koel, een laatste zuchtje frisheid voor de zandhozen weer zouden opsteken en hun ogen en laarzen met zand zouden vullen.

In stilte trokken ze de pas op. Aan weerskanten staken scherpe rotspunten uit waaraan een onoplettend man zijn voeten aan flarden kon scheuren. De pas liep slingerend omhoog en het kamp was al snel uit zicht. Er bewoog zich niets. Zelfs de rondbuikige hagedissen die op het heetst van de dag over de rotsen flitsten lagen nog opgekruld in hun holen te slapen.

Machu liep stevig door in het vervagende maanlicht; de stilte om hem heen onderstreepte zijn gedachten. Dit was zijn oorlog niet. Dit was zijn land niet. Hij zou zijn ontslag aanvragen, dacht hij opnieuw. Hij had wat geld gespaard waar ze van rond konden komen. Devi... zijn hart sloeg op hol.

Er waaide een kille bries door de pas en luitenant Balmer moest onwillekeurig huiveren. *Geen cimbaalslag klonk, geen klaroenstoot schalde, stil waren fluit en trommel...* De versregel maalde door zijn hoofd. Hij kon zich onmogelijk herinneren hoe het verder ging. *... stil waren... stil waren... stil waren fluit en trommel...* Het leek ineens van groot belang dat hij het zich herinnerde.

Aha! *Geen cimbaalslag klonk, geen klaroenstoot schalde, stil waren fluit en trom. Behalve dreunende stappen en wapengekletter was onze mars voorwaarts stom.* Hij verschoof de riem van zijn geweer en liep zwijgend door aan het hoofd van de verkenningspatrouille.

De bergen met hun messcherpe schaduwpartijen keken beschouwend op hun doortocht neer.

Ze waren nu minstens een mijl van het kamp vandaan. Voordat de pas naar links afboog, versmalde hij zich tot een engte met scherpe zijkanten waarin twee mannen nauwelijks naast elkaar konden staan. Balmer besloot dat ze erdoorheen zouden gaan, het terrein vlak achter de bocht zouden verkennen en daarna zouden teruggaan naar het kamp. Hij wenkte zijn mannen en ze klommen naar de nauwe doorgang.

Een fractie van een seconde bleef het nog stil; beide partijen waren te geschrokken om tot actie over te gaan. Maar toen klonk er een vijandelijke strijdkreet, beestachtig en bloeddorstig, die vanaf de oeroude rotsmassa weerkaatste tot in de fluwelen dalen.

De verkenningspatrouille was op de vijand gestuit; duizenden mannen slopen ongezien door de kloof naar het slapende kamp.

Onmiddellijk opende de 20ste het vuur. Van korte afstand schoten ze salvo na salvo van kogels af op de vijand. Het antwoord was een woedend gebrul van de Pashtuns, die snel hun eigen geweren aanlegden.

'Terugtrekken, terugtrekken,' schreeuwde Balmer. Stap voor stap liepen ze achteruit terwijl ze bleven schieten. Het geluid dat van het rotsoppervlak weerkaatste was oorverdovend.

De 20ste retireerde en stelde zich voor de bocht en de nauwe doorgang op achter een grillige rotspunt; de eerste verdedigingslinie op de knieën, de tweede staande achter hen, herladend en

vurend, herladend en vurend op de vijand die steeds opnieuw de
bocht om probeerde te komen. Granaatscherven vlogen in het rond
en kogels boorden zich in de rotsen; de nauwe doorgang lag bezaaid met lijken en nog steeds drongen de Afghanen naar voren. Ze
klommen over de lijken van hun gevallen kameraden en vuurden in
het wilde weg kogels af, totdat ze zelf werden neergemaaid. Ze bleven maar komen: voor elke neergeschoten Pashtun kwamen er twee
in de plaats. Ook hún kogels begonnen doel te treffen: een soldaat
direct links naast Machu, en nog een die in de hals was geraakt en
bloedspugend en met rollende ogen naar zijn hals grijpend neerviel.

De verkenningspatrouille schoot een vuurpijl de lucht in om het
kamp te waarschuwen; de scherpe stank van het projectiel brandde
in hun neus. Even verlichtte de pijl het troosteloze tafereel voor hen.
Machu zag dat de Pashtuns terrein wonnen. Ze werden continu
neergelegd door de 20ste, maar er waren te weinig soldaten om hen
nog langer op afstand te houden. En als ze de bocht door zouden
komen en de pas bereiken... Hij keek naar Balmer en zag de angst
op zijn gezicht. 'Sterk blijven mannen, sterk blijven!' schreeuwde
Balmer boven het lawaai uit. 'Het duurt niet lang meer voor ze versterking sturen. Hou vol, sepoys!'

Balmer keek over zijn schouder naar het kamp. 'Kom op, nou!'
Waarom duurde het zo lang voor er versterking kwam? Vrouwe
Fortuna had hen bevoordeeld met hun gunstige positie bij de engte,
maar Balmer wist dat ze berucht wispelturig was met haar genegenheid. De verkenningspatrouille hield de pas nu nog bezet, maar
dat zou niet lang meer duren. Niet met zulke aantallen vijanden.

Weer schreeuwde een soldaat het uit; het geweer viel uit zijn
hand terwijl hij voorover sloeg. 'Pak zijn kogels,' schreeuwde Machu, maar er was nauwelijks tijd om de geweren te herladen. De
Afghanen drongen op en sprongen de pas in.

Balmer stak zijn hand in zijn gordeltas, maar hij had geen kogels
meer. We hebben munitie nodig, dacht hij wanhopig terwijl hij de
nog altijd lege pas achter zich afspeurde. Waar bleef de versterking?

De vrijwillige officier naast hem stond in het wilde weg te schieten. Er kwamen zo veel vijanden de bocht om stormen dat het niet

meer uitmaakte dat hij niet getraind was; hij vuurde lukraak op de mannen en bij elke kogel ging er wel iemand om. Maar toen viel ook zijn geweer stil. Machu zag dat hij zich met drukke gebaren tot Balmer richtte. 'Het kamp,' schreeuwde hij in Balmers oor, 'we moeten terug!' Balmer nam niet de moeite te antwoorden en schudde zijn hoofd. Ze zouden het kamp nooit halen, wist Machu, niet met die bende die achter hen aan zou stormen.

'Ik ben los, geen munitie meer,' schreeuwde de vrijwilliger weer. 'Wat nu?'

De laatste geweren van de 20ste hielden er sputterend mee op. Even daalde de stilte weer neer over de pas; aan één kant van de bocht stonden de Afghanen ingespannen te luisteren en aan de andere stonden de soldaten achter zich te kijken in de hoop dat er versterking zou komen. Balmer keek naar zijn mannen; even wist hij niet wat hij moest doen. Hij zag dat Machaiah hem onafgebroken aankeek; de strakke berusting op het gezicht van de oudere man maakte hem duidelijk wat er zou volgen.

Balmer sloot zijn ogen een kort, kalmerend moment. Voor zijn geestesoog flitste een muur van rododendrons voorbij, de enorme heg langs de tuin van hun huis. Zijn moeder zat in de schaduw in een witte schommelstoel, haar lievelingspoes op schoot. 'Het spijt me, moeder.'

Hij haalde diep adem en trok zijn revolver uit het foedraal. 'Dit is het, mannen,' zei hij. 'Vergeet niet: eer aan de 20ste.'

De sikhs trokken hun tulbanden van hun hoofd, zodat hun haar woest en los over hun rug viel. '*Wahe guru ki khalsa, wahe guru ki fateh!!*' schreeuwden ze terwijl ze met hun bajonetten fel in de lucht stootten. En naast hen echode een andere stem tegen de bergen.

'Ayyappa Swami!' brulde Machu, en met de restanten van de verkenningspatrouille stortte hij zich achter de rotspunt vandaan de pas in.

Machu stootte zijn bajonet in het lichaam van een Pashtun, maar terwijl de man al viel gaf hij Machu nog een houw in zijn schouder. Hij stapte opzij en de kling van het zwaard schaafde over zijn huid en viel toen van hem af. Hij draaide zich om en doorstak nog een man met zijn bajonet; hij trok het wapen er netjes uit en stak opnieuw. Buig, strek, steek, ontwijk, steek, trek uit, stap opzij, keren, steek, trek uit, steek. Iets raakte zijn hoofd; hij struikelde even toen er een warme straal bloed over zijn gezicht liep, maar hij herstelde zich weer, *steek*.

Zijn arm bleef zonder onderbreking bewegen; hij had geen tijd om te denken, er was alleen die vloeiende dans van de jager en de prooi. De kling van zijn zwaard kleurde donker, snijdend door spieren en zenuwen. Steek en trek uit, steek en trek uit; de *odikathi* boorde zich diep in de ingewanden van de tijger. Het stof dwarrelde hoog op onder de wervelende voeten; de kreten van de mannen echoden van de rotsen. De smerige stank van de onvrijwillig geleegde darmen van de gevallenen vermengde zich met de bijtende walm van buskruit en de geur van bloed. Uit zijn ooghoek zag Machu de vrijwilliger neergaan. 'Balmer,' dacht hij, 'waar is Balmer?'

Hij draaide zich net op tijd om om de luitenant voorover te zien vallen. Er stond een Afghaan naast hem, zijn beide armen hoog opgericht om verpletterend uit te halen met zijn zwaard. 'Swamiyé Ayappa!' Machu beukte zijn bajonet in de ruggengraat van de man en draaide de kling wreed rond. Terwijl hij hem lostrok, kwam er een man op hem af rennen die zijn zwaard op Machu's arm liet neerkomen. Machu schreeuwde het uit van pijn. Hij boog zijn hoofd en sloeg de man hard op zijn neus; hij voelde meer dan dat hij hoorde hoe het kraakbeen barstte. De man wankelde achteruit, met zijn handen tegen zijn gezicht. Met zijn linkerarm pakte Machu zijn bajonet en stak die door de keel van de Pashtun.

In de verte klonk hoorngeschal. Eindelijk, de versterkingstroepen. Achter hem hoorde hij het vage gebrul van de mannen en de strijdkreten van de sikhs. Machu vertrok zijn gezicht tot een woeste, wolfachtige grimas; het kuiltje danste in zijn wang. Het zou nu niet lang meer duren.

Hij boog zich over Balmer heen, maar kon niet goed zien of de luitenant leefde of dood was; zijn rechterarm was bijna doorgesneden en bungelde er onbruikbaar bij. Zijn gezicht was nat van het bloed dat ook in zijn ogen droop, zodat hij nauwelijks kon zien.

Geen tijd om te denken, er was alleen deze dans, deze eeuwigdurende opwindende dans; steek en trek uit, steek en trek uit, steek. Paardenhoeven dreunden de pas op. Machu lachte hardop. 'El Kheir,' brulde hij, 'El Kheir! *Moge de overwinning eeuwig aan je manen gebonden zijn... Ik ga naar huis!'*

Hij kon bijna niets meer zien vanwege het bloed en vocht meer op intuïtie dan iets anders. Steek en trek uit, steek... een kogel raakte hem voluit in zijn borst. De kracht van de inslag wierp Machu achterover; tot zijn grote verbazing merkte hij dat zijn benen hem niet meer konden dragen. Ademloos viel hij keihard op de grond.

Alles werd stil, alsof er plotseling watjes in zijn oren waren gestopt. Het flitsen van zwaarden om hem heen. De blauwwitte glans van de punten, alsof de sterren deze ochtend lager hingen. Het loshangende haar van de sikhs, dat om hen heen draaide terwijl ook zij één voor één neervielen.

Machu had een onverklaarbare aandrang om te lachen. Het was allemaal zo absurd. Eer, roem – allemaal vertrapt in een ellendige bergpas. Hij wist dat het gevecht snel voorbij zou zijn, en de oorlog uiteindelijk ook. De wereld zou doordraaien. De mannen zouden het vergeten. Maar dan, zo zeker als de zon die op dit moment in het oosten opkwam, zouden precies dezelfde oorlogen nog eens gevoerd worden, om redenen die er niet toe deden. Wie zou nog denken aan het bloed dat het stof bevlekte; wie zou treuren om de hoop die voorgoed verloren was gegaan?

Er hing een man boven hem, met opgeheven zwaard. Machu greep zijn bajonet. De Afghaan hief zijn arm hoog op en Machu stootte de bajonet omhoog, in het kruis van de man. De man viel als een blok op de grond; plotseling kwam Machu's gehoor weer terug. Achter hem klonken de kreten steeds luider; hij kon de paarden de pas op horen denderen. De Afghanen begonnen de moed te verliezen. Hoeveel, bedacht hij terloops, zou de *sardarji* er gedood hebben?

Ach, maar dat maakte niets uit. Helemaal niets.

Hij ging naar huis.

De knallende geweren en fluitende kogels boven hem. Of was dat de wind, ruisend door de bladeren? De lucht was stil en zo schoon dat ademhalen pijn deed. De rijst kleurde net groen en een ijsvogel glinsterde tussen de krabbenkreken. En kijk, vlak achter die heuveltop, een vlucht reigers, zo gracieus op de wind. Machu zag ze opstijgen en zijn hart vloog met ze mee, tot hoog in de lucht.

'Het voelt alsof ik vleugels heb,' had ze tegen hem gezegd. 'Van jou houden voelt alsof ik de gave van het vliegen heb gekregen. Alsof ik de hele lucht tot mijn beschikking heb en zo hoog kan vliegen als ik wil.'

Langzaam daalde er een soort verdoving over hem neer. Hij greep zijn bajonet steviger vast en probeerde zijn ogen open te houden en te vechten tegen de duisternis. Vaandels van goudkleurige zijde dansten ritselend voor zijn ogen. De snuivende paarden, de stampende hoeven. Koud, onbuigzaam staal sneed door zijn vlees. Het felle oranje van de tijger die zich brullend omdraaide en hem aankeek; de kleur van de vroege ochtendlucht die ook nu boven de bergtoppen te zien was. Ze riep hem, haar lach tinkelend in de wind. Hij schudde lachend zijn hoofd en wilde haar vastpakken maar het was of hij kwik probeerde te grijpen. *Wacht, ik kom naar huis.*

Hij probeerde haar naam uit te spreken, terwijl zijn borst volliep met vocht. Hoestend worstelde hij, maar toen hij het eindelijk zei, *De-vi,* was het niet meer dan een zucht die ongehoord tussen de stenen viel. Hij vocht nogmaals en probeerde zwak om lucht in zijn longen te krijgen. De versterkingstroepen waren gearriveerd, besefte Machu en de Afghanen sloegen door de nauwe doorgang heen op de vlucht. 'Hier,' schreeuwde iemand, 'luitenant Balmer is hier. Hij leeft!'

Machu grijnsde en het kuiltje verscheen even in zijn wang; een felle trots vlamde op in zijn borst. 'Ik ga...' Hij hoestte weer en er stroomde een golf bloed uit zijn mond. 'Ik... ga...'

En toen lag de tijgerdoder stil; zijn ogen staarden zonder te knipperen in de opkomende zon. Zijn greep verslapte en de bajonet gleed eindelijk uit zijn hand; er dwarrelde een stofwolkje op toen die op de grond viel.

Honderden kilometers ver weg schrok een hartverscheurend mooie vrouw wakker; haar hart kromp ineen van een naamloze angst. De velden barstten uit in een explosie van wit toen een vlucht reigers plotseling opsteeg. Waterdruppels rolden van hun vleugels, snavels en poten, en vingen de eerste zonnestralen in hun val naar de aarde. En het leek of de vogels huilden, alsof ze een stortbui van diamanten uitgoten over de nog slapende stad beneden.

'Ik ben voor altijd de jouwe.'

23

Devi stond in de moestuin over de tomaten na te denken. Ze waren in een nacht zo hard gegroeid dat de planten bijna zo hoog waren als de stokken waar ze tegenaan gebonden waren.

'Ik heb Tukra ze met kalk laten behandelen,' zei Devanna zachtjes terwijl hij naar de stokken wees. Hij wachtte even en zei, toen er geen reactie kwam: 'Zie je, hier, en hier, zodat de termieten er niet bij kunnen.'

Ze keek afwezig om zich heen; zijn woorden drongen nauwelijks tot haar door. Hoe hadden ze zo snel kunnen groeien? Ze herinnerde zich duidelijk dat ze ze nog geen week geleden geplant had. Nauwelijks zo groot als haar hand waren ze toen.

'Devi, kom, we moeten naar binnen. Het ziet ernaar uit dat het gaat regenen.'

Ze zei niets.

Wat een rijpe, sappige vruchten. Ze stak een hand uit naar een bijzonder fraai exemplaar en voelde hoe stevig het vruchtvlees was.

'Die tomaten...' zei Devi vaag, nog altijd zonder hem aan te kijken.

'Wil je er een paar bij de lunch? Tukra... pluk er eens een paar.'

Plotseling geïrriteerd schudde ze haar hoofd. Werkelijk, wat kon hij toch traag van begrip zijn. 'Die tomáten. Zie je niet hoe hard ze gegroeid zijn? Ik heb ze pas een paar dagen geleden geplant en nu al...' De tomaten hingen zwaar aan hun stokken.

'Je hebt ze drie maanden geleden geplant,' zei Devanna vriendelijk. 'Weet je dat niet meer?'

'Drie maanden?' Ze draaide zich in een ruk om. 'Drie máánden?'

'Het is bijna oktober, Devi. Kijk eens naar de lucht.'

De lucht was zachtblauw, zoals altijd na de regens. De kleur van een beo-ei, zo noemde Machu de kleur van de lucht na de regentijd altijd.

'Oktober?' Verwarring overviel haar en ze zette een aarzelende stap achteruit.

Tukra sprong naar voren, klaar om haar te helpen, maar bleef staan toen Devanna zijn hoofd schudde. 'Ja. Het is algauw weer tijd voor het Kaverifestival,' zei Devanna. Hij hield zijn ogen strak op haar gezicht gericht en hinkte voorzichtig naar haar toe. 'Het is al drie maanden geleden.'

Devi schudde ongelovig haar hoofd. 'Nee.' Het kon onmogelijk al negentig dagen geleden zijn. Ze zag dat ze haar observeerden, bespeurde de waakzaamheid in hun ogen. 'Ga weg,' wilde ze schreeuwen, 'ga weg!' Maar ze zei niets en keek naar het glanzende rood in haar handen. Ze kneep in de tomaat en die gaf een beetje mee.

'Devi...'

Haar hand sloot zich stevig om de vrucht en die barstte; het sap sijpelde tussen haar vingers door. Devi liep bij de plant vandaan en keek vol afschuw naar haar roodbevlekte hand. Drie maanden, het was toch nog geen drie maanden geleden dat... dat... Ze keek eindelijk naar Devanna, met een verwrongen gezicht.

'Het geeft niet, Devi, het geeft niet.' Hij stond naast haar en veegde haar vingers af. Precies als toen ze kinderen waren. Hij zei iets en ze probeerde te antwoorden, maar haar keel werd dichtgeknepen van verdriet en ze liet zich huilend tegen hem aan vallen.

'Het komt goed,' zei hij in haar haar en hij hield haar stevig vast. 'Kom, je moet rusten. Nanju komt zo uit school en je wilt vast niet dat hij je zo ziet.'

Devi werd pas wakker in dat vage uur tussen nacht en ochtend, wanneer het stil was in het bos en de dieren naar hun schuilplaatsen gingen; wanneer geesten weemoedig in slapende oren zuchtten en de wind in de bomen genesteld te wachten lag. Eindelijk hoorde ze geen geluiden meer in haar hoofd; het suizen in haar oren was ook opgehouden. Hij was er niet meer. Ze proefde de woorden op haar tong. Hij was er niet meer en er zat maar één ding op. Onbeweeglijk lag Devi in bed te wachten op de dageraad.

Devanna probeerde haar op andere gedachten te brengen. 'Devi, wat ga je in hemelsnaam tegen zijn weduwe zeggen?'

'Dat zij geen geld heeft en ik wel. Dat ik haar zoon een veel beter leven kan geven dan zij ooit zal kunnen. Tukra,' riep ze. 'Zijn de paarden al ingespannen of moet ik helemaal lopen naar het Kambeymadadorp?'

'De jongen is haar enige kind,' probeerde Devanna weer.

'Des te meer reden om te doen wat goed voor hem is.'

'Devi...'

'Genoeg.' Devi keerde zich naar hem toe; haar ogen schitterden. Devanna wist niet of dat door nervositeit of opwinding kwam, of misschien door een lichte waanzin. 'Dit is jouw zaak niet.'

Ze wilde niet dat hij meeging; de hele weg naar het dorp zat ze kaarsrecht in het rijtuig met haar handen gevouwen in haar schoot. Devi was weer afgevallen; ze had nu bijna het figuur van een meisje, met haar sleutelbeenderen zichtbaar onder haar bloes. Waar het verdriet een ander zwaar getekend zou hebben, maakte het Devi's huid alleen maar doorschijnender en gaf het haar gezicht een bijna etherische uitstraling. Alleen haar ogen, zo donker als kool, verrieden de onderliggende kwetsbaarheid.

Het was alsof met Machu's dood de spil uit haar wereld was weggerukt. Haar reactie was zo fysiek dat ze haar voet al bijna verzwikte als ze die op de grond zette. De herinnering aan de pijn in zijn goudkleurige ogen. 'Ik zou bij je zijn gebleven.' De donkere wanden van een put die om haar heen draaiden, een bodemloze ondergrondse draaikolk. Tot het de afgelopen nacht ineens rustig was geworden.

Appu.

Op dat moment wist Devi wat ze moest doen; diep in haar botten voelde ze dat het goed was. Machu was weg. Maar Appu... Het kind was altijd al voor haar bestemd geweest, hij had hún zoon moeten zijn. Ze haalde hem alleen maar naar huis.

Het huis was schrikbarend klein. Devi zag het stof op de tafel liggen en de weduwe strekte haar hand uit om het weg te vegen. Ze bloosde toen ze betrapt werd op dit kleine vertoon van trots. 'Wat kom je hier eigenlijk doen?' vroeg ze gespannen.

Op dat moment kwam het kind binnen; hij trok een houten paardje achter zich aan. Devi's hart kromp ineen. Hij leek sprekend op Machu. Hij zag Devi en bleef hoorbaar op zijn duim staan zuigen. De weduwe nam hem op schoot en trok het gewraakte aanhangsel zachtjes uit zijn mond. Toen hij hem er meteen weer in wilde stoppen, boog Devi zich voorover in een poging hem af te leiden. 'Kambeymada Appu, zo heet jij toch?'

Hij keek haar nieuwsgierig aan. 'Wie bent u?' vroeg hij.

'Ik ben...' ze stopte aarzelend.

'Mijn vader is dood.'

Devi slikte. 'Ik weet het, *kunyi*.'

'Ik moet nu voor het huis zorgen. Dat zei hij tegen me toen hij naar de bergen ging.'

'Ja.' Ze lachte nerveus. 'Kijk eens. Wil je een snoepje?' Ze wees naar de doos die ze had meegebracht.

'Snoepjes! Wat voor soort?' Hij stak gretig zijn hand uit naar de doos, maar de weduwe trok zijn arm terug.

'Nee.' Ze zette hem weer op de vloer. 'Nee Appu, ga maar een poosje buiten spelen, dan ben je een lieve jongen.'

De teleurgestelde Appu leek even te gaan protesteren, maar knikte toen dapper. Devi beet op haar lip en kon haar ogen niet van hem afhouden terwijl hij de kamer uit liep met het rammelende paardje aan het touw achter zich.

'Wat lijkt Appu veel op... hij lijkt precies op zijn...' begon ze schor.

De weduwe onderbrak haar. 'Hij zei jouw naam steeds.'

Devi viel stil. 'Wat?'

'Machu. Hij noemde steeds je naam.' Haar ogen stonden dof. ''s Nachts, in zijn slaap. Zelfs een keer toen we... Hij noemde jouw naam.'

Devi keek haar ontzet aan en de vrouw lachte zonder humor. 'Hij heeft natuurlijk nooit geweten dat ik het wist. Mannen!'

'Goed,' ging de weduwe verder. 'En wat kom je hier nu eigenlijk doen, zo veel maanden na het overlijden van mijn man?'

Devi haalde diep adem en probeerde tot zichzelf te komen. Ze dwong zichzelf de weduwe recht aan te kijken. 'Je hebt gelijk,' zei ze, 'ik ben hier niet alleen gekomen om te condoleren. Appu. Waarom schrijf je hem niet in voor de missieschool? Het is de beste school in Kodagu; mijn eigen zoon gaat er ook naartoe.' Ondanks haar pogingen beheerst over te komen kwam het er gejaagd uit en haar handen bewogen druk. 'Ik zal natuurlijk zijn hele opleiding betalen. Ik weet dat de school vanaf hier te ver is, maar hij kan bij mij komen wonen.'

'Je wilt dat Appu...' De weduwe gooide haar hoofd achterover en kakelde, een geluid dat deed denken aan een krijtje op een lei. 'Het was dus niet genoeg om je klauwen in mijn man te slaan, nu wil je onze zoon ook nog?'

'Machu was een eerzaam man! Toen hij met jou getrouwd was...'

'Toen hij met mij getrouwd was, is hij nooit opgehouden met dromen over jou, dankzij jouw zwarte toverkunsten.' De weduwe stond abrupt op. 'Ik moet aan het werk. Je moet weg.'

'Wacht!' Devi zocht koortsachtig naar de juiste woorden. 'Denk aan het kind. Zelfs met het pensioen van het leger...' Ze gebaarde naar de stoffige tafel. 'Ik kan hem een veel beter leven bieden dan jij.'

De weduwe hield haar hoofd scheef; iets in haar houding deed Devi aan een kat denken.

'Is dat zo? Nou, de school heeft een pension, toch?' vroeg ze liefjes. 'Waarom betaal je dan ook geen kost en inwoning voor mijn zoon, zodat ik hem daar kan inschrijven?'

'Nee, hij heeft een thuis nodig. Bij mij zal hij...'

De aderen zwollen op het voorhoofd van de weduwe, afstekend tegen haar magere gezicht. '*Dit* is zijn thuis. *Ik* ben zijn moeder.'

Devi begon paniek te voelen nu ze zo moeiteloos werd klemgezet. Ze ging nog sneller praten dan eerst. 'Hij en mijn andere zoon zullen opgroeien als broers. En jij kunt hem komen opzoeken wanneer je maar wilt.'

'Natuurlijk. Hij krijgt een broer, je man kan zijn vader vervangen en hij krijgt niet één, maar twee moeders. Twee moeders die om hem vechten en tussen wie hij zal moeten kiezen. Tussen mij, zijn biologische moeder die hij zich altijd zal herinneren als degene die afstand van hem deed, en jou, de heilige plaatsvervanger. Nee. Nooit.'

'Alsjeblieft,' zei Devi wanhopig. 'Dit is voor Appu's bestwil; jij kunt hem niet het leven geven dat ik kan. Machu zou dit gewild hebben voor zijn zoon.'

Het gezicht van de weduwe betrok. '*Onze* zoon,' beet ze Devi toe. 'Hij is ook *mijn* zoon, vergeet dat niet! Dus jouw geld kan een leven voor hem kopen dat ik niet kan betalen? Zal ik je eens wat vertellen? Over dat geld waarover jij zo zelfverzekerd praat? Dat land dat jij bebouwt is geléénd.'

'O, kom op,' zei ze bitter toen ze het onbegrip van Devi zag. 'Kijk niet zo verbaasd, we weten allebei dat je een uitgekookte dame bent. Nari Malai heb je het land dat van mijn man was toch genoemd? Tijgerheuvels, naar de tijgerdoder zelf?'

'Het heeft niets met hem te maken.'

'Je liegt. Het heeft alles met hem te maken.'

'Nee,' begon Devi, maar ineens zweeg ze en de kleur trok weg uit haar gezicht. De puzzelstukjes uit het verleden begonnen op hun plaats te vallen. 'Ik zal ervoor zorgen,' had hij tegen haar gezegd, 'dat jij je deel krijgt.'

'Nee,' fluisterde ze, 'dat kan niet, het waren de oudsten die...'

'Het was zijn land. Hij stond erop dat ze het aan jou gaven. Hij liet de ouderen dat verhaal over de donatie aan de tempel verzinnen zodat niemand de waarheid zou kennen.' De weduwe ging abrupt aan tafel zitten. En toen, met haar hoofd tussen haar handen, begon ze weer te lachen.

'Het was van hem. Meer dan veertig hectare, en die heeft hij allemaal aan jou gegeven.'

Devi zat als verdoofd in het rijtuig terug naar Madikeri; ze hoorde nog steeds de vreselijke lach van de weduwe. Hij had haar zijn land gegeven.

'Nari Malai,' zei ze ineens tegen Tukra. 'Rij me erheen.'

Tukra keek gealarmeerd achterom. '*Aiyo*, het wordt donker, de olifanten...'

'Nari Malai,' droeg ze hem opnieuw op, met stemverheffing.

Ze gaf hem opdracht voor de ingang op haar te wachten en opende de poort naar het landgoed. Zíjn landgoed.

'Mijn land,' had hij gezegd, wijzend naar Kodagu dat uitgestrekt aan hun voeten lag.

De wind draaide en de paarden schudden zachtjes hinnikend hun manen. Devi liep in de vallende duisternis het landgoed op.

Ze had altijd geweten dat zijn hart hier lag. Verankerd aan deze geliefde zwarte grond tussen de bossen en de heuvels. 'Je hart is hier, overal elders zou je wegkwijnen.'

En toch had hij zijn land aan haar gegeven. 'Waarom heb je dat gedaan?' fluisterde ze gekweld. Hij zou nooit in het leger zijn gegaan als zij Devanna's deel van de bezittingen van de Kambeymada's niet had opgeëist; dan had hij waarschijnlijk nog geleefd. En dan liep hij hier rond, op dit stuk land.

De avondmist kwam op en hulde het omliggende gebergte en het pad in grijs. Ze stootte haar voet tegen een uitstekende boomwortel, struikelde en liep door. De opkomende volle maan wierp een schuine streep licht door de mist. Steeds verder liep ze het landgoed op, meer op intuïtie dan op zicht. Uiteindelijk bleef ze midden op de stille plantage staan.

'Machu,' riep ze. 'Machu!'

De mist kwam dichterbij, naderde haar door de koffieplanten heen en wikkelde zich om haar heen. 'Machu, ik weet dat je... je land, je hart is hier.' Ze bleef staan wachten, maar het enige antwoord was stilte. 'Machu!' riep ze nogmaals, en ze keek zoekend om zich heen over het mistige landgoed. Er vielen koude regendruppels. 'Jij... zonder jou...' De regen drupte neer, plakte haar haar aan haar schedel en liep in stroompjes over haar rug. 'Ik weet dat je hier bent,' zei ze wanhopig. 'Ik weet het!' Ze viel op haar knieën en balde haar vuisten boven de vochtige grond, zijn grond. Ze duwde haar nagels er diep in, zo diep als ze kon in de zwarte, leemachtige aarde en begon te huilen.

Het was Nanju die hen een paar dagen later naar het huis in Madikeri zag lopen. 'Avvaiah,' riep hij, 'kom eens kijken!' Hij wees naar de twee gestaltes op weg naar de deur, die bijna niet te zien waren in de regen. Hoewel ze in de striemende regen stond, weigerde de weduwe binnen te komen. 'Beloof je dat je hem geeft waarop hij door zijn geboorte recht heeft?' vroeg ze cryptisch, maar Devi wist precies wat ze bedoelde.

Nanju gluurde nieuwsgierig vanachter zijn moeders sari. De weduwe had haar arm om de schouders van de jongen geslagen. Nanju kon zijn gezicht niet zien; hij had een opengeknipte jutezak over zijn hoofd en zijn rug als bescherming tegen de regen. 'Nanju, ga naar binnen,' beval Devi, en met tegenzin trok hij zich terug.

Ze richtte zich tot de weduwe. 'Ja,' zei ze. Ze zorgde ervoor niet naar de jongen te kijken en probeerde haar stem niet te laten trillen. 'Dat beloof ik.'

'Ik vertrouw hem aan jou toe. Zorg goed voor hem, of anders...'

'Kom bij ons langs,' zei Devi op een opgewekte toon die zelfs in haar eigen oren onoprecht klonk, 'wanneer je maar wilt.'

De weduwe produceerde een bedekt glimlachje waaraan haar ogen niet meededen. 'Appu zal nooit hoeven kiezen tussen ons.'

Ze viel op haar knieën en hield haar zoon dicht tegen zich aan. Ze streelde zijn hoofd en fluisterde liefkozende woordjes in zijn oren. Toen duwde ze hem zachtjes het huis in, keerde zich om en verdween in de regen.

Devi sloot de deur met trillende handen. Ze stond als aan de grond genageld; ze kon nog niet geloven wat er zojuist was gebeurd en staarde zonder iets te zien naar de kronkelige knoesten in het hout van de deur. Langzaam draaide ze zich om, heel langzaam, alsof ze nog niet zeker wist dat dit geen droom was. Appu zei niets; zijn ogen waren groot van angst. *Hij heeft jouw ogen, Machu.* Er werd iets wakker in Devi, iets wat tot dan toe had liggen slapen. Een oergevoel, een natuurlijke, dierlijke liefde als van een oerwoudmoeder voor haar jong in het hol. Niet gewoon de liefde die ze voor Nanju voelde, hoe diep die ook ging, maar een sterke, tedere, hartstochtelijke liefde die vanuit haar buik naar dit kind reikte. Voorzichtig maakte ze knoop voor knoop de zak los van zijn nek. 'Heb je zin in warme melk?' vroeg ze.

Als antwoord stak hij zijn duim in zijn mond.

'Kom maar,' zei ze, 'ik zal je melk geven, warme melk, dat zal mijn *kunyi* lekker vinden...'

Appu keerde zich om naar de deur alsof hij zich ervan wilde overtuigen dat zijn moeder echt weg was. Zijn mooie geelbruine ogen vulden zich met tranen.

'Kom, kom,' Devi tilde hem op. 'Jij bent toch een grote jongen?' Hij knikte ongelukkig. 'Waarom dan die tranen? Grote jongens huilen toch niet?' Ze hield hem dicht tegen zich aan en gaf hem een kus op zijn wang.

Later die avond, toen de kinderen naar bed gebracht waren, hoorde Nanju Appu huilen in zijn kussen. Hij rolde naar hem toe en streek over zijn schouder. 'Niet huilen,' zei hij ernstig. 'Mijn Avvaiah is heel lief. Ze zal goed voor je zorgen, dat zul je zien. Wij zijn broers nu, zei ze. Broers! Ga maar slapen, dan laat ik je morgen mijn speelgoed zien.'

De weduwe had uiteindelijk het laatste woord. In één klap regelde ze dat er voor Appu beter gezorgd werd dan zij ooit zou kunnen, en dat zijzelf altijd de overhand zou houden. Ze vonden haar drie dagen later, aangespoeld in een rijstveld; haar lichaam was opgezwollen en stonk naar gas. Haar crematie werd overhaast afgehandeld; op de brandstapel barstte haar lichaam met een luide knal uit elkaar.

Devi zei niets toen ze over de zelfmoord hoorde, maar trok Appu op schoot en wiegde hem, met haar armen stijf om hem heengeslagen. Haar afschuw en schuldgevoel over de zelfdoding van de weduwe uitten zich afwisselend in boosheid om haar daad – wat laf! – tot ontzetting en medelijden. Ze keek naar het kind, probeerde haar adem kalm te houden en toen drong het in alle heftigheid tot haar door. Hij was van haar. Appu was eindelijk van háár.

Die arme ziel, zeiden de mensen over de weduwe. Ze had zo veel van haar man gehouden dat ze het niet kon verdragen niet bij hem te zijn. Het was al moeilijk genoeg voor haar geweest dat hij zo lang weg was met het leger, maar zijn dood was haar te veel geworden. Ze was haar dood tegemoet gesprongen vanaf een gammele brug over de Kaveri. Wat een godin, zeiden de mensen over haar, vergoddelijkt op het altaar van de liefde.

Devi zei er niet veel over, maar hoewel ze nu de volledige zeggenschap over Appu had, bleef hun gesprek aan haar knagen. Devanna kon het verdriet in haar ogen zien. 'De doden hebben het makkelijk,' tierden ze. 'Het zijn de levenden die de pijn van het verlies moeten meedragen.'

Op de missieschool had Gundert hun jaren geleden verteld over Jezus en zijn grootse offer. De hele klas had muisstil in vervoering zitten luisteren naar de beelden die hij schetste van de bloedende Christus aan het kruis; iedereen behalve Devanna, die er piekerend bij had gezeten. 'Ja, Dev?' had de priester gevraagd. 'Wil je iets vragen?'

'Ja, eh... en Maria dan? Hoe liep het met haar af nadat Christus zichzelf had opgeofferd?'

Hij kon zich de uitdrukking op het gezicht van de priester nog altijd herinneren; hij had ineens een verloren indruk gemaakt. 'Ach Dev,' zei hij zacht, 'slechts een enkeling stelt zich die vraag. Inderdaad: en Maria dan? Degenen die sterven, lijden maar kort; het zijn degenen die ze achterlaten die het echte gewicht van het kruis dragen.'

Appи

24

1913

'Nanju! Waar zit je nu weer? *Ayy*, Nanju!'
Devi draaide zich geërgerd om vanaf de keukendeur. 'Die jongen! Waar gaat hij toch steeds naartoe? Altijd maar rond lopen zwerven, de hemel weet waarheen. Al veertien jaar oud, met de eerste baardharen op zijn gezicht, maar nog altijd heeft hij geen benul van de tijd.'

Appu zat onderuitgezakt tegen het raam, verdiept in een enorme koperen maatkan met melk. 'Hij is vast niet ver weg,' zei hij, Nanju opgewekt te hulp schietend. 'De biggetjes, misschien is hij daar even gaan kijken.'

Devi tuitte haar lippen, maar voor ze nog iets kon zeggen zette hij de lege maatkan met een bons op het raamkozijn en boerde. 'Foei,' berispte Devi hem terwijl ze aan zijn oor trok. 'Heb ik jou dat zo geleerd, zulke onbeschofte geluiden maken?'

Appu wrong nogmaals met opzet een boer door zijn keelgat en grijnsde.

'Domoor.' Devi schudde haar hoofd, maar kon desondanks nauwelijks een binnenpretje verhullen. 'Ga Nanju maar zoeken,' zei ze, terwijl ze het dikke haar van zijn voorhoofd streek. 'Breng hem zijn melk. En jij drinkt het niet op, hoor,' voegde ze eraan toe. 'Je hebt al meer dan genoeg gehad.'

Appu wandelde de moestuin in. Tukra had die ochtend bij de

moringaboom een buideldas gedood. Het was een enorm beest, zo groot als een speenvarken. Appu keek hoopvol om zich heen terwijl hij om het pompoenenveldje liep, maar er waren geen ratten meer te zien. Vaag teleurgesteld floot hij naar de honden die in de kennels zaten. Ze keken hem slaperig aan en kwispelden ongecoördineerd. Hij nam een slok melk en sjokte verder, achter het kippenhok en de veeschuur die leegstond nu de koeien naar de weide waren gebracht. Hij stak zijn hoofd over de muur van het varkenskot en bracht een piepende, wervelende staat van opwinding onder de biggetjes teweeg. Hij nam nog een slok melk; hij floot tegen de oude zeug die op haar zij lag en zachtjes kreunde. Waar zat Nanju toch?

Ah, dacht hij. Het vogelhuis. Hij ging op weg naar de plantage, tussen de koffiestruiken door die om de bungalow stonden.

Het vogelhuis lag even verderop op de plantage, naast de enorme stomp van een broodvruchtboom. Appu slenterde er over het ongelijke pad naartoe, terwijl hij melancholiek terugdacht aan de olifanten. Eigenlijk kwam het door hen dat het vogelhuis gebouwd was.

Twee zomers geleden was er een kudde olifanten over het landgoed gedenderd, aangetrokken door de geur van rijpende broodvruchten. Ze kwamen 's nachts en stampten over de plantage terwijl de arbeiders lagen te trillen in hun hutjes en de honden vruchteloos blaften. Ze draaiden om de broodvruchtbomen heen, en reikten van alle kanten met hun slurven naar het stekelige fruit dat erin hing, en vertrapten daarbij de ene na de andere rij koffiestruiken. Appu had het behoorlijk spannend gevonden, maar Devi had de olifanten lang en hard vervloekt. Ze had wachtposten ingehuurd en ze neergezet aan de rand van het landgoed, waar het oerwoud begon, en ze had ze bewapend met geweren. 'Schiet in de lucht zodra je ze ziet,' droeg ze hen op. Wat had Appu gesmeekt of Avvaiah hem alsjeblíéft ook op wacht wilde zetten! Maar ze wilde er niets van horen. Hij fronste zijn wenkbrauwen bij de herinnering.

De wachtposten leken aanvankelijk succes te hebben. Bij het geluid van de geweren sjokten de olifanten weg, met flapperende oren van angst. Daarna stonden de mannen nog een paar nachten op wacht, maar de olifanten waren in geen velden of wegen meer te bekennen. Nog geen week later, de eerstvolgende vrijdag, om precies te zijn, werden de wachters alsnog belaagd. Het was hun wekelijkse vrije dag en een grote groep van hen was dronken en vrolijk van de markt teruggekeerd. De olifanten hadden midden op de weg gestaan, vertelden de doodsbange arbeiders later aan Devi, als de manschappen van Ganesha de olifantgod zelf. Hun mammoetoren flapperden heen en weer als de bladeren van een monsterlijke palmboom en de reusachtige slagtanden glansden toen ze hun slurven hoog ophieven en in de lucht trompetterden. Op dat moment had Devi Nanju en Appu betrapt, die met open mond bij de deur stonden te luisteren. 'Naar binnen,' had ze scherp tegen hen gezegd. 'Onmiddellijk.'

Het was Tukra die hun later de details had verteld. De olifanten hadden de arbeiders aangevallen, twee van hen doodgespiest en nog eens drie in de regengreppel naast de weg gegooid.

Devi probeerde de arbeiders wat gezond verstand in te praten. Het was heel tragisch wat er gebeurd was, maar in deze streek vonden er voortdurend incidenten met olifanten plaats, dus moest het wel een keer gebeuren op een landgoed dat zo dicht bij de jungle lag. Nee, huiverden de overlevenden, dit was geen toeval. Het was vergelding, precies en gericht. Hoe hadden de olifanten kunnen weten dat ze alléén degenen moesten aanvallen die de plantage hadden bewaakt? Ze weigerden nog langer op wacht te staan, en niets wat ze zou zeggen kon hen op andere gedachten brengen.

Ze liet prikkeldraad spannen, versterkt met scherpe bamboepunten en glasscherven. De volgende ochtend spraken de olifantensporen voor zich. De beesten hadden twee athibomen naast de afrastering ontworteld. De omvallende bomen hadden een deel van het hek met zich meegesleurd. Vervolgens waren de olifanten kalmpjes het landgoed weer op gelopen. Voor hun vertrek hadden ze Devi nog een afscheidscadeautje gegeven: een spoor van vertrapte koffiestruiken, uit de grond gerukt en minachtend terzijde gesmeten.

Ze wist wanneer ze zich gewonnen moest geven. Ze liet de arbeiders alle broodvruchten lossnijden en bood ze wat fruit aan om mee naar huis te nemen, voor hun gezinnen. Ze hield twaalf van de grootste vruchten voor in de voorraadkast, nog een paar om bij de thee te serveren met honing, een paar om jam van te maken en de rest om in fijne, zongedroogde reepjes goudbruin te frituren en om te scheppen met zout en rode chilipoeder. Maar het grootste deel van het fruit legde ze in hoge stapels naast het landgoed neer. Het was een verzoeningsgebaar dat de olifanten leken te accepteren; de volgende ochtend was het fruit weg. Devi knikte tevreden toen ze de overgebleven rotzooi in ogenschouw nam, de gestoppelde broodvruchtschillen, de zaden en de hompen onrijp fruit. 'Verbrand deze troep,' droeg ze de arbeiders op. 'En nu de olifanten weten dat er geen fruit meer te halen valt, hakken jullie ook de broodvruchtbomen om, stuk voor stuk.'

Toen de jongens die middag uit school kwamen, hoorden ze het geraas van omvallende boomstammen. Appu rende direct op het geluid af, met Nanju op zijn hielen. Appu keek gebiologeerd toe hoe de arbeiders de zaag heen en weer haalden, terwijl het zweet over hun rug liep, twee mannen per boom. *'Ayy!'* riep hij met glanzende ogen. 'Hier, laat mij het ook eens proberen!'

Maar Nanju trok wit weg toen hij de bomen zag huiveren onder de slagen en het kleverige sap uit hun opengescheurde barst zag druipen. Hij was langzaam bij de arbeiders weggelopen, zijn oren vol van het afschuwelijke gekreun van de bomen die tegen de grond sloegen. Hij had zich abrupt omgedraaid en was naar het huis gerend. 'Nanju, waar ga je heen?' had Appu verbaasd geroepen. Hij wilde hem volgen, maar precies op dat moment was er nog een boom gevallen. Met een kreet van opwinding had hij zich weer naar de arbeiders omgedraaid. 'Horen jullie me niet? Geef mij die zaag, laat mij het proberen!'

Devi had verrast opgekeken toen Nanju de keuken in stormde. 'Wat is er?' vroeg ze. 'Waarom kijk je zo beteuterd als een ratje?'

'De bomen,' mompelde Nanju. 'Ik... Ik vind het niet leuk om ze te zien vallen.'

Devi draaide zich weer om en roerde verder in de jam. 'Het kan niet anders, *kunyi*,' zei ze geamuseerd. 'Wil je soms dat de olifanten volgend jaar terugkomen?'

'Het lijkt net... de bomen lijken net oude mannen die omgezaagd worden.'

'O, doe niet zo gek!' Het kwam er scherper uit dan ze bedoeld had, maar Nanju kon ook zulke dwaze dingen zeggen. 'Oude mannen nog wel.'

Hij stond daar op zijn lip te bijten en ongelukkig aan de berg bonen te friemelen die Tukra's vrouw aan het doppen was. Devi zuchtte. 'Wat kun jij toch kinderachtig zijn.' Ze opende de deur van de voorraadkamer, pakte twee *laddoos* en legde die voor hem neer. 'Hier,' zei ze. 'Eet.' Hij schudde zijn hoofd en ze zag dat hij bijna in tranen was.

'Nanju...' begon ze, en ze probeerde de ergernis uit haar stem te houden, maar toen hinkte Devanna de keuken in.

'Wat is er? Waarom trek je zo'n lang gezicht?'

Nanju vertelde hem over de bomen. 'Ah, dat kappen.' Devanna verschoof zijn stok en boog zich onhandig voorover om Nanju door zijn haar te strijken. 'Je moeder heeft gelijk, weet je, we moeten ze wel omhakken. Maar ik zal je iets vertellen: laten we een vogelhuis maken. Appu, jij en ik. We nemen van elke boom die vandaag is omgehakt wat hout; het wordt een soort gedenkteken, om ze niet te vergeten. Wat vind je daarvan?'

Nanju keek zijn vader aan. 'Een vogelhuis? Hoe dan?'

'Eens zien, we hebben een plan nodig. Ik heb precies het goede boek om ons te helpen...' Al pratend leidde Devanna Nanju de keuken uit. Devi staarde naar de *laddoos* die onaangeroerd op het granieten aanrecht lagen en moest plotseling terugdenken aan een middag, heel lang geleden. Was het geen jakhals geweest die in het kippenhok had weten te komen? Die arme kuikens, wat had ze om hen gehuild. En de uitvaart die Devanna later die middag had georganiseerd. De glinsterende krabbenkreek, een doodskist van bladeren en bekleed met kapok.

Plotseling van streek, en zonder te weten waarom, raapte ze de *laddoos* op en gooide ze bij het vuilnis.

Devanna stuurde de jongens het landgoed op te zoeken naar de oudste boom die omgekapt was, de boom met de meeste ringen in de stam. 'Naast die boom,' zei hij tegen hen, 'daar zullen we gaan bouwen.' Het had bijna zeven weken gekost om het vogelhuis te bouwen; een groot, sierlijk bouwwerk met verschillende vogelbadjes en voederplekken. Devanna liet Nanju en Appu de bakken met water, maïs en zaden vullen en legde in elk van de bakken een klein stukje koper tegen de algen. Al na een paar aarzelende tochten door en rondom het vogelhuis waren de bezoekers gekomen. *Drongo's* met onyxkleurige staarten, ekstertjes met witte bast, paarsgevleugelde boskoekoeken, roodbesnorde *buulbuuls* en spechten met olijfkleurige ruggen verdrongen zich in de waterbekkens en vulden de lucht met hun gezang.

Daar zou Nanju vast en zeker zitten, dacht Appu nu, terwijl hij de plantage op liep. 'Nanju!'

'Ssst.' Nanju draaide zich half fronsend, half glimlachend naar hem toe, met een vinger op zijn lippen. 'Stop met rondstampen als een olifant, je jaagt de vogels nog weg.'

'Heb je Avvaiah niet horen roepen? Hier is je melk.' Appu liet zich op het gras naast zijn broer vallen.

Nanju keek naar het half leeggedronken glas en gaf Appu een kameraadschappelijke klap, die de pet van zijn hoofd afsloeg. 'Wat!' riep Appu uit, terwijl hij zijn pet pakte die over het gras rolde. 'Ik heb er niets van genomen!' Hij klopte het stof eraf en zette hem zwierig terug op zijn hoofd. 'Goed, misschien een klein beetje dan,' biechtte hij grijnzend op.

Nanju schudde geamuseerd zijn hoofd. Hij nam een slok, veegde zijn mond af met zijn handrug en gaf het glas aan Appu. 'Hier.'

De twee broers leunden genoeglijk tegen de stomp van de broodvruchtboom, koesterden zich in de zonneschijn en deelden de melk terwijl de vogels boven hun hoofd koerden en riepen, rondspetterden in hun badjes en de lucht vulden met hun gezang.

Het was nu bijna vier jaar geleden dat ze definitief naar Nari Malai waren verhuisd, vlak nadat Machu's weduwe Appu bij Devi had achtergelaten. Iedereen verwonderde zich over de verandering die het kind in haar teweeg had gebracht; zijn komst rukte haar los uit haar verdoofde toestand van de maanden daarvoor. Begeesterd met een nieuwe vastberadenheid had ze het oude huis in Madikeri laten schilderen en nieuw meubilair besteld in Mysore. Desalniettemin ontbrak er nog iets. En toen kreeg ze een openbaring: natuurlijk, het was het huis zelf! Devi had al een hekel aan het huis gehad vanaf het moment dat ze er waren ingetrokken, maar toch had ze al die jaren om een of andere reden nooit overwogen om te verhuizen. Eerst was er te weinig geld geweest om een passender woning te kunnen betalen, en later, toen er meer dan genoeg was, verhuisde ze nog steeds niet. Voor een deel was het apathie, die voortkwam aan haar gewenning aan het huis, dat in de voorbije jaren als een cocon om hen heen was gegroeid. En voor een deel was het een opzettelijke overgave aan haar afkeer van het huis, haar verachting voor de donkere, benauwde kamers. Ze had zich eraan vastgeklampt, met de dagelijkse ongemakken als perverse herinnering aan alles wat voorbij was, alles wat nooit zou zijn.

Appu was de spreuk die de betovering verbrak. Devi had met hernieuwde afkeer naar het huis gekeken toen ze hem in haar armen sloot. Donker als een slachthuis was het, dacht ze onvriendelijk, en dankzij die huisbaas van hen leek het tot in het diepst doordrongen van de geur van vis en kippenvet. Waarom, vroeg ze zich verbluft af, had ze er niet eerder aan gedacht om te verhuizen?

'Nari Malai,' liet ze haar gezin vrolijk weten, 'we verhuizen allemaal naar de plantage. Wist jij dat je vader een tijgerdoder was, *kunyi?*' vroeg ze Appu. 'Hij heeft bijna met zijn blote handen een tijger gedood.'

'Devi... en Nanju's school dan?'

Ze had antwoord gegeven zonder Devanna aan te kijken. 'Dat is geregeld. Ik heb een nieuwe automobiel besteld in Mysore. We kunnen een chauffeur huren om hem elke dag naar Madikeri te rijden.'

Nari Malai! De jongens trilden van opwinding bij het idee om op de plantage te wonen, maar toen het moment was aangebroken om Madikeri echt te verlaten, was Nanju plotseling toch verdrietig. Het was Devanna die hem gevonden had, opgekruld op de vloer onder het bed. Hij had de dekens teruggegooid en gelachen. 'Wel wel, Wat hebben we hier? Kom eruit, kleine vluchteling, kom, voor Avvaiah je vindt.' Hij had Nanju naar zich toe getrokken. 'Ik weet hoe je je voelt,' zei hij vriendelijk. 'Per slot van rekening is dit het enige thuis dat je hebt gekend. Maar we gaan nu naar een nieuw thuis, en daar kunnen jij en Appu ronddartelen op de plantage...'

'Ben jij blij dat we gaan, Appaiah?' had Nanju gevraagd.

'Je moeder is blij,' had Devanna eenvoudig gezegd. 'En dat is het enige wat telt.'

En inderdaad, na een heel lange tijd was Devi eindelijk gelukkig. Dit was gelúk, niet alleen de afwezigheid van ongeluk of het buitensluiten van rouw, als een ijzeren deksel dat over de gapende opening van een put wordt gelegd. Dit was GELUK: onverwacht, ongegrond, een tegenwicht – voor een deel, maar desondanks een tegenwicht – tegen alles wat hiervoor was gebeurd. Vreugde ontvouwde zich in haar, tot ze zich halverwege een lach ineens inhield, doodsbang dat het haar allemaal weer afgenomen werd.

In de eerste dagen haastte ze zich steeds naar de slaapkamer van de jongens, met bonzend hart. Daar stond ze dan naast hun bed, doods- en doodsbang, vervuld van de krankzinnige zekerheid dat Appu zomaar zou stoppen met ademhalen, dat hij zomaar, in een vingerknip, van haar afgenomen zou worden. 'Ik weet het, ik weet het...' en dan draaide Appu zich om, glimlachend in zijn dromen. Langzaam trok haar paniek dan weg. Zijn borst rees en daalde, rees en daalde, en haar ogen werden slaperig van het hypnotiserende ritme; Devi was vervuld van een liefde zo fel dat de adem in haar keel bleef steken.

Het lukte haar bijna om te vergeten dat Appu uit een andere vrouw geboren was; maar heel soms, als hij zijn hoofd plotseling omdraaide of haar op een bepaalde manier aankeek, moest ze aan zijn moeder denken. Maar zelfs die scherpe steek van ongerustheid werd gesust toen Appu haar, en niemand anders, Avvaiah begon te noemen.

Kort na zijn komst kwam ze een keer terug van de plantage en kwam Nanju naar buiten rennen om haar te verwelkomen. 'Avvaiah is er, Avvaiah is er!' Meegesleurd door alle opwinding had Appu met hem meegeschreeuwd, Nanju imiterend:'Avvaiah is er!'

Nanju had zich plotseling, geheel tegen zijn gewoonte in, tegen Appu gekeerd.'Ze is jouw Avvaiah niet!' had hij geroepen.'Dat mag je niet tegen haar zeggen!'

Devi had Nanju niet berispt, had alleen gelachen terwijl ze Appu in haar armen nam. Ze kuste zijn wang.'Die gekke Nanju. Jouw moeder niet, zegt hij, natúúrlijk ben ik jouw moeder. En jij, mijn zon en maan, bent mijn dierbare lieve kind.'

De verhuizing naar Nari Malai was voor Devi het laatste stukje van de puzzel. Het was Machu's land. Het was juist dat zijn zoon hier opgroeide. Het was belangrijk dat Appu alle hoeken en gaten van het landgoed leerde kennen. Dat de bomen zijn voetstap zouden herkennen, dat de wind die door de koffiestruiken blies de vorm van zijn handen, de klank van zijn stem zou kennen.

Het gezin was al snel zo volkomen thuis op de plantage dat het moeilijk voorstelbaar was dat ze ooit ergens anders hadden gewoond. Devi liet de bungalow repareren en er een nieuw dak op zetten. De oude mestvaalt vol wespen werd dichtgegooid en ze liet op die plek een buiten-wc bouwen, voorzien van blauwgerande potten. Ze huurde een kunstenaar uit Mysore en liet hem een enorme muurschildering van een tijger in de kinderkamer maken, die waakte over haar jongens als ze sliepen.

Nanju en Appu hadden zich aan het leven op het land aangepast als vissen uit een vijver die waren vrijgelaten in een rivier. Zodra het licht werd renden ze de plantage op en ravotten tussen de koffie tot het landgoed zinderde van hun gelach. Devi luisterde dan op de veranda en glimlachte. Soms, als ze naar de hemel keek, verbeeldde ze zich dat ze de vage contouren van een krijger zag, zijn geweer rustend in zijn ene hand en zijn *odikathi* hoog opgeheven in de andere.'Je zoon is thuis, Machu,' fluisterde ze dan.'Onze zoon... hij is waar hij thuishoort.'

Ze vertelde Appu vaak over Machu. 'Hij stierf vechtend,' zei ze terwijl ze over het weelderige land liepen, zij en haar jongens. Nanju en hij waren heel stil als ze sprak over het gevecht in de bergen ver weg. 'Een eerbiedwaardige dood, de dood van een krijger. Jouw vader... hij is gestorven als een held, *kunyi*.' De kleine Appu liep heel rechtop terwijl hij naar haar luisterde, zijn schouder onbewust naar achteren getrokken, zijn vuisten gebald langs zijn zij. Dan pakte ze zijn hand en trok zijn vingers los terwijl ze om hen heen gebaarde. 'Hij is nu een van hen, een van de *veera* die dit land beschermen.'

Toen Appu zes werd, had Devi geregeld dat ook hij naar de missieschool kon gaan. 'Bespreek het eens met de priester,' had ze tegen Devanna gezegd. 'Ik begrijp niet waarom je geen contact met hem hebt gehouden. Contacten zijn belangrijk.'

Devanna had niets teruggezegd, maar op haar aandringen ging hij eindelijk zitten om de priester te schrijven. Het was een moeilijke brief. Vele mislukte pogingen later had hij gekozen voor een brief in formele bewoordingen waarin hij voornamelijk op de ongelukkige omstandigheden wees die Appu onder hun dak hadden gebracht. Hij sprak over de heldendaden van de vader van de jongen, bood zelfs aan een referentie te vragen bij het bataljon als dat zou helpen. Zijn kroontjespen bleef een tijdje boven de brief hangen voor hij ondertekende. Uiteindelijk koos hij:

Met oprechte dank.
Uw oud-leerling,
Kambeymada Devanna.

Devanna staarde er een tijdje naar, scheurde de brief toen doormidden en gooide hem in de papiermand. Toen Devi die avond vroeg of hij verzonden was, aarzelde Devanna heel even en maakte toen een vaag handgebaar.

Toen de weken verstreken zonder dat er antwoord kwam op de nooit verzonden brief, probeerde Devi een andere tactiek. Ze kleedde Appu in zijn beste kleren, de gloednieuwe korte broek en een bloes die ze gekocht had bij de Engelse kledingwinkel in Madikeri. Ze kamde zijn haar plat met kokosolie en water, en Devanna leerde hem hoe hij de priester moest begroeten in het Engels. Devanna wilde liever niet mee, maar daar wilde Devi niets van horen.

'Je moet mee,' drong ze aan, 'je kende de priester goed. Jij moet met hem spreken, voor Appu.'

De voormalige novices, nu nonnen, verdrongen zich rond Devanna als dikke, grijzende duiven in hun habijt. Devi bezag met een vreemde zachtheid in haar ogen hoe de nonnen zich druk maakten over hem. 'Het gaat goed met me, heel goed,' verzekerde hij hen met een glimlach; de somberheid in zijn trekken was plotseling verdwenen. 'Kijk,' zei hij, terwijl hij zijn stok losliet. 'Ik kan zonder hulp staan, zelfs een paar stappen lopen.'

'Waar bleef je toch, kind?' wilden ze weten. 'Je bent ons compleet vergeten. Je woont zo dichtbij, en niet één keer in al die jaren ben je ons komen opzoeken. Wilde je de priester dan niet zien? Hij is zo oud nu, hij moet jonge mensen om zich heen hebben.'

'Ik heb gehoord dat hij een beroerte heeft gehad...' zei Devanna aarzelend, en een van de nonnen schudde haar hoofd.

'Twee. Twee beroertes, de een na de ander. Hij heeft ze allebei overleefd dankzij de genade van de Goede Heer, maar wat heeft hij ons laten schrikken.' Ze zuchtte. 'Hij komt haast niet meer buiten, blijft in zijn kamer om te werken. Maar wat sta ik hier nu te kletsen? Hij zal zo blij zijn om je te zien.'

Ze haastte zich door de tegelgang in schaakbordpatroon en riep terwijl ze wegliep nog tegen Devi: 'Je zoon Nanju is zo'n lieve jongen! Hij doet ons zo aan zijn vader denken.' De zachtheid stierf abrupt uit Devi's ogen weg. Ze glimlachte kort en keek uit het raam naar de knikkende gerbera's.

De non kwam terug, friemelend aan haar habijt. 'Kind,' zei ze beschaamd, 'de priester is... hij heeft het nu druk. Kun je... denk je dat je een briefje voor hem kunt achterlaten?'

'Hij heeft er al een gestuurd,' onderbrak Devi hem, 'en we wachten nog op antwoord. O, dit is belachelijk.' Zonder op een reactie te wachten beende ze de gang door.

'Devi! Kind! Je kunt niet zomaar naar binnen gaan.' Piepend van schrik fladderden de nonnen om Devi heen en probeerden ze haar op andere gedachten te brengen, maar ze klopte al op de deur van de werkkamer van de priester.

Verrast draaide hij zich om bij de boekenkast.

'Wie...?'

'Devi. Misschien herinnert u zich mij niet, maar u zult mijn man zeker nog kennen? Kambeymada Devanna. Dev, noemde u hem.'

De priester keek langs haar heen naar de nonnen. 'Het is in orde,' zei hij tegen hen. 'Doen jullie de deur even dicht?'

'Hij heeft u een brief geschreven. Waarom heeft u geen antwoord gegeven?'

Gundert fronste zijn wenkbrauwen, niet-begrijpend, maar voor hij antwoord kon geven ratelde Devi verder: 'Hij staat buiten te wachten. Waarom bent u uw kamer niet uitgekomen om hem te zien?'

Gundert keek neer op het boek dat hij in zijn hand had. Het zonlicht scheen door de gebleekte gordijnen de studeerkamer in. De gehaakte randen wierpen patronen van getande cirkels en harten op de muren en de vloer. Het licht weerkaatste op het gebogen hoofd van de priester; tussen zijn dunnende zilveren haren door was een lappendeken van roze huid te zien. 'Ik heb het druk.'

'Te druk om even gedag te zeggen? Hij keek vroeger zo tegen u op. Ik kan het weten, hij had het over niets anders dan over u. Hij dacht alleen maar aan wat u hem geleerd heeft. Bomen, bloemen en poëzie, dat is alles waar die man aan denkt, tot op de dag van vandaag. En u wilt niet eens even buiten komen om hem te zien?'

Gundert kneep zo hard in het boek dat zijn vingers deukjes achterlieten in het lederen omslag.

'Ik zie het al,' zei Devi toen hij geen antwoord gaf. 'Goed, laten we het dan maar over de harde pegels hebben. U bouwt een nieuwe vleugel aan de school, nietwaar? Ik heb gehoord dat u donaties zoekt om de bouw te financieren. Hoeveel heeft u nodig?'

Gundert keek naar haar op. Toen hij sprak klonk zijn stem vlak. 'Duizend.'

'Geregeld.' Devi draaide zich om. 'Ik laat het geld storten door mijn bank. In ruil daarvoor is er een jongen die toegelaten moet worden.' Ze maakte een diepe kniebuiging. 'Goedendag, Eerwaarde.'

Devi beende de school uit, maar Devanna bleef even stilstaan bij de poort. Met zijn hand boven zijn ogen tegen de zon keek hij naar de ramen van de werkkamer van de priester. Hij zocht hem met pijnlijk bonkend hart, maar er was geen spoor van de priester te zien. Hij draaide zich om, zijn gezicht weer bedrukt, en miste de lichte beweging van de gordijnen in Gunderts werkkamer. Het soort beweging dat een oude man zou kunnen veroorzaken die daar met een bezwaard gemoed stond en zich schielijk bij de ramen terugtrok om niet gezien te worden.

In de koets naar huis informeerde Devanna naar de priester. Zag hij er goed uit?

Devi schudde haar hoofd. 'Broos, zo zag hij eruit. Verschrompeld. Met ogen die helemaal waterig waren. Ik kan niet geloven dat ik vroeger zo bang voor hem was.'

'Heeft hij... ik bedoel, heeft hij...'

Devi aarzelde maar kort. 'Hij heeft naar jou gevraagd,' zei ze toen, bruusk. 'Wilde weten hoe het met je ging, hoe alles was. Eigenlijk had hij zelf naar buiten willen komen, maar er waren mensen bij hem in zijn werkkamer.'

Devanna had geknikt. Hij wist dat ze loog, maar evengoed had hij zich vreemd getroost gevoeld.

25

De daaropvolgende jaren gleden zachtjes over hen heen, gehuld in de makkelijke taal van de jeugd en de twee blakende jongens. Hoewel ze Devanna's academische kwaliteiten op geen stukken na evenaarden, vertoonde Appu een vroegrijp en uitmuntend talent voor sport. Hij werd de jongste leerling in de geschiedenis van de missieschool die tot het jongste cricketteam werd toegelaten. Toen er een hockeymanie over Kodagu raasde, was de tien jaar oude Appu direct betoverd; het volgende jaar werd hij moeiteloos geselecteerd voor de junioren-xi in de openlucht. Het team vocht zich een weg door de districtskampioenschappen en wist zo veel plaatselijk enthousiasme los te maken, dat er op de dag van de finale niet eens meer staanplaatsen rond het veld te vinden waren. Heel Kodagu, zo leek het, was uitgelopen om de wedstrijd te zien en zelf te oordelen over het geniale talent van die knul van Kambeymada over wie ze zo veel hadden gehoord. Appu stelde hen niet teleur en scoorde twee cruciale goals.

Devi kon haar trots nauwelijks bedwingen toen hij zijn Speler van het Toernooi-beker ging ophalen. 'Kijk hem nou, kijk hem nou toch!' jubelde ze op fluistertoon tegen Tayi. De oude dame glimlachte.

'Wat een wedstrijd!' zei een man die even bleef staan om Devanna te feliciteren. 'Die jongen is een natuurtalent, wat zul je trots op hem zijn!'

'Dat ben ik, heel erg,' antwoordde Devanna stralend.

'Het kind heeft geluk,' vervolgde de man met een jaloerse blik op Devanna's brogues. 'Als jullie er niet waren geweest, waar zou

hij dan nu zijn? Geen ouders, geen land, geen vooruitzichten...
Het was een gelukkige dag voor hem toen jullie hem in je gezin
opnamen.'

'Nanju en Appu zijn beiden evenzeer mijn zoon,' zei Devanna
met enige gêne. 'Wij als ouders zijn juist degenen die geluk hebben.'

'Nou, hij boft maar dat hij jullie pleegkind is. Zo edelmoedig...'

'Appu is geen pleegkind, hij is mijn zoon,' onderbrak Devi ijzig.
'Zijn vader was een tijgerdoder. Een oorlogsheld. Die wedstrijd die
Appu zojuist speelde? Zoals u zegt, hij is een natuurtalent. Het zit
in zijn bloed. Daar kan geen enkele *edelmoedigheid* tegenop.'

'Waarom zeg je zulke kwetsende dingen?' berispte Tayi haar later.

Devi fronste haar wenkbrauwen. Ze was nog steeds boos over de
opmerkingen van de man. Na al die jaren weigerden de mensen nog
steeds te accepteren dat Appu van haar was. De dag was benauwd
geweest en een dreigende onweersbui sudderde in de drukkende
lucht; de hoofdpijn die Devi al de hele ochtend negeerde was pijnlijk opgevlamd. 'Wat heb ik nu weer gezegd?'

'Je bent er altijd zo snel bij om erop te wijzen dat Devanna niet
Appu's vader is. Bedenk eens hoe Devanna zich moet voelen als je
dat doet. Hij heeft Appu behandeld als zijn eigen kind, vanaf de
dag dat je hem thuisbracht.'

'Appu is Máchu's zoon,' zei Devi vlak.

'En jij dan, zijn moeder? Ik begrijp het. Dus waar blijft Devanna
dan? Of Nanju?'

'Wat bedoel je? Nanju is ook mijn kind.'

'Kom, Devi. Je weet dat je een voorkeur hebt voor Appu, dat heb
je altijd al gehad. Maar heeft Devanna ooit enig bezwaar geuit?
Nooit, ondanks de pijn die het hem moet hebben gedaan.'

'*Bezwaar geuit?*' Devi drukte haar vingers tegen haar bonzende
slapen, ineens razend van woede. 'Op welke grond? Wil je over
Nanju praten? Laten we dat doen. Kijk eens heel goed naar hem,
Tayi, zoals ik dat doe, elke keer dat ik hem zie, en bedenk dan hóé
het zaad van zijn vader in mij is geplant.'

Tayi trok wit weg en draaide zich om naar het aanrecht.

'Nee, waarom wend je je nu van me af? Is die waarheid te bitter voor je?'

Tayi begon luid rammelend tussen de potten en pannen te rommelen. 'Genoeg. Waarom wil je elke keer per se het verleden oprakelen? Het is voorbij, Devi.'

'Dat klopt. Laten we het keurig buitensluiten en doen alsof er niets gebeurd is. Ja, het verleden is weg. Máchu is weg, voor altijd. Terwijl Devanna rondhinkt in dit huis, een... een... voortdurende herinnering aan alles wat ik ben kwijtgeraakt.'

Buiten werd het donker; de vogels zwegen plotseling terwijl ze snel naar hun schuilplaats vlogen. 'Hij heeft altijd van je gehouden,' zei Tayi boos. 'Al sinds je klein was.'

'Dat moet dan een onzalige liefde zijn, eentje die me heel veel leed heeft berokkend.'

Tayi's handen trilden. 'Wat gebeurd is, is gebeurd. Het verleden ís weg. Kijk voor je, naar de toekomst. Die bitterheid... Mijn bloemknopje, mijn lieve kind, wees als een bloem! De schoonheid van een bloem ligt in de zoetheid die ze in zich draagt, in de geur die ze deelt met de wind.'

De donder rommelde toen de eerste regendruppels in het stof spetterden; een verkoelende vleug regengeur steeg op uit de plantage. Devi masseerde nogmaals haar slapen. 'Mijn hoofd,' zei ze vermoeid. 'Ik ga een tijdje rusten. Je hebt gelijk, Tayi, ik zou vooruit moeten kijken. Iguthappa is vriendelijk geweest, en ik ben gezegend. Machu's zoon. Appu... ik heb de toekomst gekregen.'

Aan de andere kant van de keukendeur maakte Appu zich los uit de schaduwen en verdween hij stilletjes in het huis.

Midden in de nacht werd Devanna glimlachend wakker. Hij tastte rond in zijn geest, zoekend naar de geur die zijn dromen had geparfumeerd, maar die glipte tussen zijn vingers door, toets na prikkelende toets. Hij sprong, herinnerde hij zich, over de krabbenkreek; hij zette zich met zijn voeten af in de natte modder. Ze lachte, met haar lach in de kleur van het water, een helder, puur zilver. Hij draaide zijn hoofd om, nog half in slaap. Knipperende vuurvliegjes hingen voor het slaapkamerraam en vormden patronen in het fluweel van de nacht. Aan, dan weer uit, zich in een horde vonken verplaatsend en herschikkend als een geheimschrift.

De bamboebloem! Zijn ogen vlogen open. De bloem die de priester hem zo veel jaren geleden had laten zien. Hij herinnerde zich nog de geur die in de droge bloemblaadjes opgesloten lag, de zware rondheid ervan.

Dieper dan een roos.

Muskusachtiger dan jasmijn.

Bambusea. Indica. Devi.

Hoe had hij hem al die jaren kunnen vergeten?

Hij sliep die nacht niet meer en zodra de eerste lichtstrepen aan de hemel verschenen, bonkte hij ongeduldig met zijn wandelstok op de vloer om zich door Tukra uit bed te laten helpen. 'Snel, Tukra, er is een bloem die op ontdekking wacht.'

Toen Devi beneden kwam, vond ze tot haar verrassing de koffiearbeiders ernstig om Devanna heen verzameld, die hof hield op het gazon. Hij zocht een bepaalde bloem, zei hij, zo groot als zijn vuist en goddelijk van geur. Hij was zeldzaam, heel zeldzaam, en groeide verscholen tussen de bamboebosjes. 'Vind er een voor me,' zei hij tegen hen,'en je wordt rijkelijk beloond. Maar vergeet niet: ik wil de hele plant, met wortels en al.'

De arbeiders schudden hun hoofd, bevreemd door dit merkwaardige verzoek, maar graag bereid om deze meester, die altijd een vriendelijk woord voor hen en hun kinderen had en geduldig hun sneden, zweren en koortsen behandelde, een plezier te doen. Ze zouden het ook aan hun familie vragen, verzekerden ze hem, zowel degenen die op andere plantages werkten als degenen die nog in het woud woonden. Zonder twijfel zou iemand de bloem vinden.

Nanju en Appu eisten ook hun plek op in het project. Ze sjouwden gretig de hele plantage af en keken in de bamboebosjes die bij het meer groeiden, maar afgezien van twee doodsbange rattenslangen die de honden direct verscheurden vonden ze weinig. 'Maar wáár is hij dan?' vroeg Appu ongeduldig, en Devanna glimlachte. Hij hief zijn stok en wees naar de bergen, die vaag zichtbaar waren in de verte. 'Waarschijnlijk daar. Maar het zou dwaas zijn, vind je niet, om de mogelijkheden van ons eigen landgoed over het hoofd te zien.'

Devanna begon weer bij te houden welke planten hij vond en perste zijn voorbeeldexemplaren als zijn vingers te stijf waren om ze na te schilderen. Urenlang raadpleegde en vergeleek hij zijn boeken, en hij schreef het soort en geslacht van elk exemplaar op in een zeer duidelijk handschrift, dat soms halverwege uitschoot, hoe hard hij zijn handen ook probeerde te bedwingen.

Toen hij elke mogelijkheid had uitgeput om zelfs maar een losse spore op het terrein van Nari Malai te vinden, begon Devanna naar het aangrenzende woud te kijken. Elke vrijdagmiddag, op de wekelijkse vrije dag van de arbeiders, reed Tukra hem naar een van de paden. De interesse van de jongens was inmiddels verflauwd. Devi zag de teleurstelling op Devanna's gezicht toen hij hen riep en zelfs Nanju niet mee wilde.

'Ga met hem mee, domoren,' berispte ze. 'Jullie hangen al zo vaak als schooiers op de plantage rond, waarom kunnen jullie niet met Appaiah mee?'

Devanna glimlachte. 'Het geeft niet. Als ze niet willen, hoef je ze niet te dwingen.'

Devi haalde nadrukkelijk haar schouders op, alsof ze zich wilde distantiëren van de steun die ze hem zojuist had betoond. 'Zoals je wilt. Ik begrijp die obsessie van je niet. Ga maar naar het woud! Maar wees voorzichtig. Of ben je soms vergeten dat daar olifanten zitten?'

Devanna glimlachte weer en wilde iets zeggen, maar Devi was het huis al in gelopen.

Maar opnieuw weigerde de bamboebloem zichzelf te laten zien. Desalniettemin leverde het oerwoud hem een rijke oogst op. Devanna vond scharlakenrood gerande orchideeën die hij over de bomen om het huis heen liet groeien. Hij stuitte op grote, geheime velden met wilde bloemen waarvan Tukra en hij armenvol meenamen, zodat Tukra's vrouw ze door de schakels van de gebedslampen kon vlechten en ze in koperen urnen in alle kamers kon zetten. Een keer vond hij een holte vol sampigézaailingen die hij langs de rand van het gazon in Nari Malai plantte; een andere keer kwam hij terug met massa's wilde rozen. Langzaam, zonder concreet plan en bijna per ongeluk, begonnen de tuinen van Nari Malai, die tientallen jaren bewonderd zouden worden, vorm te krijgen.

De tuinen hadden een vreemde, tikkeltje wilde schoonheid; Devanna hield niet van de gemanicuurde perfectie van bloembedden en latwerken. Hier stond een muur geurige koninginnen van de nacht, daar een losse mengeling van wilde bloemen. Ze verspreidden zich ongetemd aan de voet van de grote banyanboom die zijn enorme, met papegaaien getooide takken mocht uitstrekken boven het grasveld. Daar lag een rommelige rotstuin, bezaaid met bonsaiminiaturen van sinaasappelboompjes en wilde mango. Devanna liet de arbeiders gladde ronde stenen uit riviertjes meebrengen en creëerde daarmee een verbluffende vijver met vele niveaus. Die begon hoog, in een grote ovaal die zich naar onderen versmalde in een reeks kleinere, regelmatig geplaatste schelpen waardoor het water naar beneden droop. Hij plantte lotussen in de verschillende niveaus, de bloemen pulserend van kleur tegen het diepzwart van de stenen.

Hij ontwierp een prieel, gaf opdracht om het op zijn aanwijzingen uit hout uit te snijden en liet het niet begroeien met rozen, maar met felgekleurde trossen bougainville. Als je wist waar je moest kijken zag je hoog, helemaal boven in het prieel, een vage inscriptie in het hout gekerfd, nagenoeg aan het oog onttrokken door de bloemen:

In mijn oude verdriet,
En met het vertrouwen mijner jeugd.
Ik bemin u
Met liefde die verloren scheen.

Er hingen wilde orchideeën met muskusachtige geuren en bontgeschakeerde kleuren over de takken en hij liet nog twee vogelhuisjes bouwen. De tuinen van Nari Malai, barstend van vogelgezang, werden het gesprek van de dag in alle kringen in de gemeenschap, Indiaas of anderszins. Slechts één plek in de tuin was nog leeg, een plek op het hoogste punt. 'Voor een bloeiende plant,' zei Devanna als iemand hem ernaar vroeg. 'Op een dag zal er op die plek een heel speciale bloem staan. Op een dag.'

'Het is wonderschoon,' zei Tayi vol bewondering terwijl ze naar het terrein staarde. Ze keek even naar Devi. 'Je weet toch dat hij dit alles voor jou heeft aangelegd, hè?'

Devi grijnsde, maar bleef zonder te antwoorden over de rekeningen gebogen zitten.

'Had je dat niet gezien? In zijn keuze van de bloemen, in alles... deze tuin ben jíj, Devi.'

Toen keek Devi naar de tuin. 'Daar, *kunyi*,' wees Tayi. 'Heb je gezien dat er geen jasmijn is? Hij weet dat je daar een hekel aan hebt. Kijk, daar. Sampigé in plaats daarvan. En kijk de rotstuin eens: vol met jouw favoriete vruchten. En daar.'

Tayi wees op alle kleine elementen waaruit de tuin was opgebouwd, dingen die Devi niet had gezien.

Ja, daar stond de kruiwagen waarmee ze als kinderen speelden, nu een enorme pot met lelies. Daar, in de rotstuin, de kleine paarse stenen die te vinden waren in het dorp van de Pallada's. En kijk daar, een loot van de mangoboom die in het huis van haar vader groeide. Devi keek om zich heen, verwonderd, en toen begonnen haar mondhoeken te trillen van het lachen.

'Wat?' vroeg Tayi glimlachend. 'Wat is er zo grappig?'

Devi begon te lachen, luider terwijl ze om zich heen bleef kijken, tot ze zo hard lachte dat de tranen over haar wangen liepen. 'Moet je ons zien, Tayi,' zei ze, naar adem happend, 'moet je ons toch zien.' Ze gebaarde naar de bloemen. 'Hij zwoegt hier de hele dag, in de hoop dat ik het zal zien. Terwijl mijn wereld een stukje verderop ligt, op de plantage. Een mooi stel zijn we! Nagels vuil van dezelfde grond, waarin we allebei onze eigen gedenkplaatsen voor het verleden scheppen. Nari Malai! Landgoed Taj Mahal hadden we het moeten noemen.'

Ze lachte nogmaals en drukte haar handpalmen tegen haar ogen.

'Ach Devanna, Devanna. Hij heeft deze tuin aangelegd, aangelegd voor mij, en hij heeft aan alles gedacht, zo lijkt het. Maar weet je welke ene bloem hij gemist heeft, Tayi? Goudenregen. Botergele goudenregen, rondzwaaiend in de wind.'

26

1915

'Het spijt me, Eerwaarde,' zei de politiecommissaris. Hij hield zijn grove handen uitgespreid voor zich.

Gundert staarde hem aan zonder een duimbreed te wijken, met ogen als schilfers blauw ijs.

De politiecommissaris was net nieuw in Kodagu. 'We hebben onze orders,' zei hij en nu klonk zijn stem een tikje scherp. 'Per slot van rekening zijn onze landen met elkaar in oorlog.'

In het Westen was er inderdaad een oorlog uitgebroken die Europa in schaduwen hulde. Het continent was verscheurd; loopgraven vraten zich als littekenweefsel door de bodem. Oorlog, de allerergste, schreven de kranten, zonder gelijke in de geschiedenis van de mensheid. De Eerste Wereldoorlog. Een oorlog met zulke verstrekkende gevolgen dat zijn stank zich verspreidde over de hele wereld; zijn skeletachtige vingers reikten en graaiden tot helemaal in Kodagu.

Toen de oorlog in alle ernst losbrak had de Engelse overheid de Indiase grenzen gesloten en Duitsland elke toegang ontzegd. Het hoofdkwartier van de missie bevond zich in Zwitserland, niet in Duitsland, hadden de beambten geprotesteerd, wij zijn neutraal, maar desondanks werden er geen mensen, voorraden of fondsen het land meer binnen gelaten. Het bevel had voornamelijk medeleven opgeroepen. De plantagehouders in Kodagu verzamelden zich, organiseerden loterijen en tombola's om geld binnen te krijgen en stuurden anonieme donaties aan de plaatselijke missie. Gundert keek geroerd toe hoe de collecteschaal na de zondagse mis week na week zo barstensvol munten terugkwam dat er twee nonnen voor nodig waren om hem naar zijn kantoor te torsen.

De oorlog sleepte zich voort, gewelddadig en meedogenloos. De Duitse overheid probeerde Engeland uit zijn koloniën te jagen en begon Indiase oproerlingen te voorzien van geld. Ze smeedden complotten tijdens geheime bijeenkomsten in Berlijn, Amerika en Londen en voorzagen hen van wapens en geld om de Engelsen uit India te verjagen. De Britse overheid reageerde woedend met het stopzetten van alle import uit Duitsland. Ze verklaarden de nijverheidsinstellingen van de missie uit Basel tot Duitse organisatie en confisqueerden alle bezittingen van de fabriekjes en ateliers die de missie in India had opgezet: de weefgetouwen, de fabriek van terracottategels, zelfs de drukpers waarvoor Gundert zich zo had ingespannen. En het gehele missiepersoneel moest per direct geïnterneerd worden.

De politiecommissaris was blozend en schoorvoetend naar de missie gegaan, waar hij geprobeerd had Gundert uit te leggen dat het maar een formaliteit was, maar dat het alles in aanmerking genomen toch beter zou zijn als de priester Madikeri voorlopig niet zou verlaten.

'Ja.' Gundert glimlachte ijzig. 'Uw uniform, commissaris,' zei hij, en de commissaris wierp een geschrokken blik op zijn broek. 'Uw kaki kniebroek. Wist u dat de kakiverf is uitgevonden door een voorganger van mij bij de missie? De allereerste kakistof ter wereld is gemaakt op onze weefgetouwen. De weefgetouwen die wíj hier in India hebben opgesteld, dezelfde getouwen die uw landgenoten zich nu menen te mogen toe-eigenen.'

'De oorlog...' begon de commissaris, maar Gundert stak zijn hand uit naar zijn wandelstok en hees zich uit de stoel.

'Bedankt voor uw bezoek,' zei hij uit de hoogte.

Die middag ging hij naar de winkel, waar Hans liep te ijsberen. 'Eerwaarde!' riep hij uit en de bezorgdheid op zijn gezicht loste op in een grijns. 'We hebben u al een tijdje niet gezien. Hier, ga zitten, wilt u wat water? Het is een flink eind lopen.'

Gundert wuifde zijn diensten weg, hoewel hij zwaar ademde van uitputting. 'Zijn ze hier ook geweest, de politie?'

'Ik moet me elke morgen melden bij het garnizoen, zeggen ze. Voor een appel.' Hans schudde als een beer zijn hoofd.

'Misschien is het beter als je je een tijdje rustig houdt, Hans,' zei Gundert bezorgd.

'Ah, geen zorgen. Ze hebben deze winkel in Madikeri nodig, nietwaar? Ze zullen mij niets doen. Bovendien,' zei hij, 'bent u er om op mij te passen.'

Gundert knipperde met zijn ogen en liet toen zijn ogen door de winkel dwalen om niet te laten zien hoezeer die uitspraak hem ontroerde. Hij wees met zijn wandelstok naar de schaars bevoorrade planken. 'Komt er nog import binnen?'

'Een beetje. Voornamelijk van mijn producent in Malaya. Het valt tegenwoordig niet mee om dingen van thuis te krijgen. Maar evengoed,' zei Hans sardonisch, 'gaan de zaken goed; er zit hier zo veel geld.'

De oorlog bleek een voordeel voor Kodagu en zijn koffie. De geallieerde strijdmachten konden haast niet genoeg van dat spul krijgen, zo leek het. Ze bestelden grote hoeveelheden koffiebonen voor hun troepen: Kona uit Hawaï, Robusta uit Brazilië en kwintaal na kwintaal van de soepele, aromatische Arabica uit Kodagu. De koffieprijzen waren al heel behoorlijk geweest; tijdens de oorlog schoten ze omhoog naar geheel nieuwe hoogtes, en daar zouden ze de komende tien jaar blijven.

Er ontstond een nieuwe elite in Kodagu op de vleugels van deze voorspoed, als jonge groene ondergroei in een statig oerwoud. Het waren de telgen uit een aantal van de meest gerespecteerde families uit de streek, met een vooroorderlijke geschiedenis zo lang en diep als de Kaveri bij hoog water. Ze waren opgeleid in Madras en Bombay en sommigen zelfs in Engeland. Een van hen had in Japan papiermaken gestudeerd, twee anderen waren in New York geweest.

Ze kwamen thuis met zangerige accenten en hutkoffers vol porselein, goede sigaren en oude exemplaren van *Racing News*. Ze eisten hun deel van het familiebezit op en bouwden er bungalows op in Europeaanse stijl, niet omgeven met de weelderige boomgaarden met bananen, betelpalmen en sinaasappels uit hun jeugd, maar met gladgeschoren gazons die perfect waren voor een middagje croquet. Ze spelden catalogi uit Jermyn Street en Savile Row uit, bestelden scheepsladingen chippendalemeubels en waren vaste bezoekers van Hans' winkel, waar ze grote aantallen draaitafels, beschilderde lampen en poppen met roze wangen op de kop tikten.

De mannen haalden hun vrouwen over 'modern' te worden en als hun echtgenotes dan toestemden, knipten ze hun heuplange vlecht af ten gunste van het nieuwste pagekapsel. Ze vormden een shandy nippende, sigaretten rokende, luchtkusjes uitwisselende sociale kring die fantastische theekransjes gaf en de tango kon dansen. Ze haalden hun neus op voor hun oude Kodagunamen – *très* ouderwets, *non?* – en doopten zichzelf om, met wisselend resultaat. Dechamma, Kalamma, Neelamma en Nalavva werden Polly, Kitty, Titty en Pussy; hun mannen Jack, Joe-boy, Tarzan en Timmy.

Hun nieuwe weelde ontging de pragmatische Engelsen niet. En zo kwam het dat de commissie van de Club in Madikeri, die ook al unaniem besloten had het lidmaatschap van de Eerwaarde te continueren ondanks zijn Duitse afkomst – kom nou, hij is toch zeker een christelijk missionaris – een unieke motie aannam om selecte leden van lokale origine in hun gelederen op te nemen.

Het was een strenge procedure. Iedereen die lid hoopte te worden moest samen met zijn vrouw drie avonden op de Club doorbrengen om te worden onderworpen aan een nauwgezet onderzoek: van de manier waarop de man de 'h' uitsprak en zijn glas cognac vasthield tot de gemanicuurde vingertoppen van zijn vrouw. Als het paar beschaafd genoeg werd bevonden, werd de man uitgenodigd voor een vraaggesprek van twee uur in de King Edward Room. De commissie zat met zijn rug naar de ramen of naar het brullende vuur, afhankelijk van het weer, en zaagde de ongelukkige aanmelder door over politiek, morele integriteit en zijn vermogen om bij te dragen – met geld of diensten – aan de bloei van de Club. Maar ondanks de strikte toelatingseisen werden in dat eerste jaar van 1915 niet minder dan vijftien echtparen lid van de Club in Madikeri.

De commissie benaderde ook Devanna. Per slot van rekening was hij een van de rijkste inwoners. Ze stuurden hem een uitnodiging op dik, crèmekleurig papier met bordeauxrode reliëfprint. Zouden hij en zijn vrouw een avond willen doorbrengen op de Club, over twee woensdagen, vanaf zes uur 's avonds? RSVP.

Tot hun verbijstering wees Devanna hen af. Devi perste haar lippen op elkaar, maar zei niets. Gundert kwam vaak op de Club; na de manier waarop hij Devanna had genegeerd toen ze Appu's toelating op de missieschool kwamen regelen, wist ze dat Devanna zijn oude mentor de gêne van een toevallige ontmoeting probeerde te besparen. En Devi had weinig gemeen met de vrouwen uit Kodagu die hun avonden daar doorbrachten. Een vlucht mussen, dacht ze, kwetterend in andermans veren. Haar wereld was hier, op de plantage en bij haar kinderen. Clubs en zo, waar moest ze de tijd vandaan halen voor dat soort frivoliteiten?

Kodagu beleefde de mooiste zomer in jaren. De ficushybride die Gundert overal langs de muren van de missie geplant had stond in volle bloei en bedekte de stenen met roze en mauve. De fancy fair die de dames van de kerk tegen de achtergrond van de ficus organiseerden was een doorslaand succes, waar iedereen zich toch wel wat liet gaan dankzij de huisgemaakte wijnen van kruisbessen en gember.

De oorlog woedde intussen verder. *De sfeer wordt steeds grimmiger*, schreef het bezorgde hoofdkwartier van de missie naar de posten over de hele wereld, en vervolgens werd de missionarissen opgedragen naar huis te komen. Gundert weigerde.

Mijn werk, schreef hij de autoriteiten met pijnlijke, reumatische vingers, *is hier*.

Devanna hinkte tijdens een zonnige, gouden avond naar huis met in zijn kruiwagen de zak eierschalen die hij in de rozenbedden had verkruimeld, maar hij bleef staan en schermde zijn ogen af om naar de oprijlaan te kijken. Daar stond een Austin geparkeerd, de zwarte glans van het chassis ondanks het stof duidelijk zichtbaar. Hij zuchtte. Weer een gast die over de tuin kwam praten. Hij liep met tegenzin naar de veranda, waar Devi's gezicht hem meteen zei dat de gasten iets geheel anders bespraken.

'Meneer Devanna.' Het was Gordon Braithwaite, met een gezette vreemdeling aan zijn zijde. 'Mag ik u voorstellen aan kolonel Bidders?'

Devanna schudde de heer de hand, mompelde een welkomstgroet en liet zich ongemakkelijk in een rieten stoel zakken.

'U heeft vast wel eens gehoord,' ging Braithwaite verder, 'van Bidders Academy?' Dat had Devanna inderdaad. Het was een jongensschool, zeer prestigieus, die in de lage heuvels van Ootacamund lag, bijna 250 kilometer ten zuiden van Kodagu. Hij knikte en keek de kolonel nieuwsgierig aan.

Bidders, zo bleek, was op een zoektocht. De school draaide inmiddels al enige tijd en de laatste vijf afgezwaaide klassen hadden het behoorlijk goed gedaan op Trinity en Balliol. Maar, zei hij terwijl hij nog een grote slok versgeperst sinaasappelsap nam, hij zou willen dat er zich meer Indiase jongens inschreven.

'Kapitein Balmer...' zei hij. 'Ik weet niet of die naam u iets zegt?' Devanna schudde verwonderd zijn hoofd. 'Hij is met pensioen. Vervroegd legerpensioen na de grensaffaire van 1908. Was in actie bij Mohmand met de Lancers. Niet zomaar een gevecht, zegt iedereen. Direct daarna kreeg hij promotie, maar vanwege zijn oorlogsverwondingen kon hij niet lang meer dienen. Hij is nu terug in Engeland. Aardige kerel, ik heb hem eerder dit jaar in Londen ontmoet.' Hij viel nog eens aan op zijn sinaasappelsap.

'Ik vertelde hem over mijn aanstaande reis naar Kodagu en toen vertelde hij mij over zijn ordonnans. Ook uit Kodagu...' De kolonel zocht in zijn zak naar een stukje papier. 'Ah, sepoy Machaiah. Balmer is ervan overtuigd dat hij uitsluitend nog leeft dankzij de daden van de sepoy. Hij zegt dat hij geprobeerd heeft na het gevecht een onderscheiding voor moed aan de man toe te laten kennen. Helaas:

te weinig overlevenden, behalve Balmer geen ooggetuigen, en zelf was hij ook ernstig gewond. Hij kon moeilijk onderscheiden wat waar was en wat hij zich inbeeldde... maar toen ik hem vertelde van mijn plannen om Kodagu te bezoeken – fabelachtig jachtgebied,' zei de kolonel stralend, 'vorige week nog twee bizons omgelegd – toen sprak Balmer met me over de zoon van de sepoy. Ik heb gehoord dat jullie de wees onder jullie hoede hebben genomen. Wat zou u ervan zeggen om de jongen in te schrijven op mijn school?'

Devanna wierp een verontruste blik op Devi. Ze zat kaarsrecht op haar stoel; haar handen draaiden de punten van haar sari om en om.

'U hoeft natuurlijk niet meteen te beslissen,' voegde Bidders eraan toe, zichzelf koelte toewuivend met zijn tropenhelm, 'maar denk erover na. Onze Academy kan de jongen zo veel meer bieden dan een plaatselijke school, met alle respect voor de missie.'

'Goed,' Braithwaite sloeg met zijn handen op zijn dijen. 'Zoals altijd een genoegen, mevrouw Devanna,' zei hij stralend. Hij wendde zich tot Devanna. 'Mag ik u verzoeken om een snelle blik op uw flox voor ik ga? Mijn vrouw heeft er zo veel over gehoord, ik zou een goede beurt maken als ik haar erover kon vertellen.'

'Ja, ja, natuurlijk...' Devanna stond op, prutsend aan zijn wandelstok. Hij deed een stap naar voren en schrok toen hij een luid gekraak onder zijn voeten hoorde. 'Het is niets,' zei hij toen Braithwaite snel een hand uitstak. 'Eierschalen... voor de rozen. Ik was vergeten dat ze hier lagen.'

Devanna leidde hem de tuin rond en zwaaide hen uit met takken flox en orchideeën. Hij wachtte met groetend opgeheven hand tot de Austin de poorten uit gereden was. Devi zat nog op de veranda waar hij haar had achtergelaten en staarde ongelukkig in het niets.

'Devi,' zei hij. 'Hij hoeft niet te gaan.'

'Je hebt gehoord wat hij zei,' antwoordde ze zwaarmoedig. 'Het is een van de beste scholen.'

'De slaapzalen...' begon hij terwijl Martin Thomas' gezicht plotseling opdook uit het niets. Hij mepte naar een bij die hem beneveld vanaf de flox achterna was gevlogen. 'De slaapzalen,' herhaalde

hij en hij probeerde zijn stem vlak te houden. 'De ontgroening kan...
kan moeilijk zijn.'

Ze haalde nietszeggend haar schouders op, haar ogen donker. 'Je
weet best dat hij voor zichzelf kan zorgen.'

'Nee. Jij weet niet, je hebt géén idee hoe erg het kan zijn. Hij
hoeft niet te gaan.' Zijn stem klonk nu scherp. 'De missieschool is
prima, daar hebben we hem tenminste bij ons.'

Ze draaide zich om en keek hem aan, nog altijd in gedachten
verzonken.

'De ontgroening,' zei Devanna weer. 'Als ze het hem daar moeilijk maken...'

'Iederéén vindt Appu aardig,' zei ze vermoeid terwijl ze opstond
om te gaan.

Ze maakte het besluit een week later aan de eettafel bekend.

'Bidder Academy? Echt waar?'

'Ja.' Ze probeerde te glimlachen en legde nog een *otti* op Appu's
toch al volle bord. 'Je gaat vanaf volgende schooljaar.'

'Bidder Academy! Avvaiah, daar hebben ze coaches voor hockey
en tennis, én een zwembad.'

'Ja, ja... Nanju...' Ze keek hem lusteloos aan. 'Ik weet dat je nog
maar één jaar naar de missieschool hoeft, maar aangezien je broer
naar Bidders gaat... als jij ook wilt...'

'Ja, o ja, Nanju!' onderbrak Appu haar. 'Jij moet ook gaan.'

Nanju schudde geschrokken zijn hoofd. 'Nee,' sputterde hij. 'Ik
ga niet weg van Nari Malai!'

Een diepe somberheid daalde op Devi neer bij de gedachte dat
Appu wegging. Ze lag die nacht slapeloos in haar bed tot lang nadat
de lampen uit waren gegaan. Zelfs het huis sluimerde uiteindelijk
in, met kleine kraak- en kreungeluidjes als een oude man die zich te
ruste legt, terwijl Devi maar wakker bleef.

Ze gooide de dekens van zich af en ging naar het raam. De maan
was zo helder dat zelfs de kleuren van de bloemen te onderscheiden
waren; de nacht had een buitenaards blauwe kleur. Haar gedachten
dwaalden weer af naar de dode soldaten. Devanna las elke mor-

gen hardop voor uit de kranten, zichtbaar van streek terwijl hij de aantallen doden en gewonden noemde. India had grote aantallen manschappen aan de oorlog bijgedragen: er waren al ruim veertigduizend Indiase soldaten gesneuveld. In Turkije, Kut, Afrika, Frankrijk...

Het greep Devi sterk aan, de gedachte aan al die verloren mannen. 'Wie zal ze verbranden?' vroeg ze zich af. Hun moeders, hun vrouwen, wat zouden die treuren...

Haar ogen dwaalden naar de heg waarin geurige massa's koninginnetjes-van-de-nacht bloeiden, langs het prieel met bougainville en het kleine bosje sampigébomen. Zovelen verloren, dacht ze weer. Wat moest er van hun geest worden, van de *veera* die gevangenzaten in vreemde landen die ze zelf niet gekozen hadden? Machu's stoffelijk overschot hadden ze tenminste nog naar huis gestuurd, herinnerde ze zich zwaarmoedig.

Ze staarde ontroostbaar naar de lotusvijver en de zilvergerande lotussen die erin dreven. Vanboven uit het raam had de vijver geen abstracte vorm meer; het ontwerp was duidelijk zichtbaar. Devanna had hem de vorm van een vrouwenhoofd gegeven. Het achterhoofd, met een lange, kronkelende vlecht die naar beneden viel. Devi bracht onbewust een hand naar haar haar. Zouden ze Appu op school 's morgens wel genoeg eieren geven? Hij had ze graag als roerei, met gember en tomaat. Zeven *otti's* kon de jongen achter elkaar wegwerken, met drie, soms vier kluiten verse boter...

Er vloog een uil langs het raam. Devi verstijfde. Als de kreet van een uil klonk als *tikki-per, tikki-per*, was dat een goed teken, zei men. *Kuttichood, kuttichood* daarentegen... doorsteken en verbranden, betekende dat, doorsteken en verbranden. Ze keek met luid bonzend hart naar de vogel die in stilte over het gras vloog en weer verdween. Toen liep ze naar de kaptafel waar ze aan de pot crème friemelde die daar in het maanlicht stond te glanzen.

Na Machu's dood had Devi vele jaren lang alle interesse voor haar uiterlijk verloren. Haar maandstonden waren na zijn overlijden direct gestopt. Dat had alleen maar passend geleken; een geheim teken van rouw, een innerlijke grafsteen voor het verleden. Het was niet eens bij haar opgekomen om medisch advies te vragen. Maar heel langzaam waren er sporen van de oude ijdelheid teruggekeerd. Tukra's vrouw masseerde elke dag voor haar bad warme kokosolie in haar handen en voeten. Er stond een klein aardewerken schaaltje op de rand van het wasbekken, gevuld met kekererwtenmeel om haar gezicht mee te reinigen; als de arbeiders de honingraten uit de reusachtige bijenkorven aan de schaduwbomen op de plantage haalden, bewaarde Devi altijd wat honing om in haar huid te kloppen.

Het was Devanna geweest die die eerste pot crème voor haar had besteld, jaren geleden, uit de catalogus van Selfridges. Hij had er niets over gezegd, maar aan Tukra gevraagd om de pot, parelmoerroze en geurend naar rozen, naast haar bed te zetten. Ook Devi zei nooit iets over het geschenk, maar maanden later zei ze tijdens het ontbijt nadrukkelijk dat de bodem van de pot in zicht kwam.

Ze had geen bezwaar gemaakt toen Devanna een nieuwe pot bestelde, en evenmin toen hij dat trouw elke zes maanden begon te doen. Devi waste de lege potten zorgvuldig uit. Ze had er een paar op haar kaptafel voor veiligheidsspelden en haarclips, en ze gebruikte er nog drie in de gebedskamer om *vibhuti*, kamfer en sandelhoutpoeder in te bewaren. De rest bewaarde ze stuk voor stuk in de koffer onder haar bed; ze maakte zichzelf wijs dat ze dat alleen deed omdat de potten met hun kristallen buitenkant véél te mooi waren om weg te gooien.

Ze liet de pot nu tussen haar handen heen en weer gaan en duwde haar vingers tegen de sterrenexplosie die aan de zijkant was geëtst terwijl ze over Appu bleef piekeren. Zouden ze op school wel weten hoe ze de bloedneus moesten behandelen die hij tijdens de moesson vaak kreeg, dat hij moest gaan liggen met een koude lepel tegen zijn rug? En de verse buffelmelk die het kind zo graag dronk? Zo piekerde ze verder en verder terwijl de staande klok beneden de uren riep, tot ze uiteindelijk met een zucht de pot neerzette, zich opkrulde in bed en nog wat probeerde te slapen.

De weken gingen voorbij. Devi stond erop dat ze Appu naar de school zou escorteren, en ze wuifde Devanna's idee weg dat het misschien passender was als híj het kind zou vergezellen.

'Devi, als je per se wilt gaan, zal ik meegaan. Het is niet gepast dat je zo ver reist zonder begeleiding.'

'Doe niet zo dwaas. Als jij ook meegaat, wie moet er dan voor Nanju zorgen?'

Toen het tijd werd om te vertrekken leken de jongens het even te kwaad te krijgen tijdens het afscheid nemen van elkaar. Maar toen stompte Appu Nanju tegen zijn arm en glunderde. 'Je krijgt hier nog spijt van, weet je. Als ik terugkom en je vertel wat ik allemaal gedaan heb in Ooty...'

Nanju op zijn beurt stompte hem tegen zijn hoofd. 'Huh. Ik kijk uit naar een beetje rust hier, zonder dat jij rondstampt over Nari Malai.'

'Denk erom,' zei Devanna met een somber gezicht tegen Appu. 'Als íémand je lelijk behandelt, neem dan geen wraak. Laat het me gewoon weten, dan regelen wij het, hoor je dat?'

'*Tsk*,' sputterde Devi, 'wat leer je hem nu voor onzin? Luister naar me, Appu,' zei ze fel. 'Als iemand je lelijk behandelt, wees dan nog lelijker voor hem!'

Devi keek zo strijdlustig dat Nanju en Appu elkaar even aankeken en toen in lachen uitbarstten.

Ze reden naar Ooty, Devi en Appu, in de nieuwe Austin. Devi zat de hele reis vrolijk te kletsen, maar ze viel ten slotte stil toen de auto een hoek omsloeg en de rode bakstenen gebouwen en de uitgestrekte gazons van de school in zicht kwamen.

'Bidders!' juichte Appu, en hij stak zijn hoofd uit het raampje van de auto. De wind maakte zijn haar door de war.

De chauffeur droeg zijn koffers naar de slaapzaal terwijl Devi en hij over het terrein rondliepen en het zwembad, de tennisvelden en de sportvelden inspecteerden. Appu liet zijn hand liefkozend over zijn nieuwe hockeystick glijden en luisterde nauwelijks toen Devi hem voor de zoveelste keer vertelde: 'Eet-goed, poets-geregeld, studeer-hard, zeg-elke-avond-je-gebeden en schrijf-vaak-naar-huis.'

'Ja Avvaiah,' stemde hij in. Hij kon niet wachten tot hij de stick kon uitproberen. Hij zwaaide hem zachtjes heen en weer en beproefde de druk van het hout tegen zijn handpalm.

Ergens diep achter in de slaapzalen ging een bel. De docenten begonnen beleefde geluiden te maken en de ouders, die de hint oppikten, begonnen te vertrekken. Devi streek Appu's haar van zijn voorhoofd. 'Gedraag je, hoor je dat, *kunyi?* En schrijf vaak, ik wacht op je brieven.'

'Ja Avvaiah,' zei hij terwijl hij met zijn stick in het stof sloeg.

'Mijn lieve kind. Mijn zon en maan, mijn zon en maan,' zei ze, en ze draaide zich om zodat hij haar tranen niet zou zien.

27

Nauwelijks was de auto de oprit af of Appu rende pijlsnel naar het sportterrein. 'Oei,' riep een van de jongens hem na, 'heb je de meester niet gehoord? Appel over een kwartier, zei hij.' Appu grijnsde, maar nam niet de moeite om antwoord te geven terwijl hij om de hoek van het scholierenverblijf naar het sportveld stoof.

'Stop,' beval hij de vegende man die het veld op zijn gemak van bladeren ontdeed. 'Aan de kant, ik wil spelen.'

De schoonmaker keek heel even aarzelend, zette toen zijn bezem weg en sjokte naar de rand van het veld.

Appu legde de bal neer en keek even om zich heen terwijl hij zich oprichtte en de afmetingen van het veld overzag. Hij zwaaide bij wijze van proef met de stick, met al zijn aandacht bij het gewicht in zijn handen. Met zijn blik strak op de bal gericht begon Appu te dribbelen. Eerst langzaam, om zijn nieuwe stick te leren kennen. Geleidelijk aan meerderde hij vaart en dribbelde hij steeds sneller, en er brak een brede, onbewuste glimlach door op zijn gezicht toen hij voelde hoe de stick op zijn aanraking reageerde. Appu rende kriskras over het veld; hij zwenkte alle kanten uit en dreef de bal moeiteloos voor zich uit.

Toen de huismeester hem vanuit de ramen van het scholierenverblijf zag en 'Onmiddellijk binnenkomen, jongeman!' brulde, keek Appu niet eens op, zozeer ging hij op in zijn spel. De laaiende huismeester rende de trap af en het veld op.

De helft van zijn nieuwe klas hing uit de ramen van het scholierenverblijf om te kijken. 'Arme gek,' zeiden ze medelevend toen ze de huismeester op Appu zagen afstormen. 'Die zal ervan lusten!'

Maar Appu verblikte of verbloosde nauwelijks toen hij zich met een vriendelijke glimlach naar de huismeester omdraaide.'Nee, meneer, ik heb de bel niet gehoord,' zei hij zeer redelijk.

'Nee, meneer, ik wist niet dat het veld om zes uur 's middags dicht ging.'

'Ja, meneer, natuurlijk, meteen.' Met een snelle beweging van zijn stick schepte hij de bal op, stopte die in zijn zak en liep met soepele stappen terug naar het scholierenverblijf, fluitend.

De huismeester staarde geërgerd naar de weglopende Appu en besefte dat hem de wind uit de zeilen was genomen, al begreep hij niet precies hoe dat was gebeurd.'Jij!' schreeuwde hij terwijl hij zijn ergernis op de schoonmaker richtte. 'Klungel. Waarom moedigde jij die jongen aan? Weet je dan niet dat zo laat sporten niet is toegestaan?'

'M'neer, ja, m'neer,' mompelde de schoonmaker. Hij pakte zijn bezem en haalde die keurig, op dubbele snelheid, over het veld.

Kapitein Balmer stuurde Appu een dik pak Cadbury-chocola met een briefje erbij om hem te feliciteren met zijn toelating tot Bidders. *Je vader was een hoogstaand mens,* schreef hij. *Als jij maar half in zijn voetsporen treedt, steek je nog altijd met kop en schouders boven de meeste mannen uit. Ik zal je vorderingen op Bidders met belangstelling volgen; als je iets nodig hebt, aarzel dan niet om het te vragen.*

Het jaar verstreek in een gemoedelijke sfeer. Appu straalde een kalm, natuurlijk leiderschap uit en er leek geen sport te bestaan waarin hij niet uitblonk. Hij werd spits in het junior-hockeyteam. Hij was een ster in veldlopen en een cruciaal lid van de zwem- en tennisteams. En op een van sport bezeten school als Bidders stuwde dat alles hem op tot de hoogst mogelijke populariteit.

Het hielp ook dat hij de beschikking had over jaloersmakende sommen zakgeld. Hij hoefde Avvaiah maar een telegram te sturen; voor tennislessen of een schoolreisje, legde hij aanvankelijk nog uit, maar al snel liet hij die verklaringen achterwege. Ze waren overbodig. Twintig roepies, stond er in zijn telegrammen, of vijftien, of dertig, en binnen een week verscheen het geld dan op magische wijze op zijn rekening. Het kwam nooit bij Devi op om uitleg te vragen. Waar kon het kind dat geld per slot van rekening aan uitgeven? Een paar extra koeken bij de snoepwinkel misschien, maar wat gaf dat nu?

En inderdaad was Appu gul. Hij trakteerde iedereen die erom vroeg op chocola en melksnoepjes, maar ontdekte al snel de opwindender privileges die je met geld kon kopen. De school had een groep jongeren uit de omliggende dorpen in dienst om het schoolterrein te verzorgen, de docentenverblijven schoon te maken en de poorten te bemannen. Het was een bekend geheim dat al deze ondernemende lui, met name de bewakers, overgehaald konden worden om sigaretten, stripboeken en zelfs drank naar binnen te smokkelen. Appu maakte meteen gebruik van hun diensten. Hij bejegende hen met een vanzelfsprekende autoriteit, dezelfde die Devi bij haar eigen arbeiders toepaste, een superioriteit die zo sterk voortkwam uit een onmiskenbaar bevoorrechte positie dat de bewakers hem automatisch gehoorzaamden.

Veel van de koffieplukkers op Nari Malai kwamen uit streken buiten Kodagu, dus behalve het Kanarees, dat hij vloeiend sprak, had Appu ook een mondjevol Malayalam en Tamil opgepikt. De bewakers waren verrukt dat de jonge heer in hun eigen taal met hen kon babbelen. 'Kom in onze hut, *anna*,' nodigden ze hem uit, en na school kwam Appu vaak op bezoek en hurkte hij bij hen neer om hun *bidi's* te roken.

Na het einde van elk semester ging Appu direct terug naar Nari Malai met zijn koffers vol sportbekers. Devi poetste ze met tamarindepasta tot ze glommen en zette ze in een speciaal getimmerde rozenhouten kast in de hal. Ze liep de hele dag drukte over hem te maken. 'Wat ben je mager geworden, je benen lijken wel kippenpoten! Waarvoor moet ik zulk dik schoolgeld betalen als ze je niet eens fatsoenlijk te eten kunnen geven?'

'Ik ben langer geworden, Avvaiah, dat is alles,' zei Appu geamuseerd, maar Devi sloeg er geen acht op en ging snel naar de keuken. Nanju keek dan schuins naar Appu, een beetje jaloers op alle drukte. Maar het viel niet mee om geïrriteerd te blijven, niet terwijl Appu komisch naar hem stond te knipogen achter hun moeders rug: 'Kippenpoten? Niet eens van een haan, maar van een kíp? Avvaiah is zelf een gekke oude hen, hè, Nanju? Pòòòk, pòòò, pòòòk...' En dan gaf hij zo'n perfecte imitatie van Devi's klaagzangen ten beste gaf dat Nanju in lachen uitbarstte.

Als de idylle van de vakantie afgelopen was, keerde Appu naar Bidders terug met zijn zakken zwaar van het geld en zijn koffers vol met lekkers. Devanna schreef hem geregeld en zo nu en dan kwam er ook een houterig schrijfsel van Nanju. Hij schreef over de universiteit waar hij de volgende zomer naartoe zou gaan. De aanmeldingsformulieren waren al ingevuld; het was een prima instelling, zeiden de mensen, een van de weinige in het land die door de staat waren erkend.

Devanna stuurde Appu de details rond Nanju's vertrek. Nanju zou agrarische wetenschappen gaan studeren aan de universiteit van Mysore, schreef hij. De koning van Mysore had zijn onderwijsexperts op een vijf jaar lang durend onderzoek over de hele wereld gestuurd, schreef hij, en vervolgens was de universiteit opgezet met als grondslagen het bevorderen van oorspronkelijk onderzoek (zoals de universiteit van Chicago), het uitdragen van kennis (zoals de universiteit van Wisconsin) en het toepassen van een onderwijssysteem dat studenten zou voorbereiden op het politieke en sociale leven (zoals de universiteiten van Oxford en Cambridge).

Devanna's brieven eindigde altijd hetzelfde: *Je moeder zendt je haar liefde en zegen. Ze zegt dat je moet zorgen dat je goed eet en dat je je niet moet generen de huismeester om meer tiffin te vragen als je honger hebt. Hou ons alsjeblieft op de hoogte van je vorderingen, jongen. Laat het me direct weten als iemand je lelijk behandelt.*

Tijdens zijn tweede jaar op Biddies hoorde Appu voor het eerst over het KCIO-programma. Toen hij in de zomer van 1918 terugkeerde naar Kodagu, had hij een belangrijke mededeling. 'Avvaiah,' zei hij opgewonden, 'ik ga me aanmelden voor de King's Commission.'

Devi keek hem niet-begrijpend aan. 'Voor de wat?'

'Het KCIO-programma... Kings Commissioned Indian Officers,' legde Devanna uit. 'De oorlog... Nu er zo veel Indiase soldaten gesneuveld zijn, hebben de Indiase politici afgedwongen dat Indiërs ook officier in het leger moeten kunnen worden, niet alleen soldaat. De kranten staan er vol van. Het is een heel selectieve opleiding, er zijn elk jaar maar een paar plaatsen beschikbaar en de selectieprocedure is uiterst streng. Wie erop komt, krijgt de King's Commission en mag zelfs Britse troepen aanvoeren.'

'Ja!' Appu knikte heftig en zijn haar viel in zijn ogen. 'De KCIO, Avvaiah! Op een dag zou ik generaal in het leger kunnen zijn!'

Devi glimlachte. 'Het leger, dus? Net als je vader? We zullen zien, we zullen zien...'

'Een generáál, moet je je voorstellen! *Ayy*, Tukra,' riep hij naar de Poleya die in de woonkamer rondslofte en het middagstof van de vensterbanken veegde, 'heb je het gehoord? Leer mij maar alvast te salueren!'

'Saloeëren?' vroeg Tukra vol interesse. 'Maar hoe doe je die saloeeren?'

Appu sprong van zijn stoel, draaide Tukra om en bracht Tukra's hand naar zijn voorhoofd. 'Zo. Kijk, dit is salueren. Nu even stilstaan, zodat we je kunnen bewonderen.'

Tukra zag er zo belachelijk uit, stijfjes in de houding met zijn vingers uitgespreid in een onhandig saluut en met zijn alomtegenwoordige stofdoek als een mislukte epaulet op zijn schouder, dat ze allemaal in de lach schoten.

'O, luister maar niet naar hem, Tukra,' zei Devi geamuseerd. 'Meneer de generaal, Sir,' zei ze tegen Appu, 'ga zitten en eet je lunch op.'

Er werd zo veel politieke druk op de overheid uitgeoefend dat het KCIO-beleid direct werd ingevoerd, en in oktober 1918 werd de eerste lichting Indiase cadetten tot het programma toegelaten. Devanna stuurde Appu een krantenknipsel. Vijftig plaatsen waren er maar. Er waren zeventig aanmeldingen uit het hele land, telgen uit de beste families, zelfs van koninklijken bloede uit de huizen van Kapurthala, Baroda, Jamnagar en Jind. Ondanks de vijftig plaatsen werden er maar tweeënveertig kandidaten veelbelovend genoeg bevonden om tot het programma toegelaten te worden, en onder hen bevond zich één jongen uit Kodagu. *De negentienjarige Cariappa*, schreef Devanna, *zal onder de eerste* KCIO's *in het land zijn. Als hij een goed voorbeeld geeft, maakt dat jouw aanmelding alleen maar kansrijker.*

Balmer ondersteunde Appu's ambitie van harte. *Niets zou mij meer deugd doen en, vermoed ik, je vader van meer trots vervullen als hij nog in leven zou zijn. Als je aanbevelingen nodig hebt,* schreef hij, *zou het me een eer zijn de mijne te geven.*

Een maand later kwam de oorlog tot een einde; er trad een staakt-het-vuren in werking om 11 uur 's morgens op 11 november 1918 – het elfde uur van de elfde dag, bijna halverwege Appu's derde jaar op Bidders. Het schoolhoofd gaf de jongens een halve dag vrij om de overwinning van de Geallieerden te vieren. Rusteloos en geïrriteerd omdat dit betekende dat er die avond geen hockeytraining zou zijn, slenterde Appu naar de hut van de bewakers. Hij nam een diepe trek van een *bidi*; de felle rook brandde in zijn longen. Plotseling viel hem een idee in.

'Hé jullie, wat doen jullie eigenlijk voor jullie plezier?' vroeg hij aan de bewakers, terwijl hij hen door de rook heen aankeek. 'Nee, niet *gilli danda*. Waar zie je me voor aan, een idioot? Geen kinderspelletjes, wat doen jullie als jullie écht lol willen maken?'

De bewakers keken elkaar aan, kuchten en hoestten wat en vertelden toen over de hanengevechten die in hun dorp werden gehouden.

Die werden niet écht gehouden, want dat kon toch niet nu ze verboden waren door de plaatselijke politierechter? Zij waren respectabele, gezagsgetrouwe lieden. Alle dorpelingen die je het vroeg zouden met klem ontkennen dat ze ooit een vechtende jonge haan hadden gezien, laat staan dat ze betrokken waren bij het bijwonen of organiseren van zo'n gevecht. Maar als de maan hoog stond en de lokaal gebrouwen arak vrijelijk vloeide... dan kon er wel eens iets geregeld worden.

De plaatselijke politiemensen werden uitgenodigd om te delen in de drank en de winst, en de volgende ochtend... Hanengevecht? Welk hanengevecht?

Toen in het scholierenverblijf bekend werd dat Appu op een of andere manier een verboden hanengevecht had weten te organiseren, rees zijn toch al prominente ster nog verder onder de oudere leerlingen. Hij voorzag de bewakers zo gul van steekpenningen dat hun geweten maar heel even opspeelde. Op de avond van het gevecht glipte er een flinke groep jongens de schoolpoorten uit. 'Snel, kom mee,' spoorde de gids uit het dorp hen nerveus aan; hij leidde hen naar een natuurlijke laagte in het land naast de nederzetting. Met stokken was een geïmproviseerde ring aangegeven, verlicht door een enkele lantaarn. Twee pezig uitziende hanen werden kakelend de ring in geduwd, en nadat iemand een laag gefluit had laten horen begon het gevecht officieel.

Eerst probeerden de vogels nog te ontsnappen, wanhopig flapperend met hun gekortwiekte vleugels, maar ze werden zonder omhaal de ring weer in geduwd. Ze legden zich dan maar neer bij het feit dat er geen weg naar buiten was en vlogen elkaar fel aan, klauwend, pikkend en rukkend met hun speciaal voor dat doel aangescherpte snavels. De jongens keken als betoverd toe, sommigen met asgrauwe en anderen met rode gezichten, stuk voor stuk niet in staat om hun ogen af te wenden van de kapotgescheurde veren, de sporen donker bloed die steeds dikker over de magere poten van de beesten liepen. Ze schreeuwden ook, samen met de dorpelingen, hese kreten van opwinding en aanmoediging, opzwepend en vloekend om de uitgeputte, wankelende hanen voort te jagen, tot een van hen tegen de grond zou gaan.

Gejuich klonk op uit de menigte en geld verwisselde snel van eigenaar toen de lijken van beide hanen, zowel van de overwonnene als de overwinnaar, terzijde geworpen werden nadat hun nekken nog snel waren omgedraaid.

Later die avond, toen een van de oudere jongens iets uit zijn zak haalde, duurde het een paar seconden voor het goed tot Appu doordrong wat er in zijn handen werd gelegd.

Hij had er natuurlijk over gehoord, zoals alle jongens op Biddies. Een van de oudere leerlingen had het miniatuur uit de bibliotheek van zijn ouders gejat. Het stelde een vrouw voor, wist Appu, in een wonderbaarlijke staat van ontkleding. Een van zijn klasgenootjes had beweerd dat hij al een blik op het schilderijtje had kunnen werpen toen hij de kamer schoonmaakte van de oudere leerling, die hem had betrapt en een stevige oorvijg had gegeven. Helaas had het schilderijtje met de afbeelding naar beneden gelegen en had hij niet veel gezien.

Het was een oud Mughal-miniatuur. Het ivoor waarop het was geschilderd vaal en vergeeld van ouderdom; de lapis lazuli aan de randen was hier en daar verdwenen.

De muze van de kunstenaar was een jonge vrouw die van haar bad genoot met haar hoofd achterovergebogen om zicht te bieden op het enkele snoer parels om haar hals. Haar ogen waren gesloten; haar lippen, rood als een rozenknop, halfopen. Een ragdunne sluier lag over haar lichaam, meer onthullend dan bedekkend. Afgezien daarvan was ze schaamteloos naakt.

Appu's hart begon te kloppen toen hij haar met zijn ogen verslond, de bovenkant van haar borsten, het albasten wit van haar buik. De haarkrullen die tussen haar benen uitpiepten.

'Koest, jongen,' grinnikte de oudere leerling. 'Dat heb je nog nooit gezien, hè?'

Appu stond met zijn mond vol tanden. Hij kon die nacht bijna niet slapen, verteerd door wat hij had gezien en onaangenaam zwetend in zijn bed. De volgende avond ging hij naar de hut van de bewakers met een voorstel. Ze moesten familie hebben die op de theeplantages in de omtrek werkte. Erotica, zei hij tegen hen. Viezigheid. Het zou waarschijnlijk in de grote studeerkamer liggen, of in de slaapkamer. 'Kijk in de laden,' zei hij tegen hen. 'Jat wat voor me en ik zal jullie goed betalen.'

Hun mond was bij zijn verzoek opengevallen. 'Maar als we betrapt worden?'

Appu lachte. 'Maak je geen zorgen. Dit is een diefstal die nooit bij de politie wordt aangegeven. Denk eens aan de schande. Maak je geen zorgen,' herhaalde hij zorgeloos. 'Ik zorg dat het de moeite waard is.'

Kerst kwam en Appu vertrok opnieuw naar Kodagu. 'Avvaiah,' zei hij op een middag na de lunch plotseling, 'we moeten de naam van het landgoed veranderen. Nari Malai is zo provinciaal. Laten we het in plaats daarvan Tiger Hills noemen. Engels.'

'Wat? Kom nou, Appu, dat gaan we natuurlijk niet...' begon Nanju, maar Devi keek vol genegenheid naar die modieuze zoon van haar.

Machu, dacht ze, wat zou jij dit grappig vinden.

'Nee,' zei ze tegen Nanju, 'hij heeft gelijk. We moeten met de tijd meegaan. Tiger Hills zal het zijn.'

Nanju zei verder niets, maar hij was heel stil toen Appu hem later die middag zittend naast het vogelhuis aantrof. Toen Appu een lang en bijzonder geestig verhaal over een van de jongens op Biddies vertelde en Nanju geen spier vertrok om te glimlachen, keek Appu hem vragend aan.

'Nanju,' zei hij luchtig, 'als het zo veel voor je betekent, noem het dan Nari Malai. Het was maar een idee.'

Nanju haalde zijn schouders op, schijnbaar verdiept in het vogelhuis.

'Kom op, man, je...'

'Is er íéts wat ze niet voor jou doet?' zei Nanju plotseling. 'Vraag haar de volgende keer om de zon, hè, samen met de maan en alle sterren in de lucht?'

Appu grinnikte, gooide zijn hoofd in zijn nek en begon het deuntje te zingen dat ze op Biddies verzonnen hadden. Het was een ode aan de draconische verpleegster die de ziekenzaal bemande. Hij had het aan Nanju geleerd en ze vervingen bepaalde sleutelwoorden zodra Devi en Devanna binnen gehoorsafstand waren; niet dat Devi het trouwens zou begrijpen.

Rijke meisjes nemen vaseline
Arme meisjes nemen olie
Maar zusters punt is oud en hard
Zij heeft liever motorolie.

Nanju's lippen begonnen of hij wilde of niet te trillen. Hij zuchtte, sloeg toen zijn broer zachtjes tegen zijn hoofd alsof hij wilde instemmen met de nadrukkelijke verandering van onderwerp, en zong het liedje mee.

De volgende lente, bijna aan het eind van het schooljaar, kreeg Appu eindelijk goed nieuws van de bewakers. Een theejongen op een van de plantages had iets gevonden dat de jonge heer zou interesseren. Het was het wachten waard geweest, zag Appu, perplex van de buit die de bewakers afleverden.

Het was een stapel daguerreotypes, elk liefdevol in een gouden lijst gevat. Ze toonden twee vrouwen die elkaar voorzichtig uitkleedden. Een naakte, roomblanke schouder op de ene opname; dwarrelende vingers, een stuk been op de volgende. Een korset dat zachtjes losraakte, totdat ze met benen en armen wijd op een kanten sprei lagen, vol overgave stoeiend onder de harten en knopen die waren uitgesneden in het hoofdeinde boven hen.

De daguerreotypes werden een legende op Biddies. Nog jarenlang zouden ze door de ene afzwaaiende klas worden doorgegeven aan de volgende, liefdevol beduimeld door zo veel handen dat de goudkleurige lijstjes dof werden, de twee schoonheden bezield door honderden actieve fantasieën.

Ze bezegelden de positie op school van de nu vijftienjarige Appu voorgoed; Dags, noemden de jongens hem voortaan, de aanbrenger van de nalatenschap van de daguerreotypes. In bepaalde sociale kringen zou hij altijd Dags blijven, zelfs toen hij oud en grijs was, met nauwelijks nog kracht om te lopen.

De zomer van 1920 was uitzonderlijk heet en stoffig. Kodagu lag uitgedroogd onder een regenloze hemel. Al tweemaal dat jaar waren er bosbranden geweest. Misschien was er een kruisbes verdroogd, ergens in het droge woud. De vruchtjes hadden in de meedogenloze zon hangen branden tot een ervan verzwakt van de tak had losgelaten en was gevallen, naar de grond beneden. Misschien was die tegen een steen geketst, de bes zo hard en uitgedroogd dat het effect niet veel verschilde van een katapultschot dat van aanzienlijke hoogte insloeg op een rotsblok. De klap van de val had vonken uit de steen geslagen, die in het gras rondom terecht waren gekomen. De ondergroei was zo droog als aanmaakhout en het vuur dat eruit sloeg had zich ver kunnen verspreiden voor het ten slotte onschadelijk was gemaakt door de boswachterij.

Jaren later spraken de mensen nog over de verwoesting die de brand had achtergelaten. De roetwolken die nog wekenlang in de lucht hadden gehangen; de zwarte, verwrongen lijken van dieren die te zwak of te klein waren om te ontsnappen. Sommigen beweerden zelfs dat ze de tantrische magiërs hadden gezien, triomfantelijk ronddansend in de vlammen, maar dat werd natuurlijk nooit bewezen.

De hittegolf hield aan en deed de rivieren slinken tot modderige waterstroompjes. Vogels vielen dood uit de bomen. De Kodava's spleten enorme hopen zachte kokosnoten open om het zoete, verkoelende sap te drinken, terwijl de blanken hun heil zochten bij de ene na de andere kan ijsthee.

Er stond ook een grote kan op de tafel in het appartement van de priester, en zijn gast zuchtte terwijl hij zich nog een glas inschonk. Hij was een collega-missionaris uit de streek; nu de oorlog was afgelopen was hij teruggekeerd naar India. 'Berlijn is een demonenstad geworden, Hermann. Na de oorlog zijn er haast geen mensen meer over, en de paar die er wel zijn staan op de straathoeken. De meesten missen ledematen, een arm, een been, soms meer. Er zijn geen banen voor hen, de fabrieken zijn dicht. Onze soldaten verkopen wat ze kunnen: luciferdoosjes, haarborstels, schoenveters, bloemen die ze van net gedolven graven hebben gejat, benzine uit geparkeerde auto's. Je hart breekt als je ze ziet. "Bij mij!" roepen ze. "Koop bij mij!"'

Gundert luisterde, vervuld van een diepe droefenis. De week na het bestand had hij een nachtmis gehouden in de kerk. 'Voor alle verloren levens, voor allen die gevallen zijn.'

'Amen.'

Na afloop had de Club een bal georganiseerd om de overwinning van de Geallieerden te vieren. Ze hadden Gundert beleefd een uitnodiging gestuurd, maar hij kon het niet opbrengen om te gaan.

'Je bent de hele oorlog niet weggegaan, heb ik gehoord?' ging zijn collega verder. 'Was het... is alles hier goed gegaan met je?'

'Ja.' Gundert draaide zich om naar de tuin. Het gazon was veranderd in een uitgedroogd, stoffig bruin vlak.

Hij dacht plotseling aan zijn eigen dorp, de sparrenbomen bedekt met rijp. Zijn moeder maakte altijd warme wijn met sinaasappelschillen en kruiden; die vulde het huis met de heerlijke geur van nootmuskaat en kruidnagels. Tijdens de vakanties mocht Gundert zo nu en dan een glas. Het was een van zijn gelukkigste herinneringen: Olaf en hij die lachend binnenkwamen uit de sneeuw, de lucht zo koud dat ademen pijn deed. Zijn vingers stijf, bevroren van de kou, en dan de wijn die zijn handen verwarmde als hij het dampende glas vastpakte.

'De ijsblokjes zijn allemaal gesmolten,' zei hij zwaar. Hij stak zijn hand uit om de thee in de kan te laten ronddraaien, waarbij het licht spikkeltjes op zijn huid toverde. 'Zal ik nieuwe vragen?'

Weer kwam Appu thuis voor de vakantie. Op een avond nodigde een schoolkameraad hem uit om met hem en zijn familie naar de Club te gaan.

'Ga ook mee. Wil je niet zien wat ze uitspoken in die chic-defriemel-club?' spoorde Appu Nanju aan, maar die wilde er niet van horen.

'Nee, absoluut niet; wat moet ik daar? Nee, Appu, ga jij maar.'

Appu liep de Club in met de soepele passen, de brede schouders en de indrukwekkende lengte die in tegenspraak leken met zijn zeventienjarige leeftijd. Zelfs Devi was verrast hoeveel hij het afgelopen semester was gegroeid. Ze kwam nu nauwelijks tot aan zijn borst en moest op haar tenen staan om zijn haar van zijn voorhoofd te strijken, en zelfs dat lukte alleen als hij zijn hoofd welwillend naar haar toe boog. Maar de slungeligheid waarmee jongens van zijn leeftijd zo geplaagd werden, was Appu bespaard gebleven. Hij wist de extra centimeters goed te dragen.

Hij keek om zich heen en trok een blasé gezicht alsof hij zijn hele leven al in de Club kwam. Hij keek naar de dikke rode gordijnen, de rooksluier die boven de kaarttafels hing, de obers die net buiten het lamplicht klaarstonden. 'De biljartkamer,' stelde de vader van zijn vriend voor. 'Willen jullie het eens proberen?' Appu boog zich over de biljarttafel; als je zijn ballen over het laken zag schieten, zou je denken dat hij die sport al tijden beoefende.

Er klonk een hartelijk applaus aan het eind van het partijtje. Iemand bood aan een drankje voor de twee te kopen. 'Ach, dat is oké, jongens, jullie zijn oud genoeg. Per slot van rekening werden jongens van jullie leeftijd niet zo lang geleden nog in het leger opgenomen.'

Vloeibaar vuur. Appu hield het glas whiskey op naar de lampen, keek naar de bleekgouden werveling van de alcohol. Plotseling gloeiend van de jovialiteit gooide hij zijn hoofd achterover en begon hij bulderend te lachen. De afgelopen jaren had hij de baard in zijn keel gekregen en nu had hij een diepe, rijke bariton.

Zijn lach was zo doordringend dat hij doordrong tot in het dameskwartier. Kate Burnett draaide zich om naar het geluid. Wie was dat, vroeg ze zich af, toen ze de brede massa van Appu's schouders zag. Hij had een air van jeugd om zich heen, als de geur van een nieuw blad in de lente.

Appu zag dat ze naar hem keek en de open blik waarmee ze hem opnam, maakte hem aan het blozen. Hij wendde zich verward af en toen, geïrriteerd dat ze hem zijn beheerste houding zo snel had laten verliezen, draaide hij zich op zijn barkruk weer naar haar toe. Hij nam een lange, ijsgekoelde slok uit zijn glas en beantwoordde haar blik terwijl hij zijn ogen brutaal over elke centimeter van haar lichaam liet gaan, van het pagekapsel dat glansde als gepolitoerd mahonie tot de scherpe neuzen van haar schoenen.

Kate trok een wenkbrauw op om zijn onbeschaamdheid en haar mondhoeken krulden zich tegelijkertijd geamuseerd op.

Ze wendde zich weer tot de vrouwen en negeerde hem. Tot zijn ergernis merkte Appu dat zijn blik de rest van de avond steeds weer naar haar terugkeerde.

Hij had haar nog niet uit zijn hoofd kunnen krijgen toen zijn vriend hem de volgende week weer meevroeg naar de Club. Appu accepteerde gretig. Hij kleedde zich met zorg en liet Tukra een dik uur lang zijn oxfords poetsen, maar tot zijn teleurstelling was ze die avond nergens te zien.

'Mevrouw Burnett? Die knappe met het bruine haar? Ze zal wel thuis zijn – haar man reist veel, heb ik gehoord,' zei zijn vriend vaag.

Het verraste Appu dat haar afwezigheid zo'n teleurstelling voor hem was. De daaropvolgende dagen dacht hij veel aan mevrouw Burnett; hij liet Nanju het pakje condooms zien dat hij gekocht had, voor het geval dat.

'Je weet toch waar die voor zijn?'

Nanju knikte schaapachtig. 'Ja.'

Appu stompte hem tegen de schouder. 'Dan wil je er zeker wel een paar? Voor de schatjes bij jou op de universiteit? Geen probleem, ik heb er nog meer.'

Het duurde nog drie bezoekjes aan de Club voor hij mevrouw Burnett weer zag. Hij keek haar gespannen aan, en tot zijn grote opluchting herinnerde ze zich hem. Ze neeg haar hoofd in een spottende groet en haar oorbellen zwaaiden soepel tegen haar haar.

Halverwege de avond gaf een bode hem een briefje. Appu verontschuldigde zich en ging naar de toiletten, waar hij het briefje openvouwde. *Belvedere estate*, stond er alleen. *Morgen, drie uur.*

Het papier rook vaag naar haar parfum. Appu hield het bij zijn neus, met gesloten ogen, en snoof de geur op. En toen verfrommelde hij het briefje tot een bal en gooide het in de wc-pot.

28

1920

Catherine Burnett verveelde zich. Het was bijna vijf jaar geleden sinds ze naar Kodagu was gekomen. Ze had Edward ontmoet op een partijtje in Londen waar zijn forse gestalte direct haar aandacht had getrokken. Het duurde niet lang voor ze verloofd waren, en al snel daarna schreef hij haar vanaf zijn landgoed in India. Hij beschreef het koele, weelderige Kodagu, de dichte wouden en de oude, vergeten stenen tempels, de watervallen die zich langs bergwanden naar beneden stortten en de avonden vol vuurvliegjes. Kate was betoverd geweest, een betovering die tot ver in hun huwelijk zou duren. En toen, langzaamaan, ze wist niet eens precies wanneer of waarom, begon de geur van de roos te vervagen.

'Van de koffie,' corrigeerde ze zichzelf altijd met een heimelijk, melancholiek grapje. '... begon het aroma van de koffie te vervagen.'

Edward had een ander landgoed gekocht, deze keer in Zuid-Kodagu waar de bodem zeer vruchtbaar was en de koffieopbrengsten naar verluidt uitzonderlijk waren. Helaas betekende dat dat hij dagen achter elkaar weg was en Kate aan haar lot overliet in hun uitgestrekte bungalow. Eerst had ze het niet erg gevonden – ze was toch al van plan geweest om die opnieuw in te richten, en bovendien brachten de scheidingen een zekere... frisheid in hun huwelijk. Maar toen ze klaar was met herinrichten, nieuwe tuinen had laten ontwerpen en tot in de puntjes had laten verzorgen, begon er verveling binnen te sluipen.

Edward kwam thuis, moe en vol frustraties over het nieuwe landgoed; dan kuste hij haar verstrooid op haar voorhoofd, zonder de nieuwe jurk op te merken die ze speciaal voor hem had aangedaan. Ze gingen geregeld naar de Club als hij er was, maar zelfs dat was saai geworden. Elke keer dezelfde gezichten, dezelfde roddelgesprekken.

De avond dat ze Appu zag, hadden Edward en zij een 'meningsverschil', zoals hij hun ruzies noemde. Ze was... o, ze wist het niet, een beetje prikkelbaar misschien, omdat hij een paar dagen later weer naar het andere landgoed zou gaan. Hij had geduldig uitgelegd, voor de zoveelste keer, dat het landgoed nog niet helemaal in orde was, misschien nog een jaar en dan...

'Nog een jaar?' had ze geprotesteerd. 'Edward, nog een jaar is domweg te lang om zo door te gaan. Je bent hier nauwelijks, we zien elkaar nauwelijks... het is eenvoudig véél te lang.'

'Kom, Katie,' had hij gezegd op die kalme toon die haar zo moedeloos maakte. 'Moet je nu werkelijk zo overdrijven? We brengen heel veel tijd samen door, ik ben hier nu alweer veertien dagen geweest.'

Ze had hem gefrustreerd aangekeken en gezucht. Als hij het zo rationeel stelde, leek haar uitbarsting een tikje ridicuul. Maar toch verlangde ze ernaar om iets te doen, misschien serviesgoed stuk te gooien of porselein tegen de deur te smijten. Misschien zou hij dán zijn stem verheffen.

Er was haar een vage rusteloosheid bijgebleven terwijl ze naar de Club reden; de zonsondergang die door de ramen van de auto naar binnen scheen zag ze nauwelijks. Ze had mat tegen Edward geglimlacht nadat hij haar naar de damesruimte geëscorteerd had. 'Dank je, lieverd,' had ze gezegd en vervolgens had ze zich bij de vrouwen gevoegd die zich onledig hielden met het ontleden van de schoenen die iemand had gedragen tijdens de zomerpicknick.

'Versleten aan de hakken, had je dat gezien?'

'Een goede opvoeding zie je altijd terug – je hoeft maar naar de schoenen te kijken, zei mijn moeder altijd, die vertellen je alles wat je over iemand moet weten...'

Kate wierp een heimelijke blik op haar eigen patentleren pumps. Ze liet het personeel altijd een flanellen doek in het handschoenen-vakje van de auto leggen, maar ze was deze avond zo door andere dingen in beslag genomen dat ze glad vergeten was haar schoenen na de rit hierheen af te vegen. De bovenkant was duidelijk stoffig. Met een vloeiende beweging stak Kate haar voeten onder de bank, onder het voorwendsel dat ze zich wilde omdraaien om een blik te werpen in de biljartkamer.

Precies op dat moment had hij gelachen. Wie is dat, had ze zich vol interesse afgevraagd. Duidelijk niet een van de vaste klanten. Wel erg jong, maar met iets in de lijn van zijn kaak, de vorm van zijn hoofd...

Hij had zich omgedraaid, en toen hij haar blik ving had hij heel charmant gebloosd van verwarring. Er was iets gaan gloeien in Kate. Misschien het besef van de macht die zij had over deze niet-helemaal-jongen, niet-helemaal-man, haar vermogen om het bloed naar zijn hoofd te laten stromen door hem alleen maar aan te kijken.

De vrouwen om haar heen ratelden nog steeds door terwijl hij haar blik beantwoordde. Hij draaide zich aan de bar om en staarde naar haar. Kate wist dat ze de andere kant uit zou moeten kijken, maar dat deed ze niet. Ze keek de jongen recht aan, zonder met haar ogen te knipperen terwijl hij haar langzaam opnam, van hoofd tot voeten. Toen ze zich eindelijk afwendde, voelde ze tot haar ver-rassing dat haar polsen raasden.

'Vijf jaar,' had haar nicht haar een keer gezegd in Londen. 'Vijf jaar duurt het tot je je aangetrokken gaat voelen tot de inboorlin-gen. En o, Katie, als je dat punt eenmaal bereikt hebt, kun je niet meer terug.' Kate had nerveus gelachen en over haar schouder ge-keken of haar moeder nergens in de buurt was voor ze meer details vroeg. Haar nicht woonde in Kenia – '... een heel werelddeel verder, maar we zijn verbonden door koffie,' had ze opgemerkt.

'In Afrika gaat het stukje bij beetje,' vertrouwde ze haar toe. 'Op het eerste gezicht lijken de inboorlingen onbeschaafd. Zo inktzwart van huid dat ze bijna buitenaards lijken, van een heel ander soort dan jij en ik. Het enige wat je ziet is het kroezen van hun haar en de platheid van hun neus. En dan, langzaam, wennen je ogen aan het Afrikaanse licht en gaan ze open voor de schoonheid van de inboorlingen. Je begint de glans van hun huid te bewonderen. Je ziet het nobele in hun trekken en benijdt ze om hun witte tanden. Je ziet met hoeveel gratie ze zich door het open landschap bewegen, hoe diep ze in de aarde geworteld zijn, tot wíj degenen lijken die daar niet horen. O, Katie, Katie. Voor je het weet begin je te snakken naar hun aanraking, als jeuk die ontspruit uit je diepste kern.'

Bij Kate ging het langzaam, precies zoals haar nicht had voorspeld. Toen ze net in Kodagu was, walgde ze weliswaar niet van de inboorlingen, maar ze voelde zich ook niet tot hen aangetrokken. In de afgelopen maanden was ze echter dingen gaan zien die haar niet eerder waren opgevallen. Ze keek naar de echtgenoten van de Kodavavrouwen in de Club; hun vloeiende bewegingen, het haar dat dik op hun voorhoofd lag. De smetteloze huid, de kleur van donkere thee met room, van gouden honing of van diepbruine, broeierige koffie. Ze staarde naar hun handen, naar de vorm en de grootte, en stelde zich schuldbewust voor hoe die over haar lichaam gingen. Ze begon met hen te flirten, niet meer dan af en toe een blik, en ze boog zich net een tikkeltje dichter naar hen toe dan nodig was als ze tijdens het dansen iets in hun oor fluisterde.

Allemaal even onschuldig, natuurlijk, en volkomen discreet; ze maakte alleen wat plezier.

En zo stuurde ze Appu dus het briefje. 'Alleen thee,' zei ze tegen zichzelf. 'Er is niets mis met een beetje gastvrijheid voor die jongen. En wat doet het er eigenlijk toe of Edward erbij is?' Maar toch vertelde ze hem er die avond over, om haar zenuwen te bedwingen, langs haar neus weg.

'Hmm?' zei hij, verdiept in de rekeningen. 'Ja, natuurlijk lieverd, zoals je wilt...'

Misschien was het zijn complete gebrek aan jaloezie dat haar stoorde, maar de volgende dag besteedde Kate speciale zorg aan haar uiterlijk. Ze stiftte haar lippen in een diepe tint ossenbloed en tipte eau de parfum achter haar oren en in de holte van haar hals.

Appu had zo mogelijk nog meer moeite gedaan. Hij vertelde niemand iets over hun afspraak en zei alleen tegen Devi dat hij naar Madikeri ging. Hij eiste de Austin op waarin hij zichzelf de vorige zomer had leren rijden en knikte ongeduldig bij Devi's vermaningen om voorzichtig te zijn. Hij was duizelig van opwinding, bijna licht in zijn hoofd. Hij wist hoe deze dingen werkten. Was Bobby MacGowan vorig jaar niet op Biddies teruggekomen vol *goondah*-verhalen over de tante die naast hem woonde?

Zijn hart bonkte pijnlijk als hij aan mevrouw Burnett dacht. Hij wist natuurlijk wat hij moest doen, hij had het plooien van zijn lippen geoefend tegen zijn arm, zijn kussen, maar dan nog... Hij haalde zijn mouw over de zweetpareltjes die zich op zijn voorhoofd vormden en keek nog eens naar het pakje dat op de autostoel lag. Het waren kanten handschoenen die iemand aan Avvaiah had gegeven. Ze zou niet eens merken dat ze weg waren. Het zou wel gaan, zei hij tegen zichzelf, terwijl hij op de condooms in zijn jaszak klopte.

Ze stond in de deuropening, suste de honden en schermde met haar handpalm haar ogen af tegen de zon terwijl ze een speelse groet riep. Ze zag er verpletterend mooi uit, in een jurk van een of ander duivels materiaal dat vlamde als ze bewoog. Ze kuste hem op de wang terwijl ze de handschoenen aannam, een lichte aanraking die zijn maag in een knoop legde. Ze liet hem plaatsnemen in de pianokamer en stelde hem talloze vragen over school, hoe oud hij was – achttien, loog hij – en zijn familie. Appu gaf plichtsgetrouw antwoord op al haar vragen, terwijl hij ongemakkelijk heen en weer schoof in de loveseat op dunne poten, van zijn koffie nipte en probeerde niet naar haar benen te staren. En toen, tot zijn diepste verwarring, stond ze op, reikte hem een koele hand en bracht hem naar de deur. 'We moeten dit nog eens doen,' zei ze vrolijk. 'Ik vond het é-énig.'

Kate nodigde Appu daarna nog drie keer uit voor de thee. Elke keer hield ze persoonlijk toezicht op het menu, een van de zeldzame keren dat ze in de keuken verscheen. Sandwiches met komkommer en tomaat, met de korstjes eraf en in driehoeken gesneden. Rozijnenscones met custard. Koffiemarmercake, jamtaartjes en piepkleine cocktailworstjes, die je in blik kon kopen in Hans' winkel. Jachtschotel met ei en een zomergerecht met moerbeien van de plantage. 'Vergeet de doek niet te bevochtigen voor je de sandwiches erin doet,' droeg ze de kok op. 'O, en neem vanmiddag maar vrij, en zeg dat ook tegen de andere bedienden.' Hij wierp haar een blik zo vol wetende onbeschaamdheid toe dat haar stem het eventjes leek te begeven. 'Wat is dit?' had ze toen gesnauwd, wijzend naar een overvolle emmer groenteschillen. 'Ik betaal je niet om mijn keuken op een varkenskot te laten lijken. Maak het hier onmiddellijk schoon!'

Hij had zich gehaast om te doen wat ze hem opdroeg. 'Ja, mevrouw, meteen nu, mevrouw.' Maar evengoed hadden haar wangen gegloeid toen ze de keuken uitliep.

Appu had elke uitnodiging met enthousiasme aanvaard, zwetend onder zijn kraag; de ene keer duwde hij haar een boeket wilde bloemen uit de tuinen van Tiger Hills in haar handen, de volgende keer een blik felgekleurde snoepjes. Ze speelde met hem, elke keer iets meer. Ze liet de zoom van haar jurk een klein beetje omhoogkruipen en de lovertjes bij haar knieën schitteren in het licht als ze zich over hem heen boog om een lepel te pakken. De geur van zijn huid, als versgemaaid gras. De geur van de lente.

Elke keer voelde ze haar benen vochtig worden van de verleiding die door haar binnenste gleed als ze overwoog die laatste stap te zetten.

Ten slotte nam Appu haar dat besluit uit handen. Hij werd steeds bozer om haar vragen, om dit dwaze spelletje dat ze leken te spelen. Na de zoveelste zinloze vraag had hij zijn kopje met zo'n klap neergezet dat de koffie op het porseleinen schoteltje was geklotst. Hij beende naar Kate toe en trok haar uit haar stoel overeind.

'O...' begon Kate geschrokken, maar toen kwam zijn mond al neer op de hare.

Ondanks Appu's oefeningen was die eerste kus er meer een van passie dan van vaardigheid. Maar ondanks zijn natte mond ademde Kate zwaar en snel toen ze hem van zich afduwde. Ze hief haar hand op en sloeg Appu met al haar in het tennisspel geperfectioneerde kracht in het gezicht, zo hard dat hij op zijn hielen naar achteren zwaaide en zijn haar over zijn voorhoofd viel. Ze ging naar de deur. 'Mevrouw Burnett...' begon Appu geschrokken, maar toen zweeg hij, want in plaats van weg te stormen, zoals hij verwacht had, deed ze de deur helemaal dicht en draaide ze hem op slot.

Zo jong.

Ze haalde diep adem en hief haar handen weer op, deze keer in een gebaar alsof ze zich overgaf. 'Ik heet Kate.'

Hij was in een tel bij haar, prutste aan haar jurk om die uit te krijgen en trok die vervolgens over haar hoofd uit. Hij gooide hem van zich af en hij dwarrelde naar beneden, een fluistering van chiffon en zijde in een poel op de vloer. Hij keek verward naar haar brassière en zij lachte nerveus. Wat had ze een droge mond. 'De Symington Side Lacer,' fluisterde ze, terwijl ze haar lippen bevochtigde. 'Uitermate geschikt om de boezem af te platten tot een betamelijk silhouet.'

Haar hart bonsde hevig en haar benen waren zo slap dat ze nauwelijks kon staan. Wat had hij belachelijk lange wimpers. Ze nam zijn handen in de hare, liet haar duim over de halvemaantjes van zijn nagels glijden en over de aderen die in zijn polsen pulseerden. Ze hief zijn handen op naar haar borst terwijl ze diep in die donkere, omrande ogen staarde.

'Hier,' zei ze. 'Die veters, maak die los.'

Als er meer dan een week verstreek zonder dat hij Kate zag, kon Appu niet slapen. Dan wreef hij zijn lijf tegen de lakens voor wat verlichting en snauwde hij iedereen geïrriteerd af, onder wie een onthutste Devi. Nanju probeerde hem uit zijn schulp te trekken, maar hij had nog minder zin dan voorheen om samen met hem over het landgoed te dwalen of het vogelhuis te helpen schoonmaken.

'We moeten lid worden van de Club,' zei Appu op een avond plotseling tijdens het eten, en Devi was zo opgelucht dat hij eindelijk iets zei dat ze onmiddellijk instemde.

Op de Club hing hij altijd rond bij de biljarttafel aangezien die het beste uitzicht gaf op de dameshoek. Hij wist nauwelijks wat hij erger vond: haar niet zien, of weten dat haar echtgenoot er ook was als hij haar wel zag.

En dan, zonder waarschuwing, drukte een van de bodes een briefje in zijn hand – *Dond. 10 uur* – en sprong zijn hart op.

'Speel voor me,' zei hij op een keer en ze ging achter de piano zitten, verwonderd hoe comfortabel ze zich naakt op de pianokruk voelde. Het was een babyvleugel die Edward twee jaar geleden voor haar verjaardag uit Londen had geïmporteerd. Hij had haar, zoals elk jaar, precies een maand voor de eigenlijke datum gevraagd wat voor cadeau ze wilde.

'Verras me maar, lieverd!' had ze uitgeroepen. 'Koop iets voor me, maakt niet uit wat, maar verras me!'

Hij had in alle redelijkheid aan haar uitgelegd dat dat niet veel zin had; stel dat ze het niet mooi vond wat hij voor haar kocht?

'Het is makkelijker als je me gewoon zegt wat je graag wilt, Katie,' had hij gezegd. 'Dan kan ik precies voor je kopen wat je hebben wilt.'

Ze zei tegen zichzelf dat hij gelijk had en dat zij dwaas deed, en noemde uiteindelijk een piano. Er waren zes mannen voor nodig geweest om de ossenkar de slingerende oprit op te trekken, en ze had hem laten installeren in de salon, met uitzicht op de gazons en de konijnenholen.

Het werd een soort ritueel voor Appu en haar. Terwijl hij daar voldaan lag speelde zij voor hem wat er maar in haar hoofd opkwam. Dromerige, verstrooide sonates, verpletterende kamerstukken en ingewikkelde walsen terwijl de hemel van kleur en de wolken van vorm veranderden achter de kleine ruitjes van de ramen die uitzicht boden op de plantage.

'Vertel eens iets over je ouders,' zei ze een keer toen hij languit over haar heen lang. Appu haalde zijn schouders op. 'Er is niet veel dat ik je nog niet verteld heb: hij wilde dokter worden vóór zijn ongeluk, en zij leidt de plantage...'

Ze haalde een hand over de warme zijde van zijn rug. 'Ik bedoel je biologische ouders, gekkie. Vertel me eens iets over hen.'

'Daar is ook niet veel over te vertellen. Vader is gestorven aan het front.' Zijn stem was koel. 'Moeder stierf niet veel later, en mijn ouders... mijn tante en oom hebben me toen onder hun vleugels genomen.'

'Hoe is je moeder gestorven?'

Appu verstijfde onmerkbaar. 'Ze werd ziek,' loog hij gladjes. Hij hees zichzelf op een elleboog en keek op haar neer. 'En nu geen vragen meer.'

'Maar...' Hij liet een vinger van haar buik naar beneden glijden en ze hapte naar adem. 'Geen vragen meer,' herhaalde hij, terwijl hij zich naar haar toeboog.

Kate heeft nooit precies geweten hoe Edward erachter kwam, via die loerende kok of een van de andere bedienden. Hij sprak het nooit hardop uit, maar toen ze op een dag binnenkwam uit de tuin was er iets... veranderd. Ze had haar gereedschap in de tuinmand gelegd en rekte zich uit om zijn wang te kussen. 'Hallo daar. Ik heb je niet horen binnenkomen.'

'Hoe lang?' Dat was het enige wat hij haar vroeg, zonder haar aan te kijken.

Ze praatten toen met elkaar, zoals ze allang niet gedaan hadden, terwijl het eten koud werd en de erwtjes stolden in hun vleessaus. Het stond haar vrij om te gaan, zei hij. 'Ik heb je duidelijk tekort gedaan. Je bent vrij om te gaan, ik zal je niets in de weg leggen. Maar...' zijn hand trilde licht en de vork die hij in zijn vuist omklemd hield viel kletterend op het bord. 'Hou je van die ander?'

Kate barstte tot haar eigen verbazing in tranen uit. 'Van jou!' zei ze toen tegen haar man. 'Ik hou van jóú!

'Alsjeblieft,' smeekte ze terwijl ze bij zijn stoel neerknielde en zijn gezicht in haar handen nam. 'Alsjeblieft, liverd, kijk me aan. Ik hou zo veel van jou, ik mis wat we hadden. Dit... betekent *niets* voor mij.

Het was... ik weet het niet, ik heb je zo gemist. O gód, Edward, ik hou van je!'

Appu leed verschrikkelijk. Hij hoorde helemaal niets van Kate. Hij ging naar zijn bed en kwam alleen 's avonds wat tot leven als het weer tijd werd om naar de Club te gaan. Hij zat bijna vastgeplakt aan de biljarttafels met het uitzicht op de dameshoek, maar van Kate ontbrak ieder spoor. Devi raakte zo verontrust door zijn lethargie dat ze zelfs de dokter liet komen. 'Er is niets met hem aan de hand,' verzekerde de dokter haar. 'Adolescentenverdriet, dat is alles.'

Eerst liet Nanju hem in zijn sop gaarkoken, maar toen er geen verbetering in Appu's zwartgallige stemming leek te komen wierp hij het over een andere boeg. 'Je lijkt wel een waterbuffel,' merkte hij op. 'De hele dag hier liggen...' Hij rukte de gordijnen open en liet het licht de kamer binnen vallen. Appu kromp ineen en trok een kussen over zijn hoofd.

'Nou, buffel,' zei Nanju terwijl hij op het bed ging zitten. 'Het is een prachtige dag. Zullen we gaan vissen?' Hij wachtte, maar er kwam geen antwoord.

'Ayy,' zei hij toen vriendelijk. 'Is er iets gebeurd op de Club? Het is die vrouw, hè, over wie jij het had?'

Appu zei niets. Hij leek nauwelijks te ademen.

Nanju zuchtte. 'Appu,' begon hij en hij schudde zijn hoofd. 'Het is écht een prachtige dag.' Hij wilde opstaan, maar toen bewoog Appu zich eindelijk. Met zijn gezicht nog steeds onder het kussen schoof hij zijn voet naar voren. Zonder een woord te zeggen en met de rest van zijn lichaam nog even bewegingloos schoof hij zijn voet onder de lakens door tot die tegen Nanju's been lag. Nanju keek naar zijn broer met een mengeling van genegenheid, bezorgdheid en een lichte irritatie op zijn gezicht. En toen veranderde hij van houding en legde hij zijn knie stevig tegen Appu's voet, warm en troostend, alsof hij een nestelend, kwetsbaar diertje beschermde.

Toen hij het niet langer kon verdragen, sloeg Appu Kates waarschuwing om nooit direct contact met haar op te nemen in de wind en reed hij naar het landgoed Belvedere.

'Dags,' hapte Kate geschrokken naar adem. 'Wat doe jij hier?'

Appu luisterde terwijl zij uitlegde dat ze hem niet meer kon ontmoeten. 'Waarom?' vroeg hij. Ze haalde haar schouders op in een sierlijke beweging die haar haren deed golven terwijl ze uitstaarde over het gazon.

'Waarom?' vroeg hij nogmaals. 'Waarom?' schreeuwde hij toen, zonder haar de kans te geven te antwoorden, en hij veegde de snuisterijen van het bijzettafeltje af zodat die op de grond uiteenspatten.

Kates hand vloog naar haar keel. 'Dags! Kom nou, je dacht toch zeker niet... je wist toch wel dat dit maar tijdelijk was?'

'Ik hóú van je,' zei hij wanhopig, met brekende stem.

'Je houdt van me? Wat wij hadden was geen liefde, het was lust. Ik bedoel: kijk eens naar ons, in hemelsnaam. We komen uit twee verschillende werelden, ik zal minstens tien jaar ouder zijn dan jij, dat is niet –'

Toen probeerde hij haar te kussen, maar zij wrong zich los uit zijn greep.

'In godsnaam! Luister je niet naar mij? Dit is voorbij.'

Hij stond daar in haar met zijde afgewerkte salon naar de juiste woorden te zoeken terwijl hij probeerde niet te gaan huilen waar zij bij was. 'Jij... jij...' En toen draaide hij zich om en rende naar de deur. 'Hoer!' riep hij over zijn schouder. 'Blanke klotehoer!' Hij sprong in de Austin en scheurde de oprijlaan af.

Kate en Edward Burnett verlieten Kodagu niet lang daarna. Rubber, zeiden ze tegen hun vrienden, ze hadden gehoord dat rubber heel belangrijk zou worden. Toen ze hun landgoederen hadden verkocht scheepten ze zich in naar Malaya. Er werd een paar weken lang over hen gesproken op de Club. Al die geruchten dat Kate iemand zag achter Edwards rug... Er werd natuurlijk nooit iets van bewezen, maar evengoed: waar rook was... Ze was ook zo koket, recht onder hun neus flirtend met hun echtgenoten.

Maar al snel stierven de roddels weer weg en bleef er maar weinig bewijs over dat de Burnetts er ooit waren geweest.

Toch waren er nog dingen die Kate had achtergelaten. Ze had Appu's introductie in de betere kringen afgerond. Zij had hem geleerd hoe hij zijn glas moest vasthouden en hoe hij kristal kon herkennen aan het pinggg-geluid dat het maakte als je er met een nagel tegen tikte. Zij had hem geleerd dat hij altijd een zakdoek bij de hand moest hebben, gladgestreken en besprenkeld met eau de cologne voor het geval een dame er behoefte aan zou hebben.

Zij had Appu geschoold in de vormen en rondingen van een vrouwenlichaam, zijn handen naar de geheime plekjes geleid die de meeste mannen nooit echt ontdekken. Een zacht oorlelletje. De holte achter een knie, de tere huid aan de binnenkant van een onderarm.

Zij was het die Appu geleerd had hoe naïef het was om je hart open te stellen.

Nanju zat naast hem toen hij zijn spullen inpakte voor zijn vertrek. 'Gaat het?'

'Waarom zou het niet gaan?'

'Kom op, Appu. Ik weet dat er iets is gebeurd.'

Appu bleef hemden, broeken en schoenen in zijn koffer proppen. 'Nee... niets.'

Nanju zuchtte. 'Zoals je wilt. Zorg goed voor je zelf, hoor je?'

'Het gaat prima,' zei Appu, nog steeds zonder hem aan te kijken. 'Ik weet niet waarom je zou denken van niet.'

En inderdaad, toen hij eenmaal terug was op Biddies leek het meer dan prima te gaan met Dags en vermaakte hij de andere kostschoolleerlingen met zijn escapades. Hij beschreef Kate en hun afspraakjes tot in de kleinste details. Nadat hij haar waardigheid tot op de laatste flard had vernield, haar met zijn woorden poedelnaakt had uitgekleed, kwam het moment dat Dags zich eindelijk beter begon te voelen. Ze had gelijk, zei hij tegen zichzelf. Het was alleen maar lust geweest. Hij duwde zijn herinneringen aan Kate uit als water door een zeef tot er alleen nog grof sediment over was. De essentie, als het ware, gedistilleerd uit hun tijd samen, alleen opgebouwd uit de geneugten van haar vlees. Hij bedacht zelfs een lied om hun affaire mee te gedenken, dat hij uitbrulde op de wijs van het schoollied:

Katie, Katie, toon me je dijen
Een halve meter boven je knie
Spreid je benen en krom je billen
Zodat ik het beter zie

Als hij nu naar de dorpen sloop, wist Dags waar hij om moest vragen. 'Vrouwen,' zei hij. 'Oudere vrouwen, jonge meisjes, wat je maar hebt. Ik betaal goed.'

In Appu's laatste jaar raakte heel Biddies over zijn toeren van de dochter van de bovenmeester. Rosemary D'Costa was slank en had amandelvormige ogen. Ze was naar school gekomen met haar moeder, die te ziekelijk was om nog langer in Madras te blijven; Rosie zou op Biddies naar school gaan, werd besloten. De studenten verdrongen elkaar natuurlijk in de strijd om de gunsten van het enige meisje op school. Ze stopten zoetigheden in haar bureau, liefdesbriefjes en allerlei bloemen, die Rosie met een lieve glimlach accepteerde; ze schonk haar genegenheid neutraal aan iedereen en niemand.

Alleen Dags behandelde haar met afstandelijke hoffelijkheid. Hij hield de deur beleefd voor haar open, maar keek langs haar heen als ze hem in de ogen keek met haar zachtste, meest vertederende glimlach. Natuurlijk was hij degene die Rosie het meest van iedereen intrigeerde. Ze begon te zorgen dat ze zijn pad kruiste, bezocht de hockeytraining en moedigde het zwemteam aan tot het voor iedereen die het wilde zien glashelder was dat Rosie D'Costa alleen oog had voor zwemcaptain, hockeycaptain en wandelende portemonnee Dags.

Hij werd een obsessie voor Rosie. Hoe meer de andere jongens naar haar snakten en hoe meer afstand Dags hield, hoe meer ze hem wilde, tot hij het enige was waaraan ze nog kon denken. Hij plande alles perfect en bracht haar bijna buiten zinnen voor hij toenadering zocht, zodat ze hem zoet en meegaand als een rijpe guave in de schoot viel.

Appu genoot bijna het hele semester van Rosie. Hun wederzijdse avonturen maakten de kostschoolgangers gek van jaloezie en de arme zielen die werkelijk verliefd op haar waren kotsmisselijk. Maar waar hij geen rekening mee had gehouden, was haar degelijke middenklasseopvoeding. Toen hij haar op een middag nonchalant liet weten dat het uit was, was Rosie geschokt. Haar overvloedige tranen, haar heftige smeekbedes deden Appu alleen zijn lippen verachtelijk optrekken. 'Stil maar,' zei hij terwijl hij haar op haar schouder klopte, terwijl hij stiekem op zijn horloge keek en zich afvroeg hoelang het nog duurde voor hij naar het hockeyveld terug kon.

Toen het haar duidelijk was dat hij niet op andere gedachten te brengen viel, stortte Rosie zich brullend en volledig overstuur in de armen van haar moeder. De beste vrouw snelde natuurlijk onmiddellijk naar haar man, en niet veel later haastte een dodelijk geschrokken Devi zich naar Ooty om te voorkomen dat haar lieveling zonder veel omhaal van woorden van school werd gestuurd.

Het kostte een heleboel onderhandelen, aan touwtjes trekken en doneren aan de school, maar uiteindelijk stemde Biddies ermee in dat Appu zijn jaar afmaakte. De geschrokken Devi gaf Appu ongenadig op zijn kop en liet zich zelfs niet vermurwen door zijn vertederende kuiltje in zijn wang en een paar flauwe grappen. Rosie werd snel naar Madras teruggestuurd en haar moeder huilde van opluchting toen Rosie ongesteld werd. Al met al werd de hele affaire aardig in de doofpot gestopt.

Pas toen Appu zich wilde aanmelden voor het KCIO-programma kwamen de volledige repercussies van het vorige semester aan het licht. Toen hij kapitein Balmer schreef om een aanbeveling, schreef de kapitein een ernstige brief terug, waarin hij zijn spijt betuigde. Hij had van kolonel Bidders over het ongelukkige incident op school gehoord. Zonder twijfel had elk verhaal altijd twee kanten, maar gezien de omstandigheden kon hij Appu niet met een zuiver geweten aanbevelen. Het speet hem werkelijk, hij had hoge verwachtingen van hem gehad, maar zoals het er nu voor stond... Het KCIO-programma kende een strenge selectieprocedure en gezien het gebeurde was het uitgesloten dat Appu in aanmerking zou komen. Als hij iets anders voor hem kon doen, zou hij hem graag helpen. Er waren nog andere werkterreinen dan het leger.

Devanna schreef namens Appu aan kolonel Bidders, maar oogstte alleen afwijzing. De jongen was bijna van school gestuurd. Hij had het jaar alleen mogen afmaken vanwege zijn schoolprestaties in alle vorige jaren. *Ik moet u erop wijzen, meneer,* schreef de kolonel, *dat de hoeksteen van onze school een niet-aflatende toewijding is aan het ontwikkelen van een stalen karakter in onze jeugd. Ik begrijp niet hoe u, gezien alles wat er gebeurd is, kunt verwachten dat ik uw pupil aanbeveel bij de toelatingscommissie van het meest prestigieuze opleidingsprogramma in het leger.*

Maar Appu gaf de moed niet op. Het zou allemaal wel loslopen, dat kon niet anders. 'Kom hierheen, Avvaiah,' smeekte hij. 'Praat met de hoofdmeester, hij zal je niet weigeren.'

Devi ging nogmaals naar Biddies, maar zonder succes. 'Hij weet van geen wijken, de oude dwaas,' zei ze boos tegen Appu. 'Je hebt deze ellende alleen aan jezelf te danken, Appu. De dochter van de hóófdmeester?

Appu haalde een hand door zijn haar. 'Wat betekent dit? Het KCIO-programma...' Toen drong het ten slotte tot hem door dat hij deze keer, wat ze ook zouden doen, zijn zin niet zou krijgen. De deur van het KCIO-programma was in zijn gezicht dichtgeslagen.

Devi beet op haar lip en haar woede vervloog toen ze het verblufte ongeloof in zijn ogen zag.

'Appu,' zei ze vriendelijk, 'er zijn nog andere dingen dan het leger.'

'Er móét een manier zijn, Avvaiah. Misschien als u naar kolonel Bidders toegin, in plaats van alleen een brief...'

'Appu. Luister naar me. Het is voorbij. Kijk vooruit.'

'Nee.' Zijn stem trilde. 'Het leger. Ik moet erin.'

'Waarom?' vroeg ze zacht. 'Vanwege je vader? Nee. Je vader is bij het leger gegaan omdat hij geen keus had.'

'Hij was een held.'

'Hij was al een held lang voordat hij dienst nam. Hij was een tijgerdoder, Appu. Een tijgerdoder.'

Ze wachtte, maar hij zei niets.

'Het hart van je vader was altijd in Kodagu, zelfs als hij ver weg was. Tiger Hills – dát is je erfgoed, Appu. En Tiger Hills zul je altijd hebben. Vergeet dit kcio-gedoe, ze weten niet wat ze missen als ze mijn zoon niet hebben.'

'Mijn vader heeft zijn leven in het leger gegeven.' Appu's stem was vlak. 'Kapitein Balmer heeft me geschreven hoe goed hij gevochten heeft.'

'Hij is alleen in het leger gegaan omdat hij wel moest,' herhaalde Devi. 'Zijn wortels...'

'O, hou op, in godsnaam, hou gewoon op, Avvaiah.' Hij draaide zich naar haar toe om haar de mond te snoeren. 'Hoe weet jij dat nou? Jij was níét zijn vrouw, jij bent níét mijn...' Hij sprak het net niet uit, jij bent niet mijn moeder, maar het woord hing onuitgesproken tussen hen in.

Devi slikte en probeerde de felle pijn die in haar opkwam te onderdrukken.

Hij bracht haar naar haar auto en bukte zich om haar voeten aan te raken. Ze aarzelde een moment, alsof ze iets wilde zeggen. Toen veranderde ze van gedachten en stapte vermoeid in haar auto.

Hij bleef staan wachten tot de auto wegreed. Toen die eindelijk uit het zicht verdwenen was, draaide hij zich om, rechtte zijn schouders en keek naar de uitgestrekte rode bakstenen muren van de school.

Het ging als een lopend vuurtje door het scholierenverblijf, het nieuws dat Dags, Dágs, niet zou worden toegelaten tot het kcio-programma. 'Poeh,' zei Appu luchtig tegen iedereen die hem zijn medeleven betuigde. 'Wie wil er nou in het leger? Al die stijve harken – nee, dank je wel.'

Hij zei iets dergelijks tegen Nanju toen hij terug was in Kodagu, maar Nanju liet zich niet voor de gek houden. 'Wat gebeurd is, is gebeurd. Waarom ga je niet naar het buitenland? Engeland. Ga daar studeren. Met jouw sportprestaties kun je vast en zeker terecht op een goede plek. Vergeet dat legergedoe.'

Appu klaarde op. Ja. Hij zou naar het buitenland gaan, hij zou ze eens wat laten zien. Hij stuurde een storm van telegrammen naar zijn klasgenoten. *Znd dirct Oxbridge aanmld.-form.*

De aanmeldingstermijnen, Dags, schreven zijn vrienden terug, zijn al gesloten.

'Wat maakt het uit?' vroeg Devi. 'Blijf gewoon hier op Tiger Hills, je kunt je volgend jaar aanmelden. We zeggen tegen iedereen dat je wegens persoonlijke omstandigheden je aanmelding een jaar hebt moeten uitstellen.'

Appu staarde zwijgend uit het eetkamerraam. Hij voelde zich diep teleurgesteld. Als alles volgens plan was verlopen, zou hij zich nu hebben voorbereid op de gesprekken voor het KCIO.

'Appu? Luister je? Blijf dit jaar gewoon thuis.'

Het was of hij de laarzen in zijn hoofd kon horen marcheren. Hij staarde naar het landgoed met zijn eindeloze, ordelijke rijen koffiestruiken. Het geluid van laarzen in zijn hoofd, voorwaarts marcherend, verdwijnend in de verte. De koffie ritselde even in een plotselinge windvlaag en werd toen weer stil. Appu voelde zich opgesloten, gevangen, alsof door een ijzeren band zijn borstkas werd aangetrokken.

'Madras,' zei hij abrupt. 'Laat dat buitenland maar zitten. Ik ben er helemaal klaar mee. Ik ga in plaats daarvan naar Madras. Presidency College.'

'Goed,' zei Devi. 'Zoals je wilt. Ga naar Madras, studeer hard. Volgend jaar kunnen we opnieuw naar buitenlandse universiteiten kijken.'

29

1927

De banyanboom leek uit rook en schaduwen opgetrokken; met zijn vage contouren leek hij een watermerk in de vroege ochtendmist. Houtskool en lei, dacht Devi, de kleuren tussen de nacht en de morgenstond. Koud vuur, vergeten steen. Ze trok de sjaal strakker om haar schouders en zette haar vingers tegen haar slaap. Dit was gewoonlijk haar favoriete moment van de dag. Als de tuin nog half lag te slapen, de orchideeën in het geheim ontbloeiden, het gras trilde en zwaar was van de dauw. De *veera* die vanuit de schaduwen toekeken terwijl zij zwijgend over het terrein liep. Machu leek overal aanwezig, daar, op die plek, rechtop en lang tussen de bomen staand, een vluchtige waarheid die waarneembaar was tussen de vochtige, veranderlijke vormen van de dageraad.

Maar vandaag knaagde er een wrede hoofdpijn aan haar slapen, die met naaldscherpe vingers door haar hersenpan ging. Ze bewoog zich behoedzaam door de tuin terwijl de papegaaien in de banyanboom zich begonnen te roeren. Devi hief een hand op om haar voorhoofd nogmaals te masseren en keerde terug naar het huis. 'Devanna,' riep ze kribbig, 'Devanna.'

'*Zeuzera coffeae*,' las Devanna hardop voor. 'De rode boorkever is het meest schadelijke insect op plantages in India, Malaya en Brazilië. De kever staat ook bekend als de cacaobonenboorder, de theebladboorder of de koffieboorkever en kan zelfs teak, eucalyptus en druiven aantasten. De uitgekomen larf kruipt in de jonge twijgjes van een koffieplant en verplaatst zich naar grotere takken naarmate hij groeit. Zo boort de kever zich een weg door de plant; de schade is zichtbaar aan gaatjes vol *frass*...'

Devanna zweeg even en keek Devi over zijn halvemaanvormige bril aan. 'Uitwerpselen van larven,' legde hij behulpzaam uit. 'Waar was ik... gaatjes vol *frass* en wordt gekenmerkt door een algehele broosheid en verdorring. De larven verpoppen zich in de tunnels; elk volwassen vrouwtje legt tussen de 190 en 1134 eitjes. Ernstige schade leidt uiteindelijk tot de dood van de koffieplant.'

'Allemaal heel nuttige informatie, lijkt me,' zei Devi pinnig. 'Kun je nu alsjeblieft een oplossing bedenken?'

Ze maakte zich zorgen om de komende oogst. Koffieseizoenen wisselden van kwaliteit; een overvloedige oogst het ene jaar werd het jaar daarna meestal gevolgd door een kleinere. Gewoonlijk waren zelfs de mindere opbrengsten nog goed geweest, maar het vorige seizoen had Devi's landgoed haar voor het eerst teleurgesteld.

De oogst was redelijk geweest, maar lang niet goed genoeg om de Strawison-besproeiingsmotoren af te betalen die ze na de vorige herfst had aangeschaft. De bankmanager was vriendelijk voor haar geweest en had de lening nog een jaar verlengd, maar Devi wist dat de onderhandelingen voor het tweede jaar op rij lang niet zo makkelijk zouden verlopen. Ze had er maar het beste van gehoopt en nerveus de bloesemregens afgewacht. De regen was, Iguthappa Swami zij dank, overvloedig geweest en Devi had opgelucht ademgehaald. Maar nog altijd wilde ze niets aan het toeval overlaten; ze had als extra voorzorgsmaatregel de aarde van alle drie de plantages ondersteunt met compost van mest en zeeschuim. De koffie bloeide uitbundig, duizenden kleine, honingzoete witte bloemen bespikkelden de plantages.

En toen, net toen alles goed leek te gaan, hadden de boorkevers toegeslagen.

Koffieboorkevers waren dat jaar overal in Kodagu al een plaag. Aangemoedigd door het ongewoon warme weer na de moesson waren allerlei soorten insecten snel in aantal toegenomen: onschadelijke grijze rubberkevers die op de muren zaten en zich in de kieren van fotolijstjes en houten vloeren wrongen, roodfluwelen *boochi's* die de kinderen uit het gras opraapten en in glazen potjes bewaarden, rupsen met donzige poten en lange duizendpoten in precies de kleuren van de Indiase spoorwegen.

Helaas floreerde ook de gehate koffieboorkever; grote aantallen van het ongedierte infecteerden de koffieplanten en boorden zich genadeloos een weg door de ene plantage na de andere.

Eerst waren het maar een paar struiken aan de rand van Tiger Hills geweest, met stammen die onder de gaatjes zaten en met zo nu en dan een boorkever die nonchalant in de lucht hing. En toen, in een oogwenk, hadden de boorkevers zich over de hele plantage verspreid. Het was onthutsend hoe snel het ongedierte zich voortplantte en het duurde niet lang voor een van Devi's andere plantages ook geïnfecteerd was.

Ze liet de arbeiders de takken van de koffiestruiken schudden in de hoop de larven los te krijgen. Toen de insecten zich bleven vermenigvuldigen zette ze een prijs op hun vraatzuchtige koppen. Voor elke honderd boorvliegen bood ze twee roepies. IJverig pleegden de arbeiders enorme massamoorden, maar voor elke honderd vliegen die ze doodden kwamen er nog meer eitjes uit. Toen liet ze, op Devanna's advies, de struiken behandelen met een loogzoutspoeling à tien roepies per hectare. Maar nog altijd bleven haar struiken verwelken.

In het district Bamboo was de nood al zo hoog dat veel Europese plantages waren overgegaan tot de laatste, wanhopige stap: het platbranden van de geïnfecteerde struiken. Ze had gehoord dat er op sommige plantages wel vijftig procent van het land gekapt en opnieuw beplant was met onvolwassen koffiescheuten. Het was een wanhoopsdaad. Het duurde minstens zeven jaar voor de nieuwe loten de volwassenheid bereikten en iets opleverden. 'Nee,' dacht Devi koppig bij zichzelf, 'er moet een betere manier zijn.'

Ze ging de cijfers nog eens na in haar hoofd. Twee van haar plantages, waaronder Tiger Hills, waren door boorkevers aangetast, wat iets meer dan de helft van haar jaarproductie in gevaar bracht.

Gelukkig was de derde plantage, een veld van tachtig hectare in Zuid-Kodagu, nog onaangetast. De kever, zo leek het, prefereerde de open vlakten en glooiende heuvels van het noorden boven de dichte bossen van het zuiden.

Als de oogst op de plantage in Zuid-Kodagu goed was en ze de verspreiding van de boorkevers op de twee andere plantages binnen de perken kon houden, konden ze het jaar doorkomen.

Het zou de komende paar maanden krap worden, maar er waren wel manieren om te bezuinigen. Ze zou niet de gebruikelijke plukkers inhuren, dat zou een paar roepies schelen. De familie kon helpen toezicht te houden op het plukken, met name Nanju en Appu. Ze zou ook met Appu spreken; hij zou zijn uitgaven moeten beperken... Devi zuchtte.

Het was meer dan een jaar geleden sinds Appu voorgoed was thuisgekomen. Devi beet op haar lip terwijl ze uitstaarde over het gras. Dat KCIO-gedoe... Het eerste jaar nadat Appu van Biddies was gekomen, waren er nog twee jongens uit Kodagu voor het opleidingsprogramma geselecteerd. Appu had er zonder twijfel over gehoord, aangezien een van de toegelaten jongens, Timmy, ook aan het Presidency College afgestudeerd was. Maar Appu had er niets over gezegd; hij had zelfs nooit meer over het leger gesproken. De jongen leek alleen geïnteresseerd in paardenrennen en feesten. Toen hij in Madras studeerde was hij zo diep in het sociale leven daar verstrikt geraakt dat hij het idee om in het buitenland te studeren helemaal had losgelaten. Drie jaar later, toen hij afstudeerde, had hij een leerplaats aangenomen bij een thee-exportbedrijf. Het ging hem al snel vervelen; nog geen vijf maanden nadat hij er was begonnen had hij de baan al opgezegd en was hij naar Tiger Hills teruggekeerd.

Devi had geen bezwaar gemaakt. Nanju was een paar jaar eerder afgestudeerd in de landbouwwetenschappen en was vol enthousiasme naar Kodagu teruggekomen. Ze had hem belast met de leiding van de plantage in Zuid-Kodagu. De jongen was een harde werker en hij wilde het graag goed doen. Appu leert het nog wel, had ze gedacht. Als hij zijn ijverige grote broer bezig zag, zou hij al snel genoeg krijgen van zijn eigen onproductieve levensstijl. Maar tot haar verdriet had Appu nog niet de minste belangstelling getoond voor iets uitdagenders dan in de Club rondhangen.

Ze draaide haar vlecht om haar vingers zonder op te merken dat Devanna haar vanachter zijn boek met een tedere uitdrukking in zijn ogen aanstaarde. Op haar achtenveertigste was Devi in zijn ogen mooier dan ooit. De jaren hadden iets van de zachte bevalligheid van de jeugd weggebrand, maar in plaats daarvan een magere, scherpgesneden schoonheid blootgelegd. Het haar dat in krulletjes lossprong rond haar slapen was nauwelijks grijs en haar huid was nog altijd zo soepel als zijde, ondanks de vage lijntjes rond haar mond. Haar wangen waren hol geworden, maar de trots uitstekende jukbeenderen hadden de beenderstructuur van haar gezicht alleen maar meer geaccentueerd.

'Ik wil de aangetaste planten niet hoeven platbranden,' zei ze plotseling tegen Devanna, bijna smekend. 'Zoek een andere manier, die moet er zijn.'

Hij zuchtte en reikte naar zijn wandelstok. 'Laat me eens kijken,' zei hij. 'Ik heb een boek over ayurveda, misschien...'

'Pas op dat je niet valt,' zei ze afwezig toen hij over de veranda weg hobbelde. 'De tegels zijn glad van de dauw.'

Gunderts zintuigen waren zo zwak en onbetrouwbaar geworden dat hij zich aanvankelijk niet eens realiseerde dat hij gevallen was. Hij had in de afgelopen dagen vaak gemerkt dat hij schimmige figuren toesprak die bij nadere inspectie niets meer bleken te zijn dan een wuivend gordijn of een speling van het licht. Zijn gehoor werd ook slechter; Gundert zag het aan de schrik van de nonnen als hij hen luider toesprak dan hij van plan was geweest. Langzaam hield zijn lichaam ermee op, als een zak die te veel seizoenen gebruikt is.

Een paar weken geleden was hij glimlachend wakker geworden. Olaf en hij visten in het dorpsmeer, zoekend naar de dikke baarzen die zich onder de stenen schuilhielden. Het water klotste warm tegen zijn benen en maakte hem aan het glimlachen.

Het had een paar minuten geduurd voor hij zich realiseerde dat het een droom was geweest, dat het meer uit zijn kindertijd zijn benen niet nat maakte, maar iets heel anders. Hij had de dekens met een kreet van walging van zich afgeduwd, worstelend om los te komen uit de doorweekte lakens. Zijn been, niet gewend aan de gehaaste bewegingen, had het onder hem begeven. Gundert was op de vloer gevallen en had zijn elleboog tegen de tafel gestoten toen hij zijn evenwicht probeerde te bewaren.

Hij had zijn tanden op elkaar gezet tegen de pijn terwijl hij zichzelf overeind probeerde te trekken. De lakens bleven maar wegglippen, tot hij zich uiteindelijk gewonnen had moeten geven.

'Zuster Agnes!' riep hij met een onvaste stem die hij verafschuwde. 'Is er iemand?'

Ze waren naar binnen gesneld en hadden bezorgde kreten geslaakt. Terwijl ze hem in een stoel hielpen probeerden ze niet naar het nachthemd te kijken dat bij zijn val omhooggegleden was en zijn verschrompelde dijen blootliet. 'Geen zorgen, Eerwaarde,' had de zuster gezegd terwijl ze kordaat de lakens verschoonde. 'Dit is mijn oom ook overkomen. Het overkomt zoveel van ons, wat doe je eraan? Geen zorgen.'

Hij zei niets en hield zwaar ademend zijn pijnlijke elleboog vast. Zijn enkel deed ook pijn, maar dat was niets vergeleken bij de eindeloze vernederingen van de oude dag. Agnes liep bedrijvig de deur uit met de vuile lakens, nog altijd pratend. 'Een minuutje maar, Eerwaarde, dan ben ik terug. We hebben u in minder dan geen tijd weer in bed.' Hij was bijna in tranen.

Na het nachtelijke plasincident liet Gundert voortaan zijn slaapmutsje melk staan uit angst dat het vocht zijn ongezeglijke blaas zou aanmoedigen. Hij bewoog zich zeer weloverwogen, altijd met een muur of stoelrug binnen handbereik, als hij heen en weer hobbelde tussen zijn appartement en de kapel. Hij wist dat de zusters medelijden met hem hadden, hij kon het horen in hun stem. Waarom ging hij niet terug naar zijn eigen land, vroegen ze zich af. Zijn werk was hier klaar, hij had zijn leven aan de missie gewijd. Jezus zou het hem toch niet misgunnen om zijn laatste dagen in gezelschap van zijn familie te slijten? Op die familiaire manier van inboorlingen vroegen ze hem waarom hij niet ging, zonder het minste spoor van gêne of het besef dat zijn beslissingen hun misschien niets aangingen.

Het deed hem pijn dat de zusters over zijn land en het hunne spraken als over twee verschillende gebieden. Al die jaren die hij in India doorgebracht had – zijn jeugd, zijn middelbare jaren en nu, zijn aftakeling. Nooit had hij verlof genomen; nog geen dag vrij. *Andere Länder, andere Sitten*, had hij geloofd: 's lands eer, 's lands wijs. Hij had dit land toch in zijn armen gesloten, met zijn zeden, gewoonten en de greep om zijn hart? Zo veel levens had hij gevormd op deze school, zíjn school. En toch zeiden ze dat hij moest terugkeren naar zijn eigen land. Alsof hij een indringer was, een vreemde op doorreis.

In Schwarzland was er niets meer voor hem. Zijn ouders waren lang geleden overleden; hij was enig kind geweest, net als zijn vader voor hem. Alles wat hij had, alles wat hij ooit had liefgehad, bevond zich hier.

De missie stuurde een nieuwe priester om aan het roer van de school te staan, een stevige, enthousiaste figuur met grote gele tanden en een bulderlach die in de hele school te horen was. Het missiecomité had een beambte meegestuurd om de vervanging aan hem uit te leggen. 'U hebt hier goed werk verricht,' had de man gezegd terwijl hij Gundert op zijn schouder sloeg. 'Maar misschien wordt het tijd voor nieuw bloed, *nein?*'

Gundert had zich op die ontmoeting voorbereid; in zijn hoofd had hij tientallen malen bedacht hoe hij zijn argumenten zou verwoorden. Maar toen hij zijn mond opendeed, klonk zijn stem dun, klaaglijk. 'Nieuw bloed? Ziet de missie dan niet hoeveel jaren ik hier heb doorgebracht?'

'Natuurlijk wel. U hebt het uitstekend gedaan,' verzekerde de man hem, 'maar uw werk hier is klaar. Ga naar huis. God weet dat ik morgen al zou gaan als ik kon.'

Gundert had zich niet een van de tegenwerpingen kunnen herinneren die hij zo zorgvuldig had voorbereid. Hij zat overstuur op zijn stoel; toen de missiebeambte vertrok, had de man gezien dat zijn vingers trilden bij het handenschudden.

Ze lieten Gundert voorlopig in zijn appartement blijven, maar het zou niet lang meer duren, wist hij, voor hij een beleefd geformuleerd verzoek zou ontvangen om te verhuizen. Geplaagd door een aanhoudende angst dat iemand, ergens in de missie, hem terug naar Duitsland zou willen sturen, begon Gundert te bidden om verlossing. Elke dag hinkte hij 's morgens en bij zonsondergang pijnlijk naar de kapel, waar hij met zijn rozenkrans en gebedenboek in zijn handen geklemd om genade smeekte. 'Het is genoeg,' fluisterde hij. 'Neem me tot U, nu ik de beheersing over mijn zinnen nog heb.'

Hij was schuifelend op weg naar het altaar geweest toen hij opnieuw was gevallen; hij was gestruikeld over een beschimmelde en gerafelde rand van het jute linoleum. Het plotselinge evenwichtsverlies had hem zo overvallen dat het een paar momenten duurde voor hij zich realiseerde dat hij op de grond lag. Een scherpe pijn schoot door zijn onderrug en Gundert verloor het bewustzijn.

Het nieuws over zijn val verspreidde zich als een lopend oerwoudvuurtje, uitvergroot door de afstand en het doorvertellen, tot de mensen zich op de missie begonnen te verdringen in de overtuiging dat de priester op zijn sterfbed lag. Hans sloot zijn handelspost en wilde koste wat kost de wacht houden aan het voeteneind van de priester, luidruchtig huilend en zijn neus snuitend terwijl Gundert hem zwakjes op zijn arm klopte in een poging hem te troosten.

Maar de artsen verklaarden dat de patiënt zwak, maar grotendeels stabiel was, en naarmate de dagen verstreken dunde het stroompje bezoekers uit tot niets. Ze bleven wel beterschapskaarten sturen, die de nonnen met rijstpasta aan de muren van Gunderts slaapkamer plakten, en jams en fruitcakes die werden uitgedeeld onder de scholieren. Na verloop van tijd kwam ook daar een einde aan. De nonnen slaagden er zelfs in om Hans, met nog altijd betraande ogen, gerust te stellen en tot collectieve opluchting van Madikeri opende hij weer zijn winkel.

Gundert bleef in bed. Het leek of de val iets in hem had losgerukt, alsof de ijzeren wil die hij altijd in zichzelf had weten te vinden in één klap gammel en zwak was geworden. De artsen zeiden dat hij geluk had gehad dat hij niets gebroken had, maar evengoed was het een verschrikkelijke inspanning voor hem om uit bed te komen. De verpleegsters brachten hem een beddenpan en hij had niet genoeg puf om te protesteren. Toen ze de muffe, ongewassen geur van zijn lichaam opmerkten, stonden ze erop hem elke ochtend te wassen. Gundert bleef roerloos liggen terwijl ze hem wasten en draaide zijn hoofd weg om het medelijden in hun ogen niet te zien. Dit controleverlies over de ledematen, deze zuigelingachtige afhankelijkheid van de vriendelijkheid van anderen. Het was Gods manier, wist hij, om de cocon van het lichaam te verzachten. 'Uw wil geschiede,' herhaalde hij in stilte, razend om de vernedering te worden omgedraaid als een baby, om de handen die zijn rug bepoederden met talk. 'Heer, roep me tot U.'

De roosappelbomen die hij in de missietuin geplant had stonden in bloei, zoet geurend en zoemend van de honingbijen. *De bloemen zijn vijf tot tien centimeter groot en bestaan voornamelijk uit driehonderd opvallende meeldraden. Meestal bevinden zich vier tot vijf bloemen in eenstandige clusters.*

'U moet even omdraaien, Eerwaarde,' zeiden de verpleegsters.

De bloemen vielen van de roosappelbomen en hun twijgen werden zwaar van het rijpende fruit dat de tere geur van rozenwater afgaf. De nonnen plukten wat fruit voor de priesters en kookten die met eierdooiers, melk en suiker in tot de custard waarvan hij altijd zo had gehouden. Zijn gezicht lichtte op toen ze hem een kom brachten; hij hield de warme custard in zijn handen en snoof genietend de rozengeurige damp op. Maar hij kon er maar twee lepels van eten voordat zijn maag zich omkeerde en hij over de dekens heen braakte.

Milde voedingsmiddelen, raadde de arts aan. Babyvoedsel: fruit en gepureerde groenten met heel weinig zout en geen kruiden. Geen zuivel, geen eieren.

'Ga je de priester niet opzoeken?' vroeg Devi aan Devanna. Ze had een steek van verdriet gevoeld toen ze over zijn val hoorde. Zes jaar daarvoor was haar eigen vader overleden, onverwachts in zijn slaap.

Devi had bitter gehuild, maar desalniettemin was ze dankbaar geweest dat Thimmaya het leed van de oude dag bespaard was gebleven. Arme oude priester, met alleen vreemdelingen om voor hem te zorgen. 'Ga,' spoorde ze Devanna aan, 'hij zal het fijn vinden om je te zien.'

'Nee,' mompelde Devanna terwijl hij zijn boek zo stevig vastgreep dat de aderen in zijn polsen zich aftekenden. De priester had overduidelijk gemaakt dat hij niets meer met Devanna te maken wilde hebben. Als de priester hem wilde zien, wist Devanna, had hij hem al lang geleden laten halen.

Gunderts lichaam raakte steeds meer in verval en zijn darmen kwamen moeizaam tot stilstand. Zijn maag werd strak en opgeblazen van de gassen en de nonnen moesten vaak voorzichtig een vinger in zijn aangekoekte lichaamsholte duwen om er kiezelsteentjes van uitwerpselen uit te peuteren, waarvan hij zichzelf niet meer kon ontlasten. Een voor een raakten de meertrossen los die tientallen jaren stevig vastgezeten hadden, en Gundert begon steeds meer in het verleden te leven.

Hij begon gesprekken te voeren met de geesten die in zijn kamer rondhingen, tot grote schrik van de nonnen, maar dat kon Gundert niets meer schelen. Zagen ze dan zijn moeder daar niet in de stoel zitten, breiend bij het vuur zoals ze in de winter altijd deed? *Schnee von gestern.* Het was sneeuw van een lang vervlogen jaar, wist Gundert, maar maakte dat het minder echt?

Daar, kijk, zijn vader, zoals zo vaak prutsend aan zijn bril in een poging de glazen steviger in de rand te zetten. Een of twee keer dacht hij zelfs een glimp op te vangen van Olaf, daar, vlak achter de gordijnen, maar nee... Nog niet. Nog niet.

En daar. De Korama, rommelend in Gunderts bureau. De priester grinnikte. Het geslepen stamlid wist, o, herkende direct, de waarde van de bloem die daar lag. Zijn gedachten dwaalden af. Wat had hij zijn best gedaan om de bloem te vinden. *Over heuvels, over dalen, door de bossen, door de velden, door bloed en door vuur had hij gewaad...* Maar niet altijd alleen. Dev... zíjn Dev. Gundert draaide zijn hoofd naar het raam, verloren in gelukkiger tijden.

Het was een productieve ochtend geweest, herinnerde Devanna zich, ondanks zijn val. De priester en hij hadden de lage heuvels ten westen van Madikeri doorzocht. Ze kwamen terug met massa's veelbelovende planten toen er, met luid rinkelende bellen, een kudde koeien om een bocht van het pad verscheen. Met hun koppen omlaag draafden ze voor een magere herder uit, die duidelijk haast had. 'Kom, Dev,' had de priester geamuseerd gezegd. 'Laten we aan de kant gaan, voor we vertrapt worden.'

Devanna was uitgegleden op het losse grind. Gelukkig was hij voorovergevallen, op handen en knieën, en afgezien van een akelig uitziende snee op één knie had hij niets.

De priester was echter bezorgd geweest. Ze waren minstens twee uur bij Madikeri vandaan en open wonden raakten hier snel geïnfecteerd. Hij maakte de snee zo goed mogelijk schoon met zijn zakdoek. 'Heb je soms wat water?' vroeg hij de herder die zijn eerdere haast vergeten was en bleef staan om te zien wat er gebeurd was.

De jongen had zijn hoofd geschud en de groene snottebel die uit zijn ene neusgat bungelde was bijna losgeraakt. Hij was neergeknield om Devanna's wond te bekijken, had toen zijn koeien in de steek gelaten en was naar een nabijgelegen bosje gerend.

Hij verscheen een paar momenten later weer met vijf bollen in zijn groezelige handen, vers uit de grond gerukt. 'Wilde kurkuma!' had de priester uitgeroepen. 'Ja. Dat is een natuurlijke ontsmetter, waarom heb ik daar niet aan gedacht?'

'Jeder Jeck ist anders,' had hij weemoedig gezegd toen de koeherder de kurkumabollen tegen een rots kapotsloeg en de pulp op de knie van zijn pupil smeerde. 'Elke gek is weer anders. Vergeet nooit, Dev, dat elke idioot bijzonder is en je nog kan verrassen.'

Kurkuma, dacht Devanna nu, opgeschrikt uit zijn dagdroom. Zou dat soms kunnen werken tegen de koffieboorkevers? En als hij het nu eens versterkte met de bladeren van de neemboom, ook een natuurlijk ontsmettingsmiddel? Devanna bedacht een pasta van kurkuma en neem die de arbeiders aanbrachten op alle geïnfecteerde koffietakken. Ze bekeken de planten de volgende twee dagen vol spanning, maar er leek weinig te veranderen. De derde morgen riepen de arbeiders Devi er opgewonden bij. Ze haastte zich naar de plantage. Rond elke behandelde koffiestruik lag iets wat op een laag dikke, witte uitwerpselen leek. 'Wat...?' Devi bukte zich en tuurde door haar bril. 'Die jongen,' zei ze tegen niemand in het bijzonder, 'die heeft goud in zijn hoofd, en zo zit dat.'

De kurkumapasta had het onmogelijke gedaan: de larven waren vergiftigd. Ze hadden wanhopig geprobeerd hun nesten uit te kruipen en waren vervolgens aan de voet van de planten bezweken. Devi voelde zich enorm opgelucht. De oogst van dat jaar was gered. Ze keek omhoog naar de bewolkte hemel. 'We redden het.'

Die avond liet ze twee kippen slachten en maalde ze eigenhandig de kokos voor de curry.

De plantages herstelden zich gestaag, maar Devanna vond weinig troost in de rol die hij bij hun redding had gespeeld. Hij hinkte bedrukt rond in de tuin terwijl het nieuws uit Madikeri en de missie bleef binnendruppelen. De priester kwijnde weg, het was alsof hij de wil om te leven verloren had.

'Arme priester,' fluisterden de nonnen onder elkaar en ze veegden de tranen uit hun ogen.

Gundert lag de hele dag met zijn hoofd naar het raam en de poort van de missie gekeerd. 'Waar is Dev,' vroeg hij zich klaaglijk af, 'waarom komt hij niet op bezoek?' Maar dan herinnerde hij zich met een steek dat hij Dev niet meer mocht zien. Zijn deel van een overeenkomst, herinnerde hij zich vaag... De herinnering zakte weer weg in de diepste, met spinrag gevulde spelonken van zijn brein en zijn blik ging weer naar de poort.

'De priester gaat sterven,' zei Nanju. 'Dat zeggen ze in Madikeri.'

'Roep me toch bij u, priester,' smeekte Devanna stilzwijgend. 'Stuur me een teken. Alsjeblieft, het allerkleinste teken dat u me niet vergeten bent.'

De nonnen gingen met het schoolkoor naar de slaapkamer van de priester. 'Kijk eens, Eerwaarde,' zeiden ze terwijl ze zijn hoofd in hun armen namen. 'Het koor wil graag voor u zingen.' De dirigerende non hief haar stokje op en de stemmen, helder als klokjes, omhulden de broze priester.

Zodra zijn oog op Dev was gevallen had hij direct geweten dat het kind bijzonder was. Hier was de leerling die hij al die jaren had gezocht. Hier was zijn hoop, zijn nalatenschap. 'Op een dag zul je meer weten dan ik. Dat weet ik.'

Er verscheen een beeld voor zijn ogen. Devs gepijnigde, met tranen bevlekte ogen. De verschrikkelijke biecht, de verzengende hitte ervan. *Dwaze Hermann. Hij is niet van jou, dat is hij nooit geweest. Dwaze onhandige Hermann, alweer in de steek gelaten.* De allesverterende woede bij het besef dat Dev, zijn Dev, helemaal niet van hem was. Een spasme schokte door Gunderts lichaam en hij huiverde in de armen van de nonnen terwijl hij eraan terugdacht. Zijn woede, feller dan hij voor mogelijk had gehouden; het wegzakken van die woede, de gladde, zwarte bolster van bitterheid.

Het geweerschot dat het pantser had opengescheurd. Het was een ongeluk, hadden de mensen gezegd, dat het geweer was afgegaan toen Dev het schoonmaakte. Hij wist wel beter. Zijn jongen was te zachtmoedig om interesse te hebben voor geweren en dergelijke. Het was geen ongeluk geweest.

'Je kunt met alles naar mij toekomen, kind,' had hij hem beloofd. En toen hij dat had gedaan... wat had hij hem teleurgesteld.

Het koor zong verder; de hymnen rezen hoog op en zweefden over de traptreden naar de tuin en de muren van de missie, met zoveel schoonheid in de kinderstemmen dat voorbijgangers betoverd bleven staan luisteren.

Hij had elke aanspraak opgegeven, als boetedoening. 'Ik zal nooit meer naar hem kijken, maar alstublieft, laat hem leven.'

De non veegde de tranen uit Gunderts ogen af en wiegde hem als een baby. '*Der Gott, bitte nicht mehr*, niet meer, ik kan het niet,' bad Gundert. 'Alstublieft, God, heb medelijden. Laat me hem nog eenmaal zien voor U me tot U roept.'

Het was Appu die de bamboebloem vond.

Opgejut door zijn maten in de Club had Appu een onstilbare jachtlust ontwikkeld. Ze reden vaak de jungle in, gewapend met de nieuwste geweren, sigaren in de borstzak van hun overhemd en zilveren veldflessen vol brandy om te drinken op het doden van een dier. Het verbaasde niemand dat Dags ook in deze sport een natuurtalent bleek te zijn.

Ze waren die ochtend vroeg van Tiger Hills vertrokken, maar behalve twee watervogels had het jagen weinig opgeleverd. Appu besloot impulsief de jacht tot een tweedaagse expeditie uit te breiden. 'Het wordt leuk, makkers,' had hij gezegd. 'We kunnen de jeep wel hier laten, het terrein is hoe dan ook te ruig om te rijden. Laten we ergens kamperen en morgen verder jagen. Mijn moeder heeft genoeg proviand voor een heel leger ingepakt: we hebben meer dan genoeg voedsel voor vanavond.'

Hij stuurde twee van de bedienden terug naar Tiger Hills om ze daar van het plan op de hoogte te stellen, schouderde toen zijn geweer en dook de jungle in. Gerustgesteld door zijn beloftes en zelfverzekerde tred gingen zijn medejagers achter hem aan, maar ondanks gekraak in het kreupelhout dat op een wild zwijn leek te duiden, leverden hun inspanningen weinig op. Voor het te donker zou worden, richtten ze een kampeerplek bij een bamboebosje in, waar de bedienden een groot vuur aanlegden en de watervogels begonnen te roosteren.

Appu werd de volgende ochtend vroeg wakker. Een streep zonlicht, nog voorzichtig in zijn aanval, was al over de bomenrij heengebroken en scheen nu recht in zijn oogleden. Hij mompelde zachtjes, opende zijn ogen. Op dat moment zag hij de bloem, bloeiend in een ranke bamboescheut. Hij rolde zich op zijn voeten, hurkte voor de bloem en duwde met zijn zakmes de bloemblaadjes heen en weer. De bloem was immens, veel groter dan hij ooit had gezien. En dan die geur...

Met een snelle beweging sneed Appu de bloem van zijn stengel en wikkelde hem in zijn zakdoek. Dat zou later die avond in de Club een handig hebbedingetje zijn, bedacht hij, een cadeautje voor een van de liefjes.

'Kom op, stelletje luie eikels!' brulde hij terwijl hij tegen de kolen van het kampvuur schopte. 'Tijd om te gaan.'

Ze waren bijna klaar om te vertrekken toen Appu aan Devanna dacht. Zou de oude niet ook in de bloem geïnteresseerd zijn? Hij ging terug naar de bamboe en rukte er een tijd aan, tot hij hem eindelijk uit de aarde had losgetrokken, met een enkele, bijna open knop trillend op een van de scheuten.

Toen hij op Tiger Hills terugkwam werd hij bij de poort opgewacht door een withete Devi. Ze had van de zorgen amper geslapen. De hele nacht in de jungle, was hij helemaal gek geworden? Probeerde hij haar soms vroegtijdig de dood in te jagen? Dacht Appu soms dat hij naar believen in de jungle kon rondstruinen, alleen maar omdat zijn vader een tijgerdoder was geweest? Had hij niet gehoord dat een wilde olifant nog geen twee weken geleden een van de arbeiders op de naburige plantage had gedood?

'Kom, Devi, hij is veilig teruggekeerd,' begon Devanna, die haar woede probeerde te sussen. Maar toen viel hij stil en staarde hij naar de plant die Appu hem nonchalant overhandigde.

De bloem lag op een lijkwade van witte zijde. Devanna had graag zijn hand willen uitsteken om de verbleekte bloemblaadjes aan te raken, maar hij wist dat de priester dat niet zou goedkeuren.

Misschien ben jij, Devanna, wel degene die me zal helpen hem te vinden.

'De bamboebloem,' fluisterde Devanna schor. 'Eerwaarde... het teken...' Toen glimlachte hij, een glimlach van zo veel puur geluk dat hij de schaduwen uit zijn ogen verdreef.

De krachteloosheid in zijn handen was nog sterker dan anders toen hij een zak met aarde vulde en de wortel van de plant voorzichtig in zijn tijdelijke thuis liet zakken. Hij sloot een briefje bij de plant in, een briefje dat geen uitleg nodig had en uit slechts drie woorden bestond.

Hij stuurde de chauffeur naar de missie met duidelijke instructies om de plant aan een non te geven en zich ervan te vergewissen dat hij bij de priester terechtkwam. Hij kon zich die middag nauwelijks concentreren en wiedde halfhartig de tuin, voor hij het opgaf en over de oprijlaan heen en weer ging lopen, wachtend op de oproep die zeker zou komen.

De non die de deur van de missie opende had duidelijk gehuild. De zich ongemakkelijk voelende chauffeur keek naar de vloer terwijl hij de plant voor haar ophield. Ze nam hem werktuiglijk aan en de tranen stroomden over haar gezicht terwijl hij uitlegde dat zijn meester die aan de priester zond. Zijn meester had gezegd dat hij op een boodschap moest wachten, zei hij.

'Zeg tegen hem... zeg tegen Dev... niet goed...' Ze brak opnieuw in tranen uit en de chauffeur stond ongemakkelijk van de ene op de andere voet te schuifelen, zonder te weten hoe hij moest reageren. De non deed de deur dicht en omdat hij niet wist wat hij anders moest doen, ging de chauffeur weer naar de auto terug. Hij wachtte daar een uur, maar toen er verder niets gebeurde, startte hij de motor en ging terug naar Tiger Hills.

De non bracht de plant naar de kamer van de priester en veegde haar ogen droog. 'Eerwaarde?' zei ze. Ergens gedurende de afgelopen nacht had hij een derde beroerte gehad. Toen de nonnen hem die ochtend kwamen wassen, hadden ze hem in een diep coma aangetroffen, met zijn hoofd nog altijd naar de poorten gedraaid.

'Kijk eens, Eerwaarde, onze Dev, onze kleine Dev, heeft u iets gestuurd.' Ze vouwde het briefje open met een frons van verwarring op haar voorhoofd. 'Bam... bambusea Indica Olafsen,' las ze moeizaam voor. 'Bambusea Indica Olafsen,' herhaalde ze, zich afvragend wat het betekende. De comateuze priester lag stil, de adem reutelend in zijn longen.

Ze zette het briefje op het nachtkastje, tegen de lamp. Ze streelde de bloemknop die Dev had gestuurd; zelfs met haar betraande en opgezette ogen zag ze hoe mooi die was. Ze sneed hem zorgvuldig van de steel en ging naar de kapel, waar ze de bloem op het altaar legde. 'Heer, heb medelijden.'

De rest van de plant – stengel, wortels en al – liet ze door de schoonmaakjongen op de mestvaalt gooien.

De chauffeur keerde terug naar Tiger Hills. 'Nee,' antwoordde hij defensief op Devanna's gretige vragen, hij wist zeker dat er verder niets was. Ja, hij had de plant aan een non gegeven. Nee, er was geen bericht.

Gundert bleef hijgend op bed liggen. De bamboebloem bloeide in de donkere, koele kapel en ontvouwde zich langzaam tot het formaat van een mannenvuist. Een paar dagen lang hing de geur rond de kerkbanken; net toen de bloem op de negende dag begon te verleppen, stierf Gundert.

De kerkklokken luidden boven Madikeri en alle ogen richtten zich somber in de richting van de missie.

Hij was een goed mens geweest, de priester. Moge zijn ziel in vrede rusten.

Priester Hermann Gundert, 1840-1927, werd op het kerkhof van Madikeri begraven. Het kruis dat oprees boven zijn graf was even eenvoudig en onversierd als hij gewenst zou hebben. Op de elfde dag na zijn overlijden, heel toevallig, zo verwonderden de stamgasten op de Club zich later, op dezelfde dag dat de Theems door de regen zo hoog kwam te staan dat de gracht om de Tower of London overstroomde, werd heel Kodagu gegeseld door een gemene, voor het seizoen heel ongewone slagregen. Het bleef een hele week zo regenen, zo hard dat bruggen werden weggespoeld en slangen uit hun holen kwamen; een onophoudelijke stortbui die jonge rijstkoppen van de stengels rukte en koortsepidemieën over de heuvels joeg.

In Zuid-Kodagu regende het bijzonder hard. Nanju kreeg ernstige koorts nadat hij dag en nacht op de plantage gewerkt had in een poging om zeilen boven de koffieplanten te spannen, maar zijn inspanningen waren tevergeefs. De wind blies de bedekking weg en toen de stortvloed eindelijk was afgelopen stond er op Devi's plantage, net als op die van haar buren, een dikke meter modderig water.

Maar wat nog erger was, veel erger, was de schade aan de opslagplaats. Nanju was zo druk geweest met zijn pogingen de planten te beschermen dat hij helemaal vergeten was de opslagplaats te controleren waar de geoogste koffiebonen al opgeslagen lagen. Het dak had het maar een paar dagen gehouden voor het het begaf. Toen Nanju hem eindelijk controleerde, hadden de bonen al dagen in het water liggen rotten en waren hun schilletjes bevlekt met zwart dons van schimmel.

Devi luisterde met een stenen gezicht toen Nanju haar de omvang van de verwoesting vertelde. Er zou dat jaar geen oogst uit Zuid-Kodagu komen. De buffer waarop ze haar hoop had gevestigd, de topoogst die van die plantage had moeten komen, was niet langer realiteit. Met de schade die al door de boorkevers veroorzaakt was, was er maar weinig over om de bank mee terug te betalen.

Na al die jaren van genadeloos hard werken, ondanks haar zorgvuldige planning, ontdekte Devi tot haar schok dat ze geruïneerd was. De bankmanagers waren begripvol, maar streng. Ze hadden haar lening al twee keer verlengd, brachten ze haar in herinnering, en mevrouw Devanna, dat konden ze gewoon niet een derde jaar doen. Bovendien wilde ze zelfs nog meer lenen om haar ondergelopen plantage te redden. Nee, dat was gewoon onmogelijk. Ze konden de rente op haar leningen opschorten, zeiden ze tegen haar, maar als ze niet een manier vond om minstens eenderde af te betalen van het kapitaal dat ze schuldig was, zouden ze gedwongen zijn te executeren.

De enige concessie die Devi uit hen had weten te wringen was een korte tijdsspanne. 'Vijftien weken,' zei de bankmanager, 'en alleen maar omdat u altijd een cliënt van hoog aanzien bent geweest.'

Het miezerde toen ze vertrok. Ze stond op straat, duizelend van het gesprek. 'Devi *akka*!' Een jong stel stak de straat naar haar over, stralend, en Devi plakte een glimlach op haar gezicht. Ze keek hoe de echtgenoot een beschermende vinger – meer zou onfatsoenlijk zijn in het openbaar – onder de elleboog van zijn vrouw plaatste en de paraplu boven haar hoofd hield terwijl hij haar zorgvuldig door de modder leidde. Devi voelde een scherpe, bittere steek van afgunst.

Ze bukten zich om haar voeten aan te raken en Devi, zich plotseling bewust van haar natte sari, excuseerde zich en vertrok. Ze haalde diep adem en rechtte haar schouders terwijl ze naar de auto liep. Ze zou er iets op vinden.

Ze bedacht dat ze de twee andere plantages kon verkopen, maar de prijzen die haar geboden werden waren belachelijk. Niemand wilde een plantage kopen die geïnfecteerd was met boorvlieg. Ze legde uit dat ze het ongedierte onder controle hadden, het was die kurkumapasta, ziet u, maar zodra de mogelijke kopers de veelzeggende gaatjes in de takken zagen, trokken ze zich terug. De kopers moesten beamen dat de plantage in Zuid-Kodagu rijke velden zou hebben, maar de komende drie jaar nog niet, zeiden ze. De regens hadden een groot deel van de vruchtbare bovenlaag van de bodem weggespoeld; het zou veel zorg en toewijding kosten, en waarschijnlijk zelfs het dure aanbrengen van lagen bosgrond, voor de plantage weer iets zou opleveren.

Maar... de kopers richtten hun kraaloogjes naar Tiger Hills. Dat was nog eens een fraaie bungalow. En de tuinen... Ja, iedereen kende de tuinen, van Madikeri tot Mysore. Hoeveel vroeg mevrouw Devanna voor dít onroerend goed?

'Meer dan u zich ooit kunt veroorloven,' antwoordde Devi vlak. 'Tiger Hills is niet te koop.'

Ze verkochten in de paar maanden daarna beide auto's en Appu betaalde zijn schulden in de Club niet meer. Nanju werd stil en zwartgallig, ervan overtuigd dat zijn moeder hem verantwoordelijk hield voor hun moeilijkheden. Devanna probeerde hem op te vrolijken. 'Je kon er niets aan doen, *monae*,' zei hij vriendelijk. 'Zulke dingen gebeuren.'

Na vruchteloos wachten op een redelijker bod stond Devi de beide andere plantages af aan een gerimpelde oude koffiemagnaat uit Mysore. Ze verpandde al haar juwelen en hield alleen de armbanden van haar moeder en de tijgerbroche die Machu haar had gegeven. Toch bleef hun geldkist leeglopen tot Devi uiteindelijk al het werk op Tiger Hills moest stopzetten. 'Neem maar vakantie,' zei ze tegen de arbeiders, 'dit is maar een tijdelijke stop.'

'Maar, *akka*, betaalt u dan nog steeds onze lonen?' vroegen ze geschrokken. Devi keek beschaamd naar de grond.

Ze lieten de bedienden gaan, behalve Tukra en zijn vrouw die huilden toen ze hen aanried te overwegen weg te gaan. 'Waarheen, *akka?*' vroeg Tukra met tranen in zijn ogen. 'Dit is ons thuis.'

De vijftien weken die de bank Devi had gegund naderden hun eind. Ze stuurden een taxateur om de waarde van Tiger Hills te beoordelen.

'Nee,' zei Devi tegen de man. 'Dit is nog altijd mijn thuis. Ik wil u hier niet hebben.'

'Maar, mevrouw...' begon hij, en er knapte iets in haar.

'Ga weg,' zei ze, haar stem hard. 'Voor ik de honden op u afstuur.'

'U bent dwaas,' waarschuwde hij. 'In nog geen week ben ik weer terug. En dan, mevrouw, is er niets wat u ertegen kunt doen.'

Hij had gelijk, Devi wist het. Haar vertoning van lef was zinloos. Nog drie dagen, meer hadden ze niet, en dan zou de bank Tiger Hills executeren. Nog drie dagen voor ze uit hun huis werden gezet. Ze trok zich terug in haar slaapkamer en liet zich op haar bed zakken. *Zeg me wat ik moet doen, Machu, ik heb alles geprobeerd.*

De gordijnen ritselden onverschillig en Devi begon ten slotte te huilen. *Ik heb je teleurgesteld, ik heb ons allemaal teleurgesteld.*

Twee dagen later kwam de heer Stewart op bezoek.

Hij had de omnibus van Mysore naar Madikeri genomen, legde hij uit, en vandaar een koets naar Tiger Hills. Devi knikte. 'De bank? U komt van de bank?'

'Bank? Nee, mevrouw,' zei hij niet-begrijpend, terwijl hij zijn voorhoofd bette. 'Onze firma is onafhankelijk, op geen enkele manier gelieerd aan een financiële institutie. Eh... is meneer Devanna thuis? Ik moet met hem praten.'

Devanna kwam met tegenzin naar buiten. Nee, hij kwam niet om de tuinen te bezichtigen en evenmin om een bod uit te brengen op Tiger Hills. 'Het testament, meneer Devanna,' zei hij. 'Ik ben hier om het testament van priester Hermann Gundert te bespreken. Heeft u het telegram niet ontvangen dat ik u gestuurd heb?'

'De overledene,' legde hij uit terwijl een verbouwereerde Devanna zijn hoofd schudde, 'had flinke bezittingen in Duitsland. In de streek van het Zwarte Woud, heel schilderachtig, heb ik gehoord. In

zijn testament heeft hij instructies gegeven zijn bezit te liquideren.'
Devanna keek naar de papieren die de advocaat naar hem uitstak.

'U, meneer Devanna, wordt in de laatste wil van wijlen de priester genoemd als zijn enige en onbetwiste erfgenaam.'
Devanna staarde hem aan, verbluft. 'Ik ben... wat zei u?'
'Het testament van priester Gundert,' herhaalde de advocaat geduldig. 'Alles wat hij had heeft hij nagelaten aan u, meneer.'
Het had een tijdje geduurd om de zaken van de priester te regelen, legde hij uit, anders was hij hier wel eerder geweest. Hij bladerde door zijn papieren. 'In deze documenten staan de details. De bank in Berlijn zal een som van honderddertigduizend pond sterling overmaken naar een rekening van uw keuze. Maar er is één ding. U, of iemand die door u gemachtigd is,' voegde hij er gladjes aan toe met een heimelijke blik op Devanna's stok, 'moet persoonlijk een bezoek aan de bank afleggen voor het geld kan worden overgemaakt. 'O,' ging hij verder, 'en hier.' Hij stak zijn hand in zijn koffertje en haalde er een pakje in wasdoek uit. 'De overledene heeft u dit ook nagelaten.'
Devanna knikte effen en nam het pakje aan.
Appu boog zich voorover. 'Van óns. U bedoelt, al dat geld is van ons, zonder verdere voorwaarden?' Zijn ogen glansden.
'Van meneer Devanna, ja. Het behoort hem toe en hij kan ermee doen wat hem goeddunkt. Dus, meneer Devanna, als u hier wilt tekenen... en hier... prachtig. Goed, dan moet ik er nu vandoor.'
Devi liet de advocaat uit en liep toen weer terug naar de veranda, waar de hele familie verbluft bij elkaar zat. Devanna staarde uit over de tuin en draaide het wasdoeken pakje om en om in zijn handen. Ze liet de cijfers nog eens door haar hoofd gaan. Honderddertigduizend pond. Honderddertigdúízend pond!
Het was genoeg om al hun geldproblemen op te lossen, en dan bleef er nog heel veel over. Tiger Hills was veilig – was meer dan veilig.
'Goed...' zei ze onvast. 'Dit...' en zo begon weer naar woorden te zoeken. Toen gooide Devi eenvoudig haar hoofd achterover en begon ze luidkeels te lachen. Nanju en Appu sprongen uit hun stoelen

op en iedereen leek door elkaar heen te praten; Tukra en zijn vrouw kwamen de keuken uit rennen om te zien wat er aan de hand was. In het gewoel dat op het bezoek van de advocaat volgde, zag geen van hen dat Devanna verdwenen was. Hij hinkte de tuin in met het wasdoeken pakje in zijn handen. Zijn énige erfgenaam. Hem, de priester had hem tot zijn énige erfgenaam gemaakt. Hij ging op de houten bank in het prieel zitten. De priester had hém gekozen.

Hij hield het pakje lange tijd tegen zijn borst geklemd voor hij zich ertoe kon zetten het open te maken. Het eerste wat hij eruit haalde was een boek uit de verzameling van de priester. Devanna herkende onmiddellijk de fraaie kersenkleurige leren band en de goudgerande belettering op de rug. De dikke, roomwitte bladzijden geurden vaag naar naftaleen en brachten hem jaren terug. Een zonnig klaslokaal. De gutturale klank van de stem van de priester, die de woorden tot leven bracht. Devanna slikte een brok in zijn keel weg.

De talbotypie lag plat onder het voorplat. De twee mannen binnen de lijst straalden; de een donker, de ander slank en met touwkleurig haar, hun gezichten levendig van belofte. Devanna pakte de talbotypie op en zag eronder een opdracht staan, op de titelpagina van het boek. Het was een citaat uit de Bijbel, geschreven in het precieze handschrift van de priester. *Kinderen zijn een geschenk van de Heer,* had hij geschreven. *De vrucht van de schoot is een beloning van God.* Devanna's ogen vulden zich met tranen.

Er lag nog één ander ding in het wasdoek, een zijden pakje, zacht en vergeeld met de jaren. Hij wikkelde het met trillende handen open. Een gedroogde bloem, zo groot als een boek, zo dun als een vlies. Hij streek met zijn duim over de tere meeldraden en liet zijn vingers over de perkamenten bloemblaadjes glijden, en toen begon Devanna onbeheersbaar te huilen. Een vage, droge geur rees op uit de bamboebloem en bleef in de lucht hangen, zoeter dan een roos, rijker dan jasmijn, en met de muskusachtige ondertonen van een orchidee.

30

Nanju zag er een beetje tegen op om naar Duitsland te gaan. Om te beginnen was hij nooit verder van huis geweest dan Bangalore. En, belangrijker, hij wilde per se dat alles tijdens het bezoek precies volgens plan zou verlopen. Na het debacle met de ondergelopen opslagplaats wilde hij zijn moeder koste wat kost eer aandoen.

De reis naar Duitsland hield allereerst een treinreis van Bangalore naar Madras in, daarna een overtocht per stoomboot naar Europa, gevolgd door een trein- of busrit naar Berlijn. Hij was naar de missiebibliotheek geweest en had daar een oud, bijna uit elkaar vallend leerboek Duits-Engels gevonden.'*Guten Morgen, guten Tag, guten Abend, gute Nacht,*' mompelde hij in zichzelf terwijl hij in bad zat.'*Wie heissen sie? Ich heisse Nanjappa, ich komme aus Indien.*' Hij tuurde naar de posters die in Hans' winkel hingen, met advertenties waarop de geneugten van de Seine en het Rijnland geroemd werden. Hij kocht zelfs een nieuwe hoed voor de reis, een grijze gleufhoed in precies dezelfde stijl als de heren op de posters zich zo keurig aangemeten hadden.

Hij was zo ingespannen bezig alles goed te doen dat het niet eens bij hem opkwam dat Devi voor Appu zou kunnen kiezen in plaats van voor hem.

De schemer was over Tiger Hills gevallen. Hagedissen schoten met onyxen ogen over de muren en de plafonds, achter de motten aan die om de lampen heen fladderden. De familie was verzameld voor de avondgebeden. Devi luidde het koperen belletje om eventueel rondcirkelende kwade geesten te verjagen en haalde haar hand-palmen over de vlam van de gebedslamp heen. Ze stak haar vinger in de kristallen pot *vibhuti* en zette er een stip mee op Appu's voor-hoofd. 'Swami *kapad*,' mompelde ze toen Appu zich bukte om haar voeten aan te raken. 'God zegene je. Vergeet de foto's niet, *kunyi*,' voegde ze er direct aan toe terwijl hij overeind kwam. 'Je moet ze morgen laten maken, de advocaten zeggen dat ze die absoluut no-dig hebben voor de reispapieren.'

Nanju dacht dat hij het verkeerd verstaan had. 'Reispapieren?' vroeg hij, en zijn ogen gingen tussen Appu en Devi heen en weer. 'Welke reispapieren?'

'Swami *kapad*,' zei zijn moeder terwijl ze hem zegende. Met een zucht deed ze het deksel op de pot die ze weer op de plank zette. 'Alle documenten moeten perfect in orde zijn. Er is zo veel papier-werk voor deze jongen naar Berlijn kan.'

Nanju's stem klonk zelfs in zijn eigen oren hoog. 'Appu gaat naar Berlijn? *Appu?*'

'Ja, iemand moet je vader vertegenwoordigen bij de bank, weet je nog?'

'Jullie hebben Appu gekozen? Maar ik dan?' vroeg hij geschokt. 'Waarom ik niet?'

Devi keek naar hem, half glimlachend, half verbaasd. 'Het is be-ter dat Appu gaat,' zei ze. 'Je weet dat hij beter met de blanken kan omgaan dan wij allemaal.'

'*Ik* hoor te gaan. Ik ben toch de oudste zoon? Ik moet de familie vertegenwoordigen,' zei Nanju strak.

'Nan-ju. Kom, wat is dit?' Ze spreidde haar handen voor zich uit. 'Jij wilt nog niet eens naar Bangalore, laat staan alleen op zo'n lange reis. Het is niet eens bij me opgekomen dat jij naar Berlijn zou willen gaan. Waarom heb je dat niet eerder gezegd?'

'Het maakt niet uit, Avvaiah,' onderbrak Appu hen luchtig. 'Waarom gaan we niet samen?'

'Ja, heel leuk, maar waar moet het geld voor het ticket vandaan komen? Het is me maar net gelukt om genoeg bij elkaar te schrapen voor het jouwe, waar haal ik geld vandaan voor nog een? Zolang de bank het geld in Duitsland nog niet vrijgegeven heeft...' Devi schudde haar hoofd. 'Nee, deze keer kan er maar een van jullie gaan.'

'Hij is míjn vader,' zei Nanju toen. Hij draaide zich om naar Devanna met een stilzwijgende smeekbede in zijn ogen. 'Appaiah is míjn vader.'

'O, kom op nou, Nanjappa,' viel Devi uit, die haar geduld verloor. 'Hou op. Als je zo graag wilt zal ik je ook naar het buitenland sturen, waar je maar heen wilt, zodra het geld er is. Maar deze keer is het je broer die gaat reizen.'

Devi keerde hem de rug toe, haalde haar hand over de gebedslamp heen en doofde de vlam.

Devanna vond hem bij de lotusvijver. Nanju zat met zijn nieuwe hoed in zijn handen en liet de rand mechanisch tussen zijn vingers ronddraaien.

'Nanju,' begon hij aarzelend. '*Monae...*'

Nanju keek naar zijn hoed. Hij haalde een duim over de voering en streelde de olijfachtig zachte zijde. 'De overstroming,' zei hij tegen zijn vader, 'de bedorven koffie. Ik weet dat ze nog steeds boos op me is. Het is het enige wat ze me heeft gevraagd, nietwaar? Op de oogst passen. En zelfs dat kon ik niet. Hoe kan ze me toevertrouwen om helemaal naar Berlijn te gaan?'

'Nee, zo zit het niet. Je moeder is...'

'Het maakt niet uit, Appaiah,' onderbrak Nanju hem. Hij probeerde te glimlachen. 'Zoals ze al zei zullen er wel meer reizen volgen.' Hij stond abrupt op en gooide met een klein, onverstaanbaar geluidje de nieuwe hoed van zich af. Die rees eerst hoog in de lucht, een grijze veeg tegen de avondlucht, en viel toen recht in de vijver. Hij bleef een minuut of twee op de oppervlakte drijven alsof hij deze abrupte verandering van omstandigheden nog moest verwerken en zonk toen borrelend weg in het water.

Devi maakte zich geen illusies over Appu. Als hij eenmaal in Europa zat, wist ze dat het lang kon duren voor hij terugkwam als ze hem daar geen heel goede reden voor gaf. Ze begreep haar zoon zo goed dat ze precies wist met welke lokaas ze hem kon vangen.

Chengappa's dochter, Baby, was uitgegroeid tot een spectaculair mooie jonge vrouw. Het moest wel in de familie Nachimanda zitten, speculeerden de mensen, want was Baby's tante Devi niet een van de mooiste vrouwen van haar tijd geweest?

Ondanks veelvuldige bezoekjes aan de Nachimanda's had Devi niet veel tijd met haar nichtje doorgebracht. Toen Baby elf was, had haar grootmoeder van moederskant een slopende beroerte gehad. Changappa's vrouw was naar haar dorp teruggegaan om voor haar zwakke moeder te zorgen en had de vier jongste kinderen, onder wie Baby, meegenomen. Eenmaal daar had ze beseft dat de school daar veel beter was dan die in het dorp van de Pallada's, met een fulltime schoolmeester die vloeiend, zij het zangerig, Engels sprak. Ze hadden besloten de jongste kinderen daar naar school te laten gaan en dus had Chengappa's vrouw het schooljaar grotendeels weg van huis doorgebracht.

Pas toen Baby haar opleiding had afgerond maakte haar tante opnieuw kennis met haar. Devi was op een middag bij Tayi op bezoek toen Baby met een beker koffie naar buiten kwam. Zelfs de normaal gesproken kritische Devi stond er versteld van hoe knap het meisje was. 'Wat is ze gegroeid!' riep ze uit nadat Baby verlegen was geknield om haar voeten aan te raken en daarna weer in het huis was verdwenen. 'Ik herinner me haar nog van Appaiahs crematie; toen was ze nog maar een klein meisje.'

Tayi hoestte terwijl ze de dekens dichter om zich heen trok. 'Je vergeet hoe snel kinderen groeien. Het lijkt pas gisteren dat jij over de binnenplaats rondrende, onder het vuil en streken uithalend.'

Devi lachte. Ze pakte haar grootmoeders hand. 'En u bent niets veranderd. U praat nog altijd tegen me alsof ik een kind ben. Vertel me, Tayi,' ging ze verder, 'wat zou u denken van Baby voor Appu?'

'Appu? Bedoel je Nanju niet? Hij is toch ouder, hij moet eerst trouwen.'

Devi zuchtte. 'Nanju toont weinig geestdrift als ik het onderwerp trouwen aansnijd, maar het is tijd dat ik een vrouw voor hem vind, ik weet het. Maar Appu is toch mijn eerste zorg. Ik wil dat hij zich verlooft voor hij naar Europa gaat – we kunnen de bruiloft vieren als hij terugkomt. Dat geeft me meer dan genoeg tijd om een leuke vrouw voor Nanju te vinden.'

Appu had haar ongelovig aangekeken, precies zoals ze verwacht had. 'Verloofd? Kom nou, Avvaiah, heb medelijden,' riep hij uit. 'Ik ben pas vierentwintig.'

'Dat is allemaal goed en wel,' zei Devi, 'maar mijn broer en ik hebben de verbintenis al vastgelegd.'

'Wat? Avvaiah! Nee, ik wil hier niets mee te maken hebben, je kunt niet zomaar...'

Ze wilde niet luisteren. 'Kunyi, wacht maar tot je haar ziet', was het enige wat ze wilde zeggen.

Zijn hart stond stil. Appu wist zeker dat zijn hart werkelijk even stopte met kloppen toen hij Baby voor het eerst zag. Nooit, niet op de Club, niet in Madras, niet in Bangalore en nergens in heel Kodagu hadden zijn ogen ooit iemand aanschouwd die zo beeld-schoon was, met een ivoorkleurige huid zo doorschijnend dat hij het water haast door haar keel kon zien glijden als ze haar glas aan haar lippen zette om te drinken.

Naast hem zat Nanju te staren; beiden waren even overdonderd. Baby zat voor hen in een heel lichtblauwe sari met een koraalrode twijg wilde roosjes in haar vlecht. 'Net zoals een wolk,' dacht Nanju als in een waas, 'of een parel, gewikkeld in een lichtblauwe zee.'

Ze zaten haar als versteend aan te gapen. 'Wacht maar tot de jongens op de Club haar zien!'

'Wat een puurheid, een smetteloze onschuld; zelfs de bloemen in haar haar lijken ordinair vergeleken met haar.'

'Slank ook, ik kan niet wachten tot ik haar in een jurk zie.'

'Die ogen, Iguthappa Swami, die ogen.'

'Wij zullen een fraai stel vormen.'

'Als een parel, een onvergelijkelijke parel.'

'Zo, kunyi,' vroeg Devi met een uitgestreken gezicht aan Appu, 'ga je akkoord met mijn keuze?'

Baby bloosde en keek naar haar voeten, maar er trilde een glim-lach op de volle cupidoboog van haar lippen.

'*Kunyi*?' vroeg Devi nogmaals op ernstige toon, terwijl haar ogen dansten. 'Is er iets? Je gáát toch akkoord?'

'Ja,' zeiden ze toen allebei, Nanju en Appu samen, terwijl ze Baby nog altijd aanstaarden.

Het was Appu die verder sprak. 'Ja. Ja. Já!'

Appu en Baby verloofden zich officieel; Nanju keek zwijgend toe terwijl de dorpspriester zijn almanak raadpleegde en 12 november voorstelde als trouwdatum. Devi haalde de gouden oorbellen uit haar oren, eenvoudige knopjes, de enige sieraden die ze nog droeg op de tijgerbroche na. Ze legde de oorbellen in handen van haar nichtje. 'Hier, *kunyi*. Ze waren vroeger van mijn moeder. Je grootmoeder van vaderskant. Op dit moment heb ik niet veel meer om je te geven, maar...' ze trok aan Appu's oor alsof hij een kleine jongen was, 'als die verloofde van je terug is uit Europa, is er meer. Veel meer.'

Toen Appu's vertrekdatum naderde probeerde Devanna namens Nanju met Devi te praten. Misschien zou het toch beter zijn als Nanju ging in plaats van Appu...

Devi kon haar oren niet geloven. 'Wil je dan niet dat dit soepel verloopt? Je wéét dat Appu veel beter kan omgaan met advocaten en al die blanken.'

Devanna probeerde toen Appu om te praten. Friemelend aan de knop van zijn wandelstok vroeg hij Appu te overwegen ten gunste van Nanju van de reis af te zien. Maar hoewel hij betoverd was door zijn verloofde, de liefde – of de lust – was Appu's oordeel niet vertroebeld. 'Niet gaan! En de Olympische Spelen missen?'

Hij grijnsde. 'Het spijt me, Appaiah, maar niets, en dan ook niets kan me ervan weerhouden om ons team in Amsterdam aan te gaan moedigen. Kom nou, Appaiah. Dit is het Indiase hóckeyteam. Bij de Olympische Spelen, voor de allereerste keer! Ik móét gewoon gaan.'

Appu vertrok in april naar Madras. Bij het vooruitzicht van zijn vertrek stortte Baby in zo'n zwarte depressie dat ze met koorts naar bed ging, maar pas nadat ze hem 333 *holigés* had gestuurd, stuk voor stuk perfect gefrituurd en zorgvuldig in bananenbladeren verpakt, als mondvoorraad voor de reis. Devi stond erop dat Appu ze samen met de rest van zijn bagage inpakte. Hij deed wat hem gezegd werd en gaf het zware pakket weg aan de eerste bedelaar die hij in Bangalore zag. Hoe konden ze in hemelsnaam verwachten dat hij *boligés* meenam op de stoomboot? Hij zag zich zijn medepassagiers al aanspreken. 'Zin in een *boligé* bij die sigaar, beste kerel?'

Desondanks, geroerd door Baby's bedoelingen en zelfs met enig ontzag voor de kennelijke intensiteit van haar gevoelens voor hem, reserveerde Appu in Madras een beeldschoon, belachelijk duur paar oorbellen van saffier en zwarte parels voor haar. 'Deze,' zei hij luchtig tegen de eigenaar. 'Houd ze voor me apart, ik stuur u geld uit Europa.'

Hij scheepte zich in op de *Arcot*, een stoomboot met eindbestemming Keulen via Colombo, Karachi, Suez, Djibouti en Port Saïd. Het was bijna dezelfde reis die Gundert meer dan zestig jaar geleden in tegenovergestelde richting had gemaakt. 'Djie-boe-tie, Ka-ra-tjsi,' had hij hardop voorgelezen uit de lijst met havensteden terwijl Olaf grijnzend stond mee te lezen over zijn schouder.

Bij elke haven had Olaf een pfennig in het water gegooid. 'Zodat we hier ooit nog eens terugkomen, Hermann.' Ze waren natuurlijk nooit teruggekomen. Zonder dat Appu het wist lagen de meeste muntjes nog altijd op de plek waar ze tientallen jaren eerder waren neergegooid, onverschillig wegroestend tussen de modder en het zout terwijl de schaduw van de *Arcot* hoog over hen heengleed.

Hij arriveerde in Berlijn op 18 mei 1928. De Berlijnse zomer voelde als een zwoele novemberochtend in Kodagu. De stad was op zijn best, met brede lanen met bomen erlangs, bloeiende parken en grote, elegante gebouwen die er op hun voordeligst uitzagen in het zachte licht. Het was het tijdperk van de jazz en het variété was op zijn hoogtepunt, de laatste uitbundige vreugdekreten van de Weimarrepubliek voor Hitler aan de macht zou komen. Olaf had al die jaren geleden in India de spanning willen opzoeken, maar als hij het Berlijn van Weimar had beleefd, zou hij het land misschien nooit verlaten hebben. Het was een stad van kunstenaars en intellectuelen, van filosofen, dwalers en gelukszoekers, die uit alle hoeken van de bevoorrechte wereld slimme, beschadigde en mooie mensen aantrok.

Pierewaaiers hingen op elke straathoek uit de cafés, rokend en lachend, en gooiden munten naar de muzikanten die stonden te spelen onder de open ramen. Appu staarde met open mond naar de broekdragende vrouwen met monocle die arm in arm over straat slenterden en hun affectie voor elkaar niet onder stoelen of banken staken. Aanplakbiljetten lonkten vanaf de muren, schuttingen en lantaarnpalen. Hij kon steeds opnieuw het woord *Kaberette* ontcijferen, de rest van de woorden begreep hij niet, maar de illustraties vertelden hem alles wat hij moest weten. Paren van onbepaald geslacht lagen verstrengeld op parkbankjes en stonden in steegjes tegen de muur gedrukt. Appu kleurde toen een vrouw hem betrapte op zijn starende blik en hem over de schouder van haar begeleider een knipoog toewierp. Hij keek haastig de andere kant uit en lachte hardop. Alles kon in Berlijn, zo leek het, alles was acceptabel.

'*In der Luft*,' zeiden de mensen verwonderd over Weimar-Berlijn, het hing in de lucht, en Appu werd direct opgenomen in de wervelstorm.

Hij checkte in bij het hotel dat de advocaat hem had aanbevolen, een eenvoudige, degelijke tent, maar zelfs het bescheiden voorschot dat aan de balie werd gevraagd putte Appu's geldvoorraad bijna geheel uit. Hij haastte zich de volgende ochtend vroeg naar de bank, waar na een vermoeiende, geestdodende dag van formulieren invullen, documenten tekenen en attesten tonen de opbrengsten van het landgoed van de priester eindelijk in zijn beheer werden vrijgegeven. Hij maakte het geld direct over naar huis, maar hield duizend Reichsmarks apart om zelf van te genieten. En toen rende Appu, zijn hakken tikkend op de marmeren trappen, de bank uit om de stad te gaan verkennen. 'Iets drinken,' gebaarde hij tegen de hotelcongiërge, 'waar kan ik iets drinken?' De goede man wees hem direct in de richting van het variété.

Appu zat in een hoekje van de rokerige club, gehypnotiseerd door een lange rij danseressen die in een shimmy over het podium dansten. Hij trommelde met zijn vingers op de tafel, op de maat, terwijl de muziek tot een crescendo rees. De meisjes bewogen zich steeds sneller en rondwervelend deden ze stukje bij beetje hun kleding uit. Een keurslijfje hier, een jarretelgordel daar, hun piepkleine rokjes opwaaiend boven hun dijen. Appu keek ademloos toe terwijl het bloed in zijn oren bonsde. Het orkest rondde af met een laatste triomfantelijk gekletter van de cimbalen en hij sprong overeind.

'Bravo,' brulde hij, tegelijk met de rest van het publiek. 'BRAVO!' De meisjes kwamen twee keer terug om nog eens te buigen en toen ze eindelijk het podium verlieten, viel Appu grinnikend achterover in zijn stoel. Hij knipte met zijn vingers naar de serveerster en bestelde nog iets te drinken.

'Spreekt u Engels?'

De vrouw die in zijn oor sprak had de korte rust tussen twee acts door gekozen om hem aan te spreken. Appu draaide zich vrolijk naar haar toe.

'Ja, zeker.'

Ze wilde actrice worden.'De film, *darling*,' legde ze uit terwijl ze rookkringen in zijn gezicht blies.'Daar zit veel geld. Ik heb alleen een grote doorbraak nodig, en dan...'

Hij lachte en bestelde nog een rondje drankjes.'De film! Nou, als je beroemd wordt, darling, kom ik zeker kijken.'

Ellen Antonia Hicks, zei ze dat ze heette, *Lady* Ellen Antonia Hicks, en ze keek hem plagerig aan, alsof ze hem uitdaagde haar bewering in twijfel te trekken. Appu maakte een plechtige buiging voor haar.'Lady Hicks. Het is mij een genoegen.'

'Uit Londen,' zei ze tegen hem.'Vijf jaar geleden.' Ze gebaarde om zich heen.'Kun je het me kwalijk nemen dat ik gebleven ben?'

Appu keek naar het fraai uitgedoste publiek dat volkomen zorgeloos dronk, rookte, lachte en aan elkaar zat. Hij grijnsde.'*In der Luft*, zeggen ze dat niet?'

Hij hief zijn glas naar zijn lippen en keek weer naar het publiek. Een bijzonder knap gezicht trok zijn aandacht, met een ovale vorm die hem, met een plotselinge steek, aan Baby deed denken.

423

'O, ik zou me de moeite besparen,' schreeuwde Ellen in zijn oor. 'Dat is geen dame, mijn vriend, maar baron Ludwig. Dol op mooie jongens en zijden lingerie.'

Appu knipperde geschokt met zijn ogen terwijl hij besefte dat ze gelijk had; de knappe deerne was helemaal geen deerne. 'Zij allemaal,' legde Ellen behulpzaam uit. 'Neem hem daar. Hoofd van een van de grootste banken in Berlijn. En hij. Beambte bij de Reichstag. Ja, allemaal mannen.' Ze tikte met een lange, gelakte nagel tegen haar keel. 'De adamsappel, liever, je moet naar de adamsappel kijken. Hoeveel make-up je ook gebruikt, die kun je nooit maskeren bij een man. Daar, zie je die man? Híj is eigenlijk een zij.'

Ze nam een trek van haar sigaret. 'Wie is de haan, wie is de hen? Waar zijn de vrouwen, wie zijn de mannen? Wat is taboe, wat is een zonde? Het maakt niemand iets uit. Welkom in Berlijn.'

'Seks.' Het woord stroomde, gedragen door de lucht, haar mond uit. Appu wierp een blik op haar lippen, op de vuurrode vlek, en keek toen de andere kant uit. 'Anita Berber danste vroeger niet ver van hier, weet je, helemaal poedelnaakt, op wijsjes van Debussy, Strauss en Delibes. Snoof cocaïne en morfine en had zeer openlijk affaires met mannen én vrouwen. Seks,' herhaalde ze terwijl ze die zachte, volle lippen tuitte. 'Geld noch sociaal aanzien vereist, vrijelijk gegeven of om gewin. Het maakt in Berlijn allemaal niks uit. Kijk,' ze gebaarde om zich heen. 'De rijksten en meest invloedrijken mengen zich hier onder de kunstenaars, homoseksuelen en travestieten. Vrouwen in mannenkleding, mannen die in dameskleding clubs en bokswedstrijden aflopen, zo perfect opgemaakt dat als ze geen adamsappel hadden...'

Appu begon zich licht in zijn hoofd te voelen. Hij wist niet precies of het nu van de alcohol, de vermoeidheid van de reis of alle nieuwigheid kwam. Er viel hem plotseling iets in en hij keek twijfelend naar Ellens keel, maar nee: onmiskenbaar een vrouw. Ze boog zich dichter naar hem toe en Appu schrok toen de ketting om haar hals zijn schouder raakte.

Er hing een doordringende stank in de lucht. Iemand had een stickie opgestoken. *In der Luft*, inderdaad, dacht Appu. De geur van seks en marihuanarook, dat hangt er in de Berlijnse lucht.

Plotseling voelde hij zich heel erg alleen, losgeslagen en op drift in deze veranderlijke stad. Kodagu, Avvaiah, Baby... ze leken allemaal zo ver weg. Dit was een andere wereld. Hij dronk zijn glas in één teug leeg en draaide zich naar Ellen toe. 'Ik vertrek over twee dagen naar Amsterdam,' zei hij. 'Naar de Olympische Spelen. Ga mee.'

Ellen streek de kranten op haar schoot glad en weerstond de neiging zich ermee koelte toe te wuiven en de ochtend een frisse bries te ontlokken. Het Olympisch Stadion zat bomvol. Het stadion was speciaal voor de Spelen gebouwd en had een ongeëvenaarde capaciteit van 34.000 zitplaatsen. Voor de hockeyfinale die op het punt stond te beginnen was er geen enkele plek meer vrij.

Dagen achter elkaar hadden de kranten vol gestaan over de verbijsterende vaardigheden van het Indiase hockeyteam en zijn verbluffende spits, Dhyan Chand.

De Indiërs dragen hemelsblauwe truien met witte mouwen, witte Byron-kragen. Van bovenaf lijken het revuemeisjes, maar eronder zitten mannen van staal. Als ze spelen is hun stick beurtelings hun lepel, hun vork en hun mes. Soms wordt hij ook hun dienblad. De Indiase bal lijkt onbekend met de wetten van zwaartekracht. Omhoog giert de bal, en ze vangen hem met de buitenkant van hun stick waar hij blijft liggen als in de werkmand van een dame, en dan rennen ze er in sneltreinvaart mee vandoor. Omhoog giert de bal; ze knipogen ernaar en hij verlaat zijn rechte koers, verandert van baan of wordt door een bovenaardse invloed naar links of rechts getrokken; daar ligt hij dan op een stick als een kanarie op zijn rug, want ergens op het veld wacht áltijd wel een Indiase stick.

Appu schoof ongeduldig heen en weer op zijn zitplaats en trommelde op zijn knieën. Ellen grijnsde. Hij was de hele dag net een kind geweest, overlopend van opwinding voor de wedstrijd.

Hij had haar steeds opnieuw de verhalen verteld: hoe het Indiase team had moeten vechten voor toestemming om te spelen. De Britse overheid had zich eerst aarzelend opgesteld, maar zich toen gerealiseerd dat het een pr-stunt zou zijn als een kolonie aan de

Spelen zou mogen deelnemen. Een bewijs van welwillendheid van het Britse gezag. Het team had het jaar daarvoor al op het London Folkstone Festival gespeeld, waar het alle tien de wedstrijden had gewonnen. 'Tweeënzeventig goals hebben ze gescoord,' vertelde Appu haar. 'En Dyan Chand!' De slanke Chand leek wel lijm aan zijn hockeystick te hebben, zo'n precieze beheersing had hij over de bal. Hij had niet minder dan 36 van India's 72 goals gescoord.

Het team had zijn onberispelijke vertoning de hele Olympische Spelen weten door te zetten. Ellen kende zelfs hun scores tot nu toe, zo grondig had Appu haar ingelicht: 4 gespeeld, 4 gewonnen, 26 goals gescoord, 0 goals tegen.

'Waar wachten ze nog op?' klaagde Appu; ze haalde glimlachend haar schouders op en stak haar hand door zijn arm. Hij hield zijn drankje in de zon; het licht veranderde de vloeistof in een donker, zacht schuimend rood. Hij nam een slokje en boerde toen de bubbels in zijn neus prikten. 'Sorry. Vreemd drankje, dit,' mijmerde hij. 'Ik kan maar niet besluiten of ik het lekker vind of niet. Maar de naam heeft wel ritme, vind je niet? Co-ca Co-la.' Hij hield het flesje weer omhoog tegen de zon en bekeek het van alle kanten; toen sprong hij met een plotselinge brul overeind en goot hij bijna zijn drankje in Ellens schoot.

De poorten van het veld gingen open en de twee teams, Nederland en India, kwamen in een rij naar buiten gelopen. 'Hup India!'

Een luid gejuich steeg op in het stadion, gevolgd door een donderend applaus. 'Hup India!' brulde Appu nogmaals. 'Dhyan Chand, kom óp, Dhyan Chand!'

Zelfs Ellen kon het meesterschap ontwaren in Chands spel. Hij scoorde twee van de drie goals voor India en voerde het team naar een elegante overwinning met 3-0. Appu sprong aan het einde van de wedstrijd een gat in de lucht. Hij sprong, hij gilde en hij tilde Ellen omhoog, nam haar in een stevige omhelzing en drukte haar bijna plat tegen zijn borst.

Ze brachten een paar dagen door in Amsterdam en keerden toen weer terug naar Berlijn. Het eerste wat Appu deed was een kamer voor hen boeken in een hotel op de Dormendstrasse. Ze stonden midden op het plein, Ellen met een hand tegen haar hoed tegen de wind, terwijl ze lachend probeerden het aantrekkelijkste hotel uit te kiezen. 'Die,' wees Appu. 'Die met die blauwe luifel. *Der...*' Hij kneep zijn ogen een stukje dicht en probeerde de naam te lezen. '*Der Blauwe Bast*. De blauwe...'

'Fluweel,' viel Ellen in, terwijl ze het haar van zijn voorhoofd streek. '*Der Blauwe Bast*, Het Blauw Fluweel.'

Ze liet hem kennismaken met Berlijn; al snel waren ze vaste bezoekers van alle hotspots in de stad. Zij had overal vrienden, losbandige kunstenaars, ambitieuze revuemeisjes, ambtenaren bij de Reichstag, Poolse emigranten en steenrijke bankiers. Velen van hen waren altijd wel bereid om naar bokswedstrijden en fietswedstrijden, vernissages en losbandige feestjes te gaan en brachten dronken, ruige uren door in de Spiegeltent en het Eldorado.

Appu werd met open armen in hun kring verwelkomd. De jaren twintig hadden een hernieuwde interesse op laten vlammen naar alles wat oosters was. De dagbladen stonden vol met columns van expats uit steden van Calcutta tot Penang, die hun mening gaven over alles, van de Kamasutra tot Boeddha. Hermann Hesse had zijn magnum opus *Siddhartha* gepubliceerd, onder algemene bijval. Het publiek verdrong zich in de Wintergarten om hotdogs en koud bier te nuttigen en zich te vergapen aan de Indiase 'heilige mannen' die op bedden van zilveren spijkers rustten. Ellens vrienden hadden Appu met oprechte interesse bekeken en hem ondervraagd over het leven in India.

'Ik slaap in een boomhut,' vertelde Appu hun op ernstige toon, 'en mijn butler slingert me mijn maaltijden toe op een schommel. Als ik naar buiten moet, hoef ik maar te fluiten en mijn tamme olifant komt onder mijn boom staan. Heel gemakkelijk.'

Ellen gaf hem een schop onder de tafel, maar Appu ging zonder blikken of blozen door. 'Slangen? Natuurlijk zijn er slangen. Ik slaap altijd met een mes naast me. En er is een slangenbezweerder die elke nacht de wacht houdt onder onze boom.'

De opbrengsten van het testament arriveerden op de bankrekening in Madikeri en Devi begon haar schulden af te lossen. Devanna stelde haar voor de twee verkochte plantages terug te kopen, maar in plaats daarvan investeerde ze tweederde van het kapitaal in een verzekeringsmaatschappij in Bombay en in een textiel- en theeconglomeraat in Calcutta. 'Die plantages hebben ons ongeluk gebracht. Ik wil ze niet in de familie hebben. Ik zal nog één landgoed kopen, een goed stuk land om aan Nanju na te laten. Maar behalve dat en Tiger Hills heb ik mijn lesje geleerd. We zullen ons niet meer zo kwetsbaar maken. Geen koffie meer.'

De arbeiders werden naar Tiger Hills teruggehaald en de paden werden vrijgemaakt van het onkruid dat er in de tussenliggende maanden was opgeschoten. Devi kocht een paar gouden armbanden en een dunne gouden ketting voor Tukra's vrouw. Voor Tukra kocht ze een broek en donkerbruine leren sandalen uit Mysore. Tukra was diep geroerd door de cadeaus, vooral het schoeisel. Hij hield de sandalen bij zijn neus en snoof de geur van nieuw leer op. Hij wreef met zijn duim over de dikke zolen, verwonderde zich hoe soepel die waren en bestudeerde genoeglijk de stalen gespen. Maar de volgende ochtend zag Devi hem opnieuw barrevoets over de binnenplaats sjokken. 'Ayy, Tukra,' riep ze, 'waar zijn je nieuwe schoenen?'

Tukra keek schaapachtig, maar voor hij iets kon zeggen viel zijn vrouw hem in de rede. 'Waar denkt u, Devi *akka*? Naast ons bed, daar wil hij ze bewaren. Hij weigert ze uit de doos te halen, zegt dat ze te mooi zijn voor zijn voeten.'

Hoe ze er ook om lachten en hoe Devi hem ook probeerde over te halen om ze te dragen – 'Ik zal een nieuw paar voor je kopen als deze verslijten' – Tukra was niet op andere gedachten te brengen. De sandalen lagen ongedragen in hun doos, vlak naast zijn matras waar hij ze elke ochtend kon zien.

Ter voorbereiding op de bruiloft en als verrassing voor Appu als hij terugkwam, besloot Devi tot een grootse opknapbeurt van de bungalow op Tiger Hills. Die zou helemaal veranderd worden, met een nieuwe voorgevel op de bestaande fundering; het zou het grootste en modernste huis in heel Kodagu zijn.

De renovatie was een bron van eindeloze roddels, zowel op de Club als onder de Kodava's. Er was een architect uit Bangalore overgekomen om het twee verdiepingen tellende gebouw te ontwerpen. Het zou geheel worden opgetrokken uit materiaal dat op het landgoed gevonden werd. Er was een enorme oven gebouwd om bakstenen van klei te vervaardigen. Metselaars uit Kerala waren aangetrokken om een speciale afwerkingslaag voor het huis te bereiden uit kalk en de dooiers van niet minder dan achtentwintigduizend eieren.

'Snel, snel,' maande Devi de arbeiders aan. 'Mijn *kunyi* komt binnenkort naar huis, dit moet af zijn voor hij terug is.'

Ze begon in alle ernst naar een bruid voor Nanju te zoeken. 'Vind iemand voor me,' spoorde ze haar familie en kennissen aan. 'Het knapste meisje dat je kunt vinden, het liefste en begaafdste, niemand minder dan de beste voor mijn oudste zoon.'

Devi begon weer te neuriën terwijl ze in huis rondliep, hopeloos vals, zoals altijd. Devanna hoorde haar door het open raam terwijl hij zijn bonsai stond te snoeien en glimlachte.

Baby leunde tegen het raam en liet de nachtwind haar voorhoofd koelen. Er was maar een klein flintertje maan, maar de regen was even opgehouden en de lucht was zo helder dat ze in het licht van de sterren helemaal tot aan de rijstvelden kon zien.

Ze miste Appu verschrikkelijk. Ze wist dat hij het geld uit Duitsland had overgemaakt; Devi *maavi* was zo opgelucht geweest toen het geld gearriveerd was dat ze twee geiten had laten slachten en het vlees in het dorp had laten uitdelen, samen met kokosnoten uit de palmbomen van Tiger Hills. Nanju *anna* had haar verteld dat Appu naar de hockeyfinale was geweest. Hij had een ander land bezocht om de wedstrijd te zien, met een naam die ze steeds maar vergat... Amsta-nogwat. En toen was hij teruggekeerd naar Duitsland. Dat stemde Baby ongelukkig. Miste hij haar niet? Wilde hij niet snel naar huis, om bij haar te zijn?

'Vroeg hij nog naar mij?' had ze Nanju willen vragen, maar de woorden bleven steken in haar keel.

'Hij komt snel terug,' had Nanju zachtjes gezegd. 'Hij kan onmogelijk... Hij weet wat een schat hij in jou heeft; hij komt terug.'

De wind rukte aan haar hemd. 'Wat een bofkont ben je,' vertelde iedereen haar steeds. 'Ze is heel rijk, die tante van je. En dat nieuwe huis dat ze laat bouwen... je woont straks in een paleis.'

Het was een slecht voorteken als een vrouw haar echtelijk huis zag voor ze getrouwd was, maar Baby had zo goed naar de verhalen geluisterd dat ze het duidelijk voor zich zag. De bakstenen waren dieprood, elke steen zorgvuldig afgetekend in een witte kalklaag. Het rozenhout van de deuren was van het landgoed afkomstig en boven elke deur hingen panelen gebrandschilderd glas die gekleurde patronen op de vloer wierpen. De veranda lag links van het huis, met een prachtig uitzicht over de tuinen, en ernaast stonden traditionele koperen watervaten waar Baby steeds verse bloemen in zou laten drijven. *Kankambara* of *rajakirita*, vroeg ze zich af, wat zou mooier zijn in het water?

Er stond een set rieten stoelen en een salontafel voor blanke bezoekers. De Kodava's zouden het beneden hun waardigheid beschouwen om daar te gaan zitten en liever de traditionele *aimara's* nemen, die uit dikke stukken hout waren uitgesneden en aan de rand van de veranda stonden. Je kwam het huis binnen door een hal; er was een kast onder de trap waar Baby Appu's wandelschoenen zou opbergen, klaar voor wanneer hij maar naar buiten wilde. De eetkamer lag links. Er waren panelen van geslepen glas in de deuren gezet, die aan de ene kant blauw en aan de andere duifgrijs waren. De zitkamers lagen ertegenover, twee grote kamers die van elkaar gescheiden werden door een klein kamerscherm. De vloeren waren van hout, had Baby gehoord. Ze vroeg zich af hoe haar enkelbanden zouden klinken als ze eroverheen liep. Ze moest oppassen dat ze geen splinters in haar voeten kreeg, vaak lag haar huid bij de kleinste aanraking al open.

En boven... Hoewel ze alleen was, bloosde Baby. Boven lagen de slaapkamers. Maar boven aan de trap kwam eerst de bibliotheek, met grote ramen die over het terrein uitkeken. Zes slaapkamers lagen aan weerszijden. Ze bloosde nogmaals toen ze zich het bed

voorstelde, een groot hemelbed dat Devi speciaal voor hen had laten bouwen. Appu zou daar elke avond zitten, op smetteloos witte
lakens, dacht Baby bij zichzelf, en dan zou zij zijn benen masseren
met arnicaolie en hem melk met kardamom geven...
Ze glimlachte en streek haar hemd glad. Hij zou spoedig thuis-
komen.

Tiger Hills Estate, Murnad, Kodagu

23 augustus 1928

Mijn beste Appu,
Waar zit je? We hebben je drie telegrammen gestuurd en volgens de
advocaat heeft de bank die alle drie doorgestuurd naar je hotel. Maar er
komt geen antwoord van jou.
Avvaiah wil weten wanneer je terugkomt. Het is al meer dan vier
maanden geleden dat je weggegaan bent. Denk aan Baby. Als je het
niet voor ons doet, moet je haar toch enige achting betonen. Je moet
terugkomen.
Hier is alles goed. Een van de kokosnotenplukkers is uit een boom
gevallen. De domme kerel heeft zijn sleutelbeen gebroken en zijn enkel
gescheurd, maar verder is het niets om je zorgen over te maken.
Echt, Appu, dit is niet goed. Denk aan Baby. Elke keer als ik haar
zie heeft ze maar één ding aan haar hoofd: Hoe is het met Appu, waar
is Appu, wanneer komt Appu terug? Toon je verstand. Kom naar huis.

Je liefhebbende broer,
Nanju

Ellen las de brief hardop voor aan Appu, die met gesloten ogen
diagonaal op het bed lag. 'Baby... dat is je verloofde, neem ik aan?'
Hij zei niets.
'De oorbellen met kevervleugels. Die zijn dus voor haar?' Ze
hadden de oorbellen samen gevonden, ongeveer een maand geleden, in een kleine boetiek. Ze waren aangeschoten terug naar het

431

hotel gewaggeld na een champagnelunch toen Appu's oog op de winkel was gevallen.'Iets moois voor mijn dame!' had hij uitgeroepen, en hij had met een buiging de deur voor haar opengehouden.

Ze hadden de ene na de andere rij sieraden bekeken en toen was Ellens blik op de oorbellen gevallen.'Wauw, wat bijzonder.'

Ze waren gemaakt van echte kevervleugels, vertelde de eigenares. Ze boog zich voorover en de revers van haar bloes vielen open om een indrukwekkende boezem te onthullen.'Voor jou,' fluisterde ze verleidelijk tegen Appu,'reken ik een mooie prijs.'

Appu had gegrijnsd, maar Ellen had er niet om kunnen lachen. 'De oorbellen,' snauwde ze de vrouw toe. 'Pak een spiegel, ik wil zien hoe ze staan.'

Het was een waterval van iriserende, blauwgroene vleugels, samengebonden met gouden draad.

'Prachtig... Als iets uit een sprookje, Dags, vind je ook niet?'

'Ja, ja,' zei de eigenaresse. 'Sprookjesoorbellen voor een sprookjesprinses.'

Ellen lachte, al milder gestemd door de vleierij, en viel toen stil. Dags stond naar de oorbellen te staren met een afwezige blik op zijn gezicht.'Dags? Hallooo, Dags?'

Hij keek haar aan, de uitdrukking was alweer uit zijn ogen verdwenen en wel zo snel dat ze dacht dat ze het zich verbeeld had. Hij stak zijn hand uit naar het prijskaartje en schudde zijn hoofd.'Lang niet duur genoeg voor iemand zo onbetaalbaar als jij. Kom, lieverd, dat kan beter.'

Ze had geaarzeld en toen de met juwelen bezette hanger geprobeerd die hij naar haar uitstak.

Hij had hem voor haar gekocht, die hanger, maar de oorbellen met kevervleugels had hij ook gekocht. Toen ze hem vragend aankeek, had hij haar licht op haar voorhoofd gekust. 'Voor iemand thuis,' had hij losjes gezegd.'Maar voor jou...' Hij haalde de hanger uit het doosje en maakte de ketting vast om haar hals.

'Hij is prachtig,' had Ellen gezegd, met haar gedachten nog altijd bij de oorbellen en hun gezichtloze ontvanger. Ze had naar beneden gekeken en het trillen in haar stem geprobeerd te beheersen, geschokt dat ze zo overstuur was. 'Prachtig, lieverd, ik vind hem geweldig.'

'De oorbellen, Dags,' zei ze nu, 'waren die voor Baby?'

Appu wreef zacht over haar been. 'Mmmhmm...'

'Ben je... ga je dan weg?'

Hij was een tijdje stil, maar rolde zich toen om en krabde op zijn buik. Hij reikte over haar heen naar een stickie. 'Nog even niet.'

Later die week waren ze aan het stappen met een luidruchtige groep, met Appu zoals altijd als stralend middelpunt, toen Jürgen Stassler hem terzijde nam. 'Jij komt uit een rijk nest, ja?'

Appu trok een wenkbrauw op.

'Je hoeft me geen antwoord te geven, het blijkt duidelijk genoeg uit wat je zegt. Vertel eens. Heb je gehoord over Adolf Hitler? Interesseert het je om meer horen te over zijn Jeugdpartij?'

Appu ging met Stassler mee naar een van de bijeenkomsten, bij wijze van geintje. De hele weg erheen bleef Stassler maar praten. 'Ooit was Duitsland een trots land,' zei hij. 'Een van de beste landen in Europa.' Hij gebaarde minachtend naar een hoer die naar hem lonkte. 'Kijk ons nu eens. Een stad van wanhopigen. Berlijn is nu een ouder wordende hoer. Ze heeft haar benen wijd gespreid en haar goedkope charmes beginnen te slijten.'

Appu stond versteld. Stassler parafraseerde iets wat Ellen de vorige avond had gezegd, toen ze zwaaiend met haar sigaret de expert had uitgehangen. 'Berlijn is een variétédanseres die oud begint te worden,' had ze gezegd. 'Een vrouw die al een tikkeltje wanhopig is, maar met haar ordinaire charmes toch nog magie uitstraalt. Ze komen nog in drommen, haar bewonderaars, om naar haar pijpen te dansen en het goudstof van haar dromen op te snuiven.'

'Nou...' begon Appu, maar Stassler stond abrupt stil en klopte op een dikke houten deur. Ze werden zonder omhaal naar binnen genood en naar een grote, goedverlichte hal verwezen. Het publiek was uitsluitend mannelijk, jongens van ongeveer veertien jaar en ouder. Een bewaker kwam naar hen toe, wees met zijn rijzweep op Appu en blafte iets in het Duits. Schijnbaar tevreden met Stasslers antwoord knikte hij en hij liep stijfjes weg. Er stapte iemand het podium op en het publiek werd stil. De toespraken begonnen. Appu kon het grootste deel niet volgen, maar zo nu en dan greep een officier de microfoon en schreeuwde: *'Sieg!'*

'Heil!' riep het publiek uit één mond.

'Heil!' brulde Appu met hen mee.

'Laten we iets drinken,' riep Appu tegen Stassler toen de toespraken voorbij waren. 'Geweldig zeg, die Jeugdpartij. *Heil!* Ik kon niet helemaal volgen waar ze het over hadden, maar het klonk verrekte spannend.'

Het ging over de Joden, vertaalde Stassler bij een paar biertjes, de Joden en hun hebzuchtige, geldwolverige gedrag. Hij scheen te denken dat de Joden op de een of andere manier verantwoordelijk waren voor het bankroet van Duitsland na de oorlog. 'Ze hebben ons land gekocht. Het land dat al eeuwen in onze families was. In wanhoop verkocht, voor bijna niets aan die... die... búítenlanders.' Stassler spuugde het woord uit.

Appu vroeg zich even af hoe Stassler zou reageren als hij wist dat priester Gundert zijn land had verkocht en de opbrengst aan een buitenlander had nagelaten. 'Ik denk...' begon hij, maar Stassler bleef doorratelen.

Ellen maakte zich zorgen toen Appu haar later over de avond vertelde. 'Blijf maar bij Stassler uit de buurt,' zei ze tegen hem. 'Ik weet niet meer precies wanneer hij deel van onze groep is geworden, maar ik krijg altijd de rillingen van hem, zoals hij naar me staart met die bolle ogen.'

Appu gaapte terwijl hij zijn hemd losknoopte. 'Nou, doe ons dan allemaal een plezier en duik met hem de koffer in,' zei hij luchtig. Hij grijnsde en het kuiltje groef zich diep in in zijn wang. 'Seks lost een hoop problemen op. Vergeet Stassler, we zouden jóú eens moeten loslaten op zo'n Jeugdbijeenkomst om je toverkunsten te vertonen.'

Grinnikend draaide hij zich om en gooide zijn overhemd op de bank; de blik van rauwe pijn op Ellens gezicht ontging hem helemaal.

31

Devi knikte tevreden terwijl ze de nieuwe bibliotheek overzag. De renovaties waren bijna af. De hopen los grind waren verwijderd van het erf en de muren glansden met hun nieuwe laag kalk met eidooier. 'Gaat nooit bladderen, *akka*,' hadden de metselaars haar verzekerd. 'Honderd procent garantie.' Het was een oud recept, legden ze uit, overgeleverd van hun voorvaderen. Regen of zonneschijn, in deze muren zou nog geen barstje verschijnen. Ze zouden de komende drie generaties en daarna zo goed als nieuw blijven. Devi haalde haar hand over een stuk muur; haar vingers bleven schoon, zonder zelfs een vlekje kalk op haar huid. Voor één keer leken de pleisteraars de waarheid te spreken.

Ze had de sieraden voor de bruiloften besteld bij goudsmeden in Madikeri en Mysore. Alleen het beste was goed genoeg voor de bruiden van haar zonen. Diamanten, natuurlijk, en de robijnen *adigé*, de koralen *pathak* en de maanvormige *kokkéthathi*. De juwelier had haar ook een *jadau*-setje laten zien, bezet met ongeslepen edelstenen en belachelijk duur. 'Helemaal uit het noorden, *akka*,' had hij geprotesteerd toen Devi geaarzeld had over de prijs. Ze had gedreigd en gesoebat tot hij akkoord was gegaan met een iets redelijker bedrag, en toen had ze er nog een besteld. Er waren victoriaanse cameebroches, ivoren haarkammen, mousselinen sari's, zo fijn geweven dat ze met hun volle achtenhalve meter in de palm van een vrouwenhand pasten, zijden sjaals (het was in die dagen onder jonge vrouwen een rage om een halsdoek om hun nek boven hun sari te knopen), satijnen hemden geborduurd met kant, zijden nachtjapons, ochtendjassen van flanel en fluweel en zakdoeken geborduurd in de kloosters van Mangalore, elke steekje zo klein dat je bijna niet kon zien wat de goede kant was.

Voor de jongens wit met gouden bruiloftstulbanden gevoerd met dikke witte zijde, witte, op maat gemaakte *kupya's*, elk een set van vijftien overhemden en vijf broeken uit Londen, pakken van Hardings and Sons in Bangalore, maatschoenen van Connaught Circus in Delhi, zakhorloges gevat in goudfiligrein, haarpommade, flessen eau de cologne, scheerkwasten met zilveren handvatten en, als klap op de vuurpijl, een bestelling bij de dealer in Bangalore van twee fonkelnieuwe Austins.

Nog maar een week daarvoor had ze eindelijk een plantage voor Nanju gevonden. Ze had de makelaars de afgelopen paar maanden tot waanzin gedreven en de ene na de andere plantage afgewezen. De aarde op het ene landgoed voelde te droog aan, er was duidelijk een drainageprobleem op het andere. Op een ander landgoed was de put in het noordelijkste punt geslagen, wat ongeluk bracht, en op weer een ander lag de gehele plantage op het westen. Het landgoed dat zij kocht moest foutloos zijn. Het was per slot van rekening voor haar oudste kind. En toen vond ze het eindelijk: een prachtig stuk land in het zuiden.

Nu hoefde ze alleen nog een bruid voor Nanju te vinden en te wachten tot die schavuit van een zoon van haar thuiskwam. Ze keek naar de wolken die langs de hemel dreven. Ergens onder de nachtbevlekte dekking van diezelfde hemel lag haar kind te slapen. *Iguthappa Swami, stuur Appu naar huis.* Devi leunde met haar voorhoofd tegen haar raam. Van hieruit kon ze de bergen zien, hun toppen waren niet te onderscheiden. Daar, de machtige Bhagamandala en de Kaveritempel. Ze staarde in de verte met een brok in haar keel. Het leek een ander leven, het Kaverifestival, naar de top klimmen... ze had haar hele leven nog voor haar gehad.

Ze zou nog een keer gaan, besloot Devi peinzend. Ze zou haar zonen en hun bruiden meenemen naar de tempel en Kaveri *amma's* zegen nog een keer afsmeken.

Een beweging onder haar trok haar aandacht en Devi klaarde op toen ze Nanju op het gazon zag. 'Nanju,' riep ze, glimlachend. 'Kom naar boven, *kunyi*, ik moet je iets laten zien.'

Ze hadden niet meer over zijn onverwachte uitbarsting gesproken, toen hij zich verzet had tegen haar besluit om Appu naar Duitsland te sturen. Devi twijfelde er niet aan dat ze de juiste beslissing had genomen, maar ze wist ook dat ze hem gekwetst had. Hij had er nooit meer iets over gezegd en Appu vol genegenheid omhelsd toen hij wegging. Desalniettemin had ze gemerkt dat Nanju de afgelopen maanden erg teruggetrokken was geworden en ze kon niet wachten om het goed te maken. Ze straalde toen hij de trap op kwam.

'Avvaiah?'

'Hier.' Ze stak hem een stapel papier toe.

'O, kopen we weer?' Hij keek de papieren door en floot zachtjes. 'Tweehonderdvijftig hectare? Dat is een flink landgoed.'

'Ja. En het is van jou.'

Hij keek haar aan, vol onbegrip, en ze lachte verrukt. 'Kijk maar eens naar de papieren, toe maar, het land staat geregistreerd op jouw naam.'

'Mijn naam?'

Devi lachte nogmaals. 'Ja, mijn traag denkende zoon, van jou, helemaal van jou. Zie je, dat is jouw naam, toch, boven aan de papieren?'

'Maar... Tiger Hills dan?'

Ze schudde haar hoofd, nog altijd glimlachend. 'Wat is daarmee?'

'Tiger Hills, Avvaiah. Dít landgoed. Wat... Ik ben de oudste zoon.'

'Ja, natuurlijk. En daarom krijg jij ook het grootste landgoed. Twééhonderdvijftig hectare, *monae*! Ik heb zelfs een bodemmonster laten nemen. Heel goed, zeiden ze, de koffie zal...'

'Nee, Avvaiah. Geef dat maar aan Appu.'

'Wat is dat voor onzin? Weet je hoe hard je Avvaiah heeft moeten zoeken om dit voor je te vinden? Dit is het beste land dat er in jaren op de markt is gekomen, de schaduwbomen zijn uitstekend en kijk eens naar de afmetingen. Met tweehonderdvijftig hectare kun je...'

'Ik wíl geen tweehonderdvijftig hectare. Geen tweehonderdvijftig, zelfs geen duizend, het enige wat ik ooit gewild heb is Tiger Hills. Geef dit aan Appu, koop er nog twee voor hem als je wilt, maar Tiger Hills... Tiger Hills is voor mij.'

'*Kunyi*, wat is dit? Tiger Hills is van Appu.'

'Het gaat naar Appu,' herhaalde ze, van haar stuk toen hij niets zei. 'Tiger Hills moet naar Appu gaan.'

'Als ademhalen.' Zijn woorden waren nauwelijks hoorbaar en Devi wist eerst niet zeker of ze het goed gehoord had. 'Als ademhalen,' zei hij nog eens, terwijl hij naar de akte in zijn handen staarde. 'Dit landgoed, zelfs als jongen al... Dit land, het is als ademhalen voor mij, Avvaiah.' Hij keek zijn moeder hulpeloos aan. 'Appu zal er nooit zo veel van houden als ik, dat weet jij ook.'

'In de naam van alle goden. Nanju, alsjeblieft. Maak de dingen nu niet moeilijk.'

De gedachte aan Machu's vrouw kwam ongevraagd in haar hoofd op. 'Beloof je dat je Appu geeft waarop hij door zijn geboorte recht heeft?' had de vrouw gevraagd.

'Tiger Hills gaat naar Appu, dat moet. Hoor eens, kíjk nu eens naar dit landgoed dat ik voor je heb gekocht. Tweehonderdvijftig hectare. Het is veel groter dan Tiger Hills, je zou moeten barsten van vreugde!'

'Dank je, Avvaiah,' zei hij toen. 'Tiger Hills... dank je,' herhaalde hij zwaar. Nanju bukte zich en raakte zijn moeders voeten aan.

Devi beet op haar lip, uit haar evenwicht gebracht door het gesprek. '*Swami kapad*. God geve mijn zoon alle geluk. En nu je een landgoed hebt om een vrouw mee te onderhouden, zal ik er een voor je zoeken. Iemand die heel mooi is, heel goed, alleen de beste is goed genoeg voor mijn zoon.'

Hij keek haar aan met een vreemde, strakke glimlach om zijn lippen. 'Even mooi als Baby?' vroeg hij.

Devi was erger van streek dan ze wilde erkennen door wat Nanju had gezegd; zo erg zelfs dat ze de volgende dag direct naar Tayi ging.

'*Kunyi*, hou alsjeblieft op. Ik word duizelig van je.' Tayi klopte zwakjes op de rand van haar bed. 'Ga zitten.' Devi negeerde het verzoek, hoewel ze ophield met ijsberen en bij het raam bleef staan. Ze keek kwaad naar de kippen die in de modder pikten. 'Geen woord van Appu, Tayi. Is alles goed met hem? Wanneer komt hij thuis? Niets. Geeft hij dan niets om Baby? En ik ben zijn móéder. Begrijpt hij niet hoeveel zorgen ik me maak?'

Twee hennen raakten onder luid gekrijs en gekakel met elkaar in gevecht; Devi bonkte op de tralies van het raam. 'Ksst!' riep ze. 'Ksst!' en ze trokken zich terug, vol ongenoegen hun veren opzettend. Ze draaide zich weer naar Tayi, plotseling bang. 'Hij... hij zal terugkeren, toch? Appu komt toch wel naar huis?'

Tayi zuchtte. 'Natuurlijk wel.' Ze klopte weer op de rand van haar bed. 'Ga zitten.'

Praten met Tayi gaf haar een zekere troost, maar toch was Devi nog altijd van streek toen ze terugkeerde naar Tiger Hills. Ze bracht een hand naar de tijgerbroche en streek afwezig over het gladde oppervlak. Misschien was het toch nog een vergissing geweest om de jongen naar het buitenland te sturen. Ze wist, ze wist met haar moederinstinct, dat hij daar niet veel fraais uithaalde. 'Al die blanke meiden,' dacht ze onvriendelijk, geen gedachte aan *maryadi*. Geen gevoel voor wat behoorlijk was en wat niet. Appu was verlóófd, nietwaar? Maar toch moesten ze zo nodig naar hem lonken...

De auto reed door een bocht en de vallei onder haar kwam in het zicht. De rijst groeide, een glanzend groene donslaag op de aarde. Reigers gleden over de krabbenpoelen heen; overal om haar heen de smaragden heuvels.

'Dit is mijn land,' had Machu tegen haar gezegd toen ze vanaf de piek van de Bhagamandala over Kodagu uit hadden staan kijken. Maar toch had hij haar zijn land gegeven. Ze staarde ongelukkig uit het raam. Tiger Hills was altijd al van Appu geweest. Hoe had Nanju ooit kunnen denken dat hij het zou krijgen?

Als ademhalen, had Nanju gezegd, zo voelde het voor hem om op Tiger Hills te zijn. Haar normaal gesproken zo terughoudende kind leek plotseling in een dichter veranderd.

Een eenzame reiger steeg uit de velden op in een veeg van het puurste wit. In de greep van melancholie keek Devi naar zijn vlucht. Om zo volledig lief te hebben, zo compleet op te gaan in iemand of iets... ja, zulke liefde zat diep, die kon zo natuurlijk voelen als ademhalen. Maar wat Nanju nog niet wist was dat er een diepere dimensie aan zo'n liefde zat. Een geworteldheid die alleen verlies tot leven kon brengen.

'Liefde is ademhalen, ja, maar het is ook wat daarna volgt, als alle adem weg is, als er alleen nog stilte overgebleven is. Liefde is water, hunkerend naar de zee. Het is de boom die geworteld moet blijven terwijl hij naar de hemel reikt. Het is een schaduw, beladen met afwezigheid, de holtes waarin vreugde niet meer bloeit.

Liefde is wat blijft, door de jaren heen, de onwettige nasleep van een verlies dat ik zelfs niet als het mijne kan betreuren.'

De auto nam nog een bocht. De reiger steeg op, helde over, vloog door.

Appu hief zijn hoofd op en keek naar de lucht. Hier in Berlijn leken de sterren ver weg, overschreeuwd door de lichten van de stad.

Stassler had die hele avond een soort onderdrukte opwinding uitgestraald. Ze hadden eerst geborreld in de lobby van Blue Velvet en waren daarna naar het variété gegaan. Halverwege de avond had Stassler zich voorovergebogen en had hij Appu in het oor gefluisterd: 'Je moet na afloop met me meegaan.'

Appu staarde hem peinzend aan. Stasslers ogen leken nog meer uit te puilen dan anders en er klopte een ader aan de zijkant van zijn voorhoofd. Hij schudde zijn hoofd, nam een hijs van zijn stickie en slikte een mondvol rook door. 'Vanavond niet, Ellen is moe.'

'Ellen niet. Alleen jij. Je móét komen.'

Of hij wilde of niet, Appu was nieuwsgierig geworden. Hij nam nog een trekje van de joint en voelde zijn longen uitzetten. 'Waar gaan we dan naartoe?'

'Je moet meegaan,' was het enige wat Stassler weer zei.

Appu begreep er nog minder van toen hij na afloop van de voorstelling zag dat Stassler maar twee anderen uit hun gezelschap had uitgenodigd, Henrik en Gustav, een zeer modieus travestietenstel met een verbluffend perfecte huid. Henrik keek om zich heen toen ze vanuit de Dormendstrasse een van de minder bekende steegjes in gingen.

'En waar is die flitsende nieuwe club dan wel, Jürgen?' vroeg hij.

'Verderop,' mompelde Stasssler.

'Nou, een beetje langzamer, alsjeblieft, schatje,' zei Henrik, 'mijn schoenen hebben veel te hoge hakken om zo mishandeld te worden.'

Gustav lachte zacht, maar Stassler zei niets en haastte zich verder.

Appu slenterde naast hen, met een half oor luisterend naar Henrik die maar doorratelde over de voorstelling van die avond. Hij staarde dromerig voor zich uit. De stickies die hij de hele avond gerookt had vulden zijn longen. Wat een lichten hadden ze toch in deze stad. Groen... geel... blauw, rood, oranje en kleuren waarvan hij de naam niet eens wist, en al die kleuren verspreidden zich vanuit de straatlantaarns en de variététheaters en weerspiegelden in de oorbellen van de passerende vrouwen... mannen? Appu stak een hand op; hij leek wel transparant, de botjes met elkaar verbonden in kleurrijk weefsel.

Ze liepen verder; hier en daar sloegen ze een nieuw straatje in. Het viel Appu op dat de lichten om hem heen langzaam zwakker werden. Maar nog altijd liepen ze verder, door steeds stillere straten. Er waren hier geen clubs, en nu Appu erover nadacht was het hier vreselijk verlaten. Ze sloegen alweer een hoek om en hij voelde een fel verlangen naar nog een stickie opkomen.

'Stassler...' begon hij geërriteerd, 'waar in godsnaam...' Toen zag hij hen.

Ongeveer vijftig stappen voor hen stonden vier of vijf figuren te wachten onder een gedoofde straatlamp. Appu schudde zijn hoofd in een poging het helder te krijgen. Nee, hij vergiste zich niet, die mannen in de schaduwen stonden op iets te wachten.

'Stop,' siste hij. 'Dit bevalt me niet.'

Henrik en Gustav kropen dicht bij elkaar, plotseling nerveus. 'Stassler?'

'Kom op!' riep Stassler toen met barse stem. Zijn handen vlogen de lucht in en gebaarden naar de wachtende mannen. 'Hier zijn ze!'

Appu stond als aan de grond genageld toen de gedaanten zich losmaakten uit de schaduwen – een, twee, nog een, toen nog twee – en op hen afkwamen. Ze schreeuwden iets, maar hij kon hun woorden niet verstaan. Henrik gilde van angst, of was het Gustav? Het vruchteloze tikken van hun hakken toen ze terugdribbelden over de straat.

'Pak ze!' schreeuwde Stassler tegen Appu, zijn mond verwrongen van haat. 'Laat ze niet wegkomen!'

Appu hief dronken zijn vuisten op, nog altijd vol onbegrip, maar de mannen gleden al langs hem heen. Even bleef hij zo staan, met zijn vuisten voor zich opgehouden; toen draaide hij zich om en keek als in een droom toe hoe ze de twee travestieten inhaalden. Hij zag ze vallen, Henrik-Gustav-Henrik, het was moeilijk te zeggen wie het was, een werveling van scheurende zijde en fluweel. Het pats-pats-pats-geluid van vuisten die hun verzorgde huid tot moes sloegen. Er kwam een beeld op in zijn hoofd, van geitenvlees dat aan haken in de slagerswinkel in Madikeri hing. Grote hompen vlees, huidloos, rood en paars, in felle kleuren, doorregen met romige adertjes vet. Pats-pats-pats, het geluid van vuisten op huid, als vlees dat platgeslagen werd.

Ze schreeuwden om hulp. 'Dags! Bitte mein Gott, bitte.'

Een van de mannen haalde een gemeen uitziend stuk gereedschap tevoorschijn en begon op de mannen in te beuken. Stassler was er nu ook naartoe gerend en lachte terwijl hij fel inschopte op de twee gedaantes op de grond.

Nog altijd stond Appu als aan de grond genageld. 'Dags!' De kreet was nu zwakker en hij hoorde een afschuwelijk gekraak, van botten die gebroken werden. Een donkere vlek vloeide uit de lichamen weg, rood of zwart of bruin, dat kon hij niet zien, en sijpelde de straat op.

442

Appu draaide zich om en rende, rende voor zijn leven, weg van Stassler en zijn Hitler Jugend.

Hij trilde toen hij de Blue Velvet bereikte en de munten vielen tussen zijn vingers door toen hij de portier een fooi probeerde te geven. Ellen sliep al. Hij ging trillend op de bank zitten, ontkurkte de karaf met brandy en sloeg de inhoud achterover.

Dags. Bitte, Dags.

Hij had iets moeten doen, hij had íéts moeten doen. Hij hief de karaf weer naar zin lippen, maar die was leeg. *Dat was jouw plek niet. Níét. Dit is niet jouw probleem, dit is niet jouw thuis.*

Hij staarde naar Ellen alsof hij haar voor het eerst zag. Wat deed hij hier? Hij keek naar een goedgevormde dij die op de dekens lag, de dunne blauwe aderen in een knieholte. Wat zag ze er goedkoop uit. Zo makkelijk te krijgen.

Hij sloot zijn ogen en probeerde de gruwelen van de avond uit zijn hoofd te zetten, en plotseling verscheen Baby's gezicht voor zijn geestesoog. Appu dacht aan zijn wachtende verloofde, dacht terug aan haar overrompelende schoonheid. Ongerept, zo puur. De zekerheid dat geen enkele man ooit zijn ogen over haar dijen had laten dwalen, dat geen enkele man behalve hij dat ooit zou doen.

Hij maakte zijn koffer open en begon te pakken; smeet stapels smokingjasjes, schoenen, overhemden, strikjes en vilten hoeden erin, wat hem maar voorhanden kwam.

Ellen schrok wakker van het geluid. 'Dags?' vroeg ze slaapdronken. 'Dags?' vroeg ze nog eens, haar stem nu hoog van de schrik. 'Wat is er aan de hand? Wat... waar ga je naartoe?'

De mascara was uitgelopen op een wang; ze zag eruit als een doodsbange clown. 'Dags! Wat is er in hemelsnaam aan de hand? Waarom zeg je niets? Alsjeblieft, Dags, waar ga je heen?'

'Naar huis, lieverd,' zei Appu, zonder haar zelfs maar aan te kijken. 'Naar huis.'

32

Mist kroop over de heuvels en legde een deken over de rouwenden. Een driepotig krukje was in het midden van de binnenplaats neergezet. Ook die was gehuld in grijs. Op het krukje stond een koperen bord, opgehoopt met rauwe rijst van de velden van de Nachimanda's; boven de rijst flakkerde een vlam uit een glimmende koperen lamp, ogenschijnlijk op de maat van de lijkzangen. De trommels klonken langzaam en weemoedig terwijl de Poleya-uitvaartdansers met hun armen in elkaar in een kring om de kruk heen deinden. Ze doken op en verdwenen weer in en uit de mist.

Speciaal voor de crematie was er een rieten mat gemaakt door de mattenvlechter uit het dorp. Die was op de vloer van de veranda gelegd; de vrouwen van het huis hadden daar gezeten met hun haren loshangend tot op hun middel en met meters witte mousseline om hun schouders gedrapeerd en geknoopt. Ernstig, op de maat van de trommels, zongen de uitvaartzangers het requiem.

Je bent geruïneerd, Tayavva, geruïneerd als nooit tevoren
Het verlies dat je geleden hebt, Tayavva
O! Wat een vreselijk verlies
Je bent verslagen, Tayavva, verslagen als nooit tevoren

Devi zat als uit marmer gehouwen. Ze leek zelfs haast geen adem te halen.

Tukra volgde het ritme van de trommels. Hij leek instinctief te dansen, zonder echt naar het bonkende ritme te luisteren. Zijn gezicht was verwrongen van rouw; zijn trekken waren vaag en liepen in elkaar over, maar Devi wist niet precies of dat door de mist kwam of door het waas voor haar ogen.

Hij had erop gestaan om op de crematie te dansen, al had zijn vrouw hem gewaarschuwd dat het niet goed zou zijn voor zijn knieën. 'Je bent nu oud, laat het uitvaartdansen aan de jongeren over,' had ze hem aangeraden, maar hij had er niet van willen horen. 'Het is voor Tayi,' had hij gesnikt. 'Tayi!' Nu cirkelde hij om de lamp heen, een stap naar voren en een stap terug, en de stemmen van de zangers spoelden over de rouwenden en de sombere heuvels heen.

Zoals de zeven gouden kralenkettingen van de Heer
braken en uiteenvielen, Tayavva,
Zo ben jij ook gebroken
Zoals Zijn spiegel
uit Zijn hand viel en versplinterde, Tayavva
O! Zo ben jij nu ook versplinterd, Tayavva

Devi staarde naar het dode lichaam dat op de veranda lag. Ze hadden het lijk die ochtend gewassen en in wit gewikkeld. Ze had de neusgaten, oren en de slappe navel volgestopt met propjes katoen; een gouden munt glansde op het midden van het brede voorhoofd.

Zoals Zijn gouden naald
Brak bij het oog, bij het oog, Tayavva
O! Zo ben jij ook gebroken, Tayavva

Tayi lag daar. Táyi! Háár Tayi. Weg. Eerst Avvaiah, toen Machu, toen Appaiah en nu Tayi. Een zware last daalde op haar neer, als een molensteen die langzaam op haar borst draaide en haar longen verstikte. Devi stond op en liep wankelend het huis in.

Het lag er stil en verlaten bij. De haard zou elf dagen niet worden aangestoken na Tayi's... na de crematie. Devi keek naar de met roet zwartgemaakte muren.

Devi kunyi. Bloemknopje! Hier, een warme otti.' De hoge, zorge-
loze klank van het lachen van een kind. Ze schrok, maar er was
niets, niemand. Schimmen uit het verleden.
Een verhaaltje, Tayi, vertel me een verhaaltje.
Een verhaaltje, mijn zon en maan? Eens even zien... ze zeggen dat
er jaren geleden, vele, vele jaren geleden, nog voor de Kaveritempel gebouwd was en de machtige bomen van het bos nog in zichzelf opgekruld
lagen in het slapende zaad, een grote oorlog was. Er werd gevochten om
een koningsdochter, de mooiste prinses die je ooit hebt gezien. Ja, mijn
bloemknopje, net zoals jij.
Het was een oorlog zoals onze mensen nooit gezien hadden. Toen
hij voorbij was, lagen onze dapperen bewegingloos op het slagveld, met
open ogen naar de hemelen kijkend, en onze koninginnen waren in
rook opgegaan. Ze zeggen dat ons volk toen is gevlucht, de paar mensen
die nog over waren, weg van de rotsen en het gouden zand, nu bevlekt
door plundering en aas. En toen ze weggingen, klonk er een onaardse
zucht, als een koude windvlaag. Die ging over het hele slagveld heen,
blies over de smeulende resten van het fort, en de hemel verduisterde
van de wolken.
Ver reisden zij, over rivieren en vlakten en door dampende oerwou-
den, steeds onder de schaduw van de rouwende wolken, tot ze op het
laatst vol verwondering stilhielden. Er lag een land voor hun ogen. Een
land van glinsterend water en lommerrijke heuvels, een plek van fruit
en melk en honing. Ze stonden zich te vergapen, aan de rand van die
heuvels, toen er een maagd voor hen verscheen. 'Halt,' zei ze met een
stem die klonk als het murmelen van een beekje. Zij was Kaveri, zei ze,
de verzorgster van deze heuvelen, en zonder haar toestemming mocht
niemand erlangs. Ze hoorde hun verhaal aan, over de afschuwelijke
oorlog die ze hadden gevoerd en ze hield haar hoofd schuin, haar haar-
tressen vloeiend als water.
'Jullie mogen blijven,' zei ze, 'in dit onvergelijkelijke land, maar eerst
moeten jullie me iets beloven. Elk jaar als ik weer in deze wereld ver-
schijn op de top van de Bhagamandala, moeten jullie er zijn om mij te
begroeten. Laat bloemen en kokosnoten in mijn wateren drijven; in ruil
daarvoor zal ik jullie voor altijd dit land geven. Ik zal door jullie lande-*

rijen vloeien in rivieren vol zoete vis en dikke zwarte riverkrabben. Ik zal jullie velden bevloeien en ze vullen met beekjes en poelen waar de sierlijke witgevleugelde vogels uit jullie geboorteland kunnen rusten. Ik zal in duizend watervallen door deze heuvels tuimelen en ervoor zorgen dat de wouden altijd wemelen van het leven.'

Ons volk beloofde de schone maagd dat ze zouden doen wat ze zei. Ze glimlachte en het was alsof ze de zon door een stroompje zagen schijnen. 'Jullie zullen een gezegend ras zijn,' zei ze, 'een parel van dappere mannen en eervolle vrouwen. Mogen jullie velden altijd rijp zijn van graan, mogen jullie bloemen altijd bloeien.'

Ze keek hen aan. 'Waarom kijken jullie nog steeds bedroefd?'

Ze vertelden haar toen van de doden, van iedereen die ze achtergelaten hadden. Haar ogen werden zacht en kregen de kleur van een beschaduwde waterplas in het woud. Ze wees met een vinger naar de hemelen en de bliksem flitste door de wolken. 'Jullie veera zullen verder leven. In de lucht, in de avondmist, in de schaduwen achter de bomen. Jullie voorouders,' zegende ze, 'zullen voor altijd over jullie waken.'

Bij die woorden klonk er een diepe zucht, als het ruisen van een windvlaag. De wolken boven hun hoofd weken uiteen en schaduwen flitsten tussen de bomen door. De bladeren aan de bomen ritselden, hoewel er geen wind was, en toen werd het weer stil. Toen ze zich weer naar de maagd omdraaiden, was ze verdwenen.

Ze vestigden zich hier, onze voorvaderen, in dit land van sprankelend water en open hemelen. En als de wolken uiteengaan en de regen valt als zilver, zeggen ze dat de veera zo nu en dan uit de schaduwen tevoorschijn komen om opnieuw wortel te schieten in ons midden.

Buiten sloegen de trommels nog altijd. Devi stond zo stil als een standbeeld; het wit van haar sari en haar huid leken bijna te glinsteren in het vage licht, terwijl haar haar om haar schouders krulde.

Het bericht was de vorige avond op Tiger Hills aangekomen. Tayi was zwak en de arts had gezegd dat het niet lang meer zou duren. Devi had zich geschrokken naar het huis van de Nachimanda's gehaast. Koorts, had Chengappa haar met vermoeide ogen verteld. Een hardnekkige koorts had Tayi overmeesterd en haar verzwakt achtergelaten. Het had hem het beste geleken om de hele familie bij elkaar te roepen. 'Waar zat je toch, Devi?' zei hij verwijtend. 'Ze vraagt om jou.'

Tayi lag op haar bed, haar verschrompelde lijf bijna verslonden door de dekens. 'Tayi?' fluisterde ze. 'Maak je geen zorgen, alles komt goed.'

Ze nam Tayi's hand in de hare. Wat leek Tayi tenger, nauwelijks een handjevol vel en botten.

Tayi bewoog zich. 'Devi *kunyi?*'

'Ssst.' Devi streelde Tayi's haar. 'Probeer niet te spreken, de dokter zei dat je moest rusten.'

'Rust is het enige wat er nog voor me is, *kunyi*... Water...'

Devi schonk uit de aardewerken pot een beker water in. 'Niet praten, je hebt koorts, dat is alles.'

Tayi schudde haar hoofd. 'Dit is het einde voor me. Ik voel het in mijn hart.' Ze liet zich weer in de kussens zakken en ademde zwaar. 'Waar... Zo veel dagen ben je niet gekomen?'

Devi beet op haar lip. 'Ik weet het. Het was alleen dat...'

'Appu. Is hij veilig teruggekomen?'

Devi knikte onvast. 'Ja.'

Hij had een telegram gestuurd vanaf zijn schip. *Aank. 20e Madras, direct nr. Kodagu.* Natuurlijk was het telegram pas op de negentiende op Tiger Hills aangekomen. Er was nauwelijks genoeg tijd geweest om kip voor de *pulao* te marineren, verse vis op de markt te kopen en de bedienden naar de parasolzwammen te laten zoeken waar Appu zo van hield toen hij al in de deuropening stond.

'Avvaiah.'

Devi had zichzelf beloofd dat ze bij zijn thuiskomst afstandelijk en koel zou zijn. Ze zou hem een lesje leren, voor al die maanden stilte. Maar met één blik op zijn gezicht, moe en getekend door het reizen, was haar hart al gesmolten. Ze had de lepel, nog dampend van de *pulao*, van zich af gegooid. Toen hij zich bukte om haar voeten aan te raken had Devi hem naar zich toegetrokken en zijn gezicht in haar handen genomen. 'Ik was bang dat je nooit... Het is goed, *kunyi*,' zei ze. 'Het is goed om je thuis te hebben.'

Hij had voor haar gestaan, vreemd in zichzelf gekeerd, en had ook Devanna's voeten aangeraakt. Pas toen Nanju uit de plantage aan kwam lopen was er een echte emotie over Appu's gezicht gegleden. Onverwacht welden er tranen in zijn ogen op; hij had zijn armen stevig om zijn oudere broer heen geslagen. 'Nanju.' Nanju klopte Appu onwennig op de rug. 'Dus je bent thuis. Je bent toch nog thuisgekomen.' Hij had geslapen. Wat had hij geslapen, bijna een hele dag. En toen was hij midden in de nacht wakker geworden, met honger als een paard. Ze was samen met hem wakker gebleven en had tegenover hem aan tafel gezeten, alleen om te kijken hoe hij at en om zijn bord steeds weer opnieuw te vullen, tot hij eindelijk voldaan was. Hij had direct naar Baby willen gaan, en Devi had gelachen. 'Wat ongeduldig. Nee, *kunyi*, niet nu het nog maar een paar weken duurt tot de bruiloft. Het brengt ongeluk als de bruidegom de bruid voor de trouwdag ziet.'

Ze had gedacht dat hij haar tegen zou spreken, maar hij had geknikt. 'Laten we de bruiloft dan zo snel mogelijk vieren,' was zijn enige antwoord.

Devi wreef Tayi's handen tussen de hare in een poging wat warmte aan de stijve vingers te ontlokken. 'Ik had je eerder willen bezoeken... maar goed, ik ben er nu en ik ga niet weg voor je van dit bed opstaat.'

Ze wuifde Chengappa's voorstel om wat te slapen weg. Het zou morgen een lange dag kunnen worden. 'Nee.' Ze bleef naast haar grootmoeder zitten en bevochtigde haar voorhoofd met doeken geweekt in rozenwater terwijl de uren verstreken en Tayi moeizaam ademend in bed lag. Zo nu en dan klonk er gesnuif van de honden buiten, het enige andere geluid.

Devi onderhandelde in stilte met de goden. 'Vijftien gouden soevereinen,' bood ze Iguthappa Swami aan, 'vijftien gouden soevereinen voor uw tempel, of vijftig, het maakt me niet uit, maar laat mijn Tayi weer beter worden. Twee varkens,' beloofde ze de *veera*, 'de dikste, grootste zeugen in heel Kodagu zal ik laten schieten in jullie naam, en zo veel gevogelte als jullie willen.'

'Ik wilde alleen dat je gelukkig zou worden.'

'Wat?' Devi kwam geschrokken overeind en wreef de slaap uit haar ogen. 'Tayi, zei je iets?'

'Laat al haar zonden op mijn hoofd neerkomen, Iguthappa Swami,' bad ik altijd, 'geef haar niets dan geluk.' Tayi begon te hoesten, haar lippen zo bleek dat ze bijna blauw waren.

'Rust wat, Tayi, alsjeblieft,' zei Devi bevend.

'Hoe gaat het met haar?' Chengappa's vrouw kwam zachtjes de kamer binnen. 'Hier, wil je dat ik het een tijdje overneem?'

'Nee, dat hoeft niet,' zei Devi. Ze dwong zichzelf te glimlachen en keek op naar haar schoonzus. 'Ga maar wat slapen.'

Chengappa's vrouw kneep Devi kort in haar arm en vertrok, de deur achter zich sluitend.

Devi draaide zich weer om naar het bed. Tayi's met staar bedauwde ogen stonden vol tranen. 'Als ik iets kon doen, wat dan ook, om het verleden te veranderen... Als ik aan die ochtend denk, je gezicht... Ik dacht, als we het allemaal zouden vergeten, als we er nóóit meer over zouden spreken, zou dat jou een manier geven om verder te gaan. Wat gebeurd is, zou begraven worden. Misschien was het dwaas, maar het leek het juiste om te doen.'

'Tayi, ssst,' zei Devi schor. Ze drukte de hand van haar grootmoeder tegen haar lippen.

'Ik weet dat je vanbinnen nog altijd boos bent. Boos om wat er gebeurd is, boos omdat ik je niet toestond een bericht aan Machu te sturen.'

Ze kreeg opnieuw een verstikkende hoestbui.

'Wij hebben allen... allen ons eigen leed, en ook ons eigen geluk. Iguthappa Swami geeft ons beide. Het verleden is voorbij, *kunyi*. Kijk naar de toekomst. Wees gelukkig, maak anderen gelukkig. Devanna, hij heeft ook geleden.'

Ondanks zichzelf begon Devi in opstand te komen. 'Tayi, genoeg, ik wil niet...'

Tayi legde haar hand tegen Devi's wang. Haar vingers trilden onbeheerst. 'Vergeef hem, *kunyi*. Na al die jaren... vergeef hem.'

'Vergeef hem? Vergééf hem? Weet je hoe het is, Tayi, om te rouwen om iemand, elke dag, en dat niet eens te mogen erkennen? In de ogen van de wereld heb ik geen recht op Machu, hij was niets voor mij. Alleen ik weet...' Ze haalde haar handen over haar ogen. 'Zo veel jaren, ja, maar het wordt niet makkelijker in de loop der tijd. Het wordt alleen maar zwaarder en zwaarder, dit verlies waarover ik niet eens mag spreken. Als een steen om mijn nek, zonder een plek om die neer te leggen. En jij zegt dat ik Devanna moet vergéven!?'

'Hij heeft ook geleden.' Tayi sloot haar ogen. 'Het verdriet dat jij draagt, hij draagt ook een last met zich mee.'

Haar stem werd zacht. 'Mijn bloemknopje... ik heb je al zo vaak verteld, de ware schoonheid van een bloem ligt niet in haar grootte of de kleur van haar blaadjes, maar in haar geur. Luister naar je Tayi. Wees als de oerwoudbloem die ongezien bloeit, onaangeroerd... maar die toch haar zoetheid afgeeft aan de wind.

'Mijn lieve kind,' fluisterde ze, 'mijn dierbare zon en maan, wees de orchidee die de wind geur geeft.'

'Duizend gouden soevereinen,' sjacherde Devi nog wanhopig in stilte door toen de mannen van de familie Tayi al van haar bed tilden en op een mat op de vloer legden. De bamboefles met Kaveriwater uit het gebedshoekje werd gehaald. Een beetje ervan werd in een zilveren beker gegoten met toefjes *garike*-gras en *tulasi*-blaadjes erin. Ze goten een beetje heilig water in Tayi's verslapte mond terwijl Chengappa en zijn vrouw met zachte stem uitvaartdansers begonnen te regelen.

Toen de schaduwen korter werden en de zon hoger in de lucht klom, ontglipte Tayi hen uiteindelijk.

Nu stond Devi alleen in de schemerige keuken. Ze sloot haar ogen en leunde tegen de deur, zo kapot, zo verscheurd door verdriet dat huilen onmogelijk was.

Een kille wind waaide over de binnenplaats en sneed door de mist; de vrouwen huiverden en trokken hun sjaals dichter om zich heen. Devi's lippen bewogen in een onuitgesproken gebed, haar gezicht lijkwit weggetrokken terwijl ze toekeek hoe de mannen uit de familie de baar klaarmaakten. Devanna hinkte over de veranda om snel aan haar zijde te zijn. Ze keek kort op toen hij naderde; hun ogen kruisten elkaar even, verduisterd door dezelfde pijn.

Tayi's lijk werd zachtjes op de baar gelegd en een voor een kwamen de mannen uit het huishouden naar voren om hem op de schouder te nemen. Nanju stond vooraan, zijn ogen gezwollen van het huilen. Appu, somber en bleek, kwam naast hem staan, maar toen hij zich bukte om de baar op te tillen stak Nanju snel een hand uit.

'Nee.'

Een enkel woord, niet al te luid, maar in een korte pauze tussen twee trommelslagen klonk het als een zweepslag.

'Wat?' Appu bukte zich en probeerde opnieuw de baar op zijn schouder te nemen.

Nanju's hand schoot weer uit. 'Van bloed, Appu. Van blóéd,' zei hij strak. 'Tayi was van míjn bloed, niet van het jouwe. Je kent de traditie. Alleen bloedverwanten mogen de baar aanraken.'

Appu keek om zich heen naar de verbluft toekijkende mensen. Hij wendde zich naar Nanju en probeerde te glimlachen, maar zijn spieren voelden stijf, bevroren. 'Nanju, kom nou...'

'Van bloed,' herhaalde Nanju. Zijn lippen vertrokken. 'Dit is niet voor jou.'

'Ze was ook mijn grootmoeder,' zei Appu bitter, maar zijn stem miste overtuiging, alsof ook hij niet helemaal zeker was van zijn woorden. 'Ze was net zo goed van mij als van jou.'

Devi keek toe en schrok op uit haar verlamming toen haar twee jongens, hun hoofden geschoren, hun vuisten balden in de mist. 'Even mooi als Baby?' had Nanju gevraagd. *Net zo'n mooie vrouw als die van Appu?* Haar gezicht verstrakte van woede.

'Ga aan de kant, Appu. Laat me je niet hoeven...'

'Wat hoeven? Wát hoeven?' Appu greep Nanju bij zijn overhemd, plotseling zo boos dat hij de toekijkende rouwenden vergat. 'Je denkt dat je boven mij staat, is dat het? Ik, de aangenomen wees, terwijl jij op het landgoed geboren bent? Laat me je dan eens iets vertellen over je onberispelijke afkomst.' De woorden die Appu zo veel jaar geleden had afgeluisterd, dansten op de punt van zijn tong, zo heet als kooltjes.

'Kijk eens heel goed naar hem,' had hij Devi tegen Tayi horen zeggen in de keuken. 'En bedenk dan, zoals ik elke keer doe als ik hem zie, hoe het zaad van zijn vader precies in mij is geplant.'

Hij had Devi's afschuwelijke onthulling toen niet helemaal begrepen; dat kwam pas vele jaren later. Appu had het altijd voor zich gehouden om Nanju te beschermen tegen het verwoestende leed dat het hem ongetwijfeld zou berokkenen. Maar nu... Hij staarde Nanju woedend aan, de woorden trillend op zijn lippen. Toen, plotseling, sloeg zijn woede om in verwarring. Dit was Nánju. Nanju. Na die lange terugreis uit Berlijn, na alles wat daar gebeurd was. Ondanks die eerste, verwelkomende blik op Tiger Hills, ondanks Avvaiah en Appaiah, was het pas tot Appu doorgedrongen dat hij thuis was toen hij Nanju had gezien.

En nu was het Nánju die hem hier voor schut zette. Hij keek naar de rijen gezichten die hen aangaapten. *Mijn vader was de tijgerdoder!* wilde hij schreeuwen. *De tijgerdoder! Ik ben geen in de steek gelaten wees, ik ben de zoon van Kambeymada Machaiah, de dapperste, meest eerzame en laatste tijgerdoder van Kodagu!*

Zijn oren vulden zich weer met dat geluid, alsof er geitenvlees werd platgeslagen. Pats, pats, pats. Het geluid dat hij uit zijn hoofd had geprobeerd te krijgen sinds... Hij had erbij staan kijken, de zoon van de tijgerdoder, hoe ze de twee travestieten tot moes hadden geslagen. Hij had erbij gestaan en helemaal niets gedaan. Appu keek wanhopig om zich heen, naar adem snakkend ondanks de kilte in de lucht.

'Nanju,' kwam een gestreste Devanna tussenbeide. 'Wat doe je nu? Appu is je broer.'

'Tayi was van mijn bloed, niet van het zijne.'

'Nanju!' Devi's stem was zo scherp als een mes. 'Ben je gek geworden?' Ze beende naar haar zonen toe, haar hoofd hoog opgeheven maar nog altijd nauwelijks tot aan hun borst reikend. 'Als je niet beter weet dan een scène te schoppen, op dit moment ruzie te maken met je broer, op dit allerslechtste moment, dan, bloed of geen bloed, kan hij beter mijn zoon zijn dan jij!'

453

Nanju kromp ineen, alsof ze werkelijk haar hand had opgeheven om hem een klap te geven. Hij keek om zich heen en zag de schok op al hun gezichten: Appaiah, de ooms, tantes, de vele neven en nichten en daar, Baby, Báby, schitterend als een parel.

De uitdrukking op haar gezicht, schok, afkeer en nog iets anders, iets onverdraaglijks... medelijden terwijl ze kort naar hem keek en toen haar blik weer op Appu richtte. Nanju's mond ging open, hij probeerde iets tegen zijn moeder te zeggen – 'Waarom doe je me dit aan, steeds weer opnieuw' – maar de woorden bleven in zijn keel steken.

'Ben je doof geworden? De báár. Appu en jij samen...'

Zonder links of rechts te kijken stapte Nanju bij de baar vandaan.

Na de crematie gingen de twee jongens direct weg; tijdens de hele rit naar huis hing de spanning dik en onwennig tussen hen in. 'Ik heb een borrel nodig,' zei Appu kortaf tegen Tukra zodra ze op Tiger Hills waren. 'Zeg straks maar tegen ze dat ik naar de Club ben.'

Devi en Devanna bleven nog een paar uur bij de familie voor ze terugkeerden. Hij keek bezorgd naar haar terwijl ze stil in de Austin zat. De ramen van de auto waren naar beneden gedraaid. Meestal vond ze het vreselijk als er maar een zuchtje wind door het raam kwam; dan werd haar haar tien verschillende kanten op geblazen, klaagde ze. Maar toen de chauffeur vandaag de ramen omhoog wilde draaien, had ze haar hand opgeheven. 'Nee,' had ze zachtjes gezegd. Een stevige bries waaide door de auto, met de belofte van een vroege winter, en zwiepte Devi's haar rond haar gezicht.

'Avvaiah.'

Nanju stond hen in het portiek op te wachten.

'Nanju...' begon Devanna gespannen.

'Avvaiah,' zei Nanju nogmaals, Devanna de mond snoerend terwijl de chauffeur de auto uit sprong om de portieren open te doen.

'Avvaiah,' zei hij een derde keer, en eindelijk hoorde Devi hem. 'Je hebt me vernederd. Waar iedereen bij was, heb je me toegesproken als een bediende.'

Devi keek hem vermoeid aan, schudde toen haar hoofd en liep het huis in.

'Niet weglopen.' De woorden waren als kogels. Ze ketsten af op de muren van de hal en nagelden Devi aan de grond. 'Ik ben je zoon, Avvaiah, je zoon. Je bloed. Betekent dat niets voor je?'

'Niet nu, Nanju,' zei ze vermoeid.

Zijn stem brak. 'Ik heb altijd geweten dat je meer van Appu hield, zelfs al toen we kinderen waren. Ik lag er vroeger wakker van, wist je dat? Dan deed ik of ik sliep en keek ik toe als je onze kamer binnen kwam en bij ons bed kwam staan. Altijd aan de kant waar Appu sliep, om naast hem te staan en te kijken hoe hij sliep. En ik dan, Avvaiah? En ik?'

'Nanju, alsjeblieft. Om er zo'n drama...'

'Zo'n drama? Altijd denk je eerst aan Appu. Ik ben je zoon. Ik.'

'Jullie zijn allebei evenzeer mijn zoon,' zei Devi stroef. 'Appu is je broer, of ben je dat vergeten?'

'Nanju, *monae*, wat is dit, wat is er in je gevaren?' pleitte Devanna. 'Rustig maar. We hebben nog maar amper afscheid van Tayi genomen, dit is geen goed moment om...'

Nanju draaide zich om naar zijn vader en barstte uit: 'Dit is geen goed moment, het is nóóit een goed moment. Stil, Nanju, ssst, Avvaiah heeft hoofdpijn. Ssst, Nanju, Avvaiah is bezig. En jij, Appaiah, en jij dan? Ze heeft ook geen tijd voor jou, ze heeft nooit iets gegeven om een van ons, zie je dat niet? Niet om jou en nooit om mij, hoe hard we ook ons best doen. Waarom zit je daar gewoon en doe je niets?'

Er knapte iets in Devi. 'Ja, Devanna, waarom geef je onze zoon geen antwoord?' snauwde ze. 'Vertel hem maar waarom je het pikt, waarom je er niets aan doet, vertel hem hoe en waarom wij getrouwd zijn, hè?' Ze draaide zich om naar Nanju. 'Jij wilt weten wat je voor me bent, Nanjappa? Je bent een vlóék. Een vloek om me elke dag dat ik je zie te herinneren aan wat ik verloren heb.' De woorden vloeiden als gif over Devi's lippen, etterend van verdriet. 'Elke keer dat ik naar je kijk word ik eraan herinnerd hoe het had kunnen zijn. Een vloek, een straf, dat is wat jij voor me bent!'

Na haar uitbarsting stonden ze geschokt bij elkaar, alle drie even stil. Toen stak ze een hand naar hem uit, beseffend wat ze gezegd had. 'Nanju...' fluisterde ze.

Hij staarde haar met een asgrauw gezicht aan. De bedekte betekenis van zijn moeders woorden schoof en schuurde over zijn huid. 'Vertel hem,' had ze gezegd, 'waaróm wij eigenlijk getrouwd zijn.' Hij wendde zich tot Devanna, alsof hij steun zocht, en hij keek naar zijn vader, zo geëerd, zo geliefd, zo zonder twijfel boven elke verdenking verheven; hij zag de pijn, de schuld in zijn ogen.

'*Kunyi*,' smeekte Devi. 'Ik bedoelde niet...'

Nanju's gezicht betrok. Hij stak een hand uit alsof hij haar wilde afweren en rende de trap op.

Devi trok zich terug in haar kamer. De dingen die ze gezegd had, de díngen die ze gezegd had. Ze ging op de rand van haar bed zitten en stak trillend haar hand uit naar de pot crème. Ze draaide hem tussen haar vingers rond, maar het licht was vaag en de sterren in het glas leken dof en ondoorzichtig. Hij glipte tussen haar vingers door en rolde op de vloer.

Toen begon Devi eindelijk te huilen. Voor alles wat er gebeurd was, voor alles wat verloren was, voor Tayi, Tayi! Verlaat me niet, niet jij ook, ga niet weg! Ze trok haar benen onder zich op en krulde zich klein en diepbedroefd op de wollen dekens op. De wolken dreven over de hemel, dik en vormloos, en het begon zacht te regenen.

Een zichtbaar onthutste Devanna probeerde Nanju te kalmeren. '*Monae*, alsjeblieft, iedereen is nu erg van streek, we hebben net Tayi verloren, je moeder is niet helemaal bij zinnen.' Nanju kon het niet eens opbrengen om zijn vader aan te kijken.

'Ze heeft me nooit gewild.'

'Ze houdt van je. Dat heeft ze altijd gedaan. Je bent haar zoon.'

Nanju schudde zijn hoofd en probeerde zijn tranen dapper in te houden. 'Ik moet weg. Dat moet.'

'Waarheen? *Monae*, alsjeblieft...'

'Ik weet het niet. Het kan me niet schelen. Ik kan hier niet langer blijven.'

Hij vertrok diezelfde middag nog, zijn gezicht wit en strak toen hij zich bukte om zijn vaders voeten aan te raken. Devanna drukte hem iets in zijn hand. 'Als je niet van gedachten wilt veranderen,' zei hij ellendig, 'bewaar dit dan ten minste.' Het was een oude, zilveren amulet.

'Hij is van je moeder geweest, ze droeg hem als kind. Ze heeft hem vele jaren geleden aan mij gegeven.' De amulet glansde zacht; licht en schaduw vloeiden samen in het vervaagde gebed dat erin gegrift stond. 'Er is geen dag geweest dat ik hem niet bij me heb gehad. Neem hem mee,' zei Devanna onvast, 'als teken van ons beider zegen.'

Nanju keek alsof hij het liefst wilde weigeren, maar stopte zwijgend de amulet in zijn zak. Toen vertrok hij, de onbestendige regen in. Toen hij de oprijlaan af liep zuchtten de bomen alsof ze de geliefde zoon vaarwel zeiden, de stilste broer die altijd het meest van hen gehouden had.

Ergens op de plantage klonk vogelgezang op, fluitend in de vallende regen.

Toen Appu uit de Club terugkwam verstrakten zijn lippen toen hij hoorde wat er gebeurd was. Zonder een woord te zeggen keerde hij de auto en reed Nanju snel achterna. Hij vond hem in Mysore.

'Ik heb het gehad met Tiger Hills,' zei Nanju zachtjes. 'Ga weg.'

'Gehad met Tiger Hills? Wees niet zo'n stijfkop. Je weet best dat jij het juist nóóit met Tiger Hills gehad zult hebben. Waar ga je eigenlijk naartoe?'

'Bangalore. Bombay. De universiteit... het maakt niet uit.'

'Je bent overstuur. Dat zijn we allemaal.' Appu zweeg en probeerde de juiste woorden te vinden, nog altijd gekwetst door Nanju's woorden bij de crematie. 'Kom gewoon naar huis.'

Nanju zei niets. Hij wendde zijn blik af met een brok in zijn keel.

Appu schudde zijn hoofd. 'Jij je zin, dan. Ik weet dat je snel genoeg weer terugkomt.' Hij dwong zich te glimlachen. 'Nu jij je inscheept op deze grootste reis naar onbekende kusten zal ik je van wijze raad voorzien.' Hij zwaaide plechtig met zijn vinger naar Nanju en begon voor te dragen:

Hoed je voor de Koeterwaal, zoon!
Zijn scherp gebit, zijn reuzenzwaai!
Vermijd het Dubdubdier, verschoon,
De glurieuze Beffesnaai

Nanju probeerde te glimlachen. 'Ja. De Beffesnaai. Ik heb gehoord dat het daarvan wemelt in Bombay.'

Ze stonden elkaar aan te kijken. Appu stompte hem zacht tegen de schouder. 'Kom op, man. Dit is allemaal...'

Nanju draaide zich om. 'Je moet nu weg.'

Toen Appu in de auto stapte, riep Nanju hem nog na. 'Zorg goed voor haar, hoor je? Voor Baby. Zorg voor haar.'

Appu kneep zijn ogen een stukje dicht. Zonder een woord te zeggen startte hij de motor en reed hij terug naar Tiger Hills.

Het duurde bijna een maand voor ze iets van Nanju hoorden. Hij schreef Devanna een korte, zakelijke brief. Hij had gesolliciteerd op een baan als docent aan de landbouwuniversiteit in Bombay; het zou nog een paar weken duren voor hij iets hoorde, maar hij had goede hoop. Het was iedereen duidelijk dat Nanju niet van plan was binnenkort terug te komen.

Devi deed het enige wat ze kon: ze rechtte haar rug, zette de ene voet voor de andere en ging dapper voort. Ze bereidde Appu's en Baby's bruiloft voor; ondanks de traditie om na een sterfgeval in de familie een jaar te wachten met alle soorten feestelijkheden had Tayi hun laten beloven dat ze de bruiloft niet zouden uitstellen.

Devi haalde de juwelen uit de bankkluis in Madikeri. Ze spreidde de fluwelen doosjes uit op de beddensprei; de sieraden glansden in de zon. Van elk juweel waren er twee: een voor Baby en een voor de toekomstige bruid van Nanju. Ze streek ongelukkig over een gouden soeverein. Dit was toch geen manier om je moeder te behandelen? Wat verwachtte die jongen, een verontschuldiging? Goed, in de hitte van het moment had ze er een paar dingen uitgeflapt, maar ze had toch ook geprobeerd te zeggen dat ze het niet zo bedoeld had? Met een brok in haar keel borg ze het goud weer op.

De dag van de bruiloft brak kristalhelder aan; alles was met zo veel weelde georganiseerd dat de maatstaf die tot dan toe voor bruiloften in Kodagu gehanteerd werd, op zijn minst voor de komende tien jaar verlegd werd. Er werd natuurlijk over Nanju's afwezigheid gesproken, maar voor één keer draaide de geruchtenmachine in Devi's voordeel. De arme vrouw. Moet je eens zien wat hij heeft gedaan, die oudste zoon van haar, zomaar de benen genomen en naar de stad vertrokken. De stille types zorgden uiteindelijk toch altijd voor problemen. Hij was in Bombay, hadden ze gehoord. De jongen had een of andere baan als docent, of studeerde hij? Ze wisten het niet precies...

Devi bleef stoïcijns onder al het medeleven. Ze verhulde de pijn in haar ogen en praatte snel over de vragen heen met gebabbel over het weer en de verwachte kwaliteit van de koffieoogst dat jaar. Niemand zag hoe gedisciplineerd ze zichzelf in de hand hield, of hoe haar ogen steeds opnieuw naar de oprijlaan schoten, alsof ze wanhopig probeerde haar ontbrekende zoon tevoorschijn te toveren.

De roddelaars richtten hun aandacht uiteindelijk op het huwelijk dat nu op stapel stond. De bruid was etherisch mooi, riepen ze uit. Ze leek op haar tante, diezelfde jukbeenderen, dezelfde tere huid die bij de lichtste aanraking een blauwe plek leek te zullen vertonen. En wat was ze goed onthaald in de familie van de bruidegom! Er waren twee sets van alle denkbare edelstenen: diamanten, saffieren, robijnen en smaragden, parelsnoeren, nauwsluitende kettingen en oorbellen als kroonluchters, zijde, linnen en voldoende gouden munten voor alle dagen van haar leven.

Baby hield haar ogen bedeesd neergeslagen toen de vrouwen haar sluier oplichtten om haar schoonheid luidkeels te bewonderen. Ze was zo volmaakt en subliem gelukkig dat ze had kunnen zweren dat haar voeten een paar centimeter boven de grond zweefden. 'Je hebt een lange nacht voor de boeg,' fluisterden haar vriendinnen ondeugend terwijl ze haar naar de auto brachten die de pasgehuwden naar Tiger Hills zou brengen. 'Je bruidegom lijkt zo sterk als een beer, hij zal je vannacht niet veel laten slapen.'

'Dag dan!' riep Appu door het raam en de auto reed het erf af. Er ging een steek door Baby heen; ze draaide haar hoofd om en tuurde door de ramen terwijl haar familie klein en popperig werd en daarna vervaagde in de verte. Met vochtige ogen zocht ze onopvallend naar de zakdoek die haar moeder in haar bloes had gevouwen.

'Alles in orde?'

Ze keek verlegen naar de oom die voor in de auto zat en die was aangewezen als begeleider van de jonggehuwden, en ze knikte.

'Goed zo, meisje,' zei Appu en hij leunde achterover tegen de rugleuning.

Baby zocht wanhopig iets om te zeggen, maar de woorden leken vastgeplakt, allemaal door elkaar heen. In een plotselinge impuls verschikte ze haar sluier. Het was niet meer dan een discreet opwaaien van glanzende zijde, maar toen de stof weer ging liggen, kwam die licht op zijn vingers te rusten. Haar hand bewoog ongezien onder de zijde, en geschrokken van haar eigen lef stak Baby haar hand uit en legde haar vingers op die van haar man.

Ze wist, zelfs zonder naar hem te kijken, dat Appu glimlachte. Ze brachten de rest van de rit zo door, zonder iets tegen elkaar te zeggen maar met hun handen stevig vervlochten onder de plooien van haar sluier.

Devanna had in afwachting van zijn nieuwe schoondochter de leiding over de versiering van Tiger Hills op zich genomen en de muren verguld met tientallen olielampen. Stormlampen zwaaiden aan de kromme taken van de banyanboom; vlammetjes van duizend kaarsen dansten over de tuinpaden en de muren zodat huis en tuin leken te smelten van licht.

Baby keek betoverd toe uit het raampje van de Austin terwijl ze over het terrein reden. De arbeiders hadden zich verzameld op de oprijlaan om een glimp van de bruid op te vangen en ze glimlachte onder haar sluier toen ze in een luid gejuich uitbarstten zodra de auto hen passeerde. De galerij en de veranda wemelden van de gasten. De chauffeur liet de auto tot stilstand komen en Appu stapte uit om galant zijn hand naar zijn bruid uit te steken. Baby stapte verlegen uit en raakte de voeten aan van een stralende Devi.

'*Swami kapad, kunyi.*' Ze kuste Baby's voorhoofd. 'Moge je lang leven, moge je sterven als getrouwde vrouw.'

De bruid werd naar de put gebracht om de eerste emmer water te putten en toen ging Baby haar nieuwe huis binnen, rechtervoet eerst, een, twee, drie keer over de drempel. Devi glimlachte. 'Morgen is er tijd genoeg om je het huis te laten zien, maar kom nu eerst naar de gebedskamer. Daarna zullen we je naar je kamer brengen.' Ze zetten Baby op een enorm hemelbed, gedrapeerd met zijde en brokaat. Nog wat toespelingen en gegiechel, en toen lieten de vrouwen haar alleen om op haar bruidegom te wachten. Baby zat geduldig op haar bed, schijnbaar urenlang, terwijl de vrolijkheid onder haar nog niet leek af te nemen. Zo nu en dan kwam er even iemand bij haar kijken. 'Geduld, geduld,' zeiden ze grijnzend tegen haar. 'Je bruidegom heeft het druk met zijn gasten, je kunt maar beter wat uitrusten nu je de kans hebt.'

Devanna kwam bij haar langs, en vlak na zijn vertrek klopte Devi aan en kwam binnen. '*Kunyi?*' Met een glimlach herschikte ze de sluier rond Baby's gezicht. 'Je zag er vandaag zo beeldschoon uit. Ik kan niet tellen hoeveel mensen me vandaag hebben gefeliciteerd met mijn voortreffelijke schoondochter.'

'Iedereen zegt dat ik op jou lijk,' zei Baby verlegen.

Devi lachte van genoegen. 'Misschien wel, misschien wel, maar ik ben de frisheid van de jeugd al lang geleden kwijtgeraakt.' Ze ging op het bed naast Baby zitten en hield haar hoofd een beetje schuin om te luisteren naar het woeste geluid van de pleziermakerij beneden. 'Appu en zijn vrienden. Wat een lawaaierig stel...' Ze klopte Baby op haar wang. 'Maar nu jij in huis bent, zal hij zich wel beter gaan gedragen. Je geeft me snel een kleinkind, hoor je me?'

Baby bloosde en Devi glimlachte. 'God zegene je, *kunyi*,' zei ze weer. 'God zegene jullie allebei met alle geluk.' Er trok een schaduw over haar ogen. 'Ik wou alleen... Ik wou dat de hele familie hier geweest was.' Wat had ze gehoopt dat Nanju terug zou keren voor de bruiloft. 'Je overgrootmoeder,' zei Devi. 'Had Tayi nog maar geleefd om het huwelijk te zegenen.'

'Wees niet verdrietig, *maavi*,' zei Baby zacht. 'Tayi is bij ons.'

461

'Ja, *kunyi*, ik weet het.' Devi rechtte haar schouders en probeerde te glimlachen. 'Dat zijn ze allemaal. Tayi, mijn ouders, Appu's vader – onze voorouders die over ons waken.'

Baby knikte, gretig om het verdriet van de ander te verlichten. 'Ja, dat klopt, maar vooral Tayi. Ik heb haar vandaag gezíén, *maavi*.' Ze keek Devi ernstig aan. 'Achter alle gasten toen we wegreden naar Tiger Hills. Tayi. Ze stond daar en zwaaide naar me, als afscheid.'

Devi keek onthutst. Het meisje keek haar met grote ogen aan, haar blik wijd open en helder. Een vage onrust begon zich in Devi's borstkas te ontvouwen. 'Het is al laat,' zei ze abrupt en ze stond op. Ze klopte Baby weer op haar wang. 'Probeer een beetje uit te rusten. Zo te horen kan het nog uren duren voor je man naar je toekomt.'

Baby beet op haar lip toen Devi de kamer verliet. Haar moeder had haar gewaarschuwd niet over geesten en doden te praten; de mensen begrepen dat niet, zei ze. Maar Baby had alleen willen helpen. Ze wist hoe verdrietig Devi was om Nanju *anna's* plotselinge vertrek... bovendien had Tayi daar echt gestaan.

Ongerust stond Baby met een geritsel van zijde op en liep ze naar het raam. Het licht uit de salon wierp gouden vierkanten op het gras. Ze kon horen hoe de glazen toostten. Gelach, veel gelach, de hoge klank van een vrouwenstem. Baby fronste haar wenkbrauwen. Wanneer zou Appu naar boven komen? Er kwam een abrupt, fel verlangen in haar op. Ze draaide haar handpalmen omhoog en hield ze in het licht. De bruidshenna had diepe, heldere donkerbruine vlekken op de huid achtergelaten. Ze draaide haar handpalmen naar alle kanten om ze te bekijken en toen krulden haar lippen zich tot een glimlach. Hoe dieper de kleur, zei men, hoe sterker de liefde die de man voor zijn vrouw zou voelen.

Het was bijna vier uur in de ochtend toen Appu eindelijk kwam. 'Baby?' zei hij zachtjes. 'Waar... daar ben je, mijn beeldschone bruid. Wat doe je bij het raam?'

Ze keek hem aan, een stil verwijt in haar met kohl omrande ogen.

'Kom. Wat is dit? Je hebt mijn vrienden toch gezien? Ze zijn helemaal uit Madras, uit Bangalore, een paar zelfs uit Bombay gekomen. Ik kon ze toch moeilijk aan hun lot overlaten en de benen nemen?' Hij glimlachte en tilde de sluier van haar gezicht. '*Ayy*, echtgenote. Jij was de enige aan wie ik beneden heb kunnen denken.'

Ze keek weer naar hem, met die gitzwarte ogen. 'Echtgenote,' zei hij nog eens zachtjes, genietend van het gevoel van het woord op zijn tong.

Toen het eerste daglicht voorzichtig door de kanten gordijnen sijpelde, begon Baby hardop te lachen. Appu hield zijn hand voor haar mond. 'Ssst!' Hij grijnsde en het kuiltje in zijn wang kwam even tevoorschijn. 'Moet het hele huis ons horen?'

Ze schudde haar hoofd, haar ogen dansend onder zijn handpalm, maar zodra hij zijn hand weghaalde, lachte ze weer.

Ze streelde zijn rug, vochtig en warm. Met zijn tweeën in elkaar vervlochten, ledematen, romp en huid, zodat moeilijk te zeggen viel waar zij ophield en hij begon. Zijn geur, als mos in de regen. Ze draaide haar hoofd om en stopte haar gezicht in zijn nek, ademde hem in. Haar vriendinnen hadden helemaal gelijk gehad, dacht ze blij, ze zou heel weinig slaap krijgen.

'Nog een keer,' fluisterde ze, terwijl ze zich langzaam onder hem bewoog. 'Nog een keer.'

33

1930

Baby staarde betoverd naar de teenringen die ze als bruid had aangedaan. Ze glansden in de zon en de krullen erop verkondigden aan de hele wereld dat ze nu iemands echtgenote was.

'Sta je ze alweer te bewonderen, *kunyi*?' vroeg Devanna geamuseerd. Baby bloosde en schudde schaapachtig haar hoofd. Devanna grinnikte terwijl hij zich weer tot de bloembedden wendde. Ze gluurde stiekem naar hem en legde toen een vinger tegen de zwarte kralen om haar hals. Getrouwd.

Devanna en zij plukten bloemen voor in huis; dat was hun wekelijkse ritueel geworden. De tuin stond vol in bloei; de kleuren spatten alle kanten uit, alsof er een schilderspalet op de aarde was omgekeerd. Baby zuchtte, een zacht, tevreden geluidje.

De bladeren van de sampigébomen ruisten in de wind en er verschenen rimpeltjes in haar voorhoofd toen ze plotseling aan Nanju moest denken. Drie dagen geleden was hij jarig geweest. Devi had een perfecte sampigébloesem geplukt en in de gebedshoek gezet. 'Eenendertig,' had ze aan de ontbijttafel gezegd, starend naar haar bord. 'Nanju is vandaag eenendertig geworden.' Appu noch Devanna had antwoord gegeven.

Het hing boven hun hoofd, de domper van Nanju's vertrek. 'Waarom ga je niet gewoon naar Bombay om hem terug te halen?' had Baby een keer aan Appu gevraagd.

'Omdat mijn moeder zo koppig als een muilezel kan zijn,' had Appu geantwoord, 'en het lijkt erop dat Nanju in elk geval daarin op haar lijkt. Hij zal terugkomen, maar pas als hij er klaar voor is.' Baby keek weer naar Devanna. Ze was zeer gesteld geraakt op haar rustige, zachtaardige schoonvader en het deed haar pijn om het verdriet te zien dat soms als een lijkwade om hem heen hing. Nanju zou terugkeren, ze wist in haar hart dat hij binnenkort voor altijd terug zou keren. En dan zouden ze allemaal gelukkig zijn.

'Baby!' Appu's stem kwam aandrijven over het gras en haalde haar uit haar gemijmer. 'Baby, kijk eens hoe laat het is, we moeten gaan!'

'Kom maar,' zei Devanna vol genegenheid, 'geef mij de bloemenmand maar. Je kunt maar beter opschieten, je weet hoe hij kan zijn als het om de jacht gaat.'

Baby riep Appu toe dat ze binnen twee minuten klaar zou zijn, meer had ze niet nodig, en ze holde naar het huis; haar teenringen schitterden bij elke stap in het licht.

Toen ze later die ochtend terugkeerden, stoffig en vuil, met een hert en twee fazanten achter in hun jeep, liep Appu over van de lach. 'Jullie hadden haar moeten zien, ik wou dat jullie het hadden gezien,' vertelde hij Devi en Devanna. 'Ik had het hert nog niet omgelegd of onze dame hier ging er al vandoor. "Ik ben de *bal batté kara!*" riep ze. Ze joeg de andere vrouwen de stuipen op het lijf en rende naar de jachtbuit. Als mijn kogel er niet was geweest, had ze alleen al met haar geschreeuw het arme beest om zeep geholpen!'

'Zo ging het helemaal niet,' protesteerde Baby. 'Ik...'

'Je schoot er als de bliksem vandoor voordat iemand anders de kans kreeg!'

'O, stil toch, plaag haar niet zo,' zei Devi terwijl ze *teli-neer* over hen heen sprenkelde om de boze geesten te verjagen. 'Het zit in Baby's bloed,' verklaarde ze trots. 'Als klein kind was ik áltijd de *bal battékara* bij mijn vaders jachtpartijen.'

Het mooie meisje is niet meer zoek
Zij is bij haar dierbaren op bezoek.

Robijnen glinsteren om haar hals
Haar enkelbanden schitteren als de zon,
Onze schone is gekomen
Doorweekt in een stortbui is zij gekomen.

'Wat?' vroeg Devi verrast aan Devanna. 'Wat zit jij daar in een hoekje te mompelen?'

'Baby,' zei Devanna zacht tegen zijn schoondochter terwijl hij een hand tegen haar wang legde, 'soms doe je me erg denken aan iemand die ik vroeger kende.'

'Devanna!' riep Devi een paar dagen later dringend terwijl ze door het huis rende. 'Een brief, er is een brief!' In de zeven maanden dat Nanju weg was, kwam er zo nu en dan een brief van hem met wat nieuws uit Bombay. Devi was boven op de brief gedoken zodra ze hem bij de ochtendpost had zien liggen. 'Een brief!' zei ze toen ze Devanna gevonden had. 'Hier, snel, lees voor.'

Ze hing aan Devanna's lippen terwijl hij de brief voorlas en de teleurstelling viel van haar gezicht af te lezen toen hij klaar was. Weer werd er niet gerept van een bezoek, van verzoening.

'Is dat alles?' vroeg ze. 'Weet je zeker dat er niet meer staat?' Zonder op antwoord te wachten nam ze Devanna de brief af, hield hem tegen het licht en draaide hem om en om, alsof ze naar een aanwijzing zocht, een hint over Nanju's terugkeer die Devanna over het hoofd gezien kon hebben.

'Maakt niet uit,' zei ze toen, met een brok in haar keel. 'Maakt niet uit. Hij was nooit zo goed met woorden.'

Ze liep langzaam de hal door. Ze had gehoopt dat hij in deze brief eindelijk... Een lachsalvo dreef vanuit de eetkamer naar binnen. Baby schikte een armvol bloemen terwijl Appu toekeek, tegen de muur geleund, met zijn handen in zijn broekzakken.

Baby heeft tenminste gelach op Tiger Hills gebracht, dacht Devi lusteloos.

Baby fluisterde iets en Appu lachte weer hardop; Devi draaide zich om, plotseling wanhopig op zoek naar een rustig plekje. Ze ging naar Nanju's slaapkamer, de oude kinderkamer. Appu had lang geleden een van de grotere kamers op de eerste verdieping in gebruik genomen terwijl Nanju ervoor had gekozen om hier te blijven, in de kamer van zijn kindertijd. Ze staarde ongelukkig naar de muurschildering van de tijger die nog altijd op een van de muren stond. Toen Appu naar Biddies vertrokken was, had ze zich schrapgezet tegen de pijn van zijn afwezigheid. De pijn van een moeder die gescheiden wordt van een kind had gevoeld als een afgerukt ledemaat, een fantoompijn die diep sneed.

Het was anders met Nanju. Een tragere pijn, maar onverwacht verraderlijk. Als een been dat achterblijft in de groei, net iets korter dan de andere, en dat altijd iets achterop blijft. De brief van vandaag... wat had ze gehoopt dat er nu, na al die maanden, een teken was dat Nanju thuis zou komen.

Devi ging daar zitten, op het perfect opgemaakte bed, en piekerde over haar zoon.

'Dags!' riep Timmy Bopanna. 'Wie denk je dat hem gaat winnen?'

'Wat, de Aga Khan-prijs?' Appu liep naar de goktafel met Baby op sleeptouw.

In de winter van 1929, bijna een jaar na Appu's en Baby's bruiloft, stonden de kranten vol van de uitdaging van de Aga Khan. Alle Indiërs waren ervan op de hoogte: de eerste Indiër die erin slaagde een solovlucht tussen Engeland en India te maken ontving een prijs van vijfhonderd pond, had de Aga Khan laten weten. De reis mocht aan beide kanten beginnen, in India of Engeland, maar moest binnen zes weken na de dag van vertrek afgerond zijn. De uitdaging zou vanaf januari 1930 een jaar blijven staan. Er hadden zich drie gegadigden gemeld: Jehangir Tata, amateurvliegenier en telg uit een van de rijkste families in Bombay, Man Mohan Singh, afgestudeerd aan Bristol, en Aspy Engineer, nog een hoopvolle figuur uit Bombay.

In de Madikeri Club werd enthousiast gewed, met een duidelijke voorkeur voor de sikh: 'Het moet Man Mohan worden, die heeft de meeste ervaring van de drie.'

Appu schudde zijn hoofd.'Jehangir, gok ik. Ik heb hem ooit ont-moet bij een diner in Madras. Indrukwekkende vent. Als iemand het kan, denk ik dat hij het is.'

'Kom op, nee toch zeker? Mohan Singh zonder twijfel, hij is de beste, hij heeft de meeste vliegervaring...'

Appu grijnsde en nam een trekje van zijn sigaar.'Ik speel deze door naar mijn vrouw,' zei hij.'Lieverd? Op wie zal ik mijn geld inzetten?'

Baby bloosde toen de aandacht van de groep naar haar verschoof, stiekem dolblij dat haar man in het openbaar zo de aandacht op haar vestigde.

'Ik denk...' ze keek naar de foto's van de drie kandidaten op tafel, die uit een krant geknipt en keurig op karton geplakt waren.'Hij,' wees ze, glimlachend.

'Aspy?! Baby, die jongen is nog geen achttien!' Maar toen hij zag hoe haar gezicht bij zijn woorden betrok maakte Appu een galante buiging voor haar.'Zo zij het,' zei hij tegen de toeschouwers, 'als As-py de favoriet van mijn bruid is – en hij heeft geluk, die jongen, dat hij zo bij haar in de gunst valt – dan zet ik tweehonderd op Aspy als overwinnaar.'

Baby's gezicht lichtte van binnenuit op.

De drie kandidaten begonnen in de lente van 1930 aan hun vlucht. Man Mohan vertrok vanuit Croydon, de andere twee vanuit India. Elke kronkel en wending in hun vlucht werd gerapporteerd in de media en daarna tot op het bot ontleed in de Club.

'Eenmotorig, alle drie die vliegtuigjes.'

'Gipsy Moths, geen radio-ondersteuning.'

'Hier, Timmy,' riep Appu grijnzend, 'jouw Man Mohan staat er nu niet zo goed op, hè, met zijn Miss India?'

De sikh had zijn vliegmachine Miss India genoemd. Helaas had hij al twee keer na het verlaten van de Engelse kust zijn vliegtuig moeten omkeren om opnieuw aan zijn reis te beginnen. Zijn ma-chine droeg een treffende naam, schreven de kranten. Miss India, heette ze, en dat was precíes wat ze leek te doen.

Maar bij zijn derde poging boekte Man Mohan Singh gestaag vooruitgang. Hij ging naar het oosten via Lympne, Parijs, Rome en

Gaza, terwijl Jehangir Tata en de jonge Aspy Engineer geestdriftig in tegenovergestelde richting vlogen. Singh landde op 12 mei 1930 op Drigh Road in Karachi. *Victorie!* juichten de kranten. *De sikh is de winnaar!* Aspy, die een dag achterlag bij Singh, landde de volgende ochtend.

Het nieuws over Singhs overwinning was echter prematuur. Een gedwongen noodlanding van zijn Miss India in Frankrijk had hem een dag vertraging opgeleverd, ontdekten de autoriteiten. Zijn vlucht had zes weken en een dag geduurd. Het was toch nog Aspy Engineer, de onwaarschijnlijke kanshebber en Baby's favoriet, die uiteindelijk tot winnaar werd uitgeroepen.

'Ik zei het toch!' zei Appu uitbundig in de Club terwijl hij zijn winst opstreek. 'Die bruid van mij is een topper!'

Hij kocht een diamanten broche met een zonnetje voor Baby om het te vieren, en een bijpassende armband. Het koste veel meer dan hij gewonnen had, maar daar ging het niet om, nietwaar?

Appu maakte Baby zwanger. Of dat dacht Baby ten minste, tweemaal kort achter elkaar, binnen een periode van vijf maanden. Elke keer betrok haar gezicht als haar maandstonde toch nog kwam, wreed genoeg een paar dagen te laat, net lang genoeg om haar hoop te geven.

'Maak je geen zorgen,' troostte Devi haar als Baby huilde. 'Niet piekeren, *kunyi*, jullie zijn allebei nog zo jong, je hebt nog zo veel tijd voor je.'

Appu zat naast Baby op het bed en nam haar in zijn armen. Hij kuste haar boven op haar hoofd. '*Ayy*, mijn liefje. Stil nu maar, sst. Zal ik een gedichtje voor je opzeggen?'

Hij begon op plechtige toon voor te dragen:

Er was eens een jong meisje dat
Drie koters kreeg: Nat, Pat en Tat.
Ze genoot van het broeden
Maar ze haatte het voeden
Omdat er geen tiet was voor tat!

Baby bleef stil, niet-begrijpend wat hij zei, maar begon toen toch te giechelen. Ze bonkte met haar vuisten op Appu's borst en ze lachten allebei.

Er bleef af en toe een brief van Nanju komen, maar ze werden steeds onbetrouwbaarder, zowel in regelmaat als in inhoud. Een keer was er maar één alinea, geheel gewijd aan het geluid van de zee die tegen Bombays kustlijn sloeg en weer wegtrok. Een andere keer maakte hij zich druk over het ontbreken van de nacht. *Er zijn hier altijd lichten aan,* schreef hij aan Devanna. *Rusten is onmogelijk.* Niet één keer repte hij van zijn terugkeer.

Het volgende jaar, toen Appu's zevenentwintigste verjaardag voor de deur stond, bracht Devi in de Iguthappatempel een offer in naam van haar drie kinderen: Appu, Nanju en Baby. Appu ging op de enorme bak van de weegschaal zitten en trok een blozende Baby op schoot terwijl de priester de andere bak vol laadde met de ene na de andere zak ongepelde rijst. Devi vouwde haar handen in gebed en zag hoe de twee bakken van de weegschaal ten slotte een perfecte balans bereikten. 'Iguthappa Swami, bescherm mijn kinderen.'

Ze doneerden de rijst aan de tempel en Devi gaf de priester nog honderd roepies extra. 'Bid voor mijn zonen,' vroeg ze. 'Voor allebei... laat hen beiden thuis zijn.'

Ze was in gedachten verzonken op de terugweg naar Tiger Hills en merkte amper hoe de auto over de oneffen weg hobbelde. Appu, die de auto voor hen bestuurde, minderde vaart, zette de auto aan de kant en gebaarde dat ze moesten stoppen. Toen Devi het raampje naar beneden draaide, wees hij naar links. 'Het Kambeymadadorp, Avvaiah. Ik vertelde onze dame hier dat het aan deze weg ligt, en nu wil ze het oude Kambeymadahuis bezoeken.'

Devi wilde al zeggen dat het al laat werd toen Baby zich met stralende ogen voor Appu langsboog. 'Mogen we?' vroeg ze. 'Alstublieft, heel even maar. Ik beloof dat het niet lang zal duren.'

'O, goed dan,' capituleerde Devi. 'Gaan jullie tweeën maar. Nee, wij niet. Het is laat en we zijn moe.'

Die avond zat Devi aan haar kaptafel haar vochtige haar te kammen. Het was moeilijk te geloven hoe lang het geleden was dat ze het Kambeymadahuis voor het laatst had bezocht. Appu en Devanna gingen elk jaar voor de Puthariceremonie, maar zij weigerde te gaan. Het huis, het terrein... er waren te veel herinneringen. Ze legde de kam neer en staarde naar haar spiegelbeeld. Ze legde een vinger op de holten onder haar ogen. Sinds wanneer had ze die? Ze sloot haar ogen, plotseling moe. De ceremonie in de tempel had haar meer van streek gebracht dan ze had beseft. Nanju had erbij moeten zijn. En daarna nog Appu's bezoek aan het huis van de Kambeymada's... Het had direct herinneringen opgeroepen aan het verleden, wat haar toch al kwetsbare stemming nog verder aan het wankelen bracht.

Er zweefde haar een beeld voor ogen van glimmende goudenregen tegen een strakke, zeeblauwe hemel. Ze bleef even stilzitten, probeerde zich weer in de hand te krijgen en pakte toen ongelukkig de broche van tijgerklauw. Hij lag in haar hand, een gladgesleten komma die vaag glansde in de schemering. Vermoeid bevestigde ze hem op haar sari, pakte de kam weer en ging verder met het ontwarren van haar haar.

Ze hoorde een auto toeteren; het licht van de koplampen flitste kort door het raam toen die de oprit op reed. Appu en Baby waren terug. Devi draaide haar haar in een knot en ging langzaam naar beneden. Appu maakte op de veranda zijn veters los en grijnsde, terwijl Baby Devanna opgewonden een grote lijst liet zien.

'Avvaiah, kijk eens wat we gevonden hebben. Mijn lieftallige echtgenote,' legde Appu uit, 'vond dit op zolder. Niemand anders dan zij zou zelfs maar op het idee komen om naar zolder te klauteren, maar daar heb je het.'

'Ik ging naar boven, alleen om even te kijken, en daar stond dit tegen een muur,' legde Baby uit. 'Helemaal achterin, onder het stof. Een van de oude mannen in het huis wist nog dat het daar jaren geleden neergelegd was. Het zou opnieuw ingelijst worden, zei hij, kort nadat Kambeymada Nayak overleed. Maar met het verdelen van de grond en zo is iedereen het op een of andere manier vergeten.'

'Het is een familiefoto, Avvaiah,' zei Appu. 'Hier, kijk zelf maar.'
'Een foto...?' Devi's hart sloeg een slag over. Ze ging op de bank naast Devanna zitten en duwde haar bril op haar neusbrug. Het was een oude sepia-afdruk. Witte mieren en termieten hadden gangen in de gammele zwarte lijst gegraven. Vanonder het troebele glas staarden gezichten uit het verleden haar ernstig aan.

'Mysore,' zei ze, met verstikte stem. 'Kambeymada Nayak had een fotograaf uit Mysore laten komen.'

Zoveel jaar geleden, Machu. Ze legde een hand op de lijst; haar vingers trilden licht terwijl ze over de gedaanten streek die stil onder het glas lagen. Een voor een, het gezicht waarnaar ze het meest verlangde voor het laatst bewarend.

'Kijk.' Baby was minder geduldig. 'Hier sta jij, met Nanju *anna*.'

Hij was zo gemakkelijk uit haar gegleden. Een keer persen, toen nog een keer en daar lag hij al, aan de rand van het stromatras. Zulke kleine vingertjes, zulke perfect gevormde voetjes. 'Wat een lief kind,' zeiden ze over hem, 'hij huilt bijna niet, wil zijn moeder helemaal geen last bezorgen.'

Devi stak haar hand uit naar de slanke jonge vrouw en de peuter met de bolle toet op haar schoot. Wat was ze jong geweest. 'Hij was zo'n lief kind,' zei ze tegen Baby. 'Huilde bijna niet, glimlachte altijd...' Devanna zei niets; zelfs zonder naar hem te kijken wist ze dat hij ook moeite had om zijn tranen in te houden.

Devi begon de anderen aan Appu en Baby aan te wijzen, verstikt van emotie. 'Hier. Kambeymada Nayak. Je overgrootvader, Appu. Wat een snor had hij!'

'En hij?' Baby wees naar een man die op de allerlaatste rij stond. 'Wat is hij lang... dat is Appu's vader, toch? Dat moet wel, Appu lijkt zo veel op hem.'

Devi hief haar ogen op naar de plek die Baby aanwees.

Je gezicht. Mijn ogen nog een keer op je gezicht te laten rusten.

'Hij...' ze viel stil en probeerde haar zelfbeheersing te herwinnen. 'Kijk, *monae*,' zei ze toen tegen Appu, wanhopig proberend om luchtig te klinken, 'heb ik niet altijd gezegd dat je precies op hem lijkt?'

Baby draaide de foto naar zich toe. Alleen Devanna zag de onwillekeurige beweging van protest toen Devi de lijst probeerde vast te houden.

Baby staarde naar de foto. 'Wat vreemd.' Ze draaide hem weer om zodat de anderen konden zien wat ze bedoelde. 'Appu's vader. O, hij kijkt helemaal niet naar de camera,' ging ze verder terwijl ze naar Machu's gezicht keek. Toen lachte ze en keek op naar Devi.

'Zoals de foto genomen is lijkt het bijna alsof hij jou recht aanstaart!'

Toen begon Devi te huilen; de tranen rolden over haar wangen. Appu keek haar verrast aan en schuifelde met zijn voeten terwijl Devanna zijn hand in zijn zak stak en haar zwijgend zijn zakdoek overhandigde.

Ze lieten de foto opnieuw inlijsten achter nieuw glas en hingen hem in de salon. Elke ochtend, op weg naar de tuin, stond Devi er nu even bij stil om Machu's gezicht aan te raken met haar vingers. De barse, vermoeide trekken; zijn ogen die tegelijkertijd donker van woede en hol van leed stonden en die niet naar de fotograaf staarden, maar naar haar achterhoofd.

'De dingen die ik die dag tegen je gezegd heb. Een halve man. Ik noemde je een halve man vergeleken bij wat je was. Wat heb ik je boos gemaakt. En toen ging je weg en won je de *paaria kali*-wedstrijd...'

Ze stond daar en herleefde het verleden. 'Al die jaren, zo veel jaren, Machu.' Ze dronk dat geliefde, langverloren gezicht in terwijl de plantage zich roerde en de mist dromerig door de tuin sliertte.

De foto was een teken, Devi wist het. Ze voelde het in haar botten. Het was een goed teken, een aanwijzing dat de familie binnenkort weer samen zou zijn. Toen ze op een middag op Nanju's bed zat, kwam ze tot een abrupt besluit. Dit was dwaasheid. Al die dramatiek om niets. Ze zou nog wachten tot volgend jaar. Tot het Putharifestival, niet langer. Als die stijfkoppige zoon van haar dan nog niet terug was, zou ze hem laten halen. Of misschien konden ze allemaal samen naar Bombay gaan, er een uitstapje van maken. 'Ik zal zijn oor stevig omdraaien,' beloofde ze zichzelf, 'en hem een mep geven op dat koppige voorhoofd van hem. En dan neem ik hem mee naar huis.'

Het was alsof er een gewicht van haar schouders viel. Devi glimlachte toen ze de deur van de kamer achter zich sloot.

'Ayy, oude man,' zei ze de volgende ochtend tegen Devanna toen ze op de veranda zaten. 'Je hoeft er niet zo verloren bij te zitten. Wacht jij maar af, ik zal je zoon thuisbrengen.' Devanna keek haar vragend aan en ze knikte. En toen, met haar hoofd scheef, begon Devi te zingen. Ze zong en ze zong, even vals als altijd, en ze bewoog komisch met haar wenkbrauwen en zweeg pas toen Devanna eindelijk begon te lachen.

De koffieoogst was dat jaar buitengewoon goed en trok veel jakhalzen aan, die 's nachts over de plantage zwierven. Het kippenhok werd versterkt met ijzerdraad en de honden werden ondanks hun gejank binnen opgesloten, waar de jakhalzen ze niet konden pakken. De jakhalzen werden aangetrokken door de rijpende koffie en kozen snuffelend de zoetste, sappigste bonen uit. Het was alom bekend dat de zaden van bonen die onverteerd in de jakhalsuitwerpselen zaten, altijd de best smakende koffie van de hele oogst opbrachten. De Kodava's raakten de uitwerpselen zelf natuurlijk nooit aan en gebruikten de zaden ook niet, maar ze lieten ze zoeken door hun Poleyabedienden om de zaden te verkopen. Ook op Tiger Hills volgden Tukra en de andere bedienden elke ochtend de jakhalssporen en doorzochten ze hun uitwerpselen. Devi *akka* was dat jaar in een gulle bui; ze had gezegd dat ze de zaden mochten verkopen en de opbrengst zelf mochten houden.

Jehangir Tata, de derde deelnemer aan de uitdaging van Aga Khan, vestigde de eerste luchtpostdienst in het land. Hij vloog de eerste vlucht zelf in een Puss Moth, van Karachi naar Bombay en daarna verder naar Madras, via Ahmedabad en Bombay. Appu's gezicht lichtte op van opwinding bij dat nieuws. 'Dit is nog maar het begin!' riep hij uit. 'Kan de passagiersvlucht nog lang achterblijven nu het land al luchtpost heeft?'

Zijn ogen glansden toen hij Tata's foto in de kranten bekeek. 'Wat een gevoel moet dat zijn! Vliegen als een vogel, zo vrij, niets om je heen behalve de open lucht.'

En weer kwamen de regens, een reeks warme, zachte buien, omrand met regenbogen. De bospaddenstoelen waren dat jaar zo overvloedig dat de markt wekenlang vol stond met mandjes ervan. Dikke, vlezige paddenstoelen zo groot als een mannenvuist, zo vol van smaak dat je er bijna geen vlees meer bij nodig had.

Er kwam nog een brief van Nanju, deze keer zonder een woord. Het was een enkele, verwarrende bladzijde kleinfoliopapier, geheel gevuld met afdrukken van de amulet die Devanna hem had gegeven. Hij leek er een vel papier overheen te hebben gelegd en er met een potlood woedend overheen te hebben gekrast. Met de goede kant omhoog, op zijn kop, horizontaal, verticaal, aan deze en aan die kant van het papier; de ene na de andere afdruk van de afgeronde vierkante amulet en het gebed dat erop stond. Devanna staarde naar de vreemde brief, zijn gezicht strak. 'Het geeft niets,' zei Devi tegen hem, in een poging haar eigen bezorgdheid te verbergen. 'Hij wist waarschijnlijk niet meer wat hij moest schrijven.' Ze streek de verwarrende tekeningen glad onder haar vingers. 'We gaan naar Bombay,' zei ze vastberaden. 'Als de regens voorbij zijn gaan we allemaal naar Bombay en nemen we Nanju mee naar huis.'

Baby geloofde dat ze weer zwanger was. Deze keer vertelde ze niets aan Appu voor het geval dat het weer vals alarm zou zijn. Er verstreek een volle week en nog altijd hield ze het nieuws voor zich. Haar benen leken met de dag zwaarder te worden en ze had een vreemde smaak van katoenpluis in haar mond, maar Baby zei geen woord.

'Is alles goed met je?' vroeg Devi, die zag hoe bleek haar gezicht was. Baby knikte en probeerde te glimlachen, maar de pijn in haar benen werd zo ernstig dat ze die middag eindelijk naar haar bed ging en de dekens zo strak mogelijk om zich heentrok. Haar hoofd voelde zwaar, zo ondragelijk zwaar. Ze ging steeds opnieuw verliggen, probeerde het zich zo comfortabel mogelijk te maken en viel uiteindelijk in een onrustige slaap met een hand op haar buik. Bijna direct begon ze te dromen.

Ze liep op haar tenen door een groot gebouw, voorzichtig, zodat ze geen van de mensen in de reeks bedompte, zwakverlichte kamers wakker zou maken. Er kreunde iemand en Baby besefte dat het gebouw een ziekenhuis was. De persoon kreunde opnieuw. 'Avvaiah,' fluisterde hij, en er schoot een pijnscheut door haar heen toen ze Nanju's stem herkende. Hij bewoog zich behoedzaam en trok een grimas van de pijn. 'Avvaiah,' herhaalde hij, en toen zweeg hij abrupt, alsof hij zich schaamde om door iemand gehoord te worden. Hij lag daar met zo'n ondraaglijke pijn in zijn ogen dat Baby wel kon huilen. Het was alsof ze het zelf voelde, het verstikkende gewicht van zijn wanhoop. Hij ging overeind zitten, kreunend. Ze keek hulpeloos toe toen hij zijn voeten op de vloer zette, langs haar heen schuifelde en door de deur wegliep.

Baby werd zwetend wakker; ze lag daar een tijdje met luid kloppend hart. Haar droom was zo levensecht geweest dat het een paar seconden duurde voor ze de vochtigheid tussen haar dijen opmerkte. 'Nee,' dacht ze in paniek, en alle gedachten aan Nanju verdwenen direct uit haar hoofd. Ze wist het, ze wíst het, zelfs nog voor ze haar hand naar beneden stak en haar vingers bevlekt met bloed weer naar boven haalde.

Devi zuchtte terwijl ze de post doorkeek. Het was nu twee dagen geleden dat Baby in bed was gaan liggen. Weer was haar maandstonde gekomen; het kind was er zo kapot van dat ze een alarmerend hoge koorts had gekregen. Wat had dat arme meisje gehuild. 'Het is oké, *kunyi*,' had Devi haar getroost, haar eigen teleurstelling verbergend. 'Stil maar, de bergen zijn niet omgevallen en de Kaveri staat nog niet droog. Het is het einde van de wereld niet. Volgende maand...' Maar Baby bleef huilen alsof haar hart zou breken. Een aangeslagen Appu bleef maar door de slaapkamer ijsberen, heen en weer, heen en weer, tot Devi hem praktisch naar beneden moest commanderen.

Ze keek nu afwezig omhoog, naar het plafond. De bovenverdieping was stil. 'Hou haar onder de kalmeringsmiddelen,' had de arts aangeraden. Baby was diep in slaap, ondanks de grammofoon die Appu in de salon liet spelen.

Het regende tenminste even niet. De zon viel schuin door de sampigébomen en de bloembedden dampten zachtjes. Precies het soort dag waarvan Nanju genoten zou hebben. Hij zou ervandoor zijn gegaan, om de hemel weet waar op het landgoed rond te dwalen en naar zijn geliefde vogelhuisjes te kijken.

Ze keek naar het telegram in haar hand. Het was aan Devanna geadresseerd. 'Hier,' zei ze, 'voor jou.' Iets van een van de winkels waar hij zijn boeken bestelde, nam ze aan.

'Ah?' Devanna klopte op zijn zakken, op zoek naar zijn bril.

De kat op de veranda geeuwde en likte zijn vacht. 'Om je nek,' zei Devi zonder op te kijken, 'hij hangt om je nek.' Devanna keek haar schaapachtig aan en begon het telegram open te scheuren.

Pas toen hij het liet vallen, met een schorre kreet die de kat buiten zo aan het schrikken maakte dat het dier de lucht in sprong, draaide Devi zich met een ruk naar hem om.

'Wat? Wat is er?'

Appu bukte zich om het telegram op te rapen. Hij las de inhoud door, zijn gezicht asgrauw. 'Er... er is een ongeluk gebeurd.'

Het telegram kwam uit Bombay, van de universiteit waar Nanju lesgaf. Er was een verschrikkelijk ongeluk gebeurd, meldde het telegram. *Moesson; gaten in weg. Dhr. Nanjappa overleden.*

Buiten liep de kat misnoegd en met stijve poten naar het raam en sprong hij op de vensterbank. Langzaam begon hij opnieuw zijn vacht te likken. Er vloog een vlinder vlak boven zijn kop, maar het dier ging te zeer op in zijn wasbeurt om het te merken. De vlinder fladderde op heldergele vleugels nauwelijks zo breed als een vingernagel de kamer in.

Devanna zei iets, maar het waren niet zozeer woorden als klanken. Klanken van rouw, van het ergste verlies. Een litanie van het verlorene.

Devi trok haar knot uit haar haar. Het viel om haar schouders, nog altijd dik, hier en daar doorschoten met zilver. 'Mijn zoon,' fluisterde ze. 'Mijn zóón.'

De vlinder fladderde boven hen allemaal, helder van kleur als een bloemblaadje van de goudenregen, zwevend op de wind.

Appu haastte zich naar Bombay. Een vriend die verloofd was met een nicht van Jehangir Tata regelde het een en ander voor hem. Hij klom in Madras aan boord van Tata's eenmotorige postvliegtuig en vouwde zichzelf op tussen de postzakken, de enige beschikbare plek.

'In vliegende haast, zou ik zeggen,' zei hij mat tegen de piloot, wanhopig proberend een grapje te maken.

De piloot keek hem droog aan en knikte. 'Ik heb gehoord van uw omstandigheden. Gecondoleerd.'

Appu zweeg. Hij zat in elkaar gedoken op de zakken, met zijn knieën bijna opgetrokken tot aan zijn kin terwijl de Puss Moth haar neus de lucht in stak. Het brullen van de motor om hem heen, hard, godzijdank hard, verdreef alle gedachten uit zijn hoofd. Hij zat daar, nota bene op zijn eerste vlucht, maar hij merkte amper hoe de Puss Moth steeg en daalde en tussen de opbollende poederdonswolken door vloog.

Bombay was snikheet en zo benauwd dat Nanju's lichaam al verbrand was. 'Te veel stink, m'neer,' legden ze hem behulpzaam uit bij het lijkenhuis.

Er was niets van Nanju over om mee naar huis te nemen.

34

Tiger Hills was in rouw gedompeld. Devanna was in zwijgen vervallen. Geen woord sprak hij uit, geen geluid maakte hij terwijl hij als versteend in de plantersstoel zat. De tuin raakte onverzorgd en verwilderde. Hij leek het niet te merken. In de eerste paar weken na het nieuws had hij als een bezetene gewerkt om de toppen van de rozenstruiken samen te binden, er hier een uit de aarde te trekken en daar drie struiken bij elkaar te zetten. En toen was hij ingestort, uitgeput. Niemand wist welke tovenarij hij had uitgehaald, welke klaagzangen hij in de aarde had gegoten, maar toen de rozen bloeiden waren ze van het donkerste bloedrood dat je je kon voorstellen. Zo'n roetbruin rood dat het bijna zwart was. Hij had de tuin ermee volgezet, elk beschikbaar plekje grond. Zwartrode rozen, als klonters gestold bloed, alsof de hele tuin gewond was geraakt en bloedde.

De rozen verwelkten ten slotte en vielen op de grond. De stengels die gesnoeid hadden moeten worden hingen er verwaarloosd bij. Ze werden lang en wild, bekroond met doornen. Tukra gaf de planten elke ochtend en avond trouw water, maar het was niet genoeg. 'Wat zal ik vandaag wieden?' vroeg Tukra dan. 'Moet er nog iets geknipt worden?' Devanna leek hem niet op te merken.

'Kom, *maava*,' spoorde Baby hem aan. 'Laten we wat bloemen gaan plukken. U en ik samen.'

Toen keek hij op, naar de foto van Nanju die bij de gebedskamer was opgehangen. Zijn glimlachende, open gezicht zo ongerijmd en wreed omrand met de slinger van verse bloemen voor de doden. Devanna's ogen vulden zich met tranen.

Devanna was stil, maar het huis daarentegen was vol muziek. Als een dik gordijn, swingend, bonkend, wervelend door de kamers. Appu leek de grammofoon zonder onderbreking aan te hebben staan, alsof de valse vrolijkheid op een of andere manier de stilte zou compenseren. 'Baby, kleed je aan,' riep hij dan. 'We gaan naar de Club.'

Eerst had Baby haar man vreemd ongevoelig gevonden. Toen het verschrikkelijke nieuws gekomen was, had Appu geen traan gelaten. Devi had voor het eerst totaal ontredderd geleken; het was Appu die de barbier liet komen om zijn en Devanna's hoofd kaal te scheren, het was Appu die de bedienden met bericht van de tragedie naar het dorp van de Nachimanda's en verder had gestuurd. Hij was het die de reis naar Bombay organiseerde. De hele tijd met droge ogen, bijna achteloos.

Weken later was Baby wakker geschrokken. Eerst had ze het geluid niet kunnen plaatsen. Een gedempt snikken. Had ze het zich verbeeld? Nee, daar was het weer, dat vreemde, verstikte geluid in de badkamer. Ze klopte op de badkamerdeur – 'Appu?' – en toen er geen antwoord kwam, liep ze naar binnen. Hij stond tegen de spiegel geleund, met zijn armen over zijn hoofd geslagen. 'Appu?' had ze nogmaals gezegd, en hij had zich naar haar omgedraaid. Het had haar de adem benomen, de blik op zijn gezicht. Een opgejaagde, wanhopige uitdrukking, het gezicht van een man die in zijn binnenste had gekeken en had ontdekt dat er iets voorgoed verloren was.

'Appu,' zei ze nogmaals zachtjes, en hij had zijn hoofd geschud. 'Hier, lieverd, hier,' zei ze en ze ging naar hem toe en sloeg haar armen om hem heen. Het verstikte geluid klonk weer; Appu begon te huilen. Ze bedolf zijn gezicht onder de zachte kusjes, op zijn lippen, zijn hals, zijn voorhoofd, dat kaalgeschoren hoofd, en leidde hem toen terug naar hun bed. Hij had zijn gezicht in haar schoot verborgen, als een kind, en zo bitter gehuild dat ze dacht dat haar hart ervan zou breken.

'Niets...' Ze boog zich naar voren om beter te kunnen horen wat hij zei. 'Ik deed niets. Ik had hem terug moeten roepen, had moeten eisen... Ik heb niets gedaan, Baby, ik heb alweer niets gedaan!'

Eindelijk was hij in slaap gevallen. De volgende ochtend was het alsof er niets gebeurd was. Toen ze er met hem over probeerde te praten, ging hij nog luider fluiten en overstemde hij haar woorden. Hij had daarna niet meer over Nanju gesproken.

Het Indiase hockeyteam vertrok naar de Olympische Spelen in Los Angeles. Appu ging vanaf het begin helemaal op in hun prestaties. 'Ik wist het!' Hij stompte met zijn vuist in de lucht en luisterde gespannen naar de radio-uitzending van de finale. 'O Dhyan, Dhyan, wat zouden we zonder jou moeten?' Hij sprak de woorden bijna eerbiedig uit. In de vier jaar na Amsterdam waren het talent van het Indiase team en zijn geliefde Dhyan nauwelijks verminderd, leek het.

'Appu,' berispte Baby hem met een blik op de veranda waar Devanna zat. 'Misschien slaapt hij wel.'

'Wat, om tien uur 's morgens? Wat is er aan de hand met dit verdomde huishouden? Dit zijn de Olympische Spelen, Baby. De Olympische Spélen!' Hij draaide het volume nog hoger.

Baby keek ongelukkig naar buiten, maar ondanks de herrie verroerde Devanna zich niet eens.

Het was Tukra die uiteindelijk ingreep. 'Devi *akka*,' zei hij, staande in de deuropening van Nanju's kamer terwijl hij de punten van een theedoek in zijn handen wrong, 'u moet naar beneden komen. Dit is niet goed. Devanna *anna*, hij zegt niets, zijn tuin kan hem niets meer schelen, hij eet bijna niet, en de planten, kijk dan, kíjk eens.'

Devi knipperde met haar ogen en keek naar de tuin alsof ze hem voor het eerst zag. Waar waren alle bloemen gebleven?

'U moet met hem praten,' herhaalde Tukra. 'Hij spreekt niet met mij. Ik vraag hem: "Zal ik onder de banyanboom wieden, zal ik de bladeren harken?" en hij zegt niet eens iets.'

'Jij hebt toch vier kinderen, Tukra?' vroeg Devi. Drie meisjes en een jongen; ze had hen allemaal helpen uithuwelijken. 'Je bent gezegend,' zei ze eenvoudig.

'Nanju *anna*...' Tukra's stem werd onvast. 'U hebt nog steeds een zoon. U bent Appu *anna's* moeder,' zei hij met tranen in zijn ogen.

Pijn sneed door Devi heen, zo scherp dat de gal in haar keel omhoogkwam. Ze drukte haar voorhoofd tegen het raam. Die laatste verschrikkelijke woordenwisseling... 'Dan keek je hoe Appu sliep, Avvaiah,' had Nanju haar verweten. 'Niet naar mij, nooit naar mij, maar naar Appu.'

Devi kromp ineen toen ze het zich herinnerde. 'Dat is niet waar,' fluisterde. Ze kneep haar ogen dicht en riep een beeld uit het verleden op. Nanju *kunyi*, slapend in de kinderkamer. Haar beide jongens, veilig in hun dromen.

Het enige wat naar boven kwam was een verwarde wirwar van beelden. Het licht uit de olielamp dat om haar voeten speelde en schimmen op de ramen en de houten luiken wierp. De tijger die brulde vanaf de muur. Een uil, die ergens in de nacht laag en lang kreet. En daar, kijk, haar zonen. Twee broers, diep in slaap. Daar lag Nanju, opgerold tot een bal...

En daar, Appu. Met zijn armen wijd uitgespreid lag hij te glimlachen om een droom, een kuiltje in zijn wang zo diep dat het haar bijna aan het huilen maakte.

'Iguthappa Swami,' bad ze dan, zonder haar ogen van hem af te kunnen houden, 'bescherm hem. Neem mij, neem wat ik verder ook heb, maar behoud dit kind voor mij.'

'Dan keek je hoe Appu sliep, Avvaiah. Appu.'

Devi deed met een ruk haar ogen open. 'Ik waakte ook over jou, *kunyi*,' fluisterde ze gepijnigd. 'Ik waakte ook over jou.' Een lichte bries waaide door de ramen en deed de gordijnen opbollen. Devi huiverde.

Ook die nacht sliep Devi nauwelijks, maar toen de ochtend kwam pakte ze eindelijk het haar dat ze zo lang los had laten hangen bij elkaar en bond het in een wrong. Ze opende de deur en ging naar beneden, terwijl ze zich vasthield aan de balustrade alsof ze haar evenwicht dreigde te verliezen. Het huis was stil en er sijpelde een dun grijs licht door de kamers.

Ze stond stil bij de oude foto en legde haar vingers eerst op Machu's gezicht, daarna op de dreumes op haar schoot.

Ze had het Baby een keer gevraagd, vlak nadat het nieuws was gekomen. 'Je hebt een keer tegen me gezegd dat jij overleden mensen ziet, dat ze zich aan jou tonen,' zei ze streng. 'Heb je mijn Nanju gezien?'

Baby had langzaam haar hoofd geschud.

'Ik wist het!' Devi was teruggekeerd naar de tuin, met een fel licht in haar ogen. 'Hij is niet dood, hij kan niet dood zijn.' Want als hij dat was, redeneerde ze, zou zijn geest toch zeker een manier hebben gevonden om weer naar huis te komen? 'Als ademhalen,' had hij tegen haar gezegd; dat was wat Tiger Hills voor hem betekende. Het licht was abrupt gedoofd in haar ogen toen ze inzag hoe absurd haar hoop was.

Ze legde nu haar handpalm op de foto. Nanju *kunyi*.

Devanna zat op de veranda, zoals gewoonlijk onderuitgezakt in zijn stoel. Ze ging naast hem zitten terwijl de schaduwen wegsmolten in het licht en de papegaaien vanuit de banyanbomen op het gras neerdaalden.

'Vergeef me,' zei ze toen, met toegeknepen keel.

'Hij had jouw glimlach.' Zijn stem klonk roestig en hol. 'Je zei altijd dat hij precies op mij leek, maar hij had jouw glimlach.'

'Devanna, ik...'

'Ik had het moeten zijn. Niet hij. Ik.'

Devi's ogen vulden zich met tranen. 'Jij? Ik was degene die die dingen zei en hem wegjaagde.'

Hij draaide zich met holle ogen naar haar toe. 'Moet ik je haten, Devi? Omdat je die dingen hebt gezegd? Of moet ik je bedanken omdat je de omstandigheden van Nanju's geboorte al die jaren voor hem verborgen hebt gehouden? Ik was verantwoordelijk voor zijn geboorte, en dus ben ik ook verantwoordelijk voor zijn dood.'

'*Als water ben ik uitgegoten*,' citeerde hij met zo'n rauwe stem dat die in haar leek te snijden. '*Mijn gebeente valt uiteen; mijn hart is als was, het smelt in mijn lijf.* Hij was het distillaat van alles wat goed was in jou en in mij. Als hij ook weg is, wat blijft er dan nog over? Wat blijft er nog over, behalve deze jammerlijke botten?'

Vogels begonnen te zingen in de tuin, *marmets* en zoetgevooisde *koels*; ze vulden de plantage met hun gezang.

'Je vergeet iets,' zei ze hees. De zon begon zich te roeren in het oosten en kleurde de wolken roze. 'Je hebt nóg een zoon. Appu. Hij heeft zijn vader nodig. Als je het zomaar opgeeft... dan...' Ze zweeg en vocht tegen haar tranen. 'Devanna, wíj hebben nog een kind.'

Toen begon hij te huilen, geluidloos. De tranen stroomden over zijn wangen, maar zijn handen beefden zo ernstig door zijn zenuwtic dat hij ze niet eens probeerde weg te vegen.

Ze ontbeten met elkaar die ochtend, allemaal samen aan de eettafel. Devi trok haar stoel naar achteren en aarzelde. Toen ging ze in plaats van op haar gebruikelijke plek aan tafel op Nanju's stoel zitten.

'Appu,' beval ze om de sterke pijnscheut te maskeren die zelfs die eenvoudige daad haar al toebracht, 'stop met dat getreuzel en drink je koffie op voor hij koud wordt. En zet in vredesnaam die grammofoon wat zachter. Is dit een huis of een hotel?'

Baby dacht dat hij zou protesteren, maar Appu grijnsde. 'Ja, Avvaiah,' stemde hij in en hij stond direct op, de opluchting duidelijk hoorbaar in zijn stem.

In de zomer van 1934 kwam Gandhi naar Kodagu. Ondanks de verschroeiende zon telde de menigte die naar hem kwam luisteren bijna tienduizend man. Hij sprak die ochtend bijna alleen over de lagere kasten. Wat een afschuwelijk idee is het, zei Gandhi, het concept van onaanraakbaarheid. Dat een man toegang krijgt tot een bepaalde plek of niet, alleen vanwege zijn geboorte. In Gods ogen is iedereen gelijk...

Opgezweept door zijn woorden eisten de plaatselijke nationalisten dat de oude tempels van Kodagu voor iedereen werden opengesteld, ongeacht geboorte. Heel Kodagu raakte onmiddellijk van de kook. De meningen van de Kodava's waren sterk verdeeld en de Britten keken geamuseerd toe.

'Het is niet meer dan eerlijk,' zeiden de nationalisten. 'Poleya of Kodava, elke man heeft evenveel recht op het huis van God.'

'Verdomde idioten,' wierp de oude bewaker tegen. Waar ging de wereld naartoe als hij de Poleya's nu als gelijken moest behandelen, dezelfde Poleya's die hen generaties lang gediend hadden? Uiteindelijk werd er een compromis bereikt. De Poleya's werden tot de tempels toegelaten, maar wel via een aparte ingang. Onder geen beding werden ze toegelaten tot het heilige der heiligen. Nationalistische en feodale verlangens waren allebei gehonoreerd, maar het was een ongemakkelijke wapenstilstand.

Een paar maanden later benaderde Timmy Bopanna Appu in de Club. 'Heb je wel eens overwogen om je verkiesbaar te stellen, Dags?'

'Ik in de politiek?' grinnikte Appu. 'Beste kerel, heb je de politici van tegenwoordig dan niet gezien? Je moet je in een lendendoek kleden en niet meer dan vijftig kilo wegen als je serieus genomen wilt worden.' Hij schudde zijn hoofd. 'Ik in de politiek, je maakt zeker een grapje.'

Timmy glimlachte. 'Zo'n gek idee is het niet, lijkt me. Gandhi is alleen het gezicht van de nationalisten, Dags. De ascetische en nederige stemmenlokker. Achter het gordijn... o, daar ligt een podium vol mensen zoals jij en ik.' Hij boog zich naar voren om zijn punt te maken. 'Goed opgeleid. Beschaafd. Van oude, gevestigde families, van een zekere... standing.' Hij gebaarde de biljartkamer rond en dempte zijn stem. 'Als de Engelsen vertrekken, aan wie denk je dan dat ze de overheidsteugels zullen overlaten? Aan nationalisten in zelfgesponnen lappen? Of aan mannen zoals wij, mannen van de wereld die een sigaar met ze kunnen roken en als gelijken met ze kunnen praten?'

Appu knipte met zijn vingers om de ober te roepen. 'Nog een gin.' Hij keek Timmy geamuseerd aan. 'En waarom zouden wij ons met zulke zaken willen bemoeien?'

'Omdat,' zei Timmy langzaam, 'geld zonder macht afgrijselijk saai wordt. De dagen van weleer zijn voorbij, Dags. Jij en ik, wij komen allebei uit een van de meest eerbiedwaardige families in Kodagu, maar het kan niemand een klap schelen. Dat komt door al die nationalistische onzin – grondbezitter en arbeider, iedereen is gelijk. Dekselse onzin. En het wordt alleen maar erger, let op mijn woorden. Tenzij mensen als wij opstaan en vechten voor wat ons rechtens toekomt.

'Kijk maar naar wat er gebeurd is sinds die toespraak van Gandhi. Onze tempels... opengegooid! En dit is nog maar het begin,' waarschuwde Timmy. 'Als we niet opkomen voor wat ons toekomt, raken we heel Kodagu nog kwijt.'

Appu was niet overtuigd. 'Kom nou, Timmy. Dat gebeurt heus niet. Hou toch op over geld zonder macht. Jij bent nu degene die afgrijselijk saai is.'

Timmy bloosde. 'Wat is dat toch met jou, Dags? Wil je dan geen naam maken?' Hij gebaarde weer naar de rokerige ruimte. 'Is dit genoeg voor je? Nou, voor mij in elk geval niet.' Timmy stond op en liep verontwaardigd weg.

Appu keek om zich heen terwijl hij zich over zijn gin ontfermde. Hetzelfde zaaltje als altijd, haast niet veranderd door de jaren heen. De biljarttafel, de fluwelen gordijnen. Rinkelende glazen, lachende vrouwen. Hij dacht aan Kate. Waar was ze, vroeg hij zich af, de losbandige mevrouw Burnett? Hij had toch in de biljartruimte gestaan, toen hij haar voor het eerst zag? Plotseling onrustig sloeg hij zijn drankje in een keer achterover. Hij knipte met zijn vingers naar de ober: 'Nog een.'

'Dags!' riep iemand hem vanaf de andere kant van de ruimte toe. Hij deed alsof hij het niet hoorde. Die kc10-kerel, Kipper Cariappa, was tenminste vanavond niet hier. Hij was in Kodagu voor een maandje vakantie en Appu liep hem de hele tijd tegen het lijf op de Club, die verwenste stijve hark met zijn graad van Staff College, zijn legerbaan en zijn kc10-opleiding.

'Wil je geen naam maken?' had Timmy hem ongelovig gevraagd. Mijn vader, dacht Appu zwartgallig bij zichzelf, was een tijgerdoder. Een legerheld... Zijn gedachten dwaalden af, maar het superieure gevoel dat ze opriepen duurde niet lang.

Je naam vestigen, toe maar. Plotseling wenste hij ver weg te zijn, hij wist niet waar, zolang hij maar uit de buurt was van deze clowns. 'Dags!' riep iemand weer. Met een binnensmondse verwensing sloeg

Appu zijn glas achterover, zette het met een klap op een tafeltje en beende naar de bar.

'Stel dat we de politiek in zouden willen, waar moeten we dan beginnen?'

Timmy draaide zich om met een tevreden uitdrukking op zijn gezicht. 'Ah,' zei hij. 'Fijn dat je het vraagt.'

'De onderkoning?' vroeg Devanna verbluft. 'De onderkoning, hier in Kodagu?'

Appu knikte. De familie zat vóór het diner in de bibliotheek bij elkaar. Het was een nieuw ritueel dat op Appu's aandringen was ingesteld. 'Een beetje muziek, Avvaiah, en wat beschaafde conversatie.' Hij pakte een elpee en blies het stof eraf terwijl hij hem uit de hoes haalde.

'Ja,' bevestigde hij. 'De huidige onderkoning van heel Brits India, zijne gewichtigheid Lord Willingdon, of Lord Willie Ding Dong zoals sommigen van ons hem liefkozend noemen. Ze zeggen dat hij over te halen is om Kodagu te bezoeken. Ik heb de jongens van de Club voorgesteld om ter ere van hem een gildehuis in Madikeri te laten bouwen. En dan vragen we of hij dat wil openen. Die kerels schijnen zulke dingen geweldig te vinden.'

'En als hij dan echt komt...'

'Nou, als hij echt komt zullen we hem ontvangen op de Club en pleiten voor nieuwe koffiesubsidies en een treinverbinding tussen Kodagu en de rest van het land.'

Devi keek haar zoon perplex aan. Sinds wanneer maakte hij zich druk over koffiesubsidies?

'Dat is niet genoeg en ook te laat,' zei Devanna langzaam. 'Subsidies kunnen ons maar een klein beetje helpen...'

De koffieprijzen waren onder invloed van de Grote Depressie onderuitgegaan. Voor kleinere plantagehouders was het lastig geworden om in Kodagu een winstgevende koffieplantage te bestieren.

Appu grijnsde. 'Ach, het gaat niet alleen om de koffie, nietwaar?' Hij tikte met een vinger tegen zijn slaap. 'Dit land zal vroeger of later onafhankelijk worden van het Britse bestuur. De vraag is, aan wie zullen ze de teugels van de overheid overgeven?'

Devi schudde haar hoofd. 'Sinds wanneer heb jij interesse in politiek, Appu?'

'In Kodagu, Avvaiah! We zullen ons met het bestuur moeten bezighouden, want als de Britten weggaan zullen we anders...'

'Ik begrijp het. En die onderkoning van je, denk je soms dat hij dat gebouw zal zien en jou uit dankbaarheid tot zijn opvolger zal benoemen?' Ze zuchtte en schudde nogmaals haar hoofd. 'Hoeveel gaat dat gildehuis kosten?'

Hij haalde zijn schouders op, een beetje gekwetst door haar weinig enthousiaste houding. 'Tien, vijftienduizend? Nog moeilijk te zeggen. Ik heb beloofd dat ik er vijf zal bijdragen.'

'Vijfduizend?' riep Devi ontzet uit. 'Dat is veel geld.'

'O, ik geloof dat we nog niet de helft daarvan zullen hoeven betalen. De mensen verdringen zich al om me heen om donateur te worden. Iedereen wil meedoen, Avvaiah.'

Hij zette de naald van de grammofoon op de plaat en er klonk muziek op in de kamer.

'Wat moet er van Kodagu worden?' vroeg Devi verwonderd. 'De mensen geven zonder met hun ogen te knipperen vijftienduizend roepies uit, en dat alleen maar voor het privilege een blanke man de hand te kunnen schudden...'

Appu was opgestaan. 'Genoeg politiek voor vanavond,' zei hij terwijl hij Baby elegant overeind trok. 'Wat dacht je van een dansje, mijn liefste, voor we naar de Club gaan?'

Baby wierp een verlegen blik op Devi en Devanna toen hij haar tegen zich aantrok. Appu legde zijn wang tegen haar haar en begon mee te zingen.

Devi wiegde de karaf in haar handen en de goudkleurige cognac draaide klotsend tegen het kristal. Het was een gewoonte van haar geworden, deze dagelijkse borrel in de avonden. Sinds Nanju... ze nam een haastige slok van de cognac, dankbaar voor de hitte in haar keel. Zonder de drank kon ze moeilijk slapen.

Ze draaide zich een beetje om en keek naar Devanna. Hij zat naar de dansende Appu en Baby te kijken, zonder te lachen; nee, daar was het nog veel te vroeg voor, voor hem of voor haar. Maar desalniettemin was er iets zachts in zijn gelaatsuitdrukking die de lijnen van zijn gezicht glad maakte.

Appu zwierde Baby in zijn armen rond, nog altijd meezingend, en Baby's oorbellen flitsten groen en goud op in het licht. Zo'n mooi stel. 'Alstublieft, Iguthappa Swami,' zond Devi een stil gebed op terwijl ze door de salon zwierden. 'Laat hen... laat er geen... laat ons...'

Ze stopte, worstelend met de woorden, niet precies wetend hoe ze de goden het best om hun bescherming kon smeken.

Een tijdlang bleef het bezoek van de onderkoning onzeker. Zijn militair attaché bleef volhouden dat zijn schema domweg te krap was om er nog een uitstapje naar Kodagu in te passen. Het was Appu die op het idee van de paardenrennen was gekomen. De plantagehouders stuurden de onderkoning een geschenk, een fraaie zilveren *peechekathi* met een heft dat was ingelegd met goud. De dolk werd in mousseline gewikkeld en in een koperen kist gelegd die bijna tot de rand gevuld was met donkerbruine, perfect gekloofde koffiebonen. Het geschenk ging vergezeld van een uitnodiging op zwaar, crèmekleurig briefpapier.

De koffieplanters van Kodagu hebben de eer
Zijne Excellentie uit te nodigen de opening
van de Madikeri Derby te verrichten.

En als hij bij de paardenrennen hun gast was, voegde de uitnodiging eraan toe, zou het hun een privilege zijn de beste koffie ter wereld met hem te delen. Geïntrigeerd liet de onderkoning zijn misnoegde attaché weten dat hij twee dagen in Kodagu zou verblijven.

Toen de komst van de onderkoning eenmaal bevestigd was, was de financiering van het gildehuis binnen een paar weken rond. Er kwamen zo veel donaties binnen dat Appu niet meer dan een paar honderd roepies hoefde bij te dragen van de beloofde vijfduizend. De mensen bleven maar komen, hoewel ze te horen kregen dat er geen donaties meer geaccepteerd werden. Ze somden hun connecties op en eisten toestemming om iets bij te mogen dragen zodat hun naam op de lijst van grondleggers achter in het gebouw zou komen.

De dag van het bezoek naderde en de voorbereidingen voor de paardenrennen waren in volle gang. De organisatoren brachten een enorme geldprijs van vijftigduizend roepies bij elkaar en de beste jockeys schreven zich in, uit Madras, Calcutta en Bombay. De paarden kwamen binnen en werden gestald bij de Club. Er werd extra hulp voor het bal ingehuurd bij de zusterclub in Bangalore en Appu haalde Devi over om nieuwe tunieken met koperen knopen voor de obers te financieren.

Vrouwen kochten nieuwe sari's, *vastra's* en baljurken voor de gelegenheid en lieten hun mooiste sieraden polijsten. Appu koos Baby's garderobe uit en ze protesteerde met geen woord over de jurk met de lage rug die hij voor het bal had gekozen. Dit bezoek was belangrijk voor hem, wist ze. Ze moest er op haar allerbest uitzien.

Op de ochtend zelf kleedde ze zich zorgvuldig in de chiffon jurk met verlaagde taille die hij voor haar had klaargelegd. Ze bevestigde de met diamanten afgezette gespen van haar hoge hakken, streek haar haar glad in een wrong en wond er een snoer volmaakt roze parels omheen. Appu liep heen en weer in zijn pak en oefende zijn tekst. 'Het is een eer, uwe Excellentie. We zijn verheugd om u bij ons te hebben. En mag ik u mijn vrouw voorstellen...'

Hij bleef halverwege een stap stilstaan toen Baby uit de garderobe kwam en grijnsde. 'Perfect. Je bent een plaatje. Baby, hij zal ondersteboven zijn van je.'

Met toeterende claxons kwam de entourage van de onderkoning naderbij. Men overhandigde hem een schaar en met een zwierig gebaar knipte de onderkoning het lint door dat voor de ingang van het gildehuis was gedrapeerd, waarmee hij het huis onder donderend applaus geopend had. Zijne Excellentie draaide zich om en zwaaide, en er klonk een gejuich op uit het publiek.

De rij ging snel en spoedig was het hun beurt om voorgesteld te worden. Zijne Excellentie keek waarderend naar Baby toen Appu zich voorstelde. 'En dit,' zei Appu trots, 'is mijn vrouw, Baby.'

Baby glimlachte verlegen naar de onderkoning. 'Hoe maakt u het?' vroeg ze.

'Heel goed, lieverd, gezien de vroege start. En vertel mij eens, vind jij deze koffie echt de beste ter wereld?'

Baby staarde hem blozend aan. Ze moest antwoord geven, dat wist ze. De druk van Appu's arm op haar rug nam toe. Ze moest iets zeggen. 'Ja, uwe Hoogheid,' hakkelde ze. 'Ik bedoel, ja, uwe Koninklijke... Ja, het is de beste koffie, Sir Willie Ding Dong.'

De ruzie na afloop in de auto was de ergste die ze ooit hadden gehad. 'Hoe kon je,' zei Appu. 'Hoe kón je? Je hebt me te schande gemaakt, dat heb je gedaan. Heb ik je niet verteld hoe belangrijk dit voor me was? Ik probeer iets van mezelf te maken, Baby, of kan je dat niet schelen? Maar nee hoor, jij beledigt de onderkoning, de ónderkoning van India, verdomme! Recht in zijn gezicht. Willie Ding Dong?'

'Het was een vergissing, Appu,' zei Baby in tranen. 'Jij bent zelf degene die hem zo noemde.'

'Niet in zijn gezicht.'

'Het was een vergissing,' huilde ze. 'Ik was gewoon zo zenuwachtig...'

'Zenuwachtig? Waarover? Kun je niet praten, heb je geen mond? Kijk eens naar Daisy, kijk naar al die andere vrouwen, hoe elegant zij zich gedroegen. Ze leken wel koninginnen. Maar jij...'

'Waarom heb je me dan meegenomen? Je weet dat ik me niet op mijn gemak voel bij dit soort dingen. En voor de rest is het toch goed gegaan?'

Ondanks haar afschuwelijke blunder was de ochtend inderdaad goed verlopen. De derby was een doorslaand succes geweest en de onderkoning leek zich zowaar te vermaken. Maar Appu was nog altijd overstuur. De ruzie duurde de hele terugweg naar Tiger Hills, waar Devanna een blik op Baby's betraande gezicht wierp en geschrokken vroeg: 'Wat is er gebeurd? De nationalisten...'

'O, er zijn geen problemen met demonstranten geweest. Maar je schoondochter heeft hun eventuele schade ruimschoots overbodig gemaakt. Vraag het haar maar, vraag maar wat ze gedaan heeft.'

'Kom, Appu,' zei Devi met trillende mondhoeken toen ze hoorde wat Baby had gezegd. En toen, voor de eerste keer sinds Nanju's overlijden, begon ze te lachen. 'Jij was zélf degene die hem zo noemde!'

Haar blasé antwoord maakte Appu's woede alleen nog maar erger. Baby zei in tranen dat ze die avond onmogelijk naar het bal kon gaan, iedereen zou haar aanstaren.

'Best,' blafte Appu. 'Doe verdomme wat je belieft.'

Hij verkleedde zich woedend in zijn jacquet, vergat in zijn woede de orchidee in de ijskist die in zijn knoopsgat had gemoeten en vertrok alleen naar het bal.

Devi zuchtte. 'Hij stelt zich aan, kind,' troostte ze Baby. 'Geef hem wat tijd, hij trekt wel weer bij.'

35

1936

Devi beet op haar lip en keek zenuwachtig toe terwijl Baby bananenjam op haar toast smeerde. Er lag een starre uitdrukking op Devi's gezicht, en lijnen rimpelden dat ooit zo gladde, perfect gebogen voorhoofd.

'Hij is deze keer goed gelukt, de jam,' zei Devi in een poging om Baby af te leiden. 'Dat hangt natuurlijk helemaal af van de bananen. De rode *neindra*-soort, die zijn alleen goed om te stomen. Middelgrote *mara*-bananen moet je eigenlijk hebben; maar zelfs dan moeten ze niet te zoet zijn, anders is de jam niets dan suiker; te rijp en de jam wordt te dun. Deze waren precies goed, met stevig vruchtvlees en precies zoet genoeg. Ze kwamen uit het bosje achter in de plantage.' Ze zweeg even, wachtend op een reactie, maar Baby had haar aandacht op de trap gericht.

'Baby!' riep Devi, en ze maakte haar schoondochter zo aan het schrikken dat die haar mes kletterend liet vallen. Devanna wierp haar over de tafel een blik toe; Devi voelde de afkeuring in zijn ogen en dwong zichzelf een zachtere toon aan te slaan, maar ze klonk nog altijd hoog en bezorgd. 'Wat doe je, *kunyi*, maak je broodpudding? Kijk eens naar je toast!'

Baby sloeg haar onthutste ogen neer op haar toast, waar ze zo veel heerlijke jam op had opgehoopt dat hij uit elkaar begon te vallen. Ze bloosde. 'Ik had niet in de gaten...'

'*Kunyi*, eet je ontbijt op,' kwam Devanna vriendelijk tussenbeide. 'Appu komt snel genoeg naar beneden, je weet dat hij uitslaapt als hij laat is thuisgekomen.'

'Laat? Hoe laat?' vroeg Devi onheilspellend. 'Hoe vaak moet ik hem nog zeggen dat het genoeg is met dat late uitgaan? Baby, je moet...' Ze zweeg even en vocht om haar stem kalm te houden. Toen nam ze over de tafel heen Baby's hand in de hare. 'Verlies hem niet uit het oog, heb ik je dat niet gezegd? Hoe vaak moet ik het je nog vertellen, *kunyi*? Hij is een getrouwd man, zorg dat hij dat niet vergeet.'

Baby staarde ongelukkig naar haar bord.

'Tukra,' zei Devi, 'ga Appu eens wakker maken.'

Tukra kwam geschrokken overeind. '*Aiyo!* Appu *anna* wordt kwaad als ik hem wakker maak; hij zegt dat hij me de nek omdraait. Niet dat hij dat doet, maar dat zegt hij wel. Tukra, zegt hij, ik zweer je dat ik je nek...'

'O, in hemelsn... Appu! Appu!' Devi wachtte en luisterde of ze een beweging hoorde, misschien een voetstap of een kreet terug, maar het bleef hardnekkig stil op de bovenverdieping.

'Die jongen! Nog geen twee druppels alcohol in zijn mik en hij zou door alle overstromingen heen slapen.' Ze wendde zich tot Baby, zichtbaar van streek. 'Waarom laat je hem ook zonder jou gaan? Je moet hem vergezellen, altijd aan zijn zijde zijn.'

'Zijn vrienden...'

'Ja, hij heeft flitsende vrienden en vriendinnen. Nou en? Jij bent veel knapper. Maar...' Devi wees naar de waslijn waar de was van die ochtend aan hing. 'Die bloezen van jou! Eerder geschikt voor een olifant dan voor een vrouw!' De gewraakte kledingstukken zwaaiden beschaafd aan de lijn met hun lange mouwen en hoge halslijnen.

Baby wierp een diepbeschaamde blik in Devanna's richting. Hij had zich teruggetrokken achter zijn krant en deed galant alsof hij geen woord van dit laatste gespreksonderwerp hoorde.

Devi zette haar tirade voort. 'Alle jonge meiden dragen van die piepkleine bloesjes, en jij blijft maar dingen dragen die Tayi gewaardeerd zou hebben! Ik wil niet zeggen dat je er onfatsoenlijk bij moet lopen, maar werkelijk, *kunyi!'* Ze drukte een hand tegen haar pijnlijke hoofd. 'Dit gaan we doen. Ik laat de kleermaker komen. Laat hem een paar bloezen voor je naaien, van het moderne soort.' Ze liet een keurende blik over het figuur van haar schoondochter gaan. 'Je bent nog zo jong, op jouw leeftijd moet een vrouw haar charmes gebruiken.'

Baby, nog te gegeneerd om op te kijken, knikte zwijgend.

Appu maakte eerst ook altijd grapjes over haar bloesjes en de hemden die ze er graag onder droeg. 'Wat is dit?' zei hij, ze ongelovig omhooghoudend. 'Heb je het niet warm onder al die lagen stof?'

'Ik ben nu toch een getrouwde vrouw? Ik moet mijn fatsoen bewaren. Of had je soms liever dat ik mijn blote huid liet zien aan alle mannen in mijn buurt?'

Hij had haar lachend op schoot getrokken. 'Niet aan alle mannen, nee. Maar wat dacht je ervan om zo nu en dan iets opwindenders te dragen voor je echtgenoot?'

Ze had het geprobeerd. Had de jurken gedragen die hij voor haar kocht, ging met hem mee naar de feestjes en probeerde een gesprek op gang te houden met de onmogelijk glamoureuze echtgenotes van zijn vrienden. Ze hadden allemaal veel drukte over haar gemaakt, over hoe knap ze was. Dags blozende roos, noemden ze haar. Een paar van hen hadden geprobeerd haar in hun kring te betrekken, maar ze spraken zo snel dat ze de gesprekken moeilijk kon volgen. Ze kende natuurlijk Engels, had het op school geleerd. Desalniettemin kostte het haar tijd om Engels te spreken omdat ze de woorden in haar hoofd moest vertalen voor ze ze voorzichtig van haar tong duwde.

De Kodavavrouwen... die waren het ergst van allemaal. Ze had zich juist bij hen willen aansluiten omdat ze dezelfde achtergrond deelden, maar als ze hen in hun eigen taal aansprak, antwoordden ze altijd in Engels met kloosteraccent – een subtiele afwijzing die haar deed blozen.

'Moeten we echt gaan?' had ze op een dag pruilend tegen Appu gezegd. 'Waarom blijven we niet gewoon thuis? Laat mij koken, dan maak ik een lamsstoofpot met zilveruitjes voor je en boterzachte warme *otti's*.'

Appu schudde zijn hoofd en lachte. 'Geen *otti's* vanavond, mijn lieveling. Gepaneerde koteletjes en caramelcustard, volgens de secretaris van de Club dan.' Hij petste haar vrolijk op haar achterwerk. 'Kom, schiet op, anders komen we nog te laat.'

Ze deed die avond oprecht haar best en sprak dapper de zinnen uit die ze in het geheim had geoefend. 'Hoe gaat het met je, Ethel? O, wat zie je er vandaag mooi uit, Daisy.'

Daisy Bopanna lachte. 'Er gaat niets boven een potje rampetampen om een beetje kleur op je wangen te brengen. Timmy was behoorlijk in de stemming vanmiddag. Wat is dat met die mannen in Kodagu, je hoeft als vrouw maar een elleboog aan te raken, of een teennagel, en beng! Ze zijn al op weg.'

Baby was vuurrood geworden. 'Kom, lieverd!' riep Daisy uit. 'Kijk niet zo gechoqueerd, anders ga ik me nog stout voelen!'

Appu kwam naar ze toe slenteren met een karaf in de hand. 'Stout? Baby, wat heb je in hemelsnaam tegen mijn lieve Daisy gezegd dat ze zich zo voelt?'

'Appu... dat ze...'

Daisy had haar onderbroken met een geamuseerde zwaai van haar sigaret. 'We vergeleken onze aantekeningen over hengsten uit Kodagu, dat is alles.' Ze legde een hand op Appu's borst en streek licht over de revers van zijn jasje. 'En aan haar rooskleurige wangen te zien, gok ik dat je bruid met een echte dekhengst te maken heeft.'

Appu grijnsde, nam Daisy's hand in de zijne en had haar vingertoppen gekust. Baby had onmachtig staan toekijken, zich er pijnlijk van bewust hoe ver ze afstond van deze kringen met hun luchtige scherts en seksuele toespelingen.

'Appu!' riep Devi nu, en Baby schrok. 'Appu!'

'Oké, oké, oké. Avvaiah, je bent nog erger dan die verdomde haan buiten. Ik draai hem vandaag of morgen nog eens de nek om, ik zweer het. Ik was nog maar net in slaap gevallen of...' Appu kwam met tegenzin de trap af.

'Wanneer ben je een keer klaar met al dat gefeest?' vroeg Devi gefrustreerd. 'Het zou prettig zijn als je zo nu en dan eens thuis was bij het eten.'

'Feestvieren met reden, Avvaiah. De verkiezingen...'

'Waarom neem je Baby dan niet mee?' Devi dwong haar stem redelijk te klinken. 'Kom, Appu, je hebt nu een vrouw. Kijk eens naar haar, het arme ding heeft nauwelijks een hap gegeten, ze zit alleen maar op jou te wachten.'

Appu zei niets. Hij stak zijn hand uit naar de koffiepot, maar Baby was sneller. Ze vulde zijn kopje in één vloeiende beweging.

'Baby...' Licht geïrriteerd, maar zonder te weten waarom, besloot Appu het te laten rusten.

Hij voelde zich alsof hij met doeken omwikkeld was. Zoals die keer dat hij als kind in een van Avvaiahs verdomde hutkoffers met sari's die ze nooit droeg was gekropen. De ene na de andere laag stof; toen hij probeerde de koffer uit te kruipen leken ze wel te bewegen, zich om zijn armen en benen te wikkelen en hem in hun plooien te trekken, tot hij het in paniek had uitgeschreeuwd. Natuurlijk was hij toen nog heel jong geweest. Appu fronste zijn wenkbrauwen bij de herinnering.

Soms voelde dit ook zo. Als Baby hem smeekte om niet naar zijn vrienden te gaan, thuis te blijven: 'Alleen wij, alleen wij tweeën.'

Hun huwelijk had de rusteloosheid in hem een tijdlang gestild. De eerste paar maanden had hij nog geleden onder de nachtmerries die begonnen waren nadat... nadat die schoft van een Stassler... Dan schrok Appu wakker, doorweekt van zijn eigen zweet, te zeer overstuur om de vragen in Baby's ogen te beantwoorden. Ze nam hem dan in haar armen en neuriede liedjes in zijn oor alsof hij een kind was. Langzaam trokken die afschuwelijke beelden weg en werd de kamer weer wat hij hoorde te zijn.

En als hij de volgende ochtend wakker werd, lag Appu haar zwijgend te bewonderen, zijn prachtige roos van een vrouw. Haar lippen iets uiteen, de wimpers lang en dik tegen een porseleinen wang. Daar lag hij, terwijl die verdomde haan luid genoeg kraaide om de doden te wekken, en genoot van de vrede in zijn hart.

'Het duurt niet lang, weet je,' hadden zijn maten in de Club tegen hem gezegd. 'Ze veranderen na het huwelijk. Alles verandert. De seks gaat er als eerste uit. Na een tijdje is het nieuwtje ervan af, hup, gewoon even doen en opschieten, en wees snel, liverd, want we krijgen gasten te eten. En als de seks minder wordt, begint het zeuren. Moet je je haar zo plat kammen? Moet je zo hard lachen? Moet je dit wel doen, ga liever dat doen.'

Appu had ongelovig gelachen. Hij wist dat ze jaloers waren, het hele stel, hij zag hun gezichten wel als ze naar Baby keken.

Maar toch staken de woorden die avond als mieren in een neergeschoten fazant. Zouden ze echt genoeg van elkaar krijgen, zoals zijn vrienden voorspelden? Nee toch zeker? Hij had haar die avond praktisch haar bloes van haar schouders gescheurd en met zijn mond de blauwe plekken op haar huid gevolgd, als een dolle knabbelend en zuigend aan die roomblanke huid. Ze had op dezelfde manier gereageerd; ze klauwde in zijn rug, beet in zijn oor en zoog aan zijn onderlip tot ze het uiteindelijk samen uitschreeuwden en in een huiverende, doorzwete hoop in elkaar zakten. En Appu's hart was opgetogen geweest.

Het was een genot geweest om thuis etentjes te geven in de officiële eetkamer en haar vanuit zijn ooghoeken te bekijken, fraai gekleed in een van de jurken die hij voor haar had besteld en met de groen-gouden kevervleugeloorbellen uit Berlijn in haar oren.

Van alle juwelen die hij haar had gegeven leek ze het meest van deze oorbellen te houden. Ze had er verwonderd naar gekeken toen hij ze haar gaf. 'Van vléúgels? Echt waar?' Ze streek met haar vinger over de randen. 'Wat teer...' Ze had ze in het licht gehouden en de groene en gouden vonken bewonderd die erdoorheen schoten. 'Sprookjesvleugels voor een sprookjesprinses.'

'Wat?' had Appu geschrokken gevraagd. Hij dacht dat hij het verkeerd verstaan moest hebben. Had de eigenaresse van de winkel niet precies hetzelfde gezegd toen hij ze kocht? 'Wat zei je daar?'

'Sprookjes...' Ze hief haar blik verward naar hem op. 'Ik weet het niet, die woorden schoten gewoon door mijn hoofd. Ze zijn zó mooi, Appu. Van echte vleugels, moet je je voorstellen!'

Ze droeg ze bij elke geschikte gelegenheid, hoewel hij veel duurdere sieraden voor haar had gekocht. De oorbellen hingen glanzend tegen haar haar als ze zich tussen de gasten door bewoog, vingen het licht als ze sprak, alsof ze meedeinden met Baby's aarzelende, zangerige Engels dat hij zo onweerstaanbaar vond.

Waar waren die dagen gebleven? Nu weigerde ze mee te gaan naar de Club. 'Ik begrijp niet wat ze zeggen, die andere vrouwen. Al die vieze grapjes die ze maken, al dat man-vrouwgepraat. Het is niet fatsoenlijk. En die Daisy...'

Eerst had het hem geamuseerd; hij dacht dat ze een van haar buien had, dat het misschien de tijd van de maand was. 'Kom, wat heeft Daisy dan gezegd? De kunst is om haar niet serieus te nemen. En ze mag je eigenlijk heel graag. Heeft ze je geen mand uit Hans' winkel gestuurd toen je ziek was?'

Baby zei niets. De mand was tot de rand gevuld geweest met blikjes sardientjes. De vorige avond in de Club hadden de vrouwen de prijzen bij Hans nog staan bespreken. Hoe belachelijk ze het vonden dat zelfs een klein blikje sardientjes een hele roepie kostte. 'Ik ga elke zondag naar de vismarkt,' had Baby behulpzaam gezegd. 'Verse vis – *mathi, katla,* alle soorten. Jullie zouden eens met mijn visverkoper moeten praten, hij geeft mij altijd een goede prijs.'

De vrouwen staarden haar ongelovig aan en barstten toen in lachen uit. 'De vismarkt? De vísmarkt!' had Daisy gesputterd, terwijl ze de tranen uit haar ogen veegde. 'O, Baby, dierbaar rozenknopje, wat zeg je toch allemaal voor dingen? Verwacht je echt dat we daarheen zullen gaan? En na afloop misschien jouw visverkoper thuis uitnodigen voor de thee?'

De hele week daarna had Baby gezegd dat ze koorts had en ging ze niet mee naar de Club. Daisy had de beterschapsmand gestuurd, gevuld met blikjes sardientjes.

Ze had niet eens geprobeerd om aan Appu uit te leggen hoe beledigend dat gebaar was; hij zou er niets van begrijpen.

'*Monae*,' probeerde Devi opnieuw op kalmerende toon. 'Waarom moet je toch steeds zo laat uitgaan? Wanneer ga je iets over de plantage leren, er moet zo veel gebeuren...'

'Later. Alsjeblieft, Avvaiah, we kunnen dit alles en nog veel meer bespreken, maar pas als mijn hoofd niet meer bonst.'

'Nánju zou...' begon Devi, en toen veranderde ze van gedachten en brak ze haar zin halverwege af.

'Ja?' vroeg Appu met koude stem. 'Ga verder, Avvaiah, wat wilde je zeggen?'

'Zo is het genoeg, Appu,' zei Devanna zacht.

Appu haalde zijn schouders op en begon boter op zijn toast te smeren. Devi weigerde echter op te geven en prutste aan het tafelkleed terwijl ze wachtte tot Appu zijn eieren op had. 'De weeklonen. Kom vanochtend bij me zitten, dan doen we de uitbetalingen samen.'

'Gód, Avvaiah. Probeer je met opzet mijn hoofdpijn nog erger te maken? Later. Misschien.'

Devi's gezicht betrok. 'Nanju was altijd zo goed in...'

'Ja, ja, we weten het,' zei Appu sardonisch. 'Nanju dit, Nanju dat, de perfecte Nanju, prins van een zoon. Als hij hier nog was, zou hij er niet van dromen om zo laat thuis te komen. Als hij hier nog was, zou hij de leiding van de plantage allang overgenomen hebben. Maar hij is hier niet, of wel soms?'

'Ik zei: zo is het genóég, Appu,' viel Devanna uit. De woede in zijn stem was zo ongewoon dat ze allemaal versteenden.

Appu keek heel even beschaamd. Hij deed zijn mond open alsof hij zijn excuses wilde maken, maar toen verhardde zijn gezicht. Hij gooide zijn servet met een bitter gebaar op tafel, stond op en liep weg.

Devi beet op haar lippen, vervaarlijk dicht bij een huilbui. Ze had Nanju niet zo moeten prijzen, dat wist ze, maar ze had zichzelf niet in de hand. Met elk jaar dat verstreek leek ze meer over hem te willen praten; hij was in haar herinnering groter geworden dan hij in het echt ooit was geweest. Liefhebbender, gewetensvoller, door het verdriet omgevormd tot een onbestaanbaar foutloos kind. Het kwetste Appu als Devi zo over Nanju praatte. Hij vatte haar lofredes ten onrechte op als een onuitgesproken teleurstelling in hem. Hij kon niet achter de woorden kijken, herkende het schuldgevoel niet dat aan haar tong kleefde. Het schuldgevoel van een moeder die haar kind heeft overleefd, die een verpletterende last met zich meesleept. En, erger nog dan dat schuldgevoel, een afschuwelijke waarheid. Een waarheid zo gruwelijk dat Devi hem zelf niet eens onder ogen wilde zien: de wetenschap dat ze ondanks alles meer van de overgebleven zoon hield dan van de zoon die er niet meer was.

Het verlies leek haar geheugen om te ploegen en er kwamen incidenten van jaren geleden naar boven. 'Perfecte prins van een zoon...' Had Appu dat niet zojuist gezegd? De verkleedwedstrijd georganiseerd door de missieschool. Ze woonden nog in Madikeri; het was vóór Appu geweest, zelfs vóór Tiger Hills. Ze had over een stuk kant gebogen gezeten, vechtend tegen de klok om het de volgende ochtend klaar te hebben. Nanju bleef maar vragen stellen over de wedstrijd. 'Maar, Avvaiah, wat moet ik aan? Het is een verkleedwedstrijd, ik heb een kostuum nodig.'

'Wat dacht je ervan om als een prins te gaan?' had ze verstrooid gezegd.

'Wat dragen die dan? En wanneer is het dan klaar?'

'Strakjes,' had ze hem beloofd. 'Avvaiah heeft het nu druk, ze zal straks je kostuum maken.' Hij was die avond steeds opnieuw naar haar toegegaan. Haar rug deed pijn, haar ogen prikten en nog altijd was het kant nog lang niet klaar. 'Strakjes.'

'Ik zei: niet nu.'

Tot hij in tranen was uitgebarsten, waardoor zij van schrik alweer met de naald in haar duim prikte. Ze was van haar krukje opgestaan en had woedend naar een schaar gegrepen.

'Je wilt een kostuum?' Ze had de schaar op haar bruidssari losgelaten en de rode zijde doormidden gescheurd, de gouden lovertjes eraf gerukt. 'Hier!'

'Devi!' had Tayi geschokt gezegd. 'Je tróúwsari!'

Het kind was de betekenis van wat ze gedaan had natuurlijk volledig ontgaan. Hij had daar gestaan, zo kléín nog, en had bewonderend naar de verknipte sari gestaard. 'Mijn prinsenpak...'

'Nanju won de tweede prijs, weet je,' zei Devi nu tegen Baby. 'Bij de verkleedwedstrijd op school. Hij zag er echt uit als een prins...' Haar woorden stierven weg.

De Olympische Spelen van 1936 kwamen en gingen. 'Wat dacht je ervan om een reisje naar Berlijn te organiseren, Dags?' hadden zijn makkers op de Club voorgesteld. 'Om Dhyan en zijn jongens aan te moedigen, ze een beetje steun te geven?'

Ze zagen de flits van paniek niet die de naam van de stad in Appu's gezicht opriep, na al die jaren nog. 'Ik geloof niet dat Dhyan Chand onze aanmoedigingen nodig heeft om zijn toverkunsten uit te halen,' zei Appu en hij veranderde van onderwerp.

En opnieuw behaalde het Indiase team, nu onder aanvoering van Chand, in de finale een 8-1 overwinning tegen de Duitsers. Hitler was zo onder de indruk van deze prestatie dat hij tijdens het diner na afloop aanbood om Chand, op dat moment een bescheiden Lance Naik in het Indiase leger, te bevorderen tot kolonel als hij naar Duitsland emigreerde. Dhyan had het aanbod beleefd afgeslagen.

Appu's huwelijk liep steeds verder stuk, een geleidelijke ontsporing die hij begreep noch kon corrigeren. Bij elke verstreken maand en elke mislukte poging om zwanger te raken leek Baby zich nog wanhopiger aan hem vast te klampen. 'Blijf hier, Appu.' Hoe meer ze dat deed, hoe verder hij zich terugtrok, vol afkeer van haar behoefte aan hem en heimelijk wanhopig om de pijn die hij elke maand op haar gezicht las, om de vragen die opkwamen over zijn eigen potentie. Rusteloosheid stak opnieuw de kop op, een scherpgenagelde meesteres die zich niet liet negeren. 'Ga niet,' smeekte Baby als hij zich aankleedde om naar de Club te gaan. 'Alsjeblieft, blijf bij me.'

'Ga dan mee,' zei hij hulpeloos tegen haar. 'Het is een welkomstdiner voor het nieuwe hoofd van de missie – je moet eigenlijk mee.'

'Ik kan niet. Het is me te veel.'

Ze huilde nog toen hij geïrriteerd de kamer verliet en met lichte tred de trap af ging.

'Vanwaar dat lange gezicht, mooie jongen?' vroeg Daisy die avond.

'Niets... het is niets.'

Ze keek hem even aan en boog zich toen dichter naar hem toe. De nieuwe priester sprak. Hij bedankte de clubleden voor hun genereuze welkom en bezong de deugden van het christendom. 'Zeg...' zei ze zacht. 'Weet jij waarom Jezus nooit in Kodagu geboren had kunnen worden?'

Hij schudde zijn hoofd.

'Waar zou je hier ooit drie wijze mannen en een maagd kunnen vinden?'

Hij begon te lachen en ze boog zich nog dichter naar hem toe om iets in zijn oor te fluisteren. Een korte pauze, een schuldbewuste blik in Timmy's richting en toen fluisterde Appu met dansende ogen iets terug.

Na Daisy waren er anderen, zo nu en dan. Het doorbrak de monotonie.

De Indiase onafhankelijkheidsbeweging bleef maar groeien en werd bediscussieerd in het hele land, in salons met Perzische tapijten en in clubs waar bordjes aan de deur hingen met: ALLEEN VOOR BLANKEN, GEEN HONDEN OF INDIËRS TOEGESTAAN. 'Deze onzin,' zeiden de Britten ongemakkelijk tegen elkaar, 'zal toch zeker op niets uitlopen?'

Zijn vroegere bedenkingen vergetend had Appu zich met overgave in de politieke zaak gestort. 'Eerste Minister!' zei Timmy. 'Met jouw familieachtergrond en geld, Dags, zou je de Eerste Minister van een onafhankelijk Kodagu kunnen worden!'

Dat had plotseling volkomen redelijk geleken. *Ik ben de zoon van de tijgerdoder.*

Hij begon veel met zijn politieke kliekje rond te reizen, naar overheidsburelen aan de corridor Mysore-Bangalore-Madras om de zaak van een onafhankelijk Kodagu te bepleiten. 'Een acceptabel compromis,' boden ze aan. 'We kunnen er samen wel uitkomen, als heren.'

Hij nam Baby niet met zich mee; hij verwachtte zelfs niet meer dat Baby hem naar de Club zou vergezellen. Baby van haar kant weigerde koppig om waar dan ook heen te gaan; zelfs bij de gala's die Appu op Tiger Hills gaf mengde ze zich niet meer onder de gasten. Ze organiseerde de feesten en bleef dan, ondanks Devi's bezorgde adviezen, boven en keek toe hoe de koplampen van de auto's patronen over het gazon wierpen.

'Een kind,' zei Devi van streek tegen zichzelf. 'Wat we nodig hebben is het geluid van jonge stemmetjes om onze harten wat te verlichten.' Een baby zou de dingen weer goedmaken tussen Appu en Baby, dacht ze, en ze legde haar vingers op de tijgerbroche alsof ze zichzelf wilde geruststellen.

'Je moet véchten voor je geluk,' spoorde ze Baby aan. 'Als Appu vader wordt... probeer het, *kunyi*, je moet het nog harder proberen.'

Baby probeerde het ook, o, wat probeerde ze het. Het gebeurde niet meer zo vaak als daarvoor, maar elke keer dat ze samen lagen spande Baby haar spieren om de sappen in haar zo lang mogelijk vast te houden. 'Een baby, alsjeblieft, laat er een baby komen.' Maar zonder uitzondering begonnen een paar weken later de krampen opnieuw.

Devi hing een oude kalender achter de deur van haar kamer. 'Zie je die,' zei ze tegen Baby. 'Hier, we moeten je maandstonden beter bijhouden. Als je ongesteld wordt, moet je de datum aanstrepen.'

Maand na maand stond Baby zwijgend voor de kalender. Ze las het gebed dat op de bladzijden gedrukt stond. *Moge je altijd de wind in je gezicht hebben, de zon altijd in je rug.* Maand na maand, soms een week te laat, één keer bijna drie, maar uiteindelijk toch altijd weer maakte Baby de langzame, mismoedige gang naar Devi's kamer en omcirkelde ze weer een datum.

Toen niets anders leek te werken consulteerde Devi een tantrische genezer uit Kerala. Hij mat een wit poeder af in een reepje krantenpapier. 'Laat de echtgenoot dit op de twintigste dag na de volle maan eten. Ik beloof je dat het kind dat volgt een jongen zal zijn.' Baby en zij mengden het poeder stiekem door Appu's rijst, en die nacht kreeg Baby maar heel weinig slaap.

De volgende ochtend werd ze wakker. Haar lichaam was sloom en een heel klein beetje pijnlijk. Het was als vroeger geweest, de vorige nacht. Ze wreef over haar buik, keek naar de slapende Appu en glimlachte.

Die hele dag leek wel betoverd. Appu was ook in een lome bui; hij kwam uit de badkamer en sloeg zijn armen om haar heen. 'Echtgenote.'

'Alles wordt anders, Appu,' zei ze zacht terwijl ze het haar uit zijn gezicht streek. 'Je zult het zien.' Zelfs het licht leek anders, de stofdeeltjes in de zonnestralen veranderden in dansende schichten van goud.

De familie ontbeet op haar gemak terwijl de grammofoon op de achtergrond aan stond. Later plukte Baby armenvol rozen, lelies en lotussen en ze vulde porselein en kristal, overal in het huis. Zo nu en dan raakte ze haar buik aan, glimlachend. Hun kind.

Ze lagen na de lunch weer samen; een langzame, ontspannen vrijpartij. Appu keek in haar ogen tot ze dacht dat haar hart zou barsten. Zo vielen ze in slaap, hij boven op haar, en toen ze wakker werd, was het al vijf uur 's avonds geweest. Ze glimlachte bij het valse gefluit dat uit de badkamer klonk.

Hij kwam naar buiten en ze keek naar hem. De glimlach viel in een oogwenk van haar gezicht. 'Ga je vanávond uit?'

'Biljartavond, weet je wel?' Appu grijnsde. 'Je gaat nu toch geen stampij maken, hoop ik? Of...' Hij maakte een buiging en nam haar hand, 'misschien wil je me verrassen en me het genoegen van je gezelschap gunnen?'

'Appu,' begon ze. 'Appu... ga alsjeblieft niet.'

Ze kregen weer ruzie en de magie van de dag verdween in een harde kilte. 'Blijf bij me. Alleen vandaag, ga niet.'

Hij gaf bijna toe, maar toen knapte er iets in hem. 'Nee,' zei hij. 'Nee. Ik kan dit niet nog een keer verdragen. Ik ga. Je mag natuurlijk mee, maar...' Hij liep de trap af.

Zij schoot haar petticoat aan, haar lichaam nog ongewassen na de middag, nog steeds ruikend naar hem, een schone, aardse geur, als mos na de regen. Ze knoopte haar bloesje dicht, een van het strakke soort waarvoor ze uiteindelijk gecapituleerd was, en drapeerde een sari, een dunne rode van zijde die hij altijd mooi had gevonden. 'Precies de kleur van je lippen,' zei hij altijd. 'Mijn mooie Sneeuwwitje.'

'Sneeuwwitje, Sneeuwwitje,' mompelde Baby in zichzelf terwijl ze haar haar uit haar gezicht streek, de tranen prikkend in haar ogen.

Ze rende naar het raam toen ze de motor van de auto hoorde. 'Appu!' riep ze. 'Appu!'

'Appu!' riep ze nog eens, en ze rende naar de grote ramen van de bibliotheek.

De motor van de Austin bromde en de auto begon de oprijlaan af te rijden. 'Appu!' schreeuwde Baby, plotseling woedend. 'Je kunt níét weggaan, blijf bij me!'

De Austin reed nog even door en aarzelde toen, bleef stilstaan.

Hij stapte de auto uit en schermde zijn ogen af terwijl hij omhoogstaarde naar Baby, die hij achter de ramen van de bibliotheek zag staan. Als het nu zo verschrikkelijk belangrijk voor haar is... dacht hij vermoeid.

'Je kunt niet gaan!' schreeuwde ze, zonder zich erom te bekommeren wie het zou horen. Ze bonkte met haar vuist tegen het bibliotheekraam. 'Blijf bij me, je moet bij me blijven!'

Hij stond op de oprijlaan en zei geen woord, staarde alleen naar haar op. De zon begon onder te gaan en wierp een roodachtige gloed. Wat was ze mooi, zoals ze daar stond. Een roos, zijn blozende roos. Maar toch...

Plotseling viel Appu ten prooi aan een diepe droefheid. Hij stond daar naar haar te kijken, volkomen bewegingloos. Zij viel ook stil. En in die stilte werd er iets onuitsprekelijks tussen hen gewisseld, man en vrouw. Een besef; nog geen gelaten acceptatie, daarvoor was het nog te vroeg, maar het onvermijdelijke inzicht dat de dingen veranderd waren. De zon zakte verder. De messenslijperkevers begonnen met hun pootjes tegen de bomen te trommelen en kondigden de schemering aan. Een zoemen, zagen, van vele honderden van hen, op de plantage en in de wouden eromheen. Baby's lippen bewogen zwijgend, maar zonder haar te horen wist hij wat ze zei. 'Blijf hier.' Haar ogen liepen vol tranen.

'Ik kan het niet,' dacht Appu vermoeid. 'Ik heb het niet in me, zelfs al zou ik het willen.'

Hij draaide zich om en stapte langzaam in de auto. De motor sloeg aan, zette zich in beweging, en de Austin reed de oprijlaan af. Baby keek toe; de tranen stroomden over haar gezicht. Ze stond daar alleen in de donker wordende bibliotheek met haar armen om haar buik, en ze keek reikhalzend uit het raam tot het laatste licht van de lampen verdween over de weg.

36

Er kwam nooit een kind. Tiger Hills leek weg te zinken in een langdurige droogte. O, de regens kwamen elk jaar, soms wat vroeger, soms wat later, maar altijd even woest bij hun eerste offensief. De lycheezaden die Devanna aan de rand van de plantage had geplant ontkiemden weelderig en groeiden uit tot kleine struiken die elk jaar hoger opschoten. Ze begonnen fruit te dragen, zuur en verschrompeld in de eerste jaren, maar een paar zomers later rijpend tot zoetsappige vlezigheid.

Baby echter leek permanent in de greep van een stille, levenloze middag. Langzaam sijpelde het licht uit haar weg. Het ging bijna ongemerkt, tot ze zich niet meer herinnerde hoe het voelde om een paar centimeter boven de grond te zweven, door teleurstelling vastgeketend in de schaduwen. Uiteindelijk haalde Devi de oude kalender van haar deur. Ze verving hem niet.

De tevredenheid die Devi voelde als ze naar Appu en Baby keek, was allang vervlogen en de opgetogenheid die ze vroeger in hun samenzijn vond vergeten. Appu en Baby leken als twee parallelle stromen voort te drijven; ze kwamen af en toe samen, maar dan, onvermijdelijk, dreef Appu weer weg. Devi probeerde het zo nu en dan. 'Appu, genoeg,' soebatte ze dan. 'Genoeg biljart voor deze week, blijf vanavond bij ons thuis.' Vaker wel dan niet hield ze haar mond. Er was een nieuwe broosheid in haar, haast een verschrompeling. Alsof deze laatste teleurstelling, deze ontmanteling van de ooit zo perfecte verbintenis van Appu en Baby – zo'n mooi stel – haar schouders eindelijk had weten te krommen.

Het vervulde Devanna met verdriet om het vuur in haar te zien doven, om haar stil te zien zitten, met haar handen in de schoot in de verte starend. Hij keek naar dat perfecte gezicht, nog mooier geworden door de lijntjes die er in de loop der jaren in geëtst waren, als ringen in een diepgewortelde jungleboom.

Er moest nog zo veel gezegd worden.

'*Bambusea Indica Devi,*' wilde hij haar vertellen als het eerste licht de bomen verguldde en de tuin, háár tuin, uit het duister opdoemde. 'Zo wilde ik de bamboebloem vroeger noemen.'

Hij keek haar aan, maar de woorden bleven in hem opgesloten terwijl de bijen over de bloembedden zoemden en de lotusvijver murmelde in de zon.

Eén jaar kwamen de arbeiders van de plantage hem in grote opwinding opzoeken. De bloem die hij zo graag wilde hebben? De bamboebloem? De Koramastam had laten weten dat de bamboe in bloei stond! Hoeveel planten wilde hij hebben? Devanna had geaarzeld en toen langzaam zijn hoofd geschud. 'Nee,' zei hij zachtjes, 'laat ze met rust.' Sommige dingen konden beter onaangeroerd blijven. Zoals oerwoudbloemen in het wild. De bossen bloeiden in die zomer van 1939 massaal. Ongeketend, ongetemd. Zo nu en dan bracht de wind een honingzoete geurvlaag mee over heel Kodagu.

In Europa begon er weer een oorlog op te borrelen en de prijzen van zelfs de allergewoonste dingen – katoen, zout, olie – schoten de lucht in. Appu's grootste bezwaar tegen de Tweede Wereldoorlog was echter de afgelasting van de Olympische Spelen in 1940, volgens plannen in Sapporo. Opgestuwd door de oorlogsvraag stegen de koffieprijzen opnieuw. De plantagehouders die de jaren dertig hadden overleefd, deden het goed. Ze spraken niet graag over het geluk dat de oorlog hen in de schoot had geworpen, dat zou niet kies zijn. Maar evengoed waren de gevolgen van die nieuwe rijkdom duidelijk zichtbaar in Kodagu. Gordon Braithwaite kocht een dik, diamanten halssnoer voor zijn vrouw – het paste goed bij die teef, zei Daisy hatelijk op de Club, zo'n opzichtige hondenband.

Devanna's gezondheid begon te haperen. Sommige dagen waren beter dan andere; soms voelde hij zich sterk genoeg om in zijn geliefde tuin te werken, maar op andere was hij lusteloos, verzwakt door een aanhoudende milde koorts. Tukra wijdde zich weer aan Devanna's verzorging, maar de jaren hadden ook van hem hun tol geëist, en hij kon Devanna niet meer zonder hulp in de planters-stoel tillen. De dokter werd steeds weer ontboden op Tiger Hills. Devi wachtte dan bij de deur van Devanna's kamer tot de dokter klaar was met zijn onderzoek. Elke keer was de diagnose dezelfde: 'Koorts met onbekende oorzaak.'

'Er is geen geneesmiddel tegen,' legde hij uit. 'Zorg maar dat hij zich comfortabel voelt en geef hem warme soep.' Dan knikte Devi met haar blik gericht op Devanna en volgde ze de lijntjes van uit-putting op zijn gezicht.

Op avonden dat de dokter was geweest stak Devi de gebeds-lamp aan en bleef dan een tijdje in de gebedsruimte, haar handen in elkaar geslagen. 'Laat hem...' begon ze dan. 'Alstublieft, Swami Iguthappa, laat hem...' En dan aarzelde ze.

De Indiase onafhankelijkheidsbeweging won steeds meer ter-rein en drong door tot in de kleinste stadjes en dorpjes. Tijdens een zweterige, maanloze nacht bezoedelden vandalen een aantal graf-stenen op de begraafplaats van Madikeri. De bewaker zwoer dat hij niets had gehoord, maar aangezien algemeen bekend was dat hij vaker wel dan niet onder invloed was van arak, legde zijn verklaring niet veel gewicht in de schaal. De vandalen waren de grafstenen willekeurig te lijf gegaan; hier hakten ze de vleugels van een en-gel af, daar tekenden ze een dikke snor en bakkebaarden op een cherubijn. Ze spaarden zelfs de priester niet; ze hingen een morsig paar slippers over zijn steen en deponeerden een gulle hoeveelheid uitwerpselen op zijn graf.

Toen er, halverwege de zondagspreek, een baksteen door de ra-men van de missiekerk werd gegooid, was de boodschap onmis-kenbaar. De blanke plantagehouders begonnen de komende onaf-hankelijkheid van het land te bespreken. Eerst overwogen ze nog in India te blijven, zelfs na de overdracht – het was hun land, kom nou. Ze hadden nog zo'n vijftien jaar vóór zich voor ze aan hun pensioen hoefden te denken, en dan nog: wie zou durven beweren dat Engeland hun enige optie was? En Bangalore dan, of Madras? Ze hingen in de Club rond en bespraken hun opties uitgebreid onder het genot van scotch en gin-tonic. Appu en de andere Kodava's luisterden zonder commentaar. Bij een hockeywedstrijd op het veld van de missie bestormden nationalisten in *khadi kurta's* en katoenen *topi's* het veld. Ze schreeuwden: 'Britten, ga weg uit India, ga weg uit India.' Ze werden plichtsgetrouw gevangengenomen en naar de twee cellen van de rechtbank in Madikeri gebracht, maar aangezien de plaatselijke hoofdagent ook niet wist wat hij met ze aan moest, liet hij ze na een uitbrander weer gaan.

De aangemoedigde nationalisten richtten hun vizier vervolgens op de winkel van de oude Hans. Ze smeten de porseleinen poppen en theepotten kapot, scheurden bladen uit boeken en stampten tientallen snoepblikjes plat. Hans kwam met een wilde blik in zijn ogen en zijn slaapmuts scheef op zijn hoofd uit zijn woonvertrekken gesneld. De leider van de bende hield hem moeiteloos met een hand vast, onder luid gelach. Maar toen hij zijn waakzaamheid even liet verslappen, pakte Hans een stoel en sloeg de jongen daarmee een gat in zijn hoofd. De meute stortte zich op Hans en sloeg binnen een seconde van een troep oproerige studenten om in een woedende troep grommende beesten. De politie vond de oude man de volgende morgen, liggend in een plas van zijn eigen bloed en braaksel, zijn lijk al stijf tussen de scherven gebroken porselein.

Devi barstte in tranen uit toen ze het nieuws hoorde. 'Ze hebben hem vermoord,' snikte ze, 'vermóórd! Zo'n onschuldige oude man, wat heeft hij ooit iemand aangedaan? De snoepjes die hij vroeger in zijn winkel had...' Ze snikte maar door, alsof Hans' moord haar al haar laatste krachten had gekost. Haar verdriet was bijna grotesk uit proportie met de gebeurtenissen. Ze stond erop dat Appu naar de wake ging.

De ene na de andere plantagehouder begon zijn bezittingen te verkopen en zich voor te bereiden op zijn vertrek uit Kodagu. Er werden afscheidscocktails en lunches gehouden, verklaringen van onsterfelijke vriendschap afgelegd – zusters voor altijd! – en betraande beloftes om te schrijven gedaan. De vertrekkende plantage-houders hielden uitverkoop op hun gazons: piano's, vergulde stoe-len en lijsten voorzien van houtsnijwerk stonden verloren op hun veranda's te midden van hoopjes zaagsel en houten kratten. Hoewel de stroom van vertrekkenden traag op gang kwam, was de Club collectief geschokt toen Gordon Braithwaite op een avond aankon-digde dat hij en zijn gezin weer naar Engeland terugkeerden.

'Dit is wat er uiteindelijk overblijft,' zei hij bedroefd tegen zijn vrouw, terwijl hij aan de stapels jute voelde. 'Onze levens, al die ja-ren die we hier hebben doorgebracht, in een paar kratten terug naar Engeland. De ambtenaren komen en gaan in de koloniën, maar wij planters... wij bleven altijd. In oorlog en vrede, wij bleven altijd.'

Hij keek naar zijn gemanicuurde gazons, zijn ogen overscha-duwd door melancholie. 'Kodagu... Mijn grootvader hoorde bij de eersten die kwamen... 1843. Ceylon was te druk voor hem, zei hij, dus ging hij in plaats daarvan naar India. Hij schijnt absoluut zeker te hebben geweten, vanaf het allereerste moment dat hij deze heuvels zag, dat dit zijn thuis zou worden.' Afwezig vertelde Braithwaite het verhaal voor de duizendste keer; zijn vrouw tuitte haar lippen, maar toen ze de uitdrukking in zijn ogen zag besloot ze niets te zeggen. 'Hij ligt hier begraven,' ging hij langzaam verder, 'net als mijn beide ouders, God hebbe hun ziel. Die hibiscushaag daar heeft mijn lieve moeder zelf geplant. Koffiekoning, zo noemden ze me vroeger, de koffiekoning van Kodagu!'

Hij zuchtte en keek naar de kas en de vogelkooien. 'Zeg tegen de tuinier,' zei hij zwaarmoedig tegen zijn vrouw, 'dat hij niet vergeet om de vogels vrij te laten.'

Timmy stelde voor dat hij en Appu zich zouden aansluiten bij de nationale politieke partij die vanuit Bangalore opereerde. 'Het zal ons een aardige som geld kosten, ouwe makker, maar het is logisch – samen sta je sterk en zo.' Devi gaf hem het geld, ondanks haar bedenkingen.

Toen Appu ondanks verschillende berichten niets meer van Timmy Bopanna hoorde, reed hij naar zijn huis om hun volgende stap te bespreken; ze zouden binnenkort naar Bangalore moeten, nietwaar, om met de partij te praten over hun visie voor Kodagu?

'Nu niet, Dags. Geduld, ouwe makker, de situatie is nog niet optimaal, we hebben meer tijd nodig voor we onze zaak...'

Appu viel ten slotte uit. 'Nu niet? Wanneer dan, Timmy? Wat een onzin. Ik ben helemaal klaar met dat getreuzel. We gaan morgen naar Bangalore. En als jij niet meegaat, ga ik zonder jou.'

Timmy keek naar zijn handen. 'Ik had gehoopt dat het niet zover zou hoeven komen,' zei hij. 'Dags,' ging hij verder, spelend met zijn horloge, 'er is iets wat je moet weten.'

'Die vent is toch ongelooflijk? Het lef van die kerel, dat geloof je toch niet?' Toen Appu later aan Devi vertelde wat er gebeurd was, was hij zo ziedend van woede dat de aderen in zijn nek opgezwollen waren.

'Appu, bedaar. Politiek is een smerig spelletje, heb ik je dat niet altijd gezegd?'

'Achter mijn rug! Na al die jaren samen campagne voeren. "Eerste Minister, Dags, je kunt op een dag Eerste Minister worden," zei hij vroeger tegen mij, en nu heeft hij achter mijn rug de zetel en de campagne genaaid.'

'Kunyi...'

'Ik ga naar Bangalore.' Appu nam een abrupt besluit. 'Morgenochtend.'

'Bangalore? Waarom in hemelsnaam?'

'De partijfunctionarissen. Ik moet ze spreken. Misschien kan ik ze nog van gedachten laten veranderen.'

'Ga met hem mee,' spoorde Devanna Devi die avond aan toen ze hem zijn eten kwam brengen. Hij lag achterover in de kussens en sloot vermoeid zijn ogen. 'Hij heeft zich zo kwaad gemaakt, het is beter dat hij niet alleen gaat.'

Ze gingen de volgende ochtend naar Bangalore en Appu reed regelrecht naar het huis van de partijleider. 'Geen toegang zonder afspraak, m'neer,' zeiden de bewakers.

Appu dreigde en schreeuwde, maar pas toen Devi tussenbeide kwam gaven ze toe. 'Hij is mijn zoon,' zei ze tegen hen, 'mijn lieve kind. Hij heeft geen kwaad in de zin, hij wil alleen jullie meester spreken. Ik zal bij de poort bij jullie wachten tot hij terugkeert, en welk kind zou nu bewust zijn moeder in gevaar willen brengen? En voor jullie moeite... hier, ze haalde een rol roepies uit haar tas. 'Tien roepies voor jullie allebei.'

Ze wachtte schijnbaar eindeloos in de auto. Bangalore was smoorheet; de zon brandde op de zwarte auto en maakte er een oven van. Ze veegde het zweet van haar voorhoofd en staarde gespannen naar de poort. Zodra hij naar buiten kwam, wist ze het. Ze opende het portier en stapte naar buiten. 'Kunyi, het geeft niet.'

Appu schudde zijn hoofd, zo verslagen dat hij haar niet eens aankeek. 'Hij wilde niet luisteren, Avvaiah. De deal is al rond, vertelde hij me. Timmy...'

'Het maakt niet uit,' wilde Devi nog een keer zeggen, maar haar tong was plakkerig van de hitte en het gebrek aan water. De hemel was bleekblauw, wolkeloos. De zon, zo fel in haar ogen...

'Pas op,' hoorde ze Appu scherp zeggen terwijl haar knieën het begaven. Devi viel flauw.

Toen ze bijkwam, lag ze in een fris, wit ziekenhuisbed, met lakens die koel aanvoelden tegen haar huid. 'Waar...' Ze probeerde overeind te komen en voelde een stekende pijn in haar knie.

'Rustig maar,' de stem was vriendelijk. 'U bent behoorlijk onderuitgegaan. Ik ben dokter Ramaswamy. Uw zoon heeft u hier gebracht. Niets om u zorgen over te maken, een beetje lage bloeddruk, meer niet.'

Hij zwaaide in de lucht en wuifde haar bedankjes weg. 'Vertel eens, mevrouw, met excuses voor mijn vrijpostigheid, maar ik zag op het formulier...' Hij tikte op het dossier in zijn hand. 'Komt uw naam niet uit Kodagu?'

'Ja,' zei Devi. 'Daar kom ik vandaan.' Ze probeerde haar knie te buigen.

'Rustig maar. Zachtjes, zachtjes... Ik heb iemand uit Kodagu gekend,' ging hij verder. 'Een klasgenoot van me, Devanna. Vele manen geleden, toen ik nog medicijnen studeerde.'

Devi keek hem scherp aan. 'Waar? Hier in Bangalore?'

'Ja.' Hij schudde zijn hoofd. 'Hij heeft zelfmoord gepleegd, heb ik gehoord, die arme kerel. Heeft zichzelf doodgeschoten. Maar dat viel hem niet kwalijk te nemen, na alles wat hij had doorgemaakt.' Devi wilde hem al verbeteren en vertellen dat het een ongeluk was geweest en dat Devanna het overleefd had, toen de tweede helft van de zin haar aandacht trok.

'Wat bedoelt u?' vroeg ze, niet-begrijpend. 'Wat had hij dan doorgemaakt?'

Dokter Ramaswamy zette zijn bril af en blies de glazen schoon. Hij tuitte zijn lippen, zodat zijn paardentanden nog prominenter werden. 'De ontgroening. In die dagen kon dat er nogal ruw aan toe gaan. Er was een oudere student die het op die arme jongen voorzien had. Dag in, dag uit... er kwam gewoon geen einde aan. Slaan, afranselen, misschien nog erger...' Hij zuchtte. 'Soms vraag ik me af of ik niet meer had moeten doen, misschien de leiding op de hoogte brengen. Een aardige vent was hij, Devanna, en buitengewoon getalenteerd. Tot over zijn oren verliefd op een meisje thuis, hij vertelde me wel eens over haar. Ik herinner me dat hij een tamme eekhoorn meenam naar het studentenverblijf. Dat was tegen de regels, maar het was een cadeautje van haar, zie je. Een malabareekhoorn.' Hij kneep zijn ogen een beetje dicht terwijl hij het zich probeerde te herinneren. 'Nancy, zo noemden we haar, geloof ik. Een schattig diertje, en Devanna was er helemaal gek van. Wij allemaal eigenlijk, maar Devanna vooral.'

De baby-eekhoorn. Devi was het diertje dat ze Devanna gegeven had helemaal vergeten. Hij had het nooit meer over Nancy gehad, en ze had er nooit naar gevraagd; er was te veel gebeurd, te veel levens verwrongen.

De dokter vertelde verder. 'Thomas – die oudere student – heeft die eekhoorn ontleed. Levend! Die arme Devanna, hij kwam verhaal halen bij Thomas, maar hij was geen partij voor hem. Hij had in het leger gouden medailles gewonnen bij het boksen... niemand van ons kon Martin Thomas aan.' Hij staarde in de verte, verloren in het verleden. 'Devanna ging diezelfde dag nog weg uit het college. Hij kon eigenlijk niet reizen... hij had een ernstige hersenschudding en was verschrikkelijk overstuur. We hebben nog geprobeerd om hem tegen te houden, maar hij mompelde steeds maar iets over dat meisje. Zei dat hij haar moest vinden...'

Devi was heel stil. 'En wat is er met hem gebeurd?'

Dokter Ramaswamy schudde zijn hoofd. 'Zelfmoord, hebben we gehoord.'

'Niet Devanna. Hem. Die Thomas, wat is er met hem gebeurd?'

Hij trok een grimas. 'Eigenlijk niets. Het is nooit bekend gemaakt, dat gevecht met Devanna. Een eekhoorn op school houden was tegen de regels, dus als we er iets van gezegd hadden, zouden we allemaal in de problemen zijn gekomen. Bovendien was het technisch gesproken Devanna die dat laatste gevecht met Thomas begon, hij deelde de eerste klap uit. Thomas studeerde af en ging in het leger. Raakte verwikkeld in nog een paar schandalen. Met name een ervan was buitengewoon ernstig.' Hij keek Devi verontschuldigend aan. 'Sodomie, werd gefluisterd.'

'Sodo...?' begon Devi, en ze bloosde toen ze begreep wat hij bedoelde. 'O.'

'Ja. Hij moest naar de tuchtraad, dat weet ik zeker, maar toen begon de oorlog: 1916... Ze konden alle medici goed gebruiken, neem ik aan. Thomas schijnt het aardig goed gedaan te hebben tijdens de oorlog, hij heeft nog een soort eervolle vermelding weten te behalen.'

Hij wierp een blik op Devi, die stijf rechtop zat en helemaal opging in zijn verhaal. 'Hij is nu met pensioen, hier ergens in Bangalore. Nogal een drinker, heb ik gehoord. Heeft zich nooit gesetteld, nooit een gezin gesticht, dat soort dingen. Een of twee keer heeft hij geprobeerd naar een reünie van het college te gaan, maar hij werd door onze klas en door de andere studenten die hem kenden zo volledig buitengesloten dat hij daarmee ophield.'

Hij trok weer een grimas en toonde zijn onfortuinlijk gebit. 'Zelfs nu nog is het enige wat ik met die jaren associeer Martin Thomas en de hel, de absolute hel die hij ons liet doormaken. En Devanna, hij heeft het veel erger te verduren gehad dan wij allemaal. Die latere roddels over Thomas' hang naar sodomie. Ik heb me vaak afgevraagd...' Hij schudde zijn hoofd.

'Waarom?' vroeg Devi bitter. 'Waarom Devanna?'

Ramaswamy zuchtte en wreef afwezig het uiteinde van zijn stethoscoop tegen zijn mouw. 'Wie zal het zeggen, mevrouw? Soms, lijkt het, worden we gewoon op het pad van het ongeluk geworpen.'

De avond was gevallen tegen de tijd dat ze op Tiger Hills terugkwamen. Devi stapte voorzichtig uit de auto, haar knie nog pijnlijk van de val. 'Het gaat prima,' zei ze mat tegen een bezorgde Appu. Ze stak haar hand uit en klopte op zijn wang. 'Ga maar, Baby zal wel wachten.'

Ze stond omhoog te kijken naar de voorgevel van het huis, naar de lichten die hier en daar opglinsterden in het stille binnenste. 'Warm water, *akka*?' Tukra schuifelde de veranda op. 'Zal ik uw bad laten vollopen?'

Devi knikte. 'En zet het eten klaar. Devanna *anna*,' vroeg ze aarzelend, 'hoe gaat het met hem?'

'Niet goed. Hij is in zijn kamer. Hij heeft nog niet gegeten, zei dat hij op u zou wachten.'

Ze bleef stilstaan bij de oude foto in de foyer en legde haar vingers erop. 'Van jou houden voelt alsof ik vleugels heb.' Langzaam liep ze verder. De deur naar Nanju's kamer, de oude kinderkamer, stond halfopen; ze bleef even op de overloop staan en keek naar binnen. Daar sliepen ze vroeger, haar jongens, twee broers. Nanju-Appu, haar trots, haar hart, haar zon-en-maan. Buiten begonnen de sterren te knipogen in de inktzwarte nacht en de schaduwen van de ijlende wolken verhulden en onthulden afwisselend de tijger die trots over de muur schreed. In het halfduister leken zijn ogen zich in de hare te boren. *Voor jou zou ik mijn god hebben opgegeven.* Taankleurige ogen, zo fel, voor altijd geliefd. Gouden, dansende ogen, met zo veel tederheid in hun blik.

Eindelijk draaide ze zich om en liep ze verder naar boven, langs de stille bibliotheek naar Devanna's kamer. Ze aarzelde even en klopte toen op zijn deur. 'Ik ben er weer.'

Hij keek somber op van zijn boek. 'Appu?'

'Nee.' Ze liep naar het bed. 'Nee, natuurlijk is het niet gelukt.'

Ze legde een hand op zijn voorhoofd en hij bewoog verrast onder de ongewone aanraking. 'Je hebt nog steeds koorts.'

'Het is niets.'

Ze ging op de rand van zijn bed zitten en keek hem aan. Er was zo veel om over te praten. Zo veel uit het verleden, hun verleden, dat nog niet erkend was. Zo veel onuitgesproken vragen. 'Ik ontmoette...' begon Devi met een brok in haar keel. 'De dokter...' begon ze opnieuw, maar toen zweeg ze. Een golf vermoeidheid sloeg door haar heen. Devi ging op het bed liggen en legde haar hoofd op Devanna's borst.

Ze kon zijn hart horen slaan, nu versneld van verrassing. Hij aarzelde even; toen, met trage, zeer trage bewegingen alsof hij zijn vrouw niet wilde wegjagen, legde hij zijn boek op de tafel en sloeg hij zijn arm om haar heen.

Onafscheidelijk waren ze geweest, als kinderen. Zo intiem als twee zaadjes in een kardamompeul, dat zeiden de mensen over hen. Ze had een onfeilbaar vertrouwen in hem, om de doorns uit haar voeten te halen, om de wereld weer in orde te maken.

'Hij is verliefd op je,' had Machu tegen haar gezegd, en ze had haar hoofd achterovergegooid en luidkeels gelachen.

Maar ze had het geweten, nietwaar? Ze moest het geweten hebben.

Devi lag daar en voelde het troostende rijzen en dalen van zijn borstkas onder haar wang, zijn arm stevig om haar heen, haar dicht tegen zich aan houdend.

Tayi's stem in haar oren. 'Vergeef hem, *kunyi*, hij heeft ook geleden.'

Ze was moe, zo verschrikkelijk moe. Ze had zo veel jaren vastgeketend gezeten aan verlies en rouw. Als een steen om haar nek die elk jaar zwaarder werd, zonder een plek om hem neer te leggen.

Zo veel jaren voorbij, zo veel tijd verloren met spijt. 'Zorg dat je niet zo broos wordt dat je bij de eerste bliksem in stukken valt,' had Tayi tegen haar gezegd. 'Wees niet de boom die geen fruit kan dragen.'

Pijn stapelt zich op. Als je hem niet bewust terzijde schuift, stapelt pijn zich op, vermeerdert hij zich. Hij verhardt en verdikt zich en wrikt ons hart uit elkaar. Eerst proberen we nog de korstjes eraf te krabben en weer zo smetteloos en onschuldig te worden als we zijn geweest. Maar in de loop der tijd wordt dat te moeilijk, deze geforceerde ontzwachteling, het terugkeren naar een pijnlijke herinnering. Het is gemakkelijker om hem buiten te sluiten, ongezien, onuitgesproken. Om hem als een onzichtbare steen om onze nek met ons mee te slepen. We laten onze wonden met rust. Laag na laag wordt het litteken dikker, tot we op een dag wakker worden en ontdekken dat we onherroepelijk verhard zijn. Geworteld in de littekens van het verleden terwijl de wereld is verdergegaan.

Wees de oerwoudorchidee die zijn geur deelt met de wind.

De pijn loslaten, de bitterheid terzijde schuiven. Dat is de enige weg voorwaarts. De pijn terzijde schuiven en durven hopen op een nieuwe kans. We glijden door de tijd heen, soms in de schaduw, soms in de brandende zon, blootgesteld aan de hemel. Tot we onvermijdelijk beginnen te genezen en de randen van onze wonden langzaam bij elkaar komen. We raken vervuld van licht, van gratie, we kunnen ons hart opnieuw openen om iemand binnen te laten.

Onze vleugels vangen weer wind.

'Het was voor jou.' Devanna's stem was nauwelijks hoorbaar.

'Toen ik wakker werd, nog altijd in leven, en ontdekte dat de kogel had gemist... dat ik ook daarin had gefaald... toen schaamde ik me zo. Als ik het had gekund, zou ik mezelf nogmaals neergeschoten hebben. Pas later begreep ik hoe klein mijn overlevingskansen waren. Nanju, ik dacht toen dat hij de reden was. Dat ik in leven was gelaten omwille van onze zoon. Ik had het mis.' Hij slikte. 'Toen Machu stierf, toen begreep ik het. Om voor jou te zorgen. Daarom werd ik gespaard, om voor jou te zorgen.'

Hij stopte en probeerde zichzelf te vermannen. 'Wat ik jou heb aangedaan, Devi,' zei hij onvast. 'Als ik dat kon terugdraaien, wat ik heb gedaan, dan...'

'Genoeg,' fluisterde Devi. Ze bewoog haar hand, vond zijn vingers en sloot ze in de hare. Ze schudde haar hoofd en haar haar sprong direct los uit haar wrong, zelfs na die kleine beweging. 'Genoeg,' fluisterde ze weer.

Devi sloot haar ogen en liet los. Ze zonk zachtjes weg in het verleden en dreef naar die onschuldige tijd dat hun beider levens nog onbezoedeld voor hen lagen, glanzend van belofte. Een heldere zomerhemel, twee kinderen die lachend over de velden renden. De zon glinsterde op de krabbenbeek, het water als gesmolten zilver tegen hun benen. Een stukje kippendarm, hang het erin, trek het eruit, het water, zo licht, kijk! Een klont dikke zwarte krabben, glinsterend als edelstenen.

'We hadden die dag zo veel krabben gevangen.'

'Drieëndertig.'

'Tayi maakte krabbenchutney. En jij... jij at er zo veel van dat je na afloop moest overgeven in de bosjes.'

Devanna lag heel stil. Toen tilde hij zijn hand op en streek hij zachtjes het haar uit haar gezicht.

Epiloog

De dageraad hing boven Tiger Hills. Devi zag hoe de nacht stukje bij beetje verdween, als een gordijn dat opengeschoven wordt. Vanaf de bergen rolde er een schemerige mist naar beneden. Het fosforescerende licht hing glinsterend boven de bloembedden en het bleekgroene schuim op de vijver. In stilte riep ze hun namen, een voor een, van allen die waren heengegaan, terwijl strepen kleur de fluwelen lucht doorschoten en een haan begon te kraaien.

Kilometers verderop klom een auto gestaag over de kronkelende wegen. Hij had de hele nacht doorgereden door de grijze mistbanken die het licht van zijn lampen terugkaatsten en de auto afwisselend verlichtten en in schaduwen hulden. De chauffeur had doorgereden zonder zich van de wijs te laten brengen door het slechte zicht; hij zocht zijn weg evenzeer op zijn herinnering als op wat hij zag. Hij keek naar rechts, maar zag de opkomende zon niet echt, evenmin als de blauw met gouden vallei die zich ontvouwde. Niet lang meer, echt niet lang meer. Zonder het te merken drukte hij het gaspedaal dieper in, liet toen weer los. De auto schoot vooruit; de zon schitterde op de bumper en werd verstrooid in de ochtendnevel.

Diep op de plantage roerde zich iets van verwachting, het begin van een bries die huiverend door de koffie voer. Eerst voorzichtig, zoekend, maar toen wervelde het naar buiten als een losgesprongen veer en brak het los door de mist, liet in het hele huis open ramen klapperen en joeg rode stofwolkjes op van het grind op de oprijlaan. Het rolde de poort uit en schudde een wolk van rood los uit de vuurbomen langs de weg. De bloemen tolden alle kanten uit en een ervan waaide door het open raam de auto in. De chauffeur raapte hem afwezig op van zijn schoot, drukte de bloemblaadjes plat tussen zijn vingers en gooide hem weg toen hij zijn handen rond het stuur kromde. De zon weerkaatste op het glanzende metaal aan zijn polsen: aan de ene kant een horloge; aan de andere een oude, zilveren amulet, vastgebonden met een touwtje. De bloem wervelde nog even door de lucht totdat de wind hem weer meevoerde. De auto raasde verder naar Tiger Hills, een kleurige flits onder de bomen.

Hij herinnerde zich het ongeluk niet, alleen de nasleep; hij was gedesoriënteerd ontwaakt in een smoezelig ziekenhuisbed. Hij had zich voorzichtig bewogen en er was pijn door zijn been geschoten. Toen was alles snel bij hem teruggekomen, alles wat hiertoe geleid had, de gebeurtenissen van de afgelopen paar maanden, zijn zelfgekozen verbanning, nog verergerd door zijn fysieke kwetsbaarheid. Hij had daar gelegen terwijl het verdriet door zijn lichaam vloeide en de woorden, die verschrikkelijke woorden van zijn moeder, steeds opnieuw in zijn oren klonken.

'Een vloek, een straf, dat is wat je voor mij bent.'

Een voor een waren ze opgedoemd uit de schaduwen: Avvaiah. Appaiah. Appu. Baby. In zijn door pijn verwarde toestand had het geleken alsof ze hem allemaal de rug toekeerden en verdwenen. Hij had zijn ogen gesloten en voelde de de druk op zijn borst zo toenemen dat hij heel even zeker wist dat hij uit elkaar zou vallen. En toen raakte er iets in hem los. Hij was overeind gekomen en had zijn voeten op de vloer gezet, zonder acht te slaan op de pijnsteek in zijn zij. Er was niet veel voor nodig geweest om de verpleger om te kopen. Het bedrog dat volgde in het lijkenhuis van het ziekenhuis, een doodscertificaat, perfect vervalst.

'Dit is de enige manier,' had hij zichzelf steeds voorgehouden. Waar hij heen zou gaan, wist hij niet. Deze en gene weg was hij ingeslagen, zijn geest leeg en zijn verleden vertrappend, en zijn borst voelde zo krap dat het leek alsof de adem uit zijn longen geknepen werd.

Maar ten slotte leidde het tot niets – de afstand niet, de jaren niet – want hij raakte het nooit kwijt, de vorm van deze heuvels, de ligging van dit land. De donkere geur van compost en woudgrond die in zijn hart besloten lag. Hij probeerde zich als kind altijd voor te stellen hoe een knikker zou rollen en zag de route al voor zich. Hij begon bij het stoepje achter het huis en rolde vandaar langs de keuken, achter het varkenskot langs, de tuin door om daar af te slaan naar het zuiden, langs de eerste koffiestruiken, nu eens vaart winnend als hij naar de vogelhuisjes rolde, dan weer vertragend als hij omhoogging. Uiteindelijk worden we allemaal toegetrokken naar dat wat we het meest liefhebben. En voor hem was dat altijd dit geweest. In de avondmist. In de schaduwen van de noen en in het eerste maanlicht. In ritselende bladeren, water en steen, in zwartglanzende vleugels in de bomen. Het had nooit gezwegen, in al die tijd niet één keer, het klaroengeschal dat hem naar huis riep. Het rees op tot zo'n crescendo dat er op een dag niets anders opzat dan terugkeren.

De auto aarzelde bij de open poort, alsof hij niet wist hoe hij zijn aankomst het best kon aankondigen. De wind waaide door de open ramen, een valwind, ongetemd en met de belofte van regen. Nanju haalde diep adem, drukte het gaspedaal diep in en schoot het grind van de oprijlaan op.

Ver weg, in de buurt van rijstvelden en een zilver glanzende kreek, steeg een vlucht reigers op. Ze rezen in stilte omhoog, als een pijl van het zuiverste wit, afgetekend tegen de lucht. Over rijen glanzende koffiestruiken vlogen ze, door bomen en over het wachtende huis.

Dankwoord

Ik ben veel dank verschuldigd aan:

Mijn lieve moeder voor het lezen van de ene na de andere versie, met enthousiasme en inzicht. Mijn man voor zijn eindeloze geduld en steun. Mijn vader voor zijn hardnekkige geloof in dit boek; mijn zus voor haar objectieve, altijd eerlijke blik.

Jeff Willner, Sukanya Dasgupta en Biswarup Chatterjee; buitengewone critici en echte vrienden.

Pussy Tayi voor het schilderen van de levendige beelden van Madikeri voor mijn tijd. Mijn oom Mani voor het delen van zijn schijnbaar onuitputtelijke kennis over Kodagu. Aan oom Bobjee en tante Titi voor hun onschatbare verzameling, de *Pattole Palame*, en voor het beantwoorden van mijn vragen tot in openhartige details.

Mijn schoonfamilie en alle ooms en tantes die me meenamen naar voorouderlijke huizen, gul hun boeken weggaven en steeds meer mensen verzonnen met wie ik kon praten.

De geweldige dames bij DGA: Heather Godwin, Charlotte Knight en Sophie Hoult – efficiënt en heel bijzonder.

Kirsty Dunseath, vroege voorvechter van *De dans van de tijger* en de grondigste, meest begripvolle en meest constructieve redacteur die een mens zich kan wensen; Sara Weiss, voor haar volle geloof in *De dans van de tijger* en haar scherpe, intelligente redactionele adviezen. Je hebt er een beter verhaal van gemaakt. Diya Kar Hazra en Nicole Winstanley voor hun onwankelbare steun.

Rebecca Gray, Sophie Buchan, Lisa Milton, Susan Lamb, Claire Brett, Dallas Manderson, Meirion Todd en de rest van het team bij

W&N voor al hun steun en hulp. Hadden alle schrijvers maar zo veel geluk.

Tot slot de twee mensen aan wie ik heel veel te danken heb: David Davidar, zonder wie dit boek er misschien nooit was gekomen. En David Godwin, zonder wie dit boek misschien nooit was gezien.